손창섭 단편 전집 2

손창섭 단편 전집 2

초판 1쇄 펴낸 날 _ 2005. 1. 20

지은이 _ 손창섭
엮은이 _ 김종년
펴낸이 _ 이광식
편집 _ 편집회사 월인재
영업 _ 박원용 · 조경자
펴낸곳 _ 도서출판 가람기획
등록 _ 제13-241(1990. 3. 24)
주소 _ (121-130)서울시 마포구 구수동 68-8 진영빌딩 4층
전화 _ (02)3275-2915~7
팩스 _ (02)3275-2918
전자우편 _ garam815@chollian.net
홈페이지 _ www.garambooks.co.kr

ISBN 89-8435-212-8 (04810)
　　　89-8435-210-1 (세트)
ⓒ 가람기획, 2005

값은 뒤표지에 있습니다.
잘못된 책은 구입한 서점에서 바꿔드립니다.

서점에서 책을 살 수 없는 독자들을 위해 우편판매를 하고 있습니다.
수　협 093-62-112061 (예금주 : 이광식)
농　협 374-02-045316 (예금주 : 이광식)
국민은행 822-21-0090-623 (예금주 : 이광식)

다시 읽는 우리 문학 ❸

손창섭 단편 전집 2

일러두기

1. 각 장르별 작품 배열은 발표 연대 순으로 했다.
2. 현행 맞춤법과 띄어쓰기에 어긋나는 것은 바로잡되 작가가 의도적으로 표현한 것은 그대로 두었다. 표기는 대체로 원문을 존중하였으나, 한자는 한글로 고치고 의미상 필요하다고 판단되는 경우에만 한글과 병기하는 방식으로 처리했다.
3. 주석 및 뜻을 파악하기 힘든 어휘는 해당 작품 끝에 주를 달았다. 아울러 부록에 따로 '어휘 풀이'를 덧붙여서 본문에 나오는 어려운 어휘는 쉽게 찾아볼 수 있도록 했다.
4. 손창섭의 단편소설 중 등단하기 전 독자 투고 작품인 「얄궂은 비」와 문학적 성취도가 낮다고 평가되는 「계루도」 「고독한 영웅」 「인간시세」 등은 본 전집에서 제외시켰다.

차례 — 손창섭 단편 전집 ❷

단편소설

저녁놀 _ 011
침입자—속「치몽」 _ 029
죄 없는 형벌 _ 048
잡초의 의지 _ 068
잉여인간 _ 088
가부녀 _ 138
포말의 의지 _ 166
신의 희작—자화상 _ 193
육체추 _ 250
공포 _ 282
환관 _ 317
청사에 빛나리—계백의 처 _ 341
흑야 _ 375
반역아 _ 390

장편掌篇소설

STICK 씨	_ 419
다리에서 만난 여인	_ 425
신 서방	_ 432
장례식	_ 439
전차 내에서	_ 445
탈의범	_ 450
한국의 상인	_ 454

부록

아마추어 작가의 변(손창섭)	_ 461
어휘 풀이	_ 468
작품 연보	_ 473
참고 서지	_ 475
작가 연보	_ 484

| 차례 | 손창섭 단편 전집 ❶ |

작가 앨범
해설 | 소외와 허무—손창섭론 / 유종호
일러두기

단편소설
공휴일
사연기
비 오는 날
생활적
피해자
혈서
미해결의 장—군소리의 의미
서어
인간동물원초
유실몽
설중행
미소
사제한
광야
층계의 위치
소년
치몽
조건부

단편소설

저녁놀

 잠시 멈칫했던 비는 또다시 줄기차게 퍼붓기 시작했다. 잠깐 사이에 집 모퉁이의 개천물 흐르는 소리가 요란해졌다. 윗목 천장에서는 여전히 비가 새었다. 인갑은 그쪽으로 고개를 돌렸다. 아침결에 받쳐놓은 채로 있는 대야에는 빗물이 가득 차 있었다. 인갑은 산수 문제를 풀고 있던 연필을 놓고 대야 곁으로 갔다. 엎지르지 않게 조심히 두 손으로 들었다. 문밖은 지척을 분간할 수 없이 캄캄했다. 소년은 문턱 위에 선 채 대야물을 뜰에 쏟아버렸다. 빈 대야를 도로 빗물 떨어지는 밑에 대놓고, 소년은 자기 책상 앞으로 돌아왔다가 앉으려다 말고 그는 아랫목으로 시선을 보냈다. 국민학교 4년생인 인숙은 어느새 깊이 잠들어 있었다. 머리가 아프다고 찡찡거리면서도 숙제를 하고 있더니, 펴놓은 교과서 위에 얼굴을 묻고 그대로 곯아떨어져 있는 것이다. 인갑은 다가가서 인숙을 안아 바로 눕혔다. 머리를 짚어보니 아직도 뜨겁다. 누더기 같은 담요를 끌어다 덮어주었다. 새삼스레 퀴퀴한 냄새가 코에 역하다. 지리한 장마 통에 방 안은 말이 아니었다. 벽이나 장판 구석이나 낡은 이부자리에도 곰팡이 끼고, 퀴퀴한 냄새가 푹푹 번졌다. 인갑이나 인숙의 옷은 더 말할 나위조차 없었다. 변변한 우비가 없는 그들은 학교에 갈 때나 올 때나 홈빡 젖어 다녔다. 젖은 옷은 벗어서 힘껏 쥐어짠다. 그놈을 차근차근 펴가지고 툭툭 털어서 도로 입는다. 끈끈하고, 계속해서 냄새가 풍겼지만 두어 시간 지나면 체온에 저절로 말라버리는 것이다.

오늘도 인갑은 학교에서 늦게야 비에 젖어 돌아왔다. 언제나처럼 인갑은 자기 손으로 저녁을 지어 인숙이와 둘이 먹었다. 몸이 오들오들 떨린다고 하며 인숙은 몇 술 뜨다가 말았다. 감긴지도 모른다. 심하게 앓지 않았으면 좋겠다. 어머니 없는 집안에서 인숙이가 앓아 눕게 되면 인갑이 혼자 쩔쩔매고 돌아가야 하는 것이다. 아버지가 돌아오시거든 용케 돈을 타두었다가 내일 아침은 인숙이가 좋아하는 도넛이라도 사다주어야겠다고 생각했던 것이다.

인갑의 부친은 냉면집 쿡이었다. 아침은 10시가 넘어서 나갔다가 밤에는 통행금지 시간이 임박해서야 돌아오는 것이다. 그렇지만 부친은 한 달에 절반 가까이는 놀았다. 노는 날은 으레 곤드레만드레 취했다. 오늘은 단벌치기 외출복이 걸려 있지 않은 걸 보니 일을 나가지 않은 모양이다. 술에 잠뽁 취해가지고 밤이 깊어서야 돌아올 게 뻔한 노릇이다. 책상으로 대용하는 과일 상자 앞에 달라붙어, 시험 공부에 열중하다가도 인갑은 밖에서 무슨 소리만 나면 얼른 고개를 들고 귀를 기울인다. 아버지가 아닌가 싶어서다. 만취되어 돌아오는 아버지는 곧잘 뜰 한가운데나 댓돌 밑에 주저앉아버리고 말기 때문이다. 빗발은 한결 가늘어진 모양이었다.

11시가 지나서야 부친은 돌아왔다. 물론 취해 있었다. 혼자가 아니었다. 아버지 뒤에 따라 들어온 여자는 인갑에게도 안면이 있었다. 부친의 심부름으로 몇 번인가 가본 일이 있는 개장집 작부다. 꼭 고양이 상판처럼 생긴 그 여자 얼굴에도 벌겋게 술기운이 돌았다. 부친은 옷을 벗다 말고 여자를 돌아보았다.

"이봐, 우리 한잔씩 더할까. 밍밍해서 어디 이대루야 잘 수 있어!"

혀 꼬부라진 소리였다. 인갑이더러 얼른 나가 술을 받아 오라고 했다. 그리고 부친은 자기 양복 주머니들을 뒤져 돈을 꺼냈다. 10환짜리뿐이었다.

"임마, 너 평양집에 가서 천 환만 달래 와. 병 갖구 갔다가 돌아오는 길에 소주 반 되만 사오구. 알아들었지."

부친은 몽롱히 취한 눈으로 인갑을 돌아보며 사뭇 명령조다. 평양집이란 부친이 다니는 냉면옥 이름이다. 허행인 줄 뻔히 알면서 인갑은 술병을 들고 밖으로 나갔다. 이런 때 섣불리 반대 의사를 내놓았다가는 주먹이 떨어지기 고작인 것이다. 밖에는 가랑비가 뿌리고 있었다. 인갑은 내키지 않는 걸음으로 골목을 나가 멋없이 넓은 한길을 건너갔다. 냉면집이 가까워질수록 인갑은 자꾸만 걸음이 멈추어졌다. 이런 심부름이 그에게는 처음이 아니었다. 부친은 노는 날마다 으레 인갑을 평양집으로 보냈다. 그때마다 냉면집 주인 영감이나 노파는 얼굴을 찡그리고 쏘아보듯 하며 잔소리를 늘어놓았다. 거의 이틀거리로 놀다시피 하면서 뻔뻔스레 줄창 가져갈 돈이 어디 있느냐는 것이다. 가불도 한두 번이지, 노는 날마다 천 환이요, 2천 환이요, 하고 애새끼를 보내니 우리는 너희 애비 술값 대기 위해서 장사한다드냐. 아주 쫓아내지 않구 버려두는 것만두 인정이니, 고마운 줄이나 알라구 가서 이르라는 것이다. 오늘도 가나마나, 틀림없이 그런 투로 나올 것이다. 인갑은 냉면집 앞에 이르러서도 한참이나 기웃거리며 망설이고 서 있었다. 들어갈 용기가 나지 않는 것이다. 인갑은 빈 술병을 가슴에 안은 채 전봇대에 기대서서 가랑비 속에 밤거리를 달리는 자동차 떼를 바라보고 있었다. 제대로 말랐던 옷이 다시 눅눅히 젖기 시작한다. 인갑은 마침내 그냥 돌아서고 말았다. 돈을 안 주더라고 하면 그만이다. 여러 종업원들 앞에서 톡톡히 창피를 당하느니 차라리 부친을 속이는 편이 나았던 것이다.

집에 돌아와보니 부친은 팬츠 바람으로 여자와 나란히 누워 있었다. 빈 병을 들고 들어서는 인갑을 보자 부친은 상반신을 벌떡 일으키고 눈을 부라렸다.

"왜 그냥 돌아왔어. 이 머렝이 같은 자식아."

"돈 안 주갔대."

"누가 그래?"

"주인 할아버지가 그랬어!"

"그 우라질 놈의 영감태기 어디 두구 보자!"

지저분하게 검은 털이 내돋은 가슴을 들먹거리며 부친은 화를 참지 못해 혼자 씨근거렸다. 인갑은 정신을 바짝 차리고 부친의 거동만 살폈다.

"그럼 얼른 언청이 할머니네 가게에 가서 외상 술을 반 되만 달래와."

부친은 이내 여자 옆에 도로 누워버렸다. 그 굵은 팔로 여자의 몸뚱이를 왈칵 끌어당겼다. 여자는 인갑을 힐끔 쳐다보더니 벌건 이틀[1]을 보이며 히들히들 웃었다. 인갑은 얼른 외면하고 밖으로 나와 버렸다. 언청이 할머니네 가게는 그리 멀지 않은 곳에 있었다. 자주 술심부름을 다녀서 어두운 골목길이지만 발에 익었다. 판자 쪽 문이 열려 있고, 희미한 불빛이 가게에서 흘러나왔다. 여기도 외상값이 깔려 있지만, 냉면집보다는 덜 주저되었다. 소년은 언청이 할머니 앞에 병을 내밀며 술 반 되만 달라고 청했다.

"돈은?"

노파는 병을 받을 생각도 않고 인갑의 얼굴을 굽어보았다.

"돈은 나중에 드린대요!"

인갑의 목소리는 자신이 없었다.

"안 된다, 안 돼. 밀린 외상값을 갚기 전엔 절대루 안 돼."

노파는 화를 내다시피 했다. 돈 있을 땐 딴집에 가서 계집년 볼기짝을 두드리며 늘어지게 처먹구, 외상 술이면 으레 우리 집으루 오니, 그래 내가 그렇게 만만해 뵈드냐고 인갑을 잡아먹을 듯이 노려보는 것이다. 인갑은 어찌해야 좋을지 몰랐다. 그냥 돌아갔다가는 당장 아버지의 불호령이 떨어질 것이다. 까딱하면 얻어맞을지도 모른다. 인갑은 잠시 머뭇머뭇하다가 한번 더 사정을 해보았다.

"다음날 정말 꼭 갖다 드린대요."

애원하는 목소리다. 노파는 돌아보지도 않는다. 다시는 속지 않을 테니 어서 외상값이나 가져오라는 것이다. 인갑은 할 수 없이 빈 병을 안고 돌아 나오는 수밖에 없었다. 그는 자기 집 골목 어귀에까지 와서 한동안 또 망설였다. 부친의 사나운 얼굴이 눈앞에 어른거렸다. 내일 있을 산수 시험도 걱정이 되었다. 상급 학교도 못 갈 바에야 되는 대로 치르면 되지 않느냐고 하는 아이도 있었지만 그래도 인갑은 좋은 성적으로 마지막 학년을 장식하고 싶었다. 그는 자기 반에서도 성적이 우수한 축에 들었다. 도로 굵은 빗방울이 뚝뚝 듣기 시작했다. 인갑의 옷은 어느새 도로 흠뻑 젖어 있었다. 머리에서도 빗물이 흘러내렸다. 몸을 부르르 떨고 인갑은 할 수 없이 자기 집 골목으로 걸어 들어갔다. 문고리를 막 잡아당기려는데,

"게서 기다려 이 빙충아!"

부친의 숨 가쁜 소리가 튀어나왔다. 인갑은 고리를 잡았던 손을 슬며시 내렸다. 무슨 영문인가 싶어 창 구멍으로 안을 들여다보았다. 처음 보는 광경이었다. 인갑은 얼굴을 붉히며 얼른 외면을 했다. 공연히 가슴이 설레기 시작했다.

아버지는 그예 고양이 상판같이 생긴 술집 여자를 한 식구로 맞아들이고야 말았다. 그 여자가 조그만 옷 보퉁이를 끼고 아주 살러 오는 날 저녁에, 부친은 쇠고기를 사다 지져놓고 축하 술을 마셨다. 여자도 몇 잔 받아 마시고 얼굴이 빨개져서 깔깔거렸다. 차츰 거나하게 술기운이 돌기 시작한 부친은 인갑이와 인숙을 가까이 불러 앉혔다.

"이놈이 열네 살짜리 우리 맏상제감이야. 이름은 인갑이구. 조년이 인숙인데, 겨우 열한 살밖에 안 되지만 제 에밀 닮아서 성미가 좀 꼿꼿한 게 탈이지…… 자, 오늘부터 이것들을 친자식으로 여겨달란 말야. 알겠지?"

여자는 인갑이와 인숙을 대수롭지 않게 한번 쓱 훑어보고 나서 공연이 잇몸을 드러내놓고 히들히들 웃었다.

"난 정말이지 친어미처럼 굴 테야. 그렇지만 요것들이 진정으루 날 따를까 몰라. 그러니까 어서 나두 내 새낄 낳야겠어…… 코는 당신을 닮구 눈은 나를 닮은, 아주 예쁘장한 언낼 낳구 싶어."

"암, 그래야지. 어서 낳야 하구말구. 두구 보기만 해. 인제 오래지 않아 뺑 하구 터져 나올 테니."

"먼저 사낼 날까 계집앨 날까?"

"그것까지야 어떻게 임의루 허나."

"에구 못난이. 그래 제 새끼 하나 맘대루 못 만들어."

여자는 또 시뻘건 잇몸을 노출시키며 히들히들 웃었다. 부친도 만족한 듯이 따라 웃고 나서, 인갑이 오뉘를 돌아보았다. 노상 위엄이 있는 말투를 썼다.

"얘들아, 인제부터 이분이 너들 어머니다. 그러니까, 뭐든 어머니 말을 잘 들어야 한다. 알았지?"

그러더니 부친은 새어머니에게 절을 하라고 시켰다. 인갑은 낯이 빨개졌다. 불만인 것이다. 말할 수 없는 굴욕감을 느끼면서 고개를 떨어뜨렸다. 불현듯 얼굴조차 제대로 기억할 수 없는 모친 생각이 났다. 모친이 자기를 버리고 나가지 않았더라면 이런 일이 없었을 것이다. 안타까운 일이다. 인숙이 모친 생각도 났다.

"임마, 얼른 절을 해야지."

좀 거칠어진 부친의 음성이다. 인갑은 할 수 없다고 생각했다. 일부러 눈을 꾹 감고 아무렇게나 허리를 굽혔다. 다음은 인숙의 차례다.

"자, 인숙이두 오빠처럼 새어머니에게 절을 해라."

눈을 새촘히 내리깔고 쌔근쌔근 숨을 몰아쉬며, 인숙은 쉽사리 움직이려 하지 않았다.

"요 배라먹을 년이, 또 생고집을 필 작정이냐. 썩 절을 못해."

말과 함께 부친은 사나운 눈초리로 인숙을 쏘아보았다.

"괜찮어, 절을 해!"

인갑은 당장 부친의 손길이 날아올까 겁이 나서 인숙의 귀에다 대고 속삭여주었다. 그래도 인숙은 꼼짝 않고 버티고 앉아 있었다. 아니나 다를까,

"요 옘병할 년이……."

인숙의 가느다란 목줄기에서 철썩 소리가 났다. 인숙은 대번에 모로 쓰러져버렸다.

"냉큼 일어나 절을 하지 못해."

얼른 인갑이가 부축해 일으켜 앉혔다. 인숙은 얻어맞은 자리를 한 손으로 누르고 콜짝콜짝 울기 시작했다. 그러면서도 여전히 허리를 굽히려 하지 않는다.

"이래두 말을 안 들을 테냐."

부친의 주먹이 연거푸 인숙의 어깨를 후려쳤다.

"남의 새낀 다 소용없는 거예요. 그러게 어서 나두 언낼 낳얀다니까."

여자는 가뜩이나 골이 난 아버지에게 부채질을 했다. 아버지의 우람한 손이 계속하여 인숙의 연약한 몸뚱이에 날아들었다. 인숙은 두 팔로 머리를 잔뜩 감싸 안고 쓰러진 채, 컥컥 하면서 숨을 제대로 못 쉬는 것 같았다. 인갑은 더럭 겁이 났다. 뛰어 일어나서 부친의 앞을 가로막고 인숙을 안아 일으켰다. 그 바람에 인갑이도 등을 몇 차례 얻어맞았다. 그는 재빨리 인숙을 감싸듯이 하며 앞세우고 밖

으로 뛰어나왔다. 오늘 밤도 비는 구질구질 내리고 있었다.

"이년, 차라리 나가 뒈져버리고 말아라."

성이 풀리지 않아서 부친은 방문 밖까지 쫓아나왔다. 인갑은 인숙을 보호하고 골목 어귀에까지 달려나왔다. 밖으로 나오자 인숙은 참았던 아픔과 설움이 일시에 복받쳐 오르는 듯, 오빠의 가슴에 매달려 큰 소리로 흐느껴 울었다. 인숙의 이마에는 미열이 있었다. 감기가 깨끗이 가시지 아니한 것이다. 열이 있는 몸에 비를 맞히며 언제까지나 길가에 그리고 서 있을 수는 없었다. 인갑은 생각디 못헤 길 모퉁이에 있는 반찬 가게로 인숙을 데리고 들어갔다. 인갑이가 단골로 대놓고 다니는 가게여서 주인 아저씨와 아주머니를 잘 알고 있었다. 상대편에서도 인갑이네 가정 내막을 대강은 알고 있는 눈치였고, 어느 정도 외상 거래도 통하는 사이였다.

"아저씨, 아주머니 안녕하세요."

인숙을 앞세우고 가게에 들어서며 인갑은 먼저 공손히 인사를 했다.

"너희들 밤중에 웬일이냐?"

"또 아버지에게 꾸중 듣구 쫓겨난 게로구나!"

주인 아저씨와 아주머니는 그런 말들을 하고 나서 판자 쪽으로 만든 기다란 걸상 한 모서리를 비워주었다. 인갑은 인숙이와 함께 거기에 걸터앉았다. 가게 한쪽에 있는 조그만 진열장으로 눈이 갔다. 거기에는 여러 가지 빵 종류 가운데 흰 설탕 가루를 바른 도넛도 있었다.

"너, 도나쓰 먹을래?"

인갑은 동생의 얼굴을 들여다보며 상냥하게 물었다. 인숙은 말없이 고개를 끄덕여 보였다.

"도나쓰 말구, 딴건 더 먹구 싶지 않니?"

인숙은 가게를 한바퀴 휘둘러보고 나서,

"참외하구!"

가만히 소리를 냈다. 인갑은 약간 주저하다가 용기를 내어 주인 아저씨를 돌아보고 말했다.

"돈은 나중에 갖다 드릴게, 도나쓰하구 참외하구 외상 좀 주실 수 있어요?"

"외상은 안 된다."

말로는 그러면서도 주인 아저씨는 인갑을 돌아보고 빙그레 웃었다.

"건 농담이시란다. 달아놓게 어서 맘 놓구 먹어라."

아주머니도 친절히 따라 웃었다. 인갑은 도넛 두 개와 참외 한 개를 청했다. 인숙은 도넛을 맛있게 한입 베어 먹고 나서 참외를 깎고 있는 오빠에게도 권했다.

"오빠두 한 개 먹어."

"난 배 안 고프다."

옆에서는 주인 내외가 인갑이 부친에 대한 이야기를 하고 있었다. 평시에는 괜찮아 보이는데 술만 먹으면 이건 영 딴사람이 되어 버린다는 말을 했다. 머리를 동이고 들면 수입도 적잖은 모양인데, 똑 술과 계집으로 집안 꼴이 만날 저 지경이라고도 했다.

"에구, 애들이 불쌍하지. 옷 주제 좀 봐요. 게다가 부엌일은 사철 얘가 맡아 한대지 않우."

"그러게 말야. 아이들은 참 잘 두었건만······."

"아 잘 두다마다요. 이 녀석 하는 짓 좀 봐요, 모두가 어른 같지 않습니까. 이 계집애두 눈매가 좀 사나워 그렇지 얼마나 귀엽게 생겼어요."

그런 소리를 듣고 앉았는 인갑은 좀 쑥스러웠다.

그는 참외를 먹고 있는 인숙을 만족한 낯으로 지켜보고 있었다.

"돈은 언제라두 좋으니, 너두 한 개 깎아 먹으렴."

"아녜요. 난 배 안 고파요."

인갑은 그러고 나서 실없이 침을 꿀꺽 삼켰다. 인숙은 참외를 절반쯤 먹다 말고 인갑이 앞으로 내밀었다.

"오빠 안 먹을래."

"왜, 마저 먹어버리지."

"싫어."

인갑은 반쯤 남은 그 참외를 받아 들고 맛있게 먹기 시작했다.

얼마 뒤에 인갑은 걸상에서 일어서며 말했다.

"인숙아, 너 여기서 잠깐 기다려. 내 얼른 집에 가서 아버지가 잠들었나 보구 올게."

따라 일어서려다 말고 인숙은 마지못해 도로 주저앉았다. 인갑은 혼자 가게 밖으로 나섰다. 이런 경우는 아버지가 잠든 뒤에 돌아가야 무사하다는 것을 인갑은 오랜 경험으로 알고 있었다. 아직도 안개비가 내리고 있었다. 인갑은 발소리를 죽여가며 집 대문을 들어섰다. 방문 앞으로 조심조심 다가갔다. 숨을 죽이고 창 구멍으로 안을 들여다보았다. 인갑은 몸을 흠칫하며 창 구멍에서 눈을 뗐다. 벌거벗은 여자의 몸뚱이가 그의 눈앞을 가로막았기 때문이다. 인갑은 물론 성장한 여인의 알몸뚱이를 본 기억이 없었다. 그는 공연히 가

숨이 두근거리며 숨이 가빴다. 인갑은 다시 창구멍으로 눈을 가져 갔다. 아버지의 거동을 살피기 위해서다. 마침 부친은 엎드려 잠이 들어 있었다. 인갑의 시선은 도로 여자에게로 쏠렸다. 벌거숭이 대로 저쪽을 향하고 앉아서 여자는 느릿느릿 손을 움직이고 있었다. 인갑은 두 번째 놀라지 않을 수 없었다. 낡은 고리짝을 열어놓고 여자는 자기가 가지고 온 옷가지를 그 속에 차곡차곡 챙겨 넣고 있는 것이었다. 그 고리짝 속에는 아버지가 알면 안 될 비밀이 들어 있는 것이었다. 인숙이 모친이 사다준 인숙의 멋진 원피스와 자기의 셔츠를 부친 몰래 고리짝 속에 감춰두었기 때문이었다.

인갑이와 인숙은 친남매간이면서도 서로 생모가 달랐다. 인갑의 모친은 그가 아직 철들기 전에 집을 나가버리고 말았다. 물론 부친과 뜻이 맞지 않아서다. 그는 인숙이 모친 손에서 자라났다. 인숙이 모친은 인갑에게도 꽤 상냥한 편이었다. 인숙이가 국민학교에 들어간 해 가을에 인숙이 모친 역시 부친과 헤어지고 만 것이다. 며칠 동안 어머니를 부르며 인숙이도 울고 인갑이도 울었다. 그 뒤 3년 가까이나 인숙이 모친은 소식이 없었다. 바로 수개월 전 어느 토요일이었다. 생각지도 않았던 인숙의 모친이 학교 문 앞에 나타났던 것이다. 그날 인숙의 모친은 인갑이 오뉘에게 점심을 사먹이고 여러 가지 이야기를 묻고 아버지 몰래 쓰라고 하며 천 환씩이나 손에 쥐어준 다음, 아버지에게는 절대 비밀로 하라는 말을 거듭 부탁하고 나서 돌아갔다. 처음에는 다소 서먹서먹해하는 인숙이었지만 모친이 일어서자 자기도 따라간다고 울며 치맛자락을 붙잡고 놓아주지 않았다. 앞으로는 자주 찾아와 만나주겠노라고, 여러 가지 말로 인숙을 달래며 모친도 눈시울을 적셨다. 그 뒤에도 인숙의 모친은 정말 한 달에 한 번 정도 학교로 찾아와주었다. 그것은 언제나 토요일이었다. 모친은 반드시 인갑이 남매에게 먹고 싶은 것을 사먹이고 얼마씩의 돈을 들려주고 돌아가곤 하였다. 인숙의 모친이 다녀간 뒤의 며칠 동안은 인숙이는 말할 것도 없고, 인갑이 역시 자꾸 심란하였다. 그러나 아이들이 잠든 뒤에야 취하여 돌아왔고 아이들이 저희끼리 조반을 지어 먹고 등교한 뒤에야 잠이 깨곤 하는 부친은 그러한 아이들의 동태를 눈치챌 수는 없었다. 도대체가 집안일이나 아이들 일에는 무관심한 부친이었다. 식사도 부친은 집에서 하는 일이 거의 없었다. 아이들이 무엇을 어떻게 끓여 먹는지도 몰랐다. 그러면서도 돈에 대해서만은 꽤 까다로웠다. 쌀이나 숯이나 간장 된장 같은 필수품이 떨어져서 돈을 타낼 제도 일일이 가격과 분량을 따지고 나서야 응해주는 부친이었다. 돈이 없을 때는 외상을 얻어 오라고 한마디 툭 내쏘고 그만인 것이다. 그러기에 인갑은 아버지가 잠든 틈에 주머니를 뒤져서 몰래 돈을 꺼내 쓰는 버릇이 있었다. 그러지 않고서는 최저 한도 살림에 필요한 비용을 메워나갈 도리가 없었기 때문이었다. 부친도 그런 줄을 대강은 짐작하는 모양이라 자기 손으로 돈을 꺼내 주고 나서도 아이들의 새로 산 신발이나 내의 같은 것이 눈에만 뜨이면 무슨 돈으로 샀느냐고 대뜸 캐묻고 눈을 번득이는 것이었다. 그런 부친이라, 고리짝 속에 들어 있는 새 원피스와 셔츠가 발각되면 인갑은 호되게 한바탕 들볶여야 할 판이었다.

 5~6일 전의 일이었다. 학교에서 점심시간에 인갑을 찾아온 사람이 있었다. 나가보니 인숙의 모친이었다. 인숙을 불러오려는 인갑

을 말리고 나서, 모친은 들고 온 종이 꾸러미를 내주었다.

"이거, 네 샤쓰하구, 인숙이 원피스다. 아버지 몰래 감춰두었다가 방학날 갈아입고 오너라. 겨울 옷과 함께 고리짝 속에 깊이 넣어두면 아버지가 모를 거다."

사실 부친은 1년 내내 가야 제 손으로 고리짝 한번 떠들어보는 일이 없었다. 그렇기 때문에 얼마든지 부친 몰래 숨겨두었다가 입고 올 수가 있는 것이었다.

"알았지? 방학날은 꼭 이 새 옷들을 갈아입구 와야 헌다. 방학식이 끝나면 어머니가 너들을 창경원에 데리구 가줄게. 그리구 인숙이만은 그날 교과서랑, 학교에서 쓰는 물건을 죄다 가지구 오도록 해라 어머니가 한번 잘 조사해볼려구 그런다."

인숙의 모친은 몇 번이나 다짐을 하고 돌아갔던 것이다.

그런 내력으로 해서 고리짝 속에는 인갑이와 인숙의 새 옷이 숨겨져 있었던 것이다. 그러한 비밀은 엉뚱하게 탄로가 나고야 말았다. 그 새 옷들을 고리짝 속에서 들추어낸 사람은 역시 새어머니였다. 공교롭게도 방학 전날 아침 일이었다. 엊저녁 학교에서 돌아오는 길에 비에 흠빡 젖은 옷들을 인갑이가 힘껏 쥐어짜다가 인숙의 스커트를 그만 쭉 째버리고 만 것이다. 밤 사이에 기워놓으려던 것을 깜빡 잊고, 인갑은 다음날 아침 등교 시간이 임박해서야 분주히 그것을 꿰매노라고 쩔쩔매고 있었다. 때마침 뒷간에 다녀오던 부친이 그 꼴을 보고 은근히 여자를 나무라듯 했다.

"아, 저걸 보구만 있음 어떡해. 임자가 얼른 손질을 좀 해줘야 할 게 아냐."

"흥, 객쩍은 소리 좀 그만둬요. 그러게 옛날부터 전실 자식 있는 집엔 들여다보지두 말라구 했다우. 쟤들이 날 어머니루 안다면 궁상맞게 저러구 앉아 있겠수. 어머니, 이거 좀 기워주세요, 의당 그래야 할게 아니우. 나 같은 건 본 체두 않구 제 손으로 꿰매구 앉았는데 내가 왜 중뿔나게 나서요."

여자는 입을 비죽거렸다. 아버지는 인갑이 손에서 스커트를 홱 뺏어서 여자 앞에 던졌다.

"인석아, 어머니보구 꿰매달래면 되잖아. 무슨 심통으로 그 지랄야."

그러자 여자는 날쌔게 옷 고리짝을 들추더니 인숙의 새 원피스를 끄집어내서 펼쳐 보였다.

"이건 뒀다 언제 입을 테냐!"

당장 갈아입고 가라는 것이다. 여자는 인갑의 셔츠마저 꺼내놓고 갈아입으라고 했다. 인제부터는 홀아비 새끼처럼 볼꼴 사납게 하고 다니지 말라는 것이다. 겁먹은 눈으로 인갑은 얼른 아버지 표정부터 살폈다. 의심쩍게 노려보는 부친의 눈과 마주쳤다.

"이것들 어서 났니?"

인갑은 별안간 적당한 답변이 생각나지 않았다. 자연 머뭇거렸다.

"웬 돈으루 샀어?"

"학교에서 구제품 배급 나온 거예요."

얼떨결에 나온 말이다. 아버지 눈치를 엿보았다.

"그럼 공짜란 말이냐?"

"네. 제비 뽑아서 나왔어요!"

인갑은 자신이 거짓말을 하고 있다는 의식을 하지 못했다. 도리어 이런 경우에 이렇게 묘한 답변을 할 수 있는 자신의 기지에 만족했다.
"정말이냐?"
"네. 학교에 가서 물어보세요."
이쯤 되면 대담하게 나가는 수밖에 없었다.
"이게 구제품이라구?"
여자가 불쑥 말참견을 했다. 새 옷을 일부러 쳐들어보기까지 하고 여자는 히들히들 웃는 것이었다.
"어디 내가 일간 너의 담임 선생님을 만나서 알아볼 테다."
그리고 여자는 실없이 또 웃었다.
그러나 다음날은 마침 방학인 것이다. 인갑이로서는 하루만 무사히 넘기면 된다는 배짱이 있었다.
그날 학교에 가서도 운동장에 여자의 그림자만 얼씬하면 인갑은 신경이 쏠렸다.
다음날 아침, 인갑은 물론 방학이라는 말을 하지 않고 학교로 갔다. 둘이 다 새 옷을 갈아입고 인숙에게만은 교과서를 싸서 들리는 것도 잊지 않았다. 새어머니가 따라오지 않는가 은근히 속이 켕겨 그는 자주 뒤를 돌아보곤 하였다. 역시 찌뿌듯한 날씨였지만 다행히 비는 내리지 않았다.
방학식을 끝마치고 밖에 나와보니, 과연 약속대로 인숙의 모친이 와서 기다리고 있었다. 인숙을 앞뒤로 돌려세우며 새 옷의 맵시를 여러모로 뜯어보고 손질도 해주고 하였다.
모친은 인갑이 남매를 음식점으로 데리고 갔다. 뭐든지 먹고 싶은 것을 실컷 먹게 해주었다. 모친은 인갑에게 유별히 살뜰하게 대해주어서 좀 이상한 생각이 들었다.

　음식집을 나와 세 사람은 창경원으로 갔다. 오래 계속된 장마로 창경원 안에는 거의 사람의 그림자가 없었다. 동물들도 대개는 구석 깊이 틀어박혀서 나오지 않았다. 원내를 한바퀴 돌고 나서, 세 사람은 조용한 장소에 자리잡고 앉았다.

　인숙의 모친은 호젓한 음성으로 집안 이야기를 몇 마디 물었다. 인갑은 며칠 전에 새어머니가 들어왔다는 말을 하였다.

　인숙의 모친은 약긴 입을 실죽해 보이며 고개를 주억거리고 나서 뜻밖의 말을 꺼냈다.

　"인숙인 오늘 내가 데리고 갈런다."

　인갑은 자기의 귀를 의심하였다. 눈을 크게 뜨고 인숙이 모친의 얼굴만 물끄러미 쳐다보았다.

　"내 마음 같아서는 너까지 데려가고 싶다만, 여러 가지 사정이 그럴 수는 없다. 그저 마음 바루 갖구 꾹 참고 지내라. 그러노라면 때가 올 게다."

　인숙은 좋아서 어쩔 줄을 모르다가,

　"오빤 같이 안 가?"

　하고, 어머니 낯색을 살폈다.

　"응, 오늘은 너만 가구, 나중에 오빠두 데려갈지 몰라!"

　"아니야, 오늘 같이 가. 오빠두 같이 가!"

　인숙은 울먹거리며 떼를 쓰듯 하였다. 인갑의 눈에서 별안간 굵은 눈물이 뚝뚝 떨어졌다. 인숙의 모친은 여러 가지 말로 인갑을 위로해주었다.

　한참 뒤에 인숙이 모녀와 헤어져 혼자 집으로 돌아오는 인갑의 마음은 걷잡을 수 없이 허전하였다. 학교에서 늦게 돌아오는 그를 반갑게 맞아주던 인숙이 대신 앞으로는 보기도 싫은 새어머니가 방을 지키고 있을 것을 생각하니 다리에 맥이 탁 풀렸다.

그러면서도 자기를 데려가주지 않아서 다행이라는 생각도 일편 들었다. 자기마저 없어져버린다면 아버지가 얼마나 놀라고 슬퍼하실까?

그리고 보니 아버지가 불쌍한 생각도 났다. 자기도 불쌍한 아이라고 여겨졌다.

인숙이도 인숙이 어머니도 한결같이 불쌍한 사람들만 같았다. 또 얼굴조차 제대로 기억할 수 없는 친어머니 생각이 났다.

인갑은 발을 놀리면서, 아이답지 않게 긴 한숨을 토하였다.

마주 바라보이는 서쪽 하늘에는 오래간만에 한 귀퉁이가 빠끔히 갈라지며, 붉은 햇빛이 그 언저리를 찬란히 물들이기 시작하고 있었다. 참말 오래간만에 대하는 햇빛이었다. 인제 지루한 장마도 개이려나보다. 인갑은 하 반가워서, 일부러 걸음을 멈추고 한참 동안이나 저녁놀을 쳐다보고 서 있었다.

─주
1) 이틀 : 이가 박혀 있는 아래위의 턱뼈.

침입자
―속「치몽稚夢」

1

아침이 되었다.

소년들은 어젯밤 일을 생각하였다. '맨대가리'는 마침내 소년들의 둘도 없는 누나요, 친구요, 애인이기도 한 을미를 독점해버렸고, 을미는 또한 너무나 간단히 소년들의 꿈을 배반하고 맨대가리의 품속에 아름다운 몸과 마음을 묻어버렸다. 소년들은 한결같이 을미에게 배신당한 것 같은 울분과 비애로 해서 잠을 설치며, 당장 내일로라도 이 집을 영 나가버리고 말리라고 몇 번이나 서로 다짐했던 것이다. 그러나 막상 아침이 되고 보니 그렇게 쉽사리 실천에 옮길 수 있는 일이 아니었다. 날이 새자 맨대가리가 먼저 일어나 돌아가고 나서, 한참이나 더 있다가야 을미는 옷을 갈아입고 밖으로 나왔다. 그 앞을 세 소년이 막아서듯 버티고 섰다.

"을미 누나, 우리들은 오늘 안으루 이 집을 나가버리구 말 테야!"

대표격으로 상균이가 볼멘소리를 했다. 모두들 외면을 하거나 머리를 푹 수그리고 서 있는 것이다. 을미도 고개를 떨어뜨리고 낯을 붉혔다.

"어디든 갈 데라두 있니?"

들릴락말락한 소리로 물었다. 그러고 보니 소년들은 참말 갈 곳이 없었다. 허턱 나갈 궁리만 앞섰던 것이다. 소년들은 저희끼리 마주 보고 찔끔했다. 그래도 뱃심 좋은 상균은 누그러지지 않았다.

"갈 데가 없어두 나갈 테야! 길거리에서 자두 좋아!"

을미는 길게 한숨을 쉬었다.

"느들 하룻밤 새에 내가 그렇게두 보기 싫어졌니!"

그러고 잽싸게 고개를 뒤로 드는 을미의 볼에 눈물이 수르르 흘러내렸다. 소년들은 적잖이 당황했다. 또 서로 낯을 마주 보았다. 기수가 변명하듯 떠듬거렸다.

"누나가 나쁜 게 아냐. 누난 보기 싫지 않어. 그 맨대가리 아저씨가 나뻐!"

그러더니 기수도 울먹울먹하며 도로 외면해버렸다.

"알겠어. 느들 마음두 알 수 있어. 허지만 박 선생두 술만 안 취하문 그렇게 나쁜 사람은 아냐. 모두 내가 잘못이었어. 내가 어리석었나봐, 나는 느들을 너무 믿구 있었어. 어머니가 세상을 떠났을 때만 해두 느들이 없었으면 나두 어머닐 따라 죽구 말았을 거야. 그렇지만 느들이 있기 때문에 느들만 믿구, 느들에게서 위로를 받구 살아왔어. 난 한평생 느들 하구 헤지구 싶지 않어. 그렇지만 느들이 한사코 나를 버리고 가겠다면 차라리 내가 먼저 이 집을 나가버리겠어. 느들은 당장 나갈 데가 없지만 나는 다방 숙직실에서 자두 그만야. 느들이 보구 싶으면 내가 가끔 찾아오군 할게. 나를 잊지 말아줘. 나를 영 버리구 떠나가지 말어줘. 응!"

을미는 마침내 두 손으로 낯을 가리고 어깨를 추며 울기 시작했다. 새삼스레 죽은 모친이 생각났고, 20년 가까이 소중히 간직해온 처녀성을 엊저녁 너무나 맹랑히 바쳐버린 박치룡이와의 관계도 서글펐고, 그로 말미암아 이 순진한 세 소년들과의 애틋한 관계에도 금이 가는 것 같았고, 직장을 중심으로 해서 세상과의 고달픈 접촉이며 여지로서 인간으로서의 자기의 앞날 등을 헤아릴 때 걷잡을 수 없는 감상적인 비애가 을미를 엄습해왔던 것이다. 그렇지 않아도 아까 날이 밝기가 무섭게 박치룡 씨가 옷을 주워 입더니,

"있다 저녁에 다방으로 나갈게."

그러고는 뒤도 돌아보는 일 없이 훌쩍 뛰어나가버렸을 때, 을미는 울음이 터져 나오려는 것을 두 팔로 자기의 푸진 가슴을 꽉 끌어안고, 입술을 깨물며 참았던 것이다.

"누나, 난 안 나갈 테야 여기서 누나랑 언제까지나 같이 살 테야!"

을미가 어깨를 추며 느껴 우는 바람에, 먼저 다감한 기수가 그러고 나서 자기도 쭐쭐 처지는 눈물을 두 주먹으로 닦아냈다.

"나두 어른이 될 때까지 여기 있을 테야!"

"난 누나가 그렇게 슬퍼할 줄 모르구 그랬어!"

태갑이와 상균이도 그만 무안하고 민망해서 자기껏 위로와 변명의 말투였다.

"고맙다. 느들만 같이 있어 준다면 난 암만 슬픈 일이 있어두 참겠어!"

을미는 눈물을 씻으며 방으로 들어가서 화장을 고치고 돌아 나왔

다. 세 소년을 둘러보며 쓸쓸하게 웃고,

"오늘 저녁은 내가 한턱낼게 저녁때 다방으루들 들러!"

그렇게 일러놓고 출근하는 을미의 뒷모양이 어느 때보다 풀기가 없어 보였다. 그 모양을 물끄러미 바라보고 섰던 상균은 별안간 장난꾼처럼 웃더니,

"을미 누나 어젯밤에 맨대가리하구 육체 관계 했을 거야!"

했다. 그러자 기수가 대뜸 자기가 모욕을 당한 듯이 눈썹을 곤두세워가지고,

"임마, 그럴 테야? 너 정말 그럴 테야?"

하고 칠 듯이 대들었고 태갑이도,

"자아식 그런 소리 허문 못써!"

사뭇 경멸하는 태도로 나무랐다. 저보다 한 살씩 아래인 기수나 태갑에게 그런 꼴을 당하고도 할 수 없었던지 상균은 멋쩍게 씩 웃고 방으로 들어가버리고 말았다.

2

그날 밤 이후 맨대가리는 거의 저녁마다 찾아왔다. 대개 통행금지 시간이 임박해서야 그는 술에 취해 찾아오는 것이다. 그때쯤이면, 을미와 소년들은 고단한 하루의 노동에 지친 몸들이라 곯아떨어지기가 예사였다. 처음으로 맨대가리가 와서 자고 간 날 이후에도 소년들은 을미의 청에 따라 전과 같이 아랫방에서 을미와 베개를 나란히 하고 잠을 잤다. 무슨 소리에 놀라 소년들이 눈을 떠보면 어느새 들어왔는지 박치룡(맨대가리)은 술내를 훅훅 풍기며, 을미를 부둥켜안고 돌아가는 꼴이 어렴풋이 보였다. 을미의 옷을 벗기려

덤비는 모양이었다. 소년들은 어찌할 바를 몰라 눈을 감은 채 그래도 자는 듯이 누워 있었다. 을미는 소년들이 깰까봐 겁먹은 소리로,

"제발 이러지 마세요. 쟤들이 깨문 어쩔라구 그러세요. 정말 이렇게 망칙스레 구실려건 전 차라리 죽어버릴래요."

그러면서 두 팔로 힘껏 남자의 가슴팍을 떠미는 것이었다. 그러자 박치룡은,

"깨문 어때. 사람이란 누구나 다하는 짓이야. 요것들두 4~5년만 지나봐, 여자 없이 배기나."

그러더니 을미의 몸둥이를 놓아주고 홱 돌아앉아 소년들을 흔들어 깨우는 것이었다.

"임마, 느들은 냉큼 윗방에 올라가서 자. 우리는 인제부터 야간작업을 시작해야 해. 알았나?"

세 소년을 함부로 끌어 일으키고 나서, 박치룡은 도로 을미를 욱채다가 품에 끼고 쫏쫏 소리가 나게 마구 입을 맞추는 것이었다. 머뭇머뭇하다가는 자기들도 봉변을 당할까봐 겁이 나서, 소년들은 재빨리 베개와 담요를 걷어가지고 자기네 방으로 뛰어 올라갔다. 소년들은 대구 가슴이 설레이고 별해서 누워도 쉬 잠이 오지 않았다. 아랫방에서는 잠시 을미의 가느다란 울음소리가 들리다가 이내 조용해졌다.

매일 밤 9시가 넘어서야 퇴근해 돌아오는 을미보다 박치룡이 되레 먼저 와 기다리고 있는 날도 있었다. 저녁때 소년들이 돌아와보면 문이 잠겨 있기 때문에 그는 퇴방[1]에 걸터앉아 꾸벅꾸벅 졸고 있었다. 혹시 소년들이 먼저 돌아와 있을 때는,

"여…… 나의 가난한 조무래기 동지들!"

그렇게 고함을 지르며 비틀거리고 다가와서 박치룡은 그 우람한 손으로 일일이 악수를 청하는 것이었다.

"나는 언제나 너희들 편이다. 너희들처럼 외롭고 가련한 존재다. 그러기에 인간이 그리워서, 순박한 인정과 체온이 그리워서 모처럼 찾아온 나를 너무 괄시하지 마라. 나두 결코 나쁜 놈이 아니다! 알겠나?"

잘 돌지 않는 혀를 놀려 버릇같이 외치고 나서, 박치룡은 을미 방에 들어가 제멋대로 아랫목에 자리를 펴고는 옷을 훌훌 벗어던지고, 알몸뚱이로 눕기가 바쁘게 코를 골기 시작하는 것이다. 그리고 어떤 날은 다방에 가 늦도록 지키고 있다가 을미와 함께 오는 날도 있었다. 아무튼 박치룡이라는 인물은 을미와 소년들의 오붓하고 단란한 꽃밭을 무례하게 짓밟아버린 침입자에는 틀림없었다. 그러나 이 무모한 침입자를 소년들은 함부로 배척하거나 추방할 수가 없었다. 그것은 우선 결정적으로 그와 겨룰 만한 힘이 없었기 때문이요, 둘째는 이미 을미와 그사이에 맺어진 인간과 인간의 어쩔 수 없는 관계, 여성과 남성과의 미묘한 인연이 결코 간단히 해결 지어질 수 있는 문제가 아니라는 것쯤, 소년들도 새삼스레 깨달을 수 있었기 때문이다. 소년들은 인간 관계의 이러한 새로운 모순에 부닥쳐 고민하면서도 을미를 위해서 참고 견디기로 한 것이다.

근 7년간이나 군에서 복무하다가 상사 계급으로 제대한 지 불과 1년 남짓하다는 박치룡은 당수를 해서 그런지 놀랍게 힘이 세고 날랜데다가, 술만 취하면 난폭한 개고기로 변하기가 일쑤이기 때문에 소년들은 그 앞에서는 기가 죽었다. 하기는 '술만 안 취하문 퍽 좋은 사람'이라고 입버릇처럼 뇌이는 을미 말대로, 술을 안 먹었을 때는 가장 너그럽고 소탈한 사람 같기도 했다. 저녁 일찌감치 술에 만취하여 찾아와가지고 늘어지게 한잠 푹 자고 나서 술이 깨어 있을 때가 있었다. 그런 경우에 을미가 늦게야 퇴근해 돌아오면, 그는 몹시 거북한 태도로 얼른 일어나 을미를 맞아들이는 것이었다.

"어마, 어째된 일이세요? 취하지 않은 박 선생님을 대하는 게 이게 얼마만이에요?"

을미도 진정 반가운 모양이어서 가벼운 농담조로 그런 소릴 하며 문 안에 들어서면,

"사실은 한잠 자구 나서 방금 술이 깬 참입니다. 이거 정말 여러 가지루 면목이 없습니다. 을미 씨에게 그런 말을 들어 마땅합니다!"

진심으로 면목이 없다는 듯이 박치룡은 고개를 숙이며 사과하는 것이었다. 그런 날은 윗방의 소년들도 불려 내려가서 다섯 사람이 같이 화투도 치고, 여러 가지 경험담들도 나누면서 밤이 깊도록 유쾌한 시간을 함께들 즐기는 것이었다. 박치룡은 한번 입을 열기 시작하면 그칠 새 없이 제법 구수한 이야기로서 소년들의 흥을 돋우어주었다. 그는 오랜 군대 생활을 해오는 동안 치열한 전투에 참가한 일이 한두 번이 아니었고 따라서 수없이 죽을 고비를 돌파해온 만큼, 자연 전투에 관한 이야기가 중심이 되곤 하였다. 그런 때는 소년들도 신이 나서 그의 이야기를 재촉하기도 하고 캐묻기도 하고 그랬다. 한번은 모 고지 탈환전에 참가했던 이야기를 하였다.

"그때 한 연대가 거의 전멸하다시피 했는데, 정신없이 목표의 고지를 향해 진격하다보니, 우리 소대에서도 살아 있는 사람은 겨우 세 사람밖에 없었다. 소대장과 나와 일등병이 한 사람 생존해 있을 뿐이었다. 서로 격려하며 얼마쯤 더 진격해 올라가다가 별안간 소

대장이 으음 하고 무거운 신음 소리와 함께 쓰러져버렸다. 그래서 미친 듯이 달려들어 소대장님 소대장님 하고 부둥켜안으려는 찰나, 불시에 천지가 뒤집히는 듯하더니 그만 나도 깜빡 정신을 잃고 말았다. 얼마가 지냈는지 몰지만 복부에 심한 진통을 의식하며 정신을 차려 보니 거기가 바로 후방의 야전 병원이었었다. 살아 있는 게 꼭 거짓말만 같았다."

박치룡은 호젓하게 웃으며 소년들을 한번 둘러보고 나서 천천히 다시 말을 이었다.

"제대하고 사회에 나와서 무슨 일에 부닥칠 때마다, 나는 자주 그때의 치열한 전투 광경이 떠오르군 한다. 지금 우리가 살고 있는 이 사회가 꼭 전장터와 같은 생각이 들기 때문이다. 어딜 가나 무엇을 하나 적과 부닥치게 마련이다. 그들은 나의 진로를 막고, 나의 행복을 빼앗고, 심지어는 나의 목숨까지 노리고 있다. 이미 현대는 생존경쟁의 단계를 지나 약육강식의 시대라는 느낌이다. 경쟁에 이기는 게 문제가 아니라, 상대방을 꺼꾸러뜨려야만 살 수 있는 시대란 말이다. 결국 따지고 보면 너들두 조그만 생활의 전사들이다. 죽지 않고 살려구 좀더 잘살아볼려구, 악착같이 싸우고 있는 인생의 전사들이란 말이다. 어쩌문 너들은 나보다 훨씬 행복하고 훌륭한 전사들이다. 너희들에 비하문 나는 너무나 비겁하고 초라한 전사인지도 모른다. 내게는 너들처럼 아름다운 꿈과 소박한 자신이 없기 때문이다. 나는 너들이 부럽다!"

그리고 나서 박치룡은 정말 부러운 듯이 소년들을 둘러보았다. 다시없이 부드러운 표정이었다. 소년들은 그러한 박치룡의 얼굴을 다시 쳐다보았다. 지금까지는 그저 무섭고 밉기만 하던 그가 달리

느껴졌기 때문이다. 박치룡은 소년들의 손을 하나하나 쥐어보면서,

"너두 고생들 하는구나!"

한숨 짓듯 하였다.

"앞으루 내가 계획하는 일이 잘만 되문, 을미 누나는 물론 너들에게두 고생을 시키지 않을 테다."

그런 말도 하였다.

"글쎄 술만 안 자시문, 이렇게 좋은 선생님이 어째서 허구한 날 술에민 취해 지내서요?"

알 수 없다는 듯이 을미가 그렇게 꼬집을라치면,

"글쎄요. 술을 마시지 않고는 불안하고 겁이 나서 이 살벌한 전쟁터를 달릴 수 없는 탓이라고나 할까요!"

그리고 박치룡은 거북하게 웃어 보이는 것이었다.

3

여름이 갔다. 가을도 갔다. 첫눈이 내리기 시작하는 날 밤이었다. 집안에서는 대판으로 소동이 벌어졌다. 만취해 돌아온 박치룡이가 또다시 을미를 때려눕히고 소년들을 메어꽂고 한 것이다. 그는 방에 들어서는 길로 다짜고짜 을미의 볼에 주먹을 안겼다. 비틀비틀 쓰러질 뻔하다가 벽에 기대어 을미가 간신히 몸을 가누자 재차 덤벼들어 어깨며 등이며 사정없이 후려쳤다. 을미는 머리와 배를 감싸고 비명을 지르며 소년들이 있는 뒷방으로 뛰어 올라왔다. 박치룡이도 이내 뒤쫓아 올라왔다. 그의 눈에는 핏발이 서 있었다. 겁에 질려 상균의 뒤에 몸을 가리고 섰는 을미를 향해 그의 억센 주먹이 또 날았다. 그러나 상균이가 방해가 되어 마음대로 칠 수가 없었다.

박치룡은 대뜸 상균의 목을 잡아 비틀 듯이 해서 옆에 쓰러뜨려버리고 말았다. 그리고는 도로 을미에게 달려들어 마구 주먹질이었다. 을미는 방 한구석에 처박혀서 주먹이 떨어질 때마다 헉헉 하고 가쁜 숨을 토하였다. 그냥 두면 맞아 죽을 것만 같았다. 어쩔 줄 몰라. 와들와들 떨고 섰던 소년들도 그 이상 보고만 섰을 수가 없어 아저씨 아저씨 하고 울면서 덤벼들어 뜯어말리려고 하였다. 그러자 박치룡은 이쪽으로 고개를 홱 틀며,

"요 놈의 새끼들 너들두 모두 한통속이다!"

소릴 꽥 지르고는 태갑이, 상균이, 기수의 차례로 덮어놓고 메어꽂아버렸다. 그리고는 그 자신도 머리로 사정없이 담벼락을 쾅쾅 들이받으며 울기 시작한 것이다. 을미는 입술이 터지고 눈과 잔등에 멍이 들고 전신이 저리고 쑤셨다. 소년들도 팔굽이 벗겨지고 머리에 혹이 돋고 여기저기가 얼얼했다. 나중에 알고 보니 모두들 짜가지고 자기를 따돌린다는 데 대한 화풀이였다.

그날도 저녁 무렵에 박치룡이가 써준 쪽지를 가지고 태갑이 녀석이 다방으로 을미를 찾아왔다. 쪽지에는 계획 중인 일 관계로 급히 손님을 대접하게 되었으니, 곧 5천 환만 보내달라는 내용이 적혀 있었다. 처음이 아니었다. 거의 습관화된 일이었다. 무슨 큰일을 꾸미는 중이라고 하며 날마다 초조히 나돌아다니는 박치룡은 걸핏하면 접대비에 필요하다고 하며 무시로 을미에게 사람을 보내는 것이었다. 그때마다 그는 상균이와 기수가 배달부로 있는 모 신문사 역전 영업소를 찾아가서, 두 애 중에 누구든 붙들어 시키든가 만일 그 애들이 수금이나 확장을 나가 없으면 일정한 장소에서 구두닦이를 하고 있는 태갑을 찾아가 쪽지를 들려 보내는 것이 예사로 되어

있었다.

그날도 태갑이가 가져온 쪽지를 펴보고 나서 을미도 부지중 한숨을 토하고,

"지금 아저씨 어디 계시니?"

물었다.

"손님하구, 내가 구두닦이하는 장소 근처에 있는 음식집에 들어가 기세요."

돈을 보내주지 않으면 그이는 봉변을 당할지도 모른다고 을미는 생각했다. 그러나 할 수 없는 일이었다. 그의 교제비를 대주노라고 이미 마담에게서는 가불을 할 수 있는 데까지 했고 동료들에게서는 꿀 수 있는 데까지 꾸어 쓰고 있는 처지였다. 을미는 또 한번 길게 한숨을 내쉬고 나서 쪽지를 도로 접어서 태갑에게 주며,

"이거 도루 갖다 드리면서 나 없드라구 그래!"

"아저씨가 곧이 안 들을 걸요. 그러다가 탄로나문 어쩔라구요!"

"갠찮어. 내 잠시 숨어 있을게!"

태갑이가 시원찮은 얼굴로 돌아서 내려가는 것을 을미는 이내 도로 불러 올렸다.

"만일 아저씨가 음식값을 못치러 망신하게 되면, 미안하지만 네가 한 번만 더 입체立替[2]를 해줄래?"

차마 입이 안 떨어지는 걸 억지로 하는 을미의 말에,

"그동안 아저씨에게 들어간 내 돈이 모두 7천 환이 넘는 걸요!"

불만스러운 어투였다.

"안됐어 태갑이, 정말 미안허다. 내 무슨 짓을 해서라두 다 갚어 줄게……."

을미의 눈이 섬뻑거리자, 태갑은 자기도 울먹울먹하며 얼른 돌아서 뛰어 내려가버렸다. 을미는 돌아 들어오는 길로 마담에게 사정을 말하고, 퇴근할 때까지 주방 일을 거들기로 했다. 아니나 다를까, 좀 있으려니까 박치룡이 잔뜩 볼이 부어가지고 나타나 마담에게 을미가 어디 있는가를 묻고, 멀리 심부름 갔는데 늦으면 곧장 집으로 돌아갈지 모른다는 말을 듣더니 입맛을 다시며 빈자리에 잠깐 앉았다가 이내 일어서 나가버렸다. 그러나 그는 아주 돌아간 것이 아니라, 다방 문간에 자리잡고 담배 파는 아이를 시켜 을미가 주방에 숨어 있다는 사실을 마침내 알아내고야 만 것이다. 험상궂은 얼굴로 변하여 박치룡이가 도로 뛰어 올라와 마담과 시비를 걸며 주방문을 열어젖히려는 순간, 을미는 재빨리 뒷구석의 비상구를 따고 빠져나와버리고 말았던 것이다.

을미는 도저히 박치룡의 교제비를 당해내는 도리가 없었다. 다방에서 삼시 먹고 만여 환밖에 안 되는 수입으로는 어림도 없었다. 그래도 처음 얼마 동안은 그가 필요하다는 비용을 자진해서 얼마씩 장만해주었다. 이번에는 미군 부대에서 불하 나오는 큰 '구치'[3]를 뚫어놓았는데, 물론 자본이 없으니 직접 떠맡을 수도 없지만 소개만 해주어도 몇 십 만 환의 커미션은 문제없이 들어온다고 하며. 그러나 최소한도의 접대비는 있어야 할 텐데…… 하고 초조한 빛으로 푸푸 한숨만 쉬고 앉았는 그가 보기 딱해서 을미는 만 환 가까이나 마련해주었던 것이다. 그게 시초가 되어 을미는 그 뒤에도 여러 차례 무리를 해가며 자진해서 최소한도의 교제비란 걸 메워주기에 힘써왔다. 그러는 동안에 한번은 성사가 되었다고 하며 소개비로 받은 10만 환 뭉치를 안고 돌아온 일이 있었다. 당자인 박치룡의 기세는 말할 것도 없고 을미도 정말 눈이 번쩍 틔어서, 이러다가 그의 말대로 갑부는 못될망정 과연 생활 걱정은 면케 되려나보다 싶어 벅차도록 희망이 끓어올랐고, 소년들도 돈 뭉치를 둘러싸고 야, 야, 감탄성을 연발하며 어쩔 줄을 몰랐던 것이다. 박치룡은 그 달음으로 식구들을 끌고 나가, 을미에게는 고급 옷감을 떠주고 소년들에게는 멋진 농구화를 한 켤레씩 사준 다음 배가 불러야 싸움을 계속할 수 있다고 하며 우선 쌀 한 가마에 갈비를 한짝 들여다가, 며칠 동안은 마치 잔칫집처럼 풍청거렸다. 좋아하는 약주에 알맞게 취기가 돈 박치룡은, 식구들을 둘러보며 밑천 없는 게 한이라고 했다.

"내게 돈이 있어서 통째로 떠맡으면, 비용 일체를 빼고도 문제없이 배는 남는 건데 겨우 소개비나 뜯어먹고 떨어지자니 억울하기 짝이 없단 말야. 만일 백만 환의 자금만 있으면 나는 1년 내에 거부가 될 자신이 있다. 그렇게만 된다면, 너들에게 요 모양대루 신문 배달이나 구두닦이를 시킬 줄 아냐! 대번에 학교에들 보내줄 테다…… 그렇지, 우리 귀여운 아가씨, 아니 우리 여왕님께 다방의 레지를 시키다니, 온 말이 되나! 물론 집안에 가만 모셔놓고 단판 호강을 시켜드려야지……."

그러고는 다짜고짜 을미를 북 끌어안고 소년들이 보건 말건 버둥거리는 을미의 입과 뺨에다 마구 키스를 퍼붓는 것이었다. 그때만은 소년들도 안심하고 히들히들 웃었고, 을미도 그렇게는 심하게 남자를 탄하지 않았다.

그 뒤부터는 비용이 필요하면 박치룡은 으레 을미 앞에 손을 내밀게 되었다. 물론 을미도 자기의 수단껏 팔 게 있으면 팔고 꿀 수 있으면 꾸어서라도 애써 응해주었다. 그러나 그 뒤로는 좀체 일은 성사가 되지 않고 일방적으로 헛되이 교제비만 흘러나갈 뿐이었다. 나중에는 을미도 지쳐버려서 남자의 요구에 일일이 응할 수 없게 되었다. 그제부터 박치룡은 취기를 빌어 을미에게 손찌검을 하기 시작한 것이다. 비협조적이니, 자기를 믿지 않느니, 자기에게 대한 애정이 없는 탓이니, 하고 뚜들겨 패는 것이다. 그래도 을미에게서는 돈이 잘 나오지 않으니까, 그는 마침내 소년들에게서까지 긁어내는 것이었다. 꼬마 화가인 기수나, 서장을 꿈꾸는 상균은 그달 그달의 식비에도 쪼들리는 판이라 피해가 적었지만, 구두쇠인 태갑은 저축도 있을 뿐 아니라 매일매일 수입이 오르기 때문에 아무리 조심해도 뜯기지 않는 도리가 없었다. 그러던 어느 날 박치룡은 종시 태갑이가 상당한 저축을 몸에 지니고 있다는 것을 알아냈다. 대번에 팔자를 고칠 만큼 무섭게 큰 '구치'를 하나 뚫어놓았는데 마침 잘되었다고 하며 박치룡은 태갑이더러 교제비를 대라고 살살 졸라댔다. 성사만 되면 빌려준 돈의 2배를 준다거니 3배를 준다거니 하고 달래도 보고 협박도 해보았지만, 태갑은 더욱 단단히 도사릴 뿐 귀담아들으려고도 하지 않았다. 그러자 박치룡은 그예 폭력을 행사하기에 이르른 것이다. 바로 오늘 아침이었다. 그는 아직 일어나지도 않은 태갑에게 달려들어 완력으로 꼼짝 못하게 하고 내의 속에 두르고 있는 돈 보자기를 끌러내고야 만 것이다. 박치룡은 식구들이 보는 앞에서 돈을 세어보았다. 1천 환권과 500환권으로 4만 환 가까이 있었다.

"한 달 이내에 책임지고 이 돈의 배액을 갚아줄 테다! 고맙다!"

그러고는 울상이 되어 붙드는 을미도 뿌리치고 나가버린 것이다. 태갑은 얼굴이 파랗게 질려서 달달달 몸을 떨 뿐, 말 한 마디도 못하고 그 자리에 주저앉은 채 금방 까무러칠 것만 같았다.

4

한 달이 지나도 박치룡은 태갑의 돈을 갚아주지 못했다. 일이 제대로 되어가기는 하지만, 원체 '오구치'⁴⁾여서 이놈을 삶아놓으면 저놈이 말썽이고, 저놈을 삶아놓으면 또 딴 놈이 들고일어나는 통에 질질 시일을 끌기는 하지만 불원간 성사가 되리라는 것이다.

"이번에는 그냥 소개비만 먹고 떨어지는 게 아니라 나도 악착같이 한몫 끼기로 했다. 물론 무자본이니까 내 몫이 제일 적기는 하지만 그래도 2백만 환은 틀림없다. 알지 2백만 환이다. 그만하문 꽤 큰 돈이다. 그 돈만 들어오면 너들에게 진 빚두 두 배 세 배 해서 갚아줄 테다!"

그러더니 을미를 돌아보며,

"여보, 그리되면 당신에게 1년 생활비루 아예 절반을 뚝 떼 맡기리다. 그러니까 그때는 그놈의 직장두 집어치구 집에 들어앉아 애기나 낳아서 잘 키워요. 다시는 당신에게 고생을 시키지 않을 테요!"

그러고는 알고 보면 표가 나게 불러오른 을미의 배를 건너다보며 흐뭇하게 웃는 것이었다.

나날이 배는 자꾸 불러와서 더 계속해 직장에 나갈 수도 없고 그렇다고 들어앉으면 당장 호구가 문제여서 을미는 혼자 고민해오던 차라, 남자의 말이 어느 정도 확실성 있는지는 알 수 없지만 전에도 한 번은 성사가 된 일이 있었고 해서 행여나 하는 마음에,

"참말 그렇게 된다면 얼마나 좋겠어요!"

꿈 같은 생각에 취해보며 가만히 한숨을 몰아쉬었다.

"아냐, 틀림없어. 이번엔 정말 틀림없다니까. 두구 보기만 해요!"

남자는 자신 있게 장담을 앞세우는 것이었다.

그 뒤로도 박치룡은 매일같이 부평으로 인천으로 분주히 쫓아다 녔고, 집에 돌아올 때마다 군자금이 모자라서 탈이라고 한탄했다. 이놈 저놈 돌아가며 모조리 입을 틀어막아놓으면 제꺽 될 일인데, 비용이 없기 때문에 계획대로 잘 추진이 되지 않는다는 것이다. 역시 이번에도 미군 부대에서 나오는 불하 물자를 도리[5]로 떠맡는 일이라는 것이었다. 인제는 아무리 들볶아도 을미나 소년들에게서는 피천[6] 한푼이 나오지 않을 줄을 잘 알고 있기 때문에 때로는 교통비마저 떨어져도 말을 못하고 푸푸 한숨만 짓고 앉았는 박치룡이가 보기에 몹시 딱했다. 그러고 보니 이 몇 달 동안에 얼굴도 바짝 말라서 꺼츨해 보였다. 그가 그처럼 고심하고 있는 것으로 보아 일 자체도 아주 가망이 없는 것 같지 않아서 을미는 마지막으로 남은 외출복마저 잡히고 돈을 얻어다 주었다. 소년들도 여느 때 없이 보기에 민망했던지,

"아저씨, 어서 그 일만 성사시키세요!"

노상 그러면서 몇 백 환씩이나마 주머니를 털어서 내놓았다.

그러고 나서 을미나 소년들이 아무리 눈이 빠지도록 기다려도, 그리고 박치룡이 자신 반미치광이처럼 몸이 달아 쫓아다녀도 일은 될 듯 될 듯 하면서 한 달이 지나고 두 달이 가도 결말이 나지 않는 것이었다.

그럭저럭 겨울도 갔다. 양지쪽에는 풀 움이 군데군데 대가리를 치솟구는 계절이 되었다. 해산일이 임박해서 집에 누워 지내고 있

던 을미는 기수가 남겨가지고 돌아온 신문을 뒤적이고 있다가 소스라쳐 놀랐다. 며칠째 돌아오지 않아서 걱정하고 있던 박치룡의 사진이 신문에 실려 있었기 때문이다. 5~6명의 낯모를 사람들의 사진 속에 끼어 있었다. 을미는 눈앞이 아찔해서 신문을 읽을 수가 없었다. 소년들을 불러서 누구든 읽어보라고 했다. 기사의 내용은 이러했다. 모 미군 부대에서 민간에 불하 처분하는 물자 속에 막대한 비불하품이 섞여 반출되었다는 바, 그것은 민간 상인들이 수명의 미군 및 한국인 종업원들과 교묘히 결탁하여 저지른 범행이라는 것이었다. 물론 그들 범인 가운데 박치룡이 이름과 사진도 섞여 있었던 것이다. 그 기사를 기수가 다 읽고 난 다음에도 을미는 기운 없이 벽에 기대앉은 채 고개를 젖히고 퀭한 눈으로 천장만 지켜보았다. 핏기 없는 입술이 가늘게 경련을 일으켰다. 소년들도 어이가 없고 민망도 해서 무슨 말을 해야 좋을지 몰랐다. 언제나 떵떵 흰소리 잘 치는 상균이만이,

"뭐 대단한 일은 없을 거야. 요점 세상에 이런 일이 얼마나 많다구!"

그렇게 한마디 아는 척했지만 아무도 그 말에 귀를 기울이지 않았고, 결국은 상균이 자신 쓰디쓰게 쩝쩝 입맛만 다시는 것이었다.

그런 일이 있은 지 사흘째 되는 날 저녁에 을미는 해산을 했다. 저녁도 먹는 둥 마는 둥 배를 살살 어루만지며 아랫목에 누워 있던 을미는 별안간 신음 소리와 함께 허리를 꼬고 돌아가며 땀을 철철 흘렸다. 내버려두면 당장에 죽을 것만 같았다. 소년들은 어찌해야 좋을지 몰라 쩔쩔맸다. 마침내 을미의 요청으로 소년들은 상당히 떨어져 있는 이웃집으로 달려가서 그 집 아주머니를 데려왔다. 그 아

주머니의 구호를 받아가며 을미는 밤이 꽤 깊어서 계집아이를 낳은 것이다. 그날 밤 소년들은 공연히 흥분해서 한잠도 이루지 못하고 꼬박 새우다시피 했다.

　기수는 등잔불 밑에 바싹 다가앉아, 을미를 모델로 가지가지 포즈의 여인상을 그려두었던 자기 화첩을 떠들어보다가는 소녀 모양 감상적인 표정을 지으며 무슨 생각에 깊이 잠기곤 하였다. 돈에는 사족을 못 쓰는 태갑이 녀석은 자기의 조그만 수첩을 끄집어내놓고, 박치룡에게 빌려준 돈의 액수를 다시 한번 따져보는 것이었다.

　"임마, 인젠 그 돈 받기는 다 틀렸어! 아예 생각두 말어."

　상균이가 보다 못해 내뱉듯 하자,

　"왜? 이 돈이 얼만 줄 알어! 전부 5만 환이나 돼, 5만 환이야. 이 많은 돈을 그래 몽땅 잘린단 말야!"

　어림도 없다는 듯이 눈을 부라리며 입술을 뚜하고 내미는 것이었다.

　"흥, 갚아줄 사람이 징역살일 가두 받을 테야?"

　"그러문 나온 댐에 받지!"

　태갑의 말두 어쩌문 아주 가망이 없는 바는 아니었다. 경찰을 거쳐 송청된 이래 3개월 가까이나 질질 끌어오다가 드디어 2년 언도를 받은 박치룡이 기결감으로 들어가던 날, 면회를 간 소년들에게 간곡히 이런 말을 남겼기 때문이다.

　"내가 없는동안 을미 누나를 친누나처럼 생각하구 잘 돌봐다구. 형기를 마치고 나오면 무슨 일이 있드래두 너들 은혜만은 꼭 갚을 테다!"

　그때 소년들은,

"문제없어요. 누나 일은 걱정 마세요!"

그러는 수밖에 없었다. 그날 같이 갔던 을미는 등에 업은 어린애를 남자 앞으로 내밀어 보였다. 박치룡은 잠시 아기 얼굴을 뚫어지게 들여다보다가,

"미안하우, 미안해요!"

그러고 벌겋게 낯을 붉혔다.

을미를 앞세우고 돌아오는 길에 소년들은 서운하면서도 당연한 것 같기도 하고 슬픈 것 같으면서도 반가운 것 같기도 한 야릇한 심정을 경험하는 것이었다. 아무튼 그들에게 있어서 아직도 을미는 누나요 친구일 수는 있을지 몰라도 이미 애인일 리는 없고, 더더구나 여왕일 수는 없었다. 그러나 박치룡과 비슷한 부탁을 남기고 돌아간 을미 모친의 말을 생각해보며, 이렇게 된 이상 을미 누나를 끝까지 봐주지 않을 수 없다고 소년들은 각기 속으로 다짐하며 걷는 것이었다.

___
주

1) 퇴방 : '토방土房'의 방언. 방에 들어가는 문 앞에 좀 높이 편평하게 다진 흙바닥. 여기에 쪽마루를 놓기도 한다. 흙마루.
2) 입체立替 : 뒤에 상환받을 목적으로 금품 등을 대신 지급함.
3) 구치 : '못'이라는 뜻의 일어.
4) 오구치 : '큰 못'이라는 뜻의 일어.
5) 도리 : '독차지'라는 뜻의 일어.
6) 피천 : 아주 적은 돈.

죄 없는 형벌

　퇴근 시간이 가까워오면 상권은 견딜 수 없이 마음이 조급해진다. 마지막 시간에 교실에 들어가거나, 학과를 다 마치고 직원실에 돌아와 잔무 정리를 하려면, 도무지 머리나 손이 제대로 움직여지지 않는 것이다. 어른 없는 집에서, 아버지 돌아오기만을 안타깝게 기다리고 있을 어린것들의 애처로운 모습이 자꾸만 눈앞에 어른거리기 때문이다. 수없이 문밖을 내다보며 아버지를 기다리다 못해, 오뉘가 서로 붙안고 울다울다 지쳐서 아무 데나 쓰러져 자는 꼴이 머리에 떠오르기도 한다. 상권은 자연 마음이 걷잡을 수 없이 무거워지는 것이다. 어두운 표정으로 애꿎은 담배만 연거푸 피워 물며 시계를 보고 보고 한다. 그러다가 5시만 되면 아무렇게나 가방을 챙겨 들고 누구보다도 먼저 밖으로 뛰어나와버리는 것이었다. 시 변두리에 있는 학교라, 집으로 향하는 길은 한적한 소로였다. 조그만 등성이를 넘어서서 마주 바라보이는 산허리에 상권이네 집이 있었다. 작년 여름 방학 때, 아내와 함께 손수 짓다시피 무리를 해서 간신히 장만한 주택이었다. 널찍한 방 하나에 비교적 쓸모 있는 부엌과 조그만 마루가 딸려 있을 뿐이지만, 인가에서 뚝 떨어져 있는데다가 양지발라서, 셋방살이에 오래 시달려온 상권이 부처에게는 마치 별장에라도 온 것같이 흡족하였다. 학교에서 20분 가량 걸렸다.

교문을 나선 상권은 부리나케 등성이를 추어 올라갔다. 길 좌우에 길길이 우거졌던 잡초는 이미 누렇게 시들어버린 지 오래다. 드문드문 남아 있는 솔포기만이 여느 때 없이 엉성해 보인다. 이윽고 마루턱에 올라선 상권은 맞은켠 산허리부터 건너다보았다.

집 근처에는 어린것들의 모양이 눈에 뜨이지 않았다. 방구석에 쓰러져 자나보다 싶으면서도 은근히 마음이 쓰였다. 구불구불 휘어진 비탈길이 밑바닥까지 내려와서 빙그르르 커브를 도는 모퉁이에 조그마한 찬가게가 있었다. 거기서 상권은 저녁과 내일 아침 찬거리를 몇 가지 샀다. 거스름돈 대신에 어린것들 주려고 양과자를 몇 개 집어가지고 돌아서려니까,

"어쩨, 오늘은 애기들이 마중을 나오지 않는군요."

하고, 주인 아주머니가 궁금하다는 듯이 웃어 보였다.

"아마 기다리다 지쳐서 자나봅니다."

"온 어린것들이 가엾어라. 어서 애기 어머니가 나아서 돌아오셔야 허실 텐데요!"

그 말에 대답 대신 상권은 그저 쓸쓸히 웃어 보였다. 그리고 이내 걸음을 옮겼다. 가게 아주머니의 말대로 정말 어린것들이 가엾었다.

네 살잡이 남철은 말할 것도 없고, 여섯 살 먹은 남숙이까지도 여

태 엄마 품에서 아양을 떨고 응석을 부려야 할 철부지였다.

그런 것들이 어머니의 사랑을 영원히 잃고 말았으니, 앞으로 구김살 없이 성장할 수 있을는지가 의문이었다. 벌써부터 두 어린것은 시들은 풀잎처럼 생기가 푹 꺾여버리고 말았다. 나날이 눈에 보이게 심신이 위축되어갔다. 요즈음은 전처럼 밤낮을 가리지 않고 엄마를 부르며 보채지 않는 대신, 겉모양이 야위어 꺼칠해가는 한편, 어딘가 얼빠진 애들처럼 허랑해 보였다. 어미가 있을 때는 그토록 옹글차고 똘똘한 애들이었다. 상권이가 학교에서 돌아올 때마다 별로 거르는 일 없이 마중 나와주는 애들이었다. 남철이 놈은 누구보다 더 열심이었다.

상권이가 가방을 끼고 경사진 길을 스적스적 내려오노라면, 집 마당에서 놀고 있던 남철은 어느 틈에 아버지를 발견했는지, 고꾸라질 듯한 기세로 고르지 못한 언덕길을 쏜살같이 뛰어 내려오는 것이었다.

부자가 마주치는 지점은 대개가 이 찬가게 앞이었다. 남철은 숨이 차서 할딱거리며,

"아버지!"

하고 불러놓고, 만세라도 부를 때 모양 두 팔을 번쩍 들고 상권에게로 뛰어드는 것이다. 덮어놓고 아랫도리를 쓸어안고 매달려본다.

상권이가 걸음을 멈추고 등을 투덕거려주면, 남철은 그제야 만족한 듯이 한 걸음 물러서며 이번에는 아버지 손에서 가방을 받아 드는 것이다.

그 가방은 남철이 힘에는 벅찬 짐이었다. 무거워서 양쪽 손으로 연방 번갈아 들면서도, 남철은 노상 양보하지 않고 가방을 든 채 앞

장서 걷는 것이다.

얼마쯤 가다가 남철은 마침내 걸음을 멈추고 아버지를 쳐다본다.

"아버지!"

"왜?"

"이 속에 뭐 들었어?"

상권은 그놈의 속이 빤드름히 들여다보여서 빙그레 웃으며,

"책이 들었지!"

일부러 그래본다.

"책 말구 또 뭐가 들었어?"

그래도 남철은 기대를 포기하지 않고 뒤를 캐묻는다.

"책 말구, 책 말구는 색연필이 들었지."

"그거 말구 또 뭐가 들었어?"

"그거 말구는 자가 들었지."

"그 댐엔 또 뭐가 들었어?"

"그 댐에는…… 가만 있자, 옳지 도화지가 들었다."

"그리구 또 뭐가 들었어?"

남철은 차차 초조해져서 재우쳐 물었다.

"그것뿐이다."

"그거 말구 다른 건 아무것두 안 들었어?"

"다른 건 아무것두 없다."

그러자 남철의 얼굴에는 실망의 빛이 떠오른다. 그렇지만 아직 완전히 포기하지는 않는다.

"근데, 이렇게 무거워?"

그리고 나서 남철은 두 손으로 가방을 흔들어보는 것이다.

그런 때 만일 상권이가 시원찮은 대답을 할 양이면, 남철은 대뜸 울상이 되어,

"그럼, 나 이 가방 안 가주구 갈 테야!"

그리고 팽개치듯 땅바닥에 가방을 탁 놓아버리고 마는 것이다.

그러나 반대로, 상권이가 빙긋이 웃으면서,

"글쎄, 그놈의 가방이 어째 그리 무거울까? 옳아, 그 속에 아주 맛있는 게 들어 있는 걸 깜빡 잊고 있었구나. 우리 남철이 주려고 사온 거란다!"

그럴 양이면 남철은 담박 신이 나서 곧장 가방을 펴보자고 덤벼드는 것이다.

전에는 그러던 남철이었다. 남숙은 계집애니까 좀 다르긴 하지만 그래도 남철이 못지않게 팔팔한 애였다. 그렇듯 생기 있고 자냥스럽던[1] 오뉘가 어미를 잃고 나서부터는 시무룩하니 기가 죽어버리고 말았다. 아무리 좋아하는 것을 사다주어도 시들한 표정이었다. 언동에 도무지 활기가 없었다.

퇴근하고 돌아오는 상권을 바라보고도 전처럼 다급히 뛰어서 달려오는 것이 아니라, 오뉘가 손을 잡은 채 비실비실 걸어 내려오는 것이다.

그러면서도 역시 아버지 말고 기다릴 사람이 없는 그들 오뉘는 하루 종일 맞은편 길만 지켜보다가 아버지 모양이 눈에 뜨이면 마중 나오기를 잊지 않는 것이었다.

간혹 오늘처럼 거르는 날이란 어디 몸이라도 아프거나 그동안 쌓여온 심신의 피로에 눌려 잠들어버린 때뿐이었다.

상권은 은근히 마음이 쓰여서 단숨에 언덕길을 추어 올라갔다.

방문을 열고 들어서보니, 짐작대로 아이들은 한구석에 웅크리고 누워서 자고 있었다.

오뉘는 아무것도 덮지 않고, 새우처럼 허리를 꼬부린 채 서로 꼭 부둥켜안고 자고 있었다.

상권은 얼른 다가가서 애들의 머리부터 짚어보았다. 남철의 이마에는 약간의 미열이 느껴졌다.

별반 걱정할 정도는 아닌 것 같아서 일어서기 전에, 애들의 뺨에 입을 맞추려던 상권은 주춤하였다. 오뉘의 얼굴에는 똑같이 눈물자국이 남아 있었다. 채 마르지 않은 것으로 미루어 잠든 지 오래지 아니한 모양이었다. 이제나 이제나 하고 아버지를 기다리던 끝에 그만 지쳐서 울다울다 잠이 들어버렸나보다.

상권도 어느새 코허리가 시큰했다. 얼른 일어나서 요를 깔고 어린것들을 살며시 옮겨 눕힌 다음 그 뒤에 담요를 잘 덮어주었다.

상권은 이미 옷을 갈아입고 부엌으로 나갔다. 서투른 솜씨로 저녁 준비를 하는 동안 상권은 내처 아이들의 처지와, 행방을 알 길 없는 아내의 생각에 가슴이 쓰렸다.

상권의 아내가 남편과 어린것들을 버리고 별안간 행방을 감추어버린 지도 어느새 석 달 가까이나 되었다.

그 석 달 가까이 되는 동안을 상권은 어떻게 날을 보냈는지 알 수 없었다. 밤이면 아이들이 엄마를 부르고 울며 보채는 통에 며칠 동안은 꼬박 밤을 새우다시피 했다. 할 수 없이 결근계를 내고 이틀 동안은 학교를 쉬었다. 사흘째부터는 꽤 떨어져 있는 이웃집 노파에게 어린것들을 부탁해놓고 출근했다.

맞은쪽 등성이를 넘어설 때까지, 엄마와 아빠를 부르며 우는 어린것들의 울음소리가 뒤통수를 때렸다.

암담한 기분에 짓눌려 언덕길을 걸어 내려가며, 상권은 핏덩이 같은 것이 속에서 울컥울컥 치밀어 오르는 것을 참았다.

어찌 생각하면 어린것들 이상으로 집을 나간 아내의 심정이 가긍했다. 지금 와 돌이켜보니, 작년 여름 집을 짓고 난 뒤부터 아내의 태도는 수상한 데가 있었던 것이다. 느닷없이 아내는 멍하니 어떤 생각에 잠기곤 하였다. 안색도 좋지 못하고 어딘가 풀이 죽어 있었다. 그런 때,

"여보, 혼자서 뭘 그렇게 골똘히 생각하우?"

하고, 상권이가 물으면 아내는 쓸쓸하게 웃고 이내 외면해버리는 것이었다.

상권은 그 이상 캐묻지 않았다. 집을 짓노라고 피로한데다가, 다소의 빚을 졌기 때문에 그러나보다 싶었다. 그러나 아내의 그와 같은 태도는 차차 나아지는 것이 아니라 갈수록 더 심해졌다.

어떤 때는 밥을 먹다 말고도 어떤 때는 밤중에 자다 말고도, 곰곰이 무슨 생각에 잠겨버리는 것이었다.

몹시 몸이 거북해 보였다. 그래서 상권은 어디 아픈 데가 없느냐고 캐묻기도 했다.

"아니에요. 아무렇지두 않아요!"

아내는 한결같이 쓸쓸한 표정으로 외면하고 도리질을 하였다.

"그러면, 나 모르는 무슨 걱정이라두 있소?"

상권은 의아한 생각이 들어서 그런 물음을 슬쩍 던져보기도 하였다. 그래도 역시 아내는 아니라고 하며 외면을 하였다.

아내는 차츰 상권에게 곁을 주지 않았다. 밤이면 잠자리를 으레 따로 폈다. 더러는 상권이가 무리로 끌어당기려고 해도 아내는 기를 쓰고 거부하는 것이었다.

상권은 은근히 불안한 생각이 떠오르기 시작했다.

그러던 어느 날 아내는 마침내 엉뚱한 소리를 끄집어냈다.

"요즘두 가끔 양이良伊를 만나세요?"

"아니, 새삼스레 건 또 무슨 실없는 소리요?"

상권은 놀라면서도 속이 약간 짚였다.

양이란, 상권이가 아내와 결혼하기 전에 밀접한 교섭을 가졌던 여자였다.

그 당시 상권을 비롯해서 아내나 양이는 같은 국민학교의 교사였다.

그때 상권의 아내인 혜순은, 양이네 집에 하숙을 하고 있었고, 상권은 거기서 여남은 집 떨어진 곳에서 역시 하숙 생활을 하고 있었다.

자연히 셋은 출퇴근 때마다 같이 다녔고, 따라서 퍽 친근한 사이가 되었다.

그렇다고 무슨 애정적인 삼각관계 같은 것이 벌어지지는 않았지만, 역시 세 사람은 은연중에 서로 정이 깊어갔다. 혜순이나 양이도 똑같이 상권을 생각하였고, 상권이 역시 두 여자를 다 진정으로 대했다.

그러는 동안에 상권이가 들어 있는 주인집 아주머니가 중신을 서서 상권이와 양이 사이에 혼담이 벌어지기 시작했다.

양이 어머니나 오빠도 상권의 인품에 호감을 품고 있던 차라 이야기는 극히 순조롭게 진전되었다. 물론 상권이나 양이 자신도 이의가 없었다.

그러나 그들은 똑같이 혜순에게 미안한 감이 들었다. 혜순에게 대해 무슨 죄를 저지르는 것 같아서 명확한 태도를 취하지 못하고 우물쭈물하고 있었다.

그러한 눈치를 챈 혜순은 어느 날 저 혼자 학교를 조퇴하고 와서 미리 물색해두었던 딴 집으로 벼락같이 하숙을 옮겨버린 것이다.

학교에서 만나도 혜순은 될 수 있는대로 상권이와는 모르는 체했다.

어느 토요일 오후였다. 양이는 혜순이와 조용히 단둘이 만나자, 머리를 푹 숙이고 상권이와의 약혼을 양해해주겠느냐고 물었다.

그때 혜순은, 양해구 뭐구 할 게 있느냐, 도리어 두 분의 행복을 빌 뿐이노라고 했다.

그날 밤 혜순은 하숙에 돌아와서도 밤새껏 잠을 이루지 못했다.

한편 상권이와 양이 사이의 약혼설은 결실을 보게 되었다. 그러나 공교롭게도 약혼식을 하기 꼭 한 주일 앞두고 뜻하지 않았던 6·25 사변이 돌발했던 것이다.

정신을 차릴 수 없는 사이에 10여 일이 흘러갔다. 괴뢰군 측에 자진 아부하는 사람, 그들을 피하여 숨어 다니는 사람, 형세의 추이만을 관망하며 명확한 태도를 취하지 못하는 사람들이 서로 얼키고 설켜 숨 막히는 하루하루가 질서 없이 연장되어갔다.

교직원들 사이에도 마치 기다리고나 있었듯이 괴뢰 측과 접촉하며, 사사건건이 선봉을 서서 흥분한 얼굴로 구호를 외쳐가면서 주먹을 내두르는 사람이 생겼고, 반면에 재빨리 자취를 감추어버리는 사람들도 있었다.

그 밖에는 대부분이 스스로 결단성 있는 태도를 갖지 못하고 초조히 눈치만 살피며 대세를 엿보고 있는 축들이었다. 말할 것도 없이 상권은 서울이 괴뢰군의 점령하에 들자 며칠 안 되어 행방을 감추어버리고 말았다.

그는 고향인 황해도에서 수년간 교편을 잡다가 탈출 월남한 사람이었던 것이다.

국군을 쫓아 남하하려다가 한강을 건널 기회를 종시 놓쳐버리고 만 상권은, 5~6일 동안을 이리저리 친구네 집으로 옮아 다니다가 어느 날 동정을 살피기 위해서 잠깐 학교에 얼굴을 나타낸 일이 있었다.

혜순이와 양이도 학교에 나와 있었다. 그러나 이미 그들 사이에 친밀한 사람에 취할 수 있는 교내의 분위기는 아니었다.

10분도 채 못 되어서 상권은 도망치듯 학교 뒷문으로 몰래 빠져나와버리고 만 것이다. 갑자기 뒤에서 상권을 부르는 소리가 들렸다.

걸음을 멈추고 돌아보는 상권의 눈앞에 혜순이와 양이가 나란히 다가오고 있었다.

그들 세 사람은 비교적 한가한 뒷골목을 골라 거닐며 상권의 처신 문제를 의논했다. 상권은 우선 학교 근처나 현재의 하숙에 있는 게 불안하니 몸을 피하고 싶다고 했다.

두 여인도 동감이었다. 그러나 성큼 짐을 갖다 맡길 데가 없다고 하며 상권은 두 여자의 얼굴을 번갈아 쳐다보았다.

"박 선생네 집에 갖다 맡기시죠!"

혜순이가 얼른 그렇게 말하고 두 사람의 안색을 살폈다. 상권이도 양이의 눈치를 보았다. 대답을 못하고 고개를 숙여버리는 양이의 얼굴에는 검은 그림자가 우울하게 내리덮였다. 얘기를 듣고 보니, 양이의 큰오빠나 둘째 오빠는 팔에다 붉은 완장을 두르고 마치 자기 세상이나 만난 듯이 으스대고 돌아다닌다는 것이다.

양이 모녀가 아무리 말려도 무가내라고 했다. 뿐만 아니라 오빠들은 도리어 양이마저 자기들과 행동을 같이 해주기를 강요하고 있다는 것이다.

다음날 아침에 상권은 할 수 없이 자기의 짐을 혜순이 하숙에다 가져다 맡겼다. 짐을 챙길 때 양이도 몹시 불안하고 우울한 낯으로 찾아와 거들어주었다.

짐이라야 별것이 없었지만 그 중에서 특히 수십 권의 교육에 관한 장서만은 잘 보관해주기를 상권은 혜순에게 거듭 부탁해두었다.

헤어지기 전에 혜순은 만일 형세가 부득이해지면 자기도 서울을 떠나 김포 방면에 있는 고모네 집에 가 있겠노라고 했다.

물론 짐도 다 그리로 옮겨다둘 터이니 만일 피신처가 마땅찮거나, 난리가 수습이 되면 그리로 찾아오라고 상권에게 주소와 약도를 그려주었다.

그날로 상권은 두 여자와 헤어져 서울을 떠났다. 이대로 괴뢰군 점령하에 있다가는 꼭 죽을 것만 같았다. 이북에 있을 때 반동분자라는 낙인 밑에 체포령까지 내렸던 그였기 때문이다.

상권은 백방으로 국군을 따라 남하할 계획을 해보았으나 나날이 전진하고 있는 괴뢰군의 전선 지역을 도무지 돌파하는 도리가 없었다.

그러는 동안에 점령지 내의 공기는 시시각각으로 긴박해져서, 반동이라는 지목을 받지 아니한 사람일지라도 청장년은 무사히 배겨 날 도리가 없이 되어갔다.

상권의 처지도 차츰 더 절박해갔다. 남하의 희망은 고사하고, 우선 당장 숨어 지낼 곳조차 없어졌다. 또한 한군데 구겨 박혀서 먹고 지낼 양식도 돈도 없었다.

마침내 상건은 거의 절망적인 심경으로 혜순이 고모네 집을 찾아갔다.

비굴한 생각도 들었으나 생사를 가려야 할 판국이니 별수가 없었다.

혜순의 고모네 집은 김포 방면의 구석진 산기슭에 위치한, 20여 호밖에 안 되는 촌락의 한 모서리에 있었다.

마침 혜순이도 와 있다가 반색을 하였고 그의 고모 내외분도 싫지 않게 상권을 맞아주었다.

상권의 짐들이 고스란히 윗방 구석에 쌓여 있었다. 근 보름 동안이나 걸려서 혜순이가 6~7차나 서울을 왕래하며 일일이 져서 날랐다는 말을 그의 고모가 설명해 들려주었다.

상권은 눈물이 핑 돌았다.

"고맙습니다. 세월만 바로잡히면 기어이 은혜를 갚겠습니다!"

상권은 진정으로 하는 말이었다.

혜순은 약간 얼굴을 붉히며 만족한 듯이 미소를 지어 보였을 뿐이었다.

비교적 잠잠하던 이 부락도 차츰 시끄러워지기 시작했다. 상권이 언제까지나 안심하고 은신할 처소는 못 되었다.

마침내 상권은 혜순이 고모부의 지시에 따라 거기서 10리 가량

되는 산중턱에 있는 조그만 절간에 피신하였다. 혜순이 고모네와는 잘 통하는 절이어서 안심하고 숨어 있을 수가 있었다.

9·28을 맞이하기까지 한 달 가까이 상권은 그 절에 내처 숨어 있었다.

거의 하루 걸러 한 번씩 혜순이가 여러 가지 정보를 알려주러 오곤 하였다.

어떤 날은 특별난 음식을 장만해가지고 오기도 했다. 상권에겐 혜순의 내방이 다시없이 반갑고 고마웠다. 무척 기다려지기도 했다. 상권은 희망과 절망이 교착되는 복잡하고 초조한 심리 속에서, 자주 혜순이와 마주 앉아 이야기하는 것만이 단 하나의 즐거움이요, 위안이었다.

10리 거리의 험한 산길을 이틀에 한 번 정도로 꼭꼭 찾아와주는 혜순의 심정 또한 족히 헤아릴 수 있었다.

어려서부터 부모를 여의고 고모네 집에서 성장해온 혜순은 어떤 날 이런 말도 꺼냈다.

"고모가요, 저보구 결혼기가 되었다고 하며, 주 선생하구 좋아하느냐구 물으셔요?"

"그래서 뭐라구 대답하셨습니까?"

"저는 주 선생님을 좋아하지만요, 주 선생님은 저보다 더 좋아하는 여자가 있다구 했어요!"

상권은 침통한 얼굴을 하고 잠시 가만히 하고 있었다. 얼마 뒤에야 무겁게 입을 열었다.

"그러구 보니 이번 동란은 수많은 사람의 운명을 바꿔놓고야 말게 되었습니다!"

그리고 혜순을 돌아보는 상권의 눈이 여느 때 없이 번득였다.

그 눈은 여러 가지 복잡한 의미를 전파처럼 발사하였다.

며칠을 지나니 절에서도 포성이 들리기 시작했다. 시시로 그 소리는 더욱 심해졌고, 또 접근해오는 것 같았다.

유엔군 항공기의 활약도 한층 더 눈부셨다. 상권의 가슴속에는 새로운 희망이 뿌듯이 치밀어 오르기 시작했다. 그러한 어느 날 혜순이가 숨이 턱에 차서 쫓아 올라왔다. 내처 달음박질을 치다시피 해서 온 모양이었다. 혜순은 상권을 보자 유엔군 인천 상륙의 희보를 알렸다.

순간 두 사람은 정신없이 부둥켜안았다.

그로부터 유엔군과 국군이 들어오기까지의 며칠 동안을, 혜순이도 상권과 함께 산사에서 묵었다. 하루하루가 밤이나 낮이나 두 사람에게는 처음 당하는 흥분과 감격의 연속이었다.

날이 갈수록 혜순의 우울증은 더하여만 갔다. 심신의 피로감도 심해갔고, 눈에 보이게 날로 의기 저상해갔다.

혜순이 자신은 전이나 다름없이 명랑한 태도로 남편을 대하려 애쓰는 모양이었으나, 그러면 그럴수록 그것은 반대 현상으로 나타났다. 상권은 아내에게 병원에 가볼 것을 권했다.

혜순은 몇 번 병원에도 가본 모양이었으나, 남편이 묻는 말에,

"아무렇지두 않대요. 걱정하지 말래요."

그러고는 역시 쓸쓸한 표정으로 외면해버리는 것이었다. 갈수록 상권은 아내를 이해할 수가 없었다.

한번은 밤중에 이런 일이 있었다. 역시 딴 자리에서 자는 아내를

상권은 힘껏 끌어당겼다.

혜순은 기를 쓰고 항거했다. 상권은 완력으로 혜순을 꼼짝 못하게 했다. 그러자 혜순은 자기의 가슴을 잔뜩 끌어안은 상권의 한쪽 팔을 꽉 깨물어버렸다.

상권은 그만 비명을 지르고 물러나 앉았다. 상권은 흥분했다.

"이게 대체 무슨 짓이요? 왜 이렇게 당신 태도가 표변했소?"

그러고 나서 상권은 한참 동안이나 아내를 노려보다가,

"나는 아내로서의 당신을 인제는 의심하는 수밖에 없소! 솔직히 말해줘요. 당신은 나와의 부부 생활을 청산하지 않을 수 없는 무슨 비밀을 간직하구 있을 거야. 그렇지? 얼른 속 시원히 말 좀 해봐!"

그렇게 따지고 들었던 것이다.

혜순은 눈물에 젖은 얼굴을 들어 남편을 바로 쳐다보았다.

그 눈에는 죽음과 같이 암담한 빛이 있었다. 영원히 구원받을 수 없는 불행을 의식하게 하는 눈이었다. 아내의 입은 금시 무엇을 말할 듯 말할 듯 하다 말고 종시 도로 다물어지고 말았다.

아내는 마침 두 손으로 얼굴을 감싸고 그 자리에 푹 고꾸라져서 어깨를 추며 울기 시작했다. 한참 뒤 둘이는 각기 자기 자리에 도로 누워서도 도무지 잠이 오지 않았다. 혜순은 저쪽으로 돌아누운 채 어둠 속에서 이런 말을 중얼거렸다.

"저 때문에 여러 사람이 모두 불행해지게 되었어요. 당신이나, 어린것들이나, 양이나가, 다 저 때문에 불행해지게 되었어요. 그러나 제 죄만은 아니에요!"

"뭐라구? 좀더 속 시원히 말해봐요. 당신은 지금 와서 새삼스레 나와 양이 사이를 의심하고 있는 게 아냐. 그러구 엉뚱한 일을 저지른 게 아냐?"

상권은 도로 벌떡 일어나서 따지고 들었다.

"만일 제가 죽든지 없어지든지 하면 당신은 양이를 아내로 맞아들이세요. 당신을 위해서나 저것들을 위해서나 양이를 위해서나, 그것만이 최선의 방법일 거예요. 부탁이에요!"

혜순은 그런 말을 하고 나서, 상권이가 무슨 소릴 하든 귀담아들으려고도 않고 다시 흐느껴 울기 시작했다.

혜순이와 6~7년간 결혼생활을 해오면서도 상권은 양이에게 대해서 미안한 생각을 금할 수가 없었다.

그것은 아내도 마찬가지여서 둘이는 가끔 그런 뜻의 말을 나누기도 했다. 그리고 부부는 양이가 어서 행복해지기만을 진심으로 빌어온 것이었다. 그것은 6·25 사변을 전후해서 양이가 여성으로서 너무나 불행한 고비를 겪어왔기 때문이다. 괴뢰에 부역한 두 오빠를 어떻게 구출할 수는 없을까 하는 기대에서, 9·28 수복 직후, 어떤 가짜 기관원의 협박과 꼬임에 넘어가 정조를 유린당하고 말았던 것이다. 그후 두 오빠는 끝내 처형을 당하고 말았고, 그 가짜 기관원도 상습 범행자로 당국의 손에 체포되어버렸고, 남은 것은 실신 상태에 있는 노모와, 올케와, 조카들과, 임신 몇 개월이라는 양이 자신의 짓밟힌 육체와 환멸과 고민과 저주와 생활고뿐이었다. 양이는 몇 번이나 낙태를 시키려다 말고, 1·4 후퇴 후에 부산에서 종시 해산을 하고야 말았다. 현재도 역시 양이는 그 저주받은 어린것과, 노모와 함께 서울에 살며 모 국민학교에서 교편을 잡고 있는 것이다. 1년에 한두 번씩은 어쩌다가 무슨 회합 같은 데서 상권은 양이를 만나는 일이 있었다. 그런 때마다 상권은 죄의식과 동정심에서 가슴이 저렸다. 그런 날 집에 돌아오면 상권은 으레 양이 얘기를 했고, 아내는 눈물을 머금곤 했다. 상권이 부처는 양이를 위로하기 위해서 더러 양이를 청하는 일이 있었으나, 양이는 그들의 초청에 꼭 한 번밖에 응하지 않았다. 양이가 찾아온 날 두 여자는 하루 종일 울고 이야기하고, 또 울고 이야기하노라고 모처럼 장만한 음식이 그대로 남았었다. 그 뒤에도 아내는 자주 양이를 만나느냐고 남편에게 물었다. 상권은 그때마다 통 못 만난다고 대답할 수밖에 없었다. 그런 경우에,

"뭐 더러 만나서도 저한테 숨기실 필요 없어요!"

혜순은 농담으로 그런 말을 하기도 했다. 그때마다 상권은 혹시나 아내는 자기와 양이 사이를 은근히 의심하고 있지나 않나 싶어 단순히 농담으로만 흘려버릴 수는 없었던 것이다. 그러한 심리적 관계로 미루어, 상권에게는 요즈음 아내가 남편과 양이의 사이를 의심한 나머지 어떤 실수를 저지른 게 아닌가 하는 의심이 더럭 나는 것이었다. 그러한 의심이 아내에게서 팔을 물린 그날 밤에는 더욱 의심할 여지없는 사실로서 실감케 되었던 것이다. 그러나 그것은 어디까지나 상권이 자신의 엉뚱하고 어리석은 의심에 지나지 않았다. 그 사건이 있은 지 한 달이 채 못 가서 아내는 놀라운 글발을 남겨놓고 돌연 집을 나가버리고 만 것이다.

할 말이 무척 많은 것 같으면서도 막상 적으려고 드니 무슨 말부터 해야 할지 알 수가 없습니다. 사랑하는 남편과 어린 자식을 두고, 보금자리를 떠나야 하는 저로서 무슨 말을 남긴들 가슴속 깊이 맺힌 한이 풀릴 수 있겠습니까? 다만 한 마디, 어디를 가나, 죽을 때까지 저는 당

신이나 어린것들을 잊을 수 없습니다. 아니, 죽어선들 어찌 잊으리까. 그러면 그동안 그렇게도 망설이다가 종내 입 밖에 내지 못한 채 떠나가는 까닭을 아뢰겠습니다. 저는 LEPRA(나병) 환자입니다. 몸에 이상을 느끼고 병원을 찾아갔을 때는 이미 결정적인 병 증상이 나타나고 있었습니다. 처음에는 당신과 의논해서 병 치료에 힘써볼까도 했으나, 여러 가지로 제가 알아본 결과 완치될 가망도 없을뿐더러 그 달 그 달 생활에도 쪼들리는 우리 형세에 그 비용을 어디서 염출할 수가 있습니까? 오랫동안 망설이고 궁리히던 끝에 어찌할 도리 없어 이러한 행동을 취하오니, 과히 탓하지 마시옵고 또한 아예 저를 다시 찾을 생각을 마시옵소서. 다만 어린것들에게 제 병이 유전되지 않을까 그 점 가슴에 걸리오니, 미리부터 조심하시어 최선을 다해주시기 바라옵니다······.

학교에서 돌아와 그 편지를 읽는 순간, 상권은 눈앞이 아찔해서 한동안 정신을 가다듬지 못하고 있었던 것이다.
그게 어느새 석 달 가까이 전 일이었다.

그 뒤 부엌에 나가거나, 고리짝 같은 것을 뒤질 적마다, 상권은 아내의 생각에 새삼스레 설음이 복바쳐 오르곤 했다.
어느 것 하나 아내의 손때가 오르지 않은 것이 없고 정성이 깃들지 않은 물건이 없었기 때문이었다. 더구나 옷가지들에 이르러는 소소한 데까지 아내의 마음씨가 스며 있었다.
철따라 입을 내의에서부터, 마구 입는 옷가지며 겉옷은 물론, 이부자리나 손수건에 이르기까지, 빨 건 빨고 기울 건 기워서 차곡차곡 정리해두고 간 것이다. 특히 의복 한 가지 한 가지에는 꼬리표 같은 쪽지가 붙어 있었다. 거기에는 일일이 누구의 것이라는 것이 밝혀져 있는 외에, 그것들을 입을 절기와 순서까지도 명기해 있었다.

남편과 남숙의 털내의도 한 벌씩 새로 떠서 넣어두었다. 며칠 전부터 갑자기 날씨가 추워져서 그것을 내어 입는 상권의 손은 자꾸만 떨렸다. 남숙에게도 내어 입혔다. 그러나 남철의 털내의만이 없었다. 낡은 것이 있음직한데 그것마저 보이지 않았다. 할 수 없이 남철에게는 메리야스 내의를 골라 입히고, 다음 일요일에는 거리에 데리고 나가서 털내의를 한 벌 사 입혀야겠다고 별러오던 중이었다. 그러한 상권에게 오늘 뜻밖에도 소포 뭉텅이가 한 개 학교로 날아 들어온 것이다.

발송인의 이름을 들여다보는 순간, 상권은 대뜸 가슴이 찌르르했다. 그것은 틀림없는 아내의 이름이었기 때문이다. 주소는 전라남도 어디로 되어 있었다. 그 속에는 남철의 멋진 스웨터가 한 벌 들어 있었다. 물론 아내가 새로 떠서 보내온 것이었다.

완전 소독제라는 쪽지도 들어 있었다. 무슨 편지 같은 게 없나 뒤져보았으나 그런 것은 들어 있지 않았다. 상권은 다소 낙담하였다.

퇴근 시간이 되기가 무섭게 상권은 그 소포 꾸러미를 소중히 옆에 끼고 학교를 나왔다. 어슬어슬해오는 등성이의 비탈길을 그는 바삐 추어 올라갔다.

마루턱에 거진 다다랐을 때였다. 앞쪽에서 어린애들의 지친 울음소리가 들려왔다. 상권은 주춤 걸음을 멈추고 몇 걸음 앞을 바라보았다. 서로 부둥켜안고 길가에 앉아 울고 있는 두 어린것은 다름아닌 남숙이와 남철이었다.

오뉘는 오들오들 떨면서 서로 의지하고 울고 있는 것이다. 상권은 놀라 뛰어가서 두 어린것을 한꺼번에 부둥켜안았다.

"추운데 뭣하러 예까지 나왔니?"

"남철이가 자꾸만 아빠한테 가자구 울면서 떼를 쓰는 걸 뭐!"

남숙은 입이 얼어서 똑똑찮은 발음으로 그렇게 말하고 더 섧게 울기 시작했다.

남철은 자꾸만 몸을 떨며 아버지 가슴속으로 파고들었다.

"오냐, 아빠가 왔다. 아빠다. 자 인제 울지 마. 그리구 여기 엄마두 왔다. 여기……."

코허리가 시큰해지며 정신없이 중얼거리는 상권은, 한 손으로 소포 뭉치를 힘차게 흔들어 보이는 것이었다.

―주

1) 자냥스럽던 : 재잘거리는 소리가 듣기에 똑똑한 데가 있는.

잡초의 의지

　개나리도 거의 지고, 며칠 안 있어서 창경원 벚꽃이 만개하리라고 신문이 떠들어대는 무렵의 어느 날 오후였다. 아침부터 찌뿌듯하던 날씨는 점점 때가 지나면서 마침내 부슬부슬 비가 내리기 시작했다. 모두들 기다리던 비요, 더구나 실오리같이 곱게 내리는 봄비여서, 정혜 역시 당장 장사에는 지장이 있더라도 마음이 흡족하였다. 담배, 성냥, 캐러멜 등속을 벌여놓은 목판 위에 비닐 보자기를 씌워놓고, 정혜는 뒤편 처마 밑에 바싹 들어앉아서, 달려와서 멎었다가는 떠나고 떠나고 하는 전차와 버스를 우두커니 지켜보고 있었다. 물론 좀처럼 목판 앞에 다가서는 손님은 없었다. 더 버티고 앉아 있어보았자 신통할 것 같지 않았다. 정혜는 차라리 일찌감치 걷어가지고 들어가기로 했다. 아이들 데리고 목간이라도 갔다 와서, 오래간만에 세 모녀가 오붓이 모여 앉아 저녁 식사를 같이 하리라 궁리하며 정혜가 엉거주춤 일어서려는 때였다. 비에 젖은 유 선생이 새까맣게 넓은 수건으로 연방 얼굴을 문대며 나타난 것이다. 유 선생은 정혜 앞에 바싹 다가서며, 전에 없이 생기 띤 음성으로,

"아주머니 됐습니다. 양담배 오늘부터 나온댑니다."

그리고 보란 듯이 만족한 표정을 지었다. 오래 전부터 유 선생은 양담배를 싸게 살 수 있는 길을 터주겠다고 별러왔던 것이다. 어느 미군 부대에 다니는 유 선생의 친구가 양담배를 헐값에 사 내올 수 있다는 것이다. 자기가 나서서 부탁하면, 시장에서 도매금에 떼오는 것보다 훨씬 싼값에 정혜가 대놓고 도리로 맡을 수 있으리라는 것이었다. 그래서 정혜도 적잖은 기대를 걸고 은근히 기다려오던 일이었다. 정혜는 마침 잘되었다고 생각하고 물건들을 정리해 치우고 이내 유 선생을 따라가보기로 했다.

정혜의 낡은 우산을 둘이 같이 받고 나섰다. 빗발은 차츰 굵어지기 시작했다. 한참 만에 전찻길을 건너서 약간 경사진 골목길로 접어들었다. 바로 거기에 자그마한 식당이 있었다. 유 선생은 슬그머니 그 앞에서 걸음을 멈추었다. 깨어진 창 너머로 안을 넘실거리고 나서,

"이래 봬두 유명한 집입니다. 안주가 싸구 잘하거든요."

돌아보며 멋쩍게 웃었다. 정혜도 가볍게 마주 웃고,

"술 사드릴까요?"

했더니,

"아주머닌 곰탕을 드세요. 이집 곰탕 일러줍니다[1]."

그리고 유 선생은 어느새 드르륵 문을 열고 앞장서 들어갔다. 아직 시간이 일러 그런지 빈자리가 많았다. 홀을 지나 방으로 올라가서 구석진 식탁에 마주 앉았다. 정혜는 유 선생의 의향을 물어가며

술과 식사를 청했다.
"여기 자주 오세요?"
"가끔!"
유 선생은 또 비굴하고 수줍은 미소를 지어 보였다. 그리고 무슨 말을 할 듯 할 듯 하다 말고, 정혜의 왼쪽 손목에 시선을 주었다. 거기에는 스위스제 21석짜리 남자용 손목시계가 감겨 있었다. 정혜는 얼른 오른손으로 그 시계를 가려버렸다. 남편이 남기고 간 시계였다. 6·25 때 적구赤狗[2)]의 앞잡이 노릇을 하다가 월북해버린 남편. 너무나 선량하고 약했기 때문에, 남편은 자신과 가족들의 생명의 부피에 눌려 꼭두각시처럼 적구들의 손끝에서 놀아났다. 그즈음의 남편은 완전히 공포증에 사로잡혀 영 딴사람같이 되어 있었다. 그러한 정혜 남편은 마침내 자기를 믿고 데려다 맡겼던 유 선생의 동생(국군 헌병)을 적구의 손아귀에 넘겨주고야 말았던 것이다. 두 명의 괴뢰군에게 끌려 나가며 뒤를 돌아보던 청년의 눈을 정혜는 영원히 잊을 수 없다. 그것은 절망과 분노와 애원의 감정이 핏물처럼 붉게 엉긴 눈이었다. 한참 뒤 유 선생의 동생은 세 발의 총성과 함께 자기가 판 구덩이에 한을 품고 쓰러지고 말았다. 그날부터 정혜 남편은 단총을 겨누고야 자기 집 대문을 들고 나는 사람이 되었다. 그런 지 얼마 안 해서, 인천 상륙 작전에 성공한 유엔군과 국군은 서울을 향하여 폭풍처럼 들이닥쳤다. 서울 주변에서 맹렬한 공방전이 계속되던 어느 날 저녁 무렵이었다. 정혜 남편은 역시 단총을 겨눈 채 황황히 대문 안에 들어섰다. 그는 핏발 선 눈으로 실내외를 휘둘러보고 나서, 정혜와 어린것들 앞에 와 맥없이 주저앉았다.
"당신은 아이들 데리구 언제까지나 여기 남아 있으우!"

목이 갈려서 칼칼한 음성을 냈다.

"그럼 당신은……?"

"난 이 길루 곧 떠나야 해. 지령이 내렸어."

예측 못했던 바는 아니지만, 순간 정혜는 갈피를 잡을 수 없는 마음의 혼란에 빠졌다.

"여보 난 떠나야 하겠지? 무슨 딴 도리는 없겠지?"

기도하듯 하는 남편의 눈과 음성이 정혜의 이성을 불러일으켰다.

"여보! 여기 남아 계셔요. 한동안 숨어 지내다가 자수하세요!"

"뭐? 자수?"

남편의 안색이 금시 공포로 변해버렸다. 하늘처럼 무거운 침묵이 잠깐 두 사람을 덮쳐눌렀다.

"안 돼. 사는 데까지는 살아봐야겠어."

이윽고 자리를 떴다. 정혜도 한사코 그를 붙들 용기는 없었다.

남편의 청에 따라 당장 필요한 타월, 비누, 칫솔 따위와 내의 몇벌을 꾸려주었다.

그것들을 챙겨 들다 말고,

"잠깐만……."

남편은 자기의 손목시계를 들여다보고 나서 정혜를 끌고 윗방으로 올라갔다.

무슨 일인가 싶어 정혜가 따라 올라갔더니, 남편은 갑자기 정혜를 꽉 쓸어안았다.

"마지막일지두 몰라!"

남편은 격정적인 키스를 퍼붓고 나서 정혜를 방바닥에 반듯이 눕혔다.

용무가 끝나자 남편은 딴사람처럼 벌떡 놀라 일어났다. 아랫방으로 내려가서 철없는 두 어린것을 하나씩 안아 입을 맞추고, 정혜를 돌아보며,

"이것들 잘 길러요. 죽지 않구 살아남게 되면 언제고 다시 만날 날이 있을지두 몰라……."

가슴속에서 짜내듯 하는 말이었다. 정혜는 이제야 눈물이 치솟았다.

어느새 남편은 단총을 겨누고 어두워오는 대문을 향해 걸어나가고 있었다. 그러다가 무엇을 생각했는지 문득 걸음을 멈추고 천천히 돌아섰다. 그는 한 손에 손목시계를 끌러 들고 있었다.

"앞으로 굶게 되면, 이거라두 팔아 보태 써요!"

정혜는 그 시계를 받지 못하고 그 자리에 엎뎌져 어깨를 추며 울었다.

얼마 뒤에 정신을 가다듬고 고개를 들었을 때는 손목시계를 남겨놓은 채, 남편의 그림자는 이미 보이지 않았다.

그 뒤, 오늘날까지 소중히 몸에 지녀오면서도 떳떳이 남 앞에 내놓을 수 없는 시계였다.

남편은 민족과 조국을 배반한 죄인, 유 선생에게 있어서는 혈육을 살해한 원수였기 때문이다.

그 까닭에 자기를 용납해주는 조국에 대해서는 의붓자식처럼 조심스러웠고, 유 선생 앞에서는 과중한 정신적 채무자의 심리를 면할 길 없었던 것이다.

그러면서도 그 시계를 처분해버리지 못하는 자기의 심리를 정혜는 스스로 이해할 수가 없었다. 지금도 그 시계의 내력을 알고 있는

유 선생 앞에서, 그것을 한 손으로 가린 채,

"이거 팔아버릴까봐요!"

마치 사죄하듯 속삭이지 않고는 못 배기는 정혜였다.

"그 친구 북한에 살아 있을 겁니다. 자기 생명을 아끼는 데는 천재적이니까요."

유 선생은 엄숙한 표정으로 위로하는 말투였다. 이윽고 주문한 술과 음식이 왔다.

유 선생은 술부터 마셨다. 정혜가 따라주었다. 거푸 네댓 잔 들이켜고 난 유 선생은 금시 안색이나 눈에 생기가 돌기 시작했다.

평시에는 무엇에 쫓기는 사람처럼 불안하고 초조해 보이기만 하던 유 선생도 일단 술만 들어가면 딴사람처럼 생기가 돌고 오만해지는 것이었다.

"아주머니 한 잔만."

유 선생은 별안간 빈 잔을 정혜 앞으로 불쑥 내밀었다. 거절하기가 안되어서 잔을 받았다. 노리끼한 액체가 차올라오는 잔을 바라보며, 정혜는 남편의 생일을 생각했다. 그날이 되면 간소하게나마 평시와 다른 음식을 장만해놓고 유 선생을 청하곤 했다. 그 자리에서 정혜는 남편이 따라주는 술을 축배의 뜻으로 한 잔, 유 선생이 부어주는 술을 인사로 한 잔, 그렇게 꼭 두 잔씩 받아 마셨던 것이다.

"드세요!"

거의 명령조로 권하는 말에 정혜는 깜짝 놀라듯이 긴장한 솜씨로 잔을 들어 단숨에 쭉 들이켰다.

"아주머니두 술꾼이 되시우!"

"선생님을 닮으란 말씀이죠?"

"온갖 인간 행위의 제약된 의미의 노예가 되지 않기 위해서……."

정혜가 부어준 잔을 비우고 난 유 선생은 그 잔을 도로 정혜에게로 건넸다. 좀 난처했지만 유 선생의 도연陶然한[3] 취흥을 깨뜨려주고 싶지 않아서 정혜는 이번에도 말없이 받았다. 유 선생이 따라주는 술을 눈을 감고 마셨다. 가슴속이 후끈후끈 달아오르며 이상하게 눈까풀에 팽창감이 느껴졌다. 정혜는 잔을 도로 유 선생 손에 건네고, 술을 부어주며,

"선생님!"

다정하게 불러놓고 유 선생이 잔을 들어 쭈욱 들이켜기를 기다려,

"어서 직장을 가지세요. 그리구 결혼두 하시구요!"

진심에서 하는 말이었다. 유 선생의 데카당한 생활이 반드시 정혜 남편의 배신에 기인한 것은 물론 아니겠지만, 왜 그런지 유 선생의 그러한 퇴폐적 생활이 자기에게도 일부 책임이 있는 것 같은 일종의 솔러대러티[4]에서 정혜는 벗어날 수가 없었던 것이다.

유 선생이 직장과 가정을 갖고 정상적인 생활에 정착한다면 정혜는 적어도 사변 이래 유 선생에게 대한 자기 마음의 빚을 덜 수 있을 것만 같았다.

"나마저 새끼를 치란 말입니까?"

유 선생은 원망스레 툭 내뱉듯 하고, 제 손으로 쪼르르 술을 따라 마시더니,

"새끼를 치면 그놈들이 날 통째로 집어삼킬 겝니다. 거미 새끼란 놈들이 그 야만적인 생을 위해서 어미를 포식하듯이, 내 새끼들두

내 껍질이구 속이구 송두리째 삼켜버릴 거란 말입니다. 그렇다면 난 정말 억울합니다."

그리고 정혜를 건너다보는 유 선생의 눈에는, 형언할 수 없는 어떤 병적인 공포의 빛이 스치고 지나갔다.

"선생님!"

따뜻한 체온이 느껴지는 음성으로 정혜는 그렇게 불러놓고,

"선생님은 너무 외로우신 거예요!"

"외롭다구요? 노오. 천만의 말씀."

"그러믄요?"

"니첸가가 고독 속으로 피하라구 했지만, 나는 불행하게두 나의 전신을 숨길 수 있는 무성한 고독의 숲을 발견하지 못하고 있습니다. 그러니 욕된 이 현실의 위협 앞에서 나는 피할 도리가 없는 사람입니다. 몸을 감출 만한 한 포기의 수풀도 없는 불모지대를 헤매는 한 마리의 사슴을 상상하실 수 있습니까? 자기의 그림자나 방귀 소리에조차 놀라지 아니할 수 없는 사슴을 말입니다."

"선생님의 속을 통 모르겠어요, 저는."

"모르는 게 좋습니다. 이 이상 아주머니는 저 때문에 피해를 입어선 안 되실 테니까."

유 선생은 사과하듯 하였다. 정혜는 말없이 유 선생의 빈 잔에 술을 따랐다.

그들이 음식집을 나왔을 때는 밖이 어둑어둑해 있었다. 빗발은 한결 가늘어져 있었다.

호기 있게 활갯짓하며 앞장서 걷는 유 선생의 뒤를 정혜는 묵묵히 따라 걸었다. 어두운 골목길을 더듬어 올라가려니까, 여기저기

처마 밑에 나와 섰던 젊은 여자들이 유 선생의 손목을 잡아끌었다.
"놀다 가세요, 아저씨."
뒤따라 걷던 정혜만이 놀랐다. 그러나 예가 말로만 듣던 그 뒷골목이라 깨달으니 신기하기도 했다. 색시에게 손목을 붙잡힐 때마다, 유 선생은 도리어 자기 쪽에서 덤벼들어 여자를 얼싸안으며 입을 맞추려고 서둘곤 했다. 그러면,
"이 양반이 개평부터 떼긴가."
쏘아붙이며 색시들은 몸을 뿌리쳤다. 그러한 골목을 무사히 빠져나오는 동안 왜 그런지 정혜는 자신이 등골에 땀을 뺐다.
몇 번이나 발을 헛디딜 뻔하며 비탈진 골목을 돌아 유 선생의 친구가 거처한다는 집 앞에 다다랐다. 그러나 미군 부대에 다닌다는 유 선생의 친구는 아직 돌아와 있지 않았다. 혼자 들어가보고 나온 유 선생은 몹시 민망한 듯이,
"어떡할까요, 아주머니. 들어가 좀 기다려볼까요?"
정혜의 의향을 물었다. 그렇다고 언제 돌아올지 모르는 사람을 덮어놓고 기다릴 수는 없었다. 더구나 날도 구질고 집에서 기다리고 있을 아이들을 생각해서도 정혜는 더 지체하고 싶지 않았다.
"다음날 다시 들리기루 하겠어요."
좀 거북한 말투로 유 선생은 그러라고 했다. 다음번에는 허행이 되지 않도록 친구와 미리 시간 약속을 해놓고 연락을 하겠노라고 유 선생은 다시 사과하듯 했다.
"인제 어디루 가시겠어요, 선생님은?"
"글쎄요, 발 가는 대루. 공중 나는 새도 깃들일 곳이 있구, 여우도 굴이 있으되, 인자는 머리 둘 곳이 없노라. 그러니까 그런 말은 묻지

말아주세요."

　정혜는 정말 뭐라 할 말이 없었다. 개운하지 않은 마음으로 발길을 돌이켰다. 그러자, 아무튼 전찻길까지 바래다주겠노라고 하며, 유 선생은 앞장서서 좀 전에 올라온 골목길을 걸어 내려가기 시작했다. 정혜는 물탕을 밟지 않도록 조심하며 몇 걸음 처져서 그 뒤를 묵묵히 따라 걸었다. 처마 밑에 지키고 섰던 밤 색시들이 이번에도 유 선생의 소매를 붙들고 늘어졌다. 한두 번은 그래도 뭐라고 농담을 남긴 채 뿌리치고 지났다. 세 번 만엔가 유 선생은 다시 붙들렸다. 이번은 노상 초면이 아닌 모양이었다. 허튼소리를 주고받다가 유 선생은 색시의 볼을 꼬집었다. 색시는 죽는 소리로 앙탈을 하고 매달리며, 기를 쓰고 유 선생의 한쪽 팔을 잡아끌었다. 그러자 유 선생은 맥을 못 추고 허수아비 모양 질질 끌려 들어가버렸다. 정혜는 어리둥절해서 걸음을 멈추고 서 있었다. 얼마 동안 초조한 마음으로 기다리고 서 있었으나 유 선생은 좀처럼 돌아 나오지 않았다. 할 수 없이 정혜가 발을 옮기려니까 그제야 유 선생은 어깨를 흔들며 태연히 나타났다. 어느새 양복저고리는 안에다 척 벗어놓고 내의 바람이었다. 유 선생은 정혜 앞으로 다가서더니,

　"아주머니, 3천 환만 빌려주시우. 나중에 책임지구 갚아드리겠습니다."

　술내와 함께 불쑥 손을 내미는 것이었다. 정혜는 좀 당황해서 잠시 주춤했다. 그러나 거절할 수는 없었다. 말없이 한 손에 들고 있던 보스턴백 속에서 3천 환을 꺼내 주었다. 유 선생은 성큼 돈을 받아 들고 한층 더 얼굴을 접근시키며,

　"이래서 난 아주머닐 좋아합니다."

속삭이듯 하더니, 어느새 술내 나는 그 입술로 정혜의 입술을 꽉 덮어버렸다. 정혜는 너무나 뜻밖이라 깜짝 놀라 얼굴을 젖히며 뒤로 한 걸음 물러섰다. 가까운 거리에서 밤 색시들이 까르륵 소리를 지르고 웃었다.

"아주머니 안녕. 조심해 가세요. 빠이 빠이!"

유 선생은 소년처럼 손을 흔들어 보이고 정혜를 길가에 남겨둔 채 아까 그 집의 추녀 밑으로 사라져버렸다. 색시들이 정혜 곁으로 다가서며 재미난다는 듯이 또 웃었다. 할 수 없이 정혜도 그들을 마주 보고 웃었다. 까닭 모를 미소를 머금은 채 정혜는 걸음을 떼어놓았다. 왜 그런지 눈물이 핑 돌았다. 눈물에 가려 앞이 잘 보이지 않았다. 그렇다고 못 견디게 분하다거나 원망스럽다거나 슬픈 것도 아니었다. 그저 자신에게 무한히 동정이 갔다. 유 선생에게도, 그리고 밤 색시들에게도.

그 뒤에도 유 선생은 이따금 정혜 앞에 나타나곤 했다. 물론 언제나 다름없이 초조하고 비굴한 미소를 띠고 그림자처럼 슬며시 나타나는 것이다. 그럴 때마다 정혜에게 술값을 청하기도 하고, 말을 못 꺼내서 머뭇거리고 서 있으면 정혜 쪽에서 얼마의 돈을 집어주기도 했다. 그러면 유 선생은 나중에 꼭 갚아주겠노라는 말을 남기고 금시 사라져버리는 것이었다. 허지만 정혜는 한 번도 유 선생에게서 돈을 받아본 일이 없었다.

이번에도 계숙이 생일에 유 선생을 청하기로 했다. 그날이 바로 계숙이 생일이자, 소식을 알 길 없는 남편의 생일이기도 해서, 다른 가족의 생일은 잊고 넘기는 수가 있어도, 계숙이 생일만은 그냥 지나칠 수가 없었던 것이다. 간소하게나마 음식을 장만하면 으레 남편 생각이 났고, 남편을 생각하면 자연 유 선생이 머리에 떠올라, 정혜는 저도 모르는 사이에 유 선생에게 미리 연락을 취해놓곤 하는 것이었다. 더욱이 이번에는 유 선생 소개로, 양담배와 미군 통조림 등속을 헐값으로 떼다 내올 길이 트여서, 그 인사도 차릴 겸, 미군 부대에 다니는 친구도 꼭 데리고 오라고 당부했던 것이다. 그러나 약속 시간인 저녁 6시가 지나고 7시가 가까워도 유 선생은 나타나지 않았다. 유 선생의 신상에 무슨 일이라도 생기지 않았나 싶어 정혜는 은근히 애가 쓰였다. 누구네 집에서고 술과 식사를 준비해놓고 청하면 기회를 놓치는 법이 없는 유 선생이었기 때문이다. 그만큼 유 선생에게는 계산에 마음 졸이는 일 없이 방바닥에 버젓이 버티고 앉아서 자기를 위해 차려놓은 술과 식사를 마음껏 먹을 수 있는 것이 다시없이 즐거운 모양이었다. 그것은 초청을 받았을 때의 유 선생의 표정과 언동으로 짐작할 수 있는 일이었다. 그러한 유 선생이 무슨 사고만 없다면 찾아오지 않을 리가 없었다. 정혜는 초조한 마음으로 몇 번이나 부엌과 방 사이를 드나들며 낡은 탁상시계에 시선을 보내곤 하는 것이었다. 유 선생은 8시가 되어도 오지 않았다. 정혜는 할 수 없이 아이들에게만 먼저 식사를 시키고 나서, 단념하고 준비한 음식들을 간수하려고 부엌으로 나가려는데, 그제야 콧노래를 흥얼거리며 유 선생이 대문 안에 들어서는 것이었다. 8시 반이 지나 있었다. 유 선생은 벌써 얼근히 취해 있었다. 정혜가 권하는 대로 방에 들어와 앉은 유 선생은 싫다는 아이들을 하나씩 끌어다 입을 맞추었다.

"미군 부대에 다니는 분은 왜 안 오셨어요?"

정혜가 묻는 말에,

"아, 그 친구 말입니까? 자기 애인을 따라갔습니다. 그래 애인이 좋지, 애인 없는 성찬이 무슨 매력이 있겠습니까?"

그러고 나서 유 선생은 내방이 늦어진 이유를 설명하였다.

"아까 그 친구와 마악 집을 나오려는데, 그의 애인이 찾아오지 않았겠습니까? 그 애인이라는 여자가 아주 그만입니다. 용모와 스타일은 물론, 사고방식이나 돈 쓰는 게 아주 그만이란 말입니다. 그 여자의 소성을 따진다면 흔히 말하는 현역 양공주입니다. 그 양공주는 내 친구를 지독히 사랑하고 있습니다. 물론 내 친구란 자도 그 양공주를 무척 아끼는 것은 말할 나위도 없지요. 그러면서두 그들은 결혼할 생각을 못하고 있는 것입니다. 왜냐하면 그들 각자의 복잡 미묘한 주관적 조건으로 미루어 정작 결혼을 하게 되면 현재의 진한 애정에 반드시 중화작용을 가져오리라는 불안 때문입니다. 그러기에 그들은 일평생 결혼하지 말구 둘이서만 이대루 사랑하며 지내다 죽자는 겁니다. 얼마나 멋진 사랑입니까, 아주머니. 그렇지만 너무나 멋진 사랑이기 때문에 괜히 나까지 슬퍼졌습니다. 여기 오는 도중에 나는 그들에게서 술대접을 받았습니다. 친구의 애인이 한턱 낸 겁니다. 사실은 그래서 이렇게 늦어졌지만, 나는 그 여자가 부어 주는 술을 연거푸 마시고 나서 두 사람의 손목을 꼭 쥐고 나도 모르게 울었습니다. 아주머니, 내 기분을 아시겠습니까?"

유 선생은 말을 마치고 옆자리에서 숙제를 하고 있는 계숙을 끌어당겨 키스를 하였다. 계숙은 한사코 두 팔로 유 선생의 가슴을 떼밀며 고개를 비틀다가 그만 울기 시작했다. 유 선생은 계숙을 풀어주며,

"네 덕에 오늘은 아저씨가 좋아하는 술을 실컷 마시게 돼서 그러

는 거다."

하고, 호탕하게 웃었다.

"아저씨가 널 귀엽다구 그러시는 거야, 애두 온."

정혜도 은근히 계숙을 나무랐다. 그러면서도 까닭 모를 어떤 불안과 향수 같은 것을 막연히 느끼며 정혜는 얼른 자리를 떠서 부엌으로 나갔다.

비록 호화롭지 못하나마, 뛰어난 솜씨로 조촐하게 차린 음식상을 앞에 놓고, 유 선생은 술을 거듭할수록 기분 좋게 취하였다.

"아주머니 한 잔만."

유 선생은 갑자기 빈 잔을 정혜 앞으로 내밀며 한 손에 술 주전자를 들었다. 정혜는 몇 번 사양을 하다가, 끝내 거절하기가 안되어서,

"이래야 만족하시겠습니까!"

그러며 유 선생이 권하는 잔을 받아 마셨다. 좀씩 사이를 두고 정혜는 마지못해 계속해서 두세 잔 받아 먹었다. 얼굴이나 가슴이 홧홧 달아올랐다. 정혜는 자꾸만 한구석에 놓여 있는 낡은 탁상시계를 바라보곤 하였다. 통금시간이 가까워오기 때문이었다. 그러나 유 선생은 고조된 취흥에 시간 가는 줄을 모르는 모양이었다. 정혜는 퍽 난처했다. 모처럼 청한 손님을 이쪽에서 먼저 일어나 가라고 내쫓을 수는 없었다. 더구나 일정한 숙소를 갖지 못한 유 선생에게 대해서는 더욱 그러했다. 마침내 예비 사이렌이 울었다. 정혜는 한껏 초조한 마음으로 연방 시계를 보았으나 술에 잠뿍 젖어버린 유 선생에게는 시간 관념 따위는 염두에도 없는 모양이었다. 그를 재워 보내는 수밖에 없다고 정혜는 각오를 했다. 참말로 유 선생은 두 번째 사이렌이 울 때까지 자리를 뜨지 않았다. 지숙이와 계숙이를

사이에 눕히고 윗목에다 유 선생 자리를 펴주었다. 그제야 유 선생은 당황해했으나 이내 곯아떨어지고 말았다. 하지만 그날 밤, 정혜는 그예 유 선생에게 몸을 맡기고야 말았다. 새벽 몇 시쯤 되었을까. 아랫목에서 곤히 잠들어 있던 정혜는 별안간 가슴에 압력을 느꼈다. 퍼뜩 정신을 차려보니 유 선생이었다. 두 팔로 힘껏 정혜를 끌어안고 있었다. 정혜는 가만히 유 선생의 가슴을 떼밀며 자기의 몸을 도사렸다. 그래도 유 선생은 물러나지 않고 팔에 더욱 힘을 주며 정혜 얼굴에다 자기 얼굴을 겹쳐왔다. 정혜는 유 선생 귀에다 입을 대고,

"키스 정도라면 몰라두……."

무안을 주지 않으려고 그랬더니, 유 선생은 아무 말 없이 정혜의 입술을 눌러버렸다. 몹시 자극적인 키스를 퍼부었다. 유 선생은 그것으로 만족하지 않았다. 전신으로 정혜의 육체를 압박해왔다. 정혜는 사지를 잔뜩 오그리고 말없이 대항하였다. 그래도 유 선생은 단념하지 않았다. 한 시간 가까이나 버텨보다가 마침내 정혜는 항거를 포기하고 말았다. 그러한 꼴로 겨루고 있는 자신이나 유 선생이 가엾었기 때문이다.

그런 일이 있은 지 몇 달이 지났다. 그동안에도 유 선생은 두세 차례, 목판을 지키고 앉아 있는 정혜 앞에 그림자같이 나타났다 사라지곤 하였다. 물론 그때마다 유 선생의 손에 얼마쯤 용돈을 들려주는 정혜의 정성이나 외양에는 아무런 변화도 없었다. 그러나 정혜의 체내에는 새로운 현상이 일어나고 있었다. 그것은 임신의 징조였다. 여러 가지 점으로 정혜는 그것에 틀림없다고 스스로 판단을 내리지 아니할 수 없었다. 정혜는 이 새로운 사실 앞에 기도자의 심

정같이 경건한 긴장을 의식하는 것이었다.

　비가 억수로 퍼붓는 초여름의 저녁 무렵이었다. 대문 밖에서 서성대며 조심스레 지숙이 이름을 부르는 사람이 있었다. 유 선생이었다. 우장도 없이 전신이 비에 흠뻑 젖어 있었다. 얼굴에서 팔소매에서 빗물이 뚝뚝 흘렀다.

　"아니, 얼른 들어오시지 않구……."

　그 말에는 대답 않고 유 선생은 몸을 한번 부르르 떨고 나서 비굴하게 웃었다. 몹시 불안하고 초조해 보이는 얼굴은 전보다 더했다. 안색이 좋지 않았다. 어딘가 몸도 불편해 보였다.

　"어서 좀 들어오세요!"

　정혜가 권해도 유 선생은 그대로 선 채,

　"아주머니, 난 서울을 떠나렵니다."

　그리고 또 비굴하게 웃었다.

　"아무튼 좀 들어와서 말씀하세요. 옷도 말려 입으셔야죠."

　정혜가 거듭 권하면서 소매를 잡아끌다시피 하니까, 유 선생은 겁에 질린 눈으로 뜰 안을 살피고, 주인네가 있는 안방 쪽을 보았다. 아무도 눈에 띄는 사람이 없으니까 그제야 발소리를 죽여가며 슬그머니 정혜 뒤를 따라 방으로 들어왔다. 방바닥에는 유 선생의 젖은 발자국이 나고 옷에서는 빗물이 흘렀다. 남자가 없는 집안이라, 일시나마 유 선생이 갈아입을 만한 옷이 없었다. 젖은 옷을 벗어서 바싹 짜가지고 도로 입는 수밖에 없었다. 그동안 정혜는 아이들과 함께 잠시 자리를 피해주었다. 좀 뒤에 들어와보니, 유 선생은 쥐어짜서 우굴쭈굴해진 옷을 도로 입고 마른 수건으로 얼굴이며 머리를 문대고 있었다.

"서울을 떠나려구요. 그래서 인사라두 하고 헤질까 해서……."
"그럼 어디루 가시게요? 무슨 좋은 일이라두 생기셨나요?"
"좋은 일이요?"
유 선생은 놀란 눈으로 정혜를 마주 보았다.
"어디 취직이라두 되셨나 해서요."
"아닙니다. 건 엉뚱한 오햅니다."

그저 서울서는 당장 숨이 막힐 것 같아서 지방으로 떠나본다는 것이다. 유 선생은 우선 김해서 고아원을 경영하고 있는 친구를 찾아가보겠노라고 했다. 그리고 한참이나 망설이다가 노자를 좀 빌려달라고 청하였다. 즉석에서 정혜는 장사 밑천 가운데서 만 환을 떼주었다. 유 선생은 돈을 챙겨 넣고 자리를 일어섰다. 좀 쉬어서 저녁을 먹고 가라고 말려도 유 선생은 그러고 있을 마음의 여유가 없노라고 했다. 정혜는 우중에 이대로 보내기가 마음에 걸렸다. 할 말이 남아 있는 것 같기도 했다. 그래서 유 선생의 소매를 붙들려다가 무심중에 그의 손을 다쳤다.[5] 뜨거웠다.
"어마, 열이 대단하시군요!"

정혜는 재빠르게 유 선생 이마에 손을 얹어보았다. 신열이 심했다. 정혜는 유 선생을 그대로 보낼 수가 없었다. 싸우다시피 해서 겨우 그를 붙들어 앉혔다. 무리로 유 선생을 눕혀놓고 정혜는 찬거리도 사올 겸, 유 선생을 위해서 해열제와 먹을 만한 것을 사오려고 밖으로 나갔다. 그러나 한 시간 가까이 지나서 정혜가 집에 돌아와 보니 유 선생이 없었다. 아이들 말에 의하면 조금 전에 일어나 돌아가버렸다는 것이다. 정혜는 급히 밖으로 달려나갔다. 유 선생이 어느 집 담 모퉁이에 쓰러져 신음하고 있을 것만 같았다. 세차게 내리

붓는 빗속을 정혜는 숨 가쁘게 뛰어다니며 유 선생을 찾아보았다. 골목길들을 죄다 더듬다시피 했다. 전차 거리에까지도 달려나가보았다. 유 선생의 모양은 아무 데도 보이지 않았다. 정혜는 단념하고 발길을 돌이키는 수밖에 없었다. 물탕을 마구 밟고 다녀서 하반신은 쥐어짜게 젖었다. 무심중 정혜의 한쪽 손이 아랫배로 갔다. 걸으면서 가만히 쓰다듬어보았다. 찢어진 우산에서는 빗물이 새었다. 정혜의 볼 위를 눈물인지 빗물인지 구별할 수 없는 물방울이 수없이 흘러내렸다.

 계절이 몇 번 바뀌었다. 그해도 다 저물어가는 대목께다. 그날은 마침 겨울 날씨답지 않게 푸근하였다. 날이 하도 누그러져서 정혜는 갓난애를 처음으로 포옥 싸서 업고 노점을 보았다. 따뜻한 햇빛을 쬐며 양지바른 자리에 목판을 지키고 앉았는 정혜 앞에 뜻하지 않았던 유 선생이 불쑥 나타난 것이다. 반년 이상이나 감감히 소식이 끊어졌던 유 선생이었다. 정혜는 가슴이 뭉클하도록 반가웠다. 훈훈히 정이 풍겨지는 미소로 웃었다. 유 선생은 전과 다름없이 초라하고 초조한 모습이었다. 외투도 없이 철 지난 양복 주머니에 두 손을 찌르고 서 있는 유 선생의 몰골은 을씨년스러웠다. 그도 노상 반가웠든지 정혜를 보며 씩 웃고,

 "그동안 별일 없었습니까?"

 인사로 묻고 갓난애를 업은 정혜의 등에 눈을 주고 의아한 표정이었다.

 "별일이 있었다면 있구요, 없었다면 없구요!"

 의미 있게 웃으며 하는 말에 유 선생은 더욱 떨떠름한 낯으로 정혜의 얼굴과 등을 번갈아 보는 것이었다. 마침 늦은 점심때여서 정

혜는 뒤에 있는 우동 가게로 유 선생을 데리고 들어갔다. 목판이 잘 내다보이는 자리에 그와 마주 앉아, 정혜는 냄비국수와 약주 반 되를 청했다. 그리고 정혜는 의식적으로 등에 업고 있던 아기를 앞으로 돌려 얼굴을 내놓고 젖꼭지를 물렸다. 대번에 유 선생의 얼굴이 긴장해졌다. 눈에는 공포의 빛조차 어리기 시작했다. 정혜는 그러한 유 선생의 얼굴을 뚫어지게 마주 보았다. 정혜의 얼굴에 차츰 짙은 미소가 퍼지기 시작했다. 완전한 체념에서 오는 서글픈 미소. 거기에는 안도의 빛이 있었다. 섣불리 사실을 밝히지 않아서 잘되었다고 정혜는 퍽이나 자기의 처사가 다행스러웠다.

주문한 음식이 오자, 정혜는 술 주전자를 들어 유 선생 잔에 가득히 따랐다. 긴장한 나머지 잔을 드는 유 선생의 손끝이 알아보게 떨렸다. 정혜는 필사적인 노력을 기울여 이런 말을 속삭였다.

"몇 해 전부터 오빠처럼 믿구 집안일을 의논해오는 분이 있었어요. 6·25 때 가족을 이북에 남기구 혼자 넘어온 분인데, 벌이는 시원찮아두, 퍽 착실한 분예요. 저두 어린것들 데리구 언제까지나 혼자 지내기가 고달프구 해서…… 결국 이렇게 됐어요. 용서하세요!"

네댓 잔 술이 들어간 유 선생은 차츰 공포감과 긴장에서 해방되기 시작했다. 그러나 형언할 수 없는 복잡한 표정으로 얼굴이 일그러지며,

"아주머니 한 잔만, 제가 진심으로 드리는 축배입니다!"

빈 잔을 정혜 앞으로 내밀었다.

"그러면 꼭 한 잔만요. 선생님의 건강과 행복을 위해서, 그리구 우리 애 아버지의 건강과 저희 집안의 평화를 위해서 꼭 한 잔만 받겠어요."

정혜는 잔을 들어 유 선생이 부어주는 술을 받았다. 그리고 단숨에 쭉 들이켰다. 역시 술은 쓰기만 했다. 정혜는 약간 낯을 찡그렸다. 잔을 비우고 난 정혜는 남편의 기념품인 손목시계를 끌렀다. 잠깐 귀에 대보고 나서, 그것을 가만히 유 선생 앞으로 밀어놓았다.

"이거 고물이지만 드리겠어요."

그러더니, 정혜는 허탈한 미소를 담뿍 머금고 입술을 오무려 갓난애의 볼에다 '쪽' 소리가 나도록 입을 맞추는 것이다.

___주

1) 일러주다 : '알아주다'의 방언.
2) 적구赤狗 : 공산당의 앞잡이를 낮잡아 이르는 말.
3) 도연陶然한 : 술이 취하여 거나한.
4) 솔러대러티solidarity : 연대 책임.
5) 다쳤다 : 몸이나 물건을 건드리다.

잉여인간剩餘人間

　만기 치과 의원萬基齒科醫院에는 원장인 서만기 씨와 간호원 홍인숙 양 외에도 거의 날마다 출근하다시피 하는 사람 둘이 있다. 그 한 사람은 비분강개파 채익준 씨요, 다른 한 사람은 실의의 인간 천봉우 씨다. 두 사람은 다 같이 서만기 원장의 중학교 동창생이다. 그들은 도리어 원장보다도 먼저 나와서 대합실에 자리잡고 신문을 읽고 있는 날도 있었다. 더구나 채익준은 간호원보다도 일찍 나오는 수가 많았다. 큼직한 미제 자물쇠가 잠겨 있는 출입문 앞에 버티고 섰다가 간호원이 나타날 양이면 "미스 홍, 오늘은 나에게 졌구려" 익준은 반가운 낯으로 맞이하는 것이었다. 그런 날은 인숙이가 아침 청소를 하는 데 한결 편했다. 한사코 말려도 익준은 굳이 양복저고리를 벗어부치고 소매까지 걷고 나서서 거들어주기 때문이다. 대합실과 진찰실을 합쳐도 겨우 다섯 평이 될까말까 한 방이지만 익준은 손수 마룻바닥에 물을 뿌리고 방구석이나 테이블 밑까지도 말끔히 쏟어내는 것이다. 무슨 일에나 몸을 사리지 않고 앞장을 서는 그의 성품은 이런 데도 잘 나타났다. 청소가 끝나면 익준은 작달막한 키에 가로 퍼진 그 둥실한 몸집을 대합실 의자에 내던지듯 털썩 걸터앉아서 신문을 본다. 그리노라면 원장과 천봉우가 대개 전후해서 나타나는 것이다.

오늘도 간호원을 도와 실내 청소를 마치고 난 익준은 대합실에 자리잡고 신문을 펴들었다. 아마도 세상에 그처럼 충실한 신문 독자는 없을 것이다. 이 병원에서 구독하고 있는 두 종류의 신문을 그는 한 시간 이상이나 시간을 소비해가며 첫 줄 첫 자에서 끝 줄 끝자까지 기사고 광고고 할 것 없이 하나도 빼지 않고 죄다 읽어버리는 것이다. 익준은 또한 그저 신문을 읽는 데만 그치지 않는다. 거기 보도된 기사 내용에 대해서 자기류의 엄격한 비판을 가할 것을 잊지 않는 것이다. 지금도 익준은 신문을 보다 말고 앞에 놓여 있는 소형 탁자를 주먹으로 내리치며 격분하여 고함을 질렀다.

"천하에 이런 죽일 놈들이 있어!"

참지 못해 신문을 든 채 벌떡 일어섰다. 익준은 진찰실로 달려 들어가서 그 신문지를 간호원의 턱밑에 들이대며,

"미스 홍, 이걸 좀 봐요. 아니 이런 주리를 틀 놈들이 있어 글쎄!"

눈을 부라리고 치를 부르르 떨었다. 신문 사회면에는 어느 제약회사에서 외국제 포장갑을 대량으로 밀수입해다가 인체에 유해한 위조품을 넣어가지고 고급 외국약으로 기만 매각하여 수천만 환에 달하는 부당 이득을 취하였다는 기사가 크게 보도되어 있었다. 인숙이가 그 기사를 읽는 동안 익준은 분을 누르지 못해 진찰실과 대합실 사이를 왔다갔다하며 혼자 투덜거렸다. 이윽고 인숙에게서 신

문지를 도로 받아든 익준은 그것을 돌돌 말아가지고 옆에 있는 의자를 한번 딱 치고 나서,

"그래, 미스 홍은 어떻게 생각해. 이놈들을 어떻게 처치했으면 속이 시원하겠느냐 말요?"

마치 따지고 들 듯했다.

"그야 뻔하죠 뭐. 으레 법에 의해서 적당히 처벌될 게 아니겠어요."

그러자 익순은 한층 더 분개해서 흡사 인숙이가 범인이기나 한 듯이 핏대를 세우고 대드는 것이었다.

"뭐라구? 법에 의해서 적당히 처벌될 게라? 아니, 그래 이따위 악질 도배들을 그 뜨뜻미지근한 의법 처단으루 만족할 수 있단 말요! 미스 홍은 그 정도루 만족할 수 있느냐 말요. 무슨 소리요. 어림없소. 이런 놈들은 그저 대번에 모가질 비틀어버리구 말아야 돼. 아니 즉각 총살이다. 그저 당장에 빵빵 하구 쏴 죽여버리구 말아야 돼. 그러구두 모가지를 베어서 옛날처럼 네거리에 효수를 해야 돼요. 극형에 처해야 마땅하단 말요!"

"어마 선생님두 온. 끔찍스레 그렇게까지 할 게 뭐예요!"

"끔찍하다? 아, 그럼 그놈들을 몇 만 환의 벌금이다, 몇 년 징역이다, 하구 감방 속에 피신시켜 놓구 잘 처먹구 낮잠이나 자게 하다가 세상에 도로 내놔야 옳단 말요?"

익준은 잠시 인숙을 노려보듯 하다가,

"이거 봐요, 미스 홍. 우리가 누구 때문에 이렇게 못 사는지 알우? 우리 나라가 누구 때문에 이렇게 피폐해가는지 알우? 모두가 이따위 악당들 때문이오. 이거 봐요. 그런 놈들은 말야, 이완용이나 마

찬가지 역적이오! 나라야 망하든 말든 동포들이야 가짜 약을 사 쓰구 죽든 말든 내 배때기만 불리면 그만이라구 생각하는 그딴 놈들은 살인 강도 이상의 악질범이오. 그런 놈들을 극형에 처하지 않으니까 유사한 사건이 꼬리를 물구 발생한단 말요. 난 그놈들의 뼈를 갈아 마셔두 시원치 않겠소……."

익준은 아직도 분을 끄지 못해 이를 가는 것이었다. 그는 대합실 의자에 돌아가 앉아서 다른 기사들을 읽어 내려가다가도 갑자기 땅이 꺼지게 한숨을 푸 내쉬고는,

"천하에 죽일 놈들 같으니……."

내뱉듯 하고 비참한 표정을 짓는 것이었다.

그가 나머지 기사를 죄다 주워 읽고 차츰 흥분도 가라앉을 때쯤 해서야 이 병원의 주인이 나타났다. 서만기 원장은 언제나처럼 부드러운 미소를 보이며 가방을 들고 문 안에 들어선 것이다.

"어서 나오게!"

익준은 늘 하는 식으로 인사를 건네고 나서 만기가 흰 가운을 걸치고 자리에 앉기가 바쁘게,

"여보게 만기, 세상에 그래 이런 날도둑놈들이 있나!"

그렇게 개탄하고 신문을 펴들고 만기 곁으로 가 앉는 익준의 얼굴은 흥분으로 도로 붉어지기 시작했다. 만기는 여전히 품위 있는 미소를 머금은 채,

"그러지 않아두 집에서 신문을 보구 자네가 또 몹시 격분했으리라구 짐작했네."

그러면서 담배 케이스를 열고 먼저 익준에게 권하였다. 권하는 대로 익준은 손을 내밀어서 한 대 뽑아 들었다.

"이게 나 혼자만 격분할 일인가? 그럼 자네나 딴 사람들은 심상하다 그 말인가?"

"아니지. 남달리 정의감과 의분이 강한 자네니까 남보다 몇 배 격분하지 않을 수 없으리란 말일세. 그렇지만 혼자 흥분해서 펄펄 뛰면 뭘 하나!"

만기도 탄식하듯 하였다. 둘이는 담배에 불을 붙여 물었다.

"정의감의 강약이 문젠가, 이 사람아. 그래 이런 극악무도한 놈들을 보구 가만하구 있을 수 있겠나. 가슴속에서 불덩이가 치미는데 잠자쿠 있을 수 있느냐 말야!"

익준은 만기가 함께 흥분해주지 않는 것이 불만인 모양이었다. 그때 마침 봉우가 기척도 없이 슬그머니 문 안에 들어섰다. 언제나 다름없이 수면 부족이 느껴지는 떠름한 얼굴이다. 그는 먼저 인숙이 쪽을 바라보고, 다음에 만기와 익준을 번갈아 보면서 멋쩍게 씩 하고 웃었다. 그러고는 거의 자기 자리로 정해진 대합실 소파의 맨 구석 자리에 조심히 걸터앉았다. 그러자 자기의 흥분을 같이 나눠 줄 사람이 나타났다는 듯이 익준은 탁자 위에 놓았던 신문을 집어서 봉우 눈앞에 바로 가져다 댔다.

"봉우 이거 봐. 글쎄 이런 능지처참할 놈들이 있느냐 말야!"

익준은 핏대를 세우며 다시 흥분하기 시작했다. 봉우는 선잠을 깬 사람처럼 어릿어릿한 표정으로 익준을 쳐다보았다. 희미하게 웃었다. 그리고 흥미 없이 신문을 받아 들었다.

"뭐 말이야?"

"뭐 말이야가 뭐야. 이런 빙충이 같은 녀석. 아, 그래 자네 눈깔엔 이게 안 뵌단 말야?"

화가 동해서 견딜 수 없다는 듯이 익준은 손가락 끝으로 톱기사의 주먹 같은 활자를 찔렀다. 봉우는 강요당하듯이 제목을 입속말로 읽었다. 내용은 마지못해 두어 줄 읽다가 말았다. 이어 딴 제목들을 대강 훑어보고 나서 봉우는 도로 신문을 집어서 탁자 위에 얹었다. 그러더니 만기와 익준을 번갈아 쳐다보고 웃으려다가 말았다. 익준은 더 참을 수 없다는 듯이 고함을 질렀다.

"왜 아무 말이 없는 거야?"

봉우는 동정을 구하듯 하는 눈동자로 만기와 익준을 번갈아 보았다.

"인마, 그래 넌 아무렇지두 않단 말야? 눈뜬 채 코를 베여 먹히구두 심상하단 말야?"

"누가 코를 베여 먹혔대? 난 잘 안 봤어!"

봉우는 얼른 신문을 다시 집어 들었다. 그러자 익준은 그 신문지를 홱 낚아채서는 탁자 위에다 힘껏 동댕이를 치고 나서,

"이런 쓸개 빠진 녀석…… 에잇, 난 다신 자네들과 얘기 않네!"

우뚤해가지고 홱 돌아서더니 댓바람에 문을 차고 나가버렸다.

익준이 다시는 안 올 듯이 밖으로 사라지자 한동안 어리둥절하고 있던 봉우는 다시 신문을 집어 들고 기사 제목을 대강 더듬어보기 시작했다. 봉우는 언제나 그랬다. 게슴츠레한 낯으로 대합실에 나타나면 익준이가 한 자 빼지 않고 샅샅이 읽고 놓아둔 신문을 퍼들고 건성건성 제목만 되는 대로 주워 읽고 마는 것이다. 그러고 나서는 진찰을 받으러 온 환자처럼 말없이 우두커니 앉아서 시간을 보내는 것이다. 그의 시선은 자주 간호원에게로 간다. 그때만은 그의

눈도 노상 황홀하게 빛난다. 그러다가 간호원과 시선이 마주치면 봉우는 당황한 표정으로 외면해버리는 것이다. 빼빼 말라붙은 몸집에 키만 멀쑥하게 큰 그는 언제나 말이 적고 그림자처럼 조용하다. 어딘가 방금 자다 깬 사람 모양 정신이 들어 보이지 않는 표정을 하고 있다. 하기는 그는 대합실 구석 자리에 앉은 채 곧잘 낮잠을 즐긴다. 봉우의 낮잠 자는 모양이란 아주 신기하다. 소파에 앉은 채로 허리와 목을 꼿꼿이 펴고 깍지 낀 두 손을 얌전히 무릎 위에 얹고는 눈을 감고 있다. 그러고 자는 것이다. 그는 밤에 집에서 잘 때에도 자세를 헝클어뜨리지 않는다고 한다. 천장을 향하고 반듯이 누우면 다음날 아침까지 몸을 움직이지 않고 그대로 잔다는 것이다. 그러한 봉우는 언제나 수면 부족을 느끼고 있다고 한다. 그것은 6·25사변을 치르고 나서부터 현저해졌다는 것이다. 전차나 버스를 타도 자리를 잡고 앉기만 하면 그는 으레 잠이 들어버린다. 그렇지만 자다가도 그는 자기가 내릴 정류장을 지나쳐버리는 일이 없다. 자면서도 그는 차장의 고함 소리를 꿈속에서처럼 어렴풋이 듣고 있기 때문이다. 밤에 집에서 잘 때에도 그렇다. 자는 동안에도 그는 주위에서 일어나는 소리를 다 들을 수 있다. 재깍재깍 시계 돌아가는 소리, 천장이나 부엌에 쥐 다니는 소리, 아내나 아이들의 잠꼬대며 바깥의 바람 소리까지도 들으면서 잔다. 말하자면 봉우는 오관五官 중 다른 감각 기관은 다 자면서도 청각만은 늘 깨어 있는 셈이다. 그러니까 자연 깊은 잠을 이루지 못한다. 그렇게 된 연유를 그는 6·25사변으로 돌리는 것이다. 피난 나갈 기회를 놓치고 적치赤治 3개월을 꼬박 서울에 숨어 지낸 봉우는 빨갱이와 공습에 대한 공포감 때문에 잠시도 마음 놓고 깊이 잠들어본 적이 없다고 한다. 밤이나 낮이나 24시간 조금도 긴장을 완전히 풀어본 일이 없다는 것이다. 그처럼 불안한 긴장 상태가 어느덧 고질화되어 오늘날까지도 지속되고 있다는 것이다. 그러기에 꼬집어 말하면 그는 자면서도 깨어 있고 깨어 있으면서도 자고 있는 상태인 것이다. 까닭에 그는 밤낮 없이 자면서도 항시 수면 부족을 느끼지 않을 수 없는 모양이다. 그것은 단지 육체적으로 오는 증상이라기보다는 더 많이 정신적인 데서 결과하는 심리적 현상인 것이다.

이러한 봉우는 자연 무슨 일에나 깊은 관심과 정열을 기울이지 못하는 것이었다. 중학 시절에는 그토록 재기발랄하고 야심가였던 그가 일단 현실 사회에 몸을 담그고 부대끼기 시작하면서부터 차츰 무슨 일에든 시들해지기 시작하더니 전란 통에 양친과 형제를 잃고 난 다음부터는 영 딴사람처럼 인간 만사에 흥미를 잃은 사람이 되어버리고 말았다. 심지어 그는 자기 아내에게까지 남편다운 관심과 구실을 다하지 못하고 있는 것이다. 한 달이면 절반은 사업을 합네, 혹은 친정에 가 있습네 하고 집을 비우기가 일쑤인 봉우 아내는 여러 가지 불미한 소문을 퍼뜨리고 다녔다. 그 여자는 본시 평판이 좋지 못하였다. 봉우와 결혼한 지 여덟 달 만에 낳은 첫 아기가 봉우의 친자식이 아니라는 것은 가까운 사람들은 다 알고 있는 사실이었다. 둘째 아이 역시 누구의 씬지 알 게 뭐냐고 봉우 자신이 신용을 하려 들지 않았다. 그러면서도 둘이 헤어지지 않고 지내는 것이 이상한 일이었다. 그러나 거기에는 그럴 만한 이유가 있으리라고 만기는 생각하는 것이다. 이를테면 활동 의욕과 생활력을 완전히 상실하다시피 한 봉우는 아내의 부양에 의존하는 수밖에 없었고, 경제 활동이 비범한 봉우 처는 무슨 짓을 하며 나가 돌아다녀도 말썽을 부리지 않으니, 어쨌든 봉우가 편리한 남편이었는지도 모르는 것이다. 아무튼 봉우는 그만큼 가정에 대해서나 세상일에 무관심한 인간이었다. 이상한 것은 그러면서도 단 한 가지 간호원인 인숙 양을 바라볼 때만은 잠에서 덜 깬 사람같이 언제나 게슴츠레하던 그의 눈이 깨어 있는 사람의 눈답게 빛나는 것이었다. 봉우는 인숙을 사랑하고 있는 성싶었다. 그러고 보면 봉우가 날마다 이 병원 대합실을 찾아와서 시간을 보내는 것은 오로지 인숙을 보기 위해서인지도 모른다. 그것은 그의 다음과 같은 거동으로서도 심작할 수 있는 일이었다. 퇴근 시간이 되어 만기와 인숙이가 병원 문을 잠그고 한길로 나서면 물론 봉우도 그림자처럼 따라나선다. 그러면 인숙은 만기와 봉우에게 인사를 남기고 헤어져 전차 정류장 쪽으로 간다. 거기서 인숙이가 전차를 기다리다 보면 어느새 봉우가 옆에 척 따라와 서 있는 것이다.

"어마, 선생님 어디 가셔요?"

인숙이가 의외란 듯이 물으면 봉우는 아이들 모양 손을 들어 한 방향을 가리키며,

"저어기 좀……."

그러고는 자기도 같이 전차를 기다리는 것이다. 인숙이가 전차를 타면 얼른 봉우도 따라 오른다. 전차 안에서도 봉우는 별로 말이 없이 인숙이 곁에 서 있다가 인숙이가 내리면 그도 따라 내리는 것이다. 인숙은 한참 앞서 걷다가 자기 집 골목 어귀에 이르러 걸음을 멈추고,

"그럼 안녕히 다녀가세요."

머리를 숙이고 나서 인숙이가 빠른 걸음으로 골목길을 걸어 들어

가면 봉우는 처량한 표정을 하고 서서 인숙의 뒷모습을 지켜보다가 보이지 않게 되어서야 풀이 죽어서 발길을 돌이키는 것이었다. 봉우는 거의 매일 그러하였다. 어떤 기회에 인숙에게서 우연히 그 얘기를 들었을 때 만기는 단순히 웃어버릴 수만은 없었던 것이다.

만기와 익준이와 봉우는 중학 시절에 비교적 가깝게 지낸 사이지만 가정 환경이나 취미나 성격이나 성장해서의 인생 태도는 판이하게 달랐다. 만기는 좀처럼 흥분하거나 격하지 않는 인물이었다. 그렇다고 활동적인 타입도 아니지만 봉우처럼 유약한 존재는 물론 아니었다. 반대로 외유내강한 사내였다. 자기의 분수를 알고 함부로 부딪치지도 않고 꺾이지도 않고 자기의 능력과 노력과 성의로써 차근차근 자기의 길을 뚫고 나간 사람이었다. 아무리 놀라운 일에 부딪치거나 비위에 거슬리는 사람을 대해서도 도리어 반감을 느낄 만큼 그는 침착하고 기품 있는 태도를 잃지 않는다. 그것은 본시 천성의 탓이라고도 하겠지만 한편 그의 풍부한 교양의 힘이 뒷받침해주는 일이기도 하였다. 문벌 있는 가문에 태어나서 화초 가꾸듯 정성 어린 어른들의 손에서 구김살 없이 곧게 자라난 만기는 예의범절이 자연스럽게 몸에 배었을 뿐 아니라 미술, 음악, 문학을 비롯해서 무용, 스포츠, 영화에 이르기까지 깊은 이해와 고급한 감상안을 갖추고 있었다. 크레졸 냄새만을 인생의 유일한 권위로 믿고 있는 그런 부류의 의사와는 달랐다. 게다가 만기는 서양 사람처럼 후리후리한 키와 알맞은 몸집에 귀공자다운 해사한 면모를 빛내고 있었다. 또한 넓고 반듯한 이마와 맑고 잔잔한 눈은 그의 총명성과 기품을 설명해주고 있었다. 누구를 대해서나 입을 열 때는 기사棋士가 바둑돌을 적소에 골라 놓듯이 정확하고 기품 있는 말을 한 마디 한 마디 신중히 골라 썼다. 언제나 부드러운 미소와 침착한 언동으로 남에게 친절히 대할 것을 잊지 않았다. 좋은 의미에서 그는 영국풍의 신사였다. 자연 많은 사람 틈에 섞이면 군계일학 격으로 그의 품격은 더욱 두드러져 보였다. 그는 한편 같은 치과의사들 가운데서도 기술이 출중한 편이었다. 그러면서도 현재는 근방에 있는 딴 치과에 많은 손님을 뺏기고 있는 형편이었다. 그것은 단지 시설이 빈약하고 병원 건물이 초라한 까닭이었다. 그렇지만 지금의 만기로서는 딴 도리가 없었다. 좀더 많은 손님을 끌기 위해서는 목 좋은 곳에 아담한 건물을 얻어 최신식 시설을 갖추는 길밖에 없는데, 현재의 경제실정으로는 요원한 꿈이 아닐 수 없었다. 이나마도 병원 건물은 물론 시설 일체가 만기 자신의 것이 아니었다. 건물이나 기구 일습이 봉우 처가의 소유물인 것이다. 봉우의 장인이 생존했을 당시 빚값에 인수했던 담보물이었는데 막상 팔아치우려고 하니 워낙 구식인데다가 고물이어서 값이 나가지 않기 때문에 6·25 사변 이래 줄곧 세를 놓아오던 터였다. 그것을 봉우의 소개로 만기가 빌려 쓰게 되었던 것이다. 다달이 그 셋돈을 받으러 오는 것은 봉우 처였다. 친정에 가서도 도리어 오빠들보다 발언권이 강한 봉우 처는 종내 오빠를 휘어잡아 병원 건물과 거기에 딸린 시설을 거의 자기 소유나 다름없이 만들어놓았던 것이다. 이 분방하기 이를 데 없는 봉우 처로 말미암아서 만기는 난처한 일을 당한 적이 한두 번이 아니었다. 봉우 처는 툭 하면 병원을 찾아왔다. 한 달에 한 번씩 셋돈을 받으러 들르는 외에도 치석이 끼였느니, 입치入齒가 어떠니, 충치가 생기는 것 같다느니 핑계를 내걸고 걸핏하면 나타나는 것이었다. 그때마다 봉우 처는 짙은 화장과 화려한 의상으로 풍요한 육체를 장식하고 있었다. 그러한 경우 물론 봉우 부부는 대합실에서 서로 얼굴을 대하게 마련이나, 잠깐 보고는 그만이다. 모르는 사이처럼 담담한 표정으로 말을 거는 일조차 거의 없다. 봉우는 이내 도로 반수반성半睡半醒 상태에 빠지고, 그 아내는 만기에게 친밀한 미소를 보내며 다가앉는 것이다. 얼마 전 치석 소제를 하러 왔을 때 일이다. 얼굴을 젖히게 하고 만기가 열심히 잇새를 긁어내고 있노라니까 눈을 감고 가만히 있던 봉우 처가 슬며시 만기의 가운 자락을 잡아당겼다. 그러면서 눈을 감은 채 배시시 웃었다. 만기는 내심 적잖이 당황하여 얼른 봉우 아내의 손을 뿌리치려 했지만, 여인은 손에 더욱 힘을 주어서 끌어당겼다. 만기는 할 수 없이 봉우나 딴 사람이 눈치채지 못하도록 몸으로 가리듯이 하며 다가서서 하던 일을 계속했다. 대강 치석을 긁어내고 양치질을 시켰다. 봉우 처는 그제야 만기의 가운 자락을 틀어쥐고 있던 손을 놓고 컵에 준비된 물을 머금고 울렁울렁 입을 부셔냈다. 그러더니,

"아파서 그랬어요!"

만기를 쳐다보며 변명하듯 하고 애교 있게 웃었다.

언젠가 한번은 이런 일도 있었다. 충치가 생긴 것 같아 들렀다고 하며 눈이 부시게 차리고 나타난 봉우 처는 만기의 지시도 없이 치료 의자에 성큼 올라앉았다. 만기가 다가서서 어디 입을 벌려보라고 하니까 봉우 처는 지그시 눈을 찡그리며 웃어 보이고는 일부러 그러듯이 입술을 오물오물하다가 겨우 3분의 1쯤 벌리고 말았다.

"좀더 힘껏, 아아."

그래도 여자는 다시 입술을 오물오물해보고는 역시 3분의 1쯤 벌

리고 그만이었다. 그러고는 미태를 담뿍 담은 눈으로 연방 소리 없이 웃었다. 그때부터 만기는 의식적으로 봉우 처를 경계하지 않을 수 없었던 것이다. 본시가 만기에게는 여자들이 많이 따르는 편이었다. 여자들은 기회만 있으면 만기에게 지나친 호의를 보이려고 애쓰곤 하였다. 사철을 가리지 않고 국산지 춘추복 한 벌로 몇 년을 두고 버텨오는 가난한 치과의사지만 귀공자다운 그의 기품 있는 풍모와 알맞은 체격과 교양인다운 세련된 언동이 여자들로 하여금 두말 없이 매혹케 하는 모양이었다. 심지어는 그의 처제까지도 그를 사모하고 있는 것이었다. 그러기에 그 부인이 가끔 농담삼아 만기에게 이런 말을 걸어오는 것도 무리가 아니었다.

"결코 잘난 남편을 섬길 게 아닌가봐요!"

"그게 무슨 소리요, 대체?"

"모두들 당신에게 눈독을 들이구 있으니, 미안하기두 하구, 민망하기두 해서 그래요!"

"온 별 소릴 다…… 그래 내가 그렇게 잘났던가?"

물론 그러고 둘이 다 농담으로 웃어넘기고 마는 일이었으되 만기 자신 이상히도 여자들이 자기를 따르고 있다는 사실을 부인할 수는 없었다. 그러고 보면 병원을 찾아오는 단골 환자의 거개가 젊은 여자들이라는 사실도 무심히 보아 넘길 일만은 아니었다. 많은 여자 환자 가운데는 여러 가지 방법으로 만기에게 호감을 보이려 드는 사람도 있었다. 한 주일이면 끝날 치료를 자진해서 열흘 내지 보름씩 받으러 다닌다거나, 완치된 다음에도 사례라고 하며 와이셔츠나 양복지 같은 것을 사들고 일부러 찾아오는 여자가 결코 한둘에 그치지 않았다. 그때마다 여자들의 단순하지 않은 호의를 물리치기에 만기는 진땀을 빼곤 했던 것이다. 그러한 여성들 가운데는 외모로나 교양으로나 퍽 매력적인 상대가 없지도 않아서 만기의 맑고 잔잔한 마음속에 뜻하지 않았던 잔물결을 일으키는 경우도 간혹 있는 일이었다. 그러나 그저 그것뿐이었다. 사랑하는 주위 사람들에게 깊은 상처를 주고 싶지 않았다. 비극이 두려웠다. 더구나 현대적 의미에서의 현처양모인 아내를 생각하면 부질없는 마음 구석의 잔물결도 이내 가라앉아버리고 마는 것이었다. 10년 가까이나 가난한 살림에 들볶이면서도 한결같이 변함없는 애정과 신뢰로써 남편을 섬겼고 심혈을 쏟아 어린것들을 보살펴오는 아내의 쪼들린 모습을 눈앞에 그려볼 때 만기는 꿈에라도 딴생각을 품어볼 수가 없었다. 그러기에 아름다운 여성 환자의 지나친 호의를 물리친 날이면 만기는 으레 아내가 좋아하는 물건을 무엇이고 사들고 돌아가는 것이었다. 신혼 때나 다름없이 지금도 대문께까지 달려나와 남편을 맞아들이는 아내에게 사갖고 온 물건을 들려주고 나서 까칠해진 아내의 손을 꼭 쥐어주며,

"고생시켜 미안허우!"

혹은,

"나이 들며 더 예뻐지는구려!"

그러고는 봄볕처럼 다사로운 미소를 아내 얼굴에 부어주는 만기였다.

그러한 만기라 봉우 처에 대해서는 항시 경계해오고 있었지만 요즘 와서 은근히 골치를 앓지 않을 수 없었다. 만기에 대한 봉우 처의 접근 공작이 너무나 집요하고 대담하게 나타나기 시작했기 때문이

다. 어제만 해도 만기는 봉우 처를 딴 장소에서 만나지 아니할 수 없었다. 며칠 전부터 병원 건물과 시설에 관해서 긴급히 의논할 일이 있으니 꼭 좀 만나달라는 연락이 오곤 했다. 그때마다 만기는 바쁘기도 하고 몸도 좀 불편해서 지정한 장소까지 나갈 수가 없으니 안 되었지만 병원으로 내방해줄 수는 없느냐는 회답을 보냈던 것이다. 그러나 봉우 처에게서는 자기도 여러 가지 사정으로 찾아갈 수가 없으니 꼭 좀 나와달라는 쪽지를 사람을 시켜서 거푸 보내오는 것이었다. 어제는 마침내 자기와의 면담을 고의적으로 회피하는 것은 결국 자기를 공공연히 모욕하는 행위라는 위협조의 연락이 왔던 것이다. 그래서 만기는 할 수 없이 퇴근하는 길로 지정한 다방에 봉우 처를 만나러 갔던 것이다. 여자는 역시 여왕처럼 성장을 하고 먼저 와 있었다.

"고마워요. 귀하신 몸이 이처럼 행차를 해주셔서."

만기에게 맞은쪽 자리를 권하고 나서 여자는 친밀한 미소와 함께 약간 비꼬는 어투로 인사를 던져왔다.

"퍽 재미있는 농담이십니다."

만기가 그랬더니,

"선생님은 농담을 덜 좋아하실지 모르겠군요. 워낙 고상한 신사시니까."

그래서,

"너무 기술적인 용어에는 전 대답할 자신이 없습니다."

만기는 그리고 가볍게 웃어 보였다. 봉우 처는 만기 의향을 묻지도 않고 오렌지 주스 두 잔을 시켰다. 그것을 마셔가면서 대체 의논할 일이란 무엇이냐고 만기 편에서 먼저 물었다.

"다른 게 아니라, 병원 건물이 하두 낡아서 전면적인 수릴 해야겠어요."

그래서 병원 옆에 있는 사무실이나 아래층 가게에서들은 셋돈을 인상하는 동시에 3개월분씩 선불을 받기로 했다는 것이다.

"그렇지만 여러 가지 점으루 선생님께만은 말씀드리기가 안되어서 어떻게 할까 망설이다가 솔직히 의논해보려구 뵙자구 한 거예요."

여자는 말을 마치고 만기의 얼굴을 살짝 치떠 보았다. 아닌 게 아니라 만기로서는 아픈 이야기였다. 현재도 매달 셋돈을 맞춰놓기에 쩔쩔매는 판이었다. 게다가 석 달치 선불이란 거의 불가능에 가까운 일이었다.

"얼마나 올려 받으실 예정이십니까?"

"3할은 더 받아야겠어요. 그 근처에서들은 다들 그 정도 받는 걸요."

"그럼 우리 옆 사무실이나 아래층 가게에서들은 이미 양해를 얻으셨습니까?"

그러자 여자는 만기의 얼굴을 정면으로 쳐다보며,

"선생님, 우리 그런 사무적 얘기는 딴 데 가서 하십시다. 이런 장소에선 싫어요. 제가 저녁을 대접하겠어요. 늘 폐를 끼쳐왔으니까요."

그러고는 만기가 뭐라고 할 사이도 없이 여자는 일어서 카운터로 가더니 셈을 치르고 밖으로 나가는 것이었다. 만기가 어리둥절해서 따라 나가자 봉우 처는 어느새 택시를 불러 세웠다.

"먼저 오르세요!"

만기는 다음날 다시 만나 사무적으로 타협하기로 하고 우선 빠져 돌아가기로 했으나,

"고의로 남의 호의를 무시하는 건 신사도가 아니에요!"

여자는 만기를 차 안으로 떠밀 듯이 했다. 번잡한 길거리에서 승강이를 할 수도 없고 해서 만기는 시키는 대로 차에 오를 수밖에 없었다. 10분도 채 달리지 않아서 택시는 어느 음식점 앞에 닿았다. 여염집들 사이에 끼어 있는 그 음식점은 외양과 달리 안에 들어가 보니 방도 여러 개 있고 제법 아담하게 꾸며져 있었다. 봉우 처는 그 집 마담과는 친숙한 사이인 모양이라 허물없는 인사를 나누고 나서,

"별실 비어 있니?"

하고 물었다. 마담은 호기심에 찬 눈으로 만기를 힐끔 쳐다보고,

"별실 3호가 비어 있을 거야. 그리루 모셔."

그러고는 안을 향하고,

"별실 3호실에 두 분 손님!"

소리를 질렀다. 열대여섯 살 먹은 소녀가 조르르 달려나와 안내를 했다. 자그마한 홀을 지나 긴 복도를 휘어 도니 저쪽으로 돌아앉은 참한 방이 있었다.

"이 집 마담, 여학교 동창예요. 그래서 귀한 손님을 대접할 일이 있으면 가끔 오죠."

여자는 묻지도 않은 말을 하고 다가와서 만기의 양복저고리를 벗기려고 했다. 만기는 얼른 제 손으로 벗어서 벽에 걸려고 했다. 그러자 여자는 그것을 낚아채듯 빼앗아서 옷걸이에 얌전히 걸었다. 조그만 식탁을 사이에 하고 마주 앉아, 여자는 만기를 쳐다보며 피

로한 듯한 미소를 짓고 가늘게 한숨을 토했다. 소녀가 물수건과 찻물을 날라왔다. 봉우 처는 이 집은 갈비찜이 명물이라고 하고 약주와 함께 안주와 음식을 시켰다. 소녀가 사라지자 여자는 식탁에 기대어 두 손으로 턱을 괴고 한동안 가만히 있었다. 왜 그런지 몹시 피로해 보였다. 30을 한둘 남긴 여자의 무르익은 모습은 어떤 요염한 독소조차 느끼게 해주었다. 만기도 까닭 모를 피로감과 함께 저절로 긴장되었다.

"병원 시설을 사겠다는 사람이 있어요. 헐값이지만 고물이라서 차라리 팔아치울까 생각해요!"

여자는 만기를 빠끔히 쳐다보며 엉뚱한 소리를 했다. 만기는 속으로 놀랐다. 여자의 마음을 얼른 파악하기 힘들었다. 진담인가, 그렇지 않으면 야비한 복선인가. 어느 쪽이든 만기에게는 타격이었다. 그 시설은 지금의 만기에게 있어서 생명선이나 다름이 없었기 때문이다. 그러나 만기는 그러한 내심을 조금도 표면에 비치지 않고 태연히 듣고만 있었다.

"낡아빠진 그 시설을 쓰기에는 선생님의 탁월한 기술이 아까워요. 그래서 작자가 나선 김에 팔아치우고 선생님에게는 현대적인 최신식 시설을 갖춰드리구 싶어서 그래요. 제게 그 정도의 자금은 마련되어 있어요!"

여자의 음성과 표정이 왜 그렇게 차분차분할까? 거기에는 심리적 호흡의 기술이 필사적으로 작용되고 있었다. 그러기에 아까 다방에서 내놓은 말과는 아주 딴 얘기라는 점을 노골적으로 지적해줄 수가 없었다.

"경제적 면에서 제게는 그런 최신 시설을 빌릴 만한 능력이 없습니다."

"셋돈 말씀이죠?"

여자는 간격 없이 웃고 나서,

"선생님이 독립하실 수 있을 때까지 5년이구 10년이구 그냥 빌려 드려두 좋아요!"

만기는 대답할 말이 없었다. 상대편에서 이렇게 자꾸 엉뚱하게만 나오니 더욱 조심될 뿐이었다.

"이상하게 생각하실 건 없어요. 이왕 놀고 있는 돈이 있으니까 제가 존경하고 있는 선생님에게 조금이라도 편리를 봐드리구 싶은 것뿐예요!"

순간 여자의 표정이 놀랄 만큼 진지한 빛으로 변했다. 만기는 봉우 처의 이러한 얼굴을 본 일이 없었다.

마침 주문한 음식이 들어오기 시작했다. 식사를 하는 동안 봉우 처는 소매를 걷고 마치 남편에게 하듯 잔시중까지 들었다. 만기는 음식을 먹으면서도 마음이 조마조마했다. 아무래도 심상찮은 예감이 들었기 때문이다. 만기의 그러한 예감은 마침내 적중하고야 말았다. 식사가 거의 끝나갈 무렵 봉우 처는 상 밑에서 한쪽 발을 슬며시 만기 무릎 위에 얹었다. 그러고는 지그시 힘을 주며 요염한 웃음을 쏟았다. 그 눈이 불 같았다. 만기는 꽤 당황했지만 시선을 피하며 슬그머니 물러앉았다. 여자는 발끝으로 움츠리는 만기의 무릎을 쿡 지르고 어깨를 으쓱해 보였다. 이미 전기가 들어와 있었다. 잠시 멋쩍게 앉아서 먹다 남은 음식들에 공연히 젓가락질을 하다 말고 여자는 갑자기 자리를 떠서 밖으로 나가버렸다. 한참 동안 여자는 돌아오지 않았다. 만기는 어지간히 불쾌하고 불안한 생각에 앉았다

섰다 하며 마음의 자세를 가다듬었다. 10분 이상 지나서야 여자는 돌아왔다. 대번 알아보게 얼굴에는 주기가 돌았다. 여자는 방 안에 들어서면서 안으로 문고리를 잠갔다. 짤그락 하는 소리가 이상하게 도전적이었다. 여자는 다시 창문의 커튼까지 내리고 자리에 가 앉았다. 초가을 저녁 무렵이지만 밀폐되다시피 한 실내는 한증 속처럼 더웠다. 여자는 술잔을 들어 만기 앞으로 내밀며,

"따라주세요!"

명령조였다. 원래 만기는 흰 두 잔밖에 못하기 때문에 주전자에는 술이 거의 그대로 남아 있었다. 만기는 한 손으로 주전자 뚜껑을 누르고,

"인제 그만 돌아가실까요. 오늘은 정말 오래간만에 포식했습니다."

달래듯 했다.

"내버려두세요. 거룩하신 선생님 눈엔 제가 사람같이 안 보일 테니까요."

여자는 무리하게 주전자를 뺏어서 자기 손으로 따라 마셨다. 안주도 안 먹고 거푸 물 마시듯 했다. 만기는 겁이 났다. 이 이상 취하면 어떤 추태를 부릴지도 모른다. 버려둘 수가 없었다. 만기는 간신히 술 주전자를 뺏어 감추었다. 그러자 여자는 그것을 도로 뺏으려고 덤벼들었다. 앉은 채 잠시 붙잡고 돌아갔다. 주전자를 떨어뜨려서 술이 엎질러졌다. 여자는 그것을 훔칠 생각도 않고 만기 무릎 위에 쓰러지듯 폭 엎어져버리고 말았다.

"골샌님!"

여자는 어린애처럼 어깨를 추며 울기 시작했다.

대합실 문밖에서 웬 소년이 안을 기웃거리고 있었다.

"너 웬 아이냐?"

간호원이 먼저 발견하고 물었다. 소년은 대답 없이 조심스레 문을 밀고 들어섰다. 여남은 살 먹었을 그 소년의 얼굴은 제법 귀염성 있게 생겼지만 거지 아이나 다름없는 꼴을 하고 있었다.

"여기가 병원이죠?"

소년은 어릿어릿하며 조그만 소리로 간호원에게 물었다.

"그래. 너 어째서 왔니?"

소년은 이번에도 대답을 않고 대합실과 진찰실 안을 두리번거리고 나서,

"울 아버지 안 오셨어요?"

영문 모를 질문을 했다. 테이블 앞에 앉아서 외국 잡지를 뒤적이고 있던 만기가,

"너희 아버지가 누구냐?"

물으니까,

"울 아버지, 채익준 씨야요."

그리고 소년은 다시 한번 방 안을 둘러보았다.

"오, 너 익준이 아들이구나!"

만기는 일어나 소년 옆으로 다가갔다. 좀 불안한 표정을 하고 섰는 소년의 손목을 잡아서 옆 의자에 앉히고 만기도 소파에 마주 앉았다.

"너, 아버지 찾아왔구나. 이름이 뭐지?"

"채갑성이에요!"

"나이는?"

"열한 살이에요!"

만기가 친절히 말을 걸어주는 바람에 안심이 되었는지,

"울 아버지 안 오셨어요?"

소년은 걱정스레 다시 물었다.

"아버진 아침에 잠깐 다녀나가셨는데…… 그래, 너 왜 아버질 찾아왔니?"

"어머니가 아버지 찾아오랬어요. 어머니는 죽을 것 같대요!"

소년에게는 여동생 하나와 남동생 하나가 있어서 외할머니까지 합치면 모두 여섯 식구라고 한다. 그런데 지금까지 집안 살림의 중심이 되어오던 모친이 반년 가까이나 병석에 누워 지낸다는 것이다. 모친은 자리에 눕기까지 생선 장사를 했다는 것이다. 아이들이 자고 있는 꼭두새벽에 첫차로 인천에 가서 생선을 한 광주리 받아이고는 서울로 되돌아와서 행상을 하였다는 것이다. 모친이 병으로 누운 다음부터는 50이 넘은 외할머니가 어머니 대신 생선 장사를 해서 간신히 가족들 입에 풀칠을 하고 지낸다는 것이다. 그러니까 어머니는 제대로 가서 치료를 받아보지도 못한 채 집에 누워서 앓고 있다는 것이다. 그래서 병세는 나날이 더 심해만 갔는데, 아까 점심때쯤 해서 어머니는 소년을 불러놓고 숨이 자꾸 가빠오는 걸 보니 곧 죽을 것 같다고 하며 얼른 가서 아버지를 찾아오라고 하였다는 것이다. 만기가 차근차근 캐묻는 말에 대충 이상과 같은 내용의 대답을 하고 난 소년은 별안간 훌쩍거리고 울기 시작했다. 만기는 우선 소년을 달래놓고,

"그래, 너 이 병원은 어떻게 알았니?"

"접때 아버지하구 돈 꾸러 왔댔어요."

"돈 꾸러? 여길?"

"네. 아버지가 엄마하구 무슨 얘기하다가 울었어요. 그리구 나 데리구 여기까지 왔댔어요."

"그래서 돈은 꾸어 갔니?"

"아니오. 나보구 길거리에 서서 기다리라구 해서 한참이나 이 앞에서 기다리구 있었는데 아버지가 나와서 그냥 돌아가라구 했어요. 그러면 저녁에 돈을 마련해갖구 돌아갈 테니 집에 가서 엄마보구 조금만 더 참구 기다리라구 했어요."

만기는 지그시 눈을 감았다. 마음이 복잡하거나 괴로울 때 하는 버릇이었다. 옷이라고는 언제나 탈색한 서지[1] 군복 바지에 퇴색한 해군 작업복 상의만을 걸치고 다니는 초라한 익준의 몰골이 감은 눈앞을 스치고 지나갔다. 그러면서도 익준은 병원에 와서 돈을 꿔 달라고 한 번도 손을 내밀어본 일이 없었다. 뿐만 아니라 그는 단 한 마디도 딱한 집안 사정을 입 밖에 비춰본 일조차 없었다. 만기도 그의 가정 형편이 그렇게까지 말이 아닌 줄은 모르고 있었다.

"너 몇 학년이니?"

"학교 그만뒀어요."

"그럼 놀고 있어?"

"신문 장사 해요."

만기는 그런 말까지 캐물은 것을 도리어 후회했다. 그는 소년을 위로해서 돌려보내고 나서도 마음이 무거웠다. 남의 일 같지 않았다. 남의 시설을 빌려서나마 개업을 하고 있다고는 하지만 만기 자신도 생활에는 극도로 시달리고 있었기 때문이다. 자그마치 열 식구에 버는 사람이라곤 만기뿐이니 당할 도리가 없었다. 대가족이 먹고 입는 일만도 숨이 가쁠 지경인데, 동생들의 학비까지 당해내야만 했다. 대학이 하나, 고등학교가 둘, 거기에 국민학교 다니는 자기 장남까지 합친다면 그야말로 무서운 지출이었다. 피를 짜내듯해서 거의 기적적으로 감당해오고 있었다. 그 밖에 늙은 장모와 어린 처남 처제들만이 아득바득하고 있는 처가에도 다달이 쌀말 값이라도 보태주지 않아서는 안 되었다. 하기는 그런대로 개업을 하고 있는 만기에게는 다소라도 수입이 있었다. 그러나 동란 이래 직업을 갖지 못하고 있는 익준네 생활이 그만큼이라도 지탱되어왔다는 것은 한편 수수께끼 같은 일이기도 했다. 익준은 취직을 단념하고 있었다. 왜정 때 겨우 중학을 나왔을 뿐 특수한 기술도 빽도 없는데다가 나이마저 30 고개를 반이나 넘어서고 보니 취직이란 말 그대로 별따기였다. 게다가 남달리 정의감과 결벽성이 세기 때문에 사소한 부정이나 불의를 보고도 참지 못하는 그는 설사 어떤 직장이 얻어걸렸다 해도 오래 붙어 있지 못했을 것이다. 사변 전에도 직장다운 직장을 오래 가져보지 못했던 것은 오로지 그러한 그의 성격 탓이었다. 그렇다고 장사를 하자니 밑천도 없었거니와, 이 또한 고지식한 그에게 될 일이 아니었다. 언젠가는 생각다 못해 노동판에도 섞여보았다. 그 역시 해보지 않던 일이라 한몫을 감당할 수도 없었거니와, 사무실에서 인부들의 임금을 속여 먹는 줄 알게 되자 대뜸 쫓아가서 시비 끝에 주먹다짐까지 벌어졌던 것이다. 그러기에 최근 1년 동안은 양심적이고 동지적인 자본주를 얻어, 먹고살 수도 있고 동시에 국가 사회에도 이익될 수 있는 사업을 스스로 일으켜야 하겠다고 하며, 그는 날마다 거리를 휘젓고 다녔다. 그가 말하는 국가 사회에도 보익補益하며 먹고살 수도 있는 사업이란 한국에 와 있는 외국인 상대의 일용 잡화 및 식료품 상회였다. 그의 친지 가운데 외국인 선교사들과 교섭이 잦은 기독교인이 있었다. 그 친지 말에 의하면 현재 한국에 와 있는 외국 민간인들의 대부분이 식료품이나 일용품 같은 것을 거의 도쿄나 홍콩에서 주문해다 쓰고 있다는 것이다. 그것은 외국인 자신들에게 있어서도 시간적으로나 경제적으로 상당한 손실일 뿐 아니라 불편하기 이를 데 없는 일이지만, 한국 상인의 물품은 그 가격이나 질에 있어서 도무지 신용을 할 수가 없으니 부득이한 일이라는 것이다. 그렇기 때문에 외국인을 상대로 식료품과 일용품을 공급해줄 만한 양심적인 한국 상점의 출현을 누구보다도 외국인 자신들이 절실히 요망하고 있다는 것이다. 친지에게서 그 말을 들은 익준은 단박 얼굴이 벌개가지고 병원으로 달려와서 이게 얼마나 수치스럽고 손실을 자초하는 일이냐고 탄식했던 것이다. 그런 지 며칠 뒤부터 익준은 자기 자신이 양심적인 출자자를 구해서 외국인 상대의 점포를 자기가 직접 경영해보겠다고 서두르며 싸돌아다녔다. 최고 1할 이득을 목표로 철두철미 신용과 친절 본위로 외국인을 상대하면 자연 실추된 한국인의 체면도 회복할 수 있고 그들의 신용과 성원을 얻어 사업도 번창해질 게 아니냐는 것이다. 그 뒤 익준은 양심적인 출자자를 찾아내기 위해 맹렬한 열의로 거리를 헤매기 시작했던 것이다. 그러나 그가 찾고 있는 돈 있고 양심적인 동지는 상금尙今[2] 나타나지 않고 있는 것이다. 점심 요기조차 못하고, 나서지 않는 출자자를 찾아 거리를 휘젓고 다니다가 저녁때 맥없이 돌아오는 익준은 보기에 딱하도록 지쳐 있었다. 쓰러지듯 대합실 소파에 털썩 주저앉아버린 그는 비참한 표정으로 세상을 개탄하는 것이다. 친구의 소개로 돈푼이나 있다는 사람을 만나 얘기를 비춰보았더니 지금 세상에 1할 장사를 위해 돈 내놓을 시러베아들이 어디 있겠느냐고 영 상대도 않더라는 것이다. 그러면서 한다는 소리가 양키 상대라면 한두 번에 팔자를 고칠 구멍을 뚫어야지 제정신 가지고 금리도 안 되는 미친 짓을 누가 하겠느냐고 핀잔을 주더라는 것이다. 그러니 세상 사람이 모두 도둑놈이 아니냐고 외쳤다. 사리사욕을 위해서는 남을 속이거나 망치는 일쯤 당연하다고 생각할 판이니 도대체 이놈의 세상이 끝장에 가서는 어떻게 되겠느냐고 익준은 비분강개를 금하지 못하는 것이었다. 그럴 때마다 그는 행정 당국의 무능을 통매하면서 'DDT 정책'이라는 말을 내세우곤 했다. DDT를 살포해서 이나 벼룩을 박멸하듯이 국내의 해충적 존재에 대해서는 강력한 말살 정책을 써야 한다는 것이다. 이를테면 소매치기나 날치기에서부터 간상 모리배도 총살, 협잡 사기한도 총살, 뇌물을 먹고 부정을 묵인해주는 관리도 총살, 밀수범도 총살, 군용 물자를 훔쳐 내다 팔아먹은 자도 총살, 국고금을 횡령해 먹은 공무원도 총살, 아무튼 이런 식으로 부정 불법을 자각하면서도 사리사욕에 눈이 멀어서 국가 사회에 해독을 끼치는 행위를 자행하는 대부분의 형사범은 모조리 총살해버려야 한다는 것이다. 그렇지 않고는 양민이 안심하고 살 수 없을 뿐 아니라 나라의 앞날이 위태롭기 짝이 없다는 것이다. 흥분한 어조로 이러한 지론을 내세울 때의 익준의 눈에는 살기에 가까운 노기가 번득거렸다. 그럴 때 만일 누가 옆에서 그의 지론을 반박할 양이면 당장 눈앞에 총살형에 해당하는 범법자라도 발견한 듯이 격분하는 것이다. 언젠가 어느 경솔한 외국 기자가 한국을 가리켜 도둑의 나라라고 해서 물의를 일으켰을 때의 일이다. 대개의 신문이나 명사들이 그 기사를 쓴 외국 기자를 비난하고 한국의 사회 실정을 엄폐 변명하려는 논조로만 치우쳐 있었다. 당시의 익준은 거의 매일같이 흥분해 있었다. 그 외국 기자야말로 한국의 현실을 날카롭게 투시하고 가차 없는 비평을 가해왔다는 것이다. 잠깐 다녀간 외국 기자의 눈에도 도둑의 나라로 비칠 만큼 부패한 우리 나라의 현실이 슬프고 부끄러울망정 바른 소리를 한 외국 기자에게는 잘못이 없다는 것이다. 우리는 덮어놓고 외국 기자를 비난 공박하기 전에 먼저 우리 자신을 냉정히 반성하고 다시는 외국인으로부터 그처럼 치욕적인 말을 듣지 않도록 전국민이 깊은 각성과 새로운 노력을 가져야 할 일이 아니냐. 결국 도둑놈 소리가 듣기 싫거든 도둑질을 하지 않으면 될 게 아니냐는 것이다. 그래서 만기는 몇 마디 반대 의견을 말해본 일이 있었다. 어쨌든 그 외국 기자가 한국에 대해서 호감을 갖고 보지 않았다는 것만은 사실인 이상 국교상의 우호 관계로 보아서도 경솔한 태도였다는 비난을 면할 수는 없었다는 점과, 어느 나라치고 도둑이 없는 나라란 있을 수 없을 터인데 정도가 좀 심하다고 해서 왜 그렇게 되지 않을 수 없었는가 하는 객관적인 원인과 이유를 밝히는 일이 없이 일언지하에 대뜸 도둑의 나라라고 단정해버린다는 것은 너무나 피상적 관찰에만 치우친 편견이 아닐 수 없다는 점을 들어서 만기는 은근히 익준의 소견을 반박해보았던 것이다. 그랬더니 익준은 대번에 안색이 달라져가지고 만기에게 대들 듯이 덤볐다.

"아니, 도둑놈에게 도대체 변명이 무슨 변명야? 그래 자넨 아직두 한국 놈이 도둑놈이 아니라구 우길 수 있단 말야? 이 지구상에 우리 나라처럼 도둑이 들끓구 판을 치는 나라가 또 있단 말인가? 이거 봐, 만기. 덮어놓구 자기 나라를 두둔하구 추어 올리는 게 애국자,

애국심은 아닌 거야. 말을 좀 똑바루 하란 말야. 그래 아무리 조심을 해두 전차나 버스를 한번 탔다 내리기만 하면 돈지갑이나 시계, 만년필 따위가 감쪽같이 사라져버리는데 이래두 한국이 도둑의 나라가 아니란 말인가? 백주에 대로상을 걸어가노라면 바람도 안 부는데 모자가 행방불명이 되기 일쑤구, 또 어떤 놈이 불쑥 나타나 골목으로 끌구 들어가서는 무조건 뚜들겨 팬 다음 양복을 벗겨가지구 달아나는 판이니, 아 이래두 한국은 도둑의 나라가 아니구 알량한 동방예의지국이고그래. 시장 바닥은 물론 심지어는 일국의 수도 한복판에 있는 소위 일류 백화점이란 델 들어가 물건을 사두 가격을 속이구 품질을 속이구 중량을 속여 먹기가 여반장이니, 아 이래두 한국은 의젓한 신사국이란 말인가. 아무리 아전인수라두 분수가 있지 열 놈이면 아홉 놈까진 도둑놈이라 눈뜬 채 코 베어 먹힐 세상인데, 그래두 자넨 한국이 도둑의 나라가 아니라구 뻔뻔스레 잡아뗄 셈인가. 그야 물론 핑계 없는 무덤이 없다구 자네 말대루 도둑질하는 놈에게두 이유야 있을 테지. 이를테면 사흘 굶어 도둑질 않는 사람이 있느냐는 식으루 말일세. 그렇지만 남은 사흘은 고사하구 닷새 엿새를 굶어두 도둑질 않구 배기는데 한국 놈은 어째서 단 한 끼만 굶어두 서슴지 않구 도둑질을 하느냐 말야. 아니, 한 끼를 굶기는커녕 하루에 네 끼 다섯 끼 배지가 터지도록 처먹구두 한국 놈은 왜 도둑질을 하느냐 말야. 이러니 죽일 놈들 아냐. 복통을 할 노릇이 아니냐 말야!"

  익준은 흡사 미친 사람 모양 입에 거품을 물고 핏발 선 눈알을 뒹굴렸던 것이다.

  어느 날 퇴근 시간이 임박해서다. 미스 홍이 조용히 의논할 말이 있노라고 했다. 그동안 석 달치나 밀린 급료 얘기가 아닌가 싶어 만기는 새삼스레 가책을 느꼈다. 홍인숙은 만기에게 있어서는 소중한 사업의 보조자였다. 치의전齒醫專을 나온 이래 10여 년간의 의사 생활을 통해서 수많은 간호원을 부려보았지만 인숙이만큼 만족하게 의사를 돕는 솜씨도 드물었다. 가려운 데 손이 가듯이 빈구석 없이 만기를 받들어주었다. 눈치가 빠르고 재질도 풍부해서 간호원으로서의 지식이나 기술뿐 아니라 웬만한 의사 못지않게 능숙한 수완을 발휘해주었다. 중태가 아닌 진찰이나 치료 정도는 만기가 없어도 충분히 대진代診의 역할을 감당할 수 있었다. 그만큼 인숙은 자기 직무 이상의 일에까지도 열성을 기울여 묵묵히 만기를 도와왔다. 한 말로 말해서 인숙은 이처럼 시설이 빈약한 변두리의 개인 병원에는 분이 넘칠 만큼 더할 나위 없이 유능하고 성실한 간호원이었다. 인격적인 면에서 볼 때에도 얌전하고 귀엽게 생긴 얼굴이어서 환자에게 호감을 주었다. 그러한 인숙에게 스스로 만족할 정도의 충분한 물질적 대우를 해주지 못하는 것이 만기에게는 늘 미안한 일이었다. 그러나 인숙은 3년 이상이나 같이 있는 동안 단 한 번도 불만이나 불평을 말해본 일이 없었다. 도리어 인숙은 자기 집의 생활이 자기의 수입을 필요로 할 만큼 군색한 형편이 아니라면서 미안해하는 만기를 위로하듯 했다. 그만큼 이해하고 봉사해주는 인숙에게 최근 3개월분의 급료를 지불하지 못하고 있었던 것이다. 그래서 가뜩이나 미안하던 판이라 만기는 저녁 식사라도 같이 하면서 얘기할까 했으나 인숙은 굳이 마다고 했다.

"정 그러시문 차나 한 잔 사주세요."

병원을 잠그고 나서 그들은 밖으로 나갔다. 물론 대합실 소파에 지키고 앉아 있던 봉우도 따라나섰다. 그들은 가까운 다방으로 갔다. 역시 봉우도 잠자코 따라 들어왔다. 인숙은 퍽 난처한 기색으로 걸음을 멈추고 만기를 쳐다보았다. 만기는 이내 눈치를 채고 봉우를 돌아보며,

"미안허네, 봉우. 병원 일루 둘이서 조용히 의논할 일이 있어 그러는데……."

사양해달라는 뜻을 표했더니,

"그럼 문밖에시 기디릴까?"

봉우는 도리어 어린애같이 솔직한 태도로 반문해왔다. 만기도 딱해서,

"무슨 딴 볼일이라두 없는가?"

그랬지만,

"딴 볼일은 없어. 그럼 문밖에서 기다리지!"

돌아서 나가려는 것을,

"그래서야 되겠나. 그러면 저쪽 빈자리에서 기다려주게나."

도리어 만기 쪽이 민망하기 이를 데 없었다. 봉우와는 멀찍이 떨어진 위치에 자리잡고 앉아서 만기는 차를 시켜놓고 인숙의 이야기를 들었다. 급료 독촉이 아니었다. 거북한 듯이 인숙이가 꺼내놓는 이야기는 봉우에 관한 문제였다. 봉우는 거의 하루도 거르는 날이 없이 인숙을 따라다닌다는 것이다. 퇴근하고 돌아가는 인숙을 같은 전차를 타고 집 앞까지 따라와서는 인숙이가 자기 집 대문 안으로 사라지는 걸 보고 나서야 봉우는 처량한 얼굴로 발길을 돌이킨다는 것이다. 그런 말은 전에도 잠깐 귀에 담은 일이 있었지만, 어쩌다가 봉우 자신 그 방면에 볼일이 있으니까 그러려니 생각하고 있었다.

그런데 애길 자세히 듣고 보니 딴 용건이 있어서가 아니라 인숙을 따라다니는 행동 그 자체가 엄연한 목적이라는 것이다. 날마다 병원 대합실에 나와서 낮잠을 자듯이 저녁때마다 봉우가 자진해서 인숙을 집에까지 바래다주는 것은 하나의 일과가 되어 있다는 것이다. 인숙이 자신 처음 얼마 동안은 봉우의 엉뚱한 행동에 그리 신경을 쓰지 않았지만 요즘 와서는 미칠 것만 같다는 것이다. 무엇보다도 남의 이목이 두렵다는 것이다. 그렇지 않아도 벌써 동네에서는 별별 소문이 다 떠돌고, 집안 어른들에게도 잔소리를 듣게 되었다는 것이다. 인숙은 더러 그러한 봉우를 피하기 위해서 곧장 집으로 돌아가지 않고 일부러 딴 방향으로 돌아가보기도 했지만, 봉우는 역시 어린애처럼 떨어지지 않고 줄줄 따라다닌다는 것이다. 그렇다고 지긋지긋 귀찮게 실없는 수작을 거는 것은 아니다. 고작 꿈을 꾸듯 황홀한 눈을 인숙의 전신에 몰래 퍼부을 뿐이다. 처음엔 그러한 봉우가 그저 우습기만 했다. 그 뒤에는 징그러웠다. 요즘 와서는 무서워졌다는 것이다.

"저를 바라볼 때의 천 선생님의 그 이상스레 빛나는 눈이 꼭 저를 어떻게 할 것만 같아요. 소름이 돋아요!"

그래서 인숙은 밖에도 잘 못 나온다는 것이다. 꿈에서까지 그런 봉우의 눈과 마주쳤다가 소스라쳐 깬다는 것이다. 병원이 휴업을 하는 일요일 아침이면 봉우는 직접 인숙이네 집 대문 앞에 와서 우두커니 지키고 섰다는 것이다. 하도 기가 차서 인숙이가 홧김에 쫓아나가,

"천 선생님, 왜 또 여기 와서 계셔요?"

따지듯 하면,

"오늘은 병원이 노는 걸 어떡해요?"

그러니까 이리로밖에 찾아올 데가 없지 않느냐는 듯이 무엇을 호소하듯 하는 눈으로 인숙을 내려다본다는 것이다.

"이웃이 창피해요. 집 식구들두 시끄럽구요. 얼른 돌아가주세요, 네!"

사정하듯 하면 봉우는 갑자기 풀이 죽어서 천천히 골목을 걸어나간다는 것이다. 그렇지만 얼마 있다 밖을 또 내다보면 봉우는 어느새 내문 앞에 도로 와서 척 지키고 서 있다는 것이다. 이래서 인숙은 자나깨나 신경이 쓰여 흡사 미칠 것만 같다는 것이다.

"어떡하면 좋겠어요, 선생님?"

말을 마치고 만기를 쳐다보는 인숙의 귀여운 얼굴이 아닌 게 아니라 이제 보니 핼쑥하게 좀 파리해 있었다.

"천 선생은 가정적으로나 사회적으로나 퍽 불행한 사람이오."

만기는 호젓한 말씨로 그렇게 대신 변명하듯 했다.

"저두 대강은 짐작하구 있어요."

"또한 본래 바탕이 너무나 선량한 사람이오. 중학 때부터 남에게 이용이나 당하구 피해나 입었지, 전연 남을 해칠 줄을 모르는 사람이었소. 그러니까 미스 홍두 천 선생에게 악의나 증오감을 품구 대하진 말아요."

"저두 알아요. 그러니까 여태 참구 지내다 못해 선생님께 의논하는 게 아니에요."

"천 선생은 분명히 미스 홍을 사랑하구 있나보오. 그러나 사랑을 노골적으로 고백할 수 있으리만큼 천 선생은 당돌하지 못한 사람이오. 그만큼 인간의 자격에 자신을 잃구 있는 분이지. 그러면서두 미스 홍을 떠나서는 못 살겠는 모양이오. 잠시두 미스 홍을 안 보구는 못 배기겠는 모양이란 말요. 불쾌하구 불안하구 난처한 처지는 알 수 있소만 조금 더 참구 지내요. 적당한 기회에 내가 천 선생하구 조용히 얘길 해볼 테니. 그렇다구 이런 문제를 제삼자인 내가 아무 때나 불쑥 들구 나설 수두 없으니까 좀 기다리란 말요. 그동안에 자연스럽게 얘기할 기회를 만들어볼 테니까."

인숙은 붉어진 얼굴을 숙이고 가만히 듣고만 있었다. 얘기를 마치고 나서 만기는 인숙이더러 먼저 돌아가라고 했다. 인숙이가 문 밖으로 사라진 뒤에야 만기도 일어나 봉우 자리로 가려니까 봉우는 그제야 눈이 휘둥그레져서 벌떡 일어서더니 만기를 밀치듯이 하고 황황히 밖으로 쫓아나가버렸다. 만기도 할 수 없이 얼른 셈을 치르고 따라 나가보았다. 전차 정류장 쪽을 향해 저만큼 걸어가고 있는 인숙의 뒤를 봉우는 부리나케 쫓아가고 있었다. 그 광경이 흡사 엄마를 놓칠세라 질겁을 해서 발버둥치며 쫓아가는 어린애 모양과 비슷했다. 그 꼴을 묵묵히 바라보고 서 있던 만기는 저도 모르게 가만히 한숨을 토했다. 계산이 닿지 않는 애정에 저렇게 열중해야 하는 봉우가, 그리고 저러지 않고는 못 배기는 인간이 딱했기 때문이다. 동시에 만기 자신을 중심으로 자꾸만 얼크러지는 애정과 애욕의 미묘한 혼란이 숨 가쁜 까닭이기도 했다. 물론 봉우 처의 저돌적인 육박도 골치 아픈 일이기는 했지만, 그보다도 오히려 처제인 은주의 문제가 만기의 마음을 더 어지럽게 하였다.

은주는 어머니를 모시고 밑으로 어린 두 동생을 거느리고 어느 관청에 사무원으로 나가고 있었다. 6·25 동란 이후의 3~4년간은 전적으로 만기에게 얹혀 지냈다. 그러니까 만기는 처가네 식구까지 열네 명이나 되는 대가족을 거느리고 있었던 것이다. 친동생들을 학교에 보내면서 처제들이라고 모르는 체할 수는 없었다. 은주와 그 두 동생까지 모두 여섯 명이나 중학교, 고등학교, 대학교에 집어 넣었다. 그들의 학비와 열네 식구의 생활비를 위해서 만기는 문자 그대로 고혈을 짜 바쳤다. 물론 동생들은 고학을 한답시고 각자 능력껏 활동들을 해서 잡비 정도는 저희들이 벌어 썼지만, 그렇다고 만기의 짐이 덜어질 수는 없었다. 만기는 자연 나날이 쪼들리지 않을 수 없었다. 얼마 안 되는 병원 수입만으로는 어림도 없었다. 참다참다 급하게 되면 어쩔 수 없이 여기저기서 돈을 돌려다 썼다. 부모가 남겨준 유일한 재산이었던 집 한 채마저 팔아버리고, 유축에 전셋집을 얻어 갔다. 이러한 곤경 속에서도 만기는 가족들 앞에서 결코 짜증을 내거나 불평을 말하는 일이 없었다. 얼굴 한 번 찡그려 본 일이 없었다. 아무와도 나눌 수 없는 고민이란 영혼까지도 고갈하게 만드는 법이다. 만기는 자기에게 지워진 고통을 혼자서만 이를 사리물고 이겨나갔다. 하도 고민이 심할 때는 입맛을 잃고 잠도 제대로 이루지 못했다. 그러한 만기의 심중을 아내만은 알았다. 밤새껏 엎치락뒤치락하며 남편이 잠을 못 드는 밤이면 아내는 말없이 만기를 끌어안고 소리를 죽여가며 흐느껴 울었다. 그런 때 만기는 도리어 아내의 등을 어루만지며 위로해주는 것이었다.

"「장 크리스토프」라는 롤랑의 소설 가운데 이런 말이 있다우. '사람이란 행복하기 위해서 살고 있는 것은 아니다. 자기의 정해진 길을 가기 위해서 살고 있는 것이다.' 여보, 나를 위해서 진심으로 울어줄 아내가 있는 이상 나는 결코 꺾이지 않을 테요. 그러니까 날 위해 과히 걱정 말구 어서 울음을 그쳐요. 자 어서, 이게 뭐야 언내처럼."

만기가 그러고 달래듯이 눈물을 닦아주려면 아내는 참아오던 울음소리를 탁 터뜨리고 발버둥치며 더욱 섧게 우는 것이다. 아내는 세상의 어떤 아내보다도 만기를 깊이 이해하고 존경하고 사랑하고 동정하고 있었다.

그러나 그 밖에 또 한 여인이 만기 아내 못지않게 만기를 존경하고 사랑하고 동정하며 한 지붕 밑에 살고 있었다. 그는 물론 처제인 은주였다. 은주는 소녀다운 깊은 감동으로 형부를 우러러보고 사모했다. 귀공자다운 풍모, 알맞은 체격, 넓고 깊은 교양, 굳은 의지와 확고한 신념, 강한 의리감과 풍부한 인정미, 어떤 점으로 보나 형부 같은 남성은 세상에 다시없을 것 같았다. 그러한 형부가 보잘것없는 가족들을 위해서 노예처럼 희생당하고 있다. 형부를 위해서는 이따위 가족들이 다 없어져도 좋지 않을까. 아니, 형부를 둘러싸고 있는 너절한 인간들이 온통 사라져버려도 좋지 않을까. 불공평한 현실 속에서 가족을 위해 죄인처럼 고민하는 형부를 생각할 때 은주는 속으로 혼자 울며 그렇게 중얼거려보기도 했다. 은주는 그처럼 형부를 위해 마음이 아팠다. 자연스럽게 형부를 사랑했다. 사랑하지 않고는 견딜 수 없는 심경이었다. 은주는 형부를 위해서라면, 사랑을 위해서라면 언제든지 서슴지 않고 웃으며 죽을 수 있을 것 같았다. 은주는 오랫동안 여러 가지로 혼자 궁리한 끝에 대학교 1학년을 마치는 길로 자진해서 학업을 중단하고 취직해버렸다. 그러고는 어머니와 동생들을 데리고 셋방을 얻어 나가 자립 생활을 시작했다. 조금이라도 사랑하는 형부의 짐을 덜어주고 싶어서였다. 이

사해 나가는 날 마지막으로 식사를 같이 하고 나서 은주는 가족들이 있는 앞에서 언니에게 대담하게 이런 말을 했다.

"언니, 나 형부를 사랑해두 좋아?"

다들 웃었다. 물론 농담인 줄 알았기 때문이다. 그러나 만기와 그의 아내만은 겉으로는 웃었지만 속으로는 웃지 못했다. 은주의 말이 결코 농담에 그치는 것이 아님을 짐작할 수 있었던 탓이다. 작년부터는 가족들 사이에 자주 은주의 결혼 문제가 화제에 올랐다. 장모가 들를 적마다 사위와 딸 앞에서 은주의 나이 걱정을 해서다. 하기는 아버지 없는 은주에 대해서 언니나 형부 노릇뿐 아니라 아버지와 어머니 노릇까지도 대신해야 할 그들의 처지로서는 은주의 결혼 문제에 무심할 수는 없었다. 만기 부처는 기회 있는 대로 은주의 배필을 물색해보았다. 그러다가 적당한 상대가 나서면 사진을 구해두었다가 은주가 들를 때 보이곤 했다. 그러나 은주는 그때마다 사진 같은 건 거들떠보지도 않고,

"미안합니다. 누가 시집간댔어요!"

그러고는 장난꾸러기같이 어깨를 으쓱하며 쿡쿡 웃었다.

"애두, 그럼 평생 처녀루 늙을래."

언니가 가볍게 눈을 흘기면,

"형부만한 신랑감을 골라주신다면……."

또 아까와 같이 어깨를 으쓱하며 웃었다.

"나보다 몇 갑절 나은 청년야. 우선 사진이나 구경해."

만기가 남자 사진을 눈앞에 들이대도,

"사랑하는 사람을 두구 시집을 가란 말씀예요!"

정색하고 은주는 사진을 받아 던졌다.

"그렇지만 딱하지 않니? 형부를 이제 와서 둘이 섬길 수도 없구…… 그럼 차라리 내가 형부를 양보할까!"

만기 처가 농담 아닌 농담을 건네고 미묘하게 웃었다.

"언니, 건 안 될 말씀. 난 언니두 사랑하는 걸요!"

그러고는 살며시 다가앉으며 서양 사람이 그러듯 언니 볼에 가볍게 입을 맞추었다.

"여보, 세상에 나 같은 행운아가 어딨겠소. 선녀처럼 예쁘고 어진 당신과 비너스같이 황홀한 우리 은주 아가씨의 사랑을 독차지하게 됐으니 말이오!"

은주의 태도를 어디까지나 장난으로 구슬러버리려는 만기의 의도를 은주는 묵살해버리듯,

"언니, 나 꼭 한 번만 형부하구 키스해두 괜찮우?"

어리광피우듯 해서,

"여보, 이 애 소원을 풀어주시구려!"

언니가 어색한 웃음을 지으며 만기를 쳐다보았더니 은주는,

"가짓말, 언니 가짓말!"

언니를 나무라듯 몸부림치고 두 손으로 얼굴을 가리고 언니 무릎 위에 푹 엎어져버리고 말았다. 얼마 뒤에 고개를 드는 은주의 두 눈이 의외로 젖어 있었다. 신뢰에 찬 미소로 시선을 교환하는 만기 부처의 얼굴에는 똑같이 복잡하고 난처한 기색이 떠오르고 있었다. 그러면서도 다행인 것은 만기와 단둘이 만났을 때는 은주는 추호도 연정을 표시하는 일이 없었다. 어디까지나 처제의 위치에서 형부를 대하는 담담한 태도였다. 은주가 만기에 대한 걷잡을 수 없는 사랑을 언동으로 표시하는 것은 반드시 언니가 동석한 자리에서만이었

다. 그만큼 은주는 깨끗한 아이였다. 만기 처 역시 그랬다. 형부에 대한 은주의 사랑을 시인하지 않을 수 없으면서도 남편과 동생의 사이를 의심하지는 않았다. 그만큼 남편과 동생을 믿고 있는 것이다. 이렇듯 알뜰한 아내와 은주 사이에 끼어서 만기는 참말 난처하지 않을 수 없었다. 결혼하기를 주위에서들 아무리 달래고 권해도 은주는 영 듣지 않았다. 한평생 만기만을 생각하고 사랑하며 깨끗이 혼자 늙겠다는 것이다. 그것이 일시적인 단순한 흥분에서가 아니라 필사적인 각오로 은주 스스로가 택하는 자기 인생의 엄숙한 선언이었다. 그러니 만큼 주위 사람들도 다 함께 괴로웠고 당자인 만기는 더할 수밖에 없었다. 거기에 봉우 처마저 노골적인 추태로써 만기를 위협해왔고 봉우와 미스 홍의 어쩔 수 없는 문제, 외면해 버릴 수 없는 익준의 암담한 가정 내막, 나날이 더 심해가는 경제적인 고통, 이런 복잡한 관계들이 뒤얽혀 만기의 마음속을 더욱 어둡고 무겁게만 해주었다. 그러나 만기는 역시 외면의 잔잔함만은 잃지 않았다. 한결같이 부드럽고 기품 있는 미소로써 누구에게나 친절히 대하기를 잊지 않는 것이다.

30이 좀 넘어 보이는 낯선 남자가 봉우 처의 편지를 가지고 병원을 찾아왔다. 만기는 남자에게 의자를 권하고 편지를 펴보았다. 비교적 달필로 남자 글씨처럼 시원스레 내리갈긴 편지의 내용은 이러했다.

일전에는 실례했나봐요. 저를 천한 계집이라 아마 비웃었을 것입니다. 그건 아무래도 좋아요. 지극히 인격이 고상하신 도학자님의 옹졸

한 취미를 저는 구태여 방해하고 싶지는 않으니까요. 한편 저 같은 계집에게도 선생님같이 점잖은 분을 비웃을 권리나 자격이 어쩌면 아주 없지도 않을 거예요. 삶을 대담하게 엔조이할 줄 아는 현대인 가운데 먼지 낀 샘플처럼 거의 폐물에 가까운 도금한 인간이 자기 만족에 도취하고 있는 우스꽝스런 꼴을 아시겠습니까? 선생님 자신이 바로 그러한 인간의 표본이야요. 선생님에게 또 비웃음을 받을 이따위 수작은 작작하고 그러면 용건을 말씀드리겠습니다.

다름 아니라 그날도 말씀드린 바와 같이 병원 시설을 작자가 나섰을 때 팔아치울 생각입니다. 이 편지를 갖고 간 분에게 기구 일습을 잘 구경시켜드리기 바랍니다. 매매 계약은 대개 오늘 안으로 성립될 것이오며 계약 성립 즉시로 통지해드리겠사오니, 그때는 1주일 이내에 병원과 시설 일체를 내어주시기 바랍니다.

저는 선생님이 원하신다면 새로이 현대적 시설을 갖추어드리고 싶었고, 현재도 그러한 제 심정에는 변함이 없습니다. 그러나 솔직한 제 호의를 침 뱉어버리는 선생님의 인격 앞에 저는 하릴없이 물러서는 수밖에 없나봅니다.

그러한 본문 끝에 '추백追白'이라고 하고 '만일 제게 용건이 계시면 다음 번호로 언제든지 전화를 걸어주시기 바랍니다'에 이어서 전화번호가 잔글씨로 적혀 있었다. 편지를 읽고 난 만기는 언제나 다름없이 침착한 태도로 알맹이를 도로 접어서 봉투 안에 집어넣었다. 그의 손끝이 가늘게 떨렸다. 인숙이만이 재빨리 그것을 눈치챌 수 있었다. 만기는 편지를 서랍 속에 간직하고 나서 그 편지를 갖고 온 남자에게 친절한 태도로 시설을 보여주었다. 남자는 의료 기구

상을 하고 있다고 하면서도 기계에 대한 내용을 잘 모르는 것 같았다. 그 남자가 돌아간 뒤 만기는 자기 자리에 앉아서 담배를 피워 물었다. 몹시 피로해 보였다. 얼굴색도 알아보게 창백해져 있었다. 인숙이가 조심스레 다가와서,

"이제 그분 뭐 하러 왔어요?"

걱정스레 물었다.

"시설을 보러 왔소."

"건 왜요?"

"어찌 되면 이 병원의 시설이 그 사람에게 팔릴지두 모르겠소."

그 말에 놀란 것은 간호원뿐이 아니었다. 대합실 소파의 구석 자리에 앉아서 반은 자고 반은 깨어 있던 봉우가 별안간 눈을 휘둥그렇게 뜨고 만기를 건너다보았다.

"정말인가?"

"그런가보이!"

"그럼 이 병원은 아주 문을 닫아버린단 말인가?"

봉우는 어처구니없다는 듯이 입을 벌린 채 잠시 만기를 멍하니 바라보고 있었다.

"그럼 대체 자네나 미스 홍은 어떻게 되는 건가?"

"글쎄, 아직 막연하지!"

봉우는 거의 절망적인 눈으로 만기와 인숙을 번갈아 보았다.

"천 선생님, 이 병원을 팔지 말구 이대루 두라구 사모님께 잘 좀 부탁을 하세요, 네!"

인숙은 심각한 표정으로 애원하듯 했다.

"내가? 내가 부탁헌다구 들어줄까요?"

"선생님 사모님이신데 아무렴 선생님이 간곡히 부탁하면 안 들으실라구요."

"그럼 뭐라구 하문 될까요?"

"어마, 그걸 제가 어떻게 알아요. 선생님이 잘 생각해서 말씀하셔야죠."

봉우는 더 대답을 못하고 고개를 숙여버리고 말았다. 그에게는 아내를 움직이는 일은 하늘을 움직이는 일만큼 불가능한 일이었던 것이다. 그러나 아내를 움직이지 못한다면 그는 유일한 휴식처요, 보금자리인 이 대합실 소파를 뺏겨버리고 말 것이다. 그뿐이 아니다. 마음의 빛이요 보람인 미스 홍을 놓쳐버리고 말 것이 아닌가! 봉우는 그만 처참할 정도로 푹 기가 죽어버리고 말았다.

몇 시간 뒤의 일이었다. 마침 환자가 있어서 치료해 보내고 만기가 자기 자리로 돌아와 환자 카드를 정리하려는데 허줄한[3] 소년이 대합실 문 앞에서 기웃거리며 살피고 있었다. 전번에 왔던 익준의 아들이었다.

"너, 웬일이냐?"

만기는 직감적으로 어떤 불길한 예감에 쏠리며 물었다. 소년은 먼젓번처럼 가만히 문을 밀고 대합실 안으로 들어섰다. 소년의 얼굴에는 눈물 자국이 있었다. 소년은 병원 안을 한바퀴 둘러보고 나서 만기를 보았다.

"울 아버지 안 오셨어요?"

"안 오셨다. 2~3일 전부터 통 보이질 않는구나."

소년은 한쪽 발에만 고무신을 신고 왜 그런지 한 짝은 벗어서 손에 들고 있었다.

"아버지가 집에두 안 돌아오서요."
"그래, 언제부터?"
만기는 이상해서 다그쳐 물었다.
"어저께두 그 전날두 안 돌아오셨어요."
"웬일일까!"
정말 알 수 없는 일이었다. 소년은 무슨 말을 할 듯 할 듯 하다 말고 그대로 돌아서 나가려고 했다. 만기는 얼른 소년을 도로 붙들어 세운 다음,
"어머닌 좀 어떠시냐?"
묻고서 그 대답이 무서웠다.
"죽었어요!"
소년은 수치스러운 일처럼 고개를 숙이고 가만한 소리로 대답했다. 예측했던 일이지만 만기는 가슴이 섬뜩했다. 언제 돌아가셨느냐니까,
"좀 아까예요!"
소년은 그러고 외면을 했다. 더 자세히 얘기를 듣고 보니 소년의 모친은 약 두 시간 전에 눈을 감은 모양이었다. 집에는 두 동생과 주인집 할머니만이 시체를 지키고 있다는 것이다. 외할머니도 아침에 생선 장사를 나간 채 아직 돌아오지 않았다고 한다. 만기는 소년의 한쪽 손을 꼭 쥐어주며,
"대체 아버지는 어딜 가셨을까?"
다정하게 물었다.
"모르겠어요!"
소년은 슬그머니 손을 빼고 돌아서 나가려고 했다.

"가만 있거라. 나랑 같이 가자."

만기는 흰 가운을 벗고 양복저고리로 바꾸어 입었다. 그리고 오늘 들어온 돈을 죄다 긁어서 주머니에 넣었다.

"여보게 봉우, 자네두 같이 가지."

"뭐, 나두?"

봉우는 자다 깬 사람처럼 얼떨결에 놀라 묻고 좀 머뭇거리다가 엉거주춤 따라 일어섰다. 간호원에게 뒷일을 부탁하고 만기가 앞장서 막 병원을 나서려는 참인데 스무 살쯤 되었을 어떤 청년이 들어섰다. 청년은 원장 선생님을 찾더니 만기에게 한 장의 쪽지를 전했다. 봉우 처에게서 온 통지였다.

> 병원 시설은 매매 계약이 성립되었습니다. 앞으로 1주일 이내에 병원을 비워주시기 바랍니다.

그리고 이번에도 언제든 용건이 있으면 서슴지 말고 연락을 해달라고 하고 전화번호가 적혀 있었다. 만기는 말없이 쪽지를 편 대로 간호원에게 넘겨주고 밖으로 나왔다.

익준의 아들은 밖에 나와서도 한쪽 고무신을 손에 든 채 그쪽은 맨발로 걷고 있었다. 남 보기에도 덜 좋으니 그러지 말고 한쪽 고무신마저 신으라고 권해도,

"발에 땀이 나서 그래요."

소년은 점직한 듯이 그러고 한쪽 손에 든 고무신을 뒤로 슬며시 감추었다. 그러나 만기는 그제야 눈치를 채고 소년이 들고 있는 고무신을 걸으면서 유심히 보았다. 그것은 닳아서 뒤꿈치가 터지고

코숭이가 쭉 찢어져서 도무지 발에 걸리지 않게 되어 있었다. 만기는 가슴이 찌르르했다. 전차를 타기 전에 그는 소년에게 고무신부터 한 켤레 사주고 싶었다. 그러나 그 근처에는 고무신 가게가 눈에 뜨이지 않았고, 때마침 전차가 눈앞에 와 멎어서 그대로 이내 차에 오르고 말았다.

  소년의 가족이 들어 있는 집은 지붕을 기름종이로 덮은 토담집이었다. 소년의 어린 두 동생이 거지 아이 꼴을 하고 문턱에 기운 없이 걸터앉아 있었다. 역한 냄새가 울컥 코를 찌르는 침침한 방 안에는 옆방에 산다는 주인 노파가 역시 이웃 아낙네와 마주 앉아 시체를 지키고 있었다. 방바닥에 착 달라붙은 듯한 시체 위에는 낡은 담요 조각이 덮여 있었다. 우선 집주인 노파에게 인사를 하고 나서 만기는 할 일을 생각했다. 주인이 없더라도 사망 진단서와 사망 신고 등의 절차를 밟아두어야 했다. 요행 반장의 협력을 얻어서 그런 일들은 무난히 끝낼 수가 있었다. 아이들의 외할머니는 저녁때가 되어서야 비린내 나는 광주리를 이고 돌아왔다. 딸이 죽은 것을 알고도 그리 슬퍼하지도 않았다. 그저 노파의 전신에는 보기에 딱하리만큼 심한 피로가 배어 있었다. 노파의 말에 의하면 익준은 2~3일 전에 인천 방면의 어느 공사판을 찾아갔다는 것이다. 환자에게 주사 몇 대라도 맞게 해주면 한이나 풀릴 것 같아서 벌이를 떠났다는 것이다. 부득이 만기가 주동이 되어서 장례식 일을 맡아 보아주는 수밖에 없었다. 첫째, 비용이 문제였다. 만기는 자기 호주머니를 톡톡 털어서 당장 사소한 비용을 썼다. 봉우는 그저 시무룩하니 앉아서 만기 눈치만 살피다가 어디를 나가면 그림자처럼 따라다닐 뿐이었다. 상가에서 밤을 새우고 나서 만기는 이튿날 아침 잠깐 병원에 들러보았다. 물론 봉우도 함께 와서 대합실 구석 자리에 앉아 있었다. 만기도 나른히 지쳐 있었다. 인숙이가 걱정스레 만기를 바라보며 무슨 말을 할 듯 하다가 말았다. 만기는 한동안 묵연히 생각에 잠겨 있다가 대합실 소파로 가서 봉우 옆에 바싹 다가앉았다.

"여보게, 같이 가서 자네 부인을 좀 만나보구 올까!"

"아니, 건 또 무슨 소리야?"

"당장 장례 비용이 있어야 할 게 아닌가. 그러니 자네두 같이 가서 조언을 좀 해줘야겠단 말이네."

만기는 봉우 처에게서 장례 비용을 좀 뜯어볼 생각이었다. 아무리 간소히 치른다 해도 관은 사야 할 게고 세 어린것에게 상복을 입히고 영구차도 불러야 하겠는데 그 비용을 변통할 길이 달리는 전연 없었기 때문이다. 밖에 나가 전화를 걸고 찾아가려고 만기는 그리 달가워하지 않는 봉우를 끌고 일어났다. 그러자,

"선생님 잠깐만……."

무슨 각오를 지닌 듯한 표정으로 인숙이가 불러 세웠다.

"왜 그러오?"

인숙은 만기를 진찰실 구석으로 끌고 가서 나지막한 소리로,

"이 병원 결정적으로 팔리게 되었나요?"

캐묻듯 했다.

"그런 모양이오!"

인숙은 심각한 표정으로 고개를 숙였다. 잠시 말을 못하고 서 있었다. 밀린 급료 문제나 실직될 것을 걱정해서 그러는 줄로 만기는 알았다.

"미스 홍이 3년 이상이나 마치 자기 일처럼 성의껏 거들어준 데 대해서는 그 고마움을 평생 잊지 않겠소. 그런 만큼 헤어지게 될 때 충분히 물질적 사례를 취하는 것이 도리겠지만 미스 홍도 아다시피 현재의 내 경제적 사정으로는 그건 어렵겠으나, 밀린 급료만은 어떡해서든 책임지고 청산하도록 할 테니 그리 알아요. 그리구 미스 홍의 취직 문젠데, 나도 딴 병원을 극력 알아볼 테니 미스 홍도 오늘부터라두 아는 사람에게 미리 부탁해두어요."

만기는 한편으로는 사과하듯 한편으로는 위로하듯 했다. 그러자 불시에 고개를 바짝 들고 정면으로 쳐다보는 인숙의 시선에 부딪친 만기는 가슴에 뭉클하는 충동을 받았다. 원망스레 쳐다보는 인숙의 눈에는 눈물이 핑그르 돌고 있었기 때문이다.

"절 그렇게만 보셨어요!"

인숙은 외면하면서 손가락 끝으로 눈물을 뭉개고 나서,

"건 가혹한 오해세요!"

입술을 깨물었다.

"미스 홍, 내가 피로해 있었기 때문에 실언을 했나보오. 너무 노골적인 말이어서 노엽거든 용서해요."

"선생님, 저보다두 실상 선생님이 더 큰일 아니에요. 그 숱한 식구의 생활비며 학비며…… 개업 중에두 늘 곤란을 받으셨는데 병원을 내놓게 되면 당장 어떡허세요!"

"고맙소. 그러나 스스로 애쓰는 자는 하늘이 돕는다지 않소. 우선 채 선생네 장례식이나 끝내고 나서 나도 백방으로 살길을 찾아볼 테니 과히 걱정 말아요!"

인숙은 이상스레 빛나는 눈으로 만기를 쳐다보다가,

"선생님, 새로 병원을 차리려면 최소한도 얼마나 자금이 필요해요?"

주저하며 물었다.

"아마, 80만 환은 가져야 불충분한 대로 개업할 수 있을 게요."

인숙은 잠깐 동안 입술을 깨물고 섰다가 불시에 고개를 들고 호소하는 듯한 눈으로 만기를 쳐다보며,

"선생님, 제게 50만 환이 있어요. 그건 선생님께 드리겠어요. 그리구 오빠에게 부탁해서 30만 환은 어디서 싼 이자루 빌려 오도록 하겠어요. 선생님, 병원을 내세요!"

말을 마치자 인숙의 눈에서는 갑자기 눈물이 주르르 쏟아졌다. 인숙은 그것을 씻을 생각도 않고 젖은 눈으로 열심히 만기를 쳐다보며 서 있었다. 조금이라도 만기가 움직이기만 하면 인숙은 쓰러지듯 그대로 만기 가슴에 얼굴을 묻고 매달릴 것 같았다.

"미스 홍이 어떻게 그런 대금을 자유로 할 수 있겠소!"

만기는 그럴수록 냉정한 언동을 유지하려고 애쓰며 물었다.

"그동안 제가 받은 급료에는 일절 손을 대지 않구 제 몫으로 고스란히 모아왔어요. 어른들은 제 결혼 비용으로 생각하고 계셨지만 저는 선생님께 병원을 차려드릴 일념으로 모아온 돈이에요!"

동일한 자세로 만기의 얼굴을 지켜보고 서 있는 인숙의 눈에는 새로운 눈물이 계속 흘렀다. 그 눈물 저쪽에 타오르고 있는 인숙의 눈에서 만기는 아내의 애정을 보았고 은주의 열정을 느꼈다. 영롱하게 젖은 그 눈 속에는 모든 여자가 진정으로 사랑하는 남자에게만 보여주는 마음의 비밀이 빛나고 있었다. 만기도 가슴속이 훅 달아오르는 것을 참고 눌렀다.

"미스 홍, 입이 있어도 내게는 당장 대답할 말이 없소. 인제 그만 눈물을 닦아요. 어제 오늘은 내 머리도 몹시 복잡합니다. 훗날 머리가 좀 식은 다음에 천천히 얘기합시다."

겨우 그런 말을 중얼거리고 만기는 문간에서 기다리고 선 봉우를 따라 밖으로 나와버리고 말았다.

봉우 처에게 전화를 걸었더니 딴 사람이 전화를 받았지만 이내 만날 수 있게 연락을 취해주었다. 지정한 다방으로 가보니 봉우 처가 기다리고 있었다. 앞장서 들어서는 만기를 보고 반색을 하다가 뒤따라 들어오는 자기 남편을 보고 여자는 놀라는 눈치였다. 마주 앉기가 바쁘게 만기는 용건부터 얘기했다. 익준이와 봉우와 자기는 중학 시절 이래 막역한 친구임을 말하고 나서 익준이네 비참한 가정 형편을 들려주었다. 그러고는 장례 비용을 희사하거나 빌려주기를 간청한 것이다.

"정말야. 이 친구 말대루야. 나두 보구 가만 있을 수가 없어. 몇 달 동안 내 용돈을 안 타 써두 좋으니까 사정을 봐줘."

봉우는 제법 용기를 내서 아이가 어머니에게 조르듯이 옆에서 거들었다. 그 사이 봉우 처는 몇 번이나 낯색이 변하였다.

"선생님에게두 저 같은 여자가 소용에 닿을 때가 있군요. 좋아요. 저는 점잖은 선생님의 청을 거절할 용기가 없어요!"

여자는 언어 이상의 의미를 표정으로 나타내고 나서 일어서 저쪽으로 가려다가,

"5만 환 정도라면 당장 되겠어요. 물론 현금이 좋으시겠죠."

대답도 듣지 않고 카운터 뒤로 사라져버리더니 좀 뒤에 현찰을 신문지에 꾸려가지고 돌아왔다. 만기가 치하를 하고 일어서려니까,

"이 돈, 그냥 드리는 건 아니에요."

여자가 그래서,

"알겠습니다. 이 자리에서 기일 약속은 할 수 없지만 반드시 책임지고 갚아드리겠습니다."

그랬더니 봉우 처는 문간까지 따라 나오며 애교 띤 농담조로,

"고지식한 양반, 그렇다면 원금만 가지고는 안 되겠어요. 적당한 이자까지 듬뿍, 아시겠어요?"

거의 아양에 가까운 교태였다. 봉우의 눈치를 곁눈질로 살피며 당황히 줄달음치듯 나오는 만기 등 뒤에다 대고,

"일간 다시 들러주세요. 선생님 일루 꼭 의논할 일이 있으니까요!"

여자는 거리낌없이 소리를 지르는 것이었다.

하여튼 그 돈으로 간소하나마 격식을 갖추어 장례식을 무사히 치를 수 있은 것은 다행한 일이었다. 관을 사오고 광목을 떠다 아이들에게 상복을 지어 입히고 고무신도 사다 신겼다. 의논해서 화장을 않고 망우리에 무덤을 남기기로 했다. 장지로 향하는 차 안에서 익준이가 없는 것을 만기가 탄식했더니,

"살아서두 남편 구실 못한 위인, 죽은 다음에야 있으나마나지!"

익준의 장모는 개의치 않았다. 그러나 좀 늦게나마 남편 구실을 못한 익준이 그날로 집에 돌아오기는 한 것이다. 거의 황혼 무렵이 되어서 산에서 돌아온 일행이 익준의 집 골목 어귀에서 차를 내렸을 때였다. 저쪽에서 머리에 흰 붕대를 감고 이리로 걸어오는 허줄한 사내가 있었다. 아이들이 먼저 알아차리고,

"아, 아버지다!"

소릴 질렀다. 그러자 익준은 멈칫 걸음을 멈추었고, 이쪽에서들도 일제히 그리로 시선을 보냈다. 익준은 머리에 상처를 입은 모양이었다. 한 손에는 아이들 고무신 코숭이가 비죽이 내보이는 종이 꾸러미를 들고 있었다. 그는 무표정한 얼굴로 이쪽을 향하고 꼼짝 않고 서 있었다. 석상처럼 전연 인간이 느껴지지 않는 얼굴이었다.

"어이구, 차라리 쓸모 없는 저 따위나 잡아가지 않구, 염라대왕두 망발이시지!"

익준의 장모는 사위를 바라보면서 그렇게 중얼대고 인제야 눈물을 질금거렸다. 그래도 아이들이 제일 반가워했다. 일곱 살 먹은 끝엣놈은,

"아부지!"

하고 부르며 쫓아가서 매달렸다.

"아부지, 나, 새 옷 입구, 자동차 타구 산에 갔다 왔다!"

어린것이 자랑스레 상복 자락을 쳐들어 보여도 익준은 장승처럼 선 채 움직일 줄을 몰랐다.

___주

1) 서지serge : 무늬가 씨실에 대하여 45도로 된 모직물. 바탕이 올차고 내구성이 있어 군복이나 학생복 따위에 사용한다.
2) 상금尙今 : 지금까지. 아직.
3) 허줄한 : 차림새가 보잘것없고 초라한.

가부녀假父女

이렇게 느지막해서 혼자 터덜터덜 집이라고 찾아 들어올 적마다 강 노인은 견딜 수 없는 공허감을 의식하는 것이었다. 언제나 굴속처럼 휑하니 비어 있는 방을 생각하면, 강 노인은 금세 집에 돌아갈 흥이 깨져버리고 마는 것이다. 그나마 자기 집도 아니다. 2만 환에 2천 환씩 까들어가는 사글세 방이다. 교외나 다름없는 산비탈에 자리잡고 있는 토담집이다. 교통이 불편한 걸 참고 이런 데 눌러 지내는 것은 단지 값이 싸고 주위가 시끄럽지 않기 때문이다. 혹시 눈이 내리거나 몸이 고된 날은 고르지 못한 언덕길을 간신히 추어 올라가며, 방을 옮길까도 생각해보는 것이었다.

낚시 도구를 추켜올리며 어두운 비탈길을 더듬어 올라가고 있는 지금도 강 노인은 몹시 피곤하였다. 낚시질은 그가 20대의 젊은 시절부터 취미를 붙여온 유일한 도락이다. 낚시질에다 삶의 보람을 걸고 살아온다면 그건 지나친 과장이겠지만, 적어도 낚시질에 도취

함으로써 인생사의 번거로움과 괴로움을 잊고 지내오는 것만은 틀림없는 사실인 것이다. 더구나 50 고개를 넘어선 요즈음에 와서는 더욱 그러하였다. 그러기에 여가만 있으면 한두 시간씩 버스나 기차에 시달리며 낚시터를 찾아가지 않고는 배기지 못하는 강 노인이었다. 구름과 산 그림자가 어리는 연못이나 수로에 낚싯대를 척 버티고 앉아서 찌만 지켜보고 있노라면, 주위 사람들의 괄시도, 겹겹이 쌓여온 고독도 잊어버릴 수가 있는 것이었다. 그러나 근자에 와서는 나이 탓인지, 도구를 챙겨 메고 돌아오는 길은 걷잡을 수 없이 심신이 피로하였다. 그리고 집이 점점 가까워올수록 지금까지 잊어버리고 있던 고독감이 일시에 전신을 휩싸버리는 것이었다. 노인은 후유 하고 길게 한숨을 내뿜었다. 걸음을 멈추고 이마의 땀을 문대며 잠시 가쁜 숨길을 돌렸다. 어둠 속으로, 산허리에 있는 집의 불빛이 희미하게 쳐다보였다. 물론 주인네 방에서 흘러나오는 불빛이다.

  강 노인의 방은 언제나처럼 어둠 속에 잠겨 있는 것이다. 아무도 방에 불을 밝히고 그를 기다려줄 사람이 없는 것이다. 저물어 돌아오는 날, 어둠에 묻혀 있는 자기 방 앞에 설 때마다 강 노인의 마음은 그지없이 헛헛해지는 것이었다. 그것이 겨울이면 더했다. 질식할 듯이 어둠과 냉기만이 꽉 차 있는 방 안에 들어서면, 방바닥마저 얼음장처럼 차디차다. 성냥을 꺼내 남포에 불을 밝히고 손수 부엌에 나가 아궁이에 불을 지피는 강 노인의 얼굴은 마치 석상이나 다름없이 무표정하게 굳어버리고 마는 것이다. 강 노인은 자기 방의 불빛이 그리웠다. 밖에서 어두워 돌아오는 자기를 환히 비춰줄 불빛이 그리운 것이다. 그러나 그것은 영원히 이루어질 수 없는 꿈인지도 모른다. 고기가 든 다랭이[1]를 고쳐 들고, 어깨에 멘 낚시 도구를 한번 추켜올리고 나서 걸음을 떼어놓으며 강 노인은 이렇게 중얼거리는 것이다.

"마누라가 있나, 자식이 있나, 사회적 지위나 명예가 있길 하나, 돈이……."

탄식하듯 하다가 강 노인은 마지막 말을 채 맺지 않고 마는 것이다. 돈이 아주 없지는 않았기 때문이다. 그는 상당한 저축을 가지고 있었던 것이다. 여생을 족히 놀고먹을 만한 정도의 재산은 장만해 놓고 있었다. 그러나 아무도 강 노인이 그만한 저축을 가지고 있다는 사실을 아는 사람은 없었다. 누구 앞에서나 꿈에도 그런 낌새를 보인 일이 없었기 때문이다. 세상에 하나도 믿을 놈이 없다고 단정하고 있는 노인이라 함부로 사람을 믿으려 하지 않았다. 이웃에서나 직장에서나 강 노인은 섣불리 남에게 속을 주지 않았다. 그는 모반관 반민업체의 접수계원이었다. 해방 후 10여 년간을 단 하루도 결근한 일이 없는 모범 직원이었다. 말이 적고 실수가 없는 강 노인은 언제나 상사에게서 두터운 신임을 받아왔다. 다만 기계처럼 융통성이 없고 빡빡한 일면이 흠이라면 흠이라고 할 수도 있어서 주위에 푸근히 어울리지는 못했다. 항시 직장에서 내준 제복과 제모를 단정하게 차리고 다니는 강 노인은, 집을 나가는 시간이나 돌아오는 시간이 일정하였다. 자기 손으로 조반을 지어 먹고 점심밥까지 싸들고 강 노인이 집을 나서는 것은 7시 25분이다. 꼬박 1시간 5분을 걸어서 8시 30분 정각에는 틀림없이 직장 문 안에 들어서는 것이다. 하루의 일이 끝나고 집에 돌아오는 시간도 고정적이다. 5시 퇴근인 일반 직원보다 반 시간 늦게 직장을 나오는 강 노인은, 시장에 들러 찬거리를 사들고 집에 돌아오면 언제나 6시 40분이다. 이렇듯 기계처럼 정확하게 움직여오기를 10여 년이나 계속했다. 그러한 강 노인도 간혹 시간보다 늦어서 집에 돌아오는 수가 있다. 그런 날은 물론 낚시질을 다녀오는 날인 것이다.

지금도 주먹만한 양키 자물쇠를 따고 방에 들어와 불을 켜고 보니 8시 가까이 되어 있었다.

"이쿠, 저녁이 너무 늦었군!"

혼자 중얼거리고, 강 노인은 낚시 도구들을 대강 간수한 다음 부엌으로 바삐 나갔다. 쌀을 일어 안치고 나서 밥이 끓는 동안에 잡아온 고기를 깨끗이 다듬어서 요리를 해야 하는 것이다. 이런 날은 몸이 고되어서 부엌일이 사뭇 귀찮기만 하다. 그러면서도 시장기는 부쩍 더해서 굶고 잘 수는 없다. 고기의 내장을 긁어내면서 강 노인은 자꾸만 외로워지는 것이다. 남들처럼, 고함을 지르고 쫓아 나와 고기 다랭이를 받아 들여가는 손자 녀석도 없고, 들어와 앉기가 바쁘게 진짓상을 차려다 바치는 며느리도 없는 자기의 신세가, 그림자를 대하듯 허전하고 서글프기만 한 것이다. 그러한 강 노인도 저녁 식사를 마친 뒤, 설거지까지 해치우고 나서 문고리를 안으로 단단히 잠근 다음, 낡아빠진 옷 고리짝을 들출 때만은 주름진 얼굴에 생기가 도는 것이다.

고리 뚜껑을 조심스레 열어젖히고 난 강 노인은, 철 지난 누더기 같은 옷들 사이에서 우선 손바닥에 중량감이 느껴지는 금붙이부터 꺼내보는 것이다.

가락지, 반지, 팔찌, 마고자 단추, 비녀 등 여러 가지 누런 금붙이의 개수를 일일이 세어보고 나서, 그것들을 소중히 도로 집어넣는

다. 다음에는 집문서를 꺼내본다. 등불 곁에 바싹 가져다 대고 거기에 적혀 있는 글자를 한 자도 빼지 않고 읽어본다. 강 노인은 약 반년 전에 집을 한 채 장만하였다. 유축이기는 하지만 2층으로 된 거리집이어서 아래층은 문방구점과 유리 가게에 빌려주었고, 2층은 다방에 역시 세를 놓고 있었다. 매달 월말이 되면 강 노인은 그리로 셋돈을 걷으러 나가는 것이다. 그렇지만 노인은 자기가 집주인이라는 것을 밝히지 않고 처음부터 관리인 행세를 하는 것이었다. 집문서를 다 읽고 난 강 노인은 만속한 듯이 빙그레 웃음을 짓고 그것을 도로 봉투에 넣어서 옷 사이에 감추었다. 마지막으로 노인이 고리 속에서 끄집어낸 것은 10만 환의 현찰 뭉치였다. 틀림없이 자기가 묶어놓은 대로였다. 강 노인은 안심하고 돈 뭉치를 도로 간직하였다.

"자식두 다 소용없거든. 요즘 세상에 제대루 부모 섬기는 자식 없더라구."

강 노인은 만족하였다. 불을 끄고 자리에 누워서도,

"지금 세상엔 돈이 있어야 돼. 암, 이를 말인가!"

그렇게 자신을 타이르듯 하는 것이다. 그것은 자기 자신에 대한 격려이기도 했다. 근년에 이르러 머리의 흰 털과 얼굴의 주름살이 알아보게 늘기 시작한 강 노인은, 차츰 재물이 불어가는 것과 동시에 마음 구석에는 뜻하지 않았던 공허감이 깃들기 시작했던 것이다. 재물만 가지고는 도저히 메울 수 없는 허전한 구석이 드러나기 시작한 것이다. 그러한 자신의 불안을 덮어버리고 스스로를 격려하기 위해서, 강 노인은 저녁마다 고리짝을 열어놓고 축재의 보람을 확인하곤 하는 것이었다. 주위에서 지나가는 말로, 그러한 노인의 앞날을 걱정해주는 사람이 가끔 있었다. 사람이란 늘그막에 의지할 데가 없고 보면 남의 눈에는 초라해 보이고 당자는 그지없이 외로운 법이라고 하며, 이제라도 마누라를 얻으라고 권하는 사람도 있었다. 때로는 속이 타고 고생되는 일이 있더라도 역시 인간의 낙이란 자식 기르는 데 있다는 것이다. 그러한 낙을 모르고 여생을 무슨 재미로 보내겠느냐는 것이다. 한편 실제 문제로서는 반드시 크게 자식 덕을 보자는 게 아닐지라도, 몸져 누웠을 때 물 한 모금 떠다주는 사람이 있어야 할 게 아니겠느냐는 것이다. 그런 말을 들을 적마다,

"무자식 상팔자라우!"

버릇처럼 강 노인은 그 한 마디를 내뱉고 입을 뚜 다물어버리고 마는 것이다. 더러는 어째서 젊었을 때 결혼을 하지 않았느냐고 묻는 사람도 있었다. 그때마다 강 노인은 으레,

"무슨 참견인고!"

그러고는 딱딱하게 표정이 굳어버리고 마는 것이었다. 그러면서도 강 노인은 자주 딸을 앞세우고 낚시질 가는 꿈을 꾸었다. 꿈에 나타나는 자신은 언제든 한 줌이나 되는 흰 수염을 나부끼며 걸었고, 멋진 여자용 즈봉에 소매 없는 하늘색 셔츠를 입은 18, 9세 가량의 딸은, 낚시 도구를 어깨에 멘 채 한 걸음 앞서서 걷는 것이다. 이 딸의 아름다운 뒷모양을 자애로운 눈으로 지켜보며 걷는 부친은 간혹 실없는 농담을 건네기도 한다. 그러면 딸은 어깨를 추며 쿡쿡 하기도 하고, 혹은 돌아서서 아버지의 가슴팍을 주먹으로 때리는 시늉을 하며 어리광을 피우기도 한다. 논이나 밭에서 일하던 농부들이 행복스러운 이 부녀의 일행을 부러운 듯이 바라보는 것이다. 강 노

인은 언제부터인가 이러한 꿈을 자주 꾸게 되었던 것이다. 수년 전 일이었다. 어느 날 근교로 낚시질을 갔더니 어떤 중년 신사가 17, 8세 먹었을 딸과 그보다 두서넛 아래로 보이는 아들을 데리고 와 있었다. 그 딸과 아들도 각기 한 틀씩 낚시를 물에 담그고 있었다. 제법 익숙한 솜씨들이었다. 점심때가 되자, 소녀가 깨끗한 종이에 무엇을 싸들고 강 노인 곁으로 다가왔다. 자기가 만든 샌드위치라면서 맛을 보라고 하며 소녀는 종이에 싼 것을 강 노인 앞으로 내밀었다. 소녀는 퍽 명랑하고 건강해 보이는 얼굴이었다.

"어마, 많이 잡으셨군요, 아저씨."

고기 구럭을 들여다보고 돌아서 가는 소녀의 뒷모습을 물끄러미 바라보고 앉아 있던 강 노인은 뜻하지 않게 가슴이 찌르르 울렸다. 속이 빈 것처럼 너무나 허전하였다. 물속에 어리는 자기의 그림자마저 초라하고 외로워 보였다. 그때의 광경이 강 노인에게는 두고두고 잊혀지지 않았다. 그 기억이 요즘 와서는 이렇게 꿈으로 나타나는 모양이었다. 그 꿈을 깨고 날 적마다 강 노인은 서운한 생각에 다시 잠이 들지 못했다. 그게 꿈이 아니고 생시라면 얼마나 좋을까 하고 터무니없는 생각에 잠겨보는 것이다. 그와 같은 강 노인의 꿈은 영원히 이루어질 수 없는 소원으로 차츰 변해버렸다. 거리를 가다가도 건강하고 명랑하고 얌전해 보이는 소녀가 눈에 뜨이면,

'고게 내 딸이라면……'

하는 생각이 불끈 가슴을 치밀곤 하는 것이었다. 강 노인이 근무하고 있는 직장에는 여자 사무원이나 급사가 수십 명이나 있었다. 그 중에서도 인정이 있어 보이는 애를 대할 때마다,

'나도 요런 딸이 있었으면……'

하는 생각에 실없이 가슴이 다 울렁거리는 것이었다. 따라서 이상하게 정이 끌리는 애에게는 자신도 모르는 사이에 친절히 대하면서 접근해보려고 노력하게 되는 것이다. 그러나 여자 사무원은 말할 것도 없고, 인제 겨우 15, 6세의 급사년들까지도, 이쪽의 친절을 기화로 강 노인을 이용이나 하고 놀려 먹으려 들었지 조금도 진심을 살뜰하게 받아들이려는 애는 없었다. 그래서 강 노인도 계집년들이란 할 수 없다고 투덜대며, 다른 접수계원들처럼 여사무원들에게는 딱딱하게 대했고, 급사애들에게는 사소한 일에도 눈을 부라리며 호령을 하곤 하는 것이었다. 그럴수록 내게 명랑하고 다정한 딸이 있었으면 하는 강 노인의 원은 날이 감에 따라 더 간절해가기만 했다. 최근에 이르러는 딸에게 끌려 다니며, 조르는 것을 뭐든지 사 주기도 하고 낚시 도구를 앞세우고 같이 낚시질을 가기도 하는 광경을 강 노인은 꿈에서 뿐 아니라, 눈을 번히 뜨고 앉아 있으면서도 자꾸 공상 속에 그려보게끔 되었다. 그러한 강 노인의 마음을 다소라도 만족시켜줄 만한 기회가 의외에도 우연히 찾아오게 되었다. 그것은 얼마 전에 서무과에 새로 들어온 안종숙이라는 급사애가 강 노인을 무척 따랐기 때문이다.

　물론 종숙은 강 노인만을 유별히 따르는 것은 아니었다. 생글생글하며 누구에게나 다정하게 접하는 소녀였다. 예쁘다기보다는 귀여운 맛이 있는 소녀였다. 살갗이 희고 눈은 유달리 새까맣다. 그 까만 눈이 언제나 웃고 있었다. 그러한 종숙의 모습은 첫인상부터 강 노인의 마음에 폭 들었다. 첫 인사차 접수계에 처음으로 종숙이가 나타났을 때, 무조건 정이 가서 강 노인은 가슴이 설렜다. 부드러

운 음성으로,

"나이가 몇 살이지?"

하고 친절하게 묻는 강 노인의 질문에,

"열다섯 살이에요."

퍽 맑은 목소리로 대답하였다.

"부모님 다 계시냐?"

"어머니만 계셔요."

"허어, 그래, 형제는?"

"남동생이 둘이구, 여동생이 하나 있어요."

"그럼, 네가 맏딸이구나."

종숙은 손등으로 입을 가리고 좀 수줍은 듯이 가볍게 웃었다.

"그래, 어머니가 혼자 벌어서 다섯 식구 생활을 해나가나?"

"예."

"그래서 혼자 고생하시는 어머니를 도우려고, 여학교에두 못 가구, 이렇게 취직을 했구나."

"작년 봄에 여학교에 들어갔다가 등록금을 못 내서 쫓겨났어요. 인제 첫 월급을 타면 야간 여학교에 나갈래요."

"옳아, 그러냐. 참 기특하다!"

강 노인은 가슴이 뭉클하였다. 당장이라도 학비를 대줄 터이니, 오늘이라도 야간 여학교에 입학을 하라고 하고 싶은 걸 꾹 참았다. 그날 종일토록 강 노인의 머릿속은 종숙의 생각으로 꽉 차 있었다. 저녁에 집에 돌아와서도 종숙의 일만이 생각났다. 자리에 들어서도 강 노인은 자꾸만 종숙의 귀염성 있는 모습이 눈앞을 사물거려서 빨리 잠이 오지 않았다.

"오냐, 걱정 마라. 내가 있다. 내가 뒤를 돌봐주마!"

강 노인은 그렇게 중얼거리기도 했다. 다음날부터 강 노인은 출근하면 종숙이부터 보고 싶었다. 얼른 눈에 뜨이지 않으면 강 노인은 일부러 옥사 내를 두루두루 찾아다니면서 종숙을 만났다.

"오오, 여기 있었구나. 그래 일은 고되지 않느냐?"

"괜찮아요!"

종숙은 머리를 숙여 인사하고 나서 정답게 웃으며 대답한다.

"오올치, 그래야지. 너무 긴장해서 몸이 피로하문 안 된다. 차차 낯들두 익구 요령이 트이면 슬슬 놀면서두 할 수 있는 일이니까, 꾸준히 나와야 한다."

그렇게 일러놓고 강 노인은 천천히 접수계로 돌아오는 것이다. 그는 처음으로 가슴이 뿌듯한 만족감을 의식한다. 뜻하지 않았던 행복이 꼭 자기를 찾아와줄 것 같은 황홀한 기대에 강 노인은 쾌적한 흥분에 취해보는 것이다. 날이 갈수록 강 노인의 이러한 감정은 고조되어갔다. 한 주일이 가고 두 주일이 지나는 동안에 강 노인은 종숙이와 완전히 친밀해질 수 있었다. 누구보다도 자기에게 친절히 대해주는 강 노인의 정이 종숙에게도 고맙게 느껴지는 모양이었다. 틈만 있으면 종숙이 편에서도 접수계로 내려와서 강 노인과 이야기하는 시간을 즐기는 것이다. 종숙은 강 노인보고 '아저씨'라고 불렀다. '할아버지'라고 부르지 않는 것이 강 노인은 무척 고맙고 기뻤다.

어느 토요일, 퇴근하는 길에 강 노인은 종숙에게 점심을 한턱내기로 했다. 얼마 전부터 별러오던 일이지만, 여느 날은 둘이 다 점심을 싸가지고 오기 때문에 좀처럼 그럴 기회가 없었던 것이다. 강 노인을 따라 음식점에 들어와 앉은 종숙은 몹시 거북해하는 눈치였다. 자주 주위를 둘러보고는 고개를 숙이곤 했다.
"자, 뭘 먹구 싶으냐? 설렁탕, 곰탕, 냉면, 갈비탕, 비빔밥 뭐든지 있다. 오늘은 아저씨가 한턱내는 거니까, 맘대루 먹구 싶은 걸 청하란 말이다. 그럼 뭘루 할까?"
강 노인이 그렇게 신이 나서 주워섬겨도, 종숙은 조그만 소리로,
"아무거나 좋아요!"
그러고는 수줍은 웃음을 지어 보이며 또 한번 주위를 둘러보고 이내 고개를 숙여버렸다. 강 노인은 할 수 없이 멋대로 음식을 주문했다. 곰탕 둘을 특별로 시켜놓고, 곁들여서 불고기 한 접시를 청했다. 그러자 종숙은 무슨 말을 할 듯 말 듯 망설이다가, 마침내 결심을 한 듯이 미소 띤 눈으로 갸웃이 강 노인을 쳐다보며,
"아저씨이."
하고 속삭이듯 불렀다.
"왜?"
"저어, 그 모자 벗으세요. 남들이 자꾸만 봐요!"
그리고 종숙은 제가 먼저 얼굴을 붉혔다. 강 노인은 그제야 종숙의 심중을 깨닫고, 쓰고 있던 직장의 제모를 얼른 벗어서 감추었다. 그것은 마치 역장처럼 누런 금테가 둘려 있는 모자였다. 이어 강 노인은 자기가 입고 있는 제복을 한번 살펴보고 나서, 음성을 낮추어 가지고,
"이건 괜찮을까?"
웃는 낯으로 종숙을 보며 물었다.
"건 남들이 몰라요!"

경찰복 비슷한 형의 회색 사지 제복은 정말 그렇게 남의 눈을 끄는 것은 아니었다.

"그래. 그럼 인제야 안심했다!"

강 노인은 참말로 그제야 마음이 놓인다는 듯이 가슴을 펴고 고개를 들었다. 종숙은 그런 강 노인을 바라보다가 두 손으로 입을 가리고 소리를 죽여가며 웃었다. 강 노인도 흐뭇한 표정으로,

"우리 종숙이가 날 막 놀리는구나."

그러더니 별안간 우후후후 하고 웃음을 터뜨렸다. 이윽고 주문한 음식이 나오자, 이런 걸 먹어보기는 처음이라고 하며 종숙은 꽤나 맛있게 수저를 놀리는 것이었다. 강 노인은 만족한 듯이 불고기를 통째로 종숙의 그릇에 쏟아주고 나서, 가끔 이런 기름기를 먹어야 영양 보충이 된다고 했다. 식사를 마치고 찻물을 마셔가며, 강 노인은 종숙이보고 오늘로라도 당장 야간 여학교에 입학 수속을 밟으라고 했다. 학비는 자기가 빌려준다는 것이다. 종숙은 고 까만 눈을 커다랗게 뜨고 한참이나 강 노인을 쳐다보다가,

"그렇지만, 야간 여학교두 등록금이랑 책값이 꽤 많은 걸요!"

믿을 수 없다는 눈치였다.

"암만 많아두 괜찮다. 얼마든지 내가 빌려줄 테니."

"그렇지만, 제가 월급을 타두 한 번엔 다 못 갚아드릴 거예요. 엄마가 절반은 살림에 보태 쓰신대요!"

"그런 걱정은 안 해두 된다. 아저씨에게 그만 돈은 여유가 있으니까, 천천히 갚아두 좋단 말이다. 한 번에 못 갚으면 두 번에 갚으럼. 두 번에두 갚을 수 없거든, 세 번, 세 번에두 안 되문 네 번, 네 번에 두 어려우면 다섯 번, 그렇게 해서두 갚을 수 없거든 종숙이가 다음

어른이 돼서 갚으려무나. 알겠니?'

종숙은 뜻밖이어서 어리둥절한 표정으로, 조심스레 물었다.

"정말 그래두 돼요?"

"암, 되구말구. 아저씨가 너보구 거짓말하겠니. 학비란 얼마가 들든 아저씨가 무기한으루 빌려줄 테니 말이다. 어서 오늘이라두 입학 수속을 하란 말이다. 그래 너만 못한 애들두 다들 중학교엘 다니는데, 남보다 몇 곱이나 총명하구 얌전한 우리 종숙이가 온 학교엘 못 가다니, 온 될 법이나 한 말이냐?"

종숙은 흥분해서 얼굴이 빨개졌다. 새까만 눈이 더욱 진하게 빛났다. 이 길로 학교에 가서 입학 원서를 타가지고 집에 돌아가 어머니와 의논해보겠노라고 하며 종숙은 음식점을 나오는 즉시 들뜬 걸음으로 쏜살같이 헤어져갔다.

월요일에 출근을 하자, 종숙은 미리 와 기다리고 있다가 매달릴 듯이 반가이 강 노인을 맞아주었다. 어머니와 의논한 결과를 물었더니, 승낙을 받았노라고 하며, 종숙은 얼른 편지 한 장을 내주었다.

"어머니가요, 고마운 아저씨께 드리라고 하시며 편질 써주셨어요."

편지 내용은 극히 간단했다. 안면도 없는 어른께 철없는 종숙이로 해서 폐를 끼치게 되어 죄송하다는 말에 이어서, 그러면 염치 불구하고 호의를 받아들이기로 하되 차용한 금액은 3개월 후에 갚아주겠노라는 문면이었다. 잇달아 어린것들과 일에 몰려, 직접 찾아가 뵈옵지 못하니, 그 점 널리 양해해달라는 인사로 끝을 맺고 있었다. 겨우 보통학교를 나왔을 뿐인 강 노인은 편지를 읽고 나서 낯을 붉힐 정도였다.

필적이나 문장이 자기보다는 월등히 능숙했기 때문이다.

"너희 어머니두 공부를 많이 하신 모양이구나!"

"옛날에 여자 고등학교를 나오셨대요."

"나이가 몇이신데?"

"서른여덟이셔요."

강 노인은 다시 한번 편지를 내려다보며 고개를 주억거리는 것이었다.

이리하여 종숙은 우선 강 노인의 돈으로 야간 여학교에 입학을 하게 되었다. 강 노인은 마치 자기가 진학하는 것처럼 흥분해서 분주히 서두르고 돌아갔다. 강 노인은 입학 원서를 위시해서 그 밖에 입학에 필요한 여러 가지 서류들을 일일이 읽어보며, '음, 음' 하고, 감탄하듯 연방 고개를 끄덕거렸다. 그러고는 자진해서 종숙을 데리고 서무과로 올라가 사유를 설명하고 조퇴까지 시켜주었다. 강 노인은 입학에 소요되는 금액을 딱 맞추어 종이로 여러 겹 싸서 종숙에게 들려주었다. 강 노인은 일부러 한길까지 따라 나와서, 쓰리²⁾ 맞지 않게 돈을 조심하고 길을 건널 때는 반드시 좌우를 잘 살피라고 몇 번이나 일러주었다. 좋아서 어쩔 줄 모르며 거의 달음질을 치다시피 저쪽으로 점점 멀어져가는 종숙을 강 노인은 흐뭇한 표정으로 한자리에 서서 암만이고 바라보았다. 그러다가 갑자기 강 노인은 종숙을 불러 세웠다.

"종숙아, 얘, 종숙아!"

그것은 딸을 부르는 아버지의 자애로운 음성이었다. 무슨 영문인가 싶어 종숙은 걸음을 멈추고 돌아보았다. 강 노인은 자기 편에서 바삐 쫓아가서,

"너, 책가방은 있느냐?"

하고, 상냥하게 물었다.

"그런 건 없어두 괜찮아요. 책보에 싸가지구 다니죠, 뭐!"

"아니다. 그래서야 되나. 인제 여학생인데 아주 근사한 가방을 들구 다녀야지 책보에 둘둘 말아가지구 다니다니. 초라해 못 쓴다. 그럼 내 가방을 사줄게 수속을 끝내구 일단 여기 한번 들렀다 가거라."

강 노인은 그 밖에 또 무슨 할 말이 없는가 하고 잠시 머뭇거렸다. 종숙이가 전차를 타고 보이지 않게 될 때까지 그 자리에 서서 바라보았다. 이윽고 뒷짐을 지고 돌아서 걷는 강 노인의 가슴속에는 삶의 보람 같은 것이 파도처럼 밀려들었다. 그것은 저녁마다 늘어가는 재물을 계산해볼 때보다 더 황홀하고 벅찬 감동이었다.

강 노인과 종숙의 사이는 하루하루 더 가까워만 갔다. 그것이 마치 지상 명령인 것처럼 강 노인은 지극한 정성과 애정을 종숙이에게 경도해갔다. 일찍이 누구를 사랑하거나, 누구의 사랑을 받아본 일이 없는 강 노인은, 50 평생에 처음으로 가슴속 깊이 줄줄이 흘러넘치는 사랑의 분류를 경험하는 것이다.

종숙의 청이라면 강 노인은 무엇이든 들어주고 싶었고, 또 발 벗고 나서고 싶었다. 이러한 강 노인에게는 자기에게 부딪쳐오는 종숙의 태도가 아무래도 뜨뜻미지근했다. 성에 차지 않는 것이다. 강 노인의 극진한 정을 종숙은 그저 인정 있는 노인의 친절이나 호의 이상으로 받아들이지는 않았다. 그러기에 강 노인의 친절과 호의를 무척 고맙게 생각하면서도, 종숙은 그것을 받아들일 때는 미안해했고 거북해했다. 지난번에 책가방을 살 때만 해도 그랬다. 입학 수속을 완료하고 종숙이가 직장에 다시 들른 것은 퇴근 무렵이어서, 강 노인은 이내 종숙을 데리고 밖으로 나갔다. 가방만 전문으로 취급하는 가게를 찾아가서, 강 노인은 종숙이더러 마음대로 고르라고 했다.

"집에 가서 어머니하구 의논해보구 사겠어요."

"아, 이런 걸 다 의논해. 이건 네 입학 기념으로 아저씨가 그냥 사주는 거야. 나중에 갚아달랠까바 그러냐?"

"그래두 어머니한테 물어보겠어요."

종숙은 좋아하는 눈치이면서도 선뜻 달려들지 못한다. 강 노인은 종숙의 태도에 개의치 않고, 점원에게 여학생의 가방을 최고급으로 골라달라고 했다. 점원은 이내 여러 종류의 가방을 주르르 꺼내놓았다.

"자, 어느 거든 네 맘에 드는 걸루 골라라. 이게 좋으냐? 저게 좋으냐? 얼른 맘대루 골라봐!"

강 노인은 조급히 이것저것 들어보였다. 그제야 종숙은 녹색 선을 두른 예쁘장한 가방 하나를 가리키며,

"이거 꽤 비싸죠?"

하고 수줍은 듯이 점원과 강 노인의 얼굴을 번갈아 쳐다보았다.

"아무리 비싼들 가방 하나에 얼마나 할라구!"

강 노인은 선뜻 흥정을 하고 돈을 치렀다. 돌아오는 길엔 둘이서 빵집엘 들렀다. 종숙은 가방을 소중히 무릎 위에 얹어놓고 좋아하는 크림빵을 먹었다.

"앞으룬 말이다. 뭐나 필요한 게 있거든 서슴지 말구 말을 해라. 아저씬 종숙이가 원하는 거문 뭐든 다 들어주구 싶다."

강 노인은 여느 때 없이 호젓한 음성으로 말했다.
"아저씬 돈이 많으세요?"
"별루 돈이 많은 건 아니지만, 아저씬 혼자 사니까 돈을 쓸 데가 없지."
"어머나! 그럼 아저씬 아주머니두 안 계시구 아이들두 없으세요?"
"아저씬 아무두 없이 혼자 산다. 그래, 난 널 딸처럼 생각한다."
"그럼, 신지는 어떡허세요? 그리구 빨래서껀, 바느질은 누가 하구요?"
"음, 그거 다 아저씨가 혼자 하지. 아저씬 말이다, 오래 혼자 살아와서 밥두 잘 짓구 빨래두 잘한다."
"어쩌문."
종숙은 감탄해 보이고 나서,
"혼자서 심심해서 어떻게 사세요?"
제법 위로조로 하는 말이었다.
"암 심심하지. 심심하구말구. 그러니까, 아저씬 자주 종숙이가 보구 싶구, 이렇게 마주 앉아 얌만이구 얘기를 하구 싶은 게다."
종숙은 강 노인이 불쌍한 생각이 들어서 아무 말을 못하고 그저 머리를 숙여버렸다.
강 노인은 정말 잠시도 종숙이와 헤어져 있고 싶지 않았다. 몇 시간만 안 보여도 강 노인은 자기 편에서 슬그머니 서무과로 올라가 보았다. 만일 종숙이가 제자리에 없으면 3층 건물 안을 온통 휘젓고 다니면서 찾아보았다. 점심시간만 되면 강 노인은 으레 종숙을 부르러 왔다. 접수계실이나 숙직실로 종숙을 데리고 가서 늘 점심을 같이 먹는 것이다. 강 노인은 종숙을 위해서 일부러 점심 찬을 준비해가지고 왔다. 상당히 고급 반찬이었다. 월요일이면 반드시 전날 낚시질 가서 잡아온 붕어를 뼈까지 파삭파삭하게 고아가지고 오곤 했다. 종숙은 무엇이든지 맛있게 먹었다. 강 노인은 차츰 종숙이와 단둘이서만 오붓이 마주 앉아 점심을 먹고 싶어졌다. 옆에 딴 사람이 있거나 드나드는 게 공연히 신경에 걸렸다. 마침 초여름이라, 강 노인은 점심시간이 되면 종숙을 건물 후원으로 데리고 나가곤 했다. 거기에는 꽤 넓은 잔디밭이 있었고 드문드문 몇 그루의 상록수도 서 있었다. 그 나무 그늘에서 단둘이 무릎을 마주 대고 앉아 점심을 먹는 것이다. 둘이 같이 점심을 먹는다기보다, 종숙이가 맛있게 먹는 것을 강 노인은 구경만 하고 앉아 있는 격이었다.

"아저씨두 어서 드세요. 왜 그러구 앉아서 자꾸 나만 바라보세요."

종숙이가 웃으며 지적을 하면 강 노인은 그제야 자기도 멋쩍게 씩 웃고 젓가락을 놀리는 것이다. 강 노인은 지극히 만족하였다. 종숙이와 단둘이 마주 앉아 점심을 먹을 때면 뿌듯이 가슴을 치미는 행복감에 도취하는 것이었다. 딸 같은 생각이 들었다. 애인 같은 생각이 들었다. 아내 같은 생각이 들었다. 천사 같은 생각이 들었다. 종숙은 강 노인에게 있어서 그런 것들을 모두 한데 뭉친 거룩한 애정의 표상이었다. 강 노인은 자주 벅찬 가슴으로 종숙을 끌어안아 보고 싶은 충동을 느꼈다. 인형같이 자냥스러워 보이는 고 볼에다 얼굴을 비벼보고 싶었다. 이쪽에서 그러기 전에 종숙이가 먼저 와락 덤벼들어 어리광을 피워주었으면 싶었다. 좀더 친밀해지면 될까 될까 하고 강 노인은 날마다 기다려졌다. 그러나 허사였다. 강 노인은 기다리다 못해 더러는 이쪽에서 먼저 농담삼아 이런 말을 꺼내본다.

"우리 종숙이, 아저씨 입에 한번 뽀뽀해볼까!"

그러나 종숙은 대뜸 얼굴이 빨개가지고 해들해들 웃으면서 도리어 한 걸음 뒤로 물러앉아버리고 만다. 문득 그러한 광경을 지나가던 직원이 발견하고 실없는 농담을 거는 수가 있다.

"강 노인은 늘그막에 바람이 나셨군요. 아주 달콤한 장면입니다."

아무리 농담이지만 그런 소릴 들으면 강 노인은 단박 얼굴색이 변했다. 두고두고 그 직원과는 입을 열지 않는다. 최대의 모욕이라고 생각하는 것이다.

종숙이가 야간 여학교에 입학한 이후로, 강 노인은 한 번도 제 시간에 집에 돌아와본 일이 없다. 저녁마다 종숙이를 집 근처까지 바래다주고 돌아오기 때문이다. 퇴근 시간이 되면 강 노인은 부리나케 종숙이가 다니는 학교로 간다. 바로 학교 문 앞에 있는 음식점에 들어가 앉아서 약주를 한잔하거나 가벼운 식사를 하면서 학교가 파하기를 기다리는 것이다. 그러다가 학과를 마치고 학생들이 우 몰려나오면 뛰어나가 정문 옆에 지키고 섰다가, 종숙을 만나 집 근처까지 바래다주고야 돌아서는 것이다. 종숙은 같은 방향에서 다니는 친구가 있어서 괜찮다고 늘 사양을 하지만, 여학생이 밤길을 다니면 봉변을 당하기 쉽다고 하며, 강 노인은 한사코 듣지 않는 것이었다. 그런 점도 사실이지만, 한편 강 노인은 종숙을 한번 더 만나보고 돌아가야만 만족할 수 있었던 것이다. 그만큼이나 강 노인은 잠시라도 종숙이와 헤어져 있는 것이 허전하고 괴로웠다. 그러한 강 노인은 종숙이와 영원히 한집에서 살 수 있는 방법을 늘 궁리해보는 것이었다. 그러기 위해서는 종숙을 양녀로 맞아들이는 일이 첩경이었다. 만일 본인이나 그 모친이 그것을 응하지 않는다면, 종숙이네 곤란한 생활을 전적으로 자기가 부담해도 좋다는 각오까지를 강 노인은 가져보는 것이다. 방이 두세 개 있는 전셋집을 하나 얻어가지고 종숙이네 온 식구를 아주 데려와버릴까도 생각해보는 것이었다. 그러나 이러한 문제를 비추어볼 단계는 아직 아니었다. 그것들은 좀더 시일을 요하는 문제라는 생각이 들었다.

 강 노인은 우선 종숙을 데리고 낚시질을 가보고 싶었다. 그리되면 딸을 앞세우고 낚시질 다니는 황홀한 꿈이 어느 정도는 실현되는 셈이었다. 일요일에는 어머니를 도와 집안일을 거들어야 한다고 좀체 응하려 하지 않는 종숙을 강 노인은 두고두고 살살 달래어 오던 끝에, 하루는 마침내 승낙을 받고야 만 것이다. 아주 멋진 블라우스와 바지에다가 농구화며 등산모까지 사준다는 바람에, 종숙은 그에 마음이 동한 모양이었다. 약속대로 강 노인은 토요일 오후에 퇴근하는 즉시 종숙을 데리고 거리로 나갔다. 몇 군데의 양품점과 백화점을 두루 돌아다닌 끝에, 반소매 연녹색 블라우스와, 코코아 색 바지, 홍콩산 특제라는 스포츠용 농구화와 등산모를 사서 종숙에게 들려주었다. 강 노인은 돈을 척척 세어 내주면서 조금도 아까운 생각이 들지 않았다. 마치 이럴 때 쓰기 위해서 악착같이 돈을 모아왔다는 듯이. 아무튼 그가 이렇게 시원스레 돈을 물 쓰듯 척척 써보기는 처음이었다. 종숙의 마음을 자기에게 꽉 붙들어 매어두기 위해서는 강 노인은 아무것도 아까운 것이 없었던 것이다. 종숙의 동생들을 위해서 과자 꾸러미를 들려 보내는 것도 강 노인은 잊지 않았다.

그날 밤, 강 노인은 마치 소풍날을 앞둔 국민학교 학생처럼 감미로운 흥분과 기대에 빨리 잠을 이루지 못했다. 이튿날은 날씨도 좋았다. 어제 저녁에 미리 준비해두었던 행장을 갖추고 강 노인은 종숙이와 약속한 장소인 시외버스 시발점으로 일찌감치 나갔다. 약속 시간보다 한 시간 가까이나 일렀다. 강 노인은 그 한 시간 동안을 내내 서성거리며 초조한 마음으로 기다렸다. 시간이 되어도 종숙이가 나타나지 않았다. 강 노인은 더욱 초조해서 안절부절못하였다. 약속 시간보다 반 시간이나 늦어서야 종숙은 할딱거리며 뛰어왔다. 어제 새로 산 복장으로 말쑥이 차리고 있어서 딴사람같이 멋지고 예뻐 보였다. 어머니가 꾸중을 해서 말다툼을 하고 오는 길이라고 했다. 그리고 보니 눈물 자국이 있었다. 하여튼 강 노인은 반갑고 행복스러웠다. 여름날 아침의 교외 풍경을 바라보며 버스로 한 시간 가까이나 달렸다. 버스에서 내려서도 반 시간 이상이나 걸었다. 강 노인은 꿈에서처럼 낚싯대를 종숙에게 메워 앞세우고 한 걸음 뒤를 따라 걸었다. 강 노인의 얼굴은 젊은 사람처럼 빛났다. 잠깐 사이에 낚시터에 닿았다. 벌써 연못가에는 드문드문 선참자가 여러 패 앉아 있었다. 강 노인은 사람이 없는 장소에 뚝 떨어져 자리를 잡았다. 고기를 낚는 게 문제가 아니었다. 그보다도 더 부녀처럼 오붓이 둘이서만 하루를 즐기고 싶었던 것이다. 강 노인은 종숙에게 낚싯대 다루는 법을 일러주고 나서 한 대를 버티어주었다. 여러 번을 거푸 미끼만 떼이고 나더니 종숙은 재미가 없는 모양이었다. 그러다가도 가끔 붕어 새끼를 낚아 올릴 적이 있었다. 그러면 종숙은 고까만 눈을 번득거리며 사뭇 신기한 듯이 기성을 지르고는 강 노인을 부르는 것이었다. 점심은 물론 낚싯대를 버티어둔 채, 둘이 풀밭에 마주 앉아 먹었다. 강 노인은 도무지 시장기가 느껴지지 않았다. 자기는 먹는 둥 마는 둥 내내 종숙의 입만 바라보았다. 식사를 끝내고 나서도 이 부녀 아닌 부녀는 한동안이나 정답게 소근거렸다. 강 노인은 종숙을 한번 안아보고 싶었다. 그래야 딸을 둔 아버지의 심경을 맛볼 것 같았다.

"자, 어디 우리 종숙일 한번 안아볼까?"

강 노인은 부드럽게 웃으며 종숙을 끌어당겼다. 종숙은 캐득거리며 버둥댔으나 기를 쓰고 뿌리치려고는 하지 않았다. 강 노인은 두 팔에 힘을 주어 종숙의 상반신을 간신히 끌어안았다. 종숙은 연방 깔깔대고 웃으며 몸부림을 쳤다. 강 노인은 얼른 고개를 숙이고 종숙의 입에다 뽀뽀를 했다. 그러자 종숙은,

"싫어, 싫어."

하고 소릴 지르며 전신을 요동하였다.

"종숙이 입에선 여태 젖 냄새가 나는구나!"

강 노인은 웃으면서 그러고 종숙을 놓아주었다. 종숙은 날쌔게 뛰어 일어나서 몇 걸음 물러섰다. 그러고는 손등으로 입술을 문대면서 강 노인을 바라보았다. 그러면서도 역시 다정하게 웃는 낯이었다. 강 노인은 흐뭇하였다.

그러나 강 노인의 행복은 그리 오래가지 못했다. 뜻하지 않았던 장벽이 그의 앞을 가로막은 것이다. 월요일 아침 강 노인이 출근해서 좀 있으려니까 종숙이가 웬 낯선 여인을 데리고 들어왔다. 종숙은 풀이 죽어 있었다. 종숙을 따라 들어온 여인은 무엇을 싼 보자기를 들고 있었다. 그 여인은 종숙의 모친이었다. 종숙의 모친은 강

노인에게 약간 머리를 숙이고 나서, 조용히 좀 할 말이 있다고 했다. 강 노인을 싹 쳐다보는 눈매에 어딘가 매서운 데가 있었다.

첫눈에 졸하지 않은 여장부형이라는 인상이었다. 강 노인은 어리둥절해서 숙직실로 종숙이 모녀를 안내해 갔다. 자리에 앉기가 바쁘게, 종숙의 모친은 극히 형식적으로 여러 가지 폐를 끼쳐 미안하다는 인사를 하고 나서 새침한 태도로 말을 이었다.

"……앞으로는 우리 애에게 대해서 지나친 친절을 베풀지 말아주세요. 남들처럼 잘 멕이시두 입히시두 못하구 떳떳이 교육두 못 시키지만 내 자식은 내 힘으로 키우구 싶어요. 더구나 아직 철이 없는 애에게 대해서 이상한 행동은 취하지 말아주세요. 날마다 얘한테서 자세한 얘기를 들으면서두, 처음엔 그냥, 세상엔 친절한 분두 있구나 싶을 정도로 단순히 생각해왔어요. 그러나 차츰 친절이나 호의의 도가 지나치기에 께름칙하게 생각해오던 차에 마침내 제 귀에 불쾌한 소문이 들려와서 펄쩍 정신이 들었어요. 세상엔 눈두 많구, 입두 많다는 걸 아셔야 해요. 과부 생활 10년에 저는 뼈에 사무치게 깨달았어요. 더구나 어제는 애를 먼데루 꼬여가지구 가서 나이 보람두 없이 그게 무슨 짓이에요. 이 이상 상식에 벗어난 행동을 앞으룬 절대 삼가주세요."

여인은 그러고 나서 종숙을 돌아보며,

"너두 잘 알아들었지! 다시 그렇게 눈치 없이 굴었단 어머닌 죽어버리구 말 테다."

하고, 흘겨보는 것이었다. 종숙은 아까부터 머리를 숙인 채 두 주먹으로 연방 눈물만 닦고 있었다. 강 노인은 하도 기가 막혀서 겨우,

"건 오해십니다. 절대 오해십니다……."

그러고는 입을 실쭉거리며 미처 뒷말을 잇지 못했다.

"아무 말씀두 마세요. 전 변명을 들으러 온 건 아니에요."

종숙의 모친은 야무지게 똑 자르듯이 말하고는 가지고 온 보자기를 끌러놓았다. 그것은 어제 사준 옷과 그전에 몇 번 사준 물건들이었다.

"이 물건들은 도루 받아주세요. 그리구 학교 등록금으로 빌려주신 돈은 천하 없어두 2~3일 내에 돌려보내드리겠어요."

이쪽에서 무어라고 할 사이도 없이, 종숙의 모친은 저 하고 싶은 말만 다 쏟아놓고는 부리나케 일어서 나가버렸다. 강 노인은 자기 자리에 돌아와서도 실신한 사람처럼 내내 멍하니 앉아 있었다. 그는 마침내 조퇴하고 밖으로 나와버렸다. 단골집에 들러서 술을 몇 잔 들이켜고 곧장 집으로 돌아왔다. 길에서 15, 6세의 소녀를 만날 때마다 가슴이 설레곤 했다. 모두가 종숙이 같은 착각을 일으킨 것이다. 그날 밤 강 노인은 종시 잠을 이루지 못하고 말았다. 모아온 재물을 또 끄집어내서 하나하나 점검해보다가, 이걸 통째로 종숙에게 주어버릴까 하는 생각이 퍼뜩 들었다. 그러면 종숙이 모친의 오해가 풀리고, 종숙은 영원히 자기의 종숙이가 되어줄 것 같은 감이 든 것이다. 종숙이만을 완전히 자기 것으로 만들 수 있다면, 강 노인은 지금까지 모아온 전재산을 송두리째 바쳐도 후회될 것 같지 않았다. 이튿날 강 노인은 집문서와 금붙이를 단단히 꾸려서 양복 밑으로 허리에 두르고 출근했다. 종숙은 강 노인을 만나면 대뜸 울상이 되어 고개를 푹 숙이고는 도망가듯 지나쳐버리곤 하였다. 강 노인도 일부러 알은체를 하지 않았다. 종숙의 마음을 조금이라도 더 괴롭혀주고 싶지 않기 때문이었다.

퇴근 시간이 되었다. 강 노인은 종숙이가 다니는 학교 앞으로 갔다. 학교가 파하기까지 꼬박 세 시간 가량이나 기다렸다. 꾸역꾸역 밀려 나오는 여학생들 틈에 물론 종숙이도 섞여 있었다. 강 노인은 멀찍이서 종숙의 뒤를 따라갔다. 종숙이네 집 가까이 이르러서야 강 노인은 가만한 소리로 종숙을 불러 세웠다.

"어머닐 좀 만나게 해다고. 꼭 드릴 말이 있어 그런다."

종숙은 몹시 난처한 표정을 했다. 그러나 이내 머리를 숙이고 자기 집 대문 안으로 들어갔다. 강 노인은 애처로운 마음이 들었다. 한참 동안이나 강 노인은 어둠 속에 버티고 서 있었다. 이윽고 종숙이네 판자 대문이 열리고 사람의 모양이 나타났다. 종숙이었다. 그리고 종숙이 뒤에 열두서넛 되었을 사내애가 따라오고 있었다.

"아저씨, 모두 제가 나빠요!"

종숙은 강 노인 앞에 다가와서 그러고는 울기 시작했다. 그 옆에 붙어 서서 무슨 무서운 물건이나 보듯이 강 노인을 잔뜩 노려보며, 따라 나온 소년이 내뱉듯 했다.

"얼른 돌아가래요. 우리 집에 또 찾아오문 울 엄마가 경찰에 알린대요."

강 노인은 잠시 동안 넋을 잃고 종숙이와 그 동생을 바라보고 서 있었다. 강 노인은 약간 망설이는 듯하더니, 떨리는 음성으로 중얼거리듯 이런 말을 했다.

"건 내 속을 몰라서 그러는 거다. 난 결코 나쁜 사람이 아니다. 종숙이나 너희 어머니를 나는 조금두 해치려는 사람이 아니다. 너희 어머니가 내 마음만 알아준다면 내 재산을 통째루 줄려구 이렇게 집문서랑 금붙이를 가지구 온 거다."

그리고 나서 강 노인은 제복 속에 두르고 온 꾸러미를 만져 보았다.

"자꾸만 찾아오문 울 엄마가 경찰에 알려서 잡아가게 한대요. 얼른 돌아가요!"

종숙이 남동생이 역시 입을 뚜 내밀고 지껄였다.

"오냐, 다시는 안 오마. 두 번 다시 안 찾아오겠다. 하지만 너희 어머니는 엉뚱하게 날 오해하구 있다. 난 본시 여자가 필요 없는 사람이다. 그저 사람이 그리워서 그랬다. 난 그저 덮어놓구 종숙일 기쁘게 해주구 싶었을 뿐이다. 내 맘을 그렇게 몰라주다니······."

강 노인은 참말 여자가 필요 없는 사람이었다. 그는 죽는 날까지 남편이 될 수 없는 생리적 결함을 지니고 있는 사내였다. 그저, 재물만으로는 채울 수 없는 가슴속의 공허를 메우기 위해서 못 견디게 인간의 체온이 그리웠을 뿐이었다. 강 노인의 말을 완전히 이해하기에는 아직 어린 종숙이었지만,

"제가 나빠요, 제가 나빠요!"

하며, 두 손으로 낯을 가리고 더 심하게 울기 시작했다. 그러한 종숙을 우두커니 한동안 바라보고 섰던 강 노인은,

"난 낼부터, 직장을 그만둘 테다. 너만은 안심하구 부지런히 출근해라. 공부두 잘하구······."

그리고 강 노인은 마침내 발길을 돌이켰다. 강 노인은 어두운 길을 정신없이 걸었다. 통행금지 시간이 거의 되어서야 자기 집이 있는 산비탈 길을 쓰러질 듯 쓰러질 듯 간신히 추어 오르고 있었다. 전신에 땀이 비 오듯 했다. 머리가 휘휘 내젓고 아랫도리가 자꾸만 휘청거렸다. 강 노인은 어제부터 제대로 식사를 할 경황이 없었던 것

이다.
 '이러다 쉬 죽으려나부다!'
 강 노인은 어렴풋이 그런 생각을 하며 몇 번이나 나무그루를 의지하고 주저앉곤 했다.
 다음날 강 노인은 정말 출근하지 않았다. 축 늘어져서 하루 종일 방에만 누워 있었다. 방 한구석에는 종숙의 양복, 농구화, 가방 같은 것들이 놓여 있었다. 물론 그저께 종숙이 모친이 돌려주고 간 물건들이었다. 그 물건에 눈이 갈 때마다 강 노인의 속은 종숙이 생각에 더욱 홧홧 달아올랐다. 날이 완전히 어두워지자, 강 노인은 마침내 자리를 차고 일어나고야 말았다. 한 번만 더 종숙을 만나보고 싶었다. 그는 종숙에게 사주었던 물건들을 도로 보자기에 잘 쌌다. 그리고 어제처럼 집문서와 금붙이를 딴 보자기에 싸서 옷 속으로 허리에 둘렀다. 현찰도 있는 대로 꾸려서 몸에 간직하고 집을 나섰다. 허기가 져서 걸음을 걸을 수가 없었다. 길가의 판잣가게에 들어가 가락국수를 청했다. 그러나 영 구미가 당기질 않았다. 절반쯤 먹다 말고 가게를 나와 택시를 잡아탔다. 종숙이가 다니는 학교 앞에서 차를 내려 꽤 오래 기다렸다. 교문을 나오는 종숙을 발견하자 강 노인은 조심스레 그 앞에 나타났다. 이틀 사이에 몰라보게 초라해진 강 노인의 모양을 보고 종숙은 적잖이 놀라는 눈치였다.
 "한 번만 보구 싶어 찾아왔다. 잠깐만 얘기 좀 듣구 가거라."
 강 노인은 종숙을 근처 음식점으로 데리고 들어갔다. 종숙은 딱한 듯이 주위를 살피고 나서 마지못해 따라 들어왔다. 간단한 음식을 시키고 나서, 강 노인은 기도하듯이 이런 말을 물었다.
 "종숙인 아저씨 따라 멀리루 가보구 싶지 않으냐? 아저씨하구 멀리 가서 단둘이 살까? 싫으냐?"

　종숙은 대답이 없이 그 까만 눈으로 강 노인을 쳐다보았다. 겁에 질린 눈이었다.

　"종숙인 어머니 떨어져선 살 수 없는 모양이지? 역시 이 아저씨보다는 어머니가 좋은 게지?"

　몹시 불안한 표정으로 종숙은 아무 말도 못하고 이내 고개를 숙여버리고 말았다. 음식이 와도 두 사람은 별로 손을 대지 않은 채 자리를 일어섰다. 강 노인은 허수아비같이 전연 맥이 없었다. 밖으로 나오자 강 노인은 허리에 둘렀던 보자기를 끌러서 옷 보퉁이와 함께 싸서 종숙에게 주었다.

　"아저씨에겐 이런 거 다 소용없다. 어머니에게 갖다 드리구, 다시는 네 앞이나 너의 집 근처에 얼씬하지 않겠다구 전해 드려라. 그리고 부디 공부 잘하구!"

　강 노인은 말을 마치기가 무섭게 돌아서버렸다. 종숙이가 어찌할 바를 몰라 머뭇거리고 있는 사이에, 강 노인의 초라한 뒷모습은 어둠 속으로 완전히 사라져버리고 만 것이다.

_주
1) 다랭이 : '다래끼'의 방언. 아가리가 좁고 바닥이 넓은 바구니. 대, 싸리, 칡덩굴 따위로 만든다.
2) 쓰리 : '소매치기'란 뜻의 일어.

포말의 의지

 아침저녁은 제법 선들바람이 일기 시작하는 계절이 되었다.
 밤이었다. 거리에는 사람이 물결 지어 흘렀다. 종배도 그 속에 떠 있었다. 방금 어느 주요 선의 열차라도 도착한 모양이다. 역전의 넓은 길은 소용돌이치는 인파로 뒤덮였다. 종배는 그 속에 떠서 흘러갔다. 무슨 힘으로도 막을 수 없을 듯이 넘쳐흐르는 사람의 홍수에 종배는 어떤 위압을 느꼈다. 그것은 영원히 그칠 줄 모르는 줄기찬 인간의 흐름이었다. 포탄이 비 오듯 부어지는 속에서도 죽음을 뚫고 거세게 흘러온 인간의 물결이었다. 풀 한 포기 남아나지 못한 폐허의 잿더미 위로도 도도히 이어 흐르는 인간의 물결이었다. 그처럼 위대한 무모한 흐름은 어제도 오늘도 내일도, 주위의 온갖 질서와 무질서를 휩쓸어 삼키며 변함없이 흘러왔고, 흐르고 있고, 또 흘러갈 것이다.
 그 위에 거품처럼 떠서 흐르는 불안한 자신을 종배는 의식하는 것이었다. 끊임없이 흐르는 인간의 이 거대한 흐름의 어느 역사적 지점에서 우연히 태어나, 예측할 수 없는 운명에 밀려 어느 지점까지 휩쓸려 흐르다가 흔적 없이 꺼져버릴 한 방울의 거품. 종배는 웃었다. 그저 웃는 수밖에 없었다. 어쩌면 그것은 불안한 자신을 극복해보려는 무력한 표정인지도 모른다. 예정된 인간의 운명을 조종하는 우주적인 어떤 거대한 힘에 대한 아첨일지도 모른다.

"어마! 저 아시겠어요?"

인파 속에서 종배의 웃음을 발견하고 다가서는 여인이 있었다. 옥화. 기대하고 온 얼굴이었다. 역시 어린애를 업고 있었다. 30이 다 돼 보이는 초라한 모습으로 여인도 종배를 쳐다보며 웃었다. 역시 처음 만났을 때와 마찬가지로 그것은 죄를 의식할 줄 아는 약점의 미소였다.

"요즘은 경기가 좀 어떻소?"

"영……."

고개를 모로 저었다. 목이 너무 가늘어서 걱정이었다. 옥화는 비굴하게 웃고,

"들렀다 가세요."

눈치를 살폈다.

종배는 여인을 따라갔다. 비탈진 어두운 골목을 뱅뱅 돌아 올라갔다. 부스럼같이 좌우에 다닥다닥 붙어 있는 판잣집들 앞에는, 모든 것에 굶주린 여인들이 드문드문 진열되어 있었다.

어렸을 때도 종배는 이런 골목을 어머니따라 자랑스레 지나다녔다. 그때는 이런 판잣집들이 아니었다. 무슨 사택처럼 규격이 같은 양기와 집들이 즐비하게 줄지어 있었다. 이렇게 어둡지도 않았다.

추녀와 전주마다 전등이 달려 있어서 골목 안이 온통 환하게 눈부셨다. 그 휘황한 불빛 밑에서는 엄마 또래의 아줌마들이 고운 무늬 옷을 나부끼며 금붕어처럼 즐거워만 보였다. 그러한 아줌마들과 거리낌없이 히들거리며 붙들고 돌아가는 낯선 아저씨들이 어린 종배는 부러웠다. 나도 얼른 어른이 되었으면 좋겠다고 생각했다. 그 세계의 독한 분위기는 종배의 어린 영혼에 너무나 강한 자국을 남겼다. 그것은 오늘날까지 그의 인간 바탕에 짙은 원색의 백그라운드로 남아 있었다.

볼썽없는 어느 판잣집 앞에 멎었다. 옥화는 자물쇠를 따고 방문을 열었다. 곰팡내 비슷한 냄새가 방에서 풍겨 나왔다. 전에 와본 방은 아니었다. 이사를 왔다는 것이다.
 "왜, 이런 꼭대기루 왔소?"
옥화는 점직하게 웃었다.
 "바루 요 뒤에 예배당이 있어요."
 "예배당?"
 "종소리가 가깝게 들리거든요. 어떤 땐 찬송가 소리두요!"
종배는 입을 벌렸다. 이 밤의 여인과 예배당과의 관계가 잘 납득이 가지 않았던 것이다.
 "얼른 들어오세요."
재촉을 받고야 종배는 산짐승이 동굴에 몸을 숨기듯 기어들어갔다. 그것은 정말 방이라기보다 굴이었다. 군데군데 찢어진 채 먼지와 그을음에 그을린 벽지는 차라리 이끼 돋은 바위다. 한구석에는 사과 상자 같은 궤짝, 그 위에 허술한 이부자리가 한 채. 물 항아리가 놓여 있는 머리맡에는 풍로며 냄비, 식기 등속이 차근차근 챙겨져 있다. 장판도 여러 군데 신문지로 때운 자국이 있었다. 종배는 여기서 동물 냄새를 맡았다. 동물적인 표정, 동물적인 대화, 동물적인 행동만이 반복되어온 동굴. 정신적 요소를 필요로 하지 않는, 인간과 동물의 완충 지대 같은 데다.

"누추하지만 시끄럽지 않아 좋아요. 안심하구 노실 수 있어요."

살림집인 줄 알고, 당국의 단속의 손이 미치지 않는다는 말인 것이다.

옥화는 등에서 자고 있는 어린애를 끌러 방 한구석에 눕혔다. 유난히 얼굴이 조그맣고 새까만 애였다. 어린것은 오만상을 찡그리고 칭얼대기 시작했다. 도전당한 것 같아서 종배는 겁이 났다.

"요 놈이 한바탕 발악을 할 셈인가."

"괜찮아요. 순해서 보채지 않아요."

옥화는 애원하듯 어린애의 가슴을 또닥또닥 몇 번 두드려주었다. 정말 애는 곤충의 보호색처럼 어머니의 의사에 잘 따랐다. 그래야 이 무서운 약육강식의 생존경쟁 속에서 연약한 생명을 유지할 수 있을 게 아니냐.

이 여인을 처음 만났을 때, 그는 단순한 펨프[1] 아주머닌 줄만 알고 따라왔다. 알고 보니 그게 아니었다. 문턱에 걸터앉아 역시 굴속 같은 방 안을 두리번거리고 있는 종배에게 여인은 한사코 어서 들어오라고 졸라댔다.

"색시는?"

이상해서 물었더니,

"꼭 딴 색실 원하신다면, 데려오긴 하겠어요. 허지만……."

어색하게 머뭇거리다가,
"이래두 전 몸만은 깨끗해요!"
비밀을 자백하듯 간신히 그랬다. 종배는 처음엔 무슨 소린가 했다. 여인은 어느 모로나 비직업적이었기 때문이다. 좀더 까놓고 말하면, 상품 가치가 거의 없었기 때문이다. 더구나 어린애까지 업고 있지 않느냐. 그러나 종배는 이내 그 말의 뜻을 알아차릴 수 있었다.
"그래요?"
종배는 공연히 감탄하고 놀란 눈으로 여인을 쳐다보았다. 여인은 수줍게 웃었다. 그것은 벌거벗은 '죄인의 미소'였다. 그 웃음 속에는 적어도 인간적인 약점의 매력이 있었다. 종배는 그만 여인의 '손님'이 될 것을 거부할 용기를 잃고 말았던 것이다.

옥화는 남폿불의 심지를 낮추고 돌아앉아 옷을 벗었다. 겉옷에 비해 월등히 깨끗한 속곳이 자극적이었다.
나란히 누워서 이내였다. 어디서 찬송가 소리가 은은히 흘러나왔다. 많은 사람의 합창 소리였다. 종배는 어느 이웃집 라디오 소린가 생각했다. 그러나 이내 가까이 있는 예배당에서 들려오는 소리임을 깨달았다.
"정말 찬송가 소리가 들리는군요."
"종소린 더 크게 들려요. 가슴에 왕왕 울려오도록."
"색신 종소릴 꽤나 좋아하나보구려, 찬송가 소리랑."
"전 어려서 예배당엘 다녔어요."
"예배당엘?"

"네. 주일 학교에서 늘 상을 탔어요. 그리구 언제나 하나님을 기쁘게 하는 사람이 되라는 설교 들었어요."
"하나님을?"
"네."
"하나님은 죽었다는 사람두 있는데……."
"거짓말일 거예요, 건."
"어째서?"
"예배당 종소리나 찬송가 소리만 들어두, 마음이 이상해지는 걸요."
"이상해지다니 어떻게요?"
"울구 싶어져요!"
울음을 머금은 대답이었다. 속으로 울고 있는지도 몰랐다.
"그럼 색시두 예배당에 나가지그래."
"하나님이 노하실 거예요."
옥화는 가만히 한숨을 쉬고 나서,
"그렇지만, 죽을 땐 꼭 예배당에 가서 죽고 싶어요!"
"음!"
종배는 부지중 신음 소리를 냈다. 의외에도 시리도록 가슴에 스미는 말이었다. 이모부 내외의 눈물을 흘려가며 '주여, 주여' 하고 외치는 기도 소리에도 실소를 금하지 못했던 종배였다.
이모부는 교회에서도 원로급 장로였고, 이모는 가장 열성적인 집사의 한 사람이었다. 물론 그들은 단 한 번도 거룩한 성전에 나가기를 잊지 않았고, 가정에서도 아침저녁 예배를 거르는 일이 없었다. 아무리 그들이 가슴을 치며 주를 찾고 울부짖어도, 서투른 연기를 보듯 낯간지러울 뿐이었다. 그들에게서는 예수의 옷자락이라도 만져보기를 원하는 병자나 죄인의 절박한 갈구가 거의 느껴지지 않았기 때문이다. 이를테면 그들은 초라한 '최후의 소망'에 목이 타는 무리가 아니라, 오히려 찬란한 '최대의 소망'을 꿈꾸는 족속들인 것이다. 그들의 '신앙'에는 인간을 실소케 하는 난센스가 있었다. 그러나 옥화의 갈망에는 난센스는 없었다. 죽음에 임한 자의 간절한 호소였다. 그것은 사형수가 마지막으로 물 한 모금을 요구하듯, 생명의 비중보다도 더 크고 절실한 '최후의 소망'이 아닐 수 없었다.

예배당을 찾아가 죽으리라는 옥화의 말은 종배로 하여금 굴욕에 가까운 고독을 느끼게 했다. 그것은 숨길 수 없는 마음의 상처였다. 그에게는 마지막으로 매달릴 '최대의 소망'도 '최후의 소망'도 없었던 것이다.

"음!"

하고 종배는 다시 한번 신음 소리를 냈다. 상처받은 고독한 영혼의 신음 소리였다.

모친도 고독하게 죽었다. 종배는 채 철들기 전이었다. 겨우 소학교에 들어갈 나이에 도달해 있었다. 아는 사람 하나 없는 낯선 여관방에서, 아침이었다. 중낮[2]이 거의 되어도 엄마는 일어나질 않았다. 엄마가 늦잠을 잔다고 생각했다. 집에서도 늘 그랬으니까. 그러나 집에서처럼 안심이 안 되었다. 심심하고 배가 고팠다. 참다 못해 종배는 엄마를 흔들어 깨웠다. 아무런 반응이 없었다. 더 힘껏 흔들었다. 엄마를 부르며 자꾸만 흔들었다. 그래도 전혀 반응이 없었다.

종배는 더럭 겁이 났다. 그러고 보니 엄마의 얼굴이 딴사람 같았다. 종배는 큰 소리로 엄마를 부르며 울기 시작했다. 여관집 아줌마가 쫓아 들어왔다. 그러자 놀라서 이내 도로 뛰어나가버렸다. 야단들이 났다. 엄마는 죽어 있었던 것이다.

철이 들어서야 어렴풋이 그때 기억이 수수께끼 같았다. 이모나 이모부는 물론 그런 말은 입 밖에 비치지도 않았다. 당시의 일이 신문에 크게 보도되었다는 말을 어디서 귓결에 들었다. 종배는 며칠을 두고 도서관에 다니며 옛날 신문들을 뒤졌다. 마침내 모친의 사진이 실린 기사를 찾아낼 수가 있었다. 대강 아래와 같은 내용이었다.

……어쩌다 창녀의 신세로 전락하게 된 사건의 여주인공은, 단 하나의 동기인 동생을 여학교에 보내는 것으로 굴욕을 참고 위로를 받아왔다. 언니가 몸을 팔아 보내주는 돈인 줄도 모르고, 미션 계통의 일류 여학교를 무사히 졸업한 동생은, 교회에서 알게 된 어떤 청년과 결혼하여 행복한 가정을 이루었다. 언니에게는 아비조차 모르는 어린 아들이 있었다. 어느새 소학교에 들어갈 나이가 되어 있었다. 여인은 무엇보다도 어린것의 장래가 가슴에 걸렸다. 게다가 여인은 이미 삶에 지쳐 있었다. 여인은 생각다 못해 동생 부처를 찾아가 자식의 교육을 부탁해보았다. 그러나 차츰 언니의 생활에 의심을 품기 시작한 동생은, 여러 가지 핑계를 내세워가지고 응해주려 하지 않았다. 여인은 그만 참지 못하고, 자기가 몸을 팔아 동생의 학비를 대어온 사실을 밝히고 울며 대들었다. 그렇지만 기절할 듯이 놀란 동생은, 도리어 모욕적인 언동으로 언니에게 침을 뱉듯 했다. 여인은 모든 희망을 포기하고, 어린

아들의 손목을 끌며 쫓겨나다시피 동생의 집을 나왔다. 그날 밤, 동생네 집 근처에 있는 어느 여관방에서 여인은 가슴에 맺힌 한을 유서로 남겨놓고, 한 많은 세상을 하직하고 만 것이다…….

그 뒤, 종배는 즉시 경찰의 손을 거쳐 이모네 집에 인계되었던 것이다.

어둡고 좁은 판잣집 골목은, 어디가 어딘지 분간하기가 힘들었다. 옥화의 방을 찾느라고 몇 차례나 같은 골목만을 뱅뱅 돌았다. 마침, 어림해서 어느 모퉁이를 돌아서려는 때였다. 바로 앞쪽에서 옥화의 목소리가 들려온 것이다.

"그럼 500환이라두 좋아요. 놀구 가세요, 네?"

"아니, 그래, 아주머니하구 놀란 말야?"

어이없다는 듯한 사내의 음성이다.

"이래두 몸은 깨끗해요."

"뭐, 병만 없음 그만요. 좀더 젊구 예뻐얄 게 아냐. 게다가 이건 혹(어린애)까지 달렸잖아."

옥화는 그 이상 자신을 놓고 흥정하기를 단념한 모양이었다.

"그럼 딴 색실 불러다 드릴게요. 방에 들어가 기다리세요, 잠깐만."

"제길, 이게 방이야그래. 돼지우리지 이게 방이냐 말요. 그래 이런 데서 색실 끼구 자란 말야."

옥화는 더 할 말이 없는 모양이라 잠자코 있었다. 사내는 뭐라고 혼자 투덜거리며 이쪽으로 걸어왔다. 새파랗게 젊은 녀석이었다. 종배는 그 앞을 성큼 막아서듯 하며,

"인마, 그 색시가 뭐가 나뻐?"

도전적인 말투로 내던졌다. 그는 자기가 모욕이라도 당한 듯이 괜히 심사가 뒤틀렸던 것이다. 청년은 걸음을 멈칫하고 종배를 쳐다보았다.

"인마, 잔 수작 말구 놀다 가."

붙들어 돌려세우려니까, 청년은 찔끔해서 종배의 겨드랑이 밑으로 번개같이 빠져 달아나버리고 말았다.

"보통예요, 그 정돈."

어느새 옥희가 옆에 와 서 있었다.

동굴 속 같은 방으로 따라 들어갔다. 여인은 몹시 피로해 보였다. 성욕이 느껴지지 않는 얼굴이었다. 등에서 어린애를 내려 한쪽에 눕혔다. 얼굴이 유난히 새까맣고 야윈 어린애는 주먹을 입에다 넣고 빨며 짐승 같은 소리를 냈다. 종배는 그 모습에서 자기를 보았다. 어머니가 손님을 받을 땐 자기도 저렇게 순했으리라는 자신이 있었다. 손님을 받은 어머니를 본 기억은 꼭 한 번밖에 없었다. 여섯 살인가 일곱 살 때일 게다. 골목에서 아줌마들과 시시덕거리던 아저씨 한 분이, 대문 안으로 들여다보이는 어느 방을 가리키며 방에서 엄마가 부른다고 했다. 무슨 맛있는 것이라도 남몰래 주려고 그러는 모양이니 살그머니 가서 방문을 열어보라는 것이었다. 종배는 시키는 대로 했다. 살금살금 대문 안으로 들어갔다. 뒤에서들은 킬킬대고 웃었다. 종배는 방 앞에 다가가서 살짝 문을 열어보았다. 엄마는 웬 낯선 아저씨와 나란히 누워 있었다. 대뜸 상반신을 벌떡 일으키며 뭐라고 소릴 질렀다. 질겁을 할 만큼 사나운 얼굴이었다. 종배는 그때처럼 무서운 엄마의 얼굴을 본 기억이 없었다.

"오늘두 또 공을 치나 했어요."

"그렇게 경기가 없소?"

"제 주제나, 방이나 이꼴인 걸요!"

팔리다 남은 상품. 종배는 과일전의 한구석에 버리다시피 뒹굴고 있는 시들어빠진 사과 알을 생각하고 입 안이 시큼했다. 그래도 가난한 사람들은 10환에 두 개짜리 그놈으로 만족하는 것이다.

종배는 제 값을 다 치르고 여인을 샀다. 옥화는 서투른 솜씨로 돈을 세어보고 나서, 100환짜리 석 장을 떼어서 종배에게 도로 건넸다.

"일부러 찾아와주시는 것만두 고마워요."

단골손님이라서 에누리를 해준다는 것이다. 종배는 그 돈을 물리치고, 여인의 평균 수입을 물어보았다. 예상 외로 적은 금액이었다. 방세를 물고 나면 입치레에도 바쁠 정도였다. 게다가 1년 전 해산 당시에 진 빚을 아직도 걸머지고 있다는 것이다. 그러면서도 여인은 일금 5만 환의 저축을 꿈꾸고 있었다. 5만 환의 대금이 있으면, 이런 '못할 짓'을 면할 수 있으리라는 황홀한 희망에서였다. 옥화는 자신의 직업을 가리켜 '못할 짓'이라는 말을 썼다. 말하자면 5만 환짜리 희망을 위해서 부득이 못할 짓을 하고 있다는 것이다. 여인은 5만 환만 장만되면 원이 없겠다는 것이다. 그러면 시 변두리에라도 여염집의 조그만 방을 하나 얻어 들고, 나머지 돈으로 무슨 장사든 해서 모자가 먹고살아가며, 열심히 교회에 나가겠다는 것이다. 언제 이루어질지 모르는 기약 없는 꿈이었다.

그것은 종배에게도 큰 돈이었다. 남과 동업으로 목재상을 하고 있는 이모부네 가게에서, 그는 먹고 입고 만 환씩의 월급을 받았다.

"생각했던 것보다 어려워요."

저녁마다 긴 밤 손님을 한 사람씩만 받으면 그 정도의 돈은 1년 안에 모을 수 있다는 것이었다.

"그래, 시간 손님은 매일 밤 있소?"

여인은 모로 고개를 저었다.

"아주 허탕치는 날이 수두룩한 걸요. 자구 가는 손님은 선생님이 달포 만이구요."

어떻게 좀 딴 방법이 없을까 하고 종배는 생각했다. 우선 화장을 좀 해보라고 옥화에게 권했디.

"얼굴만 단장하문 뭘 해요. 옷이랑, 방이 이 주젠 걸요."

"아무튼 화장만이라두 해봐요. 훨씬 효과적일 테니까."

옷이야 제법 돈이 들 테니 나중으로 미루더라도, 화장은 해야 유리할 것이라고 종배는 열심히 우겼다. 그리고 방 꾸밀 비용 정도는 종배 자신이 부담하겠노라고 자진해 나섰다. 그는 이러한 자신에 놀랐다. 일찍이 남에게 이렇듯 깊은 '관심'을 기울여본 일이 그에게는 없었던 것이다. 대인 관계에 있어서 이만큼 적극적인 관심을 가질 수 있다는 것은, 적어도 그에게 있어서는 어떤 보람에 대한 하나의 가능성을 암시해주는 것에 틀림없었다. 그것은 어떠한 보람이라도 좋았다. 삶에 대한 보람이 아니면, 죽음에 대한 보람이라도 좋은 것이다. 종배는 가벼운 감동에 취했다.

같이 자리에 들었다.

"제 본 이름은요, 옥화가 아니에요. 강영실이라구 해요."

중대한 비밀이라도 발설하듯 했다. 그만큼 속을 준다는 표시인 것이다. 종배도 자기의 이름을 가르쳐주었다.

"성은요?"

"성? 내겐 그런 건 없소."

"성이 없다니요?"

영실의 눈이 호기심에 번득였다.

"난, 어머니 혼자서 낳았거든."

"무슨 말씀이죠, 그게?"

"내겐 아버지가 없단 말요."

종배는 열심히 주먹을 빨고 누워 있는 어린애를 가리키며,

"얘처럼 말요. 필시 얘두 아버지가 없을 게 아뇨?"

그러자, 여인의 얼굴에서는 삽시에 핏기가 사라졌다.

"있어요, 얘에겐 아비가 있어요. 아비가 있구말구요!"

"그게 사실이라면 다행이오. 그러나 나에겐 아버지가 없소. 어머니가 혼자 낳았단 말이오. 마리아는 성령의 힘으로 잉태해서 예수를 낳았다지만, 우리 어머닌 아마 악령의 힘으로 나를 잉태했던가 봐요. 그러기에 스스로 하나님의 아들로 자처하는 우리 이모나 이모부는 나를 '죄악의 씨'라구 부른다우. 어쩌면 내 몸에는 악마의 피가 흐르고 있는지도 몰라요. 먹물처럼 새까만 악마의 피가 말이오. 그 무서운 피가 색시에게 옮아, 또 하나의 새로운 죄악의 씨를 잉태케 할지두 모르는 거예요."

"무서워요, 무서운 얘기예요. 예수를 믿으세요, 선생님두. 예배당에 나가세요."

영실의 음성은 가늘게 떨렸다. 마침내 두 손으로 얼굴을 가리고 울음을 삼켰다.

이모네 집에서는, 종배는 정당한 인간 취급을 받지 못하고 있었다. 아침저녁 예배 때마다, 이모나 이모부는 으레 종배를 거들고 나오는 것이었다.

'……주여, 은혜로우신 주여, 아직도 자기의 갈 길을 못 찾고 헤매는 이 눈먼 양을 불쌍히 여기고 버리지 마시옵소서…….'

이런 기도 소리를 들을 적마다, 이모나 이모부는 과연 기도의 명수라고 종배는 감탄했다. 그는 정말 30이 넘도록 자기의 길을 찾지 못하고 있었던 것이다. 탁류에 휩쓸려 흐르는 물거품의 불안을 그는 면하지 못한 채 있었다. 그러는 사이에 남들은 저저끔 자기의 인생을 정착시킬 섬을 골라 악착같이 뿌리를 박아갔다. 재물, 권세, 명성, 이러한 지대에는 비비고 들어갈 틈바구니조차 없을 만큼 진딧물처럼 달라붙어 있었다. 거기서 다시 떠밀려 내려간 군상들은, 하다 못해 허영이니, 향락이니 하는 모래섬에라도 기어올라 초라한 인간 내용의 보따리들을 끌러놓았다.

그러나 종배는 아직 그 어느 곳에도 발을 붙이지 못하고 있었던 것이다. 뭇 인간들의 비참한 행복을 그는 그저 바라만 보면서 흘러갈 뿐이었다.

'눈먼 양'이란 말에도 그는 역시 공감하지 않을 수 없었다. 기도의 의미는 물론 눈이 멀어서 하나님이나 진리를 보지 못한다는 뜻일 게다. 옳은 말이었다. 그의 무딘 눈에는, 제단 저쪽의 아득히 먼 곳에 계시는 하나님은 보이지 않았다. 그저 제상祭床에만 맘을 두고, 그 앞에 몰려든 대식가들의 무리만이 보일 뿐이었다.

이러한 종배를 이모네 가족들이 온전한 사람으로 볼 까닭이 없었다. 이모부 내외는 종배를 가리켜 '죄악의 씨'라고 불렀던 것이다.

'……전지전능하신 아버지께서는 이 무섭고 가련한 죄악의 씨로 하여금 부디 좋은 열매가 여는 귀한 나무로 길러주시옵소서…….'
　종배가 귀에 못이 박히도록 들어온 기도 소리인 것이다. 그러나 종배는 귀한 열매를 여는 나무가 되지는 못하였다. 우선 신앙면에서부터 그랬다. 그는 교회에 잘 나가지 않았다. 어쩌다 마지못해 참석하는 수도 있었지만, 그럴 때도 맨 뒷자리에 엉거주춤 앉아 있다가 예배가 채 끝나기도 전에 사라져버리고 마는 것이었다. 죄악의 씨는 별수 없다고 이모부 내외는 탄식했다. 죄악의 씨는 고쳐 말하면 '악마의 새끼' 란 뜻이다. 그들은 종배에게 은근히 어떤 불안과 공포를 느끼고 있었다. 그것은 종배의 복장 속에 자리잡고 있을 악마의 근성과 본질이 언제 발동할지 모르기 때문이었다. 그들은 종배를 마치 맹수 다루듯 했다. 자기네 생활권 내에 꼭 가두어둔 채, 종배에게 독립할 기회를 주지 않는 이유도 거기에 있었다. 일단 신앙의 우리를 벗어난 악마는, 그들 자신과 주위 사람들에게 얼마나 몸서리치는 피해를 입힐지 예측할 수 없다는 데서였다. 이모부 내외뿐 아니라 그들을 둘러싸고 있는 주위 사람들도 누구나 종배를 '우리에 갇혀 있는 징그러운 악마' 로만 대했던 것이다. 말하자면 그런 가운데서 이모부 내외는, 흡사 곡마단의 맹수 조련사와도 같은 위치에 있었다. 악마의 조련사, 이를테면 그들은 신앙의 채찍과 능숙한 기교로써 이처럼 무서운 악마를 길들일 수 있다는 데 스스로 감탄하고 있을지도 모르는 일이었다. 하기는 종배 또한 냉소와 조소와 체념이 뒤섞인 미묘한 웃음으로 그들에게 그저 순하게 대했을 뿐, 굳이 울타리를 뛰어넘으려고는 하지 않았다. 그것은 우리 밖에 나가보았자, 이모부 내외와 비슷한 '인간' 들의 세계였기 때문이다. 인간들은 누구나가 '악마'를 겁내는 비겁한 습성이 있었던 것이다.

그 단적인 실례의 하나로서, 그에게 좀처럼 혼담이 생기지 않는 것으로도 짐작할 수 있었다. 간혹 누가 멋모르고 혼담을 비추었다가도, 종배의 출생 내막을 알고 나면, 이내 낯색이 달라져서 입을 싹 다물고 돌아서버리는 것이었다. 그러기에 종배는 그 숱한 '인간'이나, 그들의 사회에는 별로 신통한 기대도 걸지 않고 지내온 것이었다.

일요일이었다. 내리쬐는 햇살이 완연히 가을빛이다. 종배는 따끈한 햇볕을 등에 지고, 지저분한 판잣집 사이의 골목길을 걸어 올라갔다. 낮에 보는 판잣집들은 걸레를 짜서 뭉쳐놓은 것같이 구지레했다.

영실은 궤짝에 엇비슷이 기대앉아서 무슨 조그만 책을 읽고 있었다. 종배가 문턱에 걸터앉자, 여인은 얼굴이 빨개지며 책을 뒤로 감추었다.

"낮엔 싫어요. 왜 오셨어요?"

영실은 자기가 벗고 있는 것처럼 느꼈는지, 아무렇지도 않은 옷매무새를 고쳤다.

"오해하지 마세요. 놀러 온 게 아닙니다."

종배는 사가지고 온 도배지를 끌러서 헤쳐보았다.

"무늬가 참 고와요!"

영실은 그제야 안심한 듯, 벽지를 만져보며 어린애처럼 감탄했다. 수치가 가신 영실의 얼굴은 애처롭도록 단순해 보였다. 영양실조가 느껴지는 얼굴이었다.

"딴 색시들은 낮에두 손님을 받는다던데……."

"망측해라. 사내만 봐두 징그러워요, 낮엔."

"그럼, 나두 돌아갈까요?"

"도배해주려 오셨다면서요?"

"그래요."

"그럼, 곧 풀을 쑬게요."

영실은 냉큼 일어서려다 말고, 숨겨서 들고 있던 책을 궤짝 속에 감추었다.

"거, 책 아니오?"

"네."

영실은 얼굴을 붉히며 웃었다.

"무슨 책이오?"

영실은 잠깐 주저하다가 책표지를 보여주었다. 「마태복음」. 복음책이었다. 오래 전 일이라는 것이다. 얌전한 청년이 찾아와서, 예수를 믿으라고 권하고는 이런 복음책을 한 권씩 나누어주고 갔다는 것이었다.

"자주 왔소?"

"아뇨."

실망했다. 그 청년이 만일 색시와 같이 자면서 전도를 했다면 종배는 진심으로 탄복했을 것이다. 그런 청년만은 신뢰를 걸 수 있을 것 같아서다.

영실은 복음서를 잘 간수하고 나서, 풍로에 불을 피우고 밀가루를 풀었다. 낮에 보는 영실은 도무지 몸을 파는 여인 같지 않았다.

어린애를 업은 채 앉았다 섰다 하는 영실의 거동이나 표정은, 조금도 세속의 때가 묻지 않은 소녀처럼 단순해만 보여서 신기했다. 낮과 밤을 완전히 가려서 사는 여인. 그것은 슬픈 기교가 아니면, 조물주의 실수였다. 굴속 같은 조그만 방이라도, 벽이며 천장을 온통 새로 바르는 데는 저녁때까지 걸렸다.

장판도 뚫어진 자리를 여러 군데 때웠다. 방은 면목을 일신했다. 제법 아담한 신방 같았다.

영실이 쇠고기를 사다가 한턱낸다고 해서 저녁 대접을 받았다. 상도 없이 방바닥에 음식 그릇을 놓고 마주 앉아 식사를 하면서, 종배는 묘한 유혹을 느꼈다.

"남이 보면 우릴 의좋은 부분 줄 알겠소."

영실은 씩 웃고 말았다.

"그러죠. 밤에만 가끔."

일소에 부치는 말투였다. 처음 한두 번은 그런 말에 감동해본 일도 있었다는 것이다. 단골손님과 세 차례나 '살림'을 차려보기까지 했지만 석 달 지속된 예가 없었다는 것이었다.

"인제는 사람답게 살아볼 생각은 아예 꿈에두 안 해요. 그런 자격이 없는 걸요."

인간의 자격을 상실한 여인과 애초부터 인간의 자격을 구비치 못한 사내. 너무나 가까운 동류적인 결합은, 정신우생학상 해로울 것 같아서, 종배는 그 이상 조르거나 설복하려 들지 않았다.

"전 그저 예배당에만 나갈 수 있다면 그 이상 바라는 게 없어요."

영실은 그것만이 유일한 소원이라는 것이다.

때마침, 뒤에 있는 예배당에서 저녁 종소리가 울려오기 시작했다. 영실은 설거지를 하면서 귀를 기울였다. 딴사람처럼 엄숙해진 얼굴이었다. 가만가만 입속으로 찬송가를 불렀다.

종배는 숨 가쁜 고독을 느꼈다. 돌아갈 집과, 어머니의 품을 갖지 못한 고아의 고독이었다. 그러나 영실에게는 영혼의 집이 있었다. 그 품에 전신을 내맡기고 매달려 몸부림쳐도 좋을 어머니가 있었다. 그러나 여인은 주저하고 있는 것이었다. 그의 손발이 흙투성이가 되었기 때문이다. 종배는 묘한 의문 같은 것을 느꼈다.

"영실이, 예배당에 가요. 당장 오늘부터 예배당에 나가란 말요."

여인은 한숨을 내쉬었다.

"저 겉은 걸 누가 오래요. 저같이 더러운 똥갈보, 똥갈보, 똥갈보······."

영신은 두 손으로 얼굴을 가렸다. 가슴에 왕왕 울려오던 종소리는 드디어 길게 여운을 남기며 멎었다.

"그건 영실이가 몰라서 그렇소. 어머닌 집에서 기다리실 거요. 돌아가기만 하면 어머닌 잃었던 아이를 다시 찾은 듯이 기뻐하며 흙투성이 된 손발을 깨끗이 씻어주실 거요."

영실은 어리둥절해서 종배를 돌아보았다.

"무슨 뚱딴지같은 말씀을 하세요, 별안간?"

말뜻을 이해할 수 없는 모양이었다.

"성경에 이런 얘기가 있대요. 어떤 음흉한 사람들이 창녀나, 아무튼 그 비슷한 여자를 예수님 앞에 끌구 왔대요. 그러고는 이렇게 음란하고 죄 많은 여자를 돌로 치리까 하고 물었대나봐요. 그러니까 예수님께서 뭐라고 하신지 알아요?"

"뭐라고 하셨어요?"

"너희들 중에 죄 없는 자는 돌을 들어 치라 하셨다는군요. 그랬더니, 여인을 끌구 온 자들이 비실비실 피해 달아나버리구 말았대요."

"아, 아, 그래요, 그래요, 저두 들은 기억이 있어요."

"그러니까 예배당에 나가요. 이제 곧 나가요."

"그렇지만……."

"영실이가 예배당엘 나가면, 예수님께선 아마 점잔을 빼고 모여든 신도들에게 이렇게 말씀하실 거예요. 너희들 중에 이 여자같이 나를 필요로 하는 자만 남으라. 그러면 대부분의 신도들은 슬금슬금 일어나 나가버릴 거예요. 그때에 예수님께선 친히 영실의 곁으로 다가오셔서, 나는 너를 기다렸노라 하시며 손을 잡고 일으켜주실 거예요."

"아무렴 그럴라구요."

부인하면서도 영실의 얼굴엔 감동의 빛이 넘쳐흘렀다.

종배는 어떤 보람과 자신을 갖고 여인을 재촉했다. 그는 거의 억지로 여인을 끌어내다시피 했다. 여인은 망설이면서도 마지못해 따라나섰다. 예배당은 바로 5분이 걸릴까 한 거리에 있었다. 하나 둘 교인들이 모여들고 있었다. 종배는 터질 듯한 긴장과 흥분을 느끼면서 여인의 소매를 끌고 다가갔다. 여인도 몹시 긴장해 있었다. 마침 예배당 문을 들어서려던 점잖은 풍채의 남녀 신자 한 패가, 걸음을 멈추고 이상한 눈으로 종배와 영실을 바라보았다. 그들의 얼굴에는 접근할 수 없는 교만과 우월감이 있었다.

"절 노려봐요, 무서워요!"

영실은 소매를 홱 뿌리치고 돌아서고 말았다. 미처 붙잡을 사이도 없이 영실은 뒤도 돌아보지 않고 뛰어내려가 버렸다. 종배는 형언할 수 없는 어떤 분노 같은 것을 느꼈다. 그는 예배당 입구에 서서 이쪽을 바라보고 있는 신자들을 향해 소리를 질렀다.

"당신들은 뭐요? 당신들만이 하나님을 독차지하자는 거요? 어림두 없소. 예수님께선 당신들을 보고, 너희들 중에 죄 없는 자는 돌을 들어 치라 하셨소. 당신들은 창녀만두 못한 사람들이오. 다들 물러가요. 다들 썩 물러가란 말요."

흡사 미친 사람이었다. 흥분해서 말이 다 떠듬거려졌다. 울부짖듯 하는 그의 음성은 황혼이 깃들기 시작하는 주위에 기괴한 음향으로 번져갔다.

종배는 한 주일에 한두 번은 으레 영실을 찾아갔다. 물론 성욕 때문만은 아니었다. 죄의식에서 오는 약점의 미소가 간직한 매력의 탓만도 아니었다. 그렇다고 값싼 동정에서는 더더구나 아니었다. 그것은 어떤 보람에 대한 진실한 관심 때문이었을지 모른다. 그 보람이란, 영실로 하여금 따뜻한 어머니의 품으로 돌아가게 해주는 일이었다. 그럼으로 해서 영실의 간절한 '최후의 소망'에 그 자신 참여할 수 있는 탓이었다.

깨끗이 도배를 한 뒤부터, 영실의 방은 그래도 구중중한 굴속 같은 기분을 한결 덜어주었다.

그리고 영실이 자신도 요즘은 가벼운 화장을 하기 시작했다. 그렇지만 역시 손님은 잘 얻어걸리지 않았다. 공치는 날이 손님을 받는 날보다 더 많은 편이었다. 계속되는 영업 부진은 영실의 꿈을 점점 불가능하게 하는 결과를 가져올 우려가 있었다. 당자인 영실의 실망도 실망이려니와 오히려 종배가 더 초조해했다. 마침내 그는 자기가 직접 손님을 끌어오기도 했다. 그런 손님은 거의는 직장의 거래처인 목수들이거나, 원목 상인의 심부름꾼들이었다. 그들은 술잔이나 얼큰히 들어가면, 근사한 색시가 있다는 바람에 두말없이 종배를 따라왔다. 여인의 방 앞에 이르러,

"자, 손님을 모시구 왔소."

그러면, 영실은 처참한 표정에 그 죄인의 미소를 띠며 내다보는 것이다. 한 옆에 어리둥절한 채 서 있는 사내를, 종배는 억지로 방 속에 떠밀어 넣고 나서,

"그리구 언낸 이리 줘요. 혹시 방해가 되면 안 될 테니까."

어린것을 받아 안고 돌아서는 것이었다. 그는 포대기에 싼 어린애를 업거나 안고, 암만이고 방 앞을 왔다갔다하며 시간을 보내는 것이다. 그럴 때, 예배당의 종소리가 울려오는 일이 있었다. 그런 경우에는 별나게 종소리가 가슴에 스몄다. 종배는 걸음을 멈추고 가만히 종소리 나는 쪽으로 귀를 모으는 것이다. 그 종소리를 찾아 내보고 싶어서였다. 언젠가 영실이와 함께 종소리를 듣고 있노라니까,

"저 소리, 저 신비스런 소리가 들리죠?"

귀를 기울이고 있던 영실이 갑자기 눈을 빛내며 묻는 것이었다.

"아무렴, 저 종소리가 안 들리겠소."

"아니에요, 종소리 말구 말예요."

"종소리 말구, 또 무슨 소리요?"

"저기 보세요. 종소리 말구, 그 종소리 속에서 엄숙히 흘러나오는 무슨 신비스런 소리가 있지 않아요!"

영실은 잠시 더 눈을 감고 취한 듯이 종소리를 듣다가,

"아마, 저게 하나님의 음성인지두 몰라요!"

감동적인 얼굴을 종배 쪽으로 돌리는 것이었다.

그러나 종배의 귀에는 그저 단순한 종소리에 지나지 않았다. 그 종소리 속에 섞여서 들린다는 하나님의 엄숙한 음성을 들을 수는 없었다. '눈먼 양'은 귀까지 먹어버리고 말았는지도 모를 일이었다.

종소리가 그치면, 종배는 다시 어린애를 추켜 안고, 영업 중인 방문 앞을 거니는 것이다. 그러노라면 어떤 때는 뒤에서 방긋이 문이 열리며,

"좀더 멀찍이 떨어져 계세요!"

영실의 수줍은 음성이 모기 소리만큼 들렸다. 종배는 아이를 가뜬히 고쳐 안고, 얼른 골목 밖으로 빠져나갔다. 그럴 때 종배는 일부러 큰 소리로 아기를 어르면서 역전 한길께까지 내려가보는 것이었다. 거리에는 언제나 사람의 물결이 그칠 사이 없이 줄지어 흘렀다. 종배는 인파 속에 '텀벙' 뛰어드는 느낌으로 그 속에 섞여 아무 데로나 밀려가보는 것이었다. 마치 '악마의 새끼'는 '인간'의 물결 속에 몸을 던져 자살이나 하듯이. 그러는 동안에 무심한 어린놈은, 연방 '아, 아, 아' 하고 혼자 주절대다가 잠이 들어버리는 것이었다.

영실은 자리를 깔고 누워 있었다. 몸살인지 어제부터 열이 나고 머리가 쑤신다고 했다. 어린애도 그 곁에 나란히 누워서 주먹을 빨고 있었다.

여자의 머리는 불돌[3]처럼 더웠다. 의사에게 보였느냐고 물었더니,

"무슨 팔자에요……."

청해도 이런 덴 의사가 잘 와주지 않는다고 했다. 몸살이니까 2~

3일 누워 있으면 나을 거라고 했다.

"뭐 먹고 싶은 게 없소?"

여인은 열에 뜬 눈으로 한참이나 종배를 빤히 쳐다보다가,

"목이 말라요. 선한 걸 좀 먹었으면 좋겠어요."

그래서 뭘 좀 사오려고 종배가 자릴 일어서니까, 어린앨 가리키며,

"이게 꼬박 굶구 있어요. 밀크 한 통 사다주세요."

영실은 요 밑에서 100환짜리를 네댓 장 꺼내놓았다.

"돈은 내게 있소!"

종배는 아랫거리에 내려가서 과일과 밀크를 샀다. 그리고 약방에 들러서 해열제를 사갖고 올라왔다. 종배는 우선 환자에게 약을 먹이고, 어린애에게는 젖꼭지가 달린 병에 밀크를 따라서 물려주었다. 종배의 이러한 동작을 영실은 물끄러미 지켜보고 있었다. 배를 깎아주었더니 여인은 자꾸만 눈을 섬벅거리면서 받아먹었다. 그 눈시울이 차츰 질척해지기 시작했다.

"맘을 단단히 가져요. 그래야 속히 일어나게 돼요."

영실은 반쯤 먹고 남은 배를 머리맡에 내려놓고 피곤한 듯이 눈을 감았다. 볼 위로 눈물이 한 줄기 주르르 미끄러져 내렸다.

"예배당 종이 왜 안 울까요? 오늘이 무슨 요일예요?"

"금요일요."

"그럼 이틀이나 더 어떻게 기다려요…… 종소리가 듣구 싶어요!"

종배는 가슴속에 뭉클하는 어떤 충동을 느꼈다. 그것은 의지적인 힘찬 고동으로 변했다. 소변이라도 보러 가듯이 그는 살며시 방을 빠져나왔다. 그 달음으로 어두운 골목을 바삐 추어 올라갔다. 예배

당 정문은 닫혀 있었다. 옆에 달려 있는 쪽대문을 가만히 밀어보았더니 가벼운 소리를 내며 열렸다. 종배는 벅차게 뛰는 가슴을 누르며 문 안으로 들어섰다. 예배당 안은 캄캄했다. 저쪽 구석채의 방문에 불이 비치어 있으나 주위는 조용했다. 그는 종루가 서 있는 쪽으로 다가갔다. 더듬어서 줄을 찾아 쥐었다. 그리고 그는 정신없이 그 줄을 힘껏 잡아당겼다. 그와 동시에 종은 별안간 당황한 소리로 울렸다. 정말 그것은 평시에 들어온, 은은하고도 품위 있는 종소리가 아니었다. 종배도 당황해서 마구 잡아당겼다. 종은 더욱 괴이하고 요란한 소리를 냈다.

"거 누구예요? 누구예요?"

불시에 뒤쪽에서 여자의 고함 소리가 났다. 종배는 할 수 없이 얼른 종 줄을 놓았다. 그리고 재빨리 예배당 문을 빠져나왔다. 그는 단숨에 영실의 방으로 뛰어 돌아왔다.

"영실이, 종소리가 났지? 종소리가!"

숨이 차서 헐떡거렸다.

"그런데 이상해요. 무슨 종소리가 그래요."

"아무튼 종소리엔 틀림없었소. 분명히 예배당 종소리였단 말요."

종배는 한동안 흥분이 가라앉지 않았다.

좀 뒤에 그는 주머니를 톡톡 털어서 천여 환의 돈을, 급할 때 보태 쓰라고 영실의 머리맡에 놓아주고 자리를 일어섰다.

"언제 또 오시죠?"

"내일이나 모레쯤 들르죠."

영실은 그때까지는 일어나게 될 거라고 했다.

종배도 그러기를 바라고 믿었다. 그러나 영실은 영 다시는 일어나지 못하고 말았다.

　다음날 점심때쯤 해서였다. 종배가 일부러 틈을 내서 영실을 찾아가보았더니 방이 비어 있었다. 웬 낯선 아주머니가 방 안을 소제하고 있었다. 이상해서 영실의 일을 물었더니,

　"죽었다우."

　그러고는 종배를 찬찬히 쳐다보았다.

　"죽다니요? 어저께 저녁에 만나보구 갔는데요."

　중년 부인은 바로 뒤채에 사는, 이 방의 주인이라는 것이다. 그 부인의 말에 의하면, 영실은 오늘 아침 일찍이 뒤에 있는 예배당 문 앞에서 시체로 발견되었다는 것이었다.

　"예배당 문 앞에서요?"

　"그래요. 어쩌자구 밤중에 게까지 기어나가 죽었는지 몰라요."

　종배는 가슴이 뻐근해 들어옴을 느꼈다. 영실은 예배당에 찾아가서 죽고 싶었던 것이다. 자기의 생명이 얼마 남지 않은 것을 깨닫게 되자, 영실은 죽을 힘을 다해서 예배당 쪽으로 벌벌 기어가다가 숨을 거두었을 것이다. 종배는 발이 땅에 붙은 듯이 잠시 멍하니 서 있었다. 시체는 조금 전에 구청 직원과 순경이 인부를 데리고 와서 실어 내갔다는 것이었다.

　"애기는요?"

　"애기두 같이 데려갔어요."

　얼마 뒤에 종배는 저도 모르는 새에 예배당 앞에 와 서 있었다. 쪽대문이 열려 있었다. 종배는 어떤 무서운 힘에 빨려 들어가듯이 그 안에 들어섰다. 마당 안에서는 어린애가 서너 명 놀고 있었다. 종배는 곧장 종루 쪽으로 다가갔다. 그는 정신없이 종 줄을 손에 감아쥐

고 잡아당겼다. 막혔던 가슴이 터질 듯이 종소리는 왕왕 울리기 시작했다. 그 소리는 역시 고르지 못했으나, 전날 밤보다는 훨씬 나은 소리로 울렸다. 마치 영실이 어디서 그 소리를 들어주리라는 듯이, 종배는 열심히 줄을 당겼다. 아이들이 떠들썩하는 소리에 뒤 이어, 어른의 고함 소리와 발소리가 뒤에 다가왔지만, 종배는 취한 듯이 그냥 종 줄만 잡아당기는 것이었다.

─주

1) 펨프pimp : 뚜쟁이.
2) 중낮 : 해가 중천에 떠 있는 때.
3) 불돌 : 화로의 불이 쉬 사위지 아니하도록 눌러놓는 조그만 돌이나 기왓장 조각.

신의 희작戱作
― 자화상

1

시시한 소설가로 통하는 S―좀더 정확히 말해서 삼류 작가 손창섭 씨는, 자기 자신에게 숙명적인 유머를 발견하고 있는 것이다. 무딘 대가리를 쥐어짜서 소설이랍시고 어이없는 소리만을 늘어놓는 그 자신의 글이, 반드시 해괴망측하대서만 아니다. 외양과 내면을 가릴 것 없이, 그의 지극히 빈약한 인생 그 자체가 이미 하나의 유머로서 존재하고 있기 때문이다.

우선 아무렇게나 생겨먹은 그의 외모부터가 도무지 탐탁한 구석이라곤 없는 것이다. 한 번도 제대로 손질을 해본 성싶지 않은 봉두난발에, 과도히 작은 머리통, 기품이라곤 찾아볼 수 없는 검고 속된 얼굴 모습, 정채精彩[1] 없는 희멀건 눈, 불안하게 길고 가는 목, 본새 없이 좁고 찌그러진 어깨, 게다가 팔이라는 건 이게 양쪽이 아주 짝짝이다. 그 밖에 억지로 뽑아 늘인 듯이 균형을 잃고 휘청거리는 동체며 다리. 어느 한 구석 정상적인 엄격한 인간 규격에 들어가 맞는 풍모는 도시 아니다.

S의 외형이 이런 꼬락서닐 제야, 그 내부 세계 또한 규격 미달의 불구 상태일 것은 거의 뻔한 노릇이다.

그것은 의식 세계의 단적 표현인, 그의 소설이란 것을 읽어보면 족히 짐작할 수 있는 일이다. 그 속에는 첫 줄 첫마디에서부터, 끝줄 끝마디까지 음산한 신음 소리로 가득 차 있는 것이다. 그러나 그 작중 인물들을 유심히 뜯어보면, 결코 모두들 앓고만 있는 것은 아니다. 그들의 대부분은 이미 정신적 지병에 대한 면역성을 가지고 있는 자들이다. 도대체 앓고 있지도 않은 사람들이 줄곧 신음 소리를 연발하며 살고 있다는 것은 참말 어이없는 일이 아닐 수 없다.

즉, 그것은 더 말할 나위도 없이 작자의 육체적·정신적 기형성에 연유한 것으로서, 여기에 그의 비극적인 유머가 있는 것이다. 이러한 그의 유머는 작품을 통해서보다도, 실생활면에 노출될 때, 더욱 비극적인 색채를 가미하게 되는 것이다.

아마도 그가 격에 맞지 않는 문학을 스스로 필생의 업으로 택하게 된 것은, 자신의 이러한 비극적인 유머의 정체를 기어이 밝혀보자는 절실한 욕구에서인지 모른다.

S가 겨우 철이 들기 시작하면서, 처음으로 커다란 충격을 체험하게 된 것은, 어머니가 모르는 남자와 동침하는 현장을 발견했을 때였다.

열세 살이었다. 어머니 외에는 할머니와 단 세 식구뿐이었다. 그 날따라 할머니는 나들이 가고 없었다.

학교에서 돌아와보니 대문이 안으로 잠겨 있었다. 열어달라고 고함을 지를 필요는 없었다. 다람쥐처럼 판장 울타리를 멋지게 기어넘으면 그만이니까. 그만한 재주가 한창 자랑이었다.

방문도 걸려 있었다. 부엌으로 가서 사잇문을 밀어보니 그것도 꿈쩍 안 했다. 엄마 문 열어 하고 소리를 지르려는데, 안에서 먼저 히들거리는 웃음소리가 났다. 이상해서 문틈으로 들여다보니, 대낮인 데도 방바닥에는 이불이 펴 있었다. 그 속에서 꿈틀거리는 사람이 있었다. 어머니와 낯선 남자가 한 덩어리로 얽혀 있었던 것이다.

S는 그 자리에 털썩 주저앉았다. 아무래도 이런 건 보통 일이 아니라고 생각되었기 때문이다. 그러나 그는 용감했다. 왜 그런지 이런 땐 잔뜩 골을 내야 한다고 깨닫고,

"엄마, 문 열어."

볼멘소리로 외치고 사잇문을 덜컹덜컹 흔들었다. 낯선 사내가 황급히 옷을 주워 입고 도망치듯 달아나버린 뒤, 모친은 S의 머리를 세차게 쥐어박았다.

"칵, 뒈져라, 뒈져, 요 망종아."

그처럼 증오에 찬 어머니의 눈을 보기는 처음이었다. S는 정말 자기가 죽어야 마땅할 것 같기도 했다. 두고두고 그 생각은 복수적複數的인 의미에서 그를 압박했다. 모친이 남자와 동침하고 있을 때는, 절대로 밖에서 소리를 지르거나 문을 흔들어서는 안 되는 것을 그랬나보다고 후회가 컸던 것이다.

모친이 어떤 남자와 같이 잔다는 것은, 그만큼 중대하고 싫은 사건임에 틀림없었기 때문이다. 불과 열세 살의 S로서는 왜 중대한지는 모르면서도, 아무튼 그것이 칵 뒈지라고 하거나, 칵 뒈지고 싶도

록 싫고 중대한 사건인 것만은 직감이 알려주었다.

하기는 S는 나이보다도 훨씬 남녀 관계에 대해서는 조숙한 편이었다.

환경 탓이었다. 국민학교 1학년까지 그는 유곽 거리에서 자랐다.

고무 공장의 직공이었던 어머니가 밤 대거리[2]를 하게 되는 날이면, 으레 조모가 저녁밥을 보자기에 싸들고 공장까지 날라주었다. 그동안 S는 혼자 남아서 동네 색시들의 귀염둥이 노릇을 하는 것이었다.

색시들은, 낮에는 대개 도깨비처럼 하고 방구석에서 잠만 잤다. 그러다가 밤이 오면 선녀인 양 곱게 단장하고 골목 안이 와자하도록 쏟아져 나와 사내들을 낚았다. 거기에는 항시 계집과, 사내와, 음탕한 대화와, 술과, 호들갑스런 웃음소리와, 싸움만이 풍성했다. 그런 지대를 어린 S는 강아지 새끼 모양 쫄래쫄래 쏘다니며 여러 색시들과 친했다. 색시들은 정말 선녀만큼 예쁘고 상냥하다고 생각했다.

"너 커서 어떤 색시한테 장가들래?"

"아줌마 같은 색시."

그래서 불우한 색시들을 만족하게 웃겨주었다.

이러는 동안에 S는 어린애답지 않게 어른을 배웠다. 모르는 사이에 차츰 남녀 구별의 야릇함을 수줍어하게끔 조숙해갔던 것이다.

그렇더라도 모친이 웬 남자와 동침한 사건을 구체적으로 이해하기에는 S는 아직도 너무 어렸다.

그저 막연히 자기 운명에 어떤 불길한 변화가 닥쳐올지도 모른다는 불안감이 엄습했을 뿐이었다. 그러한 불안감은 미묘한 작용으로 자기 자신에 대한 자책적인 수치감과 혼합되어갔다.

언젠가 잠자리에서 있은 일이었다. 물론 S는 아직도 어머니와 한 이불 속에서 잤다. 밤중에 어렴풋이 잠이 깼을 때였다. 사타구니에 별안간 어머니의 손길을 느꼈다. 어머니의 손은 다정하게 그것을 주물러주었다. 그러자 그의 그 조그만 부분은 어이없게도 맹렬한 반응을 일으킨 것이다. 어머니는 놀라선지 주무르던 손을 멈추었다. 그러나 놓지는 않고 한참이나 꼭 쥔 채로 있었다. 그는 어머니의 손의 감촉을 향락하듯이 고간股間에 힘을 주어 꼭 끼었다. 어머니는 갑자기 손을 뺐다. 그러더니 그를 탁 밀어붙이듯 하고 돌아누워버렸다.

그 일이 왜 그런지 S에게는 늘 부끄러웠다.

이 수치감은, 마침내 어머니의 동침 사건과 결부되어 극히 희미하나마 일종의 까닭 모를 공모 의식 같은 것으로 변하면서 그의 심중에 번져갔다.

사건 이후에도 어머니가 그 남자와 만나는 것을 알았을 때, S는 더욱 강하게 그런 야릇한 심리를 경험했고, 오금이 나른하도록 풀기가 꺾였다.

학교에서 돌아오다가, 꼭 멧돼지같이 생긴 그 남자와 나란히 걸어가는 어머니를 발견했다. S는 얼굴이 해쓱해지며 옆 골목을 뛰어들어갔다.

"칵 뒈져라, 뒈져."

S는 어느 집 뒷벽에 기대서서 그렇게 저주하며 두 주먹으로 자기 머리를 자꾸만 쥐어질렀다.

그것은 어머니가 자기더러 그러는 것이다. 한편 그것은 자기가 어머니에게 그러는 것이기도 했다.

어머니는 날더러 칵 뒈지라고 했다. 어머니는 그 남자와 동침하기 위해서는 정말 나를 죽일지도 모른다. 어째 꼭 그럴 것만 같았다. 그는 무서운 생각이 들었다.

유곽 거리에서 살 때다. 어떤 색시가 동침중이던 남자와 함께 들보에 목을 매고 나란히 죽어 늘어진 꼴을 구경한 일이 있었다. 왜 그런지 자꾸만 그 끔찍한 광경이 머리에 떠올랐다. 어머니와 자기는 둘 중에 누구든 그렇게 될지도 모른다는 공포감이 불시에 전신을 휩쌌다. 그는 겁에 질린 눈으로 전신에 식은땀을 죽죽 흘리며 집에 돌아간 것이다.

그 뒤로는 불길한 몇 가지 영상과 미칠 듯한 공포감이 잠시도 S의 머릿속을 떠나지 않고 짓눌렀다. 그 멧돼지 같은 남자와 어머니가 동침하던 광경과, 칵 뒈지라고 하며 쥐어박던 어머니의 증오에 찬 눈과, 자기(S)의 사타구니를 주무르는 어머니의 손을 향락하던 자신과, 자신의 야뇨증 때문에 거의 마를 날이 없이 지린내를 풍기는 얼룩진 요와, 정부하고 나란히 목을 매고 죽어 늘어졌던 창녀의 모양이, 때로는 따로따로 때로는 뒤범벅이 되어서 어린 그의 머릿속과 눈앞을 혼란하게 하였다.

S는 길을 걸으면서도, 교실에 앉아 선생님의 강의를 들으면서도, 혹은 방에 멍청히 앉아 있으면서도, 그와 같은 해괴한 환경과 공포감에, 전신이 금세 나른히 꺼져 없어지는 것 같으면서 비 오듯 식은 땀을 죽죽 흘리는 것이었다.

어머니와 멧돼지 같은 남자와의 불길한 관계는 그 뒤로도 죽 계속되었다. 그럴수록 S의 마음속의 야릇한 혼란과 공포감도 더욱 심해갈 뿐이었다.

 그렇지만 S는 아무에게도 그러한 비밀을 털어놓을 수가 없었다. 그것은 왜 그런지 죽으리만큼 창피한 일이며, 집안의 운명을 망치는 무서운 결과가 올 것만 같았기 때문이다. 요즈음 왜 그렇게 혼 나간 사람처럼 기운이 푹 꺾여버렸느냐고 걱정하는 할머니에게까지, 그는 아무 말도 하지 않았다. 할머니에게조차 말하기가 무서웠던 것이다.

 그날도 할머니가 어느 일가 집에 다니러 간 뒤의 일이었다. S가 학교에서 돌아와보니 대문과 방문이 안으로 다 잠겨 있었다. 그는 문틈으로 방 안을 들여다보았다. 역시 이불이 펴 있었고, 그 속에는 어머니와 남자가 말이 안 되는 모양으로 부둥켜안고 있었다. 그는 문틈에 전신이 얼어붙은 듯이, 어머니와 남자가 옷을 챙겨 입고 일어나 나올 때까지 붙어서 들여다보고 있었다. 그의 얼굴은 완전히 핏기가 사라지고, 먹을 감은 듯이 땀에 젖어 있었다. 어머니가 남자와 함께 한쪽 문을 열고 나왔다. S는 지쳐 쓰러진 듯이 문설주에 어깨를 기댄 채 꼼짝도 하지 못했다.

 "아니, 요, 망종이…… 너 언제 돌아왔니?"

 어머니는 얼굴이 새빨개지며 눈썹을 곤두세웠다.

 "아까, 아까."

 S는 신음하듯 간신히 대답했다.

 "아니, 요, 배라먹을 놈의 종자가……."

 어머니는 대뜸 한 손으로 그의 덜미를 거칠게 덮치더니 와락 끌어 일으켰다. 그리고 딴 손으로 그의 머리통을 호되게 쥐어박으려고 했다.

"엄마, 내가 칵 죽어버릴게."

예기치도 않았던 말이 그의 입에서는 애원하듯 흘러나온 것이다.

순간 어머니는 흠칫 놀라며 한 걸음 뒤로 물러섰다. 그리고 뚫어지게 S의 얼굴을 들여다보았다. 노기에 차 있던 어머니의 눈빛이 차츰 공포로 변해가기 시작했다.

"너, 어디가 아픈 게로구나."

어머니는 10전짜리 은전을 한 닢 꺼내 그의 윗 양복 주머니에 넣어준 다음, 방에 들어가 누워 있으라고 이르고, 남자의 뒤를 따라 도망치듯 황황히 나가버린 것이다.

S는 빈방에 들어가 쓰러지듯이 누워버렸다. 왜 그런지 기운이 쭉 빠져서 꼼짝도 할 수 없었다. 남자와 부둥켜안고 있는 어머니의 모양, 증오에 찬 어머니의 눈, 자기 오줌에 젖은 얼룩진 요, 어머니의 손맛을 향락하던 자기 고간의 돌출부, 목매달고 정사한 창부의 시체, 아들 없는 며느리에게 얹혀 지내기가 괴로워 자주 일가 집으로 신세 한탄하러 다니는 할머니의 초라한 모습, 이러한 영상들이 혹은 박쥐 모양을 하고 혹은 도깨비나 귀신의 형상이 되어 눈앞을 와글거리며 떠나지 않았다. 그놈의 괴물들 중에서는 별안간 S의 목을 물어뜯으며, 너는 칵 죽어야 한다고 소리를 지르는 통에, 그는 비명을 지르고 몇 번이나 상반신을 일으키기도 하였다.

그러한 환영과 공포와 초조에 시달리며 얼마나 시간이 흘렀을까. S는 죽어 늘어진 창부의 시체를 눈앞에 바라보며 갑자기 비틀비틀 일어나 밖으로 나갔다. 곧장 부엌에 들어가 나뭇단을 묶어둔 새끼오라기를 끌렀다. 그리고 부뚜막에 올라서서 발돋움을 해가며 엉성한 서까래에 단단히 비끄러맸다. 마지막으로 S는 그 줄을 팽팽히 잡아당겨 목에다 감아 매고, 인제는 정말 어머니 말대로 칵 뒈져버리는 것이라고, 기묘한 승리감에 도취하며 발끝을 부뚜막에서 떼어버린 것이다. 순간 그는 목이 끊어져나가는 것 같은 충격을 느끼며, 숨이 탁 막히고 머리가 아찔해서 정신없이 팔다리를 허우적거리기 시작했다.

이렇듯 신神을 실소케 하리만큼, 어떤 절대적인 음모에 도전하듯 하는 S의 어이없는 행위는, 그의 가족과 주위 사람들을 경악하게 했던 것이다.

S가 간신히 제정신을 회복했을 때는, 누가 자기의 몸을 주무르고 있는 옆에서 조모가 정신없이 울고 있었고, 모친은 사색이 되어 묵묵히 내려다보고 서 있었고, 이웃 사람들의 얼굴이 둘러싸고 웅성거리고 있었다.

그 뒤로, 어머니는 말끝마다,

"난 꼭 쟤 손에 죽을 거야."

그런 소리를 뇌며 겁에 떨다가, 마침내 멧돼지 같은 그 남자와 함께 멀찍이 만주로 도망쳐버리고 만 것이었다.

2

어쩌면 신을 당황케 했을지도 모르는, S의 정신 및 육체의 선천적 혹은 후천적 기형성은 비단 소년 시절에만 노정된 일시적 현상은 아니었다. 불우했던 환경에 영향받아 그것은 계속하여 그의 생활의 중심을 이루는 비극적 유머로 나타났던 것이다.

철든 이후에도 그가 늘 스스로를 겁내는 생리적 결함에는 야뇨증이 있었다.

이것이 열 살 내외에 그쳤다면 별로 괘념할 바 아니겠지만, S의 경우에는 확실히 도가 지나쳐서 성인이 된 후에도 더러 실수를 하는 일이 있었다.

밤에 곤히 잠을 자다 꿈을 꾸게 되면 자칫 저지르게 되는 것이다. 분명 어느 시궁창이나 변소인 줄 알고, 기분 좋게 한참 배뇨를 하다 보면 불시에 볼기짝이 척척해 들어온다. 그제야 아차 하고 놀라 꿈을 깨지만 때는 이미 늦었다. 엉덩이 밑에 깔고 있는 요가 질펀히 젖어 있는 것이다. 그때의 그 삭막하고 암울한 기분이란 일종의 자포적이다.

여름철엔 별로 그런 일이 없었지만 겨울이 되면 위험천만이다. 요부腰部가 냉하면 으레 깔기게 되는 모양이었다. 할머니와 어머니는, 야뇨증의 원인을 발견해서 치료해줄 생각은 않고, 탄식을 하거나 욕만 퍼부었다. 그러니 창피하고 겁이 나서 밤만 되면 전전긍긍했다. 밤에 이불 속에 들어가서도 잠들지 않으려고 무진 애를 썼다. 그러다가 밤이 깊어서 모르는 새에 곯아떨어지면 대개는 영락없었다.

소학교 5, 6학년 때까지도 한 주일에 한두 번은 으레 쌌다. 그가 까는 요에는 언제나 만국 지도가 그려져 있었다. 그리고 사철 지린내가 풍겼다. 애기 오줌과 달라서 그 지린내는 몹시 역했다. 흥건히 젖어서 악취를 풍기는 요를 할머니는 울상이 되어 탄식하면서 햇볕이 잘 드는 울바자[3]에 내다 널었다. 거기서는 연기 같은 김이 무럭무럭 피어올랐다. 그것을 바라보노라면, S는 자기 자신이 어이없어 견딜 수 없었다. 어머니 말대로 참말 사람 구실을 할 것 같지 않았다.

이리하여 야뇨중에서 오는 수치심과 공포심은, 드디어 그에게 열등감을 깊이 뿌리박게 해주었다. 아무래도 자기 자신은 별수 없는 인간이라고 체념했다. 그것은 억울한 결론이었다.
 S는 자주 아무도 없는 곳에서 고간의 돌출부를 내놓고 학대했다. 실없이 잠자리에서 찔찔 깔겨서 소유주의 체면을 여지없이 손상시키는 이 맹랑한 돌출부가 그에게는 참을 수 없이 미웠던 것이다. 일종의 성기 증오증이라고 할까. 그는 더없이 증오에 찬 시선으로 자신의 그것을 들여다보며 손가락으로 때리기도 하고 손톱으로 꼬집기도 했다.
 S가 또한 견딜 수 없는 굴욕이라고 생각한 것은 동네 아이들이,
 "오줌싸개, 똥싸개."
 하고 놀려대는 일이었다. 더구나 계집애들 앞에서나 많은 사람이 있는 학교 운동장 같은 데서 그렇게 놀림을 받을 때는 견딜 수 없었다. 그런 때는 으레 얼굴이 새빨개져서 눈에 살기를 띠고 덤벼드는 것이었다. 싸우다 죽어도 좋다고 생각하며 상대가 아무리 큰 놈이거나 다수라도 앙칼지게 대들었다. 단순한 아이들 싸움이라고 볼 수 없을 만큼 소름끼치는 잔인한 격투였다. 그것은 자신을 이렇듯 어이없는 존재로 창조해준 조물주에 대한 필사적인 도전이기도 했다.
 S가 소학교 시절부터 중학교를 마칠 때까지 '겡카도리(싸움닭)' 란 별명으로 거의 하루도 무사한 날이 없을 만큼 싸움을 일삼아온 것도 따지고 보면 이런 데 그 근원이 있었다고 할 수도 있었던 것이다.
 그러나 그를 놀려주는 상대를 때려눕혔다고 해서 치욕적인 야뇨

증 그 자체가 멎어지는 것은 아니었다. 나이 들어가면서 실수하는 도수가 차츰 줄긴 했지만 의연히 그 증세는 남아 있었다. 도리어 도수가 주는 반면에 그의 정신면에 주는 상처는 반비례로 더욱 커갔다.

모친이 어떤 남자와 만주로 도피행을 한 뒤, S도 소학교를 졸업하고 나서 1년 가까이 만주 각처를 전전하다가, 일본으로 건너가 신문 배달과 우유 배달을 하며 중학교를 다녔다.

집에 있을 때와 달라서, 그때는 이미 의젓한 중학생인데다가, 신문집 2층에서 딴 배달원들과 동거하는 처지고 보니, 오줌을 싸게 되면 젖은 요의 처치 곤란이 이만저만이 아니었다. 물론 아무도 눈치 채지 못하는 사이에 재빨리 젖은 쪽이 속으로 들어가게 개켜서는 이불과 함께 벽장 구석에 처넣어둔다. 그랬다가 다시 밤이 돌아오면 늦도록 공부하는 척하다가, 남이 다 잠든 뒤에야 젖은 요를 도로 끌어내서 잠자리를 만드는 것이다. 엉덩짝이 선득선득하고 축축한 걸 꾹 참고 드러누워 있노라면, 숱한 사람 가운데서 유독 저만이 저주받은 인간으로 태어난 것 같아서 누구에게 없이 분하고 암담한 기분이었다.

모처럼의 일요일이 돌아와도 S는 거의 외출을 하지 않고 혼자 방을 지키고 있어야 했다. 딴 동숙자들이 다들 놀러 나가고 나면, 벽장 구석에서 오줌에 젖은 요를 꺼내 창틀에 널어 말려야 했기 때문이었다.

그야말로 치욕적인 야뇨증의 그 비밀을 지키기 위해서 그는 항시 고심참담했던 것이다.

하루는 거리에서 아이들이 가지고 노는 고무풍선을 보고 S는 문득 눈을 빛내며 걸음을 멈추었다. 가슴이 울렁거리도록 새로운 발견에 감동한 것이다. 그 달음으로 구멍가게에 가서 고무풍선을 샀다. 그리고 그날 밤부터 즉시 야뇨증의 예방 방법으로서 그 고무풍선을 시험적으로 사용해본 것이다. 즉, 풍선의 주둥이를 잡아 늘여서 페니스에다 씌우고 자는 것이다. 그러나 여기에는 얄궂은 생리 현상에 기인한 기술적인 난점이 있었다.

고무풍선을 씌우려고 건드리면 페니스는 맹랑하게도 발기해버리기 때문이다. 그런 걸 고무풍선의 주둥이를 최대한으로 잡아 늘여서 간신히 페니스에 씌우고 잔다. 그러나 잠이 든 사이에 페니스가 완전히 위축해버리면 고무풍선은 저절로 빠져버리고 마는 것이다. 그는 고무풍선을 씌우고 노끈이나 고무줄로 동여매고 자는 방법도 연구해보았으나 역시 페니스의 신축 운동으로 신통한 성과를 거두지 못하였다.

그러니 결국 가장 무난한 방법은 독방을 쓰는 일밖에 없었다. 그래서 딴 비용은 극도로 절약하면서도 그는 언제나 혼자서 셋방을 얻어 지내기로 했던 것이다.

이처럼 심했던 그의 야뇨증도 중학교를 졸업할 무렵부터는 차츰 그 증상이 약화되기 시작했다. 그러나 아직도 완전히 근치가 된 것은 아니었다. 차게 자거나 과로하거나 지나치게 긴장하면, 그 후에도 어쩌다 실수를 하는 수가 있었다. 20이 넘어 입 언저리에 까칠까칠 수염이 내돋게 되어서도 잠자리에 오줌을 싼다는 것은 아무리 병적이라고는 하나 정말 기막힌 일이 아닐 수 없었다.

그러한 기막힌 실수 가운데서, 중년이 된 오늘날까지도 최대의 수치로 기억에 남아 있는 사건이 두 번 있었다.

한 번은 중학교를 졸업한 봄, 대학교 입학시험을 치른 날 저녁이
었다. 그날 어떤 사정에선가 대학교 근처에 있는 어느 선배의 하숙
에서 같이 자게 되었다. 그 방은 양식이어서 마룻방에 침대가 하나
있었다. 그것이 1인용 침대여서 둘이 자기에는 거북했기 때문에, S
는 고집을 부려 마룻바닥에서 자기로 한 것이다. 선배는 할 수 없이
침대에 깔려 있던 매트리스를 내려서 그의 자리를 만들어주었다.

이튿날 새벽녘에 S는 그예 실수를 하고 만 것이다. 입시 준비로
쭉 과로했던데다가, 시험 날이라 지나치게 긴장했었고, 게다가 조
춘이라서 얇은 이불이 추웠던 모양이다. 엉덩이에 축축한 감촉을
느끼고 정신이 퍼뜩 들었을 때는 이미 매트리스 위는 홍수였다. 실
수를 해도 이만저만이 아니었다. 몸을 조금만 움직여도 걸레를 쥐
어짜듯 꿀쩍꿀쩍 소리가 날 정도였다.

꼼짝도 못하고 누워서 삭막하고 난처한 기분에 잠겨 있으려니
'나라는 인간은 인제는 마지막이다' 하는 생각이 자꾸만 들었다.

아침이 되자, 일어나 세수를 하러 나갔던 선배가 돌아 들어와서,

"그만 일어나 세수하고 조반 먹어야지."

S를 흔들어 깨웠다. 그러나 그는 졸려 죽겠다는 듯이 이대로 몇
시간만 더 푹 자게 해달라고 청했다. 수험 준비에 영 곯아버린 모양
이라고 동정하고, 선배는 혼자 조반을 먹은 다음, 다행히도 이내 외
출을 해버린 것이다.

그제야 S는 벌떡 일어났다. 미리 궁리해두었던 대로 젖은 쪽이 밑
으로 가게 매트리스를 도로 침대에 펴놓았다. 그러고는 흠뻑 젖어
버린 내의와 바지를 벗어서 힘껏 쥐어짜가지고는, 하는 수 없이 도
로 입었다. 잠시 바깥 동정을 살피다가, 축축한 감촉과 지린내가 풍

기는 절망감을 견디면서, 그는 마침내 선배의 하숙을 살그머니 빠져나온 것이다.

S는 마치 인간 최대의 치욕에 쫓기듯이 그 달음으로 정거장에 나가 교외 전차를 탔다. 얼마 뒤에 한적한 동경 교외의 시골 역에서 전차를 내린 S는 인가 없는 들판을 무작정 걸어갔다. 수목이 울창한 등성이에 이르렀다. 도랑이 흐르는 골짜기로 찾아 내려갔다. 양지바른 곳에 자리잡고, 지린내 나는 내의와 바지를 벗어 도랑물에 빨아 널었다. 태고처럼 고요한 삼림 속은 한 가닥의 도랑물 소리와 간간 새소리가 들릴 뿐이었다.

햇볕을 쬐며 우스꽝스러운 반나체로 웅크리고 앉아 있으려니까, 느닷없이 소학교 시절의 일들이 하나하나 기억에 살아 오르는 것이었다. 동시에 과거와 마찬가지의 치욕적인 장래가 예측되는 것이었다.

"참말 칵 뒈져버리는 게 나을까부다."

S는 거의 절망하고 있었다. 자신의 야뇨증을 그는 간질병처럼 숙명적인 불치의 고질로 생각하고 있었다. 더욱 우스운 것은, 그것이 생리적인 결함이라기보다도 정신박약증 비슷한, 어떤 정신적 불구성, 혹은 기형성에 기인한 것으로 단정하고 있었다. 그렇기 때문에 그는 자신의 장래 운명에 대해서 더욱 암담한 결론으로만 흐를 수밖에 없었던 것이다.

S는 충동적으로 풀어놓았던 허리띠를 갑자기 집어 들었다. 그것은 다 떨어져가는 넥타이였다. 떨리는 손으로 그 한 끝을 목에 감아 맸다. 그리고 옆에 서 있는 나무로 기어올라가, 길 반쯤 되는 가지에 나머지 한 끝을 비끄러매고 늘어진 것이다. 정신없이 사지로 허공

을 긁다보니 잠시 후에 그는 땅바닥에 떨어져 있었다. 매끄러운 비단 넥타이라, 나뭇가지에 맸던 쪽이 버둥거리는 바람에 저절로 풀어져버렸던 것이다. 그는 기진맥진해서 어둡도록 그 자리에 쓰러져 있었다.

이것이 열아홉 살 봄에 있었던 어처구니없는 사건이었다.

또 한번은 해방 이듬해의 일이다. S는 아직도 귀국하지 않고 일본에 남아 있었다. 어떤 밸 풀이로 지금의 아내인 지즈코를 어른들 몰래 건드려놓고 말썽이 생겼다. 지즈코는 일인 친구의 누이동생이었다. 그런데 어찌 된 판국인지 지즈코가 집을 탈출해 나와서 그를 찾아왔다. 다시는 집에 돌아가지 않겠다는 것이다. 그들은 아무 준비도 없이 어느 집 2층의 단칸방을 빌려 엉터리로 살림을 시작했다.

그런 지 수일 후에 그는 또 실수를 해버린 것이다. 이번은 혼자가 아니라 여자와 동침중이었으니 꼴은 더욱 말이 아니었다. 그가 질겁을 해서 눈을 뜬 것과, 지즈코가 놀라서 그를 흔들어 깨운 것은 거의 동시였다. 요의 중간 부분이 흥건히 젖어 있었다.

그는 너무나 비참한 자기의 표정을 의식하며 필사적인 노력으로 지즈코의 얼굴을 보았다. 지즈코는 그의 얼굴을 본 체도 안 했다.

"단신, 냉기가 있군요."

그러고는 젖은 요를 개켜서 한구석에 치워놓고 새로 잠자리를 만들었다. 너무나 태연한 표정이요, 동작이었다.

"허리를 늘 덥게 하면 괜찮을 거예요."

지즈코는 아무렇지도 않다는 듯이, 다정하게 웃으며 멍하니 앉아 있는 그를 이불 속으로 밀어 넣었다.

"난 영 형편없는 인간야. 그래서 늘 죽어도 좋다고 생각하고 있었어."
 "그런 쓸데없는 말씀하시는 거 아네요."
 가볍게 나무라듯 하고, 지즈코도 다시 옷을 벗고 이불 속으로 들어왔다.
 그러한 지즈코에게 그는 무척 감동했다. 처음으로 온전한 인간의 대우를 받는 것 같은 심정이었다. 할머니보다도 어머니보다도 오히려 더 가깝고 따뜻한 혈육의 정 같은 것을 벅차도록 맛보는 것이었다.

3

 일본에서의 S의 중학교 시절은 그야말로 난센스의 연속이었다.
 처음에는 운이 좋아서 이류 중학교에 거뜬히 입학을 했다. 거기서 퇴학을 맞고 좀 놀다가 삼류 중학교를 뚫고 들어갔다. 이번에는 상급생을 까눞히고 학교를 자진 중단한 다음 빈둥빈둥 놀다가 사류 중학교에 기어들어갔다. 여기서도 또 퇴학 처분을 당하게 되어 적잖게 풀이 죽어 지내다가 간신히 다른 사류 중학교에 편입할 수 있었다.
 이렇게 중학교를 네 군데나 거쳐야 한 것만으로도 족히 알조다. S가 어느 학교에서나 확실성 있게 퇴학을 당해야 한 것은 불량 학생으로 간주되었기 때문이다. 어디서나 툭 하면 사람을 치거나 두들겨 맞았다. 거의 싸움 않는 날이 없을 지경이었다. 마치 싸우기 위해서 세상에 태어난 인간 같았다. 그런 만큼 중학교 시절은 어딜 가나 줄곧 '겡카도리'라는 별명으로 통했던 것이다.
 중학교 시절의 S는 싸우지 않고는 억울해서 견딜 수 없었던 것이다. 무슨 억울한 일을 당한 사람이 술을 안 먹고는 배길 수 없는 심정과 유사했다.

"야이, 이 새끼 내 눈깔 좀 봐. 난 부모두 형제두 집두 없는 사람이다."

이것이 중학생인 S가 누구에게나 도전할 때 던지는 공식적인 첫마디였다. 그러나 이것이 그의 자포적인 심리를 완전무결하게 표시한 것은 아니다. 속으로는 다음과 같이 몇 마디를 더 덧붙여야 했던 것이다.

'야이, 이 새끼 내 눈깔 좀 똑똑히 봐. 난 부모두 형제두 집두 없는, 전도가 암담한 오줌싸개다.'

이것이 S가 적을 향해서, 아니 세상을 향해서, 혹은 하늘을 향해서 과시적으로 쏘아붙이는 부르짖음이었다. 말하자면 그는 이래서 싸우지 않고는 견딜 수 없었던 것이다.

이러한 그의 공식적인 선전 포고사는 부연하면, 가슴이 서늘해지는 한 마디로 귀착해버리는 것이었다. 즉,

'난 너 같은 거 한두 마리쯤 죽이구 죽어두 그만야. 내 죽음을 애석해하구 슬퍼해줄 사람은 세상에 단 한 사람두 없으니까.'

S의 도전사에는 이와 같은 의미의 암시가 노골적으로 풍겼다. 이러한 위협적인 암시는 언제나 효과적이었다. 상대방에게는 대개 사랑하는 부모 형제와 창창한 전도가 약속되어 있었기 때문이다. 죽는 것은 고사하고, 상처만 입어도 사색이 되어 걱정해줄 부모 형제를 가진 상대방은, 부모 형제도 없고, 생리적인 정신적인 불구자로서 전도가 암담하여 죽음을 겁내지 않은 S 앞에서는 첫마디부터 벌써 완전히 눌려버리고 마는 것이었다. 그는 정말 비위에 거슬리

는 놈을 닥치는 대로 때려죽이고 죽어도 좋다고 생각하고 있었다. 그의 이러한 살인의 가능성은, 점점 인생에의 반역에 자신을 갖게 했다.

따라서 S는 과연 사람을 치고받고 차고 하는 솜씨에는 자신이 있었다. 자기 또래의 상대 두셋쯤은 언제나 문제가 없었다. 그 중에서도 특히 '헤딩'은 명수에 가까웠다. 적의 얼굴을 불꽃이 튀는 눈초리로 쩨려보다가, 번개같이 머리를 한 번 내저으면 그만이다. 어느 틈에 상대방은 뒤로 벌렁 나가떨어지거나 두 손으로 입을 싸쥐고 허리를 꺾는다. 그러노라면 물론 그 입에서는 이가 부러지고 피가 철철 흐르는 것이다.

중학교 2학년 때였을 게다. 거리에서 4학년생인 백곰을 만났다. 피부 색깔이 보통 이상으로 희고, 몸집이 커서 백곰이라 불렀다. 눈이 마주쳐서 S가 경례를 붙이고 지나쳤더니,

"인마, 이리 와."

백곰이 돌아서서 사납게 눈을 부릅뜨고 S를 불러 세웠다.

"왜 그래요?"

"왜 그래가 뭐야 이 새끼야. 경례를 똑똑히 다시 한번 해봐."

"두 번씩 할 필요 없잖아요."

S가 불만스레 대꾸를 했더니, 백곰은 화가 머리끝까지 뻗쳐서,

"이 자식 된통으로 기합을 넣어야 알겠어?"

그의 멱살을 움켜잡으려고 했다. 순간 그는 날쌔게 뒤로 몸을 비키며,

"상급생이라고 너무 재지 말아요."

내뱉고는 곧장 뺑소니를 놓았다.

사실 그는 상급생에 대해서 은근히 불만을 품고 있었다. 지나치게 하급생을 윽박지른다고 생각한 것이다. 더구나 경례를 가지고 까다롭게 트집을 거는 건 밸이 꼴려 참을 수 없었다.

이튿날 등교를 했더니, 백곰이 기다리고 있다가 대뜸 그를 학교 뒤뜰로 끌고 갔다.

"이 새끼, 너 턱이 비틀어져야 정신 들겠니."

말소리와 함께 백곰의 억센 주먹이 그의 볼을 내리쳤다. 그가 한쪽으로 비틀거리자 딴 주먹이 그쪽을 후려갈겼다. 그는 할 수 없이 두 팔로 머리를 감싸고 주저앉았고, 백곰은 사정없이 주먹의 세례를 퍼부었다. S는 약이 바짝 치솟아 이가 갈렸지만 당장은 참고 당하는 수밖에 도리가 없었다. 교내에서는 하급생에 대한 철권 제재가 거의 공공연히 행사되는 기풍이었고, 그의 둘레에는 백곰의 동급생이 네댓 명이나 버티고 서 있었기 때문이다. 그는 마침내 간장이 녹아나는 것 같은 분노와 굴욕을 참으면서, 코피를 문대고 나서, 백곰의 명령대로 몇 번이나 경례를 고쳐 붙여 보이는 수밖에 없었다.

S는 교실에도 들어가지 않고 그 길로 하숙에 되돌아와버리고 말았다. 아무리 생각해도 밸이 뒤틀려 이대로 참고 넘길 수는 없었다. 그는 마침내 각오했다. 오늘로 학교도 집어치우고 백곰에게 복수를 하고야 말기로 각오한 것이다.

학교가 파할 무렵 백곰이 돌아가는 길목을 지켰다. 들키지 않게 살그머니 미행을 했다. 백곰의 집도 알고 통학하는 코스도 알았다. 그중 행인이 드문 뒷길에서 그는 며칠을 두고 목을 지키다가, 드디어 혼자서 지나가는 백곰 앞에 툭 튀어나갔다.

"야이, 이 새끼야. 내 눈깔 좀 봐라. 난 부모두 형제두, 집두 돈두 없다."

앙칼지게 쏘아붙였다.

백곰은 주춤하고 서서 그를 노려보다가,

"요 새끼 정말 악질이구나."

그러나 너 같은 꼬마 하나쯤이야 못 당하겠느냐는 듯이 어깨에 메고 있던 책가방을 길가에 벗어놓았다. 그 기회를 놓치지 않고, S는 비호같이 몸을 날려 뛰어들며, 힘껏 머릿짓을 했다. 딱 하는 소리가 귀에 상쾌했다. 달려드는 S를 막으려던 백곰의 두 손이 이내 자기의 양 볼을 싸쥐었다. 손가락 사이로 피를 흘리면서 백곰은 머리가 아찔한 듯 그 자리에 엉거주춤 주저앉았다. S는 사정없이 발길로 백곰의 대갈통을 내질렀다. 픽 소리를 지르며 백곰이 모로 뒹굴었다. 그는 언제나 싸움의 뒤끝이 깨끗하고 빨랐다. 잠시도 더 지체하지 않고, 그는 재빨리 그 자리를 피해 달아나버리고 말았던 것이다.

S는 이처럼 악착스럽고 잔인한 데가 있었다. 그러나 그 악착함과 잔인함은 우습게도 일종의 의협심에 뒷받침되어 있었다. 대개의 경우 자기보다 약한 자와 싸우는 일은 없었다. 반드시 강적과만 붙었다. 그리고 요즘의 불량소년들처럼, 이유 없이 트집을 걸어가지고 남을 치는 일은 절대로 없었다. 과장해 말하면 불의와 부정을 응징하는 정의의 용사였던 것이다. 그는 숙명적으로 인간 사회에 있어서 피해자의 위치에 있었다. 그러기에 언제나 피해와 모욕에 대한 복수 의식에 불타고 있었던 것이다.

이러한 S는 가까운 친구도 거의 없었다. 모두가 자기보다는 택함을 받은 인간들이라 여겼기 때문에 의식적으로 적대시하고 경원했다. 불가피한 일이었다. 한창 무모한 꿈에 도취할 나이들이라, S처럼 절망감에 빠져 있는 소년은 없었다. 한편 경제면에 있어서도 S만큼 철저히 가난한 부류 또한 쉽지 않았다. 일인 학생들은 말할 것도 없지만, 조선인 유학생들도 대부분은 학비와 생활비를 집에서 받아다 썼다. 소위 고학을 하는 아이들도 있기는 했지만, 학비만 번다든가, 생활비만을 번다든가 하는 반 고학 정도요, S처럼 철두철미 자기 손으로만 벌어서 먹고 입고 학비를 대야 하는 사람은 거의 없었다.

S는 철칙처럼 항시 돈에 쪼들렸다. 아무리 애써도 버는 능력에는 한도가 있었기 때문에, 결국 쓰는 데 극도로 절약하는 도리밖에 없었다. 한 달이면 1주일 가량은 밥도 하루에 한 끼씩으로 굶어야 하는 수가 많았다.

밥은 삼시 다 식당에 나가 먹었다. 당시 조반은 11전, 점심과 저녁은 각각 16전씩 했나보다. 소정의 금액만 지불하면, 반찬만은 제한이 있었지만, 밥과 국만은, 밥통과 국통에서 얼마든지 맘대로 퍼먹게 되어 있었다.

S는 돈이 떨어졌을 땐 정해놓고 하루 한 끼만 먹고 살았다. 조반과 저녁은 아예 거르기로 하고 점심만 먹고 마는 것이다. 그 대신, 점심 한 끼에 세 끼 분의 분량을 일시에 섭취해버리는 것이다. 그렇게 함으로써 조반과 저녁값 27전을 절약할 수가 있었기 때문이다.

무엇보다도 허기증을 참아가며 점심시간 기다리기가 뻐근했다. 30분에 한 번 정도씩 허리띠만 졸라매다가 점심시간이 되면 부리나케 식당으로 쫓아가는 것이다. 16전을 지불하면, 밥공기와 국 공기 외에 두서너 종류의 반찬 접시를 얹은 쟁반을 여급이 날라다준다.

그러면 S는 밥공기를 집어 들기가 무섭게, 밥통에서 밥을 퍼내서 공기에 두둑이 눌러 담아가지고는, 정신없이 입속에 긁어 넣는 것이다. 보통 딴 사람들은 세 공기 내지 네 공기면 물러났지만, S는 여덟 공기나 아홉 공기는 으레 먹어치웠다. 물론 그동안에는 대여섯 공기의 국과, 붙어 나온 몇 접시의 반찬까지 깨끗이 뱃속에 저장되는 것이다. 여급이나 딴 손님들에게 이 경이적인 사실을 눈치채이면 창피하였기 때문에, 그만큼 다식을 감행하는 데는 여러 가지 기술적인 숙련이 필요했다. 무엇보다도 남이 한 공기를 먹는 동안에 이쪽에서는 두세 공기를 감쪽같이 먹어치워야 하는 속식법을 연구해야 했다.

대개 여섯 공기 이상부터는, 유리병에 물을 부어 넣듯이, 목구멍 꼭대기까지 점점 차올라오는 것을 또렷이 알 수가 있었다.

밥이 목젖 있는 데까지 빼곡 올라차면, S는 그제야 젓가락을 놓고 느릿느릿 자리를 일어서는 것이다. 맹꽁이 배처럼 팽팽해진 배를 부둥켜안듯 하고 어기적어기적 거리에 나서면, 갑자기 색색 높아지는 숨소리와 함께, 전신이 나른해지면서 졸리는 듯 몸을 움직이기가 귀찮아지는 것이다.

이렇듯 비상식적이요, 비정상적인 생활이 몸에 밴 그는, 자연 상식적이요, 정상적인 규격품 인간들과, 의식적이든 무의식적이든 쉽사리 휩쓸릴 수 없었다는 것은 앞서 적은 바와 같다. 그러기에 학교의 동급생 중 조선인 학생들과도 별로 친숙한 교제를 갖지 않았지만, 다만 명분이 서는 어떤 목적 의식을 지닌 행동에의 가담을 요청받았을 때는 용약 선두에 서기를 주저하지 않는 S이기도 했다. 그것은 항시 그의 가슴속에서 활화산의 내부처럼 타오르고 있는 무모한 반항심과 복수심에 분화구를 마련해주는 것이었기 때문이다.

중학교 3학년 때였다. 2학년의 조선인 학생 한 명이 억울하게 퇴학을 당한 사건이 있었다. 그 사건은 전교의 조선인 학생들에게 상당한 충격을 주었다. S도 대강 소문을 듣고 있었다. 그러던 어느 날, 상급반의 굵직굵직한 조선인 학생 두 명이 은밀히 그를 찾아온 것이다.

"이대로 잠자코 있을 순 없어. 그건 조선 사람에 대한 노골적인 배척이요, 탄압이니까 말야."

그렇게 격분하고 나서 상급생 대표는 들고일어나 투쟁할 것을 주장했다. S에게도 적극 가담해달라는 것이다.

"너처럼 용감하고 주먹 센 사람이 가담해주면 우린 절대 자신이 있어."

그들은 이렇게 S의 영웅심을 자극하기도 했다. S는 상급생들의 주장에 찬동하고 행동에 가담할 것을 약속했다.

그러나 며칠 뒤 거사한 결과는 여지없이 참패였다. 학교 당국은 완강히 그들의 요구를 묵살할 뿐 아니라, 주동 학생들을 엄벌하려 들었던 것이다. 이리해서 드디어는 전교의 조선인 학생의 동맹휴학과, 일인 학생에 대한 등교 방해 행동으로까지 과격하게 확대되어 나갔다. 그러자 학교 측은 즉시 경찰에 연락하여 강권을 발동하기에 이른 것이다. 이렇게 되고 보니, 대가 약한 패들은 슬슬 꽁무니를 빼고 말았지만, 주동 역할을 한 학생들만은 후환이 두려워 그럴 수조차 없었다.

사태가 이쯤 낭패로 기울자, 주동 학생들은 어느 날 밤, 으슥한 어느 하숙집 2층에 모여 비밀리에 대책을 토의하게 되었다. 물론 S도 그 중에 강경파로 끼어 있었다.

　한참 토의가 진행되고 있을 때였다. 별안간 경찰대의 습격을 받은 것이다. 실내외에서는 난장판이 벌어졌다. S는 실내에 들어선 경관 한 놈을 멋지게 받아 넘겼다. 그리고 뒤로 홱 돌아서려는데 몸뚱이가 훌쩍 공중에 솟아오르다가, 한쪽으로 기울면서 아래층 뜰에 털썩 나가떨어진 것이다. 머리를 땅에다 쪼았으면 즉사했을지도 모른다. 다행히 오른쪽 어깨를 깔고 떨어진 것이다.

　거의 정신을 잃고 쓰러져 있다가 트럭에 실려 경찰서로 끌려갔다. 다친 어깨가 아파서 통 팔을 놀릴 수가 없었다.

　10여 일간 유치장에 있으면서 하루에 한 번씩 끌려 나가 조사를 받고 고문을 당했다. 조금만 건드려도 어깨가 아파서 비명을 지르면 엄살이라고 더욱 호되게 당했다. 피습 당시, 헤딩으로 경관의 이를 두 개나 꺾었기 때문에, 그만이 유독 미움을 더 샀다는 것을 나중에야 알았다. 열흘 이상 지나니까 오른쪽 어깨가 퉁퉁 붓고 터져서 고름이 흘렀다.

　그제야 경찰에선 내놓아주었다. 동지들의 호의로 병원에 입원을 했더니, 탈구脫臼[4]라고 하며, 대수술을 받아야 한다는 것이다. 그럴 비용이 있을 턱 없었다. 수술은 단념하고, 며칠 동안 입원하고 있으면서 상처만이라도 아물기를 기다렸다.

　병실에는 S 외에 중년 부인이 한 분 입원중이었다. 스무 살쯤 되었을 미요코라는 딸이 묵으면서 간호를 하고 있었다. 그 부인이나 미요코는, 아무도 돌봐주는 사람 없는 S를 퍽 동정했다. 고국에도 부모 형제가 없다는 말을 듣고 애처로운 얼굴을 하였다. 수술을 받을 비용이 없어 불구가 될 거라는 말을 듣고는 더욱 안타까워해주었다. 그들 모녀는 될 수 있는 대로 S를 위로해주려고 애썼고, 먹을 것은 으레 나누어주었다.

더구나 예쁘고 살뜰한 미요코의 친절은 S의 가슴에 스몄다.

병원 측에서는 수술을 안 받을 바에는 입원하고 있을 필요가 없으니, 집에 나가서 치료를 받으러 다니라고 퇴원을 권했다. 그러나 S는 동지들이 모아준 돈이 떨어질 때까지 그대로 입원해 있기로 한 것이다. S는 그 황량하고 암울한 마음 구석구석까지 어루만져주는 듯한, 미요코의 맑고 따뜻한 눈을 하루라도 더 즐기고 싶었기 때문이다.

이처럼 미요코에게 도취해버린 S는 자기에 대한 미요코의 친절을 어이없게도 사랑으로 오해하게 된 것이다. 비용이 떨어져 내일쯤 퇴원할 수밖에 없다는 말을 들은 미요코가,

"그래요?"

기운 없이 고개를 까딱하고 몹시 서운한 표정을 했을 때, S는 마침내 엉뚱한 발언을 하고야 만 것이다.

"그러나 너무 섭섭하게 생각 말아요. 난 미요코 상(씨)하고 결혼하기로 결심했으니까요."

열일곱 살의 S가 깊은 감동과 자신을 갖고 한 이 말에, 일인 모녀가 눈이 휘둥그레진 것은 말할 것도 없었다.

"이 학생 머리가 이상해졌나봐."

얼굴이 해쑥해진 미요코는, 간신히 그렇게 중얼거리고 겁에 질려 뒤로 물러서버렸다.

S의 인간 구조의 어느 부분에는 정말 머리가 돈 것 같은 비정상적인 요소가 내포되어 있음에 틀림없었다.

아무튼 미요코에게 배반(S는 그렇게 생각했다)당한 것은 적잖은 충격이었다. S의 규격 미달의 인간 가치가, 객관적으로 엄연히 입증된 것 같았기 때문이다. 그 뒤로, 젊은 여자들에 대한 S의 기괴한 복수 행위에는 이러한 심리적 작용이 적잖았다고 할 수 있는 것이다.

4

영어 시간이었다.

부독본을 가지고 선생이 강의를 하고 있을 때였다. S는 갑자기 손을 들고 일어서며,

"선생님, 이 책에 틀린 데가 있습니다."

하고 외쳤다.

"어디가?"

"여기, Life work라구 되어 있는데, 이건 Work life가 잘못 인쇄되었나봅니다."

그 말에 먼저 반 아이들이 와그르르 웃었다. 선생도 따라 웃고 나서,

"이놈아, 모르면 잠자쿠나 있어, 망신을 사서 하지 말구."

핀잔을 주었다. 그러나 S에게는 왜 그런지 워크 라이프가 꼭 옳다고만 생각되었다. 그래서,

"흥, 엉터리다."

심통 사납게 중얼대고 앉으려니까,

"이놈아, 뭐라구?"

선생이 따지고 들었다.

"이 책이 엉터리라구 했습니다."

궁해서 그런 식으로 변명을 했다.

선생은 괘씸하다는 듯이 잠시 그를 노려보다가,

"사전 펴봐, 인마."

소리를 질렀다. S는 사전을 찾아보았다. 의외에도 '라이프 워크'로 나와 있었다. 그건 정말 의외였다.

"뭐라구 돼 있어?"

"여기두 라이프 워크라고 돼 있지만, 정말은 워크 라이프가 옳습니다."

이번에도 아이들이 먼저 킥킥거리고 웃었다. 선생은 한동안 입을 벌리고 멀뚱히 S를 바라보았다. 그 얼굴이 차츰 노기로 가득 차 갔다.

선생은 갑자기 교단을 내려서더니, S의 자리 옆에 다가와서 버티고 섰다.

"일어서, 이놈아."

S는 명령에 따라 굳어진 얼굴로 자리를 일어섰다.

"그래, 라이프 워크가 옳으냐, 워크 라이프가 옳으냐?"

"워크 라이프가 옳습니다."

S는 전인류에게 항거하듯이 필사적으로 대답했다.

"고노야로(이 자식아)!"

선생은 보기 좋게 S의 따귀를 갈겼다. S는 눈 하나 깜짝 않고 꼿꼿이 서 있었다. 전반 학생은 숨을 죽이고 이 엉뚱한 사건의 진전을 관망했다.

선생은 또 물었다.

"이놈아, 라이프 워크냐, 워크 라이프냐?"

"워크 라이푑니다."

"고노야로!"

　선생의 손길이 멋지게 또 날았고, S의 볼에서는 짝 소리가 났다. S는 그저 입을 더욱 힘껏 다물 뿐이었다.

"라이프 워크냐, 워크 라이프냐?"

"워크 라이푑니다."

"고노야로!"

　선생의 손은 이번에도 역시 S의 따귀를 후려갈겼다.

　이와 같은 진기한 문답과 동작이 몇 번이나 더 되풀이된 뒤, 종내 선생 쪽이 손을 든 격이 되었다.

"너 같은 건 영어에 낙제다. 완전 낙제야."

　그 이상 화풀이할 방법을 몰라 선생은 발을 구르며 그렇게 고함을 질렀다. 그러고는 할 수 없이 돌아서려 했다. 그러자,

"낙제를 해도 할 수 없습니다. 내겐 워크 라이프가 절대로 옳으니까요."

　S는 볼멘소리로 중얼거리듯 하고 별안간 눈물을 주르르 흘린 것이다. 선생은 기가 막히다는 듯이 S를 한참이나 노려보다가,

"넌 도대체 대가리가 어떻게 되어먹은 놈이냐."

　내뱉듯이 뇌까리고는 교단으로 돌아가버린 것이다.

　그 뒤로 영어 선생은 S를 부를 때면 이름 대신 으레 워크 라이프라고 불렀다. 아이들이 웃었다. 그럴 때마다 S는,

'나는 죽는 한이 있더라도 워크 라이프가 옳다.'

　결연히 자신에게 다시 한번 다짐해두는 것이었다.

　얼마 뒤 학기말 시험 때다. 고의에선지 우연인지는 몰라도 영어

시험에 라이프 워크라는 말이 나왔다. 그 저주할 횡서 문자를 발견하는 순간, 불의의 습격을 당한 때처럼 S는 몸이 굳어져버렸다. 다음 순간 전신이 분노의 불덩어리로 화했다. S는 연필로 라이프 워크라는 문구를 북북 지워버리고, 그 위에 워크 라이프라 써넣은 다음, '이것이 절대로 옳음' 이라고 주까지 달았다. 그리고 답안지는 백지대로 내놓고 교실을 나와버렸다.

다음날 영어 선생에게 교무실로 불려갔다. 선생은 극심한 노기로 얼굴 근육을 부들부들 떨면서,

"넌 선생을 모욕하고 반항할 셈이냐."

미친 듯이 고함을 지르고 구타했다.

"아닙니다. 영어에 반항하는 겁니다. 그리구 돼먹지 않은 영어의 노예가 된 인간을 경멸하는 겁니다."

S는 구타를 당하면서도 이렇게 입을 놀렸다.

그는 정말 영어 그 자체에 말할 수 없는 적의와 분노를 느꼈다. 동시에 도전을 각오했다. 그것은 하나의 심리적 자멸 행위였다. 이 자포자기의 자멸 의식은 언제나 S의 가슴속 깊이 불씨처럼 덮여 있었다.

학기말 성적표에는 영어 과목이 제로나 다름없는 낙제 점수로 나와 있었다. 그 성적부를 갈기갈기 찢어버리는 S의 얼굴에는 자조적인 냉소가 살기를 띠고 번져갔다.

그날부터 S는 영어 선생의 사택 주변을 배회하기 시작했다. 자비적自卑的인 피해 의식에서 지금까지 누구에게 없이 막연히 축적되어 온 까닭 모를 반항심과 복수심이 비로소 터져 흐를 귀퉁이를 발견한 것 같았다.

그러나 그는 선생을 어떻게 하려는 구체적인 생각은 조금도 없었다. 그저 불길처럼 불어 오르는 어떤 반항심과 복수심을 끌 수 없어, 자신도 모르게 그 선생의 집 주위를 자꾸만 배회하게 되었던 것이다.

영어 선생의 사택은 학교 뒤의 호젓한 산록에 위치하고 있었다. 그는 대개 저녁 배달(신문)을 끝내고 어둑어둑할 무렵에 그리로 찾아갔다. 근처의 소로나 산기슭을 왔다갔다하며, 터무니없이 여러 가지 비장한 감상에 잠겼다. 그는 자주 걸음을 멈추고 하늘을 우러러보며,

"나는 부모도 형제도 집도 아무것도 없는 사람이다."

그렇게 외치는 것이었다. 그것은 비장한 감정을 북돋우는 데 알맞았다.

그러한 어느 날 저녁때였다. 영어 선생의 대문이 열리며 누가 나왔다. 이쪽 길로 걸어오는 걸 보니, 젊은 여자였다. 여학교를 갓 졸업한 영어 선생의 장녀임을 확인했다. 순간 S는 찾아 헤매던 복수 행위의 목표물을 발견한 것 같았다. 동시에 그것은 성욕과 야합했다. 그는 살그머니 여자의 뒤를 따랐다. 적당한 장소라고 생각되는 지점에서 그는 여자 앞에 뛰어 나섰다. 여자는 놀라서 가늘게 비명을 질렀다.

"놀라지 마, 난 너희 아버지 제자야."

여자는 몇 걸음 뒤로 물러섰다.

"나하구 얘기 좀 해."

S는 여자의 팔을 잡아끌었다.

"이게 무슨 짓이에요."

여자는 팔을 홱 뿌리치고 비켜서 달아나려고 했다.
S는 덤벼들어 목을 조르듯이 힘껏 껴안았다. 그리고 산기슭으로 끌고 올라갔다. 여자는 목이 졸려 소리는 못 지르고 필사적으로 반항했으나, S는 전력을 다해 질질 끌고 올라갔다. 으슥한 숲에 이르러서, S는 한 손에 커다란 돌멩이를 집어 들었다. 그걸 여자의 코앞에 바짝 갖다대고 흔들어 보이며,
"잠자쿠 있잖으면 없애버린다."
위협하고 목을 조르고 있던 한쪽 팔을 풀어주었다. 여자는 숨이 끊어지지 않았나 겁이 날 만큼 기운 없이 땅바닥에 픽 쓰러져버렸다. S가 다가앉아 건드리니까,
"죽이지만 말아줘요."
꺼져가는 듯한 쉰 목소리로 애원했다.
S는 처음으로 여자의 피부를 감촉했다. 다소 실망했다. 수음의 경험을 가진 그는, 그보다 몇 갑절의 황홀한 쾌감을 예상했지만 마찬가지였기 때문이다.
여자에 대한 그의 어처구니없는 복수 행위는 여기서부터 시작되었다. 성욕을 합리화시키기 위해 복수심을 불러일으키는 것이 아니라 그와는 반대였다. 그의 경우, 정체불명의 터무니없는 복수심은 대개 성욕을 자극하는 기묘한 심리적 현상으로 나타났다. 복수의 쾌감이 곧 섹스어필과 통했던 것이다.
그 뒤 하숙집에서 야뇨를 저질렀을 때도 그랬다. 과로했던 탓인지 겨울철도 아닌데 그날은 지독히 많이 쌌다. 요의 밑바닥까지 배서 다다미를 적실 정도였다. 주인집 식구 몰래 그걸 말리느라고 고심참담했다. 학교도 쉬면서 햇볕이 잘 드는 방바닥에 펴서 말렸다.

그러다가 종시 이틀째 되는 날 들키고야 만 것이다. 창 가까이 요를 펴놓은 채, 잠깐 변소에 간 동안, 공교롭게도 주인집 딸이, 시루코(단팥죽)를 S에게 권하려고 한 공기 떠가지고 2층엘 올라간 것이다.

나무 층계의 삐걱거리는 소리를 듣고 S가 용변도 마치는 둥 마는 둥 쫓아 올라갔더니, 주인집 딸은 시루코 그릇을 쟁반에 받쳐 들고 선 채, 방바닥에 펴놓은 요를 기막힌 표정으로 내려다보고 있었다. S가 따라 올라오자, 여자는 몹시 당황한 태도로,

"이기 맛 좀 보시라구……."

우물쭈물하면서 음식 그릇을 책상 위에 놓았다. S는 견딜 수 없는 치욕과 분노에 얼굴이 뻘개져가지고,

"누가 이런 거 갖다 달랬어."

시루코 그릇을 방바닥에 집어던졌다.

"어마, 너무해요."

여자도 화가 났던지, 그대로 팽 돌아서서 아래층으로 내려가버리려 했다. S는 황급히 그 앞을 막아서며,

"물론 식구들에가 다 말해버릴 테지, 틀림없이 식구랑 동네 사람들에게 광고해서 날 망신시킬 테지?"

비참한 소리로 중얼거렸다. 여자는 얼굴을 찡그리고 날쌔게 아래층으로 빠져 내려가버렸다.

그 뒤부터 주인집 식구들은 S만 보면, 이상한 얼굴을 하며 외면해 버리곤 했다.

"이년을 그냥 두지 않을 테다."

S는 속으로 벼르기 시작했다. 마침내 기회는 왔다. 안방에 혼자 있는 주인집 딸을, S는 기어코 완력으로 안아 눕히고야 말았던 것

이다.
 이러한 여자 관계들을 생각할 때, 그는 자신에게서 원시적인 야생동물의 냄새를 맡는 것이다. 그에게는 확실히 야생동물적인 요소가 있었다. 영원히 그리고 절대로 문화적인 색채에 혼합 조화될 수 없는 이질적인 색소를 간직하고 있는 것이다. 이것이 그 숙명적인 치욕감과 열등의식에서 오는 맹목적인 반항심과 야합되어 비극적인 난센스를 계속 연출하게 되는 것이었다.
 지금의 아내인 지즈코와의 인연도 그런 어이없는 복수 행위에서 맺어진 결과였다.
 지즈코의 오빠와는 가까이 지내는 사이였기 때문에 S는 자주 그의 집을 찾아갔다. 그런 관계로 지즈코와도 오래 전부터 안면이 있었다.
 2차 대전 말기, 지즈코의 오빠가 징집되어 군대에 나간 지 1년 반쯤 지나서, 일본은 무조건 항복을 했다. S는 지즈코의 오빠의 생환 여부가 궁금해서 오래간만에 그의 집을 찾아가보았다.
 지즈코가 몰라보게 어른이 되어 있었다. 그도 그럴 것이 그동안 여학교를 졸업하고 어머니 없는 집에서 주부의 역할을 하고 있었던 것이다. 지즈코는 예쁘지는 못해도 무척 상냥했다.
 S는 그 후로도 지즈코의 오빠가 무사히 돌아왔나 알아보러 자주 찾아가곤 했다. 이러한 그를 지즈코의 부친은 딸을 꾀어내려 오는 줄로 알고 노골적으로 경계하기 시작한 것이다. 억울한 오해였다. 지즈코의 부친은 마침내 S와는 이유 여하를 막론하고 절대로 만나지 말라고 딸에게 엄명을 내리는 한편, S에게 대해서도 엄격히 내방을 거절해버렸다. S는 이에 분개한 것이다. 그렇다면 차라리 지즈코

를 건드려놓고야 말리라고 생각했다.

 그래서 지즈코의 부친이 출근하고 없는 시간에 찾아갔다. 집 앞에서는 지즈코의 동생이 동네 애들과 떠들어대고 있었다. S는 아이들에게도 눈치채이지 않게 살그머니 현관으로 들어섰다. 지즈코가 불안한 표정으로 맞아주었다. 올라오라고 권하지는 않았다.

 "좀 쉬어 가야지."

 S는 멋대로 2층으로 올라갔다. 지즈코는 난처한 기색으로 잠자코 서 있었다.

 2층에서 좀 기다리고 있으려니까, 지즈코가 쟁반에 찻잔을 받쳐 들고 올라왔고, S 앞으로 찻잔을 밀어놓으며,

 "아버지, 일찍 돌아오시는 날두 있어요."

 약간 웃어 보이고 일어서려 했다.

 "2시 반인걸, 아직……."

 S는 얼른 지즈코의 손목을 잡아당겼다. 지즈코는 깜짝 놀라 손을 빼려 했다. 지즈코를 억지로 끌어당겨서 꼭 껴안았다.

 "전 오빠처럼 믿구 있어요. 이러지는 마세요."

 지즈코는 빨개진 얼굴에 거친 숨을 몰아쉬며 품에서 빠져나가려 했다. S는 힘껏 고쳐 안으며 입을 맞추었다. 지즈코는 해쓱해진 얼굴로 눈을 감고 가만히 있었다. S는 지즈코를 안은 채 방바닥에 드러누웠다. 지즈코는 겁에 질린 눈으로 도리도리를 해보였다.

 S는 눈으로 가만히 있으라고 타이르듯 하고 자신 있는 솜씨로 다루었다.

 며칠 뒤에 S는 지즈코네 집을 또 찾아갔다. 동생들과 함께 아래층에서 점심을 먹고 있던 지즈코가 얼굴이 홍당무가 되어 어쩔 줄을

몰라 했다.

S는 또 멋대로 2층으로 올라갔다. 암만 기다려도 지즈코는 올라오지 않았다. 그는 큰 소리로 지즈코를 불렀다. 이내 울상이 되어서 지즈코가 올라왔다.

"떠들지 마세요, 제발."

지즈코는 원망스레 S를 바라보고는 각오했다는 듯이 살그머니 곁에 와서 무릎을 모으고 앉았다. 그러한 지즈코가 못 견디게 애처롭고 사랑스러워 보였다. 처음 경험하는 찌릿한 감정이었다.

지즈코는 마지막까지 눈을 감고 죽은 듯이 가만히 있었다.

S는 1주일쯤 뒤에 또 찾아갔다. 동생들만 있고 지즈코는 보이지 않았다. 시골 큰집에 가 있다는 것이다. 아버지가 쫓아 보냈다는 대답이었다.

그대로 몇 달이 지났다. 어느 날 뜻밖에도 지즈코가 S의 숙소로 찾아온 것이다. 조그만 보따리를 들고 있었다. 죽어도 집에는 안 돌아간다면서 S를 보자 무릎에 엎드려 울었다.

앞서 잠깐 적은 바와 같이 둘이는 살림을 시작했다. 한 달 이상 지나서야 지즈코의 배가 부른 걸 알았다. 살림을 차린 지 반년 좀 지나서 사내애를 분만했다.

패전 직후의 일본은 사회상의 혼란이 말이 아니었다. 극심한 생존경쟁으로 아비규환을 이루고 있었다. 그들도 어린애까지 생기고 보니, 생활에 더욱 심한 위협을 느끼기 시작했다.

마침내 S도 수많은 동포와 함께 귀국할 것을 결심했다. 그 동기는 단순한 생활난에만 기인한 것이 아니었다. 해방된 조국은 일꾼을 부른다고 흥분했기 때문이다. 해방된 조국의 벅찬 감동과 찬란한 희망은, 치욕적이요, 불구적인 그의 어두운 요소들을 감싸주면서 위대한 일꾼을 만들어줄지도 모른다는 터무니없는 착각에 빠졌던 것이다.

당장 지즈코와 아기까지 데리고 환국할 자신은 도무지 서지 않아서, 우선 혼자 귀국하기로 했다. 1년 이내에 반드시 자리를 잡고 데려가겠노라고 지즈코를 간신히 타일러놓고 그가 일본을 떠났을 때는 이미 지즈코의 뱃속에 제2의 생명이 깃들고 있었던 것이다.

5

10여 년 만에 S가 조국이라고 찾아 돌아와보니 도시 말이 아니었다. 일본의 혼란한 사회상에 비할 바가 아니었다. 모두가 문자 그대로 엉망진창이었다.

물론 아직도 해방되어 일천한데다가 군정 시기였으니 만큼, 일제의 혹심한 탄압과 약탈의 깊은 상처가 가시지 않은 탓이라고 해석해버리면 그만일지 모른다. 그러나 그러한 해석만으로 간단히 납득이 가지 않는 어떤 막연한 불안을 조국의 현실과 국민성 속에서 극히 희미하게나마 S는 느끼지 않을 수 없었던 것이다.

하지만 그와 같은 불안의 본질을 철저히 분석하고 규명해보기에는 그는 너무나 무지했고, 그러한 현실에 대결하여 대국적인 투쟁을 전개하기에는 무력이라기보다도, 육체적으로나 정신적으로나 비정상적인 기형성을 바탕으로 구조된 그의 인간이, 이러한 상황 속에 던져졌을 때, 그것은 다만 조국 땅에서 새로운 난센스를 연출시키는 결과를 가져왔을 뿐이다.

하기는 객관적 조건도 S에게는 확실히 불리했다. 서울이란 이

국땅이나 다름없이 생소한 곳이었기 때문이다. 아는 사람 하나 없었다. 애초부터 비벼댈 언덕이나 그루터기란 있을 턱이 없었던 것이다.

주머니는 벌써 빈털터리가 되어버린 지 오래다. 그렇다고 건강한 육체도 못 되는데다가, 쟁쟁한 학벌도 없고, 어느 전문 분야의 지식이나 기술도 없는 그로서는 굶어죽기에 꼭 알맞았다.

여기서부터 S는 벌거숭이 인간의 최소한의 생존 가능성을 경험하기 시작한 것이다. 그는 차츰 가장 그다운, 너무나 빈약하고 어처구니없는 인간 내용을 유감없이 노출해갔다.

낮에는 하루 종일 음식점 방문 행각을 계속했다. 식당만 눈에 뜨이면 무작정 찾아 들어가는 것이다.

"무슨 일이든지 마다 않고 열심히 하겠습니다. 제게 하루 밥 세 끼만 먹여주십쇼."

주인을 붙들고 졸라보는 것이다. 물론 냉담하게 거절당하는 것이다. 그는 그래도 미련이 남았다.

"그럼 하루 두 끼라도 좋습니다. 단 두 끼 말입니다."

주인은 마침내 역정이 나서 소리를 버럭 질러버리는 것이다.

"아, 그냥 해준대두 싫단 말야. 얼른 비켜나지 못해!"

S는 그제야 단념하고 돌아선다. 또 딴 음식집으로 찾아간다. 물론 거기서도 똑같은 언동으로 주인에게 졸라본다. 기도라도 드리듯이 간절한 표정으로. 그러나 이러한 그의 기도를 들어주는 주인은 없었다.

그는 실망하지 않고, 아니 실망할 자유조차 이미 없었기 때문에, 식당마다 이러고 찾아 돌아다니는 것이었다. 그러다가 고작 운수가 좋으면 국밥이나 설렁탕 한 그릇 정도 얻어걸리는 때도 있었다.

잠은 서울역 대합실에서 잤다. 잘 곳 없는 사람들로 대합실은 언제나 미어지게 초만원이었다. 걸상은 하루쯤 노리고 있어야 어쩌다가 차례가 온다. 언제나 콘크리트 바닥에 무릎을 세우고 쪼그리고 앉아서 잤다.

편히 다리를 펴기는 고사하고, 고쳐 앉을 여유도 없을 만큼 대합실은 걸상이나 땅바닥이나 할 것 없이 사람으로 꽉 차 있었다. 거의가 다 만주나 일본 등지에서 해방된 조국에 찾아 돌아와 의지할 데 없는 사람들이었다.

그러나 역 대합실은 언제까지나 이러한 해방 따라지들의 무료 숙소가 되어주지는 않았다. 최종 열차가 떠나고 나면, 역원들은 몽둥이를 들고 나와서 강제로 모조리 쫓아내고 문을 닫아버렸기 때문이다.

딴 사람들과 함께 S도 할 수 없이 역 밖으로 쫓겨나왔다. 대개 새벽 1시나 2시 어름이었다. 꽁꽁 얼어붙은 속에 모두가 깊이 잠들어버린 심야의 거리는 죽음의 도시처럼 비참하게 고요하기만 했다. 그는 추위를 이겨내느라고 역 부근의 거리를 왔다갔다했다. 그러다가는 견딜 수 없는 어떤 충동에 걸음을 멈추고 잠시 하늘을 노려보는 것이다.

"나는 부모도 형제도, 집도 돈도, 고향도 조국도 없는 놈이다."

허공에 대고 포효하듯 했다. 그렇지만 대가리로 죽어라 하고 받아 넘길 대상이 없어서 속이 후련해지지는 않았다. 도리어 자꾸만 마음속이 별해졌다. 그래서 걸으면서도 연이어 같은 말을 외치는 것이었다.

파출소 앞에서 그는 걸음을 멈추었다. 파출소를 들여다보며 큰 소리로 미친놈처럼 외쳤다.

"나는 부모도 형제도, 집도 돈도, 고향도 조국도 아무것도 없는 놈이다."

순경은 앉은 채 말없이 그를 내다보았다. 그는 파출소 문 앞에 바싹 다가가서 더 큰 소리로 외쳤다. 순경은 할 수없이 일어서 나와 그를 쫓아버리려고 했다. 여기서 그와 순경 사이에는 필연적으로 시비가 벌어지는 것이다. 그 결과 더러는 얻어터지기도 하고, 더러는 오래간만에 헤딩 솜씨를 시험해보기도 했지만, 파출소 안으로 밀고 들어가거나 끌려 들어가서 밤이 새도록 지드럭거리며[5] 난롯불을 쬐는 혜택도 입었다.

이러한 나날을 보내면서도, 괴이한 것은, 그는 전보다 불행하거나 절망하지 않았다. 새 옷을 입었을 때는 구겨지거나 더러워질까 봐 조심하며 신경을 쓰다가도, 차츰 먼지가 묻고 때가 끼고 후줄그레해지면 아무 데나 마구 앉기도 하고 누워 뒹굴 수도 있듯이, 그는 이미 불행하거나 절망할 필요는 없었던 것이다. 도리어 그러한 인간 몰락의 종점에서 그는 일종의 미묘한 쾌감조차 향락하는 것이었다. 그것은 변태적인 인간에게서만 찾아볼 수 있는 현저한 정신적 마조히즘이었다.

그의 내부는 이렇듯 사치한 불행감이나 절망감이 쉽사리 좀먹지 못하는 대신, 그의 육체는 점점 파리해졌다. 제대로 먹지 못하기 때문이다. 각 사회단체나 종교 단체에서 해방 따라지를 위해 무료 급식소를 두고, 하루에 두 끼나 한 끼 정도씩 잡곡죽 같은 것을 배급해 주기는 했지만, 그것도 차츰 얻어먹기가 힘들어진데다가, 그것만으로는 도저히 필요한 최소량의 영양을 유지할 수 없었던 것이다.

거기에 설상가상으로 더 억울한 노릇은 이 부대의 발호로 피까지 착취당해야 하는 일이었다. 이의 왕성한 번식률에 그는 놀라지 않을 수 없었다. 손을 넣어서 마구 북북 긁어대면 손톱 짬에 살찐 이가 끼어 나오기도 했다. 속옷이나 겉옷 할 것 없이 가을부터 한겨울을 단벌치기로 꼬박 입어냈으니, 무리도 아니었다. 이가 아무리 들끓어도 옷을 벗어서 잡을 만한 장소가 없었다. 차마 역 대합실에서 옷을 벗어놓고 이 사냥을 할 수는 없었기 때문이다.

이란 놈들이 겨드랑이나 등허리에서부터, 복부와 요부를 거쳐 장딴지께까지 장거리 여행을 하면서 제 세상인 듯이 피를 빨아먹어도 그는 거의 속수무책이었다. 그러니 염치없는 놈들이 멋대로 날뛰고 번식할 수밖에 없었다.

지루한 추위가 풀리고 봄은 왔다. S는 계획대로 원한의 이 부대의 토벌을 위해 한강가로 나갔다. 사람 없는 장소를 골라 움푹 패인 모래터에 자리를 잡고 앉는다. 그러고는 미리 준비해가지고 온 두꺼운 백지를 한 장 앞에다 펴놓은 다음, 겉옷은 다 벗어버리고, 내복 바람으로 한참이나 움직이지 않고 앉아 있는 것이다. 졸리도록 햇볕이 따뜻했다. 그러노라면 이 부대가 안심하고 노략질을 위해 총출동을 개시하는 것이다. 전신이 못 견디게 스멀거리는 걸 꾹 참는다. 5분 이상 참고 있다가 그는 드디어 윗내복을 번개같이 벗어서 뒤집는다. 불의의 습격을 당한 이들은 망지소조하여 갈팡질팡이다.

S는 비로소 승리의 통쾌감에 취하며 닥치는 대로 이를 잡아서는 펴놓은 종이 위에 놓는다. 딴 놈이 도망가 숨기 전에 죄다 잡아야 하기 때문에 미처 한 놈 한 놈 죽일 틈이 없는 것이다. 일단 윗내복의

이를 다 잡고 나면, 이번에는 속바지를 벗어서 뒤집어놓고 잡기 시작한다. 그러한 작전으로 팬츠까지 벗어서 철저히 토벌을 완료하고 나면, 백지 위에는 무려 300마리 이상의 포로 부대가 생길 때도 있었다.

그놈들을 도망가지 못하게 감시하면서 S는 이번에는 학살 작업에 착수하는 것이다. 보리알만큼씩 디룩디룩 살찐 놈은 아껴두고, 먼저 조그맣고 초라한 놈부터 잡아서 두 엄지손톱으로 눌러 죽이는 것이다. 툭 소리와 함께 피가 튄다. 그 소리는 그를 무한히 도취케 하는 것이다. 조금도 더러운 생각은 나지 않았다. 툭, 툭, 툭…… 굵은 놈일수록 손톱 사이에서 터지는 소리는 통쾌 무비였다. 나중엔 제일 비대한 놈만 대여섯 마리 남겨두었다가, 그 통쾌감을 깊이 음미하듯이 한 놈 한 놈 아껴가며 천천히 툭, 툭 터뜨리는 것이다. 가벼운 흥분에 나른히 취하면서.

그 흥분은 맹랑하게도 성욕에 통하는, 또는 성욕을 도발하는 감정과 합류하기도 했다. 그런 때는 그는 발기한 자신의 페니스를 발견하고 신선한 경이에 당황하다가 고독해지기 쉬웠다. 오랫동안 그것을 사용하지 않았음을 깨닫고, 일본에 두고 온 지즈코를 생각하며, 자위 행위에 빠지는 수도 있었다.

우스운 일은, 그는 차츰 이러한 이 사냥에 흥미를 갖기 시작한 것이다. 그것은 그에게 있어서는 최후의 의미였다. 대개 한 주일에 한 번 정도씩 한강가 모래터를 찾아 나가 벌거벗고 이 사냥을 했다. 그 한 주일이 기대를 갖고 지루하게 기다려졌다. 그동안에 그는 자기 몸의 이를 소중히 길렀다. 물론 토벌하는 날의 그 통쾌함과 나른한 흥분을 위해서다.

그러나 이에게 피를 먹여 기르기란 억울했다. 날이 갈수록 점점 더 굶주리게 되어, 피 한 방울도 아까웠기 때문이다.

하루에 한 끼 얻어걸리기 힘든 날이 여러 날 계속되었다. 그런 어느 날 그는 마침내 도둑질까지 하고야 만 것이다.

초가을이었다. 어쩌면 추석 무렵이었는지도 모른다. 그는 엿장수의 길을 뚫어보기 위해서 인천에 가 있었다.

그 자신 가장 가능한 직업으로서, 가위를 찰강거리며 골목을 뒤지고 다니는 엿 행상이 동경의 적的)이었다. 한번은 지나가는 엿장수를 붙들고 자세히 물어보았더니 빈 주먹인 그로서는 엄두도 못 낼 목돈이 필요했다.

그가 한숨을 짓고 물러서려니까,

"어디 인천엘 한번 찾아가보슈. 거기엔 그냥 재워주구, 엿도 외상으로 대주는 엿 도가가 몇 집 있을 겝니다. 그 대신 새벽에 일어나서 엿 달이는 일을 거들어줘야 하지만."

엿장수는 그런 말을 하고 지나간 것이다.

S는 그날로 걸어서 인천을 찾아갔다. 길에서 만나는 엿장수마다 붙들고 캐물었다. 간신히 그런 엿집의 소재를 알아가지고 찾아가보았다. 그러나 엿을 고고 켜고 해본 경험이 없으면 안 된다는 것이다. 아무리 사정을 호소하고 졸라보아도 막무가내였다.

며칠 동안 인천 거리를 빙빙 떠돌아다녔다. 기적적으로 굶어 쓰러지지 않고 버텨갔다. 그날도 허기에 지쳐서 인천역 대합실에 앉아 쉬고 있을 때였다. 어른 아이 합쳐서 한 가족인 듯싶은 7~8명이 대소의 보따리를 몇 개 들고 대합실에 들어섰다.

그들은 의자에다 짐을 얹어놓더니, 한 사람만이 짐을 지키고, 딴 사람들은 대합실 안을 빙빙 돌아다니며, 써 붙인 차 시간이며 요금표 따위도 쳐다보고, 개찰구 쪽에 가서 플랫폼을 내다보고 섰기도 했다.

애들은 자주 쪼르르 하고 짐 있는 데로 쫓아와서는, 그것을 지키고 있는 중년 부인에게 무엇을 졸라대곤 했다. 그러면 부인은 뭐라고 타이르다가, 제일 큼직한 보따리를 끌러가지고, 그 속에서, 시루떡을 한 조각씩 꺼내서 애들에게 들려주었다. 보따리 속에는 그 밖에도 음식물이 그득했다. S는 침을 꿀꺽 삼켰다.

아마도 한 가족이 오래간만에 음식을 잔뜩 차려가지고, 어디로 소풍이라도 가는 길인 모양이었다. S는 차츰 정신이 또록또록해지며, 가슴이 두근거리기 시작했다.

첫 단계로 그는 일단 대합실 밖에 나갔다 들어와서 그 짐 보따리 옆에 가 슬그머니 앉았다. 그러고는 짐을 사이에 하고 앉아 있는 중년 부인이 자리를 뜨기만 기다리는 것이다. 부인은 좀처럼 움직이려 하지 않았다. 그대로 굉장히 초조하고 지루한 시간이 흐른 것 같았다. 갑자기 부인이 훌쩍 일어섰다. 애 이름을 불렀다.

"너, 여기 와서 짐 좀 보구 있어."

일러놓고 부인은 변소 쪽으로 갔다. S는 더욱 심하게 가슴이 뛰었다. 아이는 잠깐 짐 옆에 걸터앉는 척하다가 이내 저쪽으로 슬슬 걸어가버렸다. S의 눈이 번개같이 주위를 뒤졌다. 보따리 임자 일행이, 지금 어디어디에 어떻게 하고 있다는 것이 정확히 시선 안에 쫙 들어왔다. 그는 자꾸만 목이 타서 마른침을 연거푸 삼켰다. 속으로 흠칫흠칫 놀라며 두어 번 망설이다가, 그는 마침내 제일 큰 보따리를 한 손에 들고 슬며시 일어섰다. 태연히 대합실 밖으로 걸어나갔다. 어느 방향으로 어떻게 피해야 안전하리라는 직감이 놀라운 민감성으로 머리에 떠올랐다. 그는 그대로 움직였다. 그래야 할 장소에서부터는 뛰기 시작했다.

멀찍이 떨어진 선창가에 무사히 나와 있었다. 사람이 없는 장소를 골라 갔다. 산처럼 쌓인 자갈 더미가 있었다. 그는 비로소 거기에 주저앉아 보따리를 끌렀다. 생각했던 이상의 갖가지 떡과 성찬이 한 뭉텅이씩 기름종이에 따로따로 싸인 채 들어 있었다. 내리 세 끼를 꼬박 굶었던 판이다. 그는 음식을 정신없이 입속에 틀어넣었다. 그러면서 그는 자꾸만 웃었다. 음식 보따리를 잃고 쩔쩔매고 돌아갈 그들 일행을 생각하니, 그냥 웃음이 터져 나와 견딜 수 없었던 것이다. 추호도 죄의식 같은 것은 느끼지 못했다. 그에게는 몰락의 가능성이 숙명적으로 전신에 배어 있었는지 모르는 일이다. 그 뒤에 일관하여 주욱 계속되는 기괴한 그의 인간 역정은, 이러한 몰락과 자멸의 가능성 위에 지저분하게 이어져나가는 것이다.

6

귀국한 지 1년 반이 지나서야 S는 만주와 일본에서 돌아와 아사餓死 선상을 헤매고 있는 해방 따라지들과 공동으로 운명을 타개해나갈 방략에 가담할 수 있었다. 10여 명의 청년이 주동이 되어 '자활건설대'라는 그럴듯한 단체를 조직한 것이다. 연줄 연줄로 아는 사람끼리 모여서, 용산 역전의 조그마한 적산 가옥에 초라한 간판을 내걸고 발족을 했을 당시는 정대원만 꼭 20명이었다. 그러나 그들이 거느린 가족 수까지 합치면 100명 가까이 되는 대식솔이었다. 이러한 대세대가 공동생활을 시작한 것이다.

대隊의 간부가 시청을 비롯해서 각 기관과 큰 단체나 회사를 찾아다니며 일자리를 교섭했다. 평균 대원의 반수 정도는 하찮은 잡역이 얻어걸렸다. 그 수입만으로는 도저히 100명 가까운 사람의 연명이 어려웠기 때문에, 간부들이 시 사회과에 찾아가 떼를 써서 구호용 밀가루 같은 것을 타다가 죽을 쑤어 먹기도 했다.

먹는 일 다음으로 큰 문제는 '집'이었다. 그 숱한 대원 가족이 기거를 하자면 제법 큰 건물이어야 했다. 천신만고로 웬만한 적산 가옥을 하나 점령하고 겨우 자리를 잡을 만하면, 유력한 무슨 단체가 경찰관을 앞세우고 와서 퇴거 명령을 내리는 것이다. 심할 때는 한 달에 세 번씩이나 쫓겨난 일이 있었다. 노유老幼[7]와 부녀자가 반이 넘는 근 100명의 대식솔을 이끌고 노두路頭[8]를 방황하노라면 악밖에 치받치는 것이 없었다. 집단 세력의 심리 작용이 뒷받침을 해서 젊은 축은 과격하게 나갈 때가 많았다. 그 중에서도 S는 언제나 선두에 섰다.

"죽여버리고 말 테다."

툭 하면 그의 입을 튀어나오기 시작한 말이었다. 살인에의 맹렬한 유혹과 자신이 그의 내부에서 꿈틀거리곤 했다.

바로 며칠 전에 그들이 간신히 얻어 든 가옥에 또다시 명도령明渡令[9]이 내려서, 경찰관과 시비가 붙었다. 마침내 주먹다짐이 벌어지게 되자, S는 경찰관을 한 명 받아 넘기고, 새로 덤비는 딴 자를 발길로 차서 거꾸러뜨린 다음 사정없이 내리밟았다. 그 결과는 너무나 당연하게도 그의 신변에 위험을 가져다주었다. 동지들이 재빨리 그를 빼돌려서 기차에 태워주었다.

"두서너 달 서울엔 돌아올 생각 말어."

동지들의 그런 말을 들으며, 그는 초만원인 삼등 객차에 비비고 올랐다. 목포행 열차였다. 대전까지의 승차권을 가지고 그는 목포까지 무임승차를 했다. 여기서부터 약 3개월에 걸친 기묘한 유랑 생활이 시작되었던 것이다.

당시는 어느 지방에서나 좌우익이 정면으로 대립하고 있던 시대다. 그래서 어느 읍이면 읍, 면이면 면에 도착하는 즉시로 유력한 좌익계 인사를 방문하고 시국에 대해서 과격한 언사의 기염을 토하다가, 스스로 다음과 같이 자신에 대한 결론을 내리는 것이다.

"난 이미 목숨을 내건 지 오랜 사람입니다."

그 말은 말할 수 없는 핍진성逼眞性[10]을 갖고 우선 그 자신부터 만족하게 감동시켜 주었다. 그는 그러한 감동에 취하면서 찾아간 그 좌익계의 유지네 집에 덮어놓고 주저앉아버리는 것이었다. 그러면 대개 한 주일 정도는 문제없이 식객 노릇을 할 수가 있었다. 그랬다가 출발시에는 으레 여비까지 얻어가지고 의기양양하게 떠나는 것이다.

그와 같은 호사스런 유랑 도중, 그는 마침내 당할 수 없는 거대한 자기력에 끌리듯이, 여수에 사는 '백기택' 이라는 친구네 집을 찾아간 것이다. 일본서 중학 시절에 퍽 가깝게 지낸 친구였.

S가 일본을 떠나기 직전까지, 기택이와는 종종 서신 왕래가 있었던 사이기 때문에, 지즈코도 기택의 주소와 S와의 두터운 교분은 잘 알고 있는 터였다. 그러한 점으로 미루어, S의 소식을 기다리다 못한 지즈코는, 기택에게 문의와 의뢰의 편지를 띄웠을지도 모른다는 막연한 기대가 그에게는 있었던 것이다.

그의 이와 같은 예측은 어김없이 들어가 맞았다. 기택의 앞으로 지즈코의 편지는 세 통이나 와 있었던 것이다. 그 편지들 속에는 S의 소식을 몰라 애태우는 지즈코의 안타까운 심정이, 너무나 생생한 체취를 풍기며 아로새겨 있었다. 더구나 두 어린것을 안고 찍어 보낸 지즈코의 사진을 보는 순간, 그의 가슴은 그대로 꽉 메어버리고 마는 것 같았다. 그날 밤 제대로 잠을 이루지 못하고 몸을 뒤채는 그의 눈시울이 자꾸만 질척거렸다. 안정된 생활을 거의 경험해보지 못한 채, '목숨을 걸고 사는 지 오래다'는 이 전도가 무망한 사나이는, 처음으로 가슴속 밑바닥까지 우비고 드는 그리움과 고독을 맛보았다.

"언제든지 네가 생활 토대만 잡는다면, 지즈코 상을 데려오는 건 내가 책임지지."

친구는 풀이 죽은 S를 그런 말로 위로해주었다. 친구는 본시가 조상 때부터의 여수 태생인데다가, 여수 경찰서에 경위로 있었기 때문에 일본 왕래의 뱃길에는 자신이 있었던 것이다.

"음, 너만 믿어. 지즈코에겐 내가 자리를 잡을 때까지, 조금만 더 기다려달라고 연락해줘."

다음날 S는 친구에게 그런 부탁을 남기고 그곳을 떠났다. 그러나 어리숙한 얘기였다. 그렇게 간단히 그가 '자리를 잡을' 만큼 현실은 순탄하지 않았다. 처자를 데려올 만한 생활 토대를 마련한다는 것은, 거의 기적을 바라는 것과 같은 요행수일 뿐이었다. 그것은 전적으로 사회 실정에만 원인과 책임이 있는 것도 아니었다. 그에게는 정상적인 생활인으로서의 기본적인 기능이 그만큼 빈약하기도 했던 것이다.

서울로 되돌아온 그는, 자활 건설대와 간접적인 관계를 가지면서 또다시 거리를 배회하기 시작했다. 그러다가 어떤 시비 끝에 공무 집행중인 미군 부대 통역관을 받아 넘기고, 군정 재판에 걸려, 서대문 형무소에서 1개월간 복역을 하게 되었다. 그 1개월간의 복역 생활은 어이없게도 그를 더없이 만족하게 해주었다.

두 가지 의미에서 그랬다. 하나는 국한된 채로의 생활의 안정감이다. S가 의식주의 불안감을 완전히 잊어보기란 실로 철들어 처음이었다. 다음은 무장과 가면을 벗은 적나라한 인간끼리의 안도감이다. 거기에서는 인간의 사회적 요소란 필요 없었다. 즉 학벌도, 지식도, 재능도, 지위도, 재산도, 풍채도 크게 거드름을 피울 건덕지가 못 되었다. 도리어 그따위 거추장스럽고 지저분한 액세서리를 코에 걸고 껍죽대다가는 아예 없다. 오직 동등한 인간만이 있었다. 하나도 거치적거리는 것이 없이, 인간과 인간끼리 푹푹 안길 수 있어서 좋았다.

이러한 잡범들과의 짧은 감방 생활은 그에게 평생 잊을 수 없는 아쉬운 추억으로 남았다.

석방된 후, S는 결심하고 삼팔선을 넘어 고향인 평양을 찾아갔다. 마침 남북한에 걸쳐 콜레라가 창궐하여 완전히 교통망이 두절되었던 여름이라, 그는 서울서 함흥까지 노숙을 하며 꼬박 19일 걸려 걸었다. 이내 함흥서 기차 편으로 다시 평양까지 갔다.

그래도 고향이라, 국민학교 시절의 동창들이랑이 있어서 그런대로 간신히 비비댈 수는 있었지만, 그곳은 도저히 그가 자리잡을 곳은 못 되었다. 거기서 2년간을 그는 끽소리도 못하고 죽어 지냈다. 장기인 대갈짓 발길짓도 전혀 소용에 닿지 않았다. 방자한 그의 인간성이 결코 뿌리박을 수 없는 불모의 지역임을 깊이 깨달은 것이다.

마침내 어떤 사건으로 반동분자의 낙인이 찍히게 되자, 그는 겁을 집어먹고 도로 삼팔선을 뚫고 월남해버리고 만 것이다.

서울서의 고달픈 부랑인의 생활이 또다시 계속되는 동안 대한민국이 서고, 차츰 질서가 잡히면서부터, 그도 하찮은 직장을 구해 비로소 '생활'의 기초적인 형태나마 겨우 갖추게 되었다.

그러자 뒤 이어 돌발한 6·25사변, 부산의 피난살이로 그의 생활의 첫 단계는 도로 무너져버리고 만 것이다.

그러나 이 피난살이에서는 그의 운명에 새로운 계기를 가져다주는 중대한 사건이 있었다. 그것은 뜻밖에도, 정말 너무나 뜻밖에도 부산 거리에서의 지즈코와의 해후다. 초라한 모습으로 길가에 마주서 있던 S와 지즈코는 서로 자기의 눈을 의심하며 한참 동안이나 말을 못하고 바라만 보고 있었다.

나중 지즈코가 한국에 건너오게 된 경위와 그 뒤에 겪은 파란을 들었을 때 S는 몹시 감동하였다.

S의 소식을 몰라 애태우던 지즈코에게, 한국에 건너만 오면 S를 만나게 해줄 터이니 그렇게 하라는 권유의 편지가 백기택에게서 보내졌다는 것이다. 그 편지를 받아본 지즈코는 다소 망설였으나 드디어 어린것들을 친정에 맡긴 다음, 기택이가 주선해 보낸 선편으로 단신 여수항에 도착했던 것이다. 그러나, 한 달이 가고 두 달이 지나도 S와 만날 길은 막연하기만 했다. 기택은 S의 행방을 탐지하느라고 처음 얼마 동안은 무척 고심하는 모양이었으나, 차츰 지쳐버렸는지 미안하다고 사과를 하면서 S 쪽에서 연락이 있을 때까지 좀더 기다려보라는 말을 되풀이할 뿐이었다. 지즈코는 당황하여 일

단 일본에 돌아가서 소식을 기다리려 했으나, 이왕 건너온 김에 좀 더 참고 기다려보자고 달래며, 좀처럼 보내주려고도 하지 않았다. 그러는 동안에 처자가 있는 기택은 마침내 강제로 지즈코를 범하고 만 것이다. 이 나라 언어와 풍토와 풍습에 서투른 지즈코는, 그 뒤 꼼짝 못하고 기택에게 잡혀 지내는 수밖에 없었다.

마침 그런 지 수개월 뒤에, 의외에도 여수 순천 반란 사건이 폭발되었고, 그 통에 기택은 빨갱이에게 피살되고 말았다. 지즈코는 망연했다. 일본서 건너올 때 약간 준비해가지고 왔던 귀금속류를 팔아서 밀선을 타고 일본에 돌아가려 했으나 돈만 날리고 목적을 달성할 수가 없었다. 지즈코는 할 수 없이 식모살이 등으로 전전하면서 부산에 당도했다. 거기서 일인 수용소에 정식으로 귀국 신청 수속을 밟아놓고, 어느 피복 공장의 임시 여공으로 있으면서 송환되는 날만을 기다리고 있었던 참인 것이다.

만수사萬壽寺가 있는 뒷산에 올라가 그런 얘기를 마치고 난 지즈코는, 인제는 차라리 일본에도 돌아가지 않고 이대로 죽어버리고 싶다고 하면서 자꾸만 울었다.

이처럼 통속소설 같은 인연으로 다시 만나게 된 그들은, 이제까지의 모든 것을 과거의 악몽으로 돌려버리고, 그야말로 '새로운 생활'을 위한 약속과 설계 밑에 재출발한 것이다.

그러나 건실한 의미의 '새로운 생활'은 그들에게 쉽사리 이루어지지 않았다. 그것은 도리어 '괴상한 생활'로만 구축되어갔다. 여기에는 물론 여러 가지 외부적인 원인도 없는 바 아니었지만, 결정적인 것은 S 자신의 인간적 본질에 기인한 것이었다.

그의 천성과 함께 제2의 천성으로 굳어진 기형적인, 또는 불구적인 인간 요소들이 가져오는 당연한 '결과'가 가정적 현상으로 나타난 것 가운데 두드러진 것은, 말하자면 그의 강력한 산아 거부 같은 것이다. 어느 날 지즈코는 기쁨을 감추지 못하며 그에게 임신의 징조를 알렸다. 그는 몹시 당황했다.

"새끼 필요 없어. 당장 가서 떼버리고 와."

아내는 영문을 몰라 S의 얼굴을 쳐다보며,

"왜요?"

근심스레 물었다.

"난 새끼를 기를 자신이 없어. 단둘이 먹고살기도 벅찬데, 무얼 해서 새끼를 먹이구 입히구 학교에 보낸단 말야. 난 과거의 반생을 제대로 먹지도 입지도 못하고 살아온 사람야. 나머지 반생마저 새끼를 위해서 착취당하고 희생되구 싶진 않어."

"그래두 하나쯤은……."

아내는 얼굴을 그의 가슴에 묻고 비볐다.

"둘씩이나 있잖어, 일본에."

"그것들야 친정의 호적에 올라 있는 걸요."

"아무개 호적에 있음 어때. 내 자식이든 내 자식이 아니든 상관없어. 난 거추장스런 짐은 사람 새끼구 물건이구 딱 질색야."

이 거추장스런 짐을 꺼리는 그의 심리는, 늘 간편하게 혼자 떠돌아다닌 타성과, 시국에 대한 불안감의 탓도 있었지만, 일방 어떤 막연한 자멸 의식에서 오는 심리 현상이기도 했다. 그는 무슨 일에 있어서나 막다른 판에 부딪치면,

"될 대로 되라."

는 자포자기와,

"그놈을 죽여버리고 나도 없어지면 그만 아냐."

살인과 자멸의 충동으로 기울어지곤 했다. 그것은 그에게 있어서 조금도 놀라운 일도, 무서운 일도 아니요, 언제나 무엇에 도취하듯 자신 있게 저질러버릴 수 있는 자랑스러운 가능성이었다. 그러나 자식이 있으면 아무래도 그러한 가능성이 박약해질 수밖에 없어서 그게 싫었던 것이다. 그와 같은 가능성의 약화는 마치 그의 인간 가치나 존재의 의미가 약화되는 것같이 겁났던 것이다.

항시 남편을 최대한으로 이해하려고 애쓰는 지즈코는 이러한 그의 괴팍한 고집에도 거스르는 일이 없었다.

이내 산부인과를 찾아가 적당한 조처를 취하였고, 아울러 남편의 강경한 희망대로, 회태懷胎의 불안을 근본적으로 제거해버리고 만 것이다. 병원에서 돌아온 날 저녁, 지즈코는 S의 품에 쓰러지듯 몸을 던지고,

"당신은 가엾은 사람예요, 가엾은 사람."

그렇게 중얼거리며 애처롭게 울었다. 아내니까 S가 가엾게 보였을지 모르나, 딴 사람들에게는 그는 그저 어처구니없을 만큼 우스꽝스러운 인간이기만 했다.

S는 술과 담배를 입에 대지 않는다. 넥타이도 매는 법이 없다. 사람들은 그러한 S를 이상해하지만, 그는 도리어, 으레 나일 들면 술 담배를 할 줄 알고, 반드시 넥타이를 매야 하는 사람들이 이상하기만 한 것이다.

S는 자기의 정확한 생일조차 모른다. 모르는 것이 아니라 알지 않는 것이다. 그도 소학교 시절에는 생일을 알고 있었다. 그러나 그

이후는 그런 걸 알 필요가 없었다. 도리어 생일을 소중히 기억했다가, 그날을 기념하고 하는 규격품 인간들이 그에게는 어이없었다.

어쩌다가 아내가 친정 부친의 생일이나, 일본에 두고 온 아이들의 생일을 입 밖에 낼 양이면, 그는 인간 최대의 모욕이나 당한 듯이 벌컥 화를 내는 것이다.

물론 그는 명절이란 것도 아예 묵살해버리고 만다. 설이니, 추석이니, 크리스마스니 하는 날을 그는 아내에게마저, 염두에조차 두지 못하게 한다.

이런 투의 S고 보니, 결혼식이나 장례식에도 거의 가는 일이 없다. 어쩌다가 그런 데 참석하는 경우는 처세를 생각하는 아내의 교묘한 계략에 넘어가서다. 결혼이란, 둘이 맘에 맞아서 붙어 살고 싶거든 살면 그만이지, 무슨 씨름 대회나 권투 시합이라도 벌리듯, 야단스레 관중을 청해놓고 구경을 시킬 필요는 없다는 것이다. 장례식도 그렇다. 진심으로 슬퍼지는 사람끼리 모여서, 송장을 태워버리든 묻어버리든 하고 유족을 위로하면 그만이다.

S는 결혼식이나 장례식뿐 아니라, 졸업식이니, 무슨 축하회니, 수상식이니, 기념회니 하는 식전이나 집회도 딱 질색이다. 야생 인간인 그의 생리는, 인습적이요 형식적이요, 공식적인 것들을 무조건 거부하는 것이다. 대부분의 무슨 '식'이란 것이 그의 원시적이요, 색맹적인 눈에는 거추장스런 형식으로밖에 반영되지 않는다. 이를테면 신문에 게재되는, 대학교 졸업식이라든가, 각종 학위 수여식 사진 같은 것을 보면, 그는 실소를 금치 못하는 것이다. 애들 장난도 아니요, 대가리가 여문 졸업생들이나 노령에 달한 교수들까지 우스꽝스런 복장과 모자를 착용하고, 정중한 태도로 종잇장을 주고받는

꼴이란, 그에게는 정말 살고 싶지 않도록 어이없어지는 것이다.

  S가 무슨 식전에 참석하지 않는 이유의 또 하나는, 그런 처소에는 으레 낯짝을 치켜드는 소위 명사니 뭐니 하는 잘난 사람들이 보기 싫어서다. 곧잘 잘난 사람을 만들어내는 대중의 취미나, 남들이 치켜세운다고 정말 잘난 체하는 그 잘난 사람이나, 그에게는 똑같이 구역질나고 기가 막혀서 견딜 수 없는 것이다.

  이 개똥 같은 권위 의식이나 명사 의식은, 그가 가장 싫어하고 타기하는 것의 하나다.

  S가 어쩔 수 없는 내면적 욕구와 생활을 위해서 문학을 하면서도, 문학이나 문학하는 사람을 싫어하는 연유가 이런 데도 있는 것이다. 껄렁껄렁한 시나, 소설이나, 평론 줄을 끄적거린다고 해서 그게 뭐 대단한 것처럼 우쭐대는 선민의식. 된 글이건 안 된 글이건, 필자의 이름을 달아서 여러 번 발표하노라면, 자연 같잖은 명성이 따르게 마련인 문학(광의의)이라는 것의 사회적 특성. 이것이 그에게는 아주 난처하기만 하다. 그는 행여나 유명해질까봐 겁이 나는 것이다. 호랑이는 죽어서 가죽을 남기고, 사람은 죽어서 이름을 남겨야 한다는 얼빠진 수작을 씨부리는 사람이 있다. 신체가 죽어 없어진 뒤에 이름만 남겨 뭘 하느냐. 그것은 안심하고 죽을 수조차 없는 치욕이다. 문학을 하는 그의 고충의 하나는 조금이라도 이름이 알려진다는 데 있다. 그러기에 시나, 소설이나, 평론은 물론, 그 밖의 어떠한 문장이든, 절대로 필자의 성명을 붙여서 발표하면 안 된다는 법률을 제정하는 수는 없을까 하고 그는 진지하게 공상하는 것이다. 신문 기사처럼, 독자는 필자가 누군지를 모르는 것이 좋다. 그러면 악폐의 부작용이 없을뿐더러, 진정 글을 쓰지 않고는 배길 수

없는 사람 외에는 글을 쓰지 않을 테니까.

야만인인 씨가, 당연히 경원하게 마련인 것은 비단 문단이나 문학인뿐이 아니다. 말하자면 문화적인 것 일체와 문화인이라는 유별난 족속 전부가 싫은 것이다. 언제나 현란한 정신적 외출복으로 성장하고, 눈부신 지식과 재능의 액세서리들을 번득이며, 자신만만히 인생을 난무하는 소위 그 문화인이니 지식인이니 하는 사치품 인간들에게, S는 아무리 해도 본질적으로 친숙해질 수가 없는 것이다.

이러한 그의 비현대성, 비문화성, 비일반성은, 그의 정신과 육체의 기본적 형성 요소인 기형성과 불구성에서 돋아난 가지[枝]로서, 그의 생활과 문학에 비극과 희극을 동시에 투영해온 근원인 것이다. 그렇다면 그는 그러한 희비극을 연출하기 위한 의미로만 존재하는 것일까. 신은 이 세상 만물 중 어느 것 하나 의미 없이 만든 것이 없다고 하니 말이다. 여기서 S는 너무나 저주스럽고 짓궂은 신의 의도와 미소를 발견하고, 새로운 도전을 결의하지 않을 수 없는 것이다. 그 자체가 이미 하나의 완전한 난센스인 도전을.

__주

1) 정채精彩 : 생기가 넘치는 활발한 기상.
2) 대거리 : 일을 시간과 순서에 따라 교대로 바꾸어 함.
3) 울바자 : 바자는 대, 갈대, 수수깡, 싸리 따위로 발처럼 엮거나 결어서 만든 물건으로, 울바자는 울타리에 쓰는 바자.
4) 탈구脫臼 : 뼈마디가 접질리어 어긋남.
5) 지드럭거리며 : 남이 몹시 귀찮아하도록 자꾸 성가시게 굴며.
6) 적的 : 대상. 목표. 표적.
7) 노유老幼 : 늙은이와 어린이.
8) 노두路頭 : 길거리.
9) 명도령明渡令 : 건물, 토지 따위를 비워주라는 명령.
10) 핍진성逼眞性 : 사정이나 표현이 진실하여 거짓이 없는 것.

육체추 肉體醜

 '성혜 애호원'은 서울 교외의 조그만 산록에 있었다. 불구자 수용소다.
 두 다리가 오그라들어 말라붙은 사람, 눈이 먼 사람, 양팔이나 양다리나, 혹은 한쪽 팔다리가 무 토막처럼 동강난 사람, 팔이나 다리가 비꼬인 채로 힘없이 축 늘어져 건들거리는 사람, 머리와 수족이 24시간 와들와들 떨기만 하는 사람, 네 발로 기는 사람…… 이런 반 인간 아니 3분의 1 인간들이, 신에 대한 원망과, 완전 인간에 대한 질투, 반감, 저주와 자신들의 억울한 운명에 대한 절망을 번식시키는 곳이다.
 말하자면 그것은 폐물 인간의 사육장이다. 파괴된 인간 육체의 전시장이다.
 이런 기발한 사업에 착수하여 성공을 거둔 원장인 서 목사는 항시 관람객 모집에 근면하다. 부지런히 나가 다니며 곧잘 구경꾼을 모아 오는 것이다.

　관람객의 대부분은 유명한 목사나, 외국인 선교사나, 사회 각계의 저명인사나, 시 혹은 보사부 당국의 관리들이다. 간혹 신문사나 잡지사 기자가 덤벼들기도 한다.

　일단 폐물 인간의 사육장에 입장한 관람객들은 마치 동물원에 들어온 어린애처럼, 기기괴괴하게 파괴된 인간 육체의 참상에 순진하게 도취한다. 환자(직원들은 피수용자를 그렇게 부른다)들의 얼굴은 보지도 않는다. 그런 건 아예 볼 필요조차 없다. 인간을 보러 온 게 아니니까 관람객들은 각 육체의 흉하게 파괴된 부분에만 감동적인 시선을 붓는 것이다.

　'저것들도 인간의 일원이라 할 수 있을까.'

　'저 지경이 된 바에야 차라리 죽어 없어지지 뭣 하러 살고 있을까.'

　'도대체 저런 것들을 사육할 필요가 있을까.'

　겉으로는 동정하는 체하면서도 구경꾼들의 눈은, 기실은 이렇게 말하고 있는 것이라고 환자들은 생각한다.

　그리고 자신들의 육체는 완전무결함을 새삼스레 다행히 여기고 신께 감사하며 그들은 만족하며 돌아가는 것이다.

　이러한 관람객들에게서 원장은 기부니 원조니 하는 편리한 명목으로 엄청난 관람료를 뜯어내는 데 능했다. 그 중에서 얼마는 그들 폐물 인간의 사육비에 충당하고 나머지로는 원장 자신과 그 가족들의 배때기에 과잉 지방을 붙게 하고, 윌리스 자가용 지프 차를 장난감처럼 굴리고 궁궐 같은 화려한 2층 양옥을 세우고, 그러자니 가족들은 자꾸만 흥겨워 그 속에서 날마다 둥둥 피아노만 울렸던 것이다.

 원장인 서 목사를, 그들은(환자들은) '유다'라고 불렀다. 애호원 원장으로서나, 하나님의 종으로서나, 인간으로서나 과시 유다적이란 뜻에서다.

 그들은 원장에 대해서 불만투성이다. 날이 갈수록 쌓였다. 그렇지만 함부로 폭발하거나 배척하지는 못한다. 원장은 관람료를 뜯어내는 데 수완이 있기 때문이다. 그리고 그들은 그 수입의 일부로 우유죽과 보리밥 덩이나마 끼니를 거르지 않아도 되는 터이니 말이다.

 우선 살고 볼 일이다. 그들에게도 살아야 할 이유는 있는 것이다. 하나님의 은총으로 자신들의 비참한 육체에 혹시나 놀라운 기적이 나타나기를 바라서다. 그것은 그들의 너무나 간절한 그리고 유일한 희망인 것이다.

 그들은 밤이 와야만 비로소 기동을 시작하는 것이다. 그들은 두더쥐처럼 광명을 싫어했다. 싫어하는 정도가 아니라 두려워했고 원망스러웠다. 이 세상은 낮이 없이 밤만 계속된다면 다행일 것 같았다. 밝음은 그들의 흉측한 꼴을 여지없이 노출시켜 주기 때문이다. 광명은 그들의 음산한 마음 구석에 최대의 치욕을 반사시켜 줄 뿐이었다.

 그러기에 그들은, 낮에는 방구석에 꾹 처박혀 얼씬하지 않았다. 낡은 이불이나 담요 조각으로 몸을 감싸고, 방 구석구석에 누더기 모양 구겨박힌 채, 풀 길 없는 원한과 저주와 울분만을 반추했다.

 그러다가 지리한 낮이 가고 아늑한 어둠이 찾아와 흉한 육체를 싸주어야, 그들은 비로소 약간의 인간다운 활기를 회복해서 움직이기 시작하는 것이다.

하나 둘 집을 나와, 가뜩이나 부자유한 몸들이라 캄캄한 속을 엉기듯 하며 뒷산으로들 오른다. 한겨울의 추위도 참아내며.

좀 있으면 산허리나 등성이의 여기저기에서는 차츰 비통한 영혼의 부르짖음이 차디찬 밤공기를 흔들며 울려 퍼지기 시작하는 것이다.

"……주여, 전지전능하시고, 무소부재하신 주님이시여, 이 불쌍한 인간을 굽어살피시옵소서. 제대로 인간 구실을 하지 못하고, 모든 사람에게 멸시와 천대와 조롱을 받고 있는, 폐물 같은 이 육체에 온전함을 주시옵소서, 하고자 하시면 주님께선 못하시는 것이 없는 줄로 압니다. 장님을 눈뜨게 하시고, 앉은뱅이를 걷게 하시고, 열두 해나 혈루증으로 고생하는 여인을 깨끗하게 하시고, 심지어는 죽은 소녀를 다시 살리신 하나님의 독생자 우리 주 예수 그리스도여, 저에게도 이 가련한 죄인에게도, 당신의 그 불 같은 성령의 힘을 내리시사, 남같이 온전한 육체를 회복케 하옵소서. 건전한 사지를 가지고 뭇 사람 속에 섞여 그들과 똑같은 자격으로 뛰고 달리며 제대로의 인간 행세를 할 수 있다면 단 하루를 살다 죽더라도, 오직 하나님께 영광을 돌릴 뿐, 한이 없겠나이다. 오오, 주님이시여, 괴롭고 무서운 짐진 사람들과, 천한 사람과, 죄인과, 원수까지도 아끼고 사랑하시는 나사렛 예수 그리스도 우리 주님이시여, 이 한 많은 인간을 긍휼히 여기시사, 제 육체 위에 기적을 베풀어 하나님 아버지께 무한한 영광을 돌리게 하시옵소서. 오, 주님이시여, 절더러 당장, 네 육체가 온전함을 얻었으니 일어나 뛰라 명령하시옵소서……."

이런 식으로 부르짖으며, 주먹으로 제 가슴을 난타하는 사람, 땅바닥을 때리는 사람, 몸부림을 치는 사람들로 산은 한때 벌집을 쑤셔놓은 것 같은 법석을 이루었다. 그 중에는 기도라기보다 거의 협박조의 어투로 하나님께 대들듯 하는 사람들도 있었다.

"······도대체 제가 남달리 무엇을 잘못했기에 그 숱한 인종 가운데서 하필 불구자가 되어야 했단 말입니까? 저는 아담과 이브처럼, 선악과를 따먹은 일도 없습니다. 남을 공연히 미워하거나, 못살게 한 일도 없습니다. 어떻게 해서든 착하고 바르게만 살려고 애썼고, 조금이라도 남을 위해 좋은 일을 하며 살아보려고 힘써왔습니다. 그러한 제가 왜 이 지경이 되어야 했단 말입니까. 세상에는 저보다 못되고 악한 사람이 얼마든지 있지 않습니까. 살인 강도는 말할 나위도 없고, 소위 유명한 정치가니, 사업가니, 교육자니, 군인이니, 심지어는 당신의 거룩한 종으로 자처하는 목사니, 장로니 하는 것들 가운데도, 이웃과 세상 사람을 해치고, 사회를 망치고, 하나님을 욕되게 하는 자가 부지기수로 우글우글하지 않습니까. 그런 자들에게는 오히려 멀쩡한 사지와 이목구비를 갖추게 할 뿐 아니라, 주지육림으로 호의호식케 하면서 무슨 연유로 저는 이런 꼴을 만드셨느냐 말입니다. 하나님의 섭리를 저는 도저히 이해할 수가 없습니다. 불교에서처럼 무슨 전생에 업원이란 말씀입니까. 그렇더라도 너무하십니다. 제게만은 너무나 야속하시나이다. 전 참말로 억울하고 원통합니다. 별 잘못도 없는 제가 왜 이런 비참한 굴욕의 육체를 지녀야 한단 말입니까. 주여, 제 육체를 당장 성케 하시옵소서. 죽은 자도 살리시는 예수 그리스도라면, 제 몸을 곧 완전케 해주십시오. 만일 그렇지 않으면 제게도 생각이 있습니다. 저는 하나님을 배반

할 것입니다. 그까짓 하나님을 누가 믿는단 말입니까……."

오랜 세월을 두고, 효과 없는 기도 생활에 지쳐버린 나머지 이제는 신의 멱살이라도 틀어쥘 듯 덤벼들려는 자도 있는 것이다.

그런가 하면 꺼져가는 듯한 목쉰 소리로,

"오오 주여, 주여, 말은 하지 않아도 우리의 가슴속을 환히 꿰뚫어보시는 주님이시여, 오오, 우리 주님이시여……."

만을 연거푸 외치는 사람도 있다.

그러다가 마침내는 너나할것없이 통틀어 포효하듯 울부짖는 소리로 변하여 밤의 산과 하늘을 덮어버리는 것이다. 그것은 마치 산 밑바닥에서 끓어오르는 비통한 신음 소리같이 처절하게 주위에 퍼져가는 것이었다.

그럴 때면 간간,

"아, 아, 아, 아……."

하는 기성이 섞여 말 못할 어떤 요기를 돋우는 수도 있었다. 그것은 정말 사람의 소린지, 무슨 요물의 소린지를 분간하기가 어려울 만큼 해괴한 소리였다. 그 소리는 산허리를 이리저리 이동하면서, 멀리도 가깝게도 들렸다.

산상 기도대에 참가하지 않았거나, 혹은 한 걸음 먼저 기도를 마치고 내려온 환자들은 그 소리에 더욱 암담하고 절망적인 표정으로 변하는 것이다. 한편 그들 가운데는 그 기이한 소리를 귀에 담을 때마다 음흉한, 그러면서도 황홀한 안광을 남몰래 번득이는 젊은 축도 있었다.

"아, 아, 아, 아."

무슨 동물의 비명 같기도 한 그 소리는 환자들의 숙사 쪽으로 점점 가까이 이동해왔다. 그러자 제2동 1호실에 누더기 뭉치처럼 웅숭그리고 누워 있는 환자들 가운데서 슬며시 일어나 출입문 쪽으로 엉금엉금 기어가는 사람이 있었다. 한쪽 다리가 무릎 밑에서 동강 난 젊은이다.

그는 방구석에서 자기의 쌍지팡이를 찾아 겨드랑이에 끼고 딴 사람들에게 눈치채이지 않게 살그머니 밖으로 나갔다.

숨 막힐 지경의 절벽 같은 암흑은 아니었다. 서너 간 동떨어져 우중충하게 서 있는 딴 숙사의 건물을 어렴풋이 알아볼 정도의 어둠이었다. 그는 언 땅에 쌍지팡이 소리가 나지 않도록 조심하며 완만한 산허리께로 얼마쯤 올라갔다. 어느 소나무 밑동에 걸음을 멈추고 기대서서 귀를 기울였다. 산봉우리에서 철야 기도에 들어간 모양인 일부 기도대의 처절한 기도 소리가 싸늘한 공기를 타고 흘러내려올 뿐이었다.

이 추위에 산봉우리에서 기도로 밤을 새우려 드는 그들 철야 기도대의 광기를 생각하면 쌍지팡이 청년은 몸서리가 쳐지는 것이었다. 작년 겨울에는 산상에서 철야 기도를 하다가 얼어 죽은 사람까지 있었다. 그들은 자기의 믿음과 정성이 약하기 때문에 하나님께서 소원을 들어주지 않는다고 생각하고 있는 것이다.

그래서 그들은 자기들의 믿음과 정성이 얼마나 강하고 지극한가를 하나님께 알리고자 혹심한 추위도 무릅쓰고 밤을 새워가며 거의 목숨을 내던지다시피 신에의 통화에만 열중하는 것이다.

'저런다구 정말 하나님께서 소원을 풀어주실까. 어디 하나님이 있는 것 같지두 않더라.'

쌍지팡이는 그렇게 입속으로 중얼거리며, 여전히 귀에 신경을 모으고 서 있었다. 이윽고 오른쪽 산허리의 그리 멀지 않은 곳에서,

"아, 아, 아, 아……."

하는, 소리가 들려왔다. 그는 가슴을 두근거리며 굴러나지 않게 조심조심 그쪽으로 돌아갔다. 그러자 터벅터벅 발소리가 이리로 다가오는가 했더니, 어느새 검은 그림자가 마치, 유령처럼 획 하고 그의 눈앞을 스쳤다. 재빨리 그는 한쪽 지팡이를 쑥 내밀었다. 그것에 걸려 넘어지길 바라서다. 그러나 늦었다. 검은 그림자는 이미 지나가버린 뒤였다.

쌍지팡이는 당황히 몸을 가누고 위태로운 걸음으로 더듬더듬 그림자의 뒤를 따라보았다. 그러나,

"아, 아, 아, 아……."

소리는 벌써 저만치서 들리고, 그 그림자는 보이지도 않았다. 쌍지팡이의 걸음으로는 어림도 없었다.

그때 뒤쪽에서 다급한 발소리와 함께 무어라고 입속으로 중얼거리며 달려오는 기척이 있었다. 그가 찔끔해서 걸음을 멈추고 돌아보니 이번에는 흰 그림자가,

"주여, 오, 주여……."

내장이 스러져 나오듯 비통하게 외면서 앞서 간 그림자의 뒤를 바삐 쫓아가고 있었다. 그것은 뿌연 어둠 속에 전개된 광경이라 환상 같은 인상이었다. 그는 어떤 가책에 몸을 옴츠리며 꼼짝 않고 그 자리에 서 있었다.

환자들은 서 원장에 대해서 좀 지나칠 만큼 심한 불신과 반감과

증오를 품고 있었다. 그들의 말에 의하면 서 원장은, '올데갈데없는 참혹한 완전 불구자(원장 자신의 말)'를 팔아서 거두어들이는 막대한 구호와 원조와 기부금품을 가지고 환자들을 위해서는 최소한도로, 자기 집안을 위해서는 최대한도로 사용한다는 것이다.

더구나 괴뢰군이 불법 남침하여 서울을 강점했을 때 원장은 이렇다는 말 한 마디 없이 자기 가족과 가재도구만을 자가용 지프 차와 트럭에 싣고 창고 문을 잠가버린 채 감쪽같이 달아나버렸던 것은 환자들로 하여금 격분을 사게 했었다.

하기는 그들도 그냥 남아 있을 수도 없었다. 괴뢰들은 전혀 이용 가치 없는 불구자 같은 것은 아예 죽여 없앤다는 바람에 환자들 자신도 허겁지겁 뿔뿔이 흩어져버렸던 것이다.

9·28 수복 이후 이곳에 돌아온 환자는 반수가 조금 넘는 60명 정도에 불과했다. 나머지 근 50명은 무참히 개죽음을 당했으리라 생각하면 그들은 지금도 몸서리가 쳐지는 것이다.

이러한 그들은, 원장뿐 아니라, 직원들에게도, 아니 온 세상 사람에게 통틀어 불신과 반감을 품고 있었다. 누구도 그들을 인간으로 인간답게 대해주는 사람은 없다고 믿고 있기 때문이다.

그러나 오직 단 한 사람 그들이 깊은 신뢰와 호의와 친근감으로 따르는 인물이 있었다. 그것은 바로 이 애호원의 간호 책임자로 있는 신귀임 여사였다. 그들은 여사를 '마리아'라고 불렀다.

마리아 여사는 백치와 같은 열여덟 살의 딸과 열세 살짜리 아들을 데리고 외사촌 오빠인 서 원장 밑에서 마치 노예나 다름없이 혹사당하고 있었다. 그러면서도 여사는 단 한 마디의 불평도 없이 근 100명에 달하는 폐물 같은 환자들을, 어머니처럼, 아내처럼, 누이처럼 몸을 아끼지 않고 보살펴온 것이다. 온갖 설움과 괴롬과 아픔을 오직 굳은 사명감으로서 극복하면서.

언제나 마음에 못 박혀 있는 아픔은 역시 딸 만실의 일이었다. 갓난애 때 뇌염을 앓아 다 죽었다가 살아났다는 만실은 몸집은 열여덟의 훌륭한 처녀지만, 지능 정도는 불과 두세 살짜리 갓난애에 지나지 않았다. 선, 악, 미, 추의 구별은 물론, 위험과 안전에 대한 판단력조차 거의 갖지 못했다. 공포감도 극히 최소한의 본능 정도로밖에 느낄 줄 몰랐다. 물론 말은 전혀 못하였고 기쁨이라든가, 슬픔이라든가, 괴로움 같은 기본 감정을 그저,

"아, 아, 아, 아……."

그렇게 안타까운 외마디소리로밖에 나타내지 못했다. 따라서 표정도 그만큼 단순했고 또한 남의 말이나 의사도 겨우 훈련 잘된 개가 주인의 눈치를 알아차리는 정도에 지나지 않았다.

밖에만 나오면 아무 데고 마구 싸돌아다녔다. 그러다가 지치면 맨땅바닥에 펄쩍 주저앉아 흙장난도 하고, 누워 딩굴기도 했다. 그리고 누가 보건 말건 장소를 가리지 않고 흰 엉덩이를 내놓고 함부로 대소변을 깔겼다. 그런 때면 어머니는 아닐지라도 보는 사람의 마음이 몹시 민망하고 당황해서 어쩔 줄 모르고 외면을 했다.

더구나 아랫도리에 혈흔을 묻히고 태연히 싸돌아다닐 때가 있어서 보는 이의 마음을 더없이 암담하게 하였다.

그런데다가 제법 균형이 잡힌 얼굴 모습과 활짝 핀 몸매에 흰 살갗을 가지고 있어서 더욱이나 모두들 아까워했고 일방 젊은 축의 가슴속을 이상하게 뒤흔들어주었던 것이다.

이런 형편이라, 대개는 출입문이나 창문에 굵은 빗장을 여러 개

가로지른 방 안에 가두어두었다. 그러나 만실은 나오고 싶어서 하루 종일 발악을 했다.

"아, 아, 아, 아……."

하고 연방 비명을 지르며 문이나 창의 빗장을 주먹으로 때리기도 하고 발길로 지르기도 하고, 머리나 전신으로 떠다박지르기도[1] 해서, 이마가 깨지고 손이 일그러지고 발톱이 벗겨지는 수가 많았다.

그 꼴이 하도 가엾어서, 하루에 한두 번씩은 외출을 시켜주었다. 낮에는 대개 그 어머니가 데리고 다녔지만 밤에는 혼자 돌아다니도록 내버려두는 것이었다.

그러나 어찌 된 일인지 요즘은 밤에도 마리아 여사가 따라다니는 일이 많았다. 거기에 대해서는 구구한 해석과 괴상한 소문이 떠돌기 시작했다.

제1동 1호실에서다.

대낮인데도 헌 이불과 담요 조각으로 몸을 감싸고, 매지근한 아랫목 쪽에 몰려, 멋대로들 앉거나 눕거나 한 채, 환자들은 만실에 대한 수상쩍은 소문을 지껄이고들 있었다.

"기도대들에게 방해가 되니까, 그걸 막느라고 따라다니는 걸 거야."

그렇게 대수롭지 않게 치워버리는 친구도 있었지만,

"아냐, 깊은 이유가 있대."

묘한 무슨 내막을 언외에 비치는 자도 있었다.

"이유라니?"

"말하자면 보호하기 위해서라는 거지."

"보호?"

"왜, 만실의 얼굴이나 몸집이 부쩍 피구, 젖가슴이 커졌잖아. 그러니까 벌써부터 노리고 따라다니는 놈이 있다는 거야."

그 말에 모두들 이상한 표정을 했다. 누워 있던 축들도 부시시 일어나 앉았다. 한결같이 복잡하게 긴장한 얼굴들이다.

"거 정말야?"

누가 숨 가쁘게 물었다.

"2동에서들은 벌써 죄다 알고 있는데그래."

모두들 숨을 죽이고, 대답한 사람의 얼굴만 어리둥절해서 쳐다보았다. 야릇하게 번득이는 그들의 눈길은 차츰 몇몇 젊은이들에게로 쏠렸다. 비교적 나이 젊은 서너 명의 동숙자의 얼굴을 의심쩍게 쏘아보는 것이다.

"누구래, 그 우라질 자식이?"

감때사나운 친구가 별안간 버럭 고함을 질렀다.

"글쎄 아직 그걸 모른대."

"어느 놈인지 잡아내야 한다. 그따위 배은망덕하는 악마 같은 자식은 당장 잡아 없애야 한다."

"2동에서들두 야단이래. 발각만 나면 가만두지 않는다고."

그들은 모두 형언할 수 없이 침울하고 복잡한 표정으로 입들을 다물어버렸다.

말하자면 그들은 여성에 대해서 인연이 먼 무리였다. 간혹 나이 든 사람 가운데는 건장했던 젊은 시절에 결혼 생활을 가져본 사람도 있긴 했지만, 대부분이 청소년이거나, 혹은 나면서부터 불구가 되었기 때문에 여자란 것을 모르고 지내오거나 또 영원히 모르고 지낼 사람이다. 제정신 가진 여자치고, 남자들조차 외면하는 그들의 흉측한 육체에 정을 줄 리는 만무인 것이다.

결국 남녀간에 사랑이 이루어질 수 있는 가장 기본적인 요소와 조건은 그 육체인가보다. 그들은 그러한 사랑의 기본 요소요 조건인 육체적 자격을 이미 상실한 사람들이다.

그러기에 그들은 여성에 대해서, 특히 젊고 예쁜 여자에 대해서는 누구에게보다도 맹렬한 질투와 반감과 증오를 불태우지 않을 수 없는 것이다. 그것은 반면 그만큼 여성에 대한 강한 동경과 사모의 심정이기도 한 것이다. 그래서,

"만일 말이다, 하나님께서 네게 완전한 육체와 아름다운 여자, 이 둘 중에서 하나만을 허락하신다면 어느 쪽을 택할 테냐?"

이런 질문에 그들은 대개 확답을 못하고 당황해지는 것이다. 물론 말할 것도 없이 그들의 유일한 최대의 소망은, 이 치욕적인 불구의 소원所員[2]을 면하는 일이다. 그러나 과연 아름다운 한 여인을 완전 소유할 수만 있다면, 그들은 평생 불구의 치욕과 설움을 감수할 용의조차 없지 않는 것이다.

여자란 그들에게 있어서는 도저히 손으로 만져볼 수 없는 너무나 황홀한 꿈이었다.

과거에 결혼 생활을 경험한 일이 있는 연장자가 어쩌다가 신혼 당시의 감미로운 도취의 심정을 회상하여 이야기하면 젊은 축들은 밤새껏 몸을 뒤채며 잠을 이루지 못하는 것이다.

그렇기 때문에 그들은 완전한 인간과 조금도 다름없이 자기들을 대해주는 마리아 여사를 사랑하지 않을 수 없었던 것이다. 그들은 여사를 어머니로, 누이로, 애인으로, 아내로, 그리고 마음이 통하는

인간으로 사랑했던 것이다. 그야말로 어쩔 수 없는 플라토닉 러브였다.

여사를 사랑하고 보니, 자연 그 딸과 아들도 사랑하지 않을 수 없었고, 더욱이 백치와 같은 만실에 대해서는 동병상련의 심정까지 곁들여 애처로운 정이 한결 더하였던 것이다.

이러한 공통적인 사랑의 일부를 어느 놈이 독점하려 든다니, 그들로서는 놀랍고 불쾌한 일이 아닐 수 없었다. 그러나 소문은 단지 그런 정도에 그치지 않았다. 벌써 틀림없이 누가 만실일 건드렸으리라는 말이 돌기 시작한 것이다. 환자들은 아연 긴장했고, 또 격분했다. 만일 그것이 사실이라면 그들 자신이 모욕당한 일이나 다름없었다. 자기의 애인을 어느 놈에게 가로채인 것 같은 충격이었다.

이 문제에 대한 진상 조사와 엄격한 처리를 위해서 그들은 몹시 당황하고 울분한 속에 논의를 거듭했다. 그들로서는 도저히 그냥 넘겨버릴 수 없는 일이었던 것이다.

그러나 그들은 이내 난문제에 부닥치지 않을 수 없었다. 첫째는 백치와 같은 만실이라, 과연 봉변을 당했는지의 여부를 어떻게 확인하느냐 하는 것이요, 둘째는 만실이가 봉변을 당했다는 사실이 드러난다 하더라도, 그 상대자가 어느 놈인가를 어떻게 알아내느냐 하는 문제인 것이다.

그래서 그들은 잔뜩 골머리를 앓느라고 심사가 자못 편하지 못한 차에, 이번엔 겹쳐서 딴 사건까지 발생한 것이다.

가뜩이나 그들은 일요일이 질색이었다. 그날은 원장의 명령으로 대낮에 전원이 강제 동원되어 원내 교회당에 집합해서 예배를 보아야 했기 때문이다.

물론 그들이 하나님께 예배 드리는 일 그 자체를 싫어하는 것은 아니다. 그들의 대부분은 어떻게 해서든지 완전한 신앙에 철저하려고 애썼다. 그러기에 부지런히, 그리고 열심히 기도를 했고, 날마다 성경 읽는 것이 일과요 낙이었다.

「마태복음」과 「마가복음」에 있는, 장님 눈뜨게 하는 대목이라든가, 「사도행전」 3장의 앉은뱅이를 걷게 하는 이야기라든가 다시 「마태복음」과 「마가복음」에서 중병 환자를 고치고 죽은 소녀를 살리는 말씀이라든가, 그 밖에 예수님이나 그 제자들이 기적을 행하는 구절들을 누구나가 죽죽 욀 정도인 것이다.

한편 설교도 무척 좋아하는 그들이다. 6·25 난리가 터지기 얼마 전이었다. 참으로 지극한 믿음과 사랑의 사도 같은 미국인 선교사가 와서 설교를 한 일이 있었다.

그 선교사는 일요일 낮 예배에 초청을 받았지만 거절하고 일부러 밤 예배에 참석했던 것이다. 그는 환자들의 육체에는 아무런 관심도 두는 것 같지 않았다. 개별적으로 대할 때나, 집단적으로 대할 때나 성한 사람을 대하듯 얼굴만을 마주 보며 미소를 보일 뿐 결코 파괴된 육체의 그 파괴된 부분에 시선을 던지는 일은 없었다. 그 선교사의 눈은 구경꾼의 눈이 아니었다.

역시 설교할 때의 태도와 내용도 달랐다. 우선 강단의 전등만을 남기고는 실내의 전등불을 전부 끄게 했다. 그는 그만큼 광명을 기피하는 환자들의 심리를 이해하고 그들 마음속에 조금이라도 안정과 평화를 주고 싶어했던 것이다.

그리고 설교의 내용도 딴 목사나 전도사와는 근본적으로 달랐다.

으레 이곳에 초청되어오는 설교자는 열이면 열, 천편일률적인 설교를 했다. 앉은뱅이를 걷게 하고, 소경을 보게 하고, 중환자를 낫게 하는 이야기를 하고는 여러분도 믿음이 강하면 하나님의 권능으로 완전함을 얻으리라는 식의 결론을 내렸다. 그런 설교자일수록, 불구자니 병신이니 하는 노골적인 말을 수없이 사용할 뿐 아니라, 순전한 관람객의 눈으로 환자들의 파괴된 육체의 치욕적인 부분을 힐끔힐끔 구경하기에 정신을 파는 일이 보통이었다.

그렇게 되면 환자들에게 있어서 그것은 예배 시간이 아니라, 최대의 치욕적인 시간인 것이다.

그들은 불구자니 병신이니 하는 말을 무엇보다도 싫어했고 그들의 파괴된 부분에 부어지는 남의 시선을 놀랄 만큼 민감하게 느끼는 동시에, 참을 수 없는 증오를 갖고 반발하는 것이었다.

그러나 전무후무하게 예배당 안의 전등을 끄고 설교한 그 미국인 선교사만은 단 한 마디도 불구자니, 병신이니 하는 말을 쓰지 않았다. 내용도 불구자나 중환자를 고친 얘기와는 영 딴판인 소돔과 고모라의 멸망하던 얘기였다. 결국 하나님의 뜻을 좇지 아니하는 자는 누구든지 멸망하리라는 것이다. 제아무리 지위가 높고 권세 있는 사람도, 돈 많은 사람도, 지식이나 재주가 뛰어난 사람도, 풍채나 인물이 잘난 사람도, 그리고 신체가 건강하다고 뽐내는 사람도 하나님의 뜻을 좇지 않고 어기는 자는 멸망하리라 했다.

오직 하나님의 뜻을 좇는 자만이 구원을 얻고 영생하리라는 것이다. 그러면 하나님의 뜻은 무엇인고 하니 사랑이라 했다. 하나님의 뜻대로 사는 일은 진심으로 하나님을 사랑하고, 인간을 사랑하고 더 나아가서는 원수까지라도 사랑하는 일이라 했다. 만일 이 세상

사람 가운데 여러분을 사랑하지 않는 사람이 있다면 그는 하나님의 벌을 받아 소돔과 고모라 성의 사람과 같이 멸망하리라 했다. 그러니 여러분은 여러분을 사랑하지 않는 사람까지도 사랑해서 부디 구원을 얻고 영생을 누리라는 것이었다.

이러한 설교는 어딘지 모르게 심장한 의미를 그들의 가슴속에 전해주는 것 같아서,

"오, 주여, 주여!"

하고, 부지중 외치는 사람조차 있었던 것이다.

그러나 대개의 딴 목사와 전도사들은 이 미국인 선교사와는 달랐다. 그들은 깊은 애정과 참된 동정을 갖고 환자들을 위해 설교하러 오는 게 아니라 일종의 구경꾼에 지나지 않았다. 그들은 이런 진기한 폐물 인간들을 혼자 보기는 아깝다는 듯이 두서너 명의 동행을 몰고 오기가 예사였다.

더러는 카메라를 메고 와서 환자들의 파괴된 육체를 고루 촬영하려 드는 자도 있었다. 그런 때의 환자들의 치욕감과 노여움은 말할 것도 없었거니와, 마리아 여사는 오히려 그들보다 더했다.

평시에는 그처럼 온화하던 여사가 얼굴이 빨개지도록 노하여 당장 카메라를 뺏어 동댕이라도 칠 듯한 기세로 그 앞을 막아서,

"같은 인간을 모욕하는 일은 삼가주세요."

야무지게 쏘아붙이는 것이었다.

그러면 사진을 찍으려던 당사자보다도 원장이 더욱 못마땅해했다. 그러나 아무리 원장일지라도 상상외로 격노한 마리아 여사의 기세와 번득이는 수많은 환자들의 눈총 앞에는 어쩌지 못하고 손님들을 몰고 총총히 물러가버렸다.

그러기에 환자들은 일요일이면 아주 질색이었다. 그러나 이번 주일에도 그들에 대한 모욕적인 계획은 준비되고 있었던 것이다.

예배 시간을 30분쯤 앞두고 미군 지프 차가 서너 대나 애호원 정문을 들어서 직원실 앞으로 달려 올라가서 멎었다.

마침 국군과 유엔군이 승승장구로 괴뢰군을 소탕하며 북진하여 초산을 점령했느니, 혜산진에 당도했느니 하고 머지않아 전쟁은 끝나고 남북한이 완전히 통일되리라고 떠들어대던 시기라, 이곳에도 미규 트럭이나 지프 차가 가끔 찾아오는 일은 있었다. 하지만 그 군용차들은 원조품 같은 짐짝들을 부리고는 이내 돌아가버릴 뿐, 별로 환자들의 신경을 자극하는 일은 없었다.

그렇지만 오늘만은 형세가 달랐다. 지프 차에서는 짐짝이 아니라 군복을 입은 외국인이 10여 명이나 줄렁줄렁 내려서 원장의 영접을 받으며 직원실로 들어간 것이다. 그들은 한결같이 크고 작은 카메라들을 메고 들고 있었다.

창 너머로 그 광경을 바라본 환자들의 얼굴에는 대번에 침울한 긴장이 번져갔다.

조금 있으려니까, 마리아 여사가 종종걸음으로 달려왔다. 여사의 얼굴은 창백하리만큼 질려 있었고, 눈에는 눈물까지 글썽해 있었다.

"유엔군의 종군 기자라나, 사진반원이라나 하는 사람들이 여러분의 예배 광경을 찍으러 왔습니다. 보통 사진만 찍는 게 아니라, 영화로도 찍을 모양이니까, 그렇게들 아시고, 예배당에 나오시고 싶은 분은 나오시고, 알아서들 하세요."

마리아 여사는 기운 없이 말하고 돌아갔다.

예배 시간이 되어도 환자들은 한 사람도 교회당에 나가지 않았다. 저저끔 방구석에들 처박혀 조용히 기도를 올리거나, 성경을 읽거나, 적개심을 담은 눈망울을 디룩거리며 앉아 있거나 했다.

외국인 촬영원들은 기괴한 파괴 육체의 행렬과 예배 광경을 캐치하려고, 예배당 주위에서 대기하고 있었다. 그래도 환자가 모이질 않으니, 원장은 속이 달았다. 그는 격노하여 펄펄 뛰며 환자 숙사로 쫓아 내려왔다.

"아, 왜들 이러구 있는 거요? 당신네들은 하나님께 대해서나 내게 대해서나 배은망덕하려는 거요. 지금 외국 손님들이 여러분의 불행한 모습을 찍어서 전세계에 보도해주려고 기다리고 있소. 그렇게만 되면 세계 각국에서 원조 물자가 산더미처럼 모여들 테니, 여러분도 더욱 풍족하게 지낼 수도 있고, 여러분과 같이 불행한 사람들을 더 많이 수용할 수 있지 않소. 그러니 심술들 그만 부리고, 곧 예배당으로 모여요, 당장들 모이란 말이오."

원장은 방방이 들여다보며 미친 듯이 소리를 질렀다.

"만일 여러분이 이렇게 나를 배반하고 반역한다면 이 애호원을 아예 폐쇄해버리고 말 테요."

이런 협박조의 말까지 원장의 입에선 튀어나왔다. 그러나 환자들은 까딱도 않고 버텼을 뿐 아니라 도리어,

"폐쇄할 테면 해봐요. 우리가 자치적으로 더 잘 운영해나갈 테니."

하고, 마주 냅다 쏘는 사람까지 있었다.

이것이 원장에게 오랫동안 품어온 그들의 불신과 반감이 정면으로 폭발된 시초였다. 하지만 사태가 그 이상 악화되지는 않았다. 그

러나 이때부터 벌써 어떤 불상사를 초래하게 될지도 모르는 노골적인 대립과 반목이 그들과 원장 사이에 더욱 심해지기 시작했다. 따라서 원장이 마리아 여사를 극도로 미워하고 못살게 들볶기 시작한 것도 이때부터였다.

그날 밤, 환자들은 뒷산에 올라가 가슴을 치고 울며 철야 기도를 했다.

"오, 주님이시여, 저희를 이런 굴욕과 수모 속에 두실 바에는 차라리 불태워버리시옵소서. 저희뿐 아니라, 도저히 구원을 받을 수 없는 간악한 무리들을 온통 태워버리시옵소서. 마리아 여사만을 남기시고, 이 애호원 전체를 소돔 고모라성처럼 깡그리 불태워버리시옵소서. 아닙니다, 차라리 이 지구덩이를 통째로 태워버리시옵소서…… 오, 주님이시여……."

그 처절한 울부짖음은, 마치 산 밑바닥에서 끓어오르는 음산한 신음 소리와도 같이, 어둡고 차디찬 밤하늘에 울려 퍼지는 것이었다.

전세는 다시 역전되어 도로 이쪽이 불리해지기 시작한 모양이었다. 마침내 중공군이 투입되었다는 소문이었다. 인해전술이라고 해서, 마치 밀물이 밀려들 듯이 사람의 수만 믿고 내리민다는 것이다.

그놈들은 식량으로 볶은 콩을 전대 같은 자루에 넣어서 어깨에 가로메고 그걸 바작바작 씹으며, 죽어도 뒤에서 그냥 개미 떼처럼 새까맣게 밀어닥친다는 얘기였다. 더러는 꽹과리와 날라리까지 울리면서.

이렇듯 어이없고 신기하면서도 은근히 입맛이 쓴 전쟁 얘기를 수군거리던 환자들 중에서,

"괜찮을까?"

갑자기 불안한 눈초리로 좌중을 둘러보는 자도 있었다.

"뭐가?"

"이, 서울 말야."

"설마한들 서울이야 다시 뺏길라구."

누가 그러긴 했지만 그들의 얼굴에 한결같이 공포감이 짙어가는 것만은 어쩔 수 없었다.

뒷산에서는,

"아, 아, 아, 아……."

하는, 무엇을 저주하는 것 같은 기성이 또 어둠을 헤치고 흘러왔다. 만실의 얼굴에 윤기가 더해갈수록 반대로 그 기성은 더욱 비통한 비명조를 띠어 듣는 사람을 몸서리치게 했다.

"빌어먹을…… 만실이가 글쎄 배가 불렀대."

방금 밖에서 들어온 한 사람이 실내를 둘러보며 엉뚱한 소릴 했다.

"뭐?"

혹은,

"그, 그게 정말야?"

여러 사람이 동시에 다그쳐 물었다.

이 괴이쩍은 소식을 날라온 사내는, 한 손으로 자기 배 위에 불룩한 꼴을 그려보이며,

"아, 이거야 보문 알 일인데 헛소문이 나겠어?"

내뱉듯 하고는,

"빌어먹을……."

무언가 몹시 분한 듯이 뇌까리고 한구석에 벌렁 누워버렸다. 기가 막혀 입을 벌린 채 서로의 얼굴들만 멀뚱히 마주 보는 그들은 똑같이 분하였다. 왜 그런지, 무어라 설명할 수 없이 그저 분하였다.

물론 그것은 가엾은 만실이와 마리아 여사에 대한 동정과 의분해서였을 것이다. 또한 맹렬한 질투에서이기도 할 것이다. 평생 여자의 보드라운 피부의 감촉을 모르고 지내야 할 그들이 공동으로 소유하고 있는 만실이었다. 한창 탐스럽게 피어오르는 만실의 육체는 그들을 은근히 취하게 했던 것이다. 그걸 어느 한 놈이 냉큼 가로채버린 것이다.

그들은 만실이나 그 모친과 함께 그들 자신도 여지없이 모욕을 당한 느낌이었다.

그들은 인제는 더 참을 수 없었다. 어느 놈인지 당장 그놈을 잡아내서 모가질 비틀어버려야 한다느니, 아예 그놈의 거기를 썩둑 도려내야 한다느니, 그들은 마치 벌집을 쑤셔놓은 것같이 술렁거리기 시작했다.

그럴 만도 했다. 만실의 배는 과연 누가 보아도 알아볼 만큼 불러 있었기 때문이다. 만실은 그러한 배를 하고 방에 가두어두면 나가려고 발악을 했고, 놓아주면,

"아, 아, 아, 아……."

그 정떨어지는 소리를 계속해 지르며, 함부로 휘젓고 싸돌아다녔다.

그 꼴을 보는 환자들의 밸은 참을 수 없이 뒤틀렸고 마리아 여사의 얼굴에는 더 어두운 그림자가 짙어갔다. 그러나 어느 놈이고 만실일 건드린 놈을 잡아내서 가만두지 않을 기세를 환자들이 보이자

마리아 여사는,

"여러분, 결코 하나님을 욕되게 해서는 안 돼요. 누군지 알게 되면 그 사람을 곱게 저한테 보내주세요, 저한테요."

그렇게 당부하고, 지그시 눈을 감더니,

"오, 주여, 주님이시여……."

괴로운 표정으로 주를 불렀다.

그렇지만, 환자들은, 이 일만큼은 범인을 잡아내는 길로 무섭게 처치해버리고 싶었다. 그대로 살려두고 싶지 않을 정도였다. 그들에게는 흥분하면 걷잡을 수 없이 잔인해지는 일면이 있었다. '이 꼴로 오래 살면 뭘 하느냐?' 하는 자포적인 심리에다가, 오랫동안 성한 세상 사람들에 대해서 품어온 질투와 반감과 증오심이 이런 때 한꺼번에 폭발하기 때문인 모양이었다.

그들은 범인 색출에 며칠을 두고 전력을 기울여 고심했다. 우선 20세 이상 30세 이하의 젊은 축부터 한 사람 한 사람 엄격히 심문해보았다. 하지만 한결같이 부인할 뿐이었다. 이래서 그들은 마침내 젊은이들을 고문하기로 정하고 1동 구석방에다 잡아 가두었다.

그러자 그 중의 한 놈이 미리 종적을 감추어버린 것이다. 어제 밤중이나 오늘 새벽에 도주해버린 모양이다. 제2동 1호실에 있던 한쪽 팔다리가 동강난 놈이었다.

그들은 몹시 당황하고 분해서, 비교적 보행이 자유로운 패를 골라, 애호원 내외를 샅샅이 찾아보았지만 이미 그림자도 보이지 않았다.

일이 이렇게 되고 보니, 그들의 울화통은 더욱 터질 지경이었다.

마리아 여사는 그만 기진맥진한 탓인지 홀몸이 아닌 만실을 방

속에다만 감금해두기가 애초로워선지, 근래에 와서는 딸을 방임해 두는 경향이 생겼다. 낮에도 밤에도 만실은 뻔질나게 밖에 나와 돌아다녔다. 손등이 얼어터져서 불긋불긋 피가 내번지기도 했다.

낮에는 양지쪽에 앉아서 해바라기를 하며 흙장난에 취하는 일도 있었고, 밤에는 산상 기도대들을 따라 산허리를 헤맸다. 물론,

"아, 아, 아, 아……."

하는 그 처절한 비명을 연발하면서.

그 꼴을 바라보는 환자들은, 눈물이 솟을 만큼 자꾸만 분해서 견딜 수 없었다. 그것은 지극히 복잡하고 미묘한 감정이었다.

마리아 여사는 전보다 더욱 긴 시간을 기도에만 바쳤다. 거의 하루 걸러 만큼씩은 뒷산에 올라가 철야 기도를 했다. 여사는 자기 개인의 소원을 호소하는 일은 별로 없었다. 주로 환자들을 위해서, 그리고 온 세상의 불행한 사람들을 위해서, 마지막으로 가엾은 딸을 위해서 기도했다.

여사는 환자들에게도, 썩어 없어질 육신만을 위해서 빌지 않고 영혼을 위해 기도하기를 권했다.

이러한 마리아 여사에 대해서, 왜 그런지 그들은 최근에 부쩍 더 미안한 생각이 들었다. 그래서 신의 권능에 회의를 품고 기도를 게을리하던 사람들까지도 요즘은 밤이 되면 거의가 산상 기도대에 참가했다.

찬바람이 쌩쌩 나뭇가지를 울리는 캄캄한 밤에 산이 떠나갈 듯이 울부짖는 그들의 기도 소리는 무서운 분노의 절규 같았다. 거기에 만실의,

"아, 아, 아, 아……."

소리까지 섞이면, 그것은 온누리에 대한 저주와 발악같이만 들렸다.

그들의 철야 기도가 더 광채를 띠기 시작한 것은, 전세가 점점 악화되어 서울 시내가 또다시 공포 속에 웅성웅성 들끓게 되면서부터였다.

서울 시내는 이북 피난민들의 홍수였다. 쿵쿵 하는 포성이 북쪽에서 간간 들려오기 시작했다. 공산군이 벌써 서울 주변에 육박했다는 소문이었다. 서울 시내는 온통 피난 준비로 야단법석들이었다.

서 원장은 집에 붙어 있는 날이 거의 없었다. 애호원 일은 직원들에게 밀어 맡긴 채, 첫새벽에 외출했다가는 밤중에나 돌아왔.

마리아 여사만이 여전히 환자들 숙사를 자주 드나들며 영 몸이 부자유한 사람이나, 병석에 누워 있는 사람을 위해서 정성껏 갖은 시중을 들며 돌보아주었다. 환자들이 공포에 싸인 표정으로,

"어떻게 될 것 같습니까, 서울이?"

초조히 물으면,

"그건 하나님께서만 아실 일입니다. 모든 것은 하나님의 뜻이니, 여러분은 하나님의 노여움을 풀기 위해 더욱 열심히 기도하십시오."

마리아 여사는 침착하게 대답했다.

환자들은 밤낮을 가리지 않고 기도에만 열중했다. 며칠씩 곡기를 입에 대지 않고 금식 기도하는 사람들도 있었다. 그들에게는 오직 그밖에 딴 도리가 없었다. 육체가 자유롭지 못한데다가 빈 주먹인 그들은 어떤 절박한 사태나 운명에 직면하면 신에게 매달리는 길밖

에 없었다. 신의 존재와 권능을 의심하는 자까지도 그럴 수밖에 없었던 것이다.

"오, 주여, 주님이시여, 저희들을 마침내 버리시려나이까. 정말로 버리시려나이까. 아무래도 벌받아 마땅한 저희들이라면, 악마의 손에 학살당하게 마시고, 신령의 사나운 불길로 깨끗이 태워버리시옵소서. 주여, 저희들을 차라리 순식간에 태워버리시옵소서. 죄 많은 이 땅을, 죄인들이 큰소리치는 지구덩이를 소돔과 고모라성같이 통째로 불살라버리시옵소서……."

그들은 목이 터져라 하고, 밤을 새워가며 미친 듯이 외치는 것이었다.

그러는 동안에도 전세는 점점 더 급박해왔다. 공산군은 서울 총공격을 위해, 서울 근교에 총력을 집중시키고 있는 것이었다.

그럴 무렵 그들을 격분케 하는 새로운 소문이 쫙 퍼졌다.

"가롯 유다가 우리 몰래 짐을 꾸리고 있다더라. 벌써 일부 가족은 멀찍이 피난을 시켰대."

뒤 이어,

"유다는 우리를 버리고 도망칠 궁리라더라."

그런 소문이 그들의 가슴속에 마침내 불을 질러버린 것이다.

"보내선 안 된다. 피난을 갈 테면 우릴 전부 데리고 가래라. 그렇잖거든 우리와 함께 여기서 죽자."

한 사람이 격분해서 고함을 질렀다.

"그렇다. 우리를 실컷 이용해 먹고 이런 땐 혼자만 쏙 빠져 달아나려는 자를 그냥 둘 순 없다."

누군가가 사납게 외치자, 딴 사람들도 일제히 호응하여 원장에 대한 비난과 욕설을 쏟아놓았다.
 "가자, 당장 유다를 붙들고 담판을 짓자. 만일 우리의 요구를 거절한다면 내버려둘 수 없다."
 한 자가 주먹을 내두르고 벌떡 일어섰다. 모두들 욱 따라 일어섰다. 제1동, 제2동의 환자들 60여 명이 통틀어 나선 것이다.
 이른 아침이다. 꽁꽁 얼어붙은 땅 위에 발소리와 쌍지팡이 소리를 거칠게 울리며, 격노한 불완전 인간의 떼는 서 원장네 집을 향해 밀려가는 것이다.
 두 다리가 없는 자, 두 팔이 끊긴 자, 한쪽 다리와 팔이 동강난 자, 두 개 이상의 수족이 비꼬여 건들거리는 자, 눈을 못 보는 자, 그리고 다리가 오그라붙어서 엉덩이를 추썩추썩 들추며 떨어져 쫓아가는 자…… 이러한 기괴한 행렬은 그 행렬 자체가 이미 하늘과 땅과 인간에 대해 그대로 격노한 광경이었다.
 다행히, 혹은 불행히, 원장은 벌써 외출하고 집에 없었다. 짐이란 짐은 모두 꾸려놓고, 부인과 식모만이 그것을 지키고 있었다.
 "원장님은 여러분을 데리고 가려고 동분서주하고 계십니다. 오늘도 첫새벽부터, 미군 당국에 그 교섭을 위해 찾아가셨으니, 점잖게 결과를 기다리세요."
 부인은 불안한 눈치였으나, 필사적으로 그렇게 환자들을 달랬다.
 그러나 아무도 그 말을 곧이듣지 않았다. 그들은 흥분 끝에 저저끔 고함을 지르고 공연히 직원실로 밀려가보았다. 거기도 숙직원 외에는 아무도 없었다.
 바로 그때 직원실 뒤에 붙어 있는 마리아 여사네 방문이 열리며 의아한 표정으로 여사가 나왔다.

"왜들 이러세요?"

"원장은 또 혼자서 슬그머니 도망갈 복장입니다. 그래 참고 있을 수 있어요?"

환자들의 격분한 눈이 일제히 마리아 여사의 얼굴로 쏠렸다. 여사는 그들의 험악해진 눈을 눈치챈 듯, 천천히 고개를 모로 젓고 나서,

"인간을 벌할 수 있는 것은 하나님뿐입니다."

아예 마음을 거칠게 먹어서는 안 된다고 타이르듯, 그들의 얼굴을 찬찬히 둘러보는 여사의 눈은 의외에도 질척히 젖어 있었다. 그리고 더없이 피로해 보였다. 여사는 어젯밤이나 오늘 새벽에 그들을 위해서 원장과 싸웠는지 모른다. 그들은 이 이상 여사를 더 괴롭히고 싶지는 않았다.

무엇인지 모르게 터질 것 같은 비분을 가슴에 품은 채 그들은 초연히 자기네 처소로들 돌아왔다.

그런 지 얼마 지나지 않아서 그들의 귀에는 또 다른 놀라운 소식이 전해졌다. 전시민은 즉시 서울을 철수하라는 포고문이 나붙었다는 것이다. 그들의 얼굴이 새로운 공포와 분노와 절망으로 한결같이 일그러졌다.

그들은 성한 사람들처럼 쉽사리 피난을 떠날 수 있는 처지가 아님은 물론이었다. 그렇다고 원장에게 기대를 걸기는 이미 틀린 일이었다. 꼼짝없이 공허와 공포의 무인 도시에 남는 수밖에 없었다. 그것은 곧 죽음을 의미하는 것이었다. 빨갱이들은 활동 능력이 없는 완전 불구자는 모조리 죽여 없앤다지 않느냐.

그들은 갑자기 입이라도 얼어붙은 듯이 말없이 핏발선 눈으로 서

로의 얼굴들만 바라볼 뿐이었다.

점심때가 지나면서부터, 한둘씩 이 애호원을 떠나는 환자가 나오기 시작했다. 그들은 불편한 대로 비교적 보행이 가능한 사람들이었다. 어차피 앉아 있다 죽을 바에는 가는 데까지 가보다가 죽자는 것이다. 그들을 위해서는 마리아 여사가 손수 창고 문을 터놓고 얼마씩의 식량을 나누어주었다.

나머지 환자들은 눈물을 흘리며 기도에 열중하는 사람, 모든 것을 체념한 듯이 멍하니 앉아 있는 사람, 눈에 살기를 띠고 줄곧 원장네 집만 감시하는 사람, 모두들 제멋대로였다.

그들에게 있어서 단 한 줄기 마지막 위안은 마리아 여사가 함께 남는다는 사실이었다. 누가 여사에게 남들처럼 어서 피난 가기를 권했더니,

"하남님께서 저더러는 이곳에 남으라고 하셨습니다."

엄숙하게 대답하더라는 것이다. 그 말이 너무나 깊고 넓은 여러 가지 의미로 그들의 가슴을 벅차게 때려서 그들 중에는 눈물을 머금는 사람조차 있었다.

이튿날 새벽녘께였다. 갑자기 애호원 내에서 하늘을 그슬을 듯이 치솟는 불길이 있었다. 원장네 집이었다. 아래층 둘레를 휘감은 악마의 혓바닥 같은 불길이 2층을 핥아 올라가고 있었다. 그 주위를 얼씬거리는 사람의 그림자가 여남은 명이나 그 불빛에 환히 비치어 보였다. 그것은 한결같이 추하게 파괴된 육체들이었다. 그 가운데서,

"유다의 화장이다."

"소돔 고모라의 멸망이다."

"불의 세례다."

폭발하듯 외치는 소리가 들렸다.

그러자 환자 숙사의 문이 방방이 열리며, 수십 명의 고장난 육체가 쏟아져 나와, 저저끔 환성 같기도 하고 비명 같기도 한 소리를 지르며 불길에 휩싸인 원장네 집 쪽으로 바삐 기괴한 걸음들을 옮겨 갔다.

그 패가 원장네 집 가까이 다다랐을 때였다. 2층에서는 별안간,

"아아."

하는 외마디 비명과 함께,

"아, 아, 아, 아……."

하는, 귀에 익은 비명이 날카롭게 들렸다. 뒤 이어 2층 유리창에는, 갈팡질팡하는 사람의 그림자가 비쳤다. 한 여자가 또 한 여자를 껴안고 이리 비틀 저리 비틀 하였다. 동시에,

"아, 마리아 여사닷!"

"마리아 여사닷!"

"마리아 여사와 만실이다."

하는 고함 소리에 뒤섞여,

"불을 잡아라, 어서."

"불을 꺼라, 꺼."

"뛰어내려요, 뛰어내려요."

"주여, 오, 주여, 주여……."

미친 듯 서로들 외치는 소리로 아우성이었다. 그렇지만 이 파괴된 육체들이 불을 끌 수 있기 전에 그 불길은 벌써 완전히 2층까지

삼켜버리고 말았다.

반 이상이나 불 속에 잠긴 원장네 집 둘레를 싸고 돌며 환자들은 거의 미치다시피 발악하듯 넋두리를 외치며 몸부림치는 것이었다.

"유다야, 유다야, 이놈, 유다야, 어느 틈에 어느 틈에 마리아 여사에게 집을 떠맡기고 쥐새끼처럼 도망을 쳤느냐. 요 악마의 괴수 같은 놈아."

"유다야, 이놈아, 네놈이 죽을 자리에 어쩌자고 우리 마리아 여살 대신 앉히고 도망갔느냐, 이놈아."

"도대체 하나님도 틀렸다. 하나님도 너무한다. 하나님 같은 건 아예 없다, 없어."

"하나님이구 뭐구 다 나와라. 부처님두 나와라. 산신령두 나와라. 귀신두 도깨비두, 뭐든지 다 나와라. 해보자, 해봐."

어둠 속에 하늘을 찌를 듯한 화광을 에워싸고, 부자유한 육체들이 펄펄 뛰며 절규하는 그 광경은 신도 외면할 지경이었다.

그러는 가운데,

"결국 의인을 내가 죽였다. 마리아 여사 모녀를 내가 죽였어, 내가……."

목이 메어 말을 못 맺고 불 속으로 뛰어드는 자가 있었다. 이 사건에 선두를 선 환자임에 틀림없었다.

옆에 사람들이 깜짝 놀라 그를 끌어냈을 때는, 이미 머리털이 타고, 얼굴 껍질이 익어서 벗겨진 채, 정신을 잃고 있었다.

누군가가 별안간 땅바닥에 털썩 주저앉으며 목을 놓아 울기 시작했다. 그러자 기다리고 있었다는 듯이 그들의 대부분이 엉엉 소리를 높여 따라 우는 것이었다. 그들은 모든 것이 원통하고 슬프기만

해서 견딜 수 없었던 것이다. 무슨 일이고 남달리 그들에게만 끝까지 가해지는 억울한 형벌 같았다.

　아직도 캄캄한 속에 그곳만이 충천하는 불길을 둘러싸고, 혹은 가슴을 치며 통곡하고, 혹은 몸부림치며 신을 저주하기도 하고 혹은 기진맥진해서 죽은 듯이 쓰러져 있고, 혹은 비틀비틀 서성거리며 마리아 여사의 이름을 불러보기도 하는 그들의 꼴은, 노한 듯이 타오르는 붉은 화광을 백그라운드로 하고 판화처럼 뚜렷이 떠올라, 그것은 그대로 마치 한 폭의 생생한 지옥도와 다름이 없었다.

___주_
1) 떠다박지르기도 : 마구 떠다밀어 넘어뜨리기도.
2) 소원所員 : 수용소나 보건소나 연구소와 같이 '소所' 자가 붙은 기관이나 직장에 몸담고 있는 사람.

공포

 통행 금지 사이렌이 울도록 병우 녀석은 집에 돌아오지 않았다. 전에는 이런 일이 없었다. 아무리 밤낮 쏘다니기 좋아하는 녀석이지만, 예비 사이렌이 울기까지는 으레 돌아올 줄 알았던 애다.
 "이 녀석이 웬일요. 오늘 밤은 안 돌아올 모양 아뇨?"
 "그러게 말예요. 혹시 무슨 사고라도 생긴 게 아닐까요."
 오인성 씨 내외는 슬그머니 걱정이 되었다. 중학교 2학년생인, 불과 열다섯 살짜리가, 놀러 나간 채 무단히 귀가하지 않으니 부모로서 걱정이 안 될 수 없었다. 가뜩이나 병우는 사고를 잘 저지르는 말썽꾸러기고 보니 더욱 그러했다.
 하기는 병우 때문에 오씨 내외가 속을 썩이고 걱정을 하게 된 것은 오늘에 비롯한 일은 아니다. 국민학교 때부터였다. 잠시도 차분히 집에 들어앉아 공부를 하는 일이라곤 거의 없이, 학교에서 돌아오는 길로 책가방을 아무렇게나 방구석에 휙 집어던지고는, 번개같이 밖으로 달려나가면 으레 어두워서야 돌아오게 마련인 병우였다.
 그러기에 녀석은 저녁 식사를 가족들과 한 식탁에서 먹어본 일이 별로 없을 정도다. 대개는 가족들이 상을 물리고 한참이나 있어야, 씨근덕거리며 뛰어 들어와 가지고 부리나케 아귀아귀 퍼 넣고는, 어느 틈엔가 도로 집을 빠져나갔다가 밤이 이슥해서야 돌아오는 나쁜 버릇은 국민학교 4~5학년 때부터 이미 몸에 배어 있었던 것이다.
 어떻게 해서든 그런 버릇을 고쳐주려고, 오씨 내외는 특히 부인 쪽이 더욱 애가 타서, 여러 가지로 노력해보았지만, 꾸중을 해도, 매질을 해도 혹은 갖은 수단으로 달래보아도, 병우의 천성이 그런지 무가내였다. 개심改心했다 싶어도 고작 하루 이틀뿐이었다. 심지어는 방에다 가두고 밖으로 문을 잠가보기도 했으나, 사흘이 채 못 가서, 마치 큰 병이나 앓고 난 애처럼, 입맛을 싹 잃고 전신의 살이 쪽 빠지도록 대번에 몸이 수척해질 뿐 아니라, 얼빠진 사람 모양, 생기 없이 축 늘어져버리는 바람에 도리어 부모 쪽이 당황한 나머지 어서 실컷 나가 놀라고 풀어놓아 주어야 했던 것이다.
 그러나 그때부터 병우는 잘 때 이외에는 집에 붙어 있지 않는 애가 되어버린 것이다. 그러면서도 머리는 과히 나쁜 편이 아니었던지 학교 성적은 항시 중 이상을 유지하고 있었으므로 어른들은 그것만이라도 다행으로 여기는 수밖에 없었다.
 그러나 문제는 그 이후에 있었다. 국민학교 상급생이 되면서부터 병우는 나가다니면서 차츰 사람을 치는 못된 버릇을 배우게 된 것이다. 그 증거로는, 병우에게 얻어맞아 상처를 입은 아이를 그 보호자가 데리고 와서 강경히 항의를 하는 일이 종종 있었던 것이다. 그때마다 오씨 내외는, 물론 정중히 사과를 하고, 상처가 심할 경우에는 치료비까지 부담하였지만, 부인과는 달리 오씨는 병우를 별로 나무라지 않았다.

"애들하고 좀 싸웠다고 그 앨 너무 윽박지르지 말아요. 지각이 있다는 어른들도 걸핏하면 맞붙어 싸우기가 일쑤인 요즘 세상에 애들이 어떻게 싸움을 안 하고 지낼 수가 있겠소."

병우를 꾸짖는 부인을 오씨는 이렇게 탓했을 뿐만 아니라,

"어쩌다 싸우는 긴 할 수 없다 져도, 번번이 남을 때려서 상철 입히니 걱정 아녜요. 그러다 사람 치는 게 재미가 들어 깡패라도 되어 버림 어떡한단 말예요."

부인의 이런 걱정에도,

"괜찮아요. 주먹이 세다고 다 깡패가 되는 건 아니니까. 사내자식이란 어려서부터 딴 애들에게 만날 얻어나 맞고, 비실비실 피해 다니게 돼선 못써요. 아이 적부터 상대가 어떤 놈이든 비위에 거슬리면 때려눕힐 만한 실력과 자신을 길리되야 하는 거요."

도리어 이렇듯 애보다도 한술 더 뜨는 오씨였다.

지나치게 엄한 조부와 부친 슬하에서 기를 못 펴고 성장한 탓인지, 오씨 자신은 유소시부터 오늘에 이르기까지 단 한 번도 누구와 주먹다짐을 해본 일이 없을 정도로 소심하고 패기가 없어, 항시 남에게 눌려서만 살아온 것이 한이 되고 보니, 내 자식만은 이런 무기력한 아비를 닮지 말고, 배짱도 있고 주먹도 센 놈이 되어주기를 은근히 바라온 씨라, 무리도 아니었다.

그만큼 완력, 권력, 금력에는 인연이 먼 오씨는, 40 평생을 살아오는 동안 오직 무력하기 때문에 겪어야 했던 갖가지 억울한 일들이

골수에 사무쳐 있었으므로, 우선 사람이란 주먹부터 세고 봐야겠다는 것이 씨에게 있어서는 굽힐 수 없는 지론이었던 것이었다. 더구나 법은 멀고 주먹이 가까운 한국 사회에 있어서는, 힘(여러 가지 의미의) 없는 사람은 만사에 죽어 지낼 수밖에 없는 처지니 그럴 만도 하다.

특히 씨가 자식 놈에 대해서 흡족히 여길 수 있었던 것은 병우는 저보다 작고 약한 아이들을 괜히 못살게 건드리거나 때리는 일이란 거의 없었기 때문이다. 어쩌다 밖에서 싸우는 현장을 목격하거나, 얻어터져가지고 보호자에게 끌려온 놈을 보더라도, 상대는 으레 병우보다 덩치가 큰 놈이었다.

약자를 농락하고 들볶는 짓는 소인의 비겁한 소행이라 하겠지만, 저보다 센 놈과 대적해 싸우는 경우에는 대개 참을 수 없는 의분과 용기가 필요한 법이라, 무작정 비난할 수만은 없는 일이다. 이런 점에서 오씨는 병우가 만일 저보다 작고 약한 아이들을 마구 건드린다면 단단히 꾸짖고 타이를 생각이지만 저보다 크고 센 놈하고는 아무리 싸우고 두들겨 맞거나 상대방에 상처를 입힐지라도 과히 탓하지 않기로 했던 것이다.

자식에 대한 오씨의 이러한 태도는, 자연 가뜩이나 과격한 병우의 성격과 생활을 더욱 조장하는 결과가 되어서, 중학교에 들어가서부터는 학교 성적도 나쁜데다가 잭나이프 같은 것을 숨겨가지고 다닌다든가, 중과부적인 때는 그것을 마구 휘둘러서 여러 명에게 창상을 입히는 일조차 있었으므로, 오씨로서도 더 이상 관용을 베풀 수는 없어서, 몇 번인가 불러 앉히고 엄하게 책망을 한 일이 있었던 것이다. 그러나 병우의 거칠어가는 생활은 이미 부모의 잔소리나 단속으로 시정될 단계는 지난 탓인지, 혹은 부모의 눈을 피해가며, 혹은 부모에게 반발해가면서까지, 저 하고 싶은 짓은 다 하고 돌아다니는 눈치여서 그렇지 않아도 오씨 내외는 병우 문제로 요즘 와서 부쩍 걱정이 더해졌던 참이다.

그러면 차에 아무런 연락도 없이 통금 시간이 지나도 병우가 돌아오지 않으니, 부모로서는 당황하지 않을 수 없었다. 다행히 쏘다니다가 시간이 늦어서 부득이 친구네 집에서라도 자고 온다면 또 모르지만 걸핏하면 상대 여하를 막론하고 싸움을 잘 걸다 보니 자연 적이 많을 것이라, 혹시 복수를 노리던 여럿에게 몰매라도 맞고 기절해서 길가에 쓰러져버리지나 않았을까 생각하면 오씨 내외는 가만히 있을 수가 없었다. 그렇다고 12시가 훨씬 넘은 지금, 허턱 찾아 나가볼 수도 없는 노릇이요, 그들 내외는 잠 한숨 제대로 이루지 못한 채 밤을 꼬박 새우다시피 했다.

"아무튼 난 출근을 할 테니 그 녀석이 돌아오든지, 무슨 소식이라도 있건 곧 알려줘요."

부인에게 일러놓고, 보림 여자 중고등학교의 서무과 직원인 오씨는 일단 출근을 했으나, 일이 제대로 손에 잡히지 않았다.

10시 가까이 되어서다. 사환애가 오 선생님 전화예요, 하기에 옳지 아내에게선가보다 싶어, 씨가 얼른 전화를 받아보았더니, 웬 낯선 남자의 음성으로 당신이 오인성 씨냐고 물었다. 오씨가 그렇다니까, 전화의 목소리는 그러면 오병우의 부친이 틀림없느냐고 재차 묻는 바람에,

"그렇습니다. 그런데 댁은 누구십니까? 그리고 우리 병우가 어떻게 됐습니까?"

어리둥절한 가운데 거푸 반문했더니, 상대방은 의외에도 ○○경찰서 수사계라면서 댁의 아들을 지금 여기에 보호중인데, 곧 좀 서로 와달라는 것이었다. 오씨가 깜짝 놀라서 도대체 어찌 된 일이냐고 되잡아 물어도 상대방은 와보면 알 거라면서 그대로 전화를 끊어버렸다.
  필시 남의 애라도 때려서 심한 상처를 입히고 서에 연행되었으려니 정도로 여기고 급히 ○○경찰서를 찾아간 오씨는 병우가 단순한 폭행 치상 혐의가 아니라 뜻밖에도 금품을 강탈한 노상강도의 현행범으로 체포되었다는 것이다. 소년 문제 담당 주임 형사에게서 이런 말을 들은 오씨는, 그만 눈앞이 아찔해져서, 한참이나 눈을 지그시 감고 한 손으로 이마를 받치고 있었다.
  형사의 설명에 의하면 병우는 어젯밤 으슥한 골목에서 모 고등학교 1학년생을 협박하고 현금 700원과 손목시계 한 개를 뺏아가지고 도주하다가 마침 순찰중이던 형사에게 체포되었다는 것이다.
  이런 놀라운 사실을 밝히고 난 형사는, 오씨네 가정 환경과, 병우에 대한 가정 교육의 방침과, 병우의 성격 및 평소의 소행, 취미, 장점과 단점, 교우 관계 등에 대해서 세밀히 캐물었는데, 오씨는 마치 자기 자신이 범행을 저지르고 취조라도 받듯이 굳어진 채 떨리는 음성으로 솔직하게 대답했다. 형사는 연방 고개를 끄덕거리며, 그 대답의 요점을 메모하고 나서,
  "줄창 쏘다니며 싸움하기 좋아하는 걸 방임해두셨다는 건, 분명히 큰 실수였군요. 더구나 그 교우 관계에 너무나 무관심하셨다구요. 어땠든 앞으로 감독을 철저히 하셔야 하겠습니다."
  사뭇 걱정이 된다는 표정이었다.

오씨는 자식 놈이 이런 엉뚱한 과오를 범하게 된 것은, 오로지 자신에게 책임이 있다면서 수없이 머리를 숙인 다음,

"차후로 다시는 이런 일이 없도록 제가 책임지고 철저한 감독과 엄한 지도를 하겠습니다. 그러니 그 녀석의 장랠 생각해서 한 번만 관대한 처분을 내려주실 수 없으시겠습니까? 부탁입니다. 부탁예요."

울먹이는 소리로 애원하듯 했다.

형사는 담배 연기를 내뿜으며 한동안 말없이 고개를 기웃거리다가, 2 대 1이긴 하지만 자기보다 큰 놈을 맨주먹으로 협박 끝에 금품을 강탈했다는 점으로 미루어 배짱이 대단한 상습적인 소년범이거나, 아니면 배후에서 사주해온 강력한 주모자가 따로 있지나 않나 하는 점에서 예의 추궁을 해보았지만, 그런 증거는 잡을 수 없다는 점, 엄연한 학생이라는 점, 가정 환경이 나쁘지 않다는 점, 학교의 성적은 좋은 편은 아니나 출석률은 나쁜 편이 아니라는 점, 그러니 평시에 주먹에 자신을 갖고 있었으므로 일시적인 지나친 호기심과 그릇된 영웅심에서 순간적으로 저지른 범행 같다는 점, 그리고 이 사실이 부모와 학교에 알려질 것을 겁내고 벌벌 떨면서, 진심으로 과오를 뉘우치는 빛이 있었으므로, 보호자가 정말 책임을 진다면 이번만은 특별히 훈계방면키로 할 테니 앞으로는 가정에서 좀더 적극 선도해달라는 담당 주임 형사의 말을 들으며 오씨는 수치와 자책과 감격에서 흘러내리는 눈물을 연방 훔치기에 바빴다.

잠시 후, 오씨는 신병 인수서에 서명날인한 다음 병우 녀석을 데리고 터덜터덜 돌아오는 길에도 자식 놈에게 말 한 마디 건넬 기력과 여유가 없었다. 내 자식이 강도질을 하다니 하는 생각을 하면 할

수록 눈앞이 캄캄하기만 했다. 이런 일이 있은 뒤로 오인성 씨는 자식에 대한 태도가 달라질 수밖에 없었다. 전과는 딴판으로 사사건건이 간섭을 했고 엄격해진 것이다.

씨는 우선 병우의 일과표를 손수 작성해주었다. 기침 시간에서부터, 등교 시간, 하학 후의 귀가 시간, 학습 시간, 자유 시간, 그리고 취침 시간에 이르기까지, 세밀히 계산을 해서 기입했고, 비록 자유 시간일지라도 대개는 집 안에서 주로 놀도록 하되, 밖에 나가 놀 수 있는 시간은 저녁 식사 후 40분뿐이었는데, 그 경우도 반드시 어디 가서 누구와 함께 놀다 오겠다는 사전 승낙을 받게끔 만든 것이다.

한편 이 규율을 엄수하면 하루에 10원씩 계산해서 상금을 주고 만일 규율을 어기는 때는, 한 번 어기는 데 대해서 한 끼씩 밥을 굶기고, 그것이 거듭될수록 딴 방법의 엄한 벌을 가중하기로 규정한 것이다.

그러나 이러한 규율을 병우는 불과 한 주일도 제대로 지키지 못했다. 첫째로 하학 후, 귀가하는 시간이 늦어지기 시작한 것이다. 교내 운동 서클인 유도부에 들어 있었던 병우는 그 모임과 연습 때문에 늦어졌다면서 저녁 식사 시간이 되어서야 돌아오곤 했다. 그리고 저녁 식사 후의 자유 시간을 이용해서 외출했다가는 10시가 넘도록 안 돌아오는 일이 많았고, 그렇다고 꾸중이 심해지면 일단 집에 돌아와서 자기 방에 들어가 공부하는 척하다가 어느 틈엔가 담을 타고 넘어서 몰래 빠져나가버리는 것이었다. 그래서 처음에는 벌칙대로 밥을 굶겨도 보았지만, 친구네 집에라도 가서 얻어먹는지 보통으로 여겼다. 도리어 하루 한 끼씩은 집에서 먹지 않을 테니 그 대신 맘대로 나가 놀게 해주었으면 하는 눈치였다.

오씨는 생각다 못해 학교의 유도부는 그만두게 하고 저녁 식사 후에는 씨 자신이 마치 감시병처럼 병우를 지키기로 했다. 그래도 신통한 효과는 없었다. 이 핑계 저 핑계 대가며 학교에서 늦게 돌아오기는 매일반이었고, 밤에는 변소에 가는 척하다가 곧장 밖으로 도망쳐버리거나 심지어는 씨가 변소엘 가든지 잠시 딴 데 정신을 파는 사이에 후닥닥 집을 뛰쳐나갈 만큼 병우는 노골적인 태도로 나오기 시작한 것이다. 마침내는 회초리를 장만해놓고, 멍이 들고 피가 내번지도록 종아리도 쳐보았지만, 막무가내였다. 병우는 흡사 외출증이나 옥외 배회중이란 병이라도 있어서 거기에 걸린 사람 같았다.

하도 속을 썩이던 나머지 오씨는 아들놈을 붙들고 훌쩍훌쩍 울면서, 네가 아비 어미를 말려 죽이려느냐고 사정도 해보았는데 그때만은 병우도,

"아버지, 용서해주세요."

하고, 방바닥에 엎드려 엉엉 소리 내어 울기에,

"네가 그처럼 잘못을 뉘우칠 줄 안다면, 이제부터라도 제발 좀 맘을 바로잡아 규율 있는 생활을 해주려무나."

졸라보았지만 병우는 눈물을 닦고 일어나 앉아 괴로운 표정으로 한곳을 멍하니 바라보고 있다가,

"전, 저 자신을 맘대로 할 수 없어요. 정말예요, 이젠 어떻게도 할 수 없어요."

이러고 다시 쿨쩍거리기 시작했다. 이 말을 들은 오씨는, 마약 중독자가 아무리 맘을 굳게 먹어도 자신의 힘으로는 도저히 자신을 어떻게 할 수 없다는 말과 비슷한 뜻으로 해석하고, 부인과 함께 땅

이 꺼지게 한숨을 내쉴 뿐, 당장은 무어라고 대꾸해야 좋을지를 몰랐다.

　병우가 저렇게까지 자신의 그릇된 생활 태도를 반성하고 괴로워하면서도 고치지 못하는 걸 보니, 천성이 그런데다가 어떻게 할 수 없을 정도로 그런 생활이 이미 몸에 깊이 밴 모양이라, 단시일에 시정할 도리는 있을 것 같지 않아서 장기전으로 나가는 수밖에 없다고 각오한 오씨는, 자연 아들에 대한 감독을 좀 늦추게 되었는데, 그러고 보니, 병우의 생활은 나날이 더욱 무질서해지고 거칠어만 가는 것 같아서 그대로 보고만 있을 수 없는 부모의 심정이었다.

　집에 돌아오나 직장엘 나가나 아들의 일이 머리를 떠나지 않는 오씨는, 신문이나 라디오 같은 데서 불량 소년 문제가 다루어지면 빼놓지 않고 읽고 들었고 한편 여자 중고교에 직장을 갖고 있느니만큼, 불량기 있는 아이들을 다루는 훈육 선생들의 태도에 비상히 관심을 모아왔는데, 한번은 탈선 행위로 자주 말썽거리가 되어 온 한 학생의 퇴학 문제를 놓고 열렸던 직원 회의를 마치고 나온 훈육 주임과 얘기를 나누던 끝에, 오씨가 아들놈의 얘기를 슬쩍 비치고 걱정을 했더니, 여러 가지 의견이 나온 가운데서 특히 불량 소년 소녀들을 조사해보면, 그 대부분이 좋지 못한 교우 관계에서 온 경우가 많으니, 그 점을 잘 알아보고 나쁜 친구가 있으면 멀리하고, 좋은 친구와 사귀게 해주라는 말이 유난히 가슴에 박혔다.

　그 말을 듣고 보니, 병우 일로 경찰에 불려 갔을 때, 주임 형사가 교우 관계를 잘 살피라고 한 말이며 신문이나 라디오에서 불량 소년 문제가 취급될 때도 흔히 교우 관계에 대한 말이 나오던 것이 생각나서, 역시 그 점에 너무 무관심해왔음을 깨닫고, 오씨는 그로부터 병우의 교우 관계를 여러 가지 방법으로 자세히 캐보기 시작한 것이다.

　오씨는 자신의 중학교 시절을 회상하고, 그 당시 가장 다정하게 지내던 친구들의 얘기를 들려준 다음 지내놓고 보면 역시 중학교 때 허물없이 사귀어 놀던 친구들과의 일이 가장 아름다운 추억으로 남는다면서, 병우더러도, 가장 가까운 친구가 몇이나 되느냐, 누구누구냐고 넌지시 물어보았지만, 별로 가깝게 지내는 친구가 없다면서, 그 문제에 대해서 병우는 이상히도 명확한 대답을 하려 하지 않았다.

　그러고 보니 정말 병우는 국민학교 상급반 때부터, 친구를 집에 데리고 오는 일이 거의 없었을 뿐 아니라, 동네에서 친구들과 얼려 노는 것을 본 기억조차 오씨에게는 별로 없었다. 그러면서도 병우는 집에 붙어 있는 일이라곤 거의 없이 줄창 밖으로만 쏘다녔는데, 도대체 누구와 어디에 가서 무슨 짓을 하며 노는 것인지 전혀 알 수가 없는 일이었다. 이에 더럭 의심이 커지기 시작한 오씨는 직접 병우를 통해서가 아니라 병우의 국민학교 때 동창생들을 갖은 수단으로 이용해서 병우가 주로 어떤 애들과 어디에 가서 무엇을 하며 노는지를 알아보았는데, 그것도 두세 애만 가지고는 요령부득이어서, 한 달여를 두고 10여 명에 달하는 동네 아이들을 끈기 있게 접한 끝에, 씨가 겨우 그 윤곽을 포착해낸 병우의 교우 관계란 이런 것이었다. 즉, 병우와 국민학교 동창생 가운데 '장대'라는 별명을 가진 장대식이라는 아이가 있어서 국민학교 5학년 때부터 벌써 자기 반에서 뿐만 아니라, 전교에 아무도 적수가 없을 만큼 무서운 아이로 알려져 있었는데 당시부터 장대는 주먹깨나 쓴다는 애들만 골라서 부하를 삼았으며, 병우도 그 당시 장대의 심복이었으니까, 지금도 장대 패에 섞여 다닐 것이라는 얘기다. 이만한 사실도 주위에서 잘 모를 만큼 장대 일파는 놀랍도록 비밀히 행동을 한다는 것이다.

오씨는 내친걸음에 장대식이라는 아이의 집을 알아냈고, 동네 노파들의 입에서 그의 가정 내막까지 얻어들을 수가 있었다. 장대식은 늙은 외조모와 40쯤 되었을 어머니와, 성이 다른 형과 네 식구가 비교적 깨끗한 판잣집에 살고 있었는데, 그 어머니는 근처의 시장 모퉁이에서 조그만 대폿집을 경영하고 있다는 얘기였다.

이런 조사를 오씨가 내막적으로 진행하고 있을 무렵에 하루 저녁은 병우가 또다시 한쪽 손에 붕대를 감고 창백한 얼굴로 돌아와서는 어른들에게 외면한 채, 말 한 마디 없이 자기 방으로 들어가버렸다. 수상하게 생각한 오씨 내외는 병우를 안방으로 좀 건너오라고 불렀다. 그러나 병우는 대답도 하지 않았고, 아무리 불러도 건너오려고도 하지 않았다. 할 수 없이 어른들 쪽에서 병우 방으로 건너가 보니 병우는 핏기 없는 얼굴로 얼빠진 사람 모양 멍청히 앉아서 한쪽 벽만 바라보고 있었다. 오씨 부인이 먼저,

"얘야, 너 또 웬 손을 다쳤느냐?"

걱정스레 물으며 붕대가 감긴 오른손을 만져보려니까, 병우는 불시에 으흑 하고 울음을 터뜨리는 동시에 어머니 무릎 위에 푹 쓰러져 엉엉 몸부림치며 울기 시작했다.

오씨 내외는 영문을 몰라 불안한 얼굴로 마주 보고 나서, 아들놈을 간신히 달래어 일으켜 앉히고 붕대를 끌러보았더니, 끔찍하게도 새끼손가락 끝마디가 절단되어 있었다. 오씨 부인은 숨이 막혀 몸을 부들부들 떨며 한동안은 말도 하지 못했고, 오씨가 겨우 정신을

가다듬고,

"어찌 된 일이냐, 이게? 응, 손가락이 왜 이렇게 됐어, 왜?"

다급히 사유를 캐물었다. 그래도 병우는 좀처럼 입을 열려 하지 않다가,

"이놈아, 너 장대 일파와 몰려다니며 행팰 부리더니 종래 이 꼴이 됐구나. 이 녀석아, 이러다가 나중엔 뭐가 될래, 징역살일 할 테냐, 징역살일?"

고함을 지르니까, 그제야 병우는 장대 일파란 말에 놀란 듯이 부친을 돌아보고,

"알고 계셨군요."

힘없이 말했다.

"내가 모를 줄 알았니? 죄다 알고 있다. 네놈들이 무슨 짓을 하고 다니는지 죄다 알고 있단 말야."

오씨는 이렇게 넘겨짚고 나서,

"네가 한시바삐 그놈들과 손을 끊지 않으면 손가락 한 개나 징역살이 정도가 아니라, 네 몸뚱이가, 아니 언제 누구 손에 무슨 변을 당하게 될지도 모른다. 이놈아 그래도 정신을 못 차리겠느냐."

닦아세웠더니, 병우는 마침내 체념한 듯, 호소하듯 그러나 주저주저 입을 열기 시작한 것이다.

병우가 대식의 부하로 점 찍히게 된 것은 국민학교 5학년 때였는데, 어느 날 대식이 아무도 없는 곳으로 슬그머니 병우를 불러가지고, 병신 같은 것들 가운데서 그래도 너만은 쓸 만해서 골랐으니, 오늘부터 내 꼬붕이 되라고 했을 때, 병우는 감히 거절할 용기도 없었거니와, 한편으로는 영광으로 생각하고 우쭐하기조차 했다는

것이다.

　병우는 대식의 명령대로 부하가 될 것을 응낙했더니, 대식은 호주머니에서 손칼을 꺼내어 그 끝으로 자기의 오른쪽 무명지 끝을 1센티 가량 쨴 다음, 거기서 나오는 피를 병우더러 빨아먹으라고 했다. 병우는 어쩔 줄 몰라 쩔쩔매다가, 재촉을 받고야 할 수 없이 하라는 대로 했더니, 이번엔 병우의 오른손을 끌어다가 칼끝으로 역시 무명지 끝을 1센티쯤 째고, 거기서 흐르는 피를 대식이가 쭉쭉 빨아먹었다. 그리고는 위압적인 목소리로,

　"우린 이제 남이 아니다. 피를 나눠 먹었으니 부모나 형제보다도 더 가까운 사람이다. 그러니까 죽을 때까지 헤어져도 안 되고, 배신을 해도 안 되고 우리의 비밀을 지켜야 한다. 알았니?"

　이렇게 다짐을 했고, 병우는 겁에 질려 떨리는 음성으로 겨우 알았다고 대답했다. 대식은 그만큼 아이들에게 미치는 '힘'의 영향력이 컸다. 그렇다고 그가 반드시 몸집이 남보다 크다거나, 여력膂力[1]이 과인한[2] 것도 아니건만 그에게는 어딘지 모르게 사람을 위압하는 무서운 기백 같은 것이 있었다. 실지가 대식이보다도 덩치가 크고 뚝심이 센 놈도 감히 대식이에게는 덤비지 못했고, 멋모르고 붙었다가도 대번에 야코[3]가 죽어버리고 마는 것이다.

　그러한 대식이었지만 함부로 까불거나 괜히 남을 못살게 건드린다든지 들볶는 일은 거의 없었고, 성적도 중 정도였으며, 평시에는 눈에 띄지 않을 만큼 평범한 아이였다. 다만 웃는 낯을 보이는 일이 없는데다가 말수가 적고, 대개는 저 혼자서 탐정 만화나 소설 같은 것을 탐독하는 것이 특징이라면 특징이었다. 그 중에서도 「홍길동전」은 그가 가장 애독하는 책으로서, 거의 암송하다시피 했는데, 한

번은 선생님이 반 애들에게 커서 어떤 인물이 되겠느냐고 물었을 때, 대식은 서슴지 않고,

"전 홍길동 같은 사람이 되겠습니다."

해서 선생님을 웃기고, 반 아이들을 놀라게 했을 정도였다.

그러한 대식은 주먹깨나 쓰고, 좀 괄괄한 애들을 거의 자기 수중에 넣고 있었는데, 결코 부하 전원을 한자리에 집합시키는 일은 없었다. 네댓 명씩을 단위로 여러 개의 조組를 편성해놓고, 날짜와 시간을 조마다 따로따로 배정한 다음, 그 한 조씩만 이끌고 한강변 모래사장이나, 근교의 산록이며 들판 같은 데 나가서, 달리기, 씨름, 유도, 권투, 당수 연습과 흉내로 심신을 단련시키는 것이었다.

대식은 부하들에게 세 가지의 엄명을 내리고 있었다. 첫째는 자기의 명령에 불복해서는 안 된다는 것, 둘째는 자기들의 관계를 아무에게도 부모나 형제에게도 발설해서는 안 된다는 것, 셋째는 시간이나 그 밖의 약속을 엄수해야 한다는 것이었는데, 만일에 이 지시 사항을 어기면 그냥 두지 않는다는 것이다. 이 밖에 더 무서운 사실은, 일단 대식의 부하가 된 이상은 아무도 그와 임의로 인연을 끊을 수 없다는 사실이다. 만약 그를 배반하고 돌아서는 놈은 반드시 죽여 없애고야 말리라는 것이다.

이것이 두려워서 병우는 지금까지 장대패에서 발을 빼지 못하고 오늘까지 질질 끌려오게 되었던 것이다. 그런데 1년 전까지만 해도, 그저 괜히 까불고 다니거나 재고 다니는 애들을 때려주자는 명령이 고작이었으나, 얼마 전부터는 마차나 트럭 위에 날쌔게 뛰어올라, 거기에 싣고 가는 물건을 훔쳐내라는 지시를 내리더니 최근에 와서는 반반하게 차리고 다니는 돈푼이나 있어 보이는 중고교생을 협박

해서 현금이나 시계나 만년필 같은 것을 강탈하라는 명령이 내리기 시작했다는 것이다. 아무리 그것들을 훔치고 빼앗아서는 가난한 사람들 도와주는 게 목적이라고 하지만, 병우로서는 차마 남을 치고 금품을 강탈하는 짓까지는 할 수 없다는 것이다. 그래서 오늘은 마침내 결심하고 딴 짓은 다 명령에 복종하지만 그 명령만은 복종할 수 없다고 거절했더니, 명령에 불복한 본보기라면서 이렇게 새끼손가락을 썩둑 끊어버리고 말았다는 것이다.

대략 이런 경위를 병우에게서 듣고 난 오인성 씨는 어이가 없는 가운데도, 대식이란 놈에게는 말할 것도 없이 병우에 대해서까지 치솟는 분노를 금할 수가 없었다.

"이 병신 같은 녀석아, 그래, 그 지경을 당하고도 잠자코 돌아왔어. 당장에 그놈의 손가락을 같이 잘라주고, 다신 너 같은 놈 상댈 않겠노라고 절교를 선언하고 오지 못해."

"아버진 몰라서 그래요. 장대는 정말 사람을 죽일 수 있는 애예요."

"말론 그러지만 제 놈이 정작 사람을 어쩔 테냐."

이러긴 했지만, 오씨는 내심 찔끔하지 않을 수 없었다. 병우의 태도가, 대식이 능히 사람을 죽일 수 있으리라고 너무나 굳게 믿고 있는 표정이었을 뿐 아니라, 자기의 명령을 거역했다고 해서 이토록 잔인하게 남의 손가락을 잘라버리는 놈이라면 과연 어떤 무서운 짓인들 못할까 겁도 났기 까닭이다.

"아녜요. 그 앤 무서운 애예요."

공포에 찬 얼굴로 몸을 부르르 떨며, 병우가 혼잣말처럼 다시 중얼거리는 말에,

"그런 악독한 놈을 그냥 둬. 당장 경찰에 고소해서 잡아넣고 말아야지."

오씨는 쏘아대고 나서, 병우의 손가락을 이렇듯 무참히 찍어버린 데 대해서나, 병우를 불량 조직에 묶어놓고 놓아주지 않을 뿐 아니라 절도와 강도질까지 강요하는 행위에 대해서나, 정말 그놈을 고소하는 길밖에 없다고 생각했다.

"대체 누가 그 앨 걸어서 고소해요?"

"누구라니. 이 지경이 되고도 가만 있을 테냐. 내가 하지, 내가 고소하마."

오씨는 버럭 소리를 지르자,

"안 돼요, 안 돼요, 그건 안 돼요."

병우는 미친 사람처럼 머리를 내저으며 외쳤다. 오씨가 만일 대식이를 고소하게 되면, 병우와 오씨는 반드시 그들 일당의 손에 귀신도 모르게 죽게 되리라는 것이다.

"두목이 들어갔는데 설마 밑엣놈들이 그렇게까지 나올 수 있겠느냐?"

"아녜요, 건 아버지가 몰라서 그래요. 몰라서 그래요."

병우는 절망적인 어조로 중얼댔다.

"그렇지만, 누가 고소했는지 모를 거 아니냐? 경찰에 부탁해서 비밀히 해달라면."

"왜 몰라요. 결국은 다 알게 될 텐데, 꼬붕들이 가만히 있겠어요? 꼬붕들 중엔 장대를 위해서 목숨이라도 바치려는 놈이 수두룩하니까요. 그리고 장대가 풀려나와가지고, 잠자쿠 있겠어요?"

대식을 고소한다는 것은 어림도 없는 일이라는 것이다. 이렇듯 장대 일파에 대해 완전히 공포증에 걸려 있는 병우와 더 얘기해봤자, 그 앨 일층 불안케 하고 흥분시키는 결과밖에 안 되겠으므로 다행히 상처는 병원에서 치료를 받고 왔기에 그대로 푹 쉬게 해주고, 오씨는 겁에 질려 혼 나간 사람처럼 앉아 있는 부인을 재촉해가지고 안방으로 건너와버리고 만 것이다.

그러나 아무리 생각해보아도, 이 사건을 이대로 넘겨버릴 수는 도저히 없었다. 후환이 두려워 내버려둔다면 병우는 언제까지나 그들의 깡패단에서 발을 빼지 못할 테니, 전도를 완전히 망치게 될 뿐 아니라, 어떤 무서운 비극을 초래하게 될지도 모르는 일이니 말이다. 그래서 오씨는 결심하고, 병우에게는 물론 부인에게도 몰래 ○○경찰서의 소년범 담당 주임 형사를 찾아가서, 병우가 당한 일을 낱낱이 털어놓고, 장대식을 고발해버리고 말았던 것이다.

그러나 지내놓고 나서, 병우의 말대로 그것이 얼마나 커다란 실수였는가를 오씨는 마침내 깨닫게 되고야 말았다.

오씨가 경찰서를 다녀온 이튿날 저녁때였다. 마침 가족들이 저녁상을 받고 있노라니까, 별안간 병우가 얼굴색이 새까맣게 죽어가지고, 흥분해서 뛰어 들어오는 길로,

"아버진 너무해요, 아무것도 모르면서 너무해요. 배신자예요. 왜, 왜, 장댈 찔러 넣었어요? 네, 왜 고솔 했느냐 말예요. 이젠 난 죽어요. 난 죽는단 말예요. 아버지 때문에 난 죽는 거예요. 그렇다고 아버진 무사할 줄 알아요? 아버지도 결국 복술 당하고 말 거예요. 아버진 바보예요, 바보, 바보……."

미친 듯이 울부짖으며 펄펄 뛰는 것이었다.

"병우야, 얘야, 좀 진정해라, 진정해. 이러지 말구 우리 찬찬히 얘

기해보자."

오씨 내외가 사정하듯 아무리 붙들고 달래어도, 병우의 흥분은 가라앉지 않을 뿐만 아니라, 점점 더 격앙해가지고,

"난 죽어요, 죽는단 말예요. 내가 경찰서에 쫓아가서 아버지가 한 말은 전부 거짓말이라구 하구 아무리 장대를 변호해주었지만, 그래도 걔들은 날 용서해주지 않을 거예요. 날 배신자로 단정하구, 걔들은 저희들끼리 복수 계획을 짜구 있어요. 아버지와 난 영락없이 걔들 손에 죽어요. 며칠 못 가서 죽는단 말예요. 며칠이 뭐예요. 난 낼 안으로 없어질 거예요. 낼 안으로…… 그럴 바엔, 난 내 손으로 죽을 테야요. 차라리 내 손으로 자살해서 배신자라는 억울한 죄값을 할 테예요. 난 나쁜 놈예요. 장맬 배신한 난 정말 나쁜 놈이란 말예요. 그러니까 난 죽어야 해요. 당장 죽어 없어져야 해요. 칼, 칼 어딨어요."

병우는 벌겋게 충혈된 눈으로 방 안을 두리번거리다가 제정신이 아닌 듯 대뜸 부엌으로 뛰어가는 것이다.

"얘, 이놈아."

소리를 지르며 금시 오씨가 쫓아나가 두 팔로 아들을 얼싸안았기 망정이지, 그렇지 않았더라면, 병우는 정말 식도를 찾아 들고 무슨 끔찍한 짓을 저질렀을지도 모르는 일이었다.

그날 밤, 오씨 내외는 병우를 지키고 앉아 밤을 새우다시피 했는데, 사태가 이쯤 되고 보니 까딱하면 과연 어떤 엉뚱한 일이 벌어질지 모르는 터라, 오씨 자신도 차츰 겁이 났으므로,

"병우야, 내가 너 몰래 대식일 고발해버린 건 실수였다. 내, 내일 아침 일찌감치 경찰에 찾아가서, 내가 잘못 알고 고소한 것이라고

충분히 해명을 하고, 대식일 데려올 테니 안심해라."

이런 말로 병우를 열심히 달랬다. 그제서야 병우는 다소 흥분이 누그러져서,

"그렇다고 장대가 우릴 용서해주지 않을 거예요. 그렇지만 그렇게 해주신다면 복수를 당해도 한이 없겠어요. 그리구 한 가지만 더, 아버지가 대식을 만나서 꼭 사과해주세요."

겨우 병우 입에서 이런 말이 나오게끔 된 것이다.

이튿날 아침, 꼭 중병을 치르고 난 사람처럼 하룻밤 사이에, 몰라보게 수척해진 병우 곁을 잠시도 떠나지 말고 지키라고 부인에게 일러놓고, 오씨는 분주히 집을 나섰다. 그러자 15, 6세짜리 웬 소년이 두 명, 골목 모퉁이에서 이쪽을 지켜보고 있었다. 오씨가 모르는 체하고 골목을 빠져나가 한길 쪽으로 꺾으려니까, 그중 한 놈이 슬그머니 따라오다가,

"병우 아버지죠?"

물었다.

"그렇다, 넌 누구니?"

"병우 친구예요."

그러고도 그냥 따라오기에 오씨는 기분이 좋지 않아서,

"난 지금 대식일 데려 내오려고, 경찰서에 가는 길이다."

일부러 그걸 밝히고 돌아서려는데,

"대식인 벌써 풀려나온 걸요."

소년은 비웃듯이 대답하였다.

"그래, 언제?"

"어젯밤 늦게요."

뜻밖의 대답이어서 오씨는 머쓱해지며 맥이 탁 풀렸다.
 오씨가 가서 사정을 해서 데려 내온 것이 아니라 저절로 풀려나왔다면 일은 더욱더, 오씨 부자에게 불리하게 된 셈이다. 그러나 이왕 나섰던 걸음이니, 그것이 사실인지도 알아볼 겸, 오씨는 그 길로 경찰서에 찾아가보았다.
 낯이 익은 주임 형사는 오씨에게 의자를 권하고 나서 병우가 급히 찾아와가지고, 자기 손가락은 절대로 대식이가 자른 것이 아니고, 담력 내기를 하다가 제 손으로 찍었다면서, 자기가 줄창 대식이와 얼려 놀러만 다니고 공부를 안 하니까, 아버지가 홧김에 오해한 나머지, 이번 일은 모든 것을 아버지가 잘못 말한 것이니 아무 죄도 없는 대식이를 놓아달라고 필사적으로 졸라대는 것을 보니 댁의 아들과 대식이와의 관계는 보통 사이가 아닌 모양이더라고 의미 있게 말한 다음, 한편 즉시 뒷조사를 해보았지만 아직은 대식이가 범행을 저질렀다는 객관적인 증거를 잡을 수가 없었으므로 잘 타일러서, 출두한 자기 어머니를 따라 돌려보냈다는 것이다. 형사는 다시 말을 이어, 그렇지만 대식이 경찰서에 끌려와서도 조금도 겁을 집어먹거나 당황해하지 않고, 시종일관 침착한 태도로 신문에 응하는 것이라든지, 어딘가 영악해 보이는 눈치라든지, 그리고 좋지 못한 가정 환경으로 보아서 족히 우범 소년이 될 수 있다면서 하루 속히 병우로 하여금 그 애와의 접촉을 끊게 하고 조심하라고 일러주었다.
 그런 말을 듣고 돌아오는 오씨는, 가슴이 두근거릴 만큼 걱정이 되고 겁이 났다. 형사가 저럴 적에는 대식이란 애는 병우가 말했듯이 정말로 무서운 놈인지 모르기 때문이다. 어느새 그놈은 벌써 부하를 보내서 오씨네 집 동태를 살피게 하고 있지 않은가.

오씨가 집에 돌아왔을 때도, 아침과는 다른 소년이 한길 건너편에 은신하고 오씨네 집 쪽을 여전히 지켜보고 서 있었다. 씨는 전신에 찬물을 끼얹듯이 소름이 오싹 돋았다.

방 안에 들어서는 길로 오씨는,

"병우야, 일이 무사히 됐다. 알고 보니 그런 게 아니라고 취소시켜달라고 사정을 했더니, 그렇다면, 딴 범행을 한 뚜렷한 증거도 없으니, 데리고 가라고 대식일 내보내주더라. 그래서 그 애를 집에까지 데려다주고 나서 이번 일은 내가 내용을 모르고 그랬으니 용서하라고 충분히 사과도 했다."

이렇게 거짓말로 아들놈을 일단 안심시켜 주었다.

"그러니까 뭐래요?"

"뭐라긴, 알았습니다. 그러더군."

"나보구 오라구 안 그래요?"

"음, 널 좀 보내라구 하더라. 그러나 상처의 출혈이 의외로 심해서 빈혈증으로 누워 있기 때문에 2~3일간은 외출을 못할 테니, 그리 알라고 잘 일러놓고 왔다."

"무섭죠, 그 애?"

"으, 음. 정말 독하게 생겼더군."

이런 식으로 돌려대고 나서, 오씨는 부인과 함께 한편으로는 병우를 피신시킬 계획을 짠 것이다. 두 사람은 의논 끝에, 진주에 있는 저희 이모네 집에 우선 병우를 보내놓고, 차차 학교도 그리로 전학을 시켜버리자는 데 합의를 보았다.

이렇듯 대책이 선 이상, 시일을 끌면 그만큼 더 불리할 뿐이니 하루라도 지체할 필요가 없었다. 오씨 내외는 병우를 설득시켜가지고, 그날 밤으로 단행하기로 한 것이다. 오씨 부인이 아들을 데리고 밤차로 서울을 떠나기로 하고, 장대 일파에게 눈치채이지 않게 뒷담장을 넘어서 딴 길로 집을 빠져나가버렸다. 모든 일은 순조롭게 진행이 되어서 오씨 부인은 무사히 병우를 진주 언니네 집에 맡겨놓고 사흘 만에 돌아온 것이다.

그러나 문제는 그 뒤부터였다. 병우가 집을 떠나면서 걱정했듯이, 장대 일파의 복수의 손길은 차츰차츰 오씨에게 집중되기 시작한 것이다.

오씨 부인이 진주에서 돌아온 바로 다음날 저녁 무렵이었다. 밖에서 병우를 찾는 소리가 나기에, 오씨는 이상한 예감에 가슴을 두근거리며 나가보았더니, 바로 장대식이가 대문 밖에서 버티고 서 있었다. 대번에 장대식임을 알아볼 수 있을 만큼 빈구석이라곤 없이 야무지게 생긴 소년은, 쥐 눈이처럼 조그맣고 새까만 눈이 유난히 반짝반짝 빛났다. 영롱하다거나 총명한 것과는 달리, 그것은 표독하다거나 영악하다는 말로밖에 표현할 수 없는 날카로운 광채를 뿜고 있는 눈이었다. 그 눈에서 오씨는 부지중 살기를 느끼고 몸서리가 쳐졌다. 첫눈에 역시 평범한 아이가 아니었다. 소년은 두 손을 잠바 주머니에 찌른 채, 머리를 꾸뻑하고 나서 태연히,

"병우 있어요?"

물었고, 오씨는 얼떨결에, 없는데요, 소년은 누구요, 할 뻔하다 말고,

"병운 집에 없는데, 너 누구지?"

하고, 간신히 체모를 유지할 수가 있었다.

"장대식이라구 해요."
"오, 그러냐. 참말 이번엔 내가 내용을 잘 모르고 실수를 했는데, 과히 나쁘게 생각하지 말아라."
모르는 사이에 오씨의 입에서는 이런 사과조의 말이 흘러나왔다. 대식은 이 말에는 아무런 대꾸도 않고,
"병우 어디 갔어요?"
추궁하듯이 물었다.
"오, 병우 말이지, 손의 상처로 유혈이 심해서 그런지 갑자기 몸이 허약해져서 수양차 시골에 좀 보냈다."
쩔쩔매면서 오씨가 둘러대니까,
"시골 어디예요?"
캐고 드는 바람에,
"뭐, 그리 멀지 않은 데다."
우물쭈물했더니, 대식은 잠자코 오씨의 얼굴을 한참이나 뚫어지게 쳐다보았다. 고 작고 새까만 눈을 날카롭게 빛내면서.
그러한 소년의 태도는 꼭 기회를 보아 덤벼들려는 것같이 느껴져서, 오씨는 부지중 두어 발자국 뒤로 물러서기까지 했다.
"병우 주소 가르쳐주실 수 없어요?"
이 말에 오씨는 무어라 대답해야 좋을지 몰라 머뭇거리다가,
"곧 딴 데로 옮길 테니까, 주솔 아나마나다."
겨우 이렇게 얼버무렸더니,
"그럼, 병우에게 이거나 보내주세요."
하면서 대식이 주머니에서 잭나이프를 꺼내서 날을 쭉 펴는 바람에, 오씨는 흠칫 놀라 다시 몇 발자국 뒤로 물러섰지만 그 칼로 오씨

를 어쩌는 것이 아니라, 의외에도 대식이 자신의 오른쪽 새끼손가락을 대문 기둥에 대고 탁 쳐서 떨어뜨렸다. 다음 순간 소년은 진통을 참느라곤지 이를 사리물고, 재빨리 잠바 주머니에서 붕대를 꺼내어 손가락의 상처를 여러 겹 친친 감아쥐더니, 땅에 떨어져 피와 흙투성이가 된 손가락의 한 토막을 주워 들고,

"장대는 이런 사내라는 말과 함께 전해주세요."

오씨 앞으로 그것을 내밀었으나, 씨는 어쩔 줄을 몰라 머뭇거리면서,

"대식아, 용서해다구. 그 녀석은 2대 독자로서 우리 집안에는 소중한 놈이다."

영문 모를 소리를 비굴하게 중얼거리려니까, 소년은 손가락 토막을 억지로 오씨 손에 쥐어준 다음,

"언제구 아저씨 신세도 갚아야겠습니다."

묘한 말을 남긴 채, 머리를 꾸뻑하고는 성한 손으로 상처 입은 손을 꼭 싸쥐고 유연히 돌아가버린 것이다. 오씨는 소년이 보이지 않게 된 뒤에도 등골과 이마에 식은땀을 느끼며 꼼짝 못하고 한동안 그 자리에 서 있었다.

그런 일이 있은 뒤로부터, 오씨는 갑자기 깜짝깜짝 놀라는 버릇이 생겼는데 대식의 표독스럽게 빛나는 눈과 잭나이프로 손가락을 탁 쳐서 끊던 잔인한 광경과, 아저씨의 신세도 갚아야겠습니다 하던 말이 범벅이 되어 퍼뜩퍼뜩 머리에 떠오르곤 하였기 때문이다. 실지가 장대패에서는 '신세'를 갚기 위해선지 그림자처럼 오씨 주변에 출몰하는 일이 잦았다. 대식이 「홍길동전」을 애독한다고 하더니, 그 자신 길동이처럼 변화무쌍하게 변장하고 나타나는 것인지,

아니면 그의 부하들을 교대로 동원하는 것인지는 몰라도, 아무튼 호젓한 외딴 골목이나, 비가 내려서 행인이 드문 거리나, 캄캄한 밤길을 혼자 걸어갈 때면 오씨의 배후에 자주 수상한 소년의 그림자가 따르는 것이었다. 그것은 병우 녀석이 걱정을 했듯이 쥐도 새도 모르게 복수할 수 있는 기회를 노리는 것만 같아서 오씨는 그때마다 오금이 저리고 등골이 오싹해지곤 하였다.

그래서 씨는 밖에 나다닐 때면, 되도록 행인이 많은 길을 택해 걸었고, 밤에는 외출을 삼가도록 했으나, 직장 사정이나 그 밖의 부득이한 용건으로 밤길을 걷게 되는 경우에는 애써 아는 사람과 동행을 하였고, 그럴 수도 없는 때는 으레 부인이든지 애들이라도 데리고 가는 것이었다. 그러면 이상하게도 그 수상한 소년은 결코 나타나지 않는 것이다. 그러므로 심지어는 혼자 거닐 때만 수상한 소년을 보게 되는 것은 공포중에서 오는 일종의 환각이 아닌가 하고 의심도 해보았지만 돌이켜 생각해보면, 앞서 말했듯이, 그들은 오씨를 귀신도 모르게 해칠 목적에서 반드시 혼자 걷는 기회만을 노리고 미행하는 것에 틀림없을 것 같았다.

그들이 그만큼 수단 방법을 가리지 않고 마구 덤비는 것이 아니라, 그들대로의 주밀한 계산과 도덕 비슷한 것을 지니고 있는 모양임은, 가령 국민학교 5학년짜리와 3학년짜리인 병우 여동생과 열아홉 살 먹은 식모애를 위협해서 병우의 피신처를 기어이 알아내려 한다든지 아예 납치를 해감으로써 복수를 삼을 수도 있을 것 같고, 사실 처음에는 그렇게 나올지도 몰라서 은근히 걱정도 하였으나, 길목을 지켰다가 병우 여동생들과 식모에게, 그나마 꼭 한 번씩만, 나는 병우와 다정한 친군데, 편지라도 보내게 병우가 있는 곳을 알려달라고 넌지시 떠보았을 뿐, 실지로 모르고 있었기 때문에 그때 애들이 모른다고 잡아뗐더니, 그 뒤로는 일체 애들을 귀찮게 구는 일이 없다는 것으로도 알 수 있었다. 그리고 그들은 오씨 부인에게도 결코 접근하는 일이 없었다. 도리어 집 앞 골목 어귀 같은 데서 오씨 부인 쪽이 먼저 수상한 소년을 발견하고 겁을 집어먹으면, 저쪽 편에서 얼른 외면을 하고 슬그머니 사라져버린다는 것이다.

이러한 점들로 미루어 볼 때, 그들은 다만 병우와 오씨만을 복수의 상대로 삼아 괴롭히고 기회를 노릴 뿐, 가족들에게까지 위협이나 해를 가하려고는 하지 않는, 말하자면 그만큼 신사적인 일면이 있기도 했다. 그 반면에 그들은 무섭도록 집요하고 악착같은 데가 있었다.

하룻밤은 가족들이 한 방에 모여 과일이랑 나누어 먹으며 늦도록 지껄이고 놀다가, 이제들 그만 자라면서, 식모 애더러 방을 치우라 이르고 변소엘 나갔던 오씨 부인이 별안간 "아!" 하는 외마디 비명과 함께 그대로 댓돌 위에 털썩 주저앉아버린 일이 있었다. 그 바람에 오씨가 깜짝 놀라 뛰어나가보았더니, 마침 시커먼 사람의 그림자가 제법 높은 불록 담장을 막 타고 넘는 순간이었다. 오씨는 그만 목이 칵 메어서 소리도 지르지 못하고 덜덜덜 떨고만 섰다가 좀 만에야 겨우 부인을 부축해가지고 들어왔는데 부인의 말에 의하면, 어둠 속이라 얼굴은 분별할 수 없었지만, 몸집으로 보아서 병우 또래의 소년에 틀림없더라는 것이었다. 그렇다면 그것은 장대 일파의 그 수상한 소년임이 분명했다.

그래서 처음엔 그들이 오씨를 해치기 위해 마침내는 뜰 안까지 침입하게 된 것으로 알고, 며칠 동안은 맘 놓고 잠을 잘 수 없을 정도로 겁이 나기도 했으나, 나중에 찬찬히 그때의 여러 가지 정세와 직감을 분석해 추리해보니, 그게 아니라, 가족들의 담화 속에 혹시 병우의 피신처 얘기라도 나오지 않을까 여기고 그것을 엿들으러 왔던 것 같았다. 그것은 수상한 소년이 골목 근처에 지키고 섰다가 우체부가 나타나면,

"오인성에게 오는 편지 없어요?"

하고, 묻는 장면을 부인과 식모가 목격한 일이 있다는 사실로도 그들이 병우를 찾아내기 위해 얼마나 혈안이 되어 있는가를 짐작할 수가 있었다. 그러고 보면 그들이 아직 오씨에게 직접 복수를 하지 않는 건 오직 병우를 찾아낼 때까지 그 시기를 미루고 있는 데 불과한 것 같았다.

어쨌든 오씨는 그들 수상한 소년의 그림자가 갖은 방법으로 가해 오는 위협과 공포감 때문에 잠시도 마음을 놓고 지낼 수가 없었다. 한번은 직장 사정으로 밤 10시가 넘어서야 퇴근해 돌아오게 되었는데, 전차를 내려보니, 때마침 가을비가 부슬부슬 뿌리는 변두리 길에 동행이 될 행인이 없었다. 그래서 길가의 처마 밑에서 얼마쯤 비를 그으며 서성거리노라니까 마침 한 청년이 우산을 받고 오씨네 집 방향으로 걸어가기에 그제야 안심하고 부탁해서 그 우산을 같이 받고 나란히 걷고 있었을 때, 어둠 속을 웬 소년이 앞쪽에서 뛰어오다가, 오씨의 옆구리를 탁 치고 지나가는 순간, 오씨는 별안간 두 손으로 그쪽 옆구리를 움켜쥐고,

"으악, 칼에 맞았다."

소리를 지르며 그 자리에 털썩 주저앉아버린 것이다. 그러자 동행한 청년이 깜짝 놀라 우산을 집어던지고 덤벼들어 씨가 움켜쥐고

있는 옆구리를 들치고 라이터 불을 비춰보았지만, 칼자국은 고사하고 손톱 자리 하나 없이 멀쩡하였다. 청년은 입맛을 다시고, "아저씨는 참 이상한 분이군요" 하고 어이없어 했고, 오씨는 아랫도리가 척척해오는 가운데도 무안해서 어쩔 줄 몰랐다. 지내놓고 생각해보니, 소년은 물탕을 밟지 않으려고 어둠을 땅바닥만 보며 비를 피해 뛰어가다가 실수해서 오씨의 옆구리를 팔꿈치로 들이받고 달아나버린 모양이었다.

이린 일이 있은 뒤, 오씨도 이러나가 내가 성신이상자가 되어버릴지도 모른다고 걱정하고 그것을 방지할 방도를 연구해보았다. 그 결과,

① 이런 사실을 경찰에 알려서 경찰의 보호를 요청하는 방법과,
② 아주 멀찍이 딴 곳으로 이사를 가버리는 방법과,
③ 그놈들과 정면으로 맞서서 대결해나가는 방법과,
④ 그들을 슬슬 주물러서 무마해보는 방법 등이 있기는 한데, 이런 정도를 경찰에 신고해보았댔자, 상대가 미성년자인데다가 무슨 뚜렷한 범행 증거가 있는 것도 아니니 경찰로서도 어떻게 할 도리가 없을 것이요, 게다가 씨 자신 경찰에 과히 신뢰를 걸지 못하는 편이라 ①의 방법은 기대할 수가 없었고, 이사를 가는 문제도 그들이 직장을 알고 있는 이상 직장까지 그만둔다면 모르되 지금의 직장도 간신히 얻어걸려 밥줄을 달고 있는 씨로서는 그럴 수도 없는 노릇이라 ②의 방법 또한 불가능했고, ③의 방법은 소심하고 담력 없는 씨로서는 아예 어림도 없는 일이고 보니, 결국 최후로 택할 수 있는 유일한 방법은 그들과 사귀어 친해지면서 회유해보는 ④의 방법뿐이었다.

마침내 그러기로 결심한 오인성 씨는 용기를 내서 은근히 장대 일파에게 접근을 꾀하기 시작한 것이다. 씨는 우선 어느 날 집 앞 골목 모퉁이에서 수상한 소년을 발견했을 때, 전처럼 무조건 피할 생각을 않고 조심히 다가가 말을 걸어보았다.
 "너, 병우 친구 아니냐?"
 소년은 경계하듯 오씨를 힐끔 쳐다보고 나서 간단히 그렇다고 했다.
 "사실은 그렇지 않아도 너희들을 만나 하고 싶은 얘기가 많았는데 어떠냐? 내 한턱낼 테니까, 우리 어디 가서 저녁 식사라도 나누며 얘기를 좀 해볼까?"
 이런 식으로 유도해보았지만, 소년은 섬큼 응하지 않을뿐더러 더욱 의심하는 눈치기에, 나를 믿을 수 없고 네 임의로 행동할 수도 없거든, 그럼 내가 꼭 할 얘기가 있으니, 대식일 한번 만나게 해줄 수 없느냐고 오씨는 간청해보았다.
 "장대에게 물어보겠어요."
 소년은 그러고 사라져버렸는데, 다음날 대뜸 대식에게서 직장으로 전화가 걸려오더니, 이번에도 자기를 꾀어서 경찰에 넣으려는 속셈이 아니냐고 물었다. 그래서 하늘에 맹세코 절대로 그렇지 않을 뿐 아니라, 도리어 여러 가지로 사과도 하고 나누고 싶은 이야기가 있어서 그러노라고 했더니, 그러면 오는 공일 오전 10시에 한강 인도교 옆 보트장 앞의 백사장으로 나오라는 즉답이었다. 그러나 이번엔 도리어 오씨 쪽이 불안해서, 사람이 많은 장소에서 만나자고 청하니까, 대식은 이내 그 눈치를 알아차리고,
 "전 아저씨나 병우처럼 비겁한 인간이 아녜요. 절 믿을 수 있건

나오시구, 그렇지 않건 그만두세요."

하고, 전화를 끊으려 하는 바람에 오씨는 당황하여 그러면 대식의 인격을 믿고 그 시간에 안심하고 그리로 나가겠노라고 수락을 한 것이다.

약속한 일요일은 마침 쾌청한 늦가을 날씨였다. 철 지난 강변에는 아베크족이 간혹 눈에 띄었고, 수영객은 전혀 없으며, 물 위에는 유선이 드문드문 보일 뿐이었다.

오씨는 마치 무슨 어마어마한 비밀 단체의 두목이라도 은밀히 만나러 가는 것처럼 가슴이 두근거릴 정도로 긴장하였다. 오늘의 회견이 결국 자기와 병우의 어떤 운명을 좌우하는 계기가 될지도 모른다 생각하니, 소심한 오씨로서는 무리도 아니었다.

약속 시간에 현장에 다다라서 주위를 유심히 살펴보았더니 그곳에서도 수백 미터 이상의 모래사장 한가운데 한 소년이 우뚝 서서 이쪽을 바라보고 있었는데, 곧 그 소년이 대식이임을 알아보고 오씨는 조심조심 다가갔다.

서로 표정의 움직임을 알아볼 수 있는 거리에 이르자, 대식은 양쪽 손을 잠바 주머니에 찌르고 선 채, 머리를 꾸벅 숙여 인사를 했다. 오씨는 당황히 비굴한 미소를 지으며 머리를 끄덕해 보이고 가까이 가서, 땀도 안 나는 이마를 괜히 수건으로 문지르며,

"기다리게 해서 미안하군."

아부조로 말을 거니까,

"앉으세요."

권하고, 대식은 그 자신이 먼저 모래 위에 주저앉았다. 오씨도 지시에 따르듯이 간격을 두고 엇비슷이 마주 앉았다. 대식은 입을 다

문 채 잠자코 있었다. 오씨는 묘한 압박감에 견디다 못해,

"바쁠 텐데, 이렇게 만나주어서 정말 고마워."

또, 안 해도 좋을 소리를 했다. 대식은 그대로 입을 열지 않았다. 물론 웃지도 않았다. 영악하게 생긴, 유난히 빛나는 조그맣고 새까만 그 눈으로 자주 오씨를 주시할 뿐이었다. 그때마다 오씨는 그 시선을 감당하지 못해 바삐 외면했다. 이상한 놈이라고 생각했다. 이 놈이 만일 왜정 때에라도 태어나서 올바른 지도만 받을 수 있었다면 저 장한 항일 투사나 의사들처럼, 세계를 진감시킬 만한 거사를 능히 했을 것이라고 생각되었다. 그만큼 좋은 의미에서도 무서워 보였다. 불과 열여섯쯤의 아들뻘밖에 안 되는 소년에게서 받는 무서움이란 뒤집으면 그만큼 강한 존경일 수도 있었다. 오씨는 이런 놈을 상대로 제대로 무슨 말이 될 것 같지 않았다. 더구나 이런 놈을 슬슬 주물러서 회유해보겠다는 건 어림도 없는 일임을 깨달았다. 오씨는 무슨 말을 어떻게 꺼내야 좋을지 몰라 자꾸만 망설이고 있으려니까 그 눈치를 챘는지 소년은,

"오늘만은 원수로 여기지 않을 테니, 하고픈 얘기가 있으면 하세요."

불쑥 한 마디 했다. 그 말에 오씨는 흠칫 놀라며 덮어놓고 사과의 말부터 나왔다.

"난 대식에게 사과하러 왔어. 그때는 내가 아무것도 모르고 내가 실수 했어. 그러니 가슴속에 너무 깊이 새겨두지 말라구."

"절 나쁜 놈으로 알고 그러신 거죠?"

"그땐 정말 모르고 그랬어. 대식이가 어떤 사람인지 잘 모르고 그랬다니까."

"지금도 속으론 절 나쁜 놈으로 알고 계시죠?"

"처, 천만에. 난 대식이 같은 용감한 소년을 존경해. 대식인 결코 보통 소년이 아니야. 무서운 소년이야. 난 사실이지 대식이가 무서워서 못 견디겠어. 병우도 그래서 숨겨둔 거야. 대식이가 무서워서 말야."

"그럼 병우의 배반 행위를 한 번만 더 용서해줄 테니, 도로 데려오세요. 그 자식은 제가 3년이나 키워온 동지예요."

이러고 대식은 그 날카로운 눈으로 오씨를 쏘아보았다.

"대식 군, 그것만은 용서해줘. 그놈은 우리 가문의 대를 이을 놈야. 무사히 공부를 마치고 대를 이어야지 만일에 무슨 사고라도 있으면 안 될 놈야. 정말 그것만은 양해해줘. 내 다시는 추호도 대식에게 해롭게 안 할 뿐 아니라, 웬만한 청이면 다 들어줄 테니, 제발 그놈만은 이대로 잊어버려줘. 그리구 나도 어떻게 좀 봐줘. 이대로 나가면 미칠 것 같아. 당장이라도 미칠 것만 같다니까."

오씨는 입을 열기 시작하니, 애초의 생각과는 달리 이런 탄원조의 말만이 줄줄 흘러나와버렸다. 대식이 잠시 오씨를 쳐다보다가,

"제 청이면 뭐든지 들어주실 수 있다고 하셨죠?"

"그래, 내가 할 수 있는 일이라면 다 들어주겠어. 우선 내가 여기에 한 천 원 넣구 나왔는데 필요하면 써."

하면서, 씨가 양복저고리 안주머니에 손을 넣었더니,

"아저씨, 사람을 너무 시시하게 보지 마세요."

대식이 거칠게 쏘아붙이고 노려보았다.

"그럼, 뭐든지 청이 있음 말해봐. 내가 할 수 있는 일이라면 들어줄 테니까."

오씨가 당황한 나머지 비위를 맞추듯 하고, 소년의 얼굴을 지켜 보자니까,

"제 동지가 돼주세요."

대식은 뜻밖의 말을 내놓았다.

"동지라니?"

"병우 대신 아저씨가 제 동지가 되어달란 말씀예요. 그렇게만 해 주신다면 병우와는 완전히 인연을 끊고 다시는 상관 않겠어요."

"내가, 대식 군의 동지로 뭐 할 일이 있을라구?"

"아저씨 같은 분도 제겐 꼭 필요해요. 고문으로 모시겠어요. 싫다 곤 안 하시겠죠?"

"그렇지만……."

"싫으시면 좋아요. 전 목숨을 걸고라도 기어코 병우를 배신자로 처치해버리고야 말 테니까요. 지금 진주에 가 있다죠?"

"……."

오씨의 얼굴은 차츰 기운 없이 수그러지기 시작했다.

"어떡허시겠어요?"

"좋아. 병우만 건드리지 말아준다면 대식 군의 동지가 되어도 좋 아."

오씨가 마침내 체념한 듯 대답하자, 대식은 주머니에서 조그만 손칼을 꺼내더니, 그것으로 자기의 오른손 무명지 끝을 1센티 가량 쨌다. 그리고는 그 손가락을 오씨 앞에 내밀며,

"이 피를 빨아잡수세요."

명령하듯 하는 말에 씨는 할 수 없이 입을 벌려 찝찔한 피를 빨아 먹었다. 대식은 다시,

"오른손을 내놓으세요."

이번엔 오씨의 손을 끌어다가 무명지 끝을 1센티쯤 칼로 찢고 거기서 내솟는 피를 쭉쭉 빨아먹었다.

"자, 이제부터 아저씨와 전 남이 아닙니다. 피를 나눠 먹었으니, 부자 사이보다, 더 가까운 사입니다. 우리는 죽을 때까지 헤어져서도 안 되고, 배반해서도 안 되고 이 비밀을 굳게 지켜야 합니다. 만일 이 약속을 어기면 그땐 목숨을 대신 내놔야 합니다."

이렇게 위압적인 말로 다짐해놓고 벌떡 일어서더니,

"앞으로는 만일 어떤 놈이든 아저씨에게 해를 끼치는 놈이 있으면 제가 목숨을 걸고라도 해치울 테니 걱정 마세요. 오늘은 딴 동지의 훈련이 있어서 전 먼저 가보겠습니다. 나중에 다음번 만날 날을 아무도 모르게 연락해드리겠습니다."

이런 말을 남기고, 소년은 사각사각 모래를 밟으며 인도교 쪽으로 멀어져갔다.

모래 위에 펄쩍 주저앉은 채, 꼼짝을 않고, 점점 작아져가는 대식의 뒷모습을 겁에 질린 듯 취한 듯 바라보고 있던 오씨는 그 표정이 차차 체념으로 변하며 마음속 한구석에서는 뜻하지 않게 은근한 자랑과 우쭐해지는 기분마저 느껴보는 것이었다.

___
___주

1) 여력膂力 : 완력腕力.
2) 과인한 : 보통 사람보다 훨씬 뛰어난.
3) 야코 : '콧대'를 속되게 이르는 말.

환관

전기前記

　중년 남자 셋이 다방 구석에 마주 앉아 잡담을 나누고 있다. 매부리코를 한 사나이가, 어느 선배에게서 빌려다 보고, 반환하러 가는 길이라면서 내보인, 곰팡내 나는 고서가 지금 막 화제에 오르고 있는 것이다. 거의 떨어져나간 원 표지 위에다가, 장지로 싸서 바르고 그 위에 육필로 「엄인속전閹人俗傳」이라 씌어 있는 얄팍한 책자다. 내용은 물론 순 한문으로 목판본이다. 그러니까 이게 바루 그 고자 얘기를 적은 책이란 말이지? 개구리 모양 두 눈이 툭 불거진 거무튀튀한 얼굴의 사내가 흥미 있다는 듯이 책장을 넘기면서 묻는다. 고잔 고자지만 이건 주로 내시들 얘기야, 하는 매부리코에게, 고자든 내시든 이런 책만 살살 뒤지고 다니는 자네 취미도 괴상하군그래, 여자처럼 얼굴이 회다 못해 창백한데다가 몸집마저 선병질적인 사내가 짓궂은 웃음을 지어 보인다. 그러자 매부리코도 지지 않고, 선병질의 섬약한 몸집을 훑어보면서, 실은 말야, 난 자네가 고자가 아닌가 싶어 친구로서 걱정이 되는 나머지 자연 그런 문제에 관심을 갖게 된 거야, 하고 능글맞게 웃으니까, 에끼 이 사람아 내가 고자라면 자식이 없게, 선병질은 버럭 화를 내듯 했다. 애야, 여자가 낳는 거니까, 자네가 고자라두 자네 부인이 애는 나을 수 있지, 매부리코가 시치밀 떼고 하는 말에, 이번엔 책장만 넘기고 있던 개구리눈까지, 그러고 보니 자네 집 애들 하나도 자넬 안 닮았더군그래, 이러고 선병질을 돌아보며 웃었다. 이 사람들이 이거 생사람을 잡으려 들어, 정 그렇다면 자네들 부인을 하룻밤씩만 빌려주게, 누가 보아도 나와 쌍둥이로 의심할 만한 놈을 금방 하나씩 만들어 보일게, 선병질이 그 외양과는 달리 만만찮게 응수를 해서 모두를 와그르르 웃어버렸다. 이윽고 웃음을 거두고 난 매부리코는 엽차를 한 모금 마시고 나더니 자기가「엄인속전」을 빌려다 읽게 된 연유를 털어놓았다.「고려사」에는 출세한 환관 얘기가 나오고, 그 중에는 스스로 자궁自宮[1]을 하거나, 아비가 자식을, 혹은 형이 아우를 할세割勢[2]시켜 원실元室[3]에 들여보냈다는 대목이 나오는데, 그런 이야기를 교실에서 하였더니 애 녀석들 가운데서 고자는 어떻게 돼서 된 것이냐? 고자란 그게 아주 없느냐? 있긴 있어도 왜소하거나 무력해서 사용 불능한 것을 말하는 것이냐? 그리고 할세라는 말이 성한 그것에 수술을 가해 불구를 만드는 것이라면, 그걸 통째로 썩둑 잘라버리는 것이냐, 아니면 음경이나 음낭의 일부를 절단한다는 뜻이냐? 또한 그러한 급소를 잘라버린다면 사람이 아주 죽지 않겠느냐? 등등의 별의별 질문이 다 쏟아져 나왔다는 것이다. 그야 그럴 테지, 가뜩이나 사춘기라 그런 문제엔 비상한 관심을 쏟을 시기니까 하고 개구리눈이 맞장구를 쳤다. 매부리코도 그렇다고 고개를 끄덕이고 나서, 그런데 명색이 역사 교사이긴 하지만, 학생 시절에 배운 밑천으로 별로 공부도 않고 몇 권의 참고서만 뒤적이며 그럭저럭 해먹은 처지에 난들 그걸 아나, 그래서 그 자리는 적당히 얼렁뚱땅 넘겨버리고, 그럴싸한 선배를 찾아가 넌지시 물어보았던 거야, 이러고 매부리코는 씩 웃었다. 그랬더니 그 선배가 이 책을 내놓더라, 그거지? 선병질이 결론을 맺듯 했다. 맞았어, 매부리코는 또 고개를 주억거렸다. 그러자 이번엔 개구리눈이 의자를 바싹 앞으로 당겨 앉으며, 그러고 보니 사춘기의 학생이 아니라도 궁금한데, 그래 할세니 자궁이니 하는 건 그걸 정말 잘라버린다는 말인가? 부쩍 흥미를 보이기 시작한 것이다. 아, 이 사람아 생사람의 그걸 잘라버리면 죽어버리게. 고자란 건 말야, 나면서부터 성적인 불구거나, 또는 갓난애 때 개나 고양이에게 거길 물려서 불구가 된 사낼 말하는 거야. 선병질이 노상 아는 척했다. 개구리눈은 시끄럽다는 듯이 선병질을 돌아보며, 이봐, 자넨 모르면 좀 가만 있어, 그 정도야 누군 모른대, 그렇지만 고려 시대엔 처녀와 과부를 잡아다 원나라에 공출하는 것과 함께, 고자두 붙들어 보내야 했는데 나중엔 그 수가 모자라서 멀쩡한 남잘 잡아서 할세를 해서 보냈다지 않아. 그러니 그 할세니 자궁이니 하는 말이 남자의 그걸 정말 잘라버렸다는 얘긴가, 아니면 어떤 묘한 방법으로 무력하게 만들었다는 말인가 그걸 묻는 거 아냐. 핀잔을 주고, 개구리눈은 그 대답을 촉구하듯 매부리코의 입을 지켜보았다. 성인 남자의 그걸 잘라버리면 죽을 텐데, 안 그래. 의아하다는 듯이 선병질도 매부리코의 얼굴을 쳐다보았다. 그렇지만, 사실은 그걸 사정없이 아주 잘라버렸어. 매부리코의 이 대답에 개구리

눈과 선병질은 함께 눈이 휘둥그레졌다. 어이구, 그럼 난 고려 시대에 태어나지 않길 잘했군, 그때 났으면 끌려가서 그것마저 잘려버렸을지 모르잖아. 선병질이 다행이라는 듯이 한숨마저 내쉬니까, 이봐, 자네 같은 건 그걸 자를 필요조차 없어. 제구실도 못하는 걸 잘라버림 뭘 해. 그냥 잡아서 원나라에 묶어 보내는 거야. 하고 개구리눈이 조롱조로 나왔다. 그것은 선병질이 근래에 와서 정력제니, 강장제니 하는 종류의 약에 비상한 관심을 보여왔기 때문이다. 그 왜, 이조 연산군 때에는, 채홍준사採紅駿使니, 채청사採青使를 각지에 파견해서 미녀를 잡아들인 일이 있지 않았나. 매부리코는 본격적으로 화제의 중심에 접근하려는 듯, 이런 식으로 얘기를 꺼내다가 담배를 붙여 물었다. 개구리눈은 식어빠진 엽차를 한 모금 꿀꺽 넘기고 나더니 그래서, 하고 재촉하였고, 선병질도 의자를 앞으로 바싹 당겨 앉았다. 그런데 고려의 원종 때의 충렬왕 때에도 결혼도감結婚都監이니, 과부처녀추고별감寡婦處女推考別監이니 하는 것을 두어 과부와 처녀를 마구 잡아다가 원나라에 바쳤다는 기록이 있어. 헌데 재미있는 것은 이때는 여자뿐 아니라 고자도 징발해서 원나라에 진공한 사실이 밝혀져 있거든……. 말 도중에 선병질이 가로채가지고 그렇지만 외양만 보고야 고잔지 아닌지를 어떻게 구별하지? 사내들을 모조리 붙들어서 벗겨보기라도 했단 말인가. 그런 것까지 궁금해했다. 그러자 개구리눈이 그건 그냥 벗겨만 보고도 모를걸. 실험을 해보기 전엔, 해서 셋은 다시 한바탕 웃었다. 글쎄, 그런 건 나도 잘 모르겠지만, 아무튼 원의 강요에 못 이겨 다량으로 고자 공출을 하다보니, 자연 그 수가 달릴 게 아냐. 그렇게 되니 결코 인조 고자라도 만들 수밖에 없어서 멀쩡한 사내에게 할세라는 수술을 가하게 된 건데, 어느 정도의 강제성이 따랐는지는 분명치 않지만, 자진 거세를 하거나, 아비가 자식을, 형이 동생을 거세시켜 원나라에 들여보낸 일이 있었던 것만은 사실인가봐. 이 책에도 그런 얘기가 구체적으로 나와 있어. 하면서 매부리코는 「엄인속전」의 표지를 들췄다. 개구리눈도 같이 들여다보면서, 딴 건 필요 없구, 할세 수술을 하는 얘기라든지 재미있는 대목만 추려서 읽어봐. 이런 주문을 했다. 가만 있어, 비교적 자상하게 기록된 부분이 있었는데, 중얼거리며 매부리코는 천천히 책장을 넘겨가다가 옳지, 여기서부터 읽어봐 하고, 그 책을 두 친구 앞으로 밀어놓았다. 아이쿠, 이 새까만 한문을 어떻게 읽어. 선병질이 놀라기부터 하니까, 뭐 난들 제대로 아나, 대강 의미만 더듬어 내려가는 거지. 매부리코는 노상 겸양의 태도를 보이고 의젓이 뒤로 기대앉으며 담배 연기를 후 내뿜었다. 이봐, 너무 재지 말구 이왕이면 자네가 직접 읽어봐. 내용을 알고 있으니까, 줄거리만 훑어 내려가면 되잖아. 개구리눈이 재촉을 하니까, 그러지, 그 대신 읽고 나면 저녁이라도 단단히 한턱내야 해. 시시한 영화 보는 것보다 훨씬 나으니까. 매부리코는 이러면서 피던 담배를 재떨이에 부벼 끄고는 책을 자기 앞으로 돌려놓았다. 그가 의역意譯조로 읽어 내려간 「엄인속전」의 한 대목은 이런 내용이었다.

할세割勢

고려 충선왕 2년에 고려 출신으로 원나라 황실에 봉사하고 있던 환관 중 여럿을 군君에 봉작한 일이 있었다. 뿐만 아니라 그들의 일가 친족까지도 높은 벼슬자리에 올라 영화를 누리게 된 것이다.

그렇게 된 데에는 여러 가지 사정이 있었을 것이다. 당시의 고려는 원나라의 속국이나 다름이 없었는데, 원의 궁중에 봉직하고 있는 고려 출신의 엄인閹人[4]들은, 원래 공녀貢女와 더불어 대부분이 고려에서 진공한 인물들로서, 원나라 황제의 친총을 입어 그 세도가 보통이 아니었다. 원나라에서 고려국에 내리는 정령政令이 고려 출신의 환관들 손에서 좌우지되는 경우가 비일비재였으니, 고려 조정에서는 원실에 봉사하고 있는 고려 출신 환관들의 환심을 사지 아니할 수 없었던 사정도 있었을 것이오, 한편 충선왕이 원나라에 오래 머물러 있는 동안 본국 출신의 환관들과 친근하여진 탓도 있었을 것이다. 아무튼 한칠품限七品에 한정되어 정직에 오를 수 없었던 내시배가 국정에 영향을 미칠 정도로 득세하였다는 것만도 놀라운 일이거니와, 더 나아가 그들을 군에까지 봉하였다니 일찍이 전례를 찾아보기 어려운 일이다. 그러므로…… 이런 건 읽을 필요가 없구, 그 다음이라, 자 여기서부터…… 그때 봉군된 환관 가운데 봉화군奉化君에 피봉된 권고리權古里라는 사람이 있었다. 그는 본시 향리 말직의 아들로서, 갖은 수단을 써서 경직京職[5]에 오르려 꾀하였으나 여의치 않게 되자, 마침내 자궁 후, 공인貢人에 자원하여 원나라에 들어가게 되었던 것이다. 당시만 해도 고을 사람들은 그 엉뚱하고 표독한 처신에 놀라, 혹은 감탄하고, 혹은 비웃었던 것이나 불과 수년 뒤에는 그가 원나라 황제의 근시近侍로서 출세하였다는 소문이 전해오더니, 그것을 입증하듯이, 일개 사옥사司獄史에 불과하였던 그의 아비가 대뜸 현령의 벼슬자리에 오르게 됨으로써, 고을 사람들은 모두 눈이 휘둥그레졌던 것이다.

그런데 이번에는 권고리가 봉화군에 피봉되었고, 그의 친척들까지도 벼슬을 얻어 하게 되었으니, 고을 사람들이 부러워하고 샘을 하는 것도 무리가 아니다. 그 가운데서도 정대진鄭大進이란 자는 부러워하고 샘을 하는 나머지, 흡사 자신에게 돌아올 복을 권고리가 가로채기라도 한 것처럼 분심忿心조차 품었다. 그도 사환仕宦의 길을 찾아 개경에 솔가해 와 있었으나 과거에 응시할 자격은 갖추지 못하였고, 그렇다고 유일遺逸[6]이나 문음門蔭[7]의 여택餘澤[8]을 입을 처지도 못 되었다. 단지 허황한 출세욕에 마음이 들떠, 말단 관직에 있는 동향인을 연줄로 막연히 개경에 올라와 있었던 것이다. 하기는 수단이 좋고 운만 트이면 웬만한 미관 한자리쯤은 얻어걸리는 세상이기도 하였다. 그러한 요행수를 믿고 정대진도 백방으로 줄을 찾아 세도가에 접근해보았지만 뇌물이 시원찮아 그랬는지 운이 따르지 않은 탓인지 그의 욕망은 좀처럼 이루어지지 않았다. 제기랄 남아 대장부가 벼슬 한자리 못 해보고 죽는단 말인가! 그는 자주 이렇게 뇌까리며 앙앙불락하였다. 그러던 차에 같은 고을 출신의 권고리가 의외에도 크게 득세를 하여 군의 봉작까지 받고, 그의 온 문중이 세상이 좁다고 활개를 치게 되었으니 정대진은 더욱 견딜 수가 없었다. 더구나 권고리의 됨됨이를 얕보고 있던 그라 일층 더했다. 그는 거의 침식을 잊다시피 하고, 1주야를 꼬박 생각에 잠겨 있다가 마침내 아우 정대승을 자기 방으로 불러들이더니 너 환관이 될 의향은 없느냐? 하고 물었다. 처음 어리둥절한 낯으로 형의 얼굴을 쳐다보던 대승은, 형이 왜 그런 말을 하는지를 곧 눈치챌 수 있었다. 그러나 졸지에 당한 질문이라 대승은 무어라 대답해야 좋을지 몰라 머뭇거리다가, 글쎄올시다, 겨우 힘없이 이러고 고개를 숙였다. 아직 약관에 미급한 나이지만, 멀쩡한 사내가 환관이 되기 위해서는 정신적으로나 육체적으로나 어떠한 과정을 거쳐야 한다는 것쯤, 그도 대강은 알고 있었던 것이다. 따라서 꿈에도 환관이 되겠다고 생각해본 일이 없었다. 그러므로, 글쎄라니 어느 쪽이란 말이냐? 형이 명확한 대답을 촉구해도 대승은 머리를 떨어뜨린 채 아무런 대답을 못하였다. 지금의 자기의 몸이 불구라면 모르거니와, 일부러 할세를 하여서까지 사환의 길에 오르고 싶지는 않았다. 부모님이 물려준 건전한 몸의 귀중한 일부를 절단하여, 남자도 여자도 아닌 중성으로 일생을 보낸다는 것은 생각만 하여도 억울하고 무서운 일이었다. 그렇다고 어버이 없는 집안의 가장으로서 자기를 극진히 거두어주는 형의 뜻을, 여자처럼 양순한 대승으로서는 정면으로 거역하기도 어려웠다. 그래서 좀 생각해보겠습니다, 하는 수밖에 없었다. 그래서 대장부로 세상에 났다가 출세를 못할 바에야 살아 무엇하겠느냐. 그런데 쉽게 출세를 하려면 아무래도 환관이 되는 것이 첩경일 것 같다. 저 권고리를 보려무나. 그러니 너의 일신은 물론, 가문을 위해서도 잘 생각해보아라. 이렇게 타이르는 형에게, 알겠습니다, 하고 일단 그 앞을 물러나오긴 했으나 대승의 마음은 무섭기만 했다…… 그 다음은 쓸데없는 소리니까, 빼버리구, 다시 여기서부터…… 대승은 고민 끝에 평시 존경해온 어느 선배를 찾아갔다. 그 선배는 장천식이라고, 제법 글을 한다는 집안의 자제다. 그러나 그의 조부가 한때 성균관의 직학直學을 지낸 일이 있을 뿐, 그 자신은 물론, 부친이나 백씨도 과거에 응시했다가 빈번히 낙방의 고배를 마셔온 쇠운의 가문이라 하겠다. 그래도 장천식의 엄친은 자신이 이루지 못한 숙원을 자식에게서 실연해보려고, 자식들에게 특히 천식에게 완강히 과거 응시 준비를 강요해왔다. 그러나 장천식은 과거에 대해 자신도 관심도 거의 잃고 있었다. 흥, 과거에 급제하는 일이 글재주만 가지고 되는 줄 아나. 글재주 외에 딴 재주가 앞서야 하는 거야. 음덕蔭德도 커야 하구, 그는 곧잘 이런 말을 하였다. 과거에 급제하려면, 세력·재력·학력의 3력이 구비돼야 한다는 말이 항간에 떠돌고 있었으므로 정대승도 그 말을 알 듯하였다. 이렇듯 장천식은 완고한 부친의 강요와 기대를 물리치고, 겉으로만 면학하는 척하면서, 실지는 잡서나 읽고 지냈다. 이처럼 판단이 명확하고, 태도가 뚜렷한 장천식을 대승은 내심 믿음직하게 여겨왔으므로 그의 조언을 듣고저 찾아온 것이다. 마침 천식은 글방에 있지 않고, 별당에서 한가로이 어떤 손님과 장기를 두고 있었다. 그는 잘 왔네, 나중에 나와 장기 한판 두세, 이러면서 대승더러 어서 올라와 앉으라는 손짓을 하였다. 어찌 된 일이십니까? 오늘은 글공부를 않고 유유히 대국을 하고 계시니. 이상해서 대승이 물으니, 수일간 살 수 났네. 가친이 형님과 함께 타관엘 가셨거든. 천식은 회심의 미소를 지어 보였다. 정대승은 내키지 않는 기분으로 한동안 장기 두는 것을 구경하였다. 이윽고 천식의 승리로 판이 끝나자, 자, 이번엔 자네와 한판 겨루세. 장기판을 돌려놓으며 다가앉는 것을, 아닙니다, 전 오늘 그럴 기분이 나질 않습니다, 하고 대승은 떠름한 낯으로 장기판을 밀어놓았다. 천식은 의아한 듯이 대승의 얼굴을 쳐다보다가 왜? 자네 무슨 근심이라도 있는가? 궁금히 물었다. 예, 실은 좀 상의할 일이 있어서 왔습니다. 풀기 없이 대답하는 대승의 얼굴을, 그래 무슨 일인가? 얘기해보게, 어서. 천식도 정색을 하고 지켜보았다. 대승이 곁눈으로 손님을 흘끔흘끔 보며 말을 주저하니까, 오, 이분은 우리 동향인으로서 무엄한 사이니, 무관하네. 어서 말해보게. 장천식이 이러고 재촉을 해서, 사실은 저의 가형이 절더러 환관이 되라 하시는데 어떡했으면 좋겠습니까? 정대승도 솔직하게 물었다. 환관? 천식은 다소 어리둥절한 표정으로 반문하고 대승을 마주 보다가, 그럼, 할세를 하고 내시가 되란 말인가? 다시 물었다. 대승이, 예 하고 머리를 숙이니까, 다따가[9] 어째서 내시가 되라는 걸까? 천식은 아직 영문을 잘 모르겠다는 모양이다. 대장부로 태어나, 출세를 못할 바에야 살아 무엇하겠느냐면서, 출세를 하는 데 가장 빠른 길은 그 길이라 합니다. 정대승이 설명을 했더니, 그제야 음! 장천식은 신음하듯 하였다. 그리고는 입을 꽉 다문 채 심각한 표정으로 한동안 말이 없었다. 어떡하면 좋겠습니까? 대승이 갑갑하여 재촉하듯 하자, 그럴듯한 소견이로군. 요즈음 환관의 세도가 장상을 능가하게쯤 됐으니까. 천식은 몇 번이고 고개를 주억거렸다. 대승이 불안하여, 그럴듯한 소견이라니요? 하고 물었더니, 천식은 그 말엔 직접 대꾸를 않고, 그래, 자 내시가 되긴 싫단 말이지? 되물어왔다. 예, 건전한 몸을 일부러 불구를 만들어서까지 출세하고 싶진 않습니다. 내시가 된다구 반드시 세도를 누리게 되는 것도 아닐 거구요. 정대승이 본심을 밝히니까, 그렇다면 구태여 나의 의향을 물을 것도 없지 않나, 딱 잘라 거절하면 그만이지, 하는 천식의 말에 차마 그럴 수도 없어요. 저의 가형은 집안의 어른이기 때문에, 제게 있어선 형님일 뿐 아니라, 아버님이기도 합니다. 형님의 평생 소원은 출세하는 일뿐입니다. 그래서 벼슬길에 오르려고 무진 애를 쓰시다가 실패한 끝에, 최후의 수단으로 저를 거세해서 원나라 황실에 들여보내려는 모양인데, 그 뜻을 거역할 수가 있어야죠. 대승은 몹시 난처한 표정을 지었다. 천식도 딱하다는 듯이, 자네 심정을 알겠네, 그렇지만 어차피 두 가지 중에 하나를 택해야 할 게 아닌가, 내시가 되든지, 거절을 하든지, 하고 상대의 동정을 보았다. 그걸 정할 수 없으니까, 이렇게 선배님의 조언을 들으러 온 게 아닙니까. 이러고 대승이 안타까이 천식의 얼굴을 쳐다보니까, 이 사람아 그거야 당자인 자네의 결심 여하에 달렸지, 낸들 어떻게 하겠나. 천식도 답답하다는 눈치다. 만일, 선배님 같으면 어떻게 하시겠습니까? 대승이 따지듯이 묻는 말에, 나 같으면? 그렇지 나 같으면 백씨의 뜻에 따를 거야. 천식이 단정적으로 대답하자, 정말입니까, 그게? 대승은 노려보듯 하며 다그쳐 물었다. 암, 가망이 없는 과거 준비에 허송세월하느니 차라리 환관이 되는 것이 현명할지 모르거든. 만일 가친이 자네 백씨처럼 그러길 권했다면, 난 선뜻 응했을지도 모른단 말야, 하는 장천식의 말은 결코 농담 같지만은 않았다. 정대승은 그의 마음을 이해할 수가 없었다. 그래서 그는 얼떨떨한 낯으로 장천식의 얼굴만 쳐다보고 있었다…… 여긴 또 좀 뛰어서 그 다음으로 내려가지. 가만 있자, 어디서부터 읽을까, 옳지, 여기 장천식이 손[孫]과 함께 정대진을 찾아온 대목이 있군. 사랑방에 주인 형제와 대좌하고, 인사말이랑 잠시 이야기가 오고 간 뒤, 장천식이 하는 말야…… 실은 좀 물어볼 말이 있어 왔습니다, 하니 무슨 말씀이오? 하고, 정대진도 손님의 얼굴을 지켜보았다. 장천식은 약간 주저하는 듯하다가, 다름이 아니라, 할세에 관해선데, 그 방법을 잘 알고 계신가요? 했다. 정대진으로서는 의외의 질문을 받았으므로 의아한 눈으로 동생과 두 손님의 얼굴을 번갈아 보더니, 직접 목격한 일은 없지만, 목격한 사람의 이야기는 많이 들었습니다. 그런데, 그건 왜 물으시오? 알 수 없다는 듯이 반문했다.

장천식은 같이 온 손을 돌아보며, 이분이 할세를 하고 환관이 되고 싶어합니다. 그래서 확실한 길만 있으면 저도 같이 해볼까 해서요. 이러고 어색하게 웃었다. 장천식이 데리고 온 윤지산尹志山이란 사람은, 향리에서 억울한 일을 당하고, 관에 오른 동향인의 힘을 빌어 설원해보고자, 개경에 올라와 백방으로 진력해보았으나, 뇌물을 대다가 도리어 가산만 탕진했을 뿐, 모두가 허사였으므로 죽음을 각오할 만큼 낙망하고 있던 중, 정대승이 찾아와 하는 말을 듣고, 차라리 환관이라도 되어 세도를 삼아 복수를 꾀할 결심을 세웠다는 것이다. 그래서 장천식도 그 결의에 찬동하였을 뿐 아니라, 출세를 하지 못하면 사람이 사람 대우를 받지 못하는 세상인데, 그렇다고 정도를 밟아 출세하기란 하늘의 별따기니, 그 자신도 아예 윤지산과 함께 출세를 하여 원실에 들어가기로 마음을 먹었다는 것이다. 그러나 수술에 실패하는 날이면 출세는 고사하고 목숨을 잃기가 고작일 것이므로 혹시 정대진이 그 방법과 내용을 잘 알고 있지 않나 해서 의논해보려고 찾아왔다는 것이다. 이 말을 들은 정대진은 반가운 기색으로, 그거 참 의기가 대단들 하시오. 두 분의 동지가 생겼으니 심약한 이 사람(대승)도 마음이 든든할 것입니다. 집도에 능한 도자장刀子匠이는 내가 책임지고 물색해 올 테니, 실패할 걱정일랑 아예 마시오. 이러고, 정대진은 다시 아우를 돌아보며, 네 마음은 아직도 정하여지지 않았느냐? 대장부의 기개가 왜 그다지 보잘것없느냐? 이분들을 보려무나. 장부의 갈 길을 스스로 택할 줄 알지 않느냐. 사람이란 권세를 잡지 못하면 버러지나 다름없느니라. 그래 너는 버러지처럼 살다 죽을 테냐. 내가 장자만 아니라면, 아니, 장자일지라도 대를 이을 후사만 있다면 벌써 환관이 되어 원나라 황실에 뿌리를 박고 세도가 본국에까지 뻗쳤을 것이다. 이렇게 안타까워하였다. 과연 그와 부인 사이에는 딸만 셋이 있을 뿐 아직 득남하지 못하였다. 사람에겐 각기 소견이 따로 있는 법이니, 계씨에게 너무 강요랑 마시오. 장천식이 정대승을 동정하여 한마디 거들었지만, 소견이 무슨 소견이요, 변변치 못한 위인이라 겁이 많아 그렇지요. 무명의 필부로 ○○이나 달고 다니면 장하다 하더냐? 대장부란 모름지기 자신을 위해서나 가문을 위해서나 입신 출세를 해야 해, 입신 출세를. 그래 어떡할 테냐? 끝까지 마다 하겠느냐? 대답을 좀 해봐라, 대답을. 정대진은 손 앞임에도 불구하고 마침내 역정을 냈다. 형세가 이쯤 되고 보니, 유순한 정대승으로서는 그 이상 버틸 수가 없었다. 그는 마지못해, 형님 뜻에 따르겠습니다. 맥없이 대답하고야 말았다…… 그럼, 또 몇 줄 건너서…… 다음날부터 정대진은 신이 나서 도자장이를 찾아다니기 시작하였다. 막상 구하려고 하니 알려진 사람이 흔치 않았다. 할세하는 장면을 목격하여 그 내용은 잘 알면서도 실지로 집도해본 사람은 드물었다. 중국에는 그 전문가가 있다지만 아직 고려에는 그런 사람은 없나보다. 어쩌다가 한두 번 집도의 경험이 있다는 사람을 만났지만, 그 성과가 시원치 않았다면서, 다시는 그런 일에 손을 대지 않았노라고 머리를 내저었다. 정대진 역시 기술이 미숙한 사람에게 부탁하고 싶진 않았다. 실수를 해서 치사게 되는 날이면 정말 큰일이기 때문이다. 그래서 그는 날마다 경험이 많고 기술이 능한 집도자를 수소문하여 나돌아다녔다. 그러던 어느 날 밤, 집도의 경험자를 안다는 사람과 주사에 들러 술을 몇 잔 나누고 이슥해서야 귀가하는 도중이었다. 마침 술이 얼근해서 청루靑樓를 나오는 장천식과 마주친 것이다. 정대진이 걸음을 멈추고, 노형 단단히 재밀 보시는구려, 하니까 장천식은 좀 당황하는 듯하더니 곧 태연히, 암, 재밀 봐야죠, 재밀 봐야 하구말구요, 이제 ○○을 떼어버릴 판인데 그 전에 재밀 안 보고 어쩌겠소. 자조조로 웃었다. 정대진은 그 말이 뭉클하고 가슴에 걸렸다. 할세를 앞둔 젊은 남자의 심정에 동정이 갔기 까닭이다. 장천식은 패기와 박력이 있는 젊은이였다. 그가 환관이 되어 원나라에 들어가겠다고 하자, 그의 부친은 처음엔 펄떡 뛰었다고 한다. 정정당당히 과거에 급제할 일이지, 그런 사도邪道를 택하는 것은 떳떳지 못하다는 것이다. 그렇지만 모로 가도 서울만 가면 되지 않습니까, 재상은 말할 것도 없고 임금님마저도 원나라의 내시나 사신 앞에 굽실거리는 고려국에서 급제한들 무에 그리 대단한 일입니까, 소자는 이왕이면 천하를 호령하는 원나라 황실에 들어가 마음껏 기염을 떨쳐보고 싶습니다. 이렇듯 장천식이 고집을 부렸더니 그가 과거에 급제할 자신은 없고, 야심이 비상함을 깨달은 그의 엄친은 아무 말도 않고 머리만 끄덕였다고 한다. 이처럼 강인한 장천식으로서도 일단 남성을 포기하려 들자, 그 심사가 태연할 수 없어 여색을 탐하거든, 남달리 마음이 약한데다가 다정다감한 대승으로서야 그 심중이 좀 복잡하랴 생각하니, 춘기를 채워보지 못한 채 생을 보내게 될 아우가 정대진은 몹시 측은하게 여겨진 것이다. 아우에게도 할세를 하기 전에 여색을 경험하게 해주어야겠다고 그는 생각했다. 그것은 불원 남성을 포기할 아우에게 마지막 보내는 애정의 선물로서, 당연히 그래야만 할 것 같았다. 허지만 일방 불안감도 없지 않았다. 누구나 처음으로 여자를 경험하면 그 황홀경에 도취해버리듯이, 대승도 여색을 알게 되면 혹시나 결심이 흔들리지 않을까 염려되기 때문이다.

그래서 정대진은 무척 망설이다가, 그런 여유를 주지 않으려고, 마침내 집도자를 구하여 수술을 단행케 된 전날 밤에야, 아우를 데리고 기루妓樓를 찾아간 것이다. 그는 되도록 나이 어린 창기를 불러 주안상을 차려 내오게 한 다음, 아우와 몇 잔 술을 나누고 나서, 창기에게 무어라고 일러놓고, 뒷간에 가는 척 슬그머니 방을 나가버렸다. 아무리 기다려도 형이 돌아오지 않으므로, 정대승은 그제야 이상한 생각이 들어, 형님이 무어라고 하고 나갔소, 창기에게 물었다. 급한 용건이 생각나서 먼저 돌아가니, 절더러 도련님을 잘 모시라고 했어요. 웃으면 한쪽 볼에만 보조개가 파이는 창기는 이러고 애교 있게 웃어 보였다. 정대승은 거북살스런 태도로, 그럼 이만 나도 돌아가봐야겠군. 엉거주춤 일어서려니까, 안 돼요. 오늘 밤은 여기서 저와 함께 묵으셔야 해요. 창기는 아양을 떨듯 하며 붙들었다. 정대승은 어쩔 줄 몰라 머뭇거리다가, 여자가 잡아끄는 대로 도로 주저앉았다. 그러자 창기는 무릎이 마주 닿도록 바싹 다가앉으며, 이런 데 처음이신가봐? 재미 있다는 듯이 물었다. 그렇소. 참말 좋은 형님을 두셨어요. 아우를 이런 데까지 친히 데려다주시니 얼마나 너그러우셔요. 그러니 마음 푹 놓고 주무시고 가시는 거예요, 아셨죠? 하면서 창기는 화장 냄새 향긋한 얼굴을 사내의 턱밑에 바싹 들이댔다. 정대승은 전신이 얼어붙은 듯 꼼짝 못하면서도, 얼굴만은 벌겋게 달아올랐다. 그는 형의 뜻을 비로소 알아차렸지만, 고마워해야 할지 원망해야 할지 분간할 수가 없었다. 그런 중에서도 닥쳐올 일신상의 무섭고 억울한 변화가, 하룻밤 창기와 정을 통하는 것으로 위로가 되거나 상쇄될 성질이 아님은 분명했다. 그러기에 이부자리를 내려 펴고 나서, 여자가 이끄는 대로 이불 속에 들어가

누워서도, 정대승은 그 이상의 아무런 반응도 보이지 못하였고, 그러한 사내에 묘한 흥미와 감질을 느낀 탓인지, 여자 쪽에서 먼저 옷을 벗고, 그의 옷도 벗겨주고, 알몸으로 꼭 껴안았을 때도, 고 야들야들한 피부가 신비롭긴 했지만 불덩이처럼 전신이 달아오르지는 않았던 것이다. 그런대로 여자가 충동하는 데 따라, 몇 차례 사내다운 동작을 가져보려 하였지만, 번번이 체면만 깎이고 말았다. 여자의 조롱하는 말을 들은 체 만 체 돌아누워버린 그는, 웬지 모르게 두 손으로 자기의 그것을 꼭 싸쥔 채 눈물로 볼을 적시며 잠이 들었다…… 여기서부턴 또 시시한 얘기가 계속되니까 건너뛰어서, 이번엔 끝 부분인 수술 대목을 읽어보기로 하지…… 정대진의 사랑방에는 집도의 경험이 풍부하다는 중년의 도자장이를 중심으로 주인 형제와 장천식, 윤지산이 둘러앉아 있었다. 정대승은 얼굴이 해쓱하게 질려 한쪽 구석에 꼼짝도 못하고 앉아 있었고, 장천식과 윤지산도 겉으로는 태연한 척했지만, 역시 긴장의 빛을 감추지는 못하였다. 함부로 입을 여는 사람이 없어서 실내에는 침통한 공기가 서렸다. 정대진만이 만족한 얼굴로 집도자의 지시에 따라, 수술에 필요한 준비를 갖추느라고 방을 들락거렸다. 준비란, 할세자의 양쪽 다리를 움직이지 못하게 묶어 매는 나무틀과, 굵고 부드러운 노끈, 할세자의 하복부를 감는 데 쓰이는 백포白布, 그리고 호초탕胡椒湯이다. 이 호초를 삶은 물은 일종의 소독수로서 성기를 세척하기 위한 것이다. 도자장이는 서리가 돋듯 날이 파랗게 선 면도칼과, 조그만 낫 모양으로 생긴 예리한 쇠갈고리를 헝겊 위에 펴놓으며, 호촛물이 끓었거든 대야에 떠 오시오. 주인을 향해 말하였다. 예, 하고, 주인은 밖으로 나가더니 커다란 대야에 호촛물을 가득히 떠가지고 들어왔다. 그럼 시작해볼까요? 하면서 쳐다보는 집도자에게 정대진은 예, 잘 부탁드립니다, 하고 머리를 숙였다. 어느 분부터 할까요? 집도자는 이러고 세 사람의 피수술자를 번갈아 보았다. 세 사람은 숨을 죽인 채, 굳어진 표정으로, 도자장이와 정대진의 얼굴을 번갈아 보았다. 주인도 세 명의 할세 지원자를 번갈아 보다가, 매도 먼저 맞는 것이 낫다고 하니, 대승이 너부터 하여라. 아우에게 분부하였다. 지명을 받은 정대승은 얼굴이 더욱 창백해지며, 목쉰 소리로, 예, 들릴락말락 대답하고, 체념한 듯 한 걸음 나앉았다. 그러면 아랫도리를 벗고, 이 틀 사이에 다리를 벌리고 앉으시오, 하는 집도인의 지시에 정대승은 어쩔 줄 모르고 머뭇거렸다. 보다 못해 그 형이, 사내대장부가 뭘 그리 꾸물거리느냐. 어서 바질 벗고 안에 들어앉아라, 나무라듯 하니까, 정대승은 떨리는 손으로 허리띠를 풀더니 몹시 꾸물거리며 바지를 벗고, 서까래 굵기만한 '인人' 자 형의 나무틀 사이에 들어가 앉았다. 그리고 눈을 감았다. 정대진과 집도인이 대승의 양다리를 벌려 나무틀에 단단히 동여맸다. 그런 다음, 집도인은 준비되었던 백포로 피수술자의 하복부를 여러 겹 조여 감았다. 자, 그럼, 백씨께선, 계씨의 등 뒤에 바싹 붙어 앉아, 움직이지 못하도록 꽉 끌어안으시오. 도자장이가 시키는 대로 정대진은 아우의 상반신을 뒤에서 힘껏 끌어안았다. 집도자는 소매를 걷어올리더니, 대야를 피수술자의 샅에 바싹 들이대고 깨끗한 수건을 뜨거운 호촛물에 적셔 그것으로 노출된 성기를 수차례에 걸쳐 씻어냈다. 다음은, 면도칼을 집어 자기의 손바닥에 몇 번 쓱쓱 문대어보고는, 왼쪽 손으로 피수술자의 그것을 통째로 거머잡았다. 정대승은 눈을 감은 채 마치 숨이 끊긴 듯하였다. 집도자는 절단하기 편리하도록 위축된 성기를 몇 번인가 고쳐 잡더니, 입을 힘껏 다물며 그 밑동에다 사정없이 칼을 갖다 댔다. 그와 동시에 정대승은, 으윽! 이상한 비명을 질렀고, 고통을 참느라고 얼굴 전체가 일그러지며, 상반신을 뒤틀었다. 그의 샅은 순식간에 피투성이가 되었다. 집도자는 그 성기를 단번에 잘라내는 데 실패한 듯, 피투성이 된 손으로 피수술자의 샅을 이리저리 더듬으며, 면도와 쇠갈고리로 여러 번 우벼댔다. 그동안 정대승은 연방 절망적인 비명을 지르며, 이를 사리물고 형이 끌어안고 있는 상반신을 마구 흔들어댔다. 이윽고 성기는 완전히 절단되었다. 집도자는 그것을 미리 준비되었던 조그만 항아리 속에 담고, 요도에다 납으로 만든 쐐기를 박았다. 그리고는 냉수에 적신 종이로 상처를 덮고, 헝겊으로 잘 싸맸다. 그런 뒤, 그 형과 집도자가 피수술자를 양쪽에서 부축하고 수시간 실내를 거닐었다. 정대승은 다 죽어가는 사람으로 보였다. 신음 소리도 들리는 듯 마는 듯 하였고 머리는 중심을 잃고 건들거렸고, 전신은 축 늘어진 채, 부축하는 두 사람한테 업혀 질질 끌려 다니다시피 했다. 그런 광경을 장천식과 윤지산은 굳어진 표정으로 숨을 죽이고 지켜보았다. 두 시간 이상이나 실히 지나서야, 피수술자를 방 한구석에 눕혔다. 이제는 숨소리마저 완전히 그친 듯 정대승은 죽은 듯이 움직이지 않았다. 이런 식으로, 윤지산, 장천식의 할세 수술이 진행되었다. 역시 고통을 못 이겨 심한 신음 소리는 냈지만, 그들은 정대승처럼 혼수 상태에 빠질 만큼 완전히 정신을 잃지는 않았다. 세 사람의 할세자가 나란히 누운 실내는, 음산한 신음 소리와 피비린내로 가득 차 있었다.

정신을 못 차리는 모양인데, 이대로 내버려두어도 괜찮을까요? 아우의 머리를 짚어보고, 손을 만져보고 하다가, 정대진이 좀 걱정스레 돌아보며 물으니까, 계씨는 워낙 마음이 약해서 타격이 컸나보오만, 밤을 지내고 나면 정신이 들 테니, 과히 염려 마시오. 도자장이는 연장을 챙기며 태연히 대답하였다. 고맙습니다, 수고가 많으셨소. 주인은 새삼 사례를 표하였고, 도자장이는 그럼 3일 후에 내가 다시 올 테니, 그때까진 가만히 누워 있게 하고, 상처를 건드리거나 물을 먹여선 안 되오. 이런 말을 일러놓고 돌아간 것이다. 정대진은 도자장이가 시키는 대로 하긴 했지만 환자들의 고통이란 볼 수가 없었다. 상처의 아픔도 견디기 어려운 모양이지만, 그보다도 입이 바싹 마르고, 목이 타서 고대[10] 미칠 것같이들 굴었다. 그 중에서도 정대승이 더욱 심하여 형을 불안하게 하였다. 찬물에 적셔 짠 수건을 불덩이같이 뜨거운 아우의 머리에 얹어주면, 대승은 그것을 뺏아서 입에 틀어넣고 쭉쭉 빨아먹다가, 형님, 난 죽소, 이젠 더 못 살아요. 기진맥진한 꼴로 들릴락말락하게 호소하였다. 그런 요망스런 소리 하는 게 아니다, 죽긴 왜 죽어, 머지않아 득세하여 재상까지도 네 앞에 굽실거리게 될 텐데. 형이 이런 말로 달래면 출세도 득세도 다 싫소, 난 죽어요, 죽어. 간신히 중얼거리는 정대승의 수척한 얼굴에는 눈물이 주르르 흘러내렸다. 그렇게 맘이 약해선 못쓴다. 하루만 더 참아라, 내일이면 도자장이가 와서 쐐기를 뽑고, 소변도 보고, 음식도 마음대로 먹게 해줄 거다. 그로부턴 하루하루 눈에 띄게 회복되어 곧 벼슬길에 오르게 될 테니, 두고만 봐라. 이런 말로 아우를 위로하는 정대진은 평생의 야망이 불원간 이루어질 것을 확신하고, 자신에게 다짐을 두는 말이기도 했다. 그러나 사흘 만에 집 도자가 다시 찾아왔을 때는 형편이 달라져 있었다. 장천식과 윤지산은 갈증이 심한 중에도, 고통이 훨씬 누그러진 듯, 열도 없고 정신도 맑았지만, 정대승만은, 정신이 오락가락할 정도로 쇠잔하여 송장이 다 되다시피 하였다. 더구나 도자장이가 환자들의 요도에 박았던 납 쐐기를 뺐을 때, 딴 두 사람에게선 비교적 맑은 오줌만이 힘차게 내뻗쳤지만 정대승에게서는 뿌연 고름이 섞여 나왔다. 정대진이 걱정스러워, 결과가 어떻습니까? 이렇게 농이 섞여 나와도 괜찮을까요? 물으니까 계씨는 기력이 너무 약하군요. 그렇지만 과히 염려 마시오. 손에 가시만 조금 찔려도 곪는 수가 있는데, 생살을 도려냈으니 그야 농이 나올 수도 있지 않겠소. 수술 후 대개는 100일 정도면 완치되지만, 계씨의 경우는 그 시일이 좀더 오래 걸릴 뿐, 별일 없을 것입니다, 하는 도자장이도 그 얼굴에 떠오르는 어두운 그림자를 감추지는 못하였다. 더욱이 장천식과 윤지산에게는, 집에 돌아가 성공을 축하하는 잔치를 열라고 해서, 두 사람은 지팡이에 의지하여 제 발로들 걸어 돌아갔으나, 정대승에게 대해서만은 농을 멈추고 열을 내리게 하는 약을 지어다 먹이라고 한 것으로 미루어 보아도 불안하지 않을 수 없었다. 정대진은 도자장이를 돌려보낸 뒤, 급히 의원을 찾아가 약을 지어다가 아우에게 달여 먹였다. 그러나 아무리 계속하여 약을 써도 요도에서는 더욱 심하게 농이 흘렀고, 상처도 유착되기는커녕 썩어 들어가듯 점점 악화되어갔다. 따라서 환자의 기력은 나날이 꺼져갔고, 음식은 고사하고 억지로 떠넣어주는 약마저 넘기지 못하게 되었다. 정대진은 당황하기 시작했다. 황급히 의원을 청해다 보였으나 환자의 상처와 맥을 짚어보고 난 의원은 아무 말 없이 고개를 모로 젓고 돌아가버렸다. 정대진은 홀린 사람처럼 침식을 잊고 아우의 간병에 진력했다. 그러나 보람도 없이 정대승은 20여 일 만에 종래 숨을 거두고 말았다. 정대진은 이놈아 넌 살아서 출세하여 가문을 빛내야 할 놈이 아니냐. 남들은 멀쩡히 나아서 세도길에 오르게 됐는데, 왜 하필 너만 죽는단 말이냐! 아우의 시체를 끌어안고 이렇게 넋두리를 하며 통곡했다.

후기後記

매부리코는 여기서 읽기를 그치고 두 친구의 얼굴을 번갈아 보며 얘기는 아직도 한참이나 더 계속되지만, 중요한 부분은 거의 골라 읽었으니까, 이 정도로 해두지. 이러고 책을 덮어버렸다. 그 뒤는 대략 어떤 얘기야? 개구리눈이 궁금한 듯 물으니까, 정대진은 자신이 할세를 하고 원나라에 들어가 장천식, 윤지산 등과 더불어 환관이 되는 얘기야, 하고 매부리코는 새삼 담배를 붙여 물었다. 아우는 죽었고, 형마저 내시가 되어버렸으니, 그렇게 되면 후사가 완전히 끊기는 거 아냐, 옛날 사람치곤 그런 면에서도 대단했는데. 선병질이 이상한 데 감탄을 하니까, 그러기에 할세 수술을 받기 전 얘기가 재미나, 정대진은 눈물을 흘리다시피, 아들을 낳아주오, 이렇게 염불 외듯 하면서 내리 10일간을 하루도 거르지 않고 마누라와 동침했다는 거야. 매부리코가 이런 말을 덧붙이고 웃었더니, 허, 그 정력이 부러운데, 10일간을 내리 계속하다니, 선병질이 또 한번 감탄해서 모두들 폭소를 터뜨렸다. 개구리눈도 담배를 피워 물며, 아무튼 옛날 사람들의 출세욕이나 권세욕은 대단했던 게지. 하니까, 그야 어디 옛날 사람뿐인가, 오히려 요즘 사람들은 더하지 않을까. 매부리코는 정색을 하고 말하였다. 하긴 그래, 나부텀두 대통령만 시켜 준다면 당장이라도 잘라버리겠어, 나이 40에 요 모양 요 꼴이니 그것만 달고 있음 뭘 해 안 그런가? 하며, 선병질은 개구리눈을 돌아보았다. 난 싫어, 자네야 이왕 남성의 기능을 제대로 발휘할 수 없을 만큼 폐물화됐으니까, 대통령이 아니라 중앙청의 계장 자리만 하나 준대두 잘라버릴 만하지만, 내건 아직 멀쩡하단 말야, 대통령이 아니라 그보다 더한 자릴 준대도 난 못 바꿔. 개구리눈은 머리를 설레설레 저어 보였다. 그러자 선병질은 역시 호색한의 본성을 드러내는군, 하고 반격을 가했다. 지고 있을 개구리눈이 아니다. 이봐, 세상에 계집 싫어하는 놈팡이가 어딨어. 그런 점에선 내나, 자네나, 이 친구나, 그리고 어떤 점잖다는 놈이나 매일반야. 다만 나는 그만큼 권력이나 감투욕엔 청렴결백하다는 걸 말하는 거지. 이렇게 변명하고 나서 개구리눈은 하기야, 세상 남자들 가운데 대통령은 고사하고 장관이나 국회의원 자리만 준대두, 나두 나두 하고 주저없이 그걸 잘라버리고 나설 놈이 수두룩할걸. 새로운 견해를 표명했다. 매부리코도 고개를 주억거리고, 그럴지도 모르지, 최고의 교육도 받고 낫살이 지긋한 것들이, 한자리 얻어 해보려고 염치도 체면도 없이 별의별 수단으로 집권층에 아첨하고 돌아가는 꼴을 보면, 옛날이나 지금이나 인간의 본성은 조금도 변하지 않았나봐. 권력이나 감투가 그렇게도 좋을까. 이러고 나서 담배 연기를 후우 하고 허공으로 내뿜으며, 그것을 바라보는 매부리코는, 대학교수 직을 팽개치고 국회의원에 출마했다가 갖은 추태 끝에 낙선이 되자, 이번엔 모모 세력가의 꽁무니를 물고 쫓아다니더니, 차관급 대우의 모 관직에 뚫고 들어가 앉은 자기의 형을 생각하고 있는지 모른다. 그런 눈치를 챈 개구리눈이, 자네도 고려 시대에 태어났더라면, 영락없이 정대승처럼 형에게 당했을 거 아닌가. 하니까, 여부 있나. 매부리코는 웃지도 않고 대답했다. 그야 어디, 이 사람의 형뿐인가, 세력

권의 주변을 얼쩡거리는 자들이란 대부분이 내시 같은 놈들이지. 선병질이 이렇듯 그답지 않게 제법 뼈대 있는 말을 했다. 하기야 비단 정치 세력의 주변에만 한한 얘기는 아니지, 교육계든 사업계든 종교계든 할 것 없이, 그런 환관적 도배들이 파고들어가 휘젓고 있는 게 사실이니까, 어느 분야에서나 재주꾼들을 붙잡아서 벌거벗겨 봐, 거기가 아주 민숭민숭할 거야. 샅에 아무것도 달려 있지 않을 거란 말야. 매부리코가 시니컬하게 웃었다. 그럴지도 몰라. 그렇담 아예 어느 분야에서든 출세가도에 나설 인물들에겐 할세 수술을 필수 조건으로 내걸면 어때? 그럼 환관족의 씨가 차츰 말라버릴 거 아냐. 개구리눈이 신기한 제안을 들고 나오자, 그랬다간 잘라낸 그것이 트럭으로 쏟아져 나올 테니 그걸 다 어떻게 처리하지? 참새구이 하듯, ○○구이도 할 수 없을 거구. 선병질이 이런 엉뚱한 걱정을 해서 모두들 또 한번 폭소를 할 뻔했다. 여기서 할 뻔했다는 것은, 물론 문자 그대로 할 뻔하다가 말았다는 말이다. 세 사람의 얼굴엔 불시에 웃음기가 걷히고 시무룩해지더니, 차츰 어두운 그늘이 덮인 것이다. 그래도 중년배들이라, 어처구니없는 허튼소리라고 해서, 덮어놓고 웃어넘길 만큼 그 심정들이 단순치만은 않았는지 모른다. 세 사람은 갑자기 벙어리라도 된 듯, 쓰디쓴 표정으로 언제까지나 저물어가는 창밖만을 내다보고들 있었다.

__주

1) 자궁自宮 : 자기 스스로 거세를 함.
2) 할세割勢 : 거세去勢, 즉 생식 기능을 잃게 하는 것을 말함.
3) 원실元室 : 원나라 왕실.
4) 엄인閹人 : 고자鼓子.
5) 경직京職 : 경관직京官職, 즉 서울에 있던 여러 관아의 벼슬을 통틀어 이르던 말.
6) 유일遺逸 : 학식과 재능, 덕행이 뛰어나면서도 가세家世 등이 미약하여 벼슬길에 나가지 못한 인물을 천거하여 특별히 등용하던 제도.
7) 문음門蔭 : 음서蔭敍, 즉 고려·조선 시대에, 공신이나 전·현직 고관의 자제를 과거에 의하지 않고 관리로 채용하던 제도.
8) 여택餘澤 : 끼치고 남은 혜택.
9) 다따가 : 난데없이 갑자기.
10) 고대 : 이제 막.

청사靑史에 빛나리
―계백階伯의 처妻

해시경亥時頃

  한여름의 밤은 이제 깊어가기 시작한다. 호박 덩굴 무성한 담장 너머로 반딧불이 파선波線을 그리며 잇달아 날아들고 있다. 초승달이 벌써 서녘 하늘에 기울었다. 한낮의 더위도 가시고 이슬에 젖은 풀냄새를 미풍이 실어다준다.
  내실 문을 모두 열어젖히고 주렴을 드리운 안에, 보미寶美 부인은 고즈넉이 홀로 앉아서 어두운 밖을 내다보며 생각에 잠겨 있다. 간간 부나비가 날아들어 촛불을 펄럭이게 하고, 모기가 물 때마다 고운 손이 보드라운 살갗을 때리는 소리가 찰싹 하고 날 뿐 고요하기만 하다. 넓은 정원 여기저기서 우는 벌레 소리도 정적을 깨뜨리기는커녕 오히려 더하게 할 뿐이다.
  어제 이맘때만 해도, 피난들을 가느라고 아우성이던 저 아래 구가衢街[1]가 오늘 저녁은 죽은 듯이 괴괴하다. 아무리 최악의 사태에 대비할 마음의 준비를 갖추었다고 해도, 이러한 정적이 보미 부인의 마음을 한층 불안하고 초조하게 만든다. 홍수가 나게 되면 안전지역으로 미리 피신하는 쥐의 놀라운 본능처럼, 전쟁을 예감하는 백성들의 판단은 꽤 정확하다. 보미 부인이 보기에도 화려하던 이 백제의 도읍이, 풍전등화의 위기에 놓여 있음은 부인할 수 없다.

문제는 다만 황음연락荒淫宴樂을 일삼고, 무능, 안일한 영신佞臣들에 둘러싸여, 정사正邪의 구별이 흐려진 왕이 어떠한 용단을 내릴 것이며, 따라서 중신 제장들이 어느 만큼의 탁월한 전략과 각오로 노도같이 밀려드는 나당羅唐 연합의 대군을 막아낼 수 있겠는가에 오로지 이 나라의 운명이 달려 있을 뿐이다. 그러나 지금의 왕과 군신들의 불분명한 동태로 보아 안심이 되질 않는다.

왕의 유흥遊興을 간하다가 4년 전에 옥사한 성충成忠 대감이, 죽기 전에 마지막으로 상감께 글월을 올려 만일 외적이 침입할 때는 숯재[炭峴]와 백강白江을 굳게 방비하여, 적으로 하여금 그곳을 덮지 못하게 함이 상책임을 아뢰었다는 말은, 일반 백성도 모르는 자가 없을 만큼 유명한 말이거늘, 막상 나당 연합군의 침공을 당하게 되고 보니, 의직義直과 상영常永 등을 중심으로 한 군신들의 어전회의에서도 의견이 구구하여 결론을 얻지 못한 채 고마미지현古馬彌知縣에 유배중인 홍수興首 대감에게 양책을 물으러 황급히 사람을 보냈다고 하지 않는가. 그 편에 홍수 대감은 과연 무엇이라 헌책獻策해왔고, 어전회의에서는 어떠한 최종 결단이 내려졌는지 궁금해 견딜 수가 없다.

이틀 전에 입궐한 채, 계백階白 장군에게서도 아무런 연락조차 없으니 더욱 불안하기만 하다. 그날만 해도 계백 장군과 보미 부인 사

이에는 약간의 언쟁이 있었다. 입궐 차비를 하는 남편을 거들던 부인이,

"장군, 오늘일랑 태도를 분명히 하셔요. 사직이 위태로운 판국에도, 직언을 피하시고 상감님이나 중신들의 눈치만 보시렵니까?"

했더니, 장군은 못마땅한 낯으로,

"중의를 무시한 직간만이 정도가 아니오. 대세를 타고 어의에 따르는 것이 신하의 도리요."

잘라 말했다.

"장군, 그러시면 적병이 숯재를 넘고, 지벌포伎伐浦에 들어올 때까지 공론만 일삼다 시기를 놓치시렵니까?"

모르는 새에 보미 부인은 남편 앞으로 바싹 다가섰다.

"그 시기는 상감께서만 결정하실 일이오."

"상감께서 결단을 내리시도록 하는 것은, 상감님을 보필하는 중신들이 할 일 아닙니까?"

"그러기에 중신들이 밤을 새워가며 대응책을 토의하고 있지 않소."

계백 장군은 부인이 두 손으로 받들어 올리는 칼을 받아 들었다.

보미 부인은 이대로 잠자코 물러설 수 없다는 듯이 그 청초한 얼굴에 비장한 기색까지 보이며 추궁하듯 했다.

"그게 시일만 지연시키는 공론이란 말이에요. 발등에 불이 떨어진 이 마당에 토의가 무슨 소용입니까? 지금 당장이라도 숯재와 백강의 방비를 하는 것만이 적의 대군을 막을 수 있는 유일한 상책이 아닙니까?"

이렇듯 적극적으로 참견해오는 부인을 의외란 듯이 장군은 돌아

보았다.

본래 총기와 지력이 장군을 앞서는 부인인지라, 나태해가는 국사를 걱정하는 나머지 비판적인 불만을 은근히 품어오기는 하였지만, 이토록 노골적으로 그것을 나타낸 일은 별로 없었다. 그런 만치 계백 장군은 부인을 돌아보며,

"그러면 부인이 이 난국을 책임진 전략가이기라도 하단 말이오?"

다소 비꼬는 말투였다.

"이것은 저의 좁은 소견이 아니라, 선견지명을 가진 성충 대감의 유언입니다. 장군도 그것을 상책이라 하지 않으셨습니까?"

보미 부인은 그 맑고 예리한 눈으로 남편을 쏘아보듯 하였다.

"전략이란 형세에 따라 상하의 책이 뒤바뀔 수도 있는 것이오."

"지금 형세로는 성충 대감의 유언만이 상책입니다. 그 밖엔 적병을 막아낼 딴 계책이 있을 수 없습니다. 국가의 대임을 맡고 있는 중신들의 판단력이 어찌 일개 아녀자만도 못하단 말입니까? 진정 안타깝습니다."

필사적인 부인에게 장군은 약간의 노기조차 띠고,

"부인은 말이 너무 많소."

가볍게 꾸짖고 집을 나가버렸던 것이다.

그런 지 이틀이 지났건만, 계백 장군은 귀가하지 않고 궐내에 머물러 있었다. 알아보니 딴 중신들도 모두 입궐한 채라고 한다. 아직도 어전에서 헛되이 공론만을 되풀이하고들 있는지, 아니면 어떤 결단이 내려져 그 준비에들 분망중인지 알 수가 없다.

그래서 보미 부인은 어전회의의 결과와, 적병의 동향에 대한 소문과, 민심의 동태 등을 알아보려고, 장승 할아범을 비롯하여 아랫

것들을 자주 밖에 내보냈고, 오늘은 친정의 남동생에게도 사람을 보내보았다.

그 결과 알 수 있는 것은 어전회의에서는 아직껏 아무런 결론도 내리지 못한 채, 유배중인 홍수 대감에게 보낸 사람이 돌아오기만을 기다리고 있다는 것과, 김유신이 거느린 신라군은 숯재에, 소정방이 거느린 당병은 백강에 이미 다다랐는데, 그 수가 무려 10만이 넘을 것이라느니, 15만은 되리라느니, 혹은 20만을 헤아릴 수 있으리라느니 하는 소문과, 피난을 갈 수 있는 백성들은 오늘 새벽까지 모두들 떠나버려서, 이 나라 도읍은 화려하던 전날의 모습을 찾아볼 수 없도록 빈집, 빈 거리와 다를 바 없다는 이야기뿐이었다.

더구나 놀라운 일은 일반 백성뿐 아니라, 좌평, 달솔 등 고관을 비롯해서 상하 관원들 집에서도 가재 보화를 챙겨가지고 거의가 피난을 갔다는 이야기다.

이렇듯 흉흉하고 살벌한 형세 속에서도, 보미 부인은 침착성을 잃지 않고, 남편이나 동생에게서 있을지도 모르는 무슨 연락을 기다리며, 자신이 지녀야 할 마음의 자세를 가다듬는 것이다.

멀리서 달리는 말발굽 소리가 들려온다. 보미 부인의 얼굴이 긴장해졌다. 그 소리가 사라지자, 또 다른 방향으로 달리는 말굽 소리가 다급하다.

그 소리마저 아득히 사라져간 뒤, 중문 소리가 나더니, 바깥 정세를 살피러 나갔던 장승 할아범이 돌아왔다. 그는 기침 소리를 내며, 주렴 밖으로 다가와서 허리를 굽히고,

"장군님께선 여태 아무 소식도 없으십니까?"

걱정스레 물었다.

보미 부인은 모로 고개를 저어 보이고 나서,
"그래, 무슨 새로운 소문이라도 들었느냐?"
몹시 궁금한 눈치다.
"예, 홍수 대감께 대비책을 물으러 갔던 사람이 돌아왔다고 합니다."
"무어라고 하셨다더냐?"
"돌아가신 성충 대감과 꼭 같은 말씀을 하셨답니다."
"암, 그러실 테지!"
보미 부인은 고개를 주억거리더니,
"그래, 어전회의에서는 그렇게 결정되었다더냐?"
다그쳐 물었다.
"소인으로선 거기까진 모르겠사와요. 허지만 사방으로 급히 파발이 달리구, 궁궐 주변이 웅성거리는 것으로 보아서 무슨 결정이 나리긴 나렸나봅니다."
가볍게 고개만 끄덕거리는 부인의 얼굴은 무섭도록 엄숙했다. 그러한 부인의 태도에 장승 할아범도 더욱 불안해졌는지,
"장군님께선 왜 아무런 소식도 없으실까요?"
답답해하였다.
"국운을 건 결전을 앞두고 그럴 겨를이 계시겠느냐."
"그렇지만 딴 대감님네처럼 어디로 곧 피난을 가라는 분부라도 계셔야 할 게 아니겠어요."
장승 할아범은 속이 타는 모양이다.
이때, 다급히 말굽 소리가 다가오더니, 대문 밖에서 멎었다.
"장군님께서 돌아오셨나봐요."

생기가 도는 장승 할아범에게,

"그런가보다. 빨리 나가 모시어라."

일러 내보내고, 부인 자신도 머리를 매만지며 대청으로 나서려니까, 뛰어 들어오다시피 한 사람은 계백 장군이 아니라 부인의 친동생인 황인성黃仁成이었다.

심상찮은 동생의 거동에서 불길한 예감이 든 보미 부인은, 장승 할아범을 물리고 촉대 앞에 동생과 마주 앉았다.

"몹시 기다렸다. 무슨 확실한 소식을 들었느냐?"

인성은 갑자기 말이 안 나오는 듯, 숨을 가라앉히며 입을 실룩거리다가,

"간신배들이 마침내 사직을 망치게 되었습니다."

울분을 내뱉듯 했다.

"무슨 소리냐, 그게?"

"누님은 아직 어전회의의 결과를 모르십니까?"

"어떤 결정이 나렸다더냐?"

"비겁하고 무능한 영신배들이 패전지계敗戰之計를 택했답니다."

"패전지계?"

보미 부인의 고운 이마가 찌푸려졌다.

"적을 동으로는 숯재 이쪽에다, 서에서는 지벌포 안에까지 끌어들인 다음에 치기로 하였답니다. 성충 대감이나 홍수 대감의 형안이 아닐지라도 병법을 아는 사람이면, 아니 병법 같은 걸 전혀 모르더라도, 지세의 이점을 판단할 수 있는 사람이라면 이런 졸렬한 하지하책을 택할 리 있겠습니까?"

황인성은 침을 튀기며 과격한 어조로 말하였다.

보미 부인의 얼굴에서도 핏기가 가셨다. 노기조차 머금은 눈으로 밖의 어둠을 노려볼 뿐, 부인은 입을 봉한 채 아무 말이 없다.

"겨우 의직 대감 한 분이, 홍수 대감의 병법을 지지하여 속전速戰을 주장하였을 뿐이고, 여우 같은 상영 이하 모두가 패전지계를 고집하였다니, 조정에 이렇게도 담력을 지닌 구안具眼[2]의 충신이 없단 말입니까?"

인성은 울상이 되어 가슴을 치며 통곡이라도 할 듯 탄식하였다.

그러나 보미 부인은 동생의 흥분에도 아랑곳없이, 그저 조상彫像처럼 앉아만 있었다. 부인은 머지않아 닥쳐올 사태와 이에 대비하여 어떻게 처신할 것인가를 생각하고 있는 것이었다.

이러한 부인의 태도가 갑갑하였던지, 인성은 누이의 소매를 잡아 흔들 듯이 다가앉으며,

"누님, 중신 회의에서 자형이 어떤 태도로 일관하였는지 아십니까?"

흡사 대들 듯이 물었다.

"자형이 어떻게 하셨다더냐?"

"어떻게 하구말구가 있습니까? 꿀 먹은 벙어리 모양 단 한 마디도 입을 열지 않았다니까요. 전 자형이 그토록 용렬하고 비겁한 사람인 줄은 몰랐습니다."

인성은 침이라도 내뱉듯 했다.

보미 부인의 단아한 얼굴에 가벼운 경련이 스쳐갔다. 아무 말도 하지 못했다. 위구하였던 대로 남편은 상영의 권세에 눌려 바른말을 하지 못하였으리라 생각하니, 부인은 맥이 풀려 동생의 비난에 대꾸할 말도 염치도 없었던 것이다. 어떤 면박이라도 남편을 대신

하여 달게 받는 수밖에 없었지만, 그래도 자신을 변명하듯,

"피치 못할 사정이 있었을 테지……."

혼잣말처럼 부인이 중얼거리니까,

"피치 못할 사정이라뇨? 상영 일파에 대한 아첨 말입니까?"

따지고 드는 동생에게,

"덮어놓고 아무나 헐뜯는 것은 능사가 아니다."

은근히 나무라니까 인성은 부인을 노려보며 갑자기 음성을 낮추어,

"누님, 덮어놓고 헐뜯는 것이 아니에요. 이제는 나라가 망하게 된 판국이니 말씀 드리지만, 상영은 이심二心을 품어온 것이 분명합니다."

엉뚱한 말을 하였다. 이 말에는 보미 부인도 몹시 놀라 눈을 크게 떴다.

인성의 설명에 의하면, 음일연락淫佚宴樂[3]에서 헤어나지 못하는 왕을 방관하였을 뿐만 아니라, 그것을 간하는 충신들을 몰아내고 왕의 유흥벽을 상영 자신이 오히려 부채질해온 것은, 백성들의 원성이 극도로 높아지기를 기다려, 금상을 폐하고 차자次子 태泰를 옹립한 후, 그 자신이 스스로 병관좌평兵官佐平[4]이 되어, 나라의 실권을 한 손에 쥐고 휘둘러보자는 계략이라는 것이다.

"설마 그렇게까지야……."

보미 부인은 믿을 수 없다는 듯이 고개를 모로 저었다.

"설마가 다 뭡니까? 문주왕 때, 좌평 해구解仇가 사람을 시켜 왕을 시해한 다음, 어린 태자를 세워 왕을 삼았고, 그 삼근왕三斤王[5]은 마침내 해구에게 정사를 내맡기고 말지 않았습니까? 40명이 넘는

왕자에게 고루 좌평을 제수토록 한 것도 결국 그분들의 환심을 사기 위한 상영의 계책이었고, 그 중에서도 야심과 패기가 지나친 태왕자를 자기 편에 끌어들여 마음대로 조종하고 있음은 해구의 전철을 본따려는 짓이 아니고 무엇이란 말입니까?"

보미 부인은 가만히 한숨을 토하고 나서,

"그것은 사사로운 감정에서 나온 너의 편견이 아니냐?"

꼬집어 물었다. 사사로운 감정이라 함은, 충신인 성충과 홍수를 몰아낸 것도 상영 일파의 농간이지만, 은솔恩率[6]로 있던 그들의 부친을 인진도因珍島[7]로 유배시켜, 거기서 끝내 병사케 한 것도 다름 아닌 상영의 책동에 틀림없었기 때문이다.

이렇듯 상영은, 자기 뜻에 반대하는 사람이면 지위의 고하를 막론하고 무슨 간계를 써서라도 제거하였으므로, 웬만치 강직한 충의지사가 아니면 감히 그 앞에서 바른 소리를 하지 못했던 것이다.

"편견이라뇨. 그러면 누님은 상영을 충신으로 보십니까?"

"나도 물론 그렇게는 보지 않는다. 허지만 확실한 내막을 모르고, 짐작으로 남을 지나치게 의심하거나 비방하는 일은 삼가야 한다는 뜻이지."

부인 역시 상영을 야심과 흉계만이 앞서고 충의와 덕망이 따르지 못하는 위험 인물로 보고 있다. 그렇지만 동생의 말처럼 엉뚱한 이심을 품고 있으리라고까지는 속단하고 싶지 않았던 것이다.

"제가 괜히 짐작으로만 꾸며대는 소린 줄 아세요? 달솔達率[8] 주제에 좌평을 제쳐놓고 사사건건이 앞장을 서서 자기 주장만을 고집하구, 조금이라도 비위에 거슬리면 애매한 사람에게 누명을 씌워 제거해버리구, 갖은 모략과 아첨으로 상감을 현혹케 하는 그 짓은 대체 뭡니까? 그 스스로가 이렇듯 행동으로 증명하는 데도 괜한 추측이라구요? 그자 덕분에 제가 야인이 되긴 했지만 조정 내막에 아주 장님인 줄 아십니까?"

부친인 황도정黃道正이 상감의 안일 방탕함과 상영의 참람 방자함을 간하다가 유배당했을 때 대덕對德의 벼슬에 있었던 인성도 누명을 쓰고 물러났던 것이다. 자칫하면 인성마저 유배될 뻔하였으나, 계백의 주선으로 그것만은 겨우 모면할 수 있었던 것이다.

그러니 보미 부인인들, 상영의 횡포나 동생의 분심을 모를 리 있으랴만, 흥분해 있는 동생을 향해 불에 기름을 붓는 식의 말은 할 수 없었다. 그래서,

"그야, 달솔도 2품 벼슬의 중신이니, 상영 대감이 스스로 옳다고 믿는 주장을 굽히지 않고 상감께 상주한 것까지야 어쩔 수 있느냐. 다만 그러한 상영 대감에게, 보다 더 공명정대한 주장과 신념으로 맞서서 버텨낼 만큼, 의기와 지략을 갖춘 중신이 없음이 한스러울 뿐이지."

무난한 말로 응대하는 부인의 눈앞에는 남편의 모습이 초라하게 떠올랐다.

이러한 부인의 태도가 인성은 못마땅한 듯이 눈살을 찌푸리며,

"누님은 그래도 상영을 두둔하러 드시는군요. 하기야 그자에게 빌붙어서 자형이 달솔의 지위에 올랐고 장군이 되었으니 그럼직도 하지요."

비웃고 나서,

"그럼, 더 놀라운 사실을 말씀드릴까요. 우리 동지에 의해서 밝혀진 사실인데, 상영 일파가 적의 첩자와 내통하고 있습니다. 이래도

그자의 역성을 드시겠습니까?"

부인을 흘겨보며 대들 듯했다.

"무슨 말을 그리 함부로 하느냐! 네 자형은 왜 꺼들며[10], 일국의 중신이 첩자와 통하다니, 아무렇기로 그럴 수야 있겠느냐!"

보미 부인은 이번엔 정말 노기를 띠고 동생을 꾸짖었다. 인성도 지지 않고 모멸에 찬 눈으로 부인을 쏘아보다가,

"그렇다면, 한 마디만 더 하고 물러가리다. 역적 상영 일파의 도당인 계백 장군의 안방마님은 과연 다르시구려. 누님이 진정 억울히 돌아가신 황도정의 딸이라면 정신 좀 차리시오!"

내뱉고 벌떡 일어섰다.

"뭐, 뭣이라고?"

자신도 모르게 뇌까렸을 뿐, 부인이 미처 어쩔 사이도 없이, 인성은 바람처럼 밖으로 사라져버린 것이다.

자시경子時頃

계백 장군의 말구종이 달려와 장군의 갑주甲胄를 챙겨가지고 황황히 돌아가고 난 뒤, 보미 부인은 주렴을 드리운 내실에 촛불과 마주 앉아 깊은 생각에 잠겨 있었다. 그 얼굴이 무섭도록 엄숙하고 심각하다.

짧은 한여름의 밤은 깊을 대로 깊었다. 초승달은 벌써 서녘 하늘에 기운 지 오래다. 이슬에 젖은 풀냄새를 미풍이 이따금 실어다준다. 풀벌레가 자지러지게 울어대는 속에, 사방으로 얼크러지는 말굽 소리가 더욱 소란해지기 시작한다.

나라의 위기는 시시각각으로 다가오고 있는 것이다. 그와 함께

부인이 10여 년간 정성껏 지켜온 이 평화스러운 가정에도 이제는 최후의 각오가 필요했다.

부인은 조용히 일어나 옷장 속에서 세 자루의 단검을 꺼내놓고, 장녀 부용芙蓉, 장남 진무眞武, 차남 선무善武를 비롯해서, 비복의 우두머리인 장승 할아범과, 유모 무시이武尸伊댁, 몸종인 삼네를 내실로 불러들였다.

첫잠이 들었던 자녀들은 눈을 비비며 어리둥절한 낯으로 들어와 어머니 곁에 앉았고, 하인들은 불안한 기색으로 엉거주춤히 문밖에 대령하고 서 있었다.

"너희들도 이리 가까이 와 앉아라."

부인의 재촉을 받고야, 아랫것들은 조심조심 들어와 한구석에 쪼그리고들 앉았다. 부인은 엄숙한 표정으로 한 사람 한 사람의 얼굴을 돌아보고 나서,

"내가 하는 말을 귀담아 잘들 듣거라."

일러놓고 잔잔히 말을 이었다.

"예측했던 대로 나당의 적병은 이미 숯재를 넘고, 백강을 거슬러 올라오고 있다고 한다. 물론 우리 나라 군사가 나가 싸우겠지만 승전을 기하기는 때가 늦은 듯하다. 그러니 너희들도 새로운 각오를 단단히 해야겠다."

부인의 말이 채 끝나기도 전에, 열두 살짜리 진무 소년이,

"그럼, 우리 나라가 오랑캐들과 싸워 패한단 말씀입니까?"

알 수 없다는 듯이 물었다.

"그야, 반드시 진다고는 단정할 수 없겠지만 우리 군사는 준비가 부족하고 수가 적은데다가, 적은 강대하니 만일의 경우를 각오해두

지 않으면 안 된단 말이다."

이번엔 열네 살 먹은 부용이,

"아버님은 어찌 되셨습니까? 집엔 안 돌아오신답니까?"

걱정스레 물었다.

"아버님은 내일 새벽 날이 새기 전에 군사를 이끌고 출진하신다고 한다. 그 준비에 바쁘셔서, 집에 들르시게 될지 안 될지 모르신단다. 그러니 내일 새벽 인시寅時까지 기다려보고 아무 소식이 없을 땐 너희들도 여길 떠나야겠다."

부인은 입을 다물고 좌중을 둘러보았다. 무거운 침묵 속에 촛불만이 가볍게 펄럭였다. 비장한 낯으로 앉아 있던 장승 할아범이 조심스레 물었다.

"그러시면 피난처를 어디로 택하시렵니까?"

"최악의 사태에 대비해서 어느 한곳으로 같이들 가는 것은 불리하다. 그래서 내가 장승 할아범과, 무시이댁, 그리고 삼네에게 부탁이 있어."

이러고 부인이 세 사람의 얼굴을 번갈아 보니까 장승 할아범이 궁금하다는 듯이,

"어서 말씀하시어요."

재촉하였고, 무시이댁과 삼네도 같은 표정으로 다음 말을 기다렸다.

"그러면, 장승 할아범은 진무 도령을 맡아다고. 그리고 무시이댁은 선무 도령을, 삼네는 부용 아기를 데리고 각기 고향으로들 내려가는 거다."

하는 말이 부인의 입에서 떨어지기가 무섭게 세 자녀는 펄쩍 뛰

다시피,

"싫어요. 저저끔 헤어지는 건 싫어요. 어디든 어머님을 모시고 같이 가겠어요."

졸라댔고, 하인들도,

"그건 아기씨와 도련님의 말씀이 옳습니다. 피난을 가시려면 한 군데로 가셔야지 가엾게도 뿔뿔히 헤어지다니 그게 되실 말씀입니까?"

반대하였다.

그러나 보미 부인은 모로 고개를 저어 보이고 차근차근 타이르듯 말을 하였다.

"아니다. 이번 싸움은 지금까지의 어느 싸움과도 달라 나라의 존망이 달려 있다. 하늘이 도와 이기면 천행이려니와, 그렇지 못한 경우를 생각해두지 않을 수 없는 거다. 물론 이기게만 되면야 잠시들 서로 헤어져 있다가 이리로 돌아와 다시 만날 수 있겠지만 만일 패망의 비운을 겪게 되는 마당에는 우리가 함께 몰려다니다간 남의 눈에 띄기 쉬우니, 필경 몰살을 면치 못할 것이다. 그러니 싸움이 끝날 때까지, 내가 시키는 대로 정체를 감추고 뿔뿔이들 헤어져 지내는 것이 안전하니라. 알아들 듣겠느냐?"

부인은 또 한번 세 자녀와 하인들의 얼굴을 둘러보았다.

"그러면 어머님은 어떻게 하시겠어요?"

부용이 눈물이 글썽하여 물었다.

"나는 당분간 여기 더 머물러 있겠다. 그래야 싸움의 결말과 아버님의 소식을 쉽게 알 수 있을 게 아니냐."

"그 다음엔요? 그 다음엔 어떻게 하시겠어요? 절 데리러 오시는 거예요?"

이번엔 선무 도령이, 그게 궁금하다는 듯이 물었다.

"암 데려오구말구. 싸움에 이기고 아버님이 무사히 돌아오시면, 우리 선무만 아니라 누나두, 형두 즉시 불러올리다 뿐이냐."

부인은 막내둥이의 머리를 쓰다듬으며 호젓이 웃었다. 실내에는 또다시 무거운 침묵이 덮어 눌렀다. 만일 싸움에 진다면, 그때는 장군도 으레 전사를 하거나 포로가 되어버릴 터인데, 그리되면 부인은 어떻게 할 것인가가 궁금하고 무서웠기 때문이다. 그러면서도 그 말만은 불길하고 두려워서 아무도 입 밖에 내어 묻지를 못하였다.

그러나 어린 선무 이외의 사람들은, 보미 부인의 심정과 각오가 어떠한 것인지를 헤아릴 수 있었고, 따라서 지금의 형세가 얼마나 위급한 지경에 놓여 있는지를 새삼 피부로 느낄 수가 있어서 입뿐 아니라 온몸이 얼어붙은 듯 굳어져버렸다.

이윽고 보미 부인은 세 자녀를 애처롭게 바라보며 단검을 한 자루씩 나누어주고는,

"이것을 몸 깊이 간직하였다가, 앞으로 혹시나 위기를 모면할 길이 없을 때는, 욕되이 적의 손에 목숨을 내맡기지 말고 깨끗이 자결해버리는 거다. 알겠느냐?"

다짐을 두고 나서, 계속하여 이렇게 타이르는 것을 잊지 않았다.

"그렇다고 경경히 목숨을 끊으라는 말은 아니다. 그것은 어쩔 수 없는 최후에 택할 수단이요, 살 수만 있으면 살아야 한다. 어떤 비운이나 고초 속에서도 살 수 있는 데까지는 살아남아서 앞날을 도모하고 때를 기다려야 한단 말이다. 내가 따라가지 않더라도 여기 있는 이 장승 할아범과, 무시이댁과, 삼네는 내가 굳게 믿는 충성된 사

람들이니, 너희들은 그렇게 알고 의지하여 만사에 실수 없이 하여라. 자, 그러면 내일 새벽에 먼 길을 떠나야 하니, 너희들일랑 어서 가서 한숨이라도 더 자두어라."

울먹이며, 순순히 움직이려 하지 않는 세 자녀를 부인은 억지로 각자의 방에 돌려보낸 다음, 이번엔 하인들을 향해 간곡히 당부하였다.

"이런 때, 저것들을 맡길 사람은 너희들밖에 없다. 각기 너희들의 자식인 양 꾸며서 향리로 데리고 내려가 기별 있을 때까지 기다려라. 만일 싸움이 끝나고도 아무 소식이 없거든 그때는 장군이나 내나 세상에 없는 것으로 알고, 저것들이 부끄럼 없이 제 길을 찾아갈 수 있도록 수단껏 보살펴다오. 그럼 너희들만 믿겠다."

부인은 쓸쓸한 기색을 감추지 못하였다. 하인들은 일제히,

"마님!"

하고 불러놓고, 목이 메어 뒷말을 잇지 못하였다.

"과히 슬퍼들 하지 말아. 하늘이 도우시면 그런 불행한 일이야 없을 테지. 그러면 내일 동이 트기 전에 여기를 떠나야 하니, 어서 그 차비를 차리고 너희들도 잠시 눈을 붙여라."

맥이 빠져 일어나지 못하는 세 사람을 부인은 손수 붙들어 일으키고, 떠밀다시피 하여 내보냈다. 그러고 나서는 부인 자신도 허탈한 사람 모양 한동안 돌부처처럼 숙연히 앉아 있다가 이윽고 그들에게 주어 보낼 보물을 챙기기 시작하는 것이었다.

축시경丑時頃

아무리 복더위의 7월이기는 하지만 원래 집이 산록의 고지대에

위치하고 있는데다가 자정이 지나고 나니, 문이란 문을 모두 열어 젖힌 실내는 서늘쩍할 정도다. 각종 금은보물과 패물을 정리하다 말고, 보미 부인은 일어나 문을 닫았다. 그리고 조용히 제자리에 돌아와 하던 일을 계속하였다.

이 밤이 새기 전에 피난길을 떠날 세 자녀와, 장승 할아범, 무시이댁, 삼네를 비롯해서 딴 아랫것들에게도 적당히 나누어줄 몫을 지어두려는 것이다. 아끼던 값진 물건들을 하나하나 만져보고 갈라놓고 하다 말고 부인은 자주 손길을 멈추고 생각에 잠겼다. 문득문득 불길한 예감이 들곤 하여서다.

이번 싸움은 부인이 보기에는 거의 승산이 없었다. 왕의 과도한 유흥과 신하 장군들의 안일무사주의로 국세는 피폐할 대로 피폐하여 병력이 질로나 양으로나 보잘것없는데다가, 지모와 담력과 야심이 비범하다고 들어온 신라의 김춘추와 김유신이 잘 단련된 정예군을 총동원하는 외에 종족이 다른 당나라 오랑캐의 힘까지 빌어, 일거에 백제를 짓밟아버리려는 것이니 당해낼 도리가 있을 것 같지 않았다.

이런 일이 있을지도 모르기에 보미 부인은 일찍부터 해이 타락한 국정을 바로잡고 병력을 길러 고구려와 합세해서 신라를 쳐부순 다음 이번에는 또다시 선수를 써서 고구려마저 토멸하여 삼국을 통일해야 하며, 이러한 백년대계의 태세를 조속히 갖추지 아니하면, 도리어 이쪽이 당하게 될지 모르니, 왕께 상주하여 한시바삐 만전을 기하도록 하라고 수없이 남편을 충동해왔던 것이다.

그 결과 계백 장군도 그럴듯이 여겨 군신 회의 때 왕께 진언해보았으나 왕 이하 모두가 일소에 부치고 문제도 삼지 않았다 한다. 뿐만 아니라 공연한 공상으로 상감의 신금宸襟[11]을 어지럽게 해드려서야 신하 된 도리가 되겠느냐고 도리어 상영에게 톡톡히 핀잔을 당했다는 이야기다.

그때 보미 부인은, 그러면 왜 장군의 주장이 옳음을 강력히 주장하여, 상감 이하 제신을 적극적으로 설복하지 못하였느냐고 안타까워했었다. 그러나 계백 장군은,

"신하로서 어찌 감히 상감을 설복하려 든단 말이오. 신하란 자신의 우견愚見을 상주할 순 있어도 상감께 강요할 순 없는 법이니 무조건 어의에 따라야 하는 것이오."

하고, 오히려 부인을 은근히 나무랐던 것이다. 이토록 계백 장군은 우직할 정도로 충직하기만 한 인물이었다. 형세에 따른 변통수나 융통성 같은 것이 전혀 없었다. 그러한 면이 남편의 장점이기도 하지만, 때에 따라서는 커다란 결점이라고 부인은 생각하였다. 명주明主 아래서는 충신이 될지 모르나 암군暗君을 섬기는 자리에서도 그를 과연 충신이라 할 수 있을까 부인에게는 의심스러웠다.

그때 다가오는 말굽 소리가 들렸다. 대문 밖에서 멎었다. 직감적으로 남편이라고 생각한 보미 부인은 재빨리 옷매무새며, 얼굴, 머리랑을 대강 손질하고 대청으로 나갔다. 계백 장군은 군화를 벗느라고 마루에 걸터앉아 있었다.

"그래도 집에 들르실 틈이 계셨군요. 피곤하시겠어요."

반가워하는 부인에게,

"억지로 틈을 좀 냈소."

이러는 장군은 정말 피로해 보였다.

보미 부인은 장군의 칼을 받아 들고 남편을 따라 내실로 돌아왔

다. 장군은 무장을 끄르고 지친 듯이 자리에 앉았다. 그 눈에는 핏발이 서 있었다.

"뭐 좀 드시겠어요?"

"별루 시장한 줄은 모르겠소."

장군은 부인을 유심히 지켜보았다.

"그럼, 주안상을 차려 올까요?"

"생각 없소."

"그러시다면 밀수蜜水라도?"

"그러지."

부인은 곧 하녀를 불러 꿀물을 진하게 타오라고 일렀다.

"곧장 출진하실 줄 알고 서운하였어요."

"결사대 5천을 이끌고 인시寅時까진 출진해야 하오."

장군은 밖에 들리지 않도록 작은 소리로 말하고 나서 실내를 천천히 둘러보다가,

"애들은 다 자오?"

하고 물었다.

"예, 만나보고 떠나셔야죠? 깨울까요?"

"좀 있다가……."

이르고, 장군은 한 손으로 자기의 어깨를 툭툭 쳤다.

"어깨 좀 주물러드릴까요?"

하면서 부인이 등 뒤로 돌아가 앉으니까,

"미안하오."

장군은 순순히 어깨를 내어 맡겼다. 보미 부인은 익숙한 솜씨로 남편의 어깨를 힘껏 주물기도 하고 두드려주기도 하였다.

"어 시원하다."

 하비가 밀수를 날라오자 장군은 한 대접을 단숨에 벌컥벌컥 들이 켰다. 두 사람 사이에는 한동안 말이 끊겼다. 장군은 무엇을 생각하는지 입을 다문 채 아무 말이 없었고 부인 역시 할 말은 많지만 무슨 말을 어떻게 꺼내야 할지 몰라 잠자코 남편의 어깨만 두드렸다.

 "이젠 그만하오. 한결 거뜬하군."

 한참 만에야 장군은 그리고 목이랑 어깨랑을 움직여보았다.

 "다리도 좀 주물러드릴까요?"

 부인이 다정하게 물으니까,

 "그럴까."

 보료 위에 누우려던 장군은,

 "저것들은 뭐요?"

 발치 쪽에 밀어둔 각종 보물들을 턱으로 가리켰다.

 "아이들과 아랫것들에게 나눠줘 피난을 보내려고 챙겨보던 참이어요."

 "피난?"

 약간 당황한 듯이 묻고, 장군은 부인을 주목하였다.

 "장군께서 돌아오시면 허락을 받으려 했습니다만, 곧장 출진하실지도 몰라서 우선 제 소견대로 준비해보던 거예요."

 변명하듯 하는 부인에게,

 "부인이 어련히 알아서 잘하겠소만, 피난갈 필욘 없소."

 장군은 외면하고 잘라 말하였다.

 "예?"

 부인이 의아한 듯 되물어도 그 말엔 대꾸를 않고,

"어서 다리나 주물러주오."

장군은 양다리를 쭈욱 뻗어 보료 위에 엎드렸다.

부인은 잠자코 장딴지에서부터 남편의 다리를 주물기 시작했다. 장군은 다리를 내어 맡긴 채 언제까지나 아무 말이 없었다. 여느 때 없이 남편의 마음이 무거워 보였다. 하기야 승산 없는 결전을 앞두고 그 마음이 어찌 가벼울 리 있겠는가. 귀가할 겨를이 없는 것을 무리로 틈을 내서 집에 들른 남편은 가족과의 마지막 작별을 위해서일 게다. 아닌 게 아니라 오늘 밤이 살아서 남편을 대하는 최후가 되기 쉬우리라. 그렇지 않아도 여러 가지 불길한 징조로 말미암아 국가의 비운을 예감해온 부인이다. 대등한 지세에서 5천에 불과한 약세로써 10배가 넘는 적진에 돌입한다는 것은, 일반인의 상식으로도 계란으로 바위를 치는 격임은 명백한 일이다. 마침내 남편이 이끄는 결사대는 참패를 면치 못할 것이요, 굶주린 이리 떼 같은 나당의 대군은 백제의 도읍뿐 아니라 전 영토를 마구 짓밟아버릴 것이다. 피비린내 나는 살육, 약탈, 능욕, 그러한 온갖 끔찍한 광경이 부인의 눈앞을 악몽처럼 어른거렸다. 몸서리치는 일이다. 남편의 다리를 주무르는 부인의 손에서는 모르는 새에 맥이 빠져버렸다. 부인은 멀뚱히 한곳에 눈을 준 채 손을 멈추다시피 하였다.

"부인, 왜 그러오?"

이상한 듯이 고개를 들고 돌아보며 묻는 남편에게 부인은 직접적인 대답은 피하고 딴말을 물었다.

"어디로 출진하시지요?"

"황산벌이오."

"승산이 계시어요?"

"싸움의 승패란 병가상사라 하였는데 어찌 꼭 승산 있는 싸움만을 가려 하겠소."

장군은 몸을 뒤채어 반듯이 돌아누웠다.

"그러시면 몰사를 각오하고 출진하시나요?"

부인의 전신에 오싹 소름이 돋았다.

"승패를 막론하고 전장에 임하는 장병은 으레 각오해야 하는 것 아니오."

"그렇지만……."

부인이 무슨 말을 하려니까 그런 말을 더 길게 나누고 싶지 않다는 듯이,

"어서, 다리나 더 주물러주오."

이러고, 장군은 스르르 눈을 감아버렸다.

"예."

보미 부인은 바싹 붙어 앉아서 남편의 허벅다리를 주물렀다. 촛불이 타는 가운데 한참이나 침묵이 계속되었다. 지그시 눈을 감고 누워서 부인의 부드러운 손에 다리를 주물리우고 있던 장군은,

"나는 부인에게 감사하오. 부인은 내게 있어서 과분한 현처양모였소."

호젓이 말하고 눈을 뜨더니 부인의 얼굴을 뚫어지게 바라보았다.

"공연한 말씀을……."

부인은 잔잔하게, 그러나 쓸쓸히 조금 웃어 보였다.

"아니오, 사실이오. 부인은 언제 보나 아름답고 현명하오. 이 한 몸 나라를 위해서라면 언제 죽어도 한이 없지만, 단 한 가지 아름다운 부인을 두고 죽는 것이 마음에 걸리오."

"무슨 그런 농담을 다 하시어요."

부인의 고운 얼굴은 소녀 모양 홍조가 돌았다.

"농담이 아니오. 진정이오."

하면서, 장군은 상반신을 일으켜 부인의 손을 지그시 끌어당겼다.

"여보!"

부인도 만감을 섞어 부르며 남편의 가슴에 얼굴을 묻었다. 장군은 부인을 가슴에 꼬옥 끌어안았다. 복잡하고 절박한 감정의 풍우 속에 그러한 포옹이 잠시 계속되었다.

"부인, 불을 끄지 않으려오."

마침내 장군은 귓속말로 속삭였고, 부인은 살며시 몸을 일으켜 가까이에 있는 부채를 집어 들어 그것으로 촛불을 껐다.

지칠 줄 모르고 울어대는 갖가지 벌레 소리와 함께 밤은 어둡고 깊었다. 멀리서 이리저리 달리는 말굽 소리가 숨 가쁜 긴박감을 정적 속에 던져주곤 했다.

적당한 시간이 흘렀다. 장군은 옆에 나란히 누워 있는 부인을 도로 끌어안았다.

"가령 부인이 무슨 일로 죽는다면 나는 서슴지 않고 따라 죽겠소."

"저두요."

"정말이오?"

"그러문요."

"고맙소!"

장군은 부인을 안은 양팔에 일층 힘을 주었다.

잠시 말이 끊겼다가,

"이번 싸움에 나는 살아 돌아오기를 기약하지 못하오."

장군은 갑자기 엄숙한 말씨가 되었다.

"각오하고 있어요."

"피난을 가기로 했다면서?"

"아랫것들을 딸려 애들만 보내기로 한 거예요."

"당신은?"

"전 여기 남아서 당신의 소식을 기다리겠어요."

"여기 남아 있다가는 나의 전사 소식을 듣기 전에 적병에게 잡힐 것이오."

"그땐 저도 필사적으로 대항하여 적을 한 놈이라도 무찌르고 죽겠어요."

부인의 대답에는 과연 비상한 각오가 느껴졌다. 그러나 장군은,

"어리석은 생각이오. 아무리 필사적으로 대항한들 잘 훈련된 적병을 부인의 힘으로 한 명이나 당해낼 것 같소?"

머리를 설레설레 내저었다.

"반드시 완력이라야만 대항할 수 있나요. 꾀를 쓸 수도 있지 않아요. 저쪽 요구에 응하는 척하다가 방심했을 때 해치우는 방법 말씀예요."

"어림없는 소리. 적은 그런 수법을 예상 못할 줄 아오. 그러다가 괜히 욕이나 당하고 말 거요."

"그땐 재빨리 자결해버리는 거죠."

"적은 결코 자결하도록 내버려두지도 않을 것이오. 부인처럼 아름답고 신분 있는 전리품을 왜 죽게 하겠소."

장군은 우후 하고 신음인지 한숨인지 모를 소리만 냈다.
"아무러기로 자결할 사이야 없겠어요."
장군은 이 말엔 대답을 않고,
"그만, 불이나 켜시오."
이러고, 상반신을 일으켰다. 부인도 일어나서 어둠 속을 더듬어 옷을 챙겨 입고 촛불을 켰다. 장군은 침울한 표정으로 군장을 갖추고 나서,
"부인, 이리 좀 다가앉으시오."
지금까지와는 달리 준엄한 태도로 명령하듯 했다. 부인은 시키는 대로 다가앉았다.
"부인은 아까, 내가 죽으면 부인도 죽겠다고 하였죠?"
"예."
"그러면, 나로 하여금 마음껏 싸우다가 안심하고 죽게 해주오."
부인을 쏘아보는 장군의 눈은 몸서리쳐지도록 냉담하게 번득였다. 부인은 말없이 그러한 남편의 얼굴을 지켜보았다. 총명한 부인은 더 묻지 않고도 남편이 방금 한 말의 진의를 그 얼굴에서 읽을 수 있었다.
"당신은 저를 믿지 못하시는군요."
부인은 서운해했다.
"믿지 못해서가 아니오. 좀더 안심하고 싸우다가 죽고 싶어서요."
장군은 변명하듯 같은 말을 되풀이하였다.
"아니어요. 그것은, 장군의 아내로서 위기에 직면하여 유감없이 처신할 기백과 능력이 제게 없다고 보시는 말씀이에요. 부족하오나, 저를 그런 여자로밖에 안 보신다니 억울하오이다."

"부인을 못 믿어서가 아니오. 부인뿐 아니라 사람이란 대개 궁지에 몰리면 자의대로 처신하기 어려울 뿐만 아니라 잘못하면 추태를 보이기 쉬우니 하는 말이오."

"그러니 잘못하면 제가 적병이나 적장에게 농락당할까봐 미리 죽어달라 그런 말씀이시죠?"

"미안하오, 부인. 그러나 이미 딴 길을 택하기에는 대세가 기울었소. 국가 사직의 운명이 경각에 달렸으니 나라와 함께, 또 나와 함께 온 가족이 운명을 같이해주기 바라오."

"온 가족이? 그럼 애늘까지두?"

묻는 부인의 얼굴이 긴장해졌다.

"부득이한 일이오. 나라가 망하면 그것들의 목숨을 누가 보장하겠소. 천행으로 목숨이 부지된다 하더라도 고작 노비가 되어 혹심한 학대를 받을 게 뻔한 일 아니오. 그럴 바엔 차라리 우리와 운명을 같이하게 하는 것이 진충의 길이 아니겠소."

부인은 불복의 빛을 띠며,

"그러면 장군께선 단정적으로 나라가 망하고 장군 자신도 전사하실 것으로 확신하십니까?"

다그쳐 물었다.

"그렇소. 한스러운 일이지만 판국은 이미 그 지경에 이르렀소."

"그렇지만, 구사일생이란 말도 있고, 천우신조라는 말도 있지 않습니까? 아무리 불리한 경우라도 싸워보지 않고서야 어찌 그 결과를 단정할 수 있겠어요."

"아니오. 사세는 정히 하늘이나 신의 도움도 미치지 못할 형세가 되어버렸소."

장군은 신음 소리 같은 한숨을 토하였다.

"그렇더라도 장군께서 꼭 전사하신다고만 볼 순 없지 않아요. 불운하여 포로가 되신다든지⋯⋯."

부인이 말을 채 맺기도 전에,

"무슨 그런 요망스런 소릴 하오. 충신 명장이란 결단코 후세에 웃음거리가 될 짓은 하지 않는 법이오. 이 계백에게 전사는 있을지언정 포로가 되다니 말이 되오."

장군은 노기를 띠고 부인을 꾸짖었다. 보미 부인은 눈살을 찌푸렸다. 남편의 지나친 자부심이 비위에 거슬린 것이다.

"어쨌든 죄 없는 아이들까지 지레 희생시킬 순 없어요. 그것들만은 피난을 보내야 해요."

부인은 의연히 결론을 내리듯 하였다.

"소용없는 짓이오. 중직에 있던 사람의 혈육이라면 적병은 샅샅이 뒤져서 잡아낼 것이오. 한편 신세력에 아부하여 일반 백성 가운데도 잡아 바치려고 앞장서는 자가 적잖을 터이니 말이오."

"그런 중에서도 당자의 운이 다하지 않고, 하늘이 버리지 않는다면 교묘히 살아남아 새로운 시운時運을 붙들 수도 있지 않겠어요. 그러니 아이들만은 무사히 피난시켜야 합니다."

"그것은 값싼 인정에서 요행을 바라는 말이오. 냉엄한 결단을 요하는 이 마당에 부인은 어찌 그토록 사사로운 정에만 미련을 두오. 장군의 부인답지 않소."

"냉엄한 결단이란 것이, 고작 후환이 두려워 가족을 없애고 출진하려는 결심입니까? 그야말로 장군답지 않은 독단과 독선이오."

부인은 비꼬듯 하였다.

"옹졸하구려. 나는 다만 이 시기에 그렇게 하는 것만이 나라와 가문은 물론 그것들 자신을 위하는 일이라고 믿기 때문이오. 그것들의 욕된 삶은 가문의 치욕이 되기 쉽소. 사람이란 죽을 장소와 시기를 잘 택해야 청사에 길이 빛나는 것이오."

"사람의 생사가 청사에 남는 것만이 목적일까요? 부끄럼 없이 최선을 다해 사는 것, 그것이 중요한 일 아닐까요?"

"결국 비슷한 말. 그러니까 그것들에게 가문을 더럽힐 욕된 삶을 남겨주고 싶지 않다는데 웬 말이 그리 많소."

장군은 눈썹을 곤두세웠다. 부인은 지지 않고 항변하였다.

"그것들의 전도가 비록 다난하긴 하겠지만, 욕된 삶이 될지 보람 있는 영광된 삶이 될진 두고 봐야 알 일 아니에요. 왜 장군은 욕된 삶이라고 미리 단정을 지으셔요?"

"그것은 빤한 일, 나라가 망하고, 어버이를 잃은 어린것들의 장래가 보람되기를 어찌 바란단 말이오?"

"지금의 백제만이 나라가 아닙니다. 이 썩어 문드러진 백제가 깨끗이 망해버리고, 언젠가 새로운 백제가 탄생할지도 모르는 일이요, 한편 신라와 고구려가 엎치락뒤치락하다가 삼국이 통일되는 날도 있을지 모르지 않습니까? 고사를 통해 보더라도 국가의 흥망성쇠란 무상한 것이오니 그것들이 자라서 신생 백제의 충신이나 삼국 통일의 공신이 될지 뉘 압니까?"

"무엄하고, 불손하오. 부인은 어찌 이제 와서 국은을 배반하는 듯한 말을 하오. 그래 지금의 백제가 썩어 문드러졌으니 하루속히 망하고 원수 놈들에 의해서 삼국이 통일되길 바란단 말이오? 그게 진심이오?"

호령하듯 하는 장군의 안면에는 푸들푸들 경련이 일었다.

"장군, 이 나라, 이 백성들이 이 지경에 이르도록 내버려둔 사람들이 누구시오? 음방일락淫放逸樂[12]만을 좇는 상감을 둘러싸고, 중신 제상들은 도대체 무엇을 했단 말씀이오? 장군도 그 중의 한 분, 일찍이 나라를 건질 선책엔 목숨을 걸려 않으시고 망국의 위기에 닥뜨려서야 무고한 장정과 가족까지 희생시켜서 청사에 이름을 남기려 하시니 그러고도 떳떳하시오?"

부인의 눈은 예리하게 빛나고, 얼굴은 흥분으로 고조되었다.

"뭣이라구?"

장군은 노기가 등등하여 옆에 있는 칼을 움켜쥐더니 그 손을 부르르 떨며,

"과연 역신逆臣의 핏줄은 별수 없구려. 방금 인성이 놈이 적당을 이끌고 모반을 하려다가 처단을 당했는데 부인마저 이러기요?"

고함을 지르며 부인을 노려보았다.

"인성이가…… 처단을……."

부인은 입속말로 겨우 중얼거리며, 얼굴이 파랗게 질렸다. 입술이 바르르 떨렸다. 증오가 서린 눈으로 장군을 똑바로 쏘아보았다.

"역신의 핏줄이라구요? 그래 억울하게 돌아가신 친정아버님이, 그리고 인성이가 역적이란 말씀이에요? 우국충성에서 바른 소릴 했고, 나라를 좀먹는 간신배들에게 참다 못해 분노를 터뜨린 것이 어찌하여 역적이란 말씀입니까?"

"입을 닥치시오."

장군이 버럭 고함을 질렀지만 부인은 눈썹 하나 까딱 않고 야무지게 따지고 들었다.

"어차피 장군의 뒤를 따르기로 각오한 이 몸, 죽기 전에 할 말은 하고 죽어야겠소. 그래 우리 집안이 역적이라면, 장군은 도대체 무엇이오? 사리사욕과 안일무위에 젖어 충의지사를 모조리 잡아 없애고 상감의 판단력마저 혼미케 하여온 간신배들에게 눌려 꿀 먹은 벙어리 모양 끽소리도 못한 채, 기울어지는 사직을 보고만 있은 장군은 도대체 뭐냐 말이외다."

"에잇, 시끄럽소. 내가 상영 일파와 대립을 피해온 것은 오로지 상감을 지켜 모시기 위한 충성에서였소. 나까지 밀려나면 누가 상감을 호위해 모신단 말이오?"

"알았습니다. 그래서 장군만은 충신이란 말씀이군요. 정사正邪를 못 가리시는 상감을 조정 안의 좀도둑에게서는 지키셨다면서 더 무서운 외적의 내침 앞에서는 지킬 줄 몰랐으니 장군은 과히 명장이오, 충신인가봅니다."

부인은 노골적으로 비웃었다.

"그러기에 나는 결사대를 이끌고 나가 적을 무찌르다 죽음으로써 사죄하려는 게 아니오. 아녀자의 좁된 소견으로 무얼 안다고 함부로 주둥일 놀리오."

장군은 노여움을 참느라고 입술을 푸들푸들 떨었다.

"그처럼 용감히 죽을 각오가 계신 어른이 어찌하여 일찌감치 국운을 바로잡는 데 목숨을 걸지 못하였소? 장군도 나라를 이 지경으로 만든 장본인의 한 사람임을 잊지 마시오. 게다가 사후의 명예에만 급급한 나머지 무수한 장정과 애매한 가족의 희생까지 강요하는 죽음이 어찌 사죄가 된단 말씀이오. 비겁하십니다."

부인은 모멸과 증오가 뒤섞인 눈으로 장군을 쏘아보았다.

"에잇, 무엄하오. 역적의 핏줄이 감히 누구에게 발악이오. 그대를 내가 현처양모로 믿고 위해온 것이 후회되오. 그 방자한 언동, 도저히 묵과할 수 없소."

장군은 자리를 박차고 벌떡 일어서는 참[13], 장검을 빼어 들었다. 그러자 부인은 단정히 자세를 고쳐 앉더니,

"자, 각오가 되었소. 마음대로 하셔요. 다만 최후로 한 말씀, 나라와 백성의 운명보다도, 일신의 명예만을 더 생각하는 장군의 죽음이 소원대로 청사에 길이 빛나길 비오."

한껏 냉소조로 말하고 합장하며 눈을 감았다.

"으음! 괘씸한 계집이로구나."

말과 함께 칼을 든 장군의 손이 번개같이 옆으로 바람을 일으켰다. 부인의 머리가 한길이나 뛰어 굴렀고, 목에서는 피가 분수처럼 치솟았다.

장군은 그 길로 칼을 든 채 아이들의 방으로 달려갔다. 장군이 나가고 난 뒤의 내실에서는 거의 다 닳아버린 촛불이 핏방울을 받고 우지직 소리를 내며 펄럭이다가 얼마 안 가서 꺼져버렸다. 짙은 어둠이 끔찍한 광경을 완전히 덮어버렸다.

얼마 뒤, 자녀의 방을 차례로 돌아나온 장군은 대청마루 끝에 버티고 서 있었다. 좌우의 초롱에서 비추는 희미한 불빛이 음영을 깊게 하여 장군의 얼굴을 조상彫像처럼 보이게 하였다. 그 아래 뜰에는 10여 명의 노비가 대령하고 서서 겁에 질려 덜덜덜 떨고들 있었다. 장군은 무겁게 입을 열었다.

"이제는 안심하고 마음껏 싸우다 죽을 수 있게 되었다. 너희들은 고인들을 양지바른 곳에 안장해드려라. 그리고 장승 할아범이 책임

을 지고 집에 있는 금은보화며 가재 일체를 공평하게 나누어가지고 모두들 가고 싶은 곳으로들 가거라."

말을 마친 후, 계백 장군은 밖으로 나와 애마의 등에 몸을 싣고 곧장 병영으로 향하였다.

새벽 하늘에선 이슬이 가랑비처럼 내렸고 풀벌레도 지친 듯, 이제는 그 울음소리마저 한풀 꺾인 듯하였다. 아직 어둠이 걷히려면 멀었다. 아니, 어쩌면 이 어둠이 영원히 걷히지 않을 것같이 장군에게는 느껴지기도 하는 것이었다.

(그 뒤, 계백 장군이 5천 결사대를 끌고 나가 황산벌에서 신라의 대군과 싸우다가 전사하였고, 이어 백제가 패망하였음은 사기에 나타나 있는 대로다.)

주

1) 구가衢街 : 대도시의 큰 길거리.
2) 구안具眼 : 사물의 시비를 판단하는 식견과 안목을 갖추고 있음.
3) 음일연락淫佚宴樂 : 마음껏 음란하고 방탕하게 놀며 잔치를 벌여 즐김.
4) 병관좌평兵官佐平 : 백제 때에, 6좌평 가운데 지방의 병마兵馬를 맡아보던 대신.
5) 삼근왕三斤王 : 백제의 제23대 왕(?~ 479). 478년에 해구가 반란을 일으키자 진로眞老로 하여금 평정하게 하였다. 재위 기간은 477~479년이다.
6) 은솔恩率 : 백제의 16관등 가운데 세 번째 등급. 고이왕 27년(260)에 두었으며, 공복은 자색紫色이고 관冠에는 은화銀花를 장식하였다.
7) 인진도因珍島 : 지금의 전라남도 진도珍島.
8) 달솔達率 : 백제의 16관등 가운데 둘째 등급. 관은 은화銀花로 장식하고 옷은 자줏빛이었다.
9) 대덕對德 : 백제의 16관등 가운데 열한째 등급. 황색 띠를 둘렀다.
10) 꺼들며 : 함께 거들거나 들고 나오며.
11) 신금宸襟 : 임금의 마음.
12) 음방일락淫放逸樂 : 주색에 빠져 행동이 거칠고, 쾌락을 즐겨 멋대로 놂.
13) 참 : '순간·때·계제' 등의 뜻을 나타냄.

흑야

고려의 18대 왕인 의종毅宗 말에서부터, 다음 왕인 명종明宗 초의 세태는 어수선하고 살벌하기 이를 데 없었다.

정중부鄭仲夫를 중심으로 한 무신들이 반란을 일으켜, 경조부박한 문신배를 대량 학살하고, 풍류 도락만을 일삼던 의종 왕을 거제도로 방출한 뒤, 왕제王弟인 익양후 호晧를 신왕(명종)으로 세워 정권을 그들 무신들이 오로지하게 되더니, 이번에는 동지였던 무신간에 또다시 살육의 변을 겪게 된 것이다.

정중부, 이의방李義方과 더불어 정변을 일으켰던 주동자의 한 사람인 이고李高가 엉큼한 야심을 품고, 법운사와 개국사의 승도僧徒 일당과 맥을 통하여 반란을 꾀하다가 이의방에게 타살되는가 하면, 내시장군 채원蔡元이 조신을 모조리 살해해버리려고 음모를 꾸몄으나, 마침내 발각되어 역시 이의방의 손에 피살된 것이다.

이렇듯 피비린내 나는 사건이 꼬리를 물고 일어나는 일방, 까닭 모를 화재로 송악산 밑의 대궐이 오유烏有[1]로 돌아가는가 하면, 각처에서는 민란이 발생하여 소란한 가운데, 송충의 격심한 피해까지 겹쳤고, 마침내는 악역惡疫의 창궐과 함께 반년 가까이나 한발이 계속되어 하천은 물론 우물과 농작물마저 말라버려서 아사자와 병사자가 떼로 속출하는 판이었다.

그런가 하면 이번에는 동북면 병마사 김포당金甫當이 실권자인 정중부와 이의방의 토주討誅 및 복벽復辟 운동을 벌이다가 잡혀 죽었는데, 죽으면서 문신은 거의 다 공모하였다는 말을 하여, 문신 일제 도륙의 처참한 대학살이 또 벌어졌고, 이어서 전왕을 산 채로 등뼈를 분질러 큰 솥 속에 넣어서 연못에 던져 죽이는 끔찍한 시역弑逆 사건이 있었다.

이런 판국이고 보니 민심은 극도로 흉흉하여, 상하를 막론하고 언제 어떻게 될지 몰라 산 사람도 사는 것 같지가 않았다.

피신한 문신과 그 족당을 잡아내기 위해 순라군의 눈은 밤낮을 가리지 않고 구석구석 번득였고, 북소문 밖의 귀곡산 골짜기에는 사람의 시체가 첩첩이 쌓여만 갔다.

개경의 백성들이 속칭 귀곡산이라 부르는, 야트막하나마 후미진 그 산은, 북소문 밖으로 10리쯤 되는 거리에 위치하고 있었다. 본시 북망산이라고도 부를 정도로 한쪽 기슭에는 무덤이 많은데다가, 근래에 와서는 겹치는 대살육 소동과 잇달은 악역 기근으로 속출하는 무수한 시체를 처리 곤란한 나머지, 연고가 없거나 학살 시체의 대부분은 쓰레기처럼 실어다가 그 산골짜기에 묻지도 않고 버렸던 것이다.

그래서 밤만 되면 그 산에서는 원혼의 곡성이 성내에까지 구슬피

들려오고, 날만 궂어도 귀신과 도깨비가 난다는 산이었다. 밤에는 아무도 그쪽으로는 얼씬을 안 했고, 대낮이라도 혼자는 가기를 꺼려하는 곳이었다. 언제나 그 산골짜기와 하늘을 까맣게 덮고 있는 것은, 헤일 수 없이 많은 까마귀 떼뿐이었다.

그러한 귀곡산 골짜기를 단신 야음을 타서 찾아가는 장정이 있었다.

기골이 장대한 그는, 성문이 닫히기 전에 성을 나와, 문밖 주막에서 술을 마시다가, 밤이 깊어서야 어둠을 헤치며 귀곡산 쪽을 향해 걸어갔다.

평복의 그 장정은 낭장郎將[2] 김부金富의 직속 부하인 용호군의 대정隊正[3] 홍신표洪信杓였다. 그는 김부의 분부로 직장直長[4]을 지내던 한욱韓旭의 시체를 찾으러 가는 길이다.

한욱은 유소시부터 김부와는 막역한 사이였을 뿐 아니라, 김부에게 아직 관운이 트이기 이전에 개인적으로 원조를 아끼지 않았던 사람이다.

본시 강직하고 바른말 잘하기로 유명했던 그 한욱이, 이번 재차의 문신 주륙 사건에 걸려들어 행방불명이 된 것이다. 요행 어디로 피신이라도 했기를 은근히 바랐던 김부는, 내밀히 알아본 결과 한욱이 그예 피살되고 말았다는 비통한 소식을 들었다. 한욱뿐 아니라 그의 일가권속도 살해당했는지 피신을 했는지 행방이 묘연하였다.

김부는 흡사 동기가 변을 당한 듯이 가슴이 아팠다. 미처 손을 써서 구해낼 경황도 없었거니와, 설사 그럴 여유가 있었다 하더라도, 섣불리 구조하러 나섰다가는 김부 자신의 생명마저 어찌 될지 모르는 판국이었으니, 과연 그러한 용기를 낼 수 있었을는지 스스로 의문이었다.

이런 일을 생각하는 김부는 자신이 부끄러웠다. 아무리 살벌한 상황 속에서라도, 참된 친구를 무참히 죽게 내버려두었다는 것은 마음에 걸렸다.

그래서 김부는 한욱의 시체나마 거두어 묻어주려고 그의 얼굴을 잘 알고 있는 심복 부하 홍 대정을 귀곡산으로 보내게 된 것이다. 물론 이번 일도 탄로만 나면 신상에 해로우므로, 극비에 해내도록 홍 대정에게 평복을 시켜 야반에 행동케 한 것이다.

김부에게는 공사로 특별한 은고를 입어오는 처지요, 한욱에 대해서는 평소에 존경심을 품어온 홍 대정은, 본래 담력과 여력이 뛰어난 인물이라, 위험하고 무시무시한 이 일을 서슴지 않고 맡고 나선 것이다.

심야에야 남의 눈에 띄지 않게 슬그머니 주막을 나선 홍 대정은, 우선 인가가 있는 구역을 잰걸음으로 벗어났다. 어느 집 앞을 지날 때나, 개 짖는 소리 하나 나지 않는 것은 다행이었다. 근래에 와서는 일반 민가에서는 개라고는 볼 수가 없었다. 혹심한 기근으로 잡아먹거나 도둑을 맞아서 개마저 씨가 말라버렸던 것이다.

인가를 벗어난 홍 대정은, 조그만 산모롱이를 휘어 돌다 말고 길가로 툭 튀어나온 커다란 바위 뒤의 숲속을 뒤졌다. 아까 낮에 거기다 미리 괭이와 초롱을 숨겨두었던 것이다.

그것들을 찾아 든 그는 다시 어둠을 뚫고 걷기 시작했다. 글자 그대로 별조차 비치지 않는 암흑칠야다. 밤눈이 밝기로도 자신이 있는 홍 대정이지만, 몇 번이나 발을 헛짚어 길가로 굴러 떨어질 뻔하였다.

그러나 아직은 초롱에 불을 켤 수가 없다. 성문의 망루에서는 불빛이 바라보일 거리였고, 야음을 타서 탈출하는 문신이나 그 여당을 잡기 위해 성 밖 어디에 군사가 매복되어 있는지 모르기 때문이다.

그래서 홍 대정은 갑갑하지만 어둠을 참고 발더듬을 하며 걸었다. 그러자니 귀곡산 줄기에 다다르기까지는 낮의 몇 배가 시간이 걸렸다.

목적한 산기슭에 거의 이르러서야 홍 대정은 안심하고 초롱에 불을 켰다. 그 불빛으로 발밑을 밝히며 그는 뫼뿌리를 돌아 숲이 우거진 골짜기를 더듬어 올라갔다.

머리꼭대기의 나뭇가지에서 날짐승이 놀라 푸드덕거리고, 발뿌리에서 길짐승이 후닥딱 튈 때마다, 아무리 담력이 센 홍 대정일지라도, 머리털이 빳빳이 치솟으며 걸음을 멈추지 않을 수 없었다. 소름 돋히는 귀곡성과 함께, 금시 귀신이나 도깨비라도 눈앞을 가로막을 것만 같았다.

그때마다 그는 괭이를 잡은 손에 힘을 주고 마음을 단단히 가다듬은 다음에 다시 걸음을 옮겼다. 숲을 헤치고 얼마를 더듬어 올라가려니까 이윽고 송장 썩는 냄새가 풍겨오기 시작했다. 그것으로 시체 유기장이 가까워진 것을 알 수가 있었다.

점점 더 심해지는 고약한 냄새에 홍 대정은 낯을 찡그리며, 한참이나 더 계속하여 산골까지를 거슬러 올라갔다. 그러다가 그는 갑자기 흠칫 놀라 걸음을 멈추었다. 걸음을 멈추었다기보다도 자신도 모르는 사이에 발이 땅에 얼어붙어버리고 만 것이다. 전신에는 소름이 쫙 내돋고 오금이 굳어버렸다.

바로 10여 간 앞쪽에 희미한 불빛이 숲 사이로 깜빡이고 있었던 것이다. 그 불빛은 흔들흔들 움직이고 있었다. 홍 대정은 순간 귀신이나 도깨비 장난이 아닌가 생각했다.

귀신이 과연 있는지 없는지는 모르지만, 소년 시절에 도깨비불만은 그 자신 직접 본 일이 있었다.

어른들을 따라 밤길을 걷고 있을 때, 난데없이 푸른 빛이 도는 불덩이가 나타나, 여남은 간 앞을, 춤을 추듯 출렁이며 앞서 가고 있었다. 사람이 서면 그 불덩이도 서고 사람이 움직이면 그것도 따라 움직였다.

그러다가 그 불덩이는 마치 새끼를 까듯 여러 개로 갈라져서, 줄등을 켜놓은 것처럼 좌우로 벌렸다가는 갑자기 두 덩어리 혹은 한 덩어리로 도로 뭉쳐버리는 것이었다.

그때 어른들은, 그것은 도깨비가 사람을 홀리려는 불장난이라고 했다. 그러나 도깨비란 놈은 짐승처럼 직접 덤벼드는 일은 없기 때문에, 정신만 차리고 있으면 어쩌지 못한다는 것이었다.

그래서 홍 대정은 지금도 정신을 바짝 가다듬고 수상한 그 불빛을 지켜보았다. 어려서 본 도깨비불빛에 비하면 푸른 빛이 돌지 않는 예사 불빛 같다.

그것은 무더기로 쌓인 시체 너머로 우줄우줄 이동하고 있었다. 그러더니 사람 모양의 시꺼먼 그림자가 그 불빛을 가로막고 섰다.

'저게 뭘까?'

사람 모양을 한 그림자이긴 하지만, 이 깊은 밤에, 이런 무시무시한 곳에 사람이 나타날 리는 없다. 필시 무슨 요물에 틀림없을 거라고 생각한 홍 대정은 숨을 죽이고 더욱 유심히 지켜보았다.

겹겹이 쌓인 송장 위를 천천히 이동하고 있는 그 불빛은 아무래도 초롱불임에 틀림없어 보였다. 사람 모양의 검은 그림자가 초롱불을 들고 있는 게 분명했다.

어쩌다가 그 그림자가 이쪽을 향하는 것을 보니 사람이다. 희미한 불빛에도 남루한 꼴을 한, 광대뼈가 내솟고 눈이 움푹 파인 중로의 사내다.

그렇지만 그것이 과연 진짜 사람인지 아니면 사람 꼴을 한 요물인지 아직은 확실치가 않았다. 사람 같기도 하고 요물 같기도 한 그 그림자는, 초롱불을 이리저리 움직이며 시체를 뒤지고 있는 눈치였다. 어떤 시체 앞에서는 허리를 굽혀 시체의 어딘가를 만져보기도 했다.

'아하, 그런가보구나.'

홍 대정은 이제야 다소 마음이 놓여 고개를 주억거렸다. 역시 사람인가보다. 그도 이번 소란 통에 참변을 당한 가족이나 친척의 시체를 찾아 나온 사람에 틀림없어 보였다.

그렇게 생각하니 홍 대정은 동지를 만난 듯 반갑기조차 했다. 즉각 달려나가 말을 걸까도 했으나, 아무래도 좀 수상한 데가 있었다.

이번에 변을 당한 사람들은 거의가 비교적 지체 있는 벼슬아치들이다. 그런 사람의 권속이나 족당이라면 저렇듯 남루한 몰골은 아닐 것이다. 더구나 천민의 옷차림이었다.

게다가 일층 괴이한 것은, 그 중노인은 한 손에 식도 같은 것을 들고 있었다. 그것으로 어떤 시체는 쿡쿡 찔러보는 것 같았다. 그리고는 딴 시체를 찾아 이동하였다.

홍 대정은 그자의 해괴한 소행을 이해할 수가 없었다. 잠시 더 하는 짓을 살펴보기로 했다.

그 중노인은 마침내 어느 시체 앞에서 걸음을 멈추었다. 식도로 그 시체의 어딘가를 찔러보는 듯했다. 그 자리에 초롱불을 놓고 주저앉았다.

홍 대정이 숨어 있는 위치에서는 그자가 무엇을 하고 있는지 잘 보이지 않았다. 다만 틀림없은 사람이라는 확신만이 섰다.

홍 대정은 마침내 몸을 일으켜 숲을 헤치고 나가 살금살금 그쪽으로 다가갔다. 저쪽이 어떻게 나올지 몰라, 만일의 경우에 대비하여 언제든지 후려칠 수 있도록 그는 괭이 자루를 단단히 잡고 접근해갔다.

그 거리가 서너 간쯤으로 좁아들었을 때였다. 인기척을 눈치챈 괴한은 이쪽을 돌아보더니, 질겁을 해서 벌떡 일어나 달아났다.

"이놈아, 거기 섰거라."

홍 대정은 포효하듯 고함을 지르며 뒤쫓았다. 괴한은 즐비한 시체를 넘어뛰어 고꾸라질 듯 고꾸라질 듯 하면서 어둠 속으로 허겁지겁 몸을 피하려 했다. 그러나 날쌘 홍 대정의 추격을 벗어나기에는, 그는 너무도 허약하고 느렸다. 열 걸음도 채 달리지 못해 노인은 홍 대정이 내민 괭이 끝에 걸려 맥없이 쓰러지고 만 것이다.

한 손에 들고 있는 홍 대정의 초롱불빛에 비친 중노인은 불안과 체념에 떨고 있었다. 그러면서도 그는 한쪽 손에 아직 칼을 들고 있었다.

"이놈아, 그 칼을 썩 버리지 못하느냐."

홍 대정의 호령에 중노인은 깜짝 놀란 듯이 칼을 버렸다. 송장 틈에 쓰러진 채 상반신만 겨우 비스듬히 일으켜 이쪽을 쳐다보고 있는 괴한의 얼굴 앞으로 홍 대정은 초롱불을 바싹 들이댔다. 괴한은 50이 훨씬 넘어 보였고, 해골이나 거의 다름이 없이 뼈에 가죽을 씌운 꼴이었다. 그러나 그 눈은 이상할 만치 번득였다.

"넌 대체 웬놈이냐? 여긴 왜 왔느냐?"

"……"

괴한은 겁에 질려서인지 선뜻 대답을 못하고, 이쪽의 거동만 살폈다.

"살고 싶거든 어서 바른대로 대지 못할까?"

그제야 노인은 할 수 없다는 듯이,

"나으리, 죽지 못해 한 짓이외다."

들릴락말락한 쉰 목소리로 겨우 대답했다.

"무슨 짓을 했단 말이냐?"

"목숨이 원수라서…… 그래서 이런 짓을 했습니다."

노인은, 요점을 피하고 요령부득인 대답을 했다.

"그러게 무슨 짓을 했느냐 말이다? 분명히 대답을 해봐라."

"나으리, 목숨만 살려줍쇼. 손자새끼들이 측은해서 그럽니다."

홍 대정은 갑갑증이 나서,

"웬 딴소리냐, 묻는 말엔 대답 않구."

덤벼들어 노인의 멱살을 잡아 일으켰다. 그리고는 아까 시체 옆에 붙어 앉아 노인이 무슨 짓인가 하고 있던 곳으로 끌고 갔다.

거기에는 다 꺼져가는 희미한 초롱불과 허술한 새끼 망태기가 버려져 있었다. 누더기를 깐 그 망태기 속에는 목침만한 고깃덩이가 한 개 들어 있었다.

홍 대정은 설마하고 자신의 눈을 의심했다. 설마가 아니다. 그 옆에 엎어져 있는 시체의 한쪽 볼기짝이 없어져 있었다. 방금 칼로 도려낸 자국이 끔찍스러웠다. 나머지 볼기짝도 베어내려다 만 듯 칼자국이 생생하다.

홍 대정은 몸을 부르르 떨고,

"이게 무슨 짓이냐!"

호통과 함께 멱살을 잡고 있던 노인을 탁 밀쳐버렸다. 노인은 뒤로 벌렁 나가 넘어졌다.

"아무러기로 사람이 사람 고길 먹어!"

홍 대정은 실색하여 중노인을 노려보았다.

"나으리, 어쩔 수 없어 그런 겁니다. 나으리께선 모르실 겁니다. 아귀 같은 손자새끼들이 불쌍해서…… 그것들이 애처로워서……."

상반신만 간신히 일으키고 앉아 호소하듯 중얼대는 노인의 비참한 몰골은 그대로 송장같이 보였다.

문약 방종하여 유흥과 도락으로 날을 보내느라 전왕이 국사를 돌보지 않아, 상하가 피폐할 대로 피폐한데다가, 처참한 반란으로 정권을 수탈한 무신들 역시 나라와 백성을 위한 올바른 정사에는 뜻이 없고, 권력 쟁탈에만 눈이 어두워 계속하여 참변만 일으키는 위에, 갖가지 천후의 이변과 재화까지 겹쳐 민생이 말이 아님은 홍 대정 자신 너무나 잘 알고 있는 터였다.

그는 다소 누그러진 표정으로 중노인 곁에 쪼그리고 앉았다.

"집에는 벌이할 사람이 없는가?"

벌이할 사람이 있어도, 할 일이 없는 세상임을 잘 알면서도 물어보았다.

"예, 집에는 다 죽어가는 마누라와, 만삭이 된 며느리와, 손자새끼만 넷이 있을 뿐입니다."

"아들은?"

"역사에 끌려 나가서 다쳐서 죽었습죠."

"사정은 딱하네만, 그렇다고 사람의 고길 먹다니."

"그러니 어찌합니까. 멀뚱멀뚱 눈을 뜨고 앉아 죽기를 기다릴 수도 없구요……."

"사람의 고길 잘못 먹으면 시독이 올라 죽는다는 걸 모르나?"

"그래서 처음엔 소인네 식구끼리만 먹고, 일시 허기나 끄려 했지만……."

중노인은 말을 하다 말고, 실언을 했다는 듯이 뚝 끊고 홍 대정의 눈치를 살폈다. 여기서 홍 대정은 정신이 펄쩍 드는 것 같았다.

"그럼, 딴 사람에게도 먹였단 말인가?"

"……."

중노인은 대꾸를 못하고 반 울상이 되어 어찌할 바를 몰랐다.

"이놈! 장살 했구나. 송장 고길 팔았어!"

홍 대정은 고함을 지르며, 저도 모르는 새에 괭이 자루를 힘껏 거머쥐고 벌떡 일어섰다. 하지만 그 이상 어떻게 하지는 못하고, 사나운 눈초리로 노인을 흘겨보기만 했다.

그의 눈이 부지중 망태기 속에 들어 있는 시뻘건 고깃덩이로 갔다. 그 고깃덩이와 꾀죄죄한 노인의 꼴을 번갈아 보았다. 속이 메스꺼워지기 시작했다. 낯을 찡그리며 외면하고 퉤퉤 침을 뱉었다. 그 자신 송장 고기를 먹었을지도 모른다는 생각이 든 것이다.

워낙 세상이 소란하고 기근이 심한 때라, 떠돌이 행상은 물론 저자에서까지 버젓이 이상한 고기를 팔았다. 개, 말, 토끼, 노루 고기는 풍미도 있고, 좋아하는 사람은 평상시에도 호식하는 편이지만, 무슨 고긴지 알 수 없는 해괴한 맛과 색깔의 고기가 많이 나돌았던 것이다. 그 가운데 인육이 섞여 있지 않았다고 누가 보장하겠는가.

이제 생각해보니, 홍 대정도 정체를 모를 얄궂은 맛의 고기를 몇 번인가 먹어본 일이 있다. 어쩌면 그게 송장의 고기였을지도 모른다. 그런 생각만 해도 심한 구역질과 함께 금시 오장육부가 입으로 쏟아져 나올 것만 같다.

홍 대정은 구토증을 가까스로 누르고,

"이놈아, 송장 고길 너희끼리 먹은 것도 할 짓이 아닌데, 남에게까지 속여 팔아? 아무리 무지막지한 천민이기로 사람의 도리도 모르느냐, 네놈은."

눈을 부라렸다. 그러자 노인은, 홍 대정이 자기를 해칠 사람으로 보이지 않았는지, 아니면 어떤 뱃심이라도 생겼는지, 반발 섞인 어조로,

"사람의 도리는 굶어죽어가는 백성들만이 지켜야 합니까, 나으리."

이런 맹랑한 소리를 했다.

"이놈 보자보자 하니 언동이 너무 방자하구나."

"멀쩡한 생사람을 파리 잡듯 때려잡는 사람들은 날로 권세만 커지는데, 그분들이 내다 버린 송장 찌꺼기에 목숨을 걸고 있는 소인네같이 미천한 것을 이런 데까지 쫓아와서 들볶으시니 하는 말 아닙니까."

"너 같은 놈이 뭘 안다고 주둥일 함부로 놀리느냐. 죽이고 죽는

것도 모두 시운의 탓. 송장이 쌓여간다고 그걸 팔아먹고 사는 네놈은 사람이 아니고 구더기란 말이냐?"

"그렇습죠. 구더깁죠. 지저분하고 더러운 곳에서만 생겨나는 구더깁죠."

다분히 비양거리는 조소조의 말투다. 이외에도 천민답지 않게 그 말 속에는 가시가 있어서 홍 대정은 더욱 아팠다. 화가 솟구쳤다.

"사정을 봐서 그냥 보내주렸더니, 이놈이 이제는 날 우롱하러 드는구나."

홍 대정은 격노하여 발길로 노인을 꽉 질렀다. 모로 픽 쓰러진 노인은, 원망스레 홍 대정을 쳐다보며,

"이 밤중에 괭이를 들고 예까지 찾아 나오신 걸 보니, 나으리도 큰소리치실 처진 아니신 것 같은뎁쇼. 이렇듯 어지러운 판국에 언제 어떻게 되어 이 골짜구니에 버려지는 신세가 될지 압니까. 그러니 너무 그러지 마시어요."

마치 내뱉듯 했다. 처음 무서워 떨 때와는 딴판이다.

홍 대정은 더 참을 수 없어 치를 떨며,

"옳아, 그리되면 구더기 같은 네놈이 내 이 볼기짝까지 파먹어보자는 거냐."

외치고는, 망태기를 발길로 노인 앞에 밀어 팽개치면서,

"어림없다. 그 대신 이거나 처먹어라. 송장 고길 그렇게 좋아하면 당장 이 자리에서 이걸 먹어봐. 냉큼 집어 들고 뜯어먹지 못하느냐!"

발을 굴렀다.

"……."

"어서 그 고깃덩일 집어 들지 못하느냐? 그리고 배가 터지도록 씹어 먹어보란 말이다. 요절이 나기 전에 어서."

듣지 않으면 곧장 내리칠 듯이 홍 대정은 괭이 자루를 어깨에 둘러멨다. 그의 사나운 기세에 눌려 중노인은 할 수 없이 고깃덩이를 집어 들었다.

홍 대정의 눈치만 살폈다.

"이놈아, 당장 맞아죽고 싶지 않건 썩 뜯어먹어."

홍 대정이 괭이를 치켜들며 한 발짝 다가서니까, 노인은 체념한 듯 눈을 감고 고기를 물어뜯었다. 그러더니 시원찮은 이로 우물우물 씹었다.

홍 대정은 그걸 보자 또다시 구역질이 났다. 뱃속의 것이 송두리째 기어나오는 것 같아서 욱욱 토하는 시늉을 하면서도, 그는 알 수 없는 잔인한 쾌감에,

"이놈아 어서 삼켜라. 어서 씹어 삼켜. 너같이 송장을 먹어주는 구더기 같은 백성도 있어야 하느니라. 그래야 네놈 말대로, 생사람을 때려잡는 강자의 명분도 설 게 아니냐. 그러니 한 점도 남기지 말고 그 고깃덩일 깨끗이 먹어치우란 말이다."

흡사 울부짖듯이 고함을 질렀다.

그 소리는 송장 썩는 냄새가 자욱한 골짜기에 처절하게 울려 퍼졌고, 입가에 피를 묻혀가며 사람의 고기를 씹어 삼키는 노인의 비참한 모습에는 귀기가 서렸다.

— 주

1) 오유烏有 : 사물이 아무것도 없이 됨. 무無.
2) 낭장郎將 : 고려 시대에 정6품 무관의 벼슬.
3) 대정隊正 : 고려 시대에 둔 2군 6위의 단위 부대인 대隊의 우두머리. 종9품으로; 영령마다 40인씩 배속하였다.
4) 직장直長 : 고려 시대에 둔 6품에서 9품까지의 하급 벼슬. 전의시, 사복시, 사농시, 군기감, 사의서, 사온서, 사선서, 상약국, 상의국, 상사국, 상승국, 영조국, 잡작국, 전악서, 직염국, 의영고, 상만고, 상서사 등에 두었다.

반역아

1

 그들은 조그만 빵가게에 죽치고 들어앉아 길목을 지키고 있다. 목을 노리기에는 이 가게는 안성맞춤이었다. 전찻길에서 갈라져 들어오는 길이 곧바로 내다보였다. 머지않아 그 길로 돌아올 한 여학생을 그들은 지키고 있는 것이다.
 그들 일당은 네 사람이었다. 이번 작전(음모)의 주동자인 주시종과, 그의 단짝인 김진호와 남상철 거기에 송순영이까지 끼어 있었다. 순영은 시종의 깔치(애인)였다.
 여학생을 잘 알고 있는 시종이, 창문 곁에 바싹 다가앉아, 줄곧 골목길에 시선을 붓고 있다. 윤 교장의 딸 혜란이 나타나면 우선 자기 패에게 선을 보이자는 것이다.
 마침내 기다리던 혜란이 나타났다. 저만치서 한 손에 책가방을 들고 스적스적 걸어 올라오고 있었다. 물론 학교에서 돌아오는 길

일 게다.

시종은 뒤에다 대고 가만히 손짓을 했다. 모두들 호기심에 찬 눈으로 창가에 몰렸다.

"어때? 꽤 쓸 만하지!"

"그래두 이 아가씨만은 못한걸!"

순영이 쨀쨀거리니까,

"요게!"

진호가 살짝 쥐어박았다.

"예, 다리가 좀 굵다."

"보통야, 저 정돈."

"꽤 깔끔하겠다."

"고게 멋이거든!"

"낙찰?"

"오케이!"

멋대로들 씨부리는 사이에 혜란은 가게 앞을 지나가버렸다.

그날 밤 시종의 아지트에들 모여서 모의를 했다.

그들은 혜란을 낚기로 최후 결론을 내렸다. 엔간히 힘든 작업일지는 몰라도, 근질거리는 팔뚝은 그래서 있는 것이다. 호락호락 넘어오는 께사니(여자)보다는 도리어 별미일지 모른다. 더구나 혜란에게는 복수와 자원 확보라는 이중의 정략성이 딸려 있다. 참말 구미가 동한다. 최악의 경우에는 강제 납치가 있을 뿐이라고들 떠들어댔다. 스릴은 그들에게 언제나 신선한 유혹이었다.

끝으로 아직 남은 문제가 있었다. 혜란을 공동 소유로 삼느냐, 누가 독점을 하느냐 하는 것이다.

"공동탕이 좋 거다. 안 그래?"

순영이 그러고 세 사내의 얼굴을 번갈아 보았다.

"참견 마. 넌 자격 없어!"

상철이 핀잔을 주자,

"누가 아니래. 면허장 내봐!"

시종이 시치미를 떼고 순영이 앞에 손을 쓱 내밀었더니,

"뻐기지 마 너무들. 내겐 더 존 거 있어!"

순영이 흘기고 시종의 손을 탁 쳐서 뿌리쳤다. 네 사람은 일제히 키득거리고 웃었다. 그따위 언동이 그들에게는 하나의 멋이요, 훌륭한 즐거움이었다.

"그럼 독탕이라면 누가 맡을래?"

시종이 진호와 상철을 번갈아 보았다.

"물론 나지. 진호는 다리가 굵어서 싫다구 했으니까."

상철의 말에,

"임마, 까불지 말구 나이를 좀 알아봐. 너 몇 살야 자아식."

진호는 웃으면서 눈을 흘겼다. 그러나 실상 혜란이라는 께사니를 누가 독점하느냐는 그리 중대한 문제가 아니었다. 그들에게는 아직 어느 한 여자에 대한 독점욕이란 것이 별로 강하지 않았다.

실상은 문벌 있고 돈 있는 집안의 딸인 혜란을 후려내려는 동기도 딴 데 있었다. 첫째는 혜란의 부친과 그 가문에 대한 시종의 참을 수 없는 복수심에서였고, 둘째는 요즈음 부쩍 군자금에 쪼달리고 있었기 때문에 든든한 재원을 확보해보자는 속셈에서였다.

혜란의 부친은 '자유 중·고등학교'의 이사장 겸 교장이었다. 동시에 교회의 장로이기도 했다. 은연중 문벌을 내세우는 집안이었

다. 어른 아이 할 것 없이 온 가족이 귀족적인 냄새를 고의적으로 풍겼다. 본시부터 시종은 그게 구역질 나게 아니꼬웠다. 시종의 부친은 자유 중·고교에서 경리 책임을 맡고 있었다. 뿐만 아니라 윤 교장네와 같은 교회의 집사이기도 했다. 윤 교장은 학교에서도 교회에서도 시종이 부친의 상전이었다. 부친은 윤 교장 앞에서 보기 딱하리만큼 굽실거렸다. 서로가 그것을 충성이라고 생각했고 윤 교장은 은근히 그러기를 강요했다. 시종의 부친만이, 아니, 시종이네 온 가족은, 윤 교장네 온 가족 앞에 머리를 숙여야 했다. 시종이 모친은 윤 교장네 일곱 살짜리 막내둥이에 대해서까지 깍듯이 공대를 했다. 반면에 윤 교장네 가족들은 심지어 아이들까지도 시종이네 어른들을 향해서 툭하면 반말이 섞였다. 밸이 꼴렸다.

시종이네 집은 대궐 같은 윤 교장네 집 바로 옆에 붙어 있었다. 기역 자字로 된 제법 격식을 갖춘 기와집이기는 했지만, 실은 그것도 윤 교장네 소유였다. 그런 처지라, 윤 교장 댁에 조금만 무슨 별일이 벌어질 때는, 시종이 부모는 으레껏 가서 시중을 들고 거들어주었다. 양가 사이에는 이렇듯 어느새 주종 관계를 이루고 있었다. 시종의 젊은 생리는 거기에 반발하지 않을 수 없었다.

"아, 윤 교장네가 우리 할아비예요, 뭐예요! 아버지나 어머닌, 덮어놓고 굽실거리구……."

시종이 참다 못해 모친 앞에서 투덜대면,

"아, 인석아 말조심해라. 저게 온 철이 있나 없나!"

모친은 펄쩍 뛰었다.

그러나 시종이만은 윤 교장네 식구 앞에서 머리를 숙이지 않았다. 대등한 입장에서 같이 뻗댔다. 고등학교 동급생인 윤 교장의 아들 근수에 대해서도 결코 눌리지 않았다. 녀석이 수재형인데다 들고 파는 바람에 성적은 좋았지만, 체력만은 도저히 시종을 당하지 못했다. 시종은 도장에 다니면서 당수 연습으로 완력과 기술을 더욱 닦아왔다.

시종과 근수는 자연 대립적인 위치에 설 수밖에 없었다. 서로 경계했다. 사소한 일에도 감정적인 시비가 벌어지기 일쑤였다. 그러나 재사형의 인물이 흔히 그렇듯이 근수 쪽에서는 언제나 충돌만은 피했다. 한두 마디 신랄한 말을 던져놓고는 빙그레 웃으면서 입을 다물어버리고 마는 것이다. 그것은 물론 짙은 모멸과 묵살의 뜻을 담은 조소였다. 그때마다 시종은 밸이 뒤틀렸지만 용케 참았다. 그는 기회만 노렸다. 좀더 뚜렷한 무슨 건덕지만 생기면 대번에 해치울 생각이었다. 그저 그렇게 벼를 뿐이었다. 근수 따위의 피라미를 해치우는 건 간단했지만 그 뒤가 문제였다. 반석 같은 근수의 배경이 켕겼기 때문이다.

시종은 사람깨나 건드릴 줄 아는 도장 패와 몰려다니면서 공연히 재보는 정도로 우선 자위하는 수밖에 없었다.

그러는 동안에 대소의 파탄이 속발했다. 시종이 노상에서 윤 교장을 보고도 경례를 하지 않고 외면해버린다고 해서 문제가 된 것이다. 훈육 주임은 시종을 닦아세우고, 교장에게 정식 사과하라고 강권하였다. 시종은 응하지 않았다.

"근수는 우리 아버지에게 경례를 하는 일이 없습니다. 그래서 저두 근수 아버지에게 경례를 하지 않기루 했습니다. 그러니까 근수가 먼저 우리 아버지에게 사과하지 않는다면, 저두 사과할 수 없습니다."

훈육 주임에게서 이 말을 전해 들은 시종의 부친은 성난 황소처럼 훈육실로 달려들었다. 부친은 다짜고짜 시종에게 매질을 했다. 사정없이 주먹으로 후려치고 발길로 지르고 했다. 반 미친 사람처럼 당장 아들을 때려죽일 듯이 날뛰었다. 보다 못해 훈육 선생이 뜯어말렸다. 근수가 자기 부친에게 사과하지 않는 한, 자기도 죽으면 죽었지 교장 앞에 사과할 수 없노라고 시종은 끝까지 버텼던 것이다. 시종에게는 1주일간 정학 처분이 내렸다. 불량배들과 함께 몰려다닌다는 소문이 그를 더욱 불리하게 했다.

모친은 미련한 녀석이라고 시종을 나무라고 쭐쭐 울었다.

그런 일이 있은 지 얼마 안 되어서다. 이번엔 자유 중·고등학교에 경찰의 수사 선풍이 불었다. 5천여 만 환에 달하는 밀수품과 하주를 적발하고 보니, 의외에도 그 자금의 출처가 자유 중·고등학교였다는 것이다. 일체의 장부가 압수되고, 경리 책임자인 시종의 부친이 구속당하는 동시에 신문에 대대적으로 보도가 되었다. 그러고서도 어찌 된 일인지 교장은 까딱없었다. 어렴풋이 눈치챘던 일이 있어 내막을 꼬집어 밝히고 보니, 윤 교장이 직접 밀수업자와 결탁한 사실이 드러났다. 시종의 부친은 애매했다. 뻔뻔한 윤 교장의 엄명에 의해서 엉뚱하게도 시종의 부친은 범행 책임을 혼자 걸머지고 나선 것이다. 이러한 사실을 캐낸 시종은 가슴에 불이 붙었다. 잠시도 유예할 수는 없었다. 댓바람에 그는 윤 교장네 집으로 달려갔다. 시종의 눈에는 살기 띤 핏발이 서려 있었다. 그는 교장의 멱살이라도 잡을 기세로, 당장에 자수하고 사실을 밝히지 않으면 모든 내막을 폭로해버리겠다고 을러댔다. 교장은 천하에 이런 무도한 미친놈이 있느냐고 노발대발하였고 가족들과 사이에 옥신각신 시비가 붙었던 끝에, 시종은 마침내 근수를 때려눕히고야 말았다.

그 다음으로 시종은 경찰에 쫓아가서 사건의 진상을 폭로하기에 이르렀다. 윤 교장이 이내 경찰에 연행되었고, 신문에서는 시끄럽게 떠들어댔다. 이쯤 되고 보니, 학교를 비롯해서 윤 교장네 집과 시종이네 집에서는 동시에 난장판이 벌어지고 말았던 것이다.

2

행동을 취하려면 우선 군자금이 필요했다. 여기저기서 긁어모으는 수밖에 없었다. 시종은 먼저 누이를 만나기로 했다. 여대생이었다. 학교 길목을 지키는 게 제일 간편했다. 아침 등교 시간에 시종은 누나의 학교 근처로 갔다. 4월 신학기가 시작된 지 오래지 않았다. 길이 미어지게 흘러가는 여대생들의 색채와 육체의 물결은 좀 눈부셨다. 그 속에서 시종은 이내 누이를 발견했다.

"누나!"

시종은 서슴지 않고 길모퉁이에서 튀어나왔다.

"어머나, 시종이 너 어쩐 일이냐?"

누이의 얼굴이 복잡해졌다. 시간의 여유를 주면 귀찮아진다. 시종은 대뜸 손을 내밀었다.

"쎙(돈) 가진 대루 털어줘. 좀 급한 일이 있어서그래."

누이는 그 말에는 개의치 않고,

"얘, 너 참 잘 만났다. 나하구 얘기 좀 하자!"

가까이 보이는 빵가게로 시종을 끌고 들어가려고 했다. 누이의 표정에는 슬픔과 노여움이 엉겨 있었다. 시종은 버티고 움직이지 않았다.

"나 급해서그래. 얼른 씽이나 꺼내줘. 나중 천천히 만날게."

누이는 할 수 없다는 듯이 책가방 속에서 500환짜리 두 장을 집어냈다.

"겨우 요거야. 너무 쩨쩨하게 놀지 말어, 누나."

"얘 봐. 내가 돈주머닌 줄 아니."

"그러지 말구 2천 환만 더 줘."

"2천 환이 어딨니. 단 200환두 없는데……."

싹수가 틀리면 단념도 빠르다. 시종은 핑 돌아서 걸으려고 했다. 누이가 소매를 붙잡았다.

"너 요즘 어딨니?"

"건 왜? 가담할래, 우리 패에. 누나만큼 예쁘문 팔릴 거다 제법."

누이는 매섭게 눈을 흘겼다. 그 눈에 핑그르르 눈물이 어렸다.

"너 왜 점점 못돼만 가니!"

"흥. 잘 돼가는 사람들 난 부럽잖어!"

"어머니가 너 때문에 울화병으루 다 돌아가시게 돼서두 좋냐!"

집에 한번 들르든지, 자기에게만 거처를 가르쳐달라는 것이다. 시종은 누이의 손을 홱 뿌리쳤다.

"공갈치지 말어!"

뒤도 안 돌아보고 재빨리 걸었다.

누나를 만나 용돈을 짜내는 건 좋지만 푸념이나 집안 얘기를 듣는 건 질색이다. 실없이 센티해지려기 때문이다.

골목 모퉁이를 돌아서자, 엿보고 있던 상철과 순영이 슬며시 따라섰다.

"얼마니?"

"투 고주빠이(500환짜리 두 장)."

시종은 우울하게 대답했다. 상철과 순영에게도 심정이 통했다. 이러다간 금명간에 만 환 정도의 군자금도 어려울 것 같았다.

"난 그럼 이 길루 진호한테 가볼래. 하다 못해 네초(시골서 갓 올라온 소년)라두 털어야 할 게 아냐."

상철은 시종의 눈치를 보았다.

"또 센타(남의 주머니를 뒤져서 터는 일)야! 그까짓 잔돈 부스러기가 성에 차야지."

그러나 당장 목돈을 노릴 데는 없었다. 몇 백 환이나 몇 천 환씩이라도 긁어모으는 수밖에 없었다.

시종은 상철이와 곧 헤어졌다. 순영이하고 걸으며 누이동생인 시옥을 충동해서 집의 돈을 말아낼 의논을 했다. 시옥을 만나자면, 점심시간에 학교로 찾아가는 게 틀림없었다. 행여나 무슨 국물이라도 바라고 순영이와 가까운 거리를 한바퀴 돌고 나도, 아직 시간이 좀 이르다. 여학교 근처에 있는 조그만 음식집에 들어가 앉아 기다렸다.

순영이 궁금한 낯으로 물었다.

"누이가 걱정하지 않어?"

"질색야, 아주. 아판(어머니)이 울화병으루 죽어간대두……."

"정말일까?"

"공갈야!"

단언하고 시종은 입을 씰룩했다. 덜 좋은 얼굴이다.

시종은 죽어도 집에는 발길을 않기로 각오하고 있었다.

부친도 그때,

"오늘부터 넌 내 자식이 아니다. 다시 눈앞에만 얼씬해봐라!"

그냥은 안 두리라고 호통을 쳤다. 그처럼 절망적으로 격분한 부친을 시종은 처음 보았다.

그게 바로 구류를 마치고 시종이 경찰서에서 놓여 나오는 날이었다.

윤 교장의 아들 근수는 돈으로 깡패를 매수해가지고 시종에게 복수를 계획했던 것이다. 시종이 진호와 함께 그날 처음으로 순영을 만나러 가는 길이었다. 제법 날쌔게 생긴 두 녀석이 별안간 앞을 막아섰다. 첫눈에 그자들의 정체를 짐작할 수 있었다.

"뭐야?"

야무지게 기세를 보였다.

"선보러 왔다. 네가 사람을 잘 친다기."

저쪽에서도 도전적으로 나왔다. 포즈를 잡고서는 품이 한 놈은 와리바시(당수 하는 자)에 틀림없었다. 그래도 시종은 조금도 켕기지 않았다. 어떤 놈이고 일대일이면 자신이 있었다.

"인사가 드럽다, 자식아. 어디 파냐 너희들?"

진호의 말이 떨어지기가 무섭게 두 놈은 일시에 몸을 날렸다. 시종은 자기 쪽으로 들어오는 한 놈의 발길을 피하며 번개같이 펀치를 넣었다. 상대방이 비틀거리는 틈에 사정없이 두 번째 주먹을 안기려는데, 시종의 볼에서 딱 소리가 났다. 모로 몸이 쏠렸다. 어느 틈에 딴놈 셋이 뒤에서 기습을 가해온 것이다. 판국이 글러진 걸 직감한 시종은 재빨리 몸을 사리며, 아직 첫 번 놈과 겨루고 있는 진호를 낚아채가지고 뺑소니를 놓았다. 그자들이 근수에게 팔려 목을 지키고 있었다는 걸 나중에야 알았다. 시종은 이를 갈고 앙갚음을 괴했다. 근수 따위 하나쯤은 식은죽 먹기였다. 그는 자기가 직접 나서지도 않고 진호와 상철을 시켜 다구리(몰매질)를 놓게 하고 숨어서 망을 보았다. 근수는 대번에 곤죽이 되어 뻗었다. 시종의 복수라는 건 이내 알려졌다. 근수는 전치 3주일의 중상을 입었다. 그래도 시종은 만족하지 못했다. 근수나 윤 교장을 아예 죽여 없애든가, 그 집에 불을 질러버리든가 그래야 후련할 것 같았다. 자신보다도 부모나 가족을 생각해서 차마 그 짓은 주저되었다.

　시종은 물론 사건을 저지른 달음으로 집을 튀어나왔다. 윤 교장은 당장 시종을 잡아 대령시키라고 모친을 들볶았다. 시종의 모친은 윤 교장네 집에 줄곧 이틀을 꿇어 엎드려 울며 사죄했다. 시종의 부친은 여태 미결감에서 공판을 기다리고 있었다.

　윤 교장은 마침내 시종을 당국에 고발하고 말았다. 경찰에서는 지명수배해놓고 의외로 사납게 나왔다. 닷새 만에 잡혔다. 그들 한 패가, 시 변두리의 어느 무허가 술집에서 계집들과 시시덕거리고 있을 때다. 변소에 가려고 일어섰던 상철이 별안간,

　"쎄리(순사) 떴다!"

　날카롭게 외쳤다. 그들은 정신없이 뒷문을 차고 내달았다. 앞장섰던 진호가,

　"자브(형사)다!"

　질겁을 해서 뒤로 물러섰다. 그들은 마치 살인강도나처럼 소란한 속에 끌려갔다.

　그들은 10일간의 구류 처분을 받았다. 석방되는 날 각기 보호자가 데리러 와 있었다. 시종은 얼굴이 반쪽이 된 모친의 뒤를 말없이 따라 걸었다. 집 앞에 거진 다 와서야 모친은 그동안에 부친이 보석

으로 나와 있다는 것을 말해주었다.

"집에 들어가거든, 아버지 앞에 머리를 숙이구 사과해야 헌다. 그리구 암말 말구 아버지가 시키는 대루 해라."

모친은 사정하듯 했다. 시종은 사과하고 싶지 않았다. 자기는 아무에게도 사과할 이유가 없다고 생각했다. 부친을 만나고 싶지 않았다. 잠시 다녀올 데가 있다고 하고 그는 발길을 돌이켰다. 모친이 놀라 소매를 붙잡고 매달렸다. 시종은 뿌리치고 달아나려 했다. 모친은 힘에 겨워서 소리를 질렀다. 이내 부친과 누이가 쫓아 나왔다. 부친은 몹시 수척해 있었다. 힌 손으로 시종의 덜미를 진뜩 그리쥐고 대문 안으로 끌고 들어갔다. 부친은 시종을 뜰 복판에 메어꽂듯 하고, 주먹으로 사정없이 후려쳤다. 발로 내리밟기도 했다. 모친도 말릴 생각을 하지 않았다. 누이만이,

"얼른 빌어. 잘못했다구 얼른 빌어!"

애가 타 했다. 동생들은 겁에 질려 소리를 내서 울었다. 시종은 입을 앙다문 채, 말 한 마디 없이 꼬박이 매를 맞았다. 그도 악이 받쳤다. 속으로 죽이든 살리든 마음대로 해보라는 생각이었다. 부친은 제풀에 매질을 멈추었다. 숨이 찬 모양이었다.

좀 뒤에 부친은 시종을 잡아 일으켰다. 윤 교장네 집에 같이 가서 백배 사죄를 하고 용서를 빌자는 것이다. 어림없는 소리라고 시종은 생각했다. 그는 딱 버티고 선 채 응하지 않았다. 부친은 새로이 골을 내며 완력으로 잡아끌었다. 시종은 기를 쓰고 버텼다.

"이 녀석아, 우리가 뉘 덕으루 사는 줄 아냐. 배은망덕할 셈이냐!"

모친도 울상이 되어 떠밀었다.

"윤 교장이 우리 할아비예요! 아버지하구 어머니나 어서 실컷 그

악질 위선자 밑에서 죽도록 종 노릇을 하세요!"

시종은 참다 못해 내뱉었다. 담박 부친의 주먹이 또다시 날았다. 이제는 자식이 아니다, 눈앞에서 썩 없어지라고 부친은 고함을 질렀다. 시종은 주저하지 않고 집을 나와버렸던 것이다.

윤 교장과 근수에 대한 복수심과 함께, 시종은 부모까지도 밉고 추잡해 보였다. 저렇게도 인간이 비굴할 수가 있을까 하고 시종은 어이가 없었다.

기다리던 학교의 점심시간이 왔다. 시종은 순영을 시켜서 시옥을 데려오게 했다. 얼마 뒤에 중학교 2년생인 시옥은 순영을 따라 가게 안에 들어섰다. 반가움과 무서움이 얽힌 눈으로 시옥은 오빠를 살며시 마주 보았다.

"오빠!"

들릴락말락한 소리로 시옥은 감정을 담뿍 담아서 불렀다.

"너, 내일 학교 올 때 핀(돈) 좀 타갔구 와."

시종은 한껏 위엄 있는 음성과 얼굴을 지어 보였다.

"얼마나?"

모기 소리만하게 물었다.

"만 환만. 만 환이 좀 모자라두 된다."

시옥은 절반 울상이 되어 잠잠히 있다가,

"집에선 모두들 오빠를 위해서 기도하구 있어. 오빠가 얼른 회개하구 돌아오라구!"

엉뚱한 말을 하고 눈물이 핑그르르 어렸다. 시종은 과장적인 너털웃음을 웃어넘겼다.

"나보다두, 차라리 꼰대(부친)나 아판을 위해서 기도하라구그래.

윤 교장네 종살이를 면하게 해줍시사 하고……. 그리구, 장로요 교육가의 가면을 쓰구 거룩한 체하면서 뒷구멍으루 협잡이나 밀수를 일삼는 그 윤 교장 따위나 얼핏 지옥으루 데려갑시사 하구 기돌 드리라구 해. 알겠어!"

시종은 또 한바탕 큰 소리로 웃어젖혔다. 시옥은 그러한 오빠와 순영을 번갈아 보고 고개를 숙였다.

"내일 만 환만 타갖구 올 거 잊지 말어. 알았지?"

"뭐라구 달래, 그렇게 많은 돈을……."

"아, 학교서 가져오랜다면 되잖어. 힌 주일 뒤엔 도로 갚아줄 테다. 그 대신 책임지구 해 와, 만 환만."

시옥은 걱정스러운 낯빛으로 오빠와 순영을 말없이 또 번갈아 보았다.

"1주일 만에 오빠가 도로 갚아준대지 않어. 나두 보중 설게."

순영이 달래듯 거들었다.

"내일 이 시간에 여기서 기다리마. 만일 내 부탁을 어기면, 양갈보루 팔아치우구 말 테다."

시옥은 그 말을 제일 겁냈다. 그런 짓을 못할 오빠가 아니라고 여겨졌기 때문일 게다. 시종은 전에도 그런 말로 시옥을 위협해서 돈을 끌어내게 한 일이 있었던 것이다.

잠시 뒤에 시옥은 풀이 죽어서 학교로 돌아갔다.

3

전찻길에서 갈라져 들어오는 길이 곧바로 내다보이는 조그만 빵가게에 시종과 상철은 밖을 지켜보고 앉아 있었다. 거기에 똘마니를 빌리러 갔던 진호가 돌아왔다.

"온 아니꼬워서. 3천 환이 돈이냐면서 사람을 어떻게 보느냐구 자식 마구 으스대는 거야. 그래 헐 수 있어, 달래보다 못해 2천 환 더 썼지."

그들은 혜란을 기술적으로 낚기 위해서 딴 사람의 손이 필요했다. 그래서 약간 통하는 어느 패에게 똘마니의 후원을 청했던 것이다. 왕초에게 3천 환을 쓰고, 똘마니 하나 앞에 천 환씩 예산을 세웠던 것이 벌써 2천 환이나 초과된 셈이다.

"내 참 드러워서. 얼른 우리두 똘마닐 둬야겠어!"

진호는 몹시 비위가 상한 모양이었다.

"그래 어됬니, 그것들."

"인제 두 녀석이 곧 쫓아올 거야."

참말 10분도 채 안 되어서, 열대여섯짜리 두 녀석이 나타났다. 시종은 그들에게 작전을 자세히 설명해 들려주었다.

반 시간이 좀 지나서다. 학교에서 돌아오는 혜란의 모양이 창 너머로 내다보였다. 본시 한적한 갈림길이긴 하지만, 마침 근처에는 딴 행인의 모습은 보이지 않았다.

시종은 두 놈에게 눈짓을 했다. 두 놈은 이내 밖으로 나갔다. 책가방을 들고 얌전히 걸어 올라오는 혜란이 앞에 심술궂게 떡 막아섰다. 그리고 비위 좋게 지분대기 시작했다. 혜란의 얼굴이 새침해졌다. 걸음을 멈추고 잠시 사내 녀석들을 노려보다가 뭐라고 종알거리고 비켜 가려고 했다. 한 녀석이 덥석 혜란의 손을 잡았다. 혜란이 날카롭게 욕설을 퍼부으며 손을 홱 내리쳤다. 그 통에 책가방을 떨어뜨렸다. 한 놈이 그 책가방을 발길로 툭 걷어찼다. 딴 놈이 그것을 성큼 집어 들고, 혜란이 걸음씨[1]를 흉내내며 저쪽으로 걸어갔다. 약이 바짝 올라 얼굴이 빨개진 혜란은 가방을 뺏으려고 쫓아갔다. 그러나 한 놈이 중간에서 짓궂게 자꾸만 방해를 놓았다. 이때다. 계획대로 진호가 밖으로 뛰어나갔다. 그는 여기서 악한을 퇴치하고, 연약한 소녀를 보호하는 기사가 되는 것이다. 진호는 물론 불량 소년의 뒤를 쫓아갔다. 한 놈은 달아나버리고 한 놈이 그의 손에 붙들리는 것이다. 진호는 그놈의 따귀를 갈기고 머리를 쥐어박고 땅바닥에 메어꽂았다. 그리고는 책가방을 주워서 먼지를 턴 다음, 점잖은 태도로 혜란에게 건넸다. 혜란은 고개를 숙이고 가방을 받았다. 똑바로 진호를 보았다. 물론 그 표정에는 감격의 빛이 넘쳐흘렀다.

"앞으루두 조심하세요. 고 깍정이 녀석들 또 무슨 짓을 할지 모릅니다."

진호는 의젓이 주의를 주고 담담하게 발길을 돌려 걸어가버렸다. 혜란은 잠시 그 자리에 서서 진호의 뒷모습을 바라보다가, 천천히 돌아서 걸음을 옮겼다. 이러한 광경을 시종 빵가게 안에서 지켜보고 있던 시종과 상철은 얼굴을 마주 보고 빙그레 만족한 웃음을 웃었다.

무풍지대에서 구김살 없이 자라난 소녀일수록 올가미에 걸리기 쉬운 법이다. 노상 새침해 보이면서도 혜란은 극히 단순했다. 의외로 쉽사리 기울어져왔다.

그 뒤에 진호는 계획적으로 수삼 차나 거리에서 혜란을 만났다. 물론 길을 가다가 우연히 만나는 듯이 꾸몄다. 그때마다 혜란은 걸음을 멈추고 진호의 얼굴을 쳐다보았다. 웃을 듯 말 듯 하면서 약간 고개를 숙여 인사의 표시를 했다. 진호도 가볍게 머리를 숙였다. 점잖게 한번 뻥긋 웃어 보이고는 담담히 지나쳐버렸다.

"문제없다 요건!"

진호는 속이 간지러웠다. 그러한 보고를 들은 시종과, 상철과, 순영은 손뼉을 치며 브라보를 외쳤다.

"자, 인전 익었지. 건드리면 영락없이 꼭지가 뚝 무너닐² 거야!"

순영은 고소해 못 견디겠다는 눈치다.

"남두 다 너 같은 줄 알어. 요건 나한테 두 번 만에 떨어졌으니까. 논다니는 별수 없어!"

상철의 말에 순영이 패뜩했다.

"넌 뭐야 자식아. 시애비하구 붙어먹구 싸갈긴 자식!"

"요 년이!"

제일 아픈 자죽을 건드리는 바람에 상철도 울컥해서 순영에게 덤벼들었다. 순영도 지지 않고 대들어 할퀴고 물어뜯었다. 시종과 진호가 간신히 뜯어말렸다.

그들은 혜란을 포획하기 위한 최후의 전략을 짰다. 완력을 발동할 필요조차 있을 것 같지 않았다. 사람 없는 교외로 혜란을 유인해 내기만 하면 그만이다. 장소는 뚝섬으로 정했다.

토요일 오후, 벚꽃이 한창일 무렵이라 그렇지 않아도 젊은이들의 오금이 근질거릴 시기다.

시종, 상철, 순영은 뚝섬의 한쪽 가장자리에 진을 치고 앉아서 진호를 기다리고 있었다. 진호는 벌써 두 시간이나 전에 혜란을 데리고 나타났어야 했을 일이다. 아마도 혜란이 녹록히 말을 듣지 않는지도 모른다.

저녁때가 거진 되어서야 진호는 나타났다. 한복을 입은 혜란이 그 곁을 얌전히 따르고 있었다. 기다리고 있던 패는 서로 눈을 꿈쩍거리며 만족하게 웃었다.

진호는 그들이 앉아 있는 근처를 모르는 체하고 지나갔다. 사람이 보이지 않는 장소로 혜란을 데리고 점점 멀어져갔다.

상당한 간격을 두고 세 사람도 그 뒤를 쫓았다.

진호와 혜란은 움푹한 장소에 자리잡고 앉았다. 뒤를 따르는 세 사람의 눈에 진호의 머리만이 보일락말락했다. 그들은 소리를 죽여가며 진호와 에란이 자리잡고 있는 근처에까지 접근했다. 거기서 지형을 이용해가지고 눈치채지 않게 그들도 앉았다.

한 시간 가까이 기다렸다. 주위가 어슴푸레해왔다.

진호와 혜란이 사이에 극도의 긴장 상태가 나타났다. 혜란이 질린 소리로 뭐라고 내쏘고 발딱 일어서려고 했다. 순간 진호의 억센 손아귀가 혜란을 도로 잡아 앉혔다. 혜란의 숨찬 비명이 들렸다.

시종은 주위를 살폈다. 가까운 거리에는 딴 사람의 그림자라곤 없었다. 안심했다.

조금 뒤에 세 사람은 살근히[3] 일어섰다. 그림자처럼 그들은 진호와 혜란이 쪽으로 다가갔다. 그들에게는 똑같이 잔인한 쾌감이 독한 술처럼 가슴을 짜르르 적셨다. 그래도 여자라 그런지 순영이만은 주춤거리며 뒤로 한 발짝 처졌다.

그들은 계획대로 무난히 현장을 덮칠 수 있었다. 혜란은 눈을 감고 있었기 때문에 딴 사람이 접근하는 것을 얼른 눈치채지 못했다.

상철이 그 꼴을 굽어보며 사정없이 "히히히히" 하고 소리내 웃었다. 순간 혜란이 눈을 떴다. 동시에 절망적인 비명이 새어 나왔다.

혜란은 사력을 다해 진호를 떠밀었다. 그러나 혜란은 완전히 기운이 빠져 있었다.

진호가 허리춤을 고쳐 매며 부시시 일어났다. 그들은 구면이면서 우연히 만난 듯이 알은체를 했다.

"너 아주 멋지게 노는구나!"

시종의 말에,

"너무하잖어!"

진호가 볼멘소리로 노상 거북한 듯이 게정거렸다[4]. 시종은 한 달음 더 다가서며,

"아니, 이거 혜란 씨 아냐!"

눈을 흡뜨고 놀래 보였다. 그 한 마디는 혜란의 가슴팍에 비수를 꽂는 것이나 다름없었다. 잠깐 고개를 돌려 시종을 쳐다본 혜란의 얼굴은 금시 기절해버릴 것 같았다. 혜란은 이내 고개를 무릎 사이에 푹 묻어버렸다. 혜란의 전신은 그대로 땅속에 빨려들 듯이 오그라들었다. 가느단 소리로 어깨를 추며 다시 울기 시작했다.

"흥, 울 걸 왜 그랬담!"

순영이 심술궂게 비꼬았다. 순결을 신주단지 위하듯 하고 있는, 소위 얌전한 규수들에게 품어온 맹렬한 질투와 반감의 표현이었다.

혜란의 울음소리가 거의 잦아질 때쯤 해서, 시종과 진호 사이에는 미리 계산된 대화가 계속되고 있었다.

"난 정말 놀랬다. 점잖은 교회 장로님이요, 교육가인 윤 교장네 아가씨가 진호 너하구 이렇구 이럴 줄은 참말 몰랐어!"

"너들 이 일은 절대 비밀로 해줘 응. 만일 이 사실이 세상에 알려지는 날이면, 혜란 씨는 말할 것두 없구, 명망 높은 그 가문이 뭐가

되겠니!"

진호는 진정으로 사정하듯 했다.

"너희들은 저쪽에 좀 가 있어."

시종은 상철과 순영을 저만치 비키게 하고 나서,

"글쎄, 야 혜란 씨의 장래나 그 집안의 체모를 생각해서 발설 않 겠지만 쟤들이 잠자쿠 있을까 몰라. 더구나 상철이 형은 신문기자 아냐!"

물론 모두가 혜란이더러 들으라는 수작들이다.

"네가, 좀 잘 부탁해줘. 만일 신문에라두 났다간 이건 아주 큰일 이야."

"그러면 앞으론 너희 둘이만 좋아 지내지 말구 우리하구두 자주 얼려줘야 한다!"

"비밀만 지켜준다면 건 얼마든지."

"그리구 말야 쟤들에게 우선 돈을 좀 멕여 두는 게 좋 거다. 아무 리 단단히 부탁해두 그냥은 안심이 안 돼. 그렇지만 한 뭉치씩 먹구 나면 책임이 있으니까 절대루 발설 못할 거다."

"그두 그래."

진호는 혜란의 귀에다 입을 대고 뭐라고 소근거렸다. 혜란은 잠 자코 손수건에 싸들고 있던 돈을 내주었다.

"자, 우리 둘이 톡톡 털어서 7천 환 있다. 이걸로 적당히 해줘!"

그 말에 시종은 화를 발끈 내는 척했다.

"임마. 우릴 양아친(거지) 줄 알아. 아 한 여자와 가문의 운명이 왔다갔다하는 판에 7천 환이 뭐야 7천 환이. 난 책임 못 질 테니 어 디 너희 맘대로들 해봐. 신문에 대문짝같이 사진이랑 나구 떠들썩

해두 원망은 말어."

진호가 당황히 시종의 소매를 붙들었다.

"얘, 이러지 말구 말해봐. 을마나 있으면 되겠니?"

"아 10만 환 안짝두 돈이야?"

"10만 환?"

진호는 깜짝 놀래 보이고 나서,

"이거 봐. 우릴 살려주는 셈치구, 5만 환 정도로 잘 좀 봐줘. 혜란 씨나 내나 어디서 10만 환이란 대금을 만드니."

"그래. 친구지간이니 할 수 없다. 그리구 혜란 씨두 모르는 사이가 아니니까. 그럼 5만 환은 언제 되는 거야."

진호는 혜란이와 조그만 소리로 또 속닥속닥 의논을 했다. 쉽사리 합의가 안 되는 모양이라 시간을 끌었다. 이윽고 진호는 시종이 곁으로 와서,

"내일은 일요일이니까, 모레 저녁때루 해. 6시 정각."

"장소는?"

"어디가 좋을까?"

"그 빵집에서 기다리지."

약속을 어기면 폭로해버린다는 위협조의 말을 남기고, 시종은 돌아서서 유연히 걸음을 옮겼다. 그의 입가에는 복수자의 냉소가 싸늘하게 번졌다.

4

그들의 아지트인 상철의 외조부네 집 구석방에 모여 앉아, 그날 밤 네 사람은 신중한 토의를 거듭했다. 초점은 혜란을 어느 정도 믿

느냐 하는 문제였다. 혜란이 집에 돌아가서 모든 사실을 부모 앞에 실토해버린다면 낭패인 것이다. 그리되면 섣불리 약속 장소에 접근했다가는 큰일인 것이다.

그들은 우선 버스 정류장까지 혜란을 바래다주고 돌아온 진호의 의향을 들어보기로 했다.

"부모나 세상에 알려질까봐, 지독히 겁을 내는 걸 보문, 사고는 없을 것 같애."

혜란은 정말 탄로나지 않게 해달라고 몇 번이나 진호에게 애원하듯 당부했던 것이다. 그리고 5만 환도 수단껏 장만해보겠노라고 했다. 그러나 한편 혜란이 지나치게 겁을 집어먹고 있는 것이 도리어 불안하기도 했다. 하도 울어서 퉁퉁 부은 눈이라든지, 태연하지 못한 혜란의 거동을 가족이 눈치챌지도 모를 일이기 때문이었다. 진호 역시 비밀을 지키라고 굳게 다짐을 두기는 했지만, 만일 부모가 조금이라도 의혹이 생겨서 따지고 든다면 끝까지 버텨낼 만한 배짱이 혜란에게 있을 성싶지 않았다.

"결국 나두 장담을 못하겠어!"

진호는 마침내 그런 결론을 내리는 수밖에 없었다.

"그럼, 변법을 쓰기루 하자! 호락호락 빵간(유치장이나 감방) 신세를 진다는 건 말이 아니니까!"

그리하여 그들은 행동의 신중을 기하기로 한 것이다.

잠시 토론한 결과 제2의 작전은 세워졌다.

월요일 오후 5시. 순영을 시켜 혜란의 집에 전화를 걸게 했다. 혜란은 이내 전화기 앞에 나왔다. 진호가 전화를 바꾸었다.

"5만 환 어떻게 됐어요?"

혜란은 조그만 소리로 되었노라고 대답했다.
"그러면 말입니다. 토요일 오후에 놀러 갔던 그 장소루 돈을 갖구 곧 나와요. 사정이 있어 장소를 바꿨어요. 시간은 6시에서 6시 반 사이. 만일 약속을 어기면 내일 아침 신문에는 모주리 폭로가 될 판이요. 알았죠!"
혜란은 꼭 가겠노라고 모기 소리만한 음성으로 대답을 했다.
시종을 선두로 일단 네 명은 곧 뚝섬 쪽으로 향했다. 그들의 가슴 속에는 똑같이 낭만적인 흥분이 벅차게 흐르고 있었다. 그들은 서부 활극에 나오는 갱단도 될 수 있었고, 신출귀몰하는 홍길동이도 될 수 있었다.
이윽고 뚝섬에 다다른 그들은 섣부른 짓은 하지 않았다.
놀러 나온 남녀의 모양이 여기저기 보였다. 그들도 함부로 약속 장소에는 접근하지 않고, 소풍객처럼 멀리 떨어진 강변을 스적스적 거닐었다. 그러면서 눈치만 살폈다.
6시가 10분쯤 지나서다. 저쪽 변두리를 혼자 걸어오는 여자의 모양이 눈에 띄었다. 그들은 여전히 거닐면서 그쪽을 주시해 보았다. 약속한 장소 쪽으로 점점 다가가는 걸 보니 혜란임에 틀림없었다.
"어떡헐까?"
진호가 빙긋이 웃고 세 사람의 얼굴을 둘러보았다.
"음!"
시종은 신음하듯 하고 입을 꾹 다물었다. 모두들 시종의 입을 쳐다보았다. 시종은 말없이 아득히 넓은 강변을 다시 한번 찬찬히 살폈다. 두 사람, 혹은 세 사람씩 네댓 패의 소풍객이 눈에 띄었다. 얼굴은 물론, 더러는 복장이나 남녀의 구별조차 할 수 없으리만치 먼

거리에들 흩어져 있었다. 오목한 자리에 앉아서 머리만 감실감실 보이는 사람도 있었다.

"나하구 둘이 가자. 상철이하구 순영인 슬슬 걸어서 골프장 근처에 가 기다려."

시종은 돌아서 걸으려다 말고,

"저자들 조심해야 한다."

턱으로 소풍객들을 가리켰다.

혜란은 어느새 약속 장소에 이르러 주위를 둘러보며 서 있었다.

시종은 진호와 나란히 그쪽으로 발을 옮겼다. 그들은 소풍객들을 피하여 걸었다.

시종과 진호가 다가가니까, 혜란은 외면을 하고 저쪽으로 돌아섰다. 고개를 푹 수그리고 있었다.

"용케 나왔구려. 별일 없었어?"

진호가 바짝 다가서서 위로하듯 했다.

"이거……."

혜란은 들고 있던 신문지 뭉치를 진호에게 건넸다.

"혜란에게만 수고를 끼쳐 미안해. 그렇지만 인제는 혜란이만 조심하면 우리의 비밀은 탄로나지 않을 테니 안심해요."

진호는 돈 뭉치를 시종에게 건네면서,

"자, 5만 환. 이걸루 잘 부탁해."

짐짓 그랬다.

"염려 말어!"

시종은 신문지를 헤치고 500환권 5만 환 뭉치를 안주머니에 간수했다. 그리고 상철과 순영이 궁금히 기다리고 있을 테니, 같이 가서 저녁 식사라도 함께 하자고 권했다.

시종이 앞장을 서고 진호와 혜란이 뒤를 따랐다. 혜란은 줄곧 고개를 푹 떨어뜨리고 풀이 죽어서 그림자처럼 따라왔다. 골프장 가까이에 와서다. 앞쪽에서 두 놈팡이가 술집 계집 같은 색시를 사이에 세우고 시시덕거리며 엇비슷이 걸어오고 있었다. 시종과 진호는 그들에게 별로 주의를 돌리지 않았다. 단순한 건달패로만 보였다. 그게 탈집[5]이었다. 그자들은 형사였던 것이다. 두서너 간 간격을 두고 서로 어기채고[6] 나섰다. 직감적으로 이상한 동정을 뒤쪽에 느끼며 시종이 몸을 돌렸을 땐 이미 늦었다. 숨이 칵칵 막힐 지경으로 억센 팔뚝이 목을 조르기 시작했다.

시종과 진호는 어이없게도 이렇게 해서 체포되고 만 것이다. 그들은 고랑을 찬 채 똑같이 혜란을 노려보았다. 혜란은 두 손으로 낯을 가리고 저쪽으로 돌아서 있었다.

"혜란이 잘 기억하구 있어. 목숨을 걸구 이 은혜는 기어이 갚을 테니!"

시종은 독기를 품은 음성으로 야무지게 내뱉었다. 진호도 무어라고 내쏘았다.

"이 자식, 잔말 말구 가, 어서."

시종의 뒤통수를 얼얼하도록 형사가 쥐어박았다. 황혼이 깔리기 시작했다. 그들은 인가가 있는 한길 쪽으로 끌려 나왔다. 몰려드는 구경꾼들 사이에 섞여서 걱정스레 따라오고 있는 상철과 순영의 모습이 어렴풋이 보였다. 시종은 5만 환 뭉치를 살짝 전해주고 싶지만 그럴 수가 없어 속이 탔다.

한길 어귀에 근사한 자가용 차와 두 대의 지프 차가 멎어 있었다.

시종은 움찔하고 놀랐다. 자가용은 낯익은 윤 교장의 차였기 때문이다. 과연 그 곁에는 거대한 윤 교장의 얼굴이 이쪽을 노려보고 있었다. 뿐만 아니라 그 곁에는 윤 교장의 그림자처럼 시종의 부친이 붙어 서 있었다. 분노와 절망으로 부친의 얼굴은 보기 싫게 일그러져 있었다. 시종은 이때처럼 허수아비 같은 부친이 초라하게 느껴진 적은 없었다. 연민 대신에 그는 부친의 얼굴에 침을 뱉어주고 싶었다.

시종과 진호는 그 길로 지프 차에 실려 서로 연행되었다. 형사 주임 앞에서 시종은 윤 교장과 부친을 잠깐 만났다. 윤 교장이나 부친은 형사 주임과 잘 아는 사이인 모양이었다.

"이, 이놈을 아주 엄벌해주시우. 그냥 두었단 나중에 대역大逆할 놈이오. 이 은의에 반역하는 놈 같으니……."

노기에 찬 윤 교장의 얼굴은 시종을 잡아먹을 듯이 푸르락거렸다. 한편 부친은 더 참을 수 없다는 듯이 또한 윤 교장 앞에서 그래야 할 의무가 있다는 듯이 시종에게 덤벼들어 마구 치고 차고 했다. 형사 주임이 얼른 뜯어말렸다.

"이놈을 아예 극형에 처해주슈. 애비의 권리루서 요구하는 거요."

부친은 씨근거리며 악을 쓰듯 했다.

"너, 아버님이나 윤 교장님께 드릴 말이 없느냐?"

형사 주임이 침착한 말씨로 물었다. 시종은 없다고 대답했다. 그들에게 대해서 통할 수 있는 말이라곤 단 한 마디도 없었기 때문이었다.

형사에게 끌려 그 방을 나오면서 시종은 저도 모르는 사이에 냉랭하게 웃어버렸다.

"저, 저, 저놈 좀 봐……."

뒤에서 펄쩍 뛰는 윤 교장의 목소리도 이제는 도리어 유머로 들렸다.

__주
1) 걸음씨 : '걸음걸이'의 방언.
2) 무녀날 : 이어서 맞춘 자리가 어긋날.
3) 살근히 : '살며시'의 방언.
4) 게정거렸다 : 불평을 품은 말과 행동을 자꾸 하다.
5) 탈집 : 탈거리.
6) 어기채고 : 서로 방향이 어긋나게 걸치거나 지나치고.

장편소설
掌篇

STICK 씨

뭐 남달리 키가 훤칠하게 크다거나 막대기처럼 말라깽이가 되어서 '스틱 씨'라는 별명을 얻은 것은 아니다. 도리어 그와는 반대로 자그마한 키에 절구통 모양으로 딱 바라진 몸뚱이인 것이다. 그러한 준호의 부친이 스틱 씨라는 별명으로 유명해지게 된 것은 단지 그의 손에서 잠시도 스틱이 떠나본 일이 없다는 사실에 연유한 것이다. 준호의 부친은 단장을 들지 않고 외출하는 예가 없었다. 우산대처럼 손잡이가 꼬부라지고 반들반들 길이 든 그 등나무 단장을 의젓하게 내짚으면서 골목을 걸어 나가는 것이다. 한길에 나서면 스틱 씨는 잠시 걸음을 멈추고, 애용의 소프트 모자[1]를 한번 벗었다가 고쳐 쓰는 것이다. 그리고 나서 한층 더 근엄한 표정과 점잖은 자세로 걸음을 옮기는 것이다. 물론 단장은 한결 더 힘차게 내두르면서.

그러한 스틱 씨를, 지나는 사람들이 길을 비키고, 아이들은 일부러 돌아서서 바라보고 하는 것도 무리가 아닌 것이다.

연대가 오랜 소프트 모자며 여차하면 지나가는 사람을 후려갈길 것 같은 단장이며, 턱밑의 노랑 수염이며, 작달막하나마 야무지게 되바라진 몸집이며, 딱딱하고도 강직해 보이는 얼굴이며가 모두 주위를 위압할 만한 위엄을 갖추고 있는 듯이 보이기 때문이다. 스틱 씨 자신, 그러한 자기의 위풍에 은근히 만족하고 도취해 있는 것이다. 그러기에 씨는 아는 사람이 인사를 하여도 결코 웃음을 보이는 일이 없다. 그저 한쪽 손을 올려 의젓이 소프트 모자를 들었다 놓을 뿐이다. 함부로 웃음을 짓는 날이면 자기의 그 근엄하고도 품 있는 위풍이 단박에 와르르 무너져버리고 만다고 생각하고 있기 때문이다.

지난번 민의원에 입후보했다가 낙선된 이후로는 씨의 근엄한 위풍은 한 등 격이 높아진 감이 있었다. 이러한 스틱 씨는 외부에서만 강직하고 근엄하고 위엄 있는 인물로 알려져 있는 것이 아니다. 가정에 있어서도 그러하였다.

가족들과 한자리에 둘러앉아서 지껄이고 웃고 하는 일이 별로 없었다. 씨 자신만이 그러는 게 아니라, 식구들이 잡담을 나누며 웃고 떠들어도 점잖지 못하다고 일쑤 나무라는 것이었다. 집안에서는 누구 하나 마음 놓고 농담을 하거나 함부로 소리를 내어 웃을 수도 없었다.

모친을 비롯해서 큰형님이나 출가한 누나도 그랬으니까 준호나 그 밑의 조무래기들은 어림도 없었다. 학교 갔다가 돌아올 때도, 문밖에서 우선 부친이 집 안에 있나 없나부터 살폈다. 부친이 있는 줄만 알면, 문도 소리 나지 않게 조심해서 여닫았고, 숨소리조차 크게 못 쉬었다. 이처럼 무섭기만 한 부친이고 보니, 준호네 형제들은 부친에게 업히거나 안기기는 고사하고, 옆에 가 기댄다거나, 매달려본 기억마저 없이 자라났다. 그러니 준호네 집 안은 언제나 빈집처럼 조용했다. 마치 팬터마임을 보는 듯, 거의 말없이 움직이기만 했다.

이렇듯 가족들을 부당하게 위압하고 구속하는 데 사용하는 부친의 전용어는 따지고 보면 극히 단순한 두 마디뿐이었다. '버릇이 없다' '점잖지 못하다' 하는 그것이다. 오늘 아침만 해도 준호는 부친에게 톡톡히 닦이고 나온 참이었다. 사건은 이러했다. 준호는 대학에 입학한 뒤로 반년이 넘은 요즈음에 와서야 처음으로 구두를 맞추어 신을 수 있었던 것이다. 그것도 몇 달을 두고 별러오던 끝에, 꾸지람을 들어가며 장기간 계속한 모친의 교섭이 성공한 탓이었다. 여태까진 주로 부친이나 형의 퇴물을 마지못해 주워 꿰고 다녔던 것이다.

이러한 준호가 생전 처음으로 맞춤 구두를 신어보게 된 터라, 아주 멋진 최신형으로 주문을 했다. 완성된 구두는 발에도 꼭 맞았고, 모양도 마음에 들었다. 그러나 은근히 부친이 뭐라고 하지 않을까 걱정이었다. 그랬더니 그예 그 구두가 부친의 비위를 건들어놓고야 만 것이다.

"점잖지 못하게 이게 뭐냐? 곰보딱지처럼 구두 코숭이에 돌아가며 구멍이 송송 나 있으니 대체 이게 무슨 꼴이란 말이냐. 유치원이나 국민학교 아동 같으면 또 모르지만, 대학생이 이런 경망스런 구두를 신고 백주에 나다닐 수 있느냐. 당장 가 물러 오지 못해?"

아침에 세수하고 들어오다가 아들의 최신형 구두를 발견한 부친은 대번에 이렇게 노발대발했던 것이다.

준호도 불쑥 반감이 치솟았다. 지나치게 완고하고 독재적인 부친의 태도에 평시부터 은근히 품어온 반감이었다. 비록 집을 쫓겨나가는 한이 있더라도 몇 마디 쏘아주고 싶은 충동이 치밀었다. 그러나 재빨리 눈치를 채고 모친이 막아서서 애원하듯 달래는 바람에 준호는 참지 않을 수 없었던 것이다. 화를 참느라고 준호는 눈물이 찔끔거려졌다. 조반도 먹지 않고 볼이 부어서 그 길로 집을 뛰어나오고 말았던 것이다.

준호는 그 길로 고등학교 때 동창이면서 대학도 한 반인 K군의 하숙을 찾아갔다. 마침 등교할 준비를 하고 있는 K군을 끌고 거리로 나왔다. 속이 좀 가라앉기 전에는 학교에도 나갈 기분이 나지 않았다. 준호는 영문을 몰라 하는 K군을 끌고, 어느 2층 다방에 올라가 대로에 면한 창가에 자리잡고 마주 앉았다. 준호는 조반 대신 토스트와 밀크를 시켜 먹으며, K군 앞에서 부친에 대한 불평을 쏟아놓고 마침내는 공격을 퍼부었다. 한참 동안 울분을 토하고 나니 한결 속이 풀렸다. 마침 그때, 창밖을 무심히 내려다보고 있던 K군이 준호에게 눈짓을 했다.

"호랑이두 제 얘길 하면 온다더니, 바루 저기 너의 그 스틱 씨가 나타났다."

준호도 얼른 창밖을 내다보았다. 근엄한 표정을 한 부친이 단장을 내저으며 점잖은 걸음새로 뜨적뜨적 걸어오고 있는 것이었다. 애용의 소프트 모자를 단정히 쓰고 있는 부친은 언제나 마찬가지로 당당한 위풍이었다. 바로 그 몇 걸음 뒤로 두 명의 미국 군인이 따라 걷고 있었다. 그중 키가 작은 군인이 갑자기 앞을 걸어가고 있는 스틱 씨의 걸음걸이를 흉내내 보였다. 그리고 두 군인은 유쾌하게 큰 소리로 웃었다. 그러자 이번에는 멀쑥하게 키 큰 쪽의 군인이 스틱 씨의 바로 뒤에 바싹 접근해가더니, 성큼 그 소프트 모자를 벗겨 군모를 쓴 자기의 머리 위에다 얹었다. 그 광경을 내려다보고 있던 순간 가슴이 철렁하였다.

너무나 뜻밖에도 대로상에서 모자를 벗긴 스틱 씨의 근엄한 얼굴이 어떻게 변했으리라는 것은 여기서 구차스레 설명할 필요도 없을 것이다. 대뜸 낯색이 달라지고, 눈이 곤두선 스틱 씨는,

"웬 놈야!"

하고, 쩌르릉하니 냅다 호령을 지르며 홱 돌아서는 것과, 요절에 결단을 낼 듯이 단장을 치켜든 것이다. 그러나 다음 순간, 스틱 씨의 격노한 얼굴은 비참하게 일그러지기 시작했다. 삽시에 그 무서운 노기 대신 비굴과 애소와 치욕이 뒤섞인 표정으로 변해버린 것이다. 머리 꼭대기에 꼬나들었던 단장도 한번 부르르 떨고는 슬며시 내려와버리고 말았다. 미군은 호기 있게 웃고 나서 소프트를 쓴 채로 그냥 지나가버리려 했다. 스틱 씨는 몹시 당황했다.

"할로, 할로!"

하고 외치며 몇 걸음 따라갔다. 그러자 미군은 솔직하게 이내 걸음을 멈추고 섰다. 스틱 씨는 발돋음을 해가며 손을 들어 벗기려 했다. 그렇지만 불행히도 그의 손은 미국 군인의 머리 꼭대기까지 채 미치지 못했다. 가뜩이나 키가 껑충한 군인은 심술궂게도 힘껏 발돋음을 하였기 때문이다. 그러자 스틱 씨는 당황하게 한번 더 웃고 나서 단장을 들어 그 끝으로 소프트를 건드려 떨어뜨렸다.

노상에 굴러 떨어진 자기 모자를 부리나케 집어든 스틱 씨는 잠

간 사이에 옆 골목으로 자취를 감추어버리고 말았다. 그 진기한 광경을 바라보고 섰던 사람들이 일시에 와그르르 웃었다. K군도 간신히 참아온 웃음을 마침내 터뜨리고야 말았다. 그러나 준호는 웃지 못했다. 그는 차마 웃어지지 않았던 것이다.

___주___
1) 소프트 모자(soft hat) : 중절모.

다리에서 만난 여인

나는 금년 한여름을 삼랑진 하양동이라는 데서 났다. 부산서 마산행이나 진주선을 타면 삼랑진 다음 역이 낙동강역이다. 거기가 바로 하양동인데 준급準急[1]마저도 묵살하고 지나는 간이역 비슷한 소역이다. 불과 20평 남짓한 역사驛舍지만 현대식으로 새로 지어서 아담한 맛은 있다.

차가 닿아도 많을 때라야 고작 10여 명, 적을 때는 겨우 두세 명의 손님이 내리고 오르는 한산한 역이다. 어떤 때는 내리고 오르는 손님보다도 구경꾼의 수가 더 많다. 구경꾼의 대부분은 좀 떨어진 동네의 아이들이다. 그 아이들의 태반은 영양실조로 팔다리가 거미의 발처럼 가늘고 길기만 하다. 대개들 땀과 먼지와 때에 절은 러닝셔츠에, 비슷한 팬츠만 걸치고 있었다. 팬츠 하나만인 아이도 있다. 볕에 그을러서 얼굴이나 팔다리가 모두 새까맣다. 목덜미와 겨드랑에는 때가 돌이끼처럼 끼어 있는 아이도 있다. 거의가 열 살 내외짜리지만 그만이나 한 것이 시퍼런 코를 훌쩍거리며 낯선 사람을 보면 괜히 히죽거리거나 겁에 질려 눈이 휘둥그레지는 백치 같은 아이도 많다.

차가 닿으면 차 안에 타고 있는 사람들이 부러운 듯 입을 헤벌리고들 바라본다. 차가 떠나고 나면 역사 안팎은 물론, 철로 위에까지 뛰어나가 술래잡기들을 한다. 거기에 지치면 아이들은 둑 넘어 낙동강으로 밀려 나가 미역들을 감는다. 어떤 때는 반나절 이상이나 물장을 치며 강에서 놀아도 목과 겨드랑에 덕지덕지 낀 때는 그대로다.

내가 강변에서 낚시를 넣고 앉아 있으면 아이들은 몰려와서 구경을 한다. 모두들 낚싯대가 근사하다고 감탄들을 한다. 그 중에는 용감한 놈이 있어서,

"징게미 잡는기요?"

물어오기도 한다. 그곳 일대에는 가재만한 새우가 있어서 낚시에 곧잘 물려 올라온다. 거기서들은 그놈을 징게미라고 하는데 맛이 또한 진미여서, 아이들뿐 아니라, 한가할 땐 어른들도 그걸 전문으로 잡는 사람이 있다.

"난, 징게미보다도 송어(붕어)를 노리고 있다."

하니까,

"그라문 예긴 파이요."

모두들 그런다. 그러면 이 근처에 송어가 낚이는 곳은 없느냐고 물었더니 상류로 올라가서 뒤께미라는 델 가든지, 아니면 다리 건너편에 있는 이무기 못에를 가보라는 것이다.

내가 방을 얻어 들고 있는 집에서 4~5분 거리에 낙동강 철교와

인도교가 있다. 인도교는 준공된 지가 오래지 않았는데 본시 철교였던 뼈대에다 콘크리트만 깔았기 때문에 폭은 좁고 길기만 하다. 걸어서 꼭 10분이 걸린다.

이 인도교를 건너가보니, 바로 근처에 직경 100미터 가까이 되어 보이는 물 웅덩이가 있었다. 낚시를 넣었더니, 두 간 반짜리 낚싯대 끝에 불과 한 뼘 정도밖에 줄이 남지 않는다. 무섭게 깊다. 옛날 이 웅덩이에서 이무기란 놈이 송아지를 물고 들어갔다느니, 용이 되어 승천을 했다느니, 하는 말이 있어서 이무기 못, 혹은 이무기 웅덩이라고 하는 모양이다.

여기서 첫날은 대여섯 치짜리 붕어 대여섯 마리와 서울 근처에서는 본 일이 없는 이름도 모를 잡어를 20여 수 낚았다. 그 뒤로 나는 거의 매일같이 이무기 못에 낚시질을 다녔다. 고기가 잘 물리는 편은 아니었지만 그래도 강보다는 나았고, 바람이 불어도 강처럼 물결이 일지 않고 잔잔해서 좋았다. 게다가 딴 낚시꾼도 밀려들지 않았고 동네에서 뚝 떨어진 곳이라 구경꾼이나 방해꾼도 없어서 조용히 하루를 보내기는 십상이었다.

그러한 어느 날 이른 아침, 나는 역시 낚시질을 나가다가 다리 중간쯤에서 한 여인을 만났다. 연회색 바탕에 초록색 굵은 줄이 죽죽 내려간 원피스를 입은 여인이었다. 하늘색 고무신을 신고 있었다. 여자는 콘크리트 난간에 기대서 흐르는 강물을 내려다보고 있었다. 옆모습으로는 서른이 될까말까 해보이는 여자였다.

내가 다가가도 여자는 돌아보지도 않고 서 있었다. 혹시 투신자살을 하려는 것이나 아닌가 하고 나는 가슴이 섬뜩했다. 만일 여자가 강물에 뛰어들려고 가슴께까지 차는 난간을 기어오른다면 달려

들어 말려야 할까, 아니면 꼭 죽어야 할 사연이 있어 죽는 것일 테니 내버려두어야 할까를 생각하느라고, 여자 가까이에 이르렀을 때 나는 잠시 그 자리에서 머뭇거렸다. 그러자 여자는 오해한 듯한 눈초리로 힐끔 돌아보았다. 역시 30 미만의 여인이었다. 결코 미인형은 아니지만 청초한 인상에 균형이 잡힌 몸매였다. 여자는 곧 저쪽으로 도로 고개를 돌리고 강물을 내려다보았다. 나는 약간 걱정이 되었지만 여자가 뛰어내리려 할 때 붙들어 말려야 할지 내버려두어야 할지 결정을 내릴 수 없는데다가 언제까지나 지키고 있을 수도 없고 그러다간 정말 불량배로 오해를 살지도 몰라 실례지만 그 팡파짐한 엉덩이에 점잖지 못한 눈길을 한번 보내고는 걸음을 옮겼다.

그날 나는 낚시를 넣고 앉아서도 종일 그 여자의 일이 마음에 걸렸다. 귀로에 나는 여자가 서 있던 장소에 그 여자처럼 서서 강물을 내려다보았다. 그 여자는 죽었을지도 모른다는 생각과 안 죽었을지도 모른다는 생각이 들었다.

다음날도 낚시질을 가다가 다리 중간쯤에서 나는 그 여인을 또 만났다. 여인은 어제와 마찬가지로 난간에 기대서서 강물을 내려다보고 있었다. 행인도 없는 이른 아침에 젊은 여자가 혼자 다리의 난간에 기대어 취한 듯이 강물을 굽어보고 있는 모습이란 으스스한 정경이다. 아무래도 투신자살을 생각하고 있는 것 같아서 만일 그 여자가 강으로 뛰어내리려 한다면 달려들어 말려야 할까 내버려두어야 할까를 생각하느라고 여자 가까이 이르렀을 때 나는 잠시 그 자리에서 머뭇거렸다.

그러자 여인은 오해한 듯한 눈으로 잠깐 나를 돌아보았다. 역시 나는 다소 걱정이 되었지만 불량배로 오해받기도 싫고 언제까지나 지키고 있을 수도 없어서 좀 무례한 짓인 줄 알면서도 그 팡파짐한 엉덩이에 시선을 붓고는 걸음을 옮겼다. 그날도 나는 낚시를 넣고 앉아서 종일 그 여자의 일이 마음에 걸렸다.

그 다음날도 역시 그 여인은 나보다 먼저 다리에 나와 있었다. 전날처럼 다리 중간쯤의 난간에 기대서서 강물을 내려다보고 있는 것이다. 여자는 오늘이야말로 기어이 강물에 몸을 던질지도 모른다는 묘한 불안과 기대에 그런 경우 말려야 좋을지 내버려두어야 좋을지를 생각하며 내가 여자의 등 뒤에 이르렀을 때 여자는 이번에도 나를 돌아보았다. 그러나 오늘은 나를 보자 생긋이 웃었다. 아니 웃으려다 말았다. 그리고는 이내 고개를 도로 저쪽으로 돌려버렸다.

나는 가슴이 섬뜩했다. 혹시 물귀신이나 아닌가 하는 엉뚱한 생각이 들었기 때문이다. 언젠가 이 다리의 이 자리에서 물에 빠져 죽은 여인이 있어 한이 남아 귀신으로 나타난 것이 아닌가 하는 공상이 떠올라서다. 그 여자의 미소는 그런 공상을 일으키게 할 만치 자연스럽지 못했던 것이다. 나는 꺼림칙한 생각에 쫓기듯 그곳을 지나쳤다. 그러나 이무기 못에 낚시를 넣고 앉아 있으려니, 생긋이 웃는 그 여자의 모습이 자꾸만 물 위에 어른거려서 낚시질도 제대로 되지가 않았다.

그 이튿날은 나는 그리 기분이 내키지 않았지만 한편으로는 이상하게 무엇에 끌리는 심정이기도 해서 아침 일찍이 낚시 도구를 챙겨 메고 집을 나섰다. 아니나 다를까. 그날도 또 여자는 다리 중간쯤에 나와 서서 난간에 의지한 채 강물을 굽어보고 있었다. 나는 약간 겁이 났으나 태연한 척하고 여자의 가까이에 이르렀다. 그러나 여자는 이번엔 나를 돌아보려 하지 않았다. 왜 그런지 나는 여자가 돌아보아주었으면 하는 묘한 기대에 그냥 지나치지 못하고 잠시 머뭇거렸다. 그래도 여자는 모르는 체하고 강물을 내려다보고 서 있었다. 그렇지만 여자는 분명히 웃고 있었다. 옆 얼굴만으로도 그것을 알 수가 있었다. 나를 의식하면서 웃고 있는 것 같았다. 그게 더욱 수상하게 느껴져서 나는 약간 오금이 떨리는 것을 자각하며 그래도 그 팡파짐한 엉덩이를 지그시 바라본 뒤에야 그곳을 지나가버렸다.

다음날 아침에 나는 단단히 결심을 한 다음 행장을 갖추고 집을 나섰다. 오늘은 그 여자에게 말을 걸어보기로 마음먹은 것이다. 세상에 귀신이 있을 리는 없다. 그렇다면 그 미소는 어떤 의미를 담고 있었을지 모르고 그 팡파짐한 엉덩이는 매력적이었다. 비록 불량배로 오해를 받는 일이 있더라도 단연 말을 걸어보리라고 다짐하며 나는 다리에 다다른 것이다. 그러나 여자는 없었다. 혹시 내가 조금 이르지 않았나 싶어 중간쯤의 그 자리에 와서 기다려보아도 여자는 나타나지 않았다.

나는 모르는 새에 그 여자가 그랬 듯이 난간에 기대서서 흐르는 강물을 내려다보았다. 물은 바로 나의 발밑에서 둥그런 원을 그리며 흘러갔다. 그러자 그 커다란 동그라미의 중심점에 그 여자의 얼굴이 스르르 떠올랐고 그것은 두 개로 세 개로 번지더니 헤일 수 없을 정도로 늘어났다. 그 얼굴들은 물살에 어른거리며 나를 향해 웃고 있었다. 그 웃음은 물결 때문인지 묘하게 일그러져 보이기도 했다. 나는 차츰 눈이 어지러워지는 것을 느꼈다. 금시 내 몸이 그 강물 속으로 빨려 들어가는 것만 같았다. 나는 정신없이 난간을 꽉

껴안고 버티다가 그만 지쳐서 그 자리에 펄썩 주저앉아버리고 말
았다. 나의 무릎은 자꾸만 떨렸고 이마와 등에는 식은땀이 비 오듯
흘렀다.

주

1) 준급準急 : 준급행열차.

신 서방申書房

 집을 짓거나 수리를 해본 사람이면 목수와 미장이 구하기가 얼마나 힘이 들고 또 그런 사람들에게 일을 시키노라면 얼마나 속이 썩는가를 잘 알 것이다.
 나도 선친을 닮아서 그런지 내가 살 집은 크든 작든 내 손으로 설계를 해서 일일이 감독을 해가며 직접 지어야지, 남에게 청부로 맡겨버린다든가 또는 기성 주택을 사서 드는 일은 성미에 맞지 않는다.
 그리고 2~3년에 한 번씩은 으레 수리를 하거나 증축을 해서 마치 애완물처럼 다듬어놔야 직성이 풀리는 성미이기도 하다.
 이래서 나는 자주 목수와 미장이를 상대하게 되었는데 이들에게는 여간 골치를 앓지 않았다.
 대개는 아는 사람이나 건재상에 부탁해서 그런 일꾼들을 구하게 마련이지만 해방 후에는 얼치기 목수와 미장이가 많아서 잘못하면 일을 잡치기가 예사다. 나도 일 도중에 딴 기술자를 갈아댄 일이 한두 번이 아니다.

그런가 하면 소위 일류 기술자라고 하는 사람들은 일솜씨는 좋지만 '쿠세'라는 것이 있어서 여러 가지 말썽을 부리기 일쑤다. 이쪽 요구는 아예 무시하고 제멋대로 해버리거나, 내처 지키고 있어야지 잠시라도 눈을 떼면 늑장을 부리거나 괜히 재료 타박을 하거나 점심은 물론 하루에 두 번씩 꼬박꼬박 술을 받아주는 데도 그 위에 또 술타령을 한다든지, 걸핏하면 공임의 선불을 요구한다든지, 일일이 그 비위를 맞추자면 울화통이 터질 때가 많다. 그러나 비위를 맞춰주지 않으면 담박 눈에 띄게 일이 거칠어진다.

그렇다고 이쪽이 어수룩하게 보여도 우습게 알고 염치없이 나오거나 엉뚱한 일에 배짱을 부리려 든다. 그러기에 어느 정도는 비위를 맞춰주면서도 때로는 이쪽에서도 큰 소릴 쳐서 꽉 눌러놓아야 일이 제대로 되는 것이다.

이런 식으로 일꾼들과 싸우다시피 하면서 간신히 공사를 끝내고 나면 완전히 지쳐버리고 만다. 그런 때마다 나는 한국인의 민족성이나 근성 같은 걸 생각하고 개탄하게 된다. 자기 요구대로 공임을 받고 일을 왔으면 주인이 원하는 대로 성의껏 일을 해주면 되는 것이다. 도대체 그 외에 어째서 말썽이냐 말이다.

부친이 생존했을 때의 일이 생각난다. 돈푼이나 있었던 탓인지 집을 짓거나 수리를 하는 취미를 가지고 자주 공사를 벌이면서도 부친은 목수든 미장이든 석수든 한국인은 잘 쓰지 않았다. 대개는 중국인과 일본인을 썼다. 그들은 시세대로 공임만 주면 점심도 싸 가지고 와서 주인이 보든 말든 하루 종일 쉬지도 않고 이쪽 주문대로 성실히 자기 할 일을 하지만 한국 놈은 일은 제대로 않고 괜히 말썽만 부리기 때문이라는 것이었다.

나는 이제야 선친의 그때 심정이 이해가 갔다. 한국인의 그런 근성은 그제나 지금이나 매일반이다. 아니 지금이 몇 갑절 더 나빠졌다고 보는 것이 옳을 것이다.

그러기에 이제는 대소간에 주택에 관한 공사를 벌이려면 끔찍한 생각부터 앞서고 목수나 미장이라면 머리를 내저을 지경이지만 꼭 한 사람, 미장이 일이 생길 때마다 으레 생각이 나고 아쉬워 잊을 수 없는 인물이 있다.

그는 신가여서 보통 신 서방이라고 불렀는데 용산 삼각지 일대에서 미장이 신 서방이라고 하면 모르는 사람이 거의 없을 정도였다.

벌써 10여 년 전 일이지만 유산으로 물려받은 집을 팔아치우고 시 변두리로 나와서 새로 주택을 지을 때 일이었다. 잘 아는 사람의 소개로, 왜정 때에 본격적으로 일을 배운 50여 세의 능숙한 목수에게 일을 맡기게 되었는데 그분이 데리고 온 미장이가 바로 신 서방이었던 것이다.

신 서방은 당시 50이 될까말까 한 나이였는데 자그마한 키에 야윈 편이지만 미장이 일에는 귀신이었다. 목수의 말이 자기가 맡은 일이면 큰 공사건 작은 공사건 미장이 일은 신 서방이 아니면 안 맡긴다는 것이다. 수없이 많은 미장이를 써보았지만 기술에 있어서나 성의에 있어서나 안심하고 믿고 맡길 사람은 신 서방밖에 없다는 것이다.

신 서방이 일하는 것을 보고 있으면 목수의 말에 수긍이 갔다. 첫째 일솜씨가 그만이었다. 움직이는 손이나 흙손이 마치 기계 같았다. 그토록 빨리하면서도 잘하는데다가 여긴 이렇게 해주었으면 좋겠다, 저긴 저렇게 해주었으면 좋겠다, 이쪽에서 생각하고 있는 대로 가려운 데 긁어주듯이 척척 해내는 데는 탄복하지 않을 수 없었다.

게다가 그는 하루 종일 가야 통 말이 없었다. 묻는 말에나 그나마 마지못해 하는 듯 겨우 한두 마디로 대답할 정도였다. 그리고 점심도 꼭꼭 싸가지고 왔다. 점심 정도는 우리가 대접할 테니 귀찮게 싸가지고 오지 말라고 권해도,

"괜찮습니다."

한 마디 하고는 그 뒤로도 여전히 싸가지고 왔다. 술도 속이 나빠서 안 먹는다면서 받아다 주어도 입에다 대지 않았다. 그뿐이 아니다. 아침에는 훤해지면 벌써 와서 대문을 두드렸고 저녁에는 어두워서 보이지 않게 되어야 일손을 뗐다. 그러니 딴 미장이면 사흘 걸릴 일을 이틀이면 거뜬히 해치우면서도 더 찬찬하게 잘했다.

그렇다고 남보다 공임을 많이 받는 것도 아니다. 하루 얼마씩 쳐드리면 좋으냐고 물으면,

"생각해서 주십쇼."

이러고 점직한 듯이 씩 웃는다. 그래도 받을 만치 말을 해야지 우리가 시세를 아느냐고 재촉을 해야,

"500환만 주십쇼."

하는 식이다. 나중에 알아보면 그것은 남보다 50환이나 100환 정도 싼값이다.

이러니 어딜 가나 신 서방은 환영을 받을 수밖에 없었다. 우리도 크건 작건, 심지어는 연탄 아궁이를 고쳐 걸거나 부뚜막 하나를 고

칠 때도 으레 신 서방을 불러왔다. 그 대신 신 서방은 언제나 일이 밀려 있었기 때문에 연락을 해놓고도 며칠 내지는 한 주일 이상을 기다려야 했다. 그래도 신 서방을 불러대지 않으면 안심이 되지 않았다.

한번은 다시 집수리할 일이 생겨서 내가 직접 신 서방을 찾아가보았다. 그전까지는 그쪽에 자주 왕래하는 사람이 이웃에 있어서 그 사람 편에 연락을 하곤 했으므로 내가 직접 찾아가보기는 처음이다.

용산 우체국 뒤에 가서 미장이 신 서방을 찾으면 모르는 사람이 없다기에 거기 가서 그렇게 물었더니 정말 집을 알 수가 있었다. 그러나 나는 신 서방네 집 앞에 걸음을 멈춘 채 한동안 어리둥절해서 서 있었다. 그것은 집이 아니라 커다란 궤짝이었기 때문이다. 숫제 판잣집 축에도 낄 수 없었다. 보탬 없이 그대로 찌그러져가는 나무궤짝이었다. 거기다 헌 천막천을 둘러씌웠을 뿐이었다.

한참 만에야 나는 어느 쪽이 문인지 몰라 기웃거리다가,

"신 서방 계시우?"

덮어놓고 불러보았다. 한쪽 면의 판자 쪽이 떨어지듯 빠끔히 열리며 16, 7세의 예쁠 것도 없는 소녀가 얼굴만 내밀더니,

"일 갔어요."

한다. 나는 할 수 없이 우리 집을 일러주고 한번 들러주도록 부탁하고 돌아왔다.

며칠 뒤에 신 서방이 일을 왔을 때 넌지시 가족 관계를 물었더니 부인은 여러 해 전에 죽었고 열여덟 살과 열여섯 살짜리 딸, 그리고 열한 살짜리 아들이 있을 뿐이라고 했다. 맏딸은 무슨 공장엔가 다

니고 둘째 딸이 살림을 하고, 아들 애는 국민학교에 다니고 있다는 것이다.

나는 더 캐물을 수는 없었지만 그만치 이름난 미장이로서 술도 안 먹는데 그토록 비참한 생활을 하는 이유를 알 수가 없었다.

아무튼 그 뒤로는 신 서방이 요구하는 품삯보다 단 50환이라도 더 쳐서 지불해주도록 했고, 아내는 아내대로 무엇이든 먹을 것이 있으면 하다 못해 된장이나 고추장 같은 것이라도 싸 보내려고 애썼다.

그 뒤 2년 만엔가 방을 모두 뜯어고치게 되어서 나는 다시 신 서방을 찾아갔다.

"신 서방 계시우?"

불러도 대답이 없다. 몇 번을 불러보아도 아무런 반응이 없다. 그러자 바로 맞은편 판잣집에서 한 중년 아주머니가 나오더니,

"그 집에 오늘은 아무도 없소."

한다.

"그러면 나중에 누구든 돌아오거든 신 서방더러 한번 와달랜다고 전해주시오."

이러고 내가 우리 집 위치를 설명하려니까,

"신 서방 죽었다우."

한다. 너무나 뜻밖이라 나는 어안이벙벙해서 아무 말도 못하고 얼마 동안 그 중년 부인만 마주 보고 섰다가,

"언제요?"

묻자,

"어제 죽어서 오늘 장례를 치르러들 갔다우."

이런 대답이다. 나는 왜 그런지 얼른 걸음을 돌이킬 수가 없었다. 자세한 이야기를 들어보니 속병으로 달포 가까이 몸져 누웠다가 죽었다는 것이다.

"그럼 애들이 야단이군요."

"야단이구말구요."

"저축 같은 것도 없을 테죠."

"저축이 다 뭡니까. 밀린 품삯이 여기저기 10만 환은 넘는답니다만, 살았을 때도 안 주던 사람들이 이제야 갚겠어요."

그제야 나는 신 서방이 그토록 가난했던 이유를 짐작할 수 있을 것 같았다. 순해빠진 신 서방은 헐값에 외상일을 많이 했었고, 그 품삯을 강력히 받아낼 수 없었던 것이다. 결국 이용만 당했던 것이다. 게다가 한겨울과 장마철엔 일이 끊기는 직업 탓도 있었을 게다.

양심적이고 유능한 최후의 일꾼을 잃었다는 허전함과 애석함에 나는 서글픈 심정으로 간신히 발길을 돌이켰다.

그 뒤로도 우리는 미장이를 불러대야 할 일이 자주 있었다. 그때마다 우리 내외는 신 서방 생각이 간절했다. 딴 미장이에게 일을 시켜보면 볼수록, 신 서방의 일솜씨와 성실성에 새삼 탄복했고 경의조차 느꼈다. 그리고 어떤 위대하다는 사람의 영전에보다도 더욱 진심으로 그의 명복을 빌었다.

장례식

 신미信美 여자 중·고등학교의 넓은 교정에서는 엄숙히 장례식이 거행되고 있다. 신미학원信美學園의 재단 이사장 겸 동교의 교장이었던 양자겸 선생의 장례식인 것이다.
 양자겸이라고 하면 교육계에서는 제법 알려진 인물이다. 비단 교육계뿐 아니라 사회적인 무슨 행사가 있을 때면 깨알 같은 활자로 신문 광고란을 메우는 명사급 인물들의 방명록에서도 자주 찾아볼 수 있는 이름이었다. 그러므로 명사라는 것에 다소라도 관심이 있는 사람이면 고인이 된 양자겸 선생을 덕망 높은 교육가요 사회의 명사로 기억하고 있을 것이다.
 그것은 오늘의 장례식 광경을 보아도 짐작이 가는 일이다. 소위 고위층이라고 할 수 있는 관계의 굵직굵직한 직함을 가진 인물들에게서 보내온 조화가 여러 개 눈에 뜨일 뿐 아니라, 각계각층의 명사로 알려진 인물들의 참례자만도 미처 셀 수 없을 정도니 말이다.

이 밖에 전직, 현직 교사며, 동창생들과 재학생들, 그리고 일부 학부형들로 그 넓은 운동장을 거의 메우고 있었다.

그만치 고인은 많은 사람에게 존경을 받아온 인물인 모양이다. 고인의 약력 소개와 여러 사람의 조사를 통해서도 그 점은 수긍이 가는 일이었다.

그러기에 20대의 청년 시절부터 30여 년간을 오로지 교육 사업에만 전심전력하여, 거의 독력으로 서울에서도 굴지의 신미 여성 학원의 오늘을 있게 한 그 공적을 중심으로 엮어진 진실 일로의 약력과, 한결같이 고인의 유덕을 높이 찬양하여 마지않는 각계의 조사가 읽혀질 때에는, 넓은 고별식장은 그대로 울음바다로 변해버리고만 것이다.

"⋯⋯또한 양자겸 선생님은 고결 무구한 도덕가요 근엄한 인격자로서, 만인의 추앙과 존경을 받아오신 분이었습니다. 불의와 부정에 대해서는 엄격하기 추상같았으며 반면에 불우하고 불행한 사람에 대해서는 내 일처럼 여기시어 그 인자하고 따사롭기가 봄볕 같았습니다. 그러기에 선생께서는 끼니를 거르시고 고의古衣를 걸치고 다니실 정도로 사생활을 절약하시어서 수많은 가난한 제자에게 학비를 대주셨고, 심지어는 그 생활까지 도와주시는 일이 적잖았습니다⋯⋯."

이러한 조사에 운동장을 둘러막은 담 밖의 언덕 위에서도 네댓 살짜리 사내아이의 손목을 잡고 서서 연방 흘러내리는 눈물을 손수건으로 훔치기에 바쁜 젊고 예쁜 한 여인이 있었다. 여자는 고별식장을 내려다보다가는 눈물을 닦고 또 닦고 하였다.

그때 마침 24, 5세의 한 여자가 학교 후문으로 통하는 언덕 위의 지름길을 달려 내려왔다. 왼쪽 눈등에 까만 기미가 있는 그 여자는 아이의 손을 잡고 울고 섰는 여인의 옆을 지나치려 말고 힐끔 돌아보았다.

　순간 기미 눈은 걸음을 멈추고 입을 딱 벌리더니,

　"어마, 너 미숙이 아니냐!"

　외치며 한 걸음 다가섰다. 그러자 미숙이라고 불린 여인은 질겁을 해 놀랐고, 아들인 듯싶은 어린 소년을 치마폭으로 가리듯 하면서 어쩔 줄을 몰랐다.

　"얘, 미숙아. 나 혜영이야 모르겠어?"

　그제야 미숙은 억지로 웃으며,

　"선뜻 잘 몰라봤어. 참, 오래간만이구나."

　마지못해 하는 대꾸였다.

　"우리 집은 바로 저 위에 있어. 마침 손님 때문에 늦어져서 막 뛰어 내려오는 길야. 그런데, 너 왜 여기서 이러구 섰니? 들어가지 않구."

　"음 그냥, 여기가 좋아……."

　미숙은 당황하여 우물쭈물 해버렸다. 그러자, 미숙의 치마폭에 가려 있던 아이가 갑갑한 듯이 고개를 내밀고 정면으로 혜영을 보았다. 혜영이도 그 아이를 마주 보며,

　"네 아들이냐? 어느새 결혼했기에 벌써 이렇게 컸니?"

　묻고, 아이에게서 눈을 떼지 않았다. 어딘가 낯이 익은 것 같아서였다.

　"음, 저어…… 아니……."

　미숙은 어떻게 대답할지 몰라 쩔쩔매다가 아이를 돌아보며,

"그만 가자."

이러고, 혜영을 향해,

"미안해, 나 바빠서 먼저 가봐야겠어."

사과하듯 변명하듯 하더니 아이의 손목을 끌며 저쪽으로 달아나 버리듯 한 것이다. 혜영은,

"왜 저럴까, 쟤가……."

석연찮은 표정으로 학교 후문을 거쳐 반 이상 진행된 고별식장으로 들어갔다.

혜영과 미숙은 이 신미 여중·고교의 동창이었다. 그렇지만 무척 가난했던 미숙은, 졸업을 1년 앞두고 슬그머니 학교를 그만두어버리고 말았던 것이다.

혜영이 재학생들의 대열을 돌아 졸업생들이 모여 있는 쪽으로 살살 접근해가노라니까, 동기동창생 중에서도 단짝이었던 인애와 문주가 먼저 발견하고 와락 손을 잡으며 반가워했다.

돌아가신 옛날 교장 선생님에 대한 애도의 말이 소근소근 몇 마디 오고간 뒤 발돋움을 하며 관이 놓여 있는 쪽을 열심히 넘겨다보던 혜영이 별안간,

"어마마마, 그렇구나, 설마 그럴라구, 설마……."

옆에서들 놀라 돌아볼 정도로 이렇게 소리를 지른 것이다. 인애와 문주가 어리둥절해서,

"왜 그러니, 너?"

팔을 잡아 흔드니까, 혜영은 한 손으로 이마를 짚고 잠시 심각한 표정을 짓고 섰더니,

"저쪽으로 좀 가."

인애와 문주를 끌고 사람이 없는 운동장 한 귀퉁이로 갔다.

"무슨 일이냐?"

궁금해하는 문주의 물음에 혜영은 담 밖의 언덕을 가리키며,

"나, 오다가 저기서 미숙일 만났어."

다시 그쪽을 열심히 두리번거렸다.

"한미숙이 말이니?"

"참말, 걔 본 지 오래다 얘. 왜 안 들어오구 거기 있었을까?"

"그럴 사정이 있나봐, 사실은 거기서 네댓 살짜리 사내애를 데리구 울구 있었어. 그래서 너 언제 결혼했기에 벌써 이렇게 큰 애가 있느냐고 물었더니 우물쭈물하잖아."

"네댓 살이면 걔가, 열여덟이나 열아홉에 낳았게."

"그러게 말야. 그 애 얼굴이 꼭 낯이 익어. 그래서 유심히 눈여겨보았더니 어쩔 줄 몰라 쩔쩔매면서 애를 끌구 달아나버리지 않겠니."

"왜 그랬을까?"

"나두 참 이상하다 생각하면서 이리로 들어왔는데, 저기 상주가 들고 있는 고인의 사진을 보고 깜짝 놀랐어. 그 사내아이 얼굴이 돌아가신 교장 선생님의 모습 고대로야. 어쩜 고렇게도 쏙 뺐겠니, 글쎄."

"어마!"

인애와 문주도 똑같이 벌린 입을 잠시는 다물지 못했다.

"이제 생각하니까 짐작이 가는 일이 있어. 미숙이가 가난하니까, 교장 선생님이 그때 학빌 대줬지 않아, 나중엔 생활까지 돌봐준댔어."

"옳아, 그러다가 그렇게 그렇게 된 거구나."

세 여자는 머리를 주억거리고, 어색한 표정들로 똑같이 관 옆의 유족석으로 시선을 보냈다. 그 눈들은 거리 관계로 여기서는 희미하게 윤곽만 알아볼 수 있는 고인의 사진을 뚫어지게 바라보는 것이었다.

'……선생님은 고결 무구한 도덕가요, 근엄한 인격자로서 만인의 추앙과 존경을 받아오신……' 그분의 생전의 모습을 말이다.

전차 내에서

　내리쬐는 햇볕에 견디지 못하여 아스팔트 길은 마침내 조청처럼 녹아내리고 가로수 잎도 금시 타버릴 듯 축 늘어진 채 꼼짝을 않는 한여름의 오후다.
　이런 날은 바람 한 점 없어 이글거리는 지열이 살을 익힐 듯이 나다니는 사람의 전신에 푹푹 끼얹는다.
　하긴 길에는 행인의 모양도 별로 없다. 작열하는 태양열을 피하여 길갓집 추녀 밑의 그늘에 기어들어 전차를 기다리고 섰는 네댓 사람의 풀 죽은 모양이 눈에 뜨일 뿐이다.
　그 사람들도 한결같이 뜨거운 목간 물에서 방금 나온 듯이 벌겋게 반숙이 다 된 얼굴과 목에 흘러내리는 땀을 흥건히 젖은 수건으로 연방 닦아내거나 쉴 사이 없이 부채질을 하기에 바쁘다. 빙과점 앞의 차양 그늘에는 잡종 중개가 한 마리 사지를 쭉 뻗고 자빠진 채 한 뼘이나 되는 벌건 혀를 내밀고 금시 숨이 넘어갈 듯이 헐떡이고 있다.

　멀리서 자동차의 경적 소리가 간간 들려올 뿐, 주택가의 이 거리는 무서운 더위에 숨이 막힌 듯 그저 고요하기만 하다. 빙과점에서 열대여섯짜리 소년이 바께쓰에 물을 담아가지고 나오더니 아스팔트 길 위에 뿌렸다. 거기에서는 담박 더운 김이 피어오르며 금시 도로 바짝 말라버렸다.

　이윽고 저쪽에서 권태로운 소리를 내며 전차가 느릿느릿 다가와서 섰다. 불과 서너 사람이 내렸을 뿐이지만 종점이라 전차 안은 텅 비어버렸다. 처마 밑 그늘에서 기다리고 있던 사람들이 마지못해 움직이듯 하는 걸음으로 어슬렁어슬렁 앞뒤 문으로 전차에 올랐다.

　손님들은 널찍널찍 간격을 두고 앉아서 여전히 분주하게 부채질을 하거나 수건으로 땀을 문대었다. 여기서 몇 분 기다려야 차는 떠나는 모양이라 운전수와 차장은 날래[1] 오르지 않는다. 어느새 입을 반쯤 벌린 채 스르르 눈을 감고 기분 좋게 졸아버리는 할아버지도 있다.

　이때 30 전후의 여인이 6~7세의 소년을 데리고 전차에 올랐다. 여인은 팔과 어깨와 가슴이 민망스러울 정도로 노출된 야단스런 무늬의 원피스를 입고 염주 같은 목걸이를 하고 있었다.

　소년도 깜찍한 옷차림에 서양 아이 모양 머리를 길러서 곱게 갈라 넘겼다. 소년은 한쪽 겨드랑에 무슨 그림책 같은 것을 끼고 있었다.

　차내의 시선이 모두 이국풍인 이 여자와 소년에게로 쏠린 것은 물론이다.

여인은 딴 사람들은 본체만체 거만한 태도로 적당한 자리를 골라 앉더니 그 옆에 소년도 앉혔다. 그리고는 이내 아들인 듯싶은 소년을 돌아보며,

"그 책 펴서 읽어봐."

눈으로 소년이 끼고 있는 책을 가리켰다. 사륙배판 크기의 원색 그림이 그려져 있는 호화로운 책을 소년은 폈다. 거기에는 의외에도 큼직큼직한 영자가 그림 사이사이에 인쇄되어 있었다. 소년은 나직한 소리로 읽기 시작했다.

One day a fox fell into a Well…….

그러자 여인은 좀더 큰 소리로 읽으라고 지시했다. 소년은 잘 훈련된 개처럼 큰 소리로 고쳐 읽어 내려갔다.

One day a fox fell into a Well. A goat came by, and looking into the well, saw the fox…….

제법 정확한 발음으로 소년이 또박또박 이런 영문을 읽어 내려가는 동안 차내의 손님들은 차츰 묘한 반응을 일으켰다. 우선 소년의 옆자리에 앉아 있던 중년 아주머니는 사뭇 감탄한 듯이 소년과 책과 양장 여인을 번갈아 들여다보며,

"온 기특하기도 하지! 한국말도 제대로 못할 나이에 미국말을 저렇게 술술 읽어 내려가다니……."

금시 소년의 머리라도 쓰다듬어 줄 듯한 어조였다.

그렇지만 소년의 맞은쪽 자리에 앉아서 연방 부채질을 하기에 바쁜 뚱뚱한 중년 남자는 소년과 여자를 번갈아 바라보면서도 시종 무표정한 얼굴이었다. 하지만 그 중년 씨는 소년의 영문 낭독에보다도 여자의 노출된 가슴과 무릎에 꽤 관심이 가는 듯 빈번히 그쪽

으로만 시선이 쏠렸다.

그런가 하면, 중년 씨의 옆자리에 앉아 있는 27, 8세의 두 청년은 소년과 여자에게서 마치 무슨 구린내라도 풍기는 듯 울상에 가깝도록 낯을 찡그리고 창밖으로 외면해버렸다. 뿐만 아니라 한 청년은,

"내 온 구역질 나서."

중얼거리며 창밖에 침까지 탁 내뱉었다. 그러니까 동행인 딴 청년은,

"하기야 자기 새끼를 외국인 학교에 보내고 있는 교수란 자가 다 있는 세상이니까. 왜 우리 모교의 K 말야. 그게 국민학교 때부터 자식들을 외국인 학교에 보내고 있다는 거야. 집에 돌아와서도 한국말을 쓰면 무슨 더러운 말이나 입에 담은 것처럼 야단을 친다지 뭐야. 그런 것들이 다 있다니까."

어이없다는 듯이 웃고, 냉소에 찬 시선으로 양장 여인을 돌아보았다.

한편 뒤쪽에 좀 떨어져 앉아 있는 근엄한 노신사 한 분은 이러한 차내의 광경을 골고루 지켜보며 영문 모를 미소를 짓고 있었다. 마치 그 미소가 의미심장한 해석과 비판을 내포하고 있다는 듯이……

이런 가운데서 다만 앞자리에서 졸고 있는 할아버지만이 이제는 드르렁드르렁 코까지 골며 이런 현실에 무관하였다.

이윽고 운전수와 차장이 올라탔고, 전차는 만물을 차라리 태워버릴 듯이 뜨거운 태양이 마구 부어지는 숨 죽인 대로를 느릿느릿 달리기 시작했다.

The fox at once jumped on her back, then on horns, and

soon…….
　하고, 앵무새 모양 낭랑히 읽어 내려가는 소년의 음성을 창밖으로 흘리며…….

─주
날래 : '빨리'의 방언.

탈의범奪衣犯

일제의 혹독한 침략 행위가 극도에 달하여, 본토민의 생활이 피폐 일로에서 기식엄엄氣息奄奄[1]한 상태에 있던 소위 만주국 당시의 소화小話 한 토막이다.

당시의 만주국민 다대수는 마약 상용자였다. 그들은 우리 나라 사람들이 술을 즐기듯이 마약을 빨고 주사로 찔렀다. 손님이 오면 우리가 술을 받아다 대접하듯이 그곳 사람들은 마약을 사다가 권할 정도였다.

일제의 괴뢰였던 만주국 당국의 이에 대한 단속은 말뿐이었고 마약의 매매 행위는 공공연히 자행되고 있었다. 마치 아편전쟁의 발생 원인을 연상케 하는 상태였던 것이다.

그 수를 헤아릴 수 없는 마약 상용자 중에서 심한 중독자는 마침내 병든 개나 고양이처럼 아무 데서나 쓰러져 죽었다. 거기서는 어디를 가나, 특히 도회지의 뒷거리라든지 으슥한 골목 같은 데서는 절명 직전에 신음하고 있는 중독자나 그 시체를 얼마든지 볼 수가 있었다.

　늦가을의 동녘 하늘이 훤히 트기 시작할 무렵, 당시의 봉천시의 어느 호젓한 뒷골목에서다.
　40 전후의 중년 남자가 길바닥에 꼼짝 않고 반듯이 누워서, 빛을 잃은 퀭한 눈으로 아침 하늘을 쳐다보고 있다. 쳐다보고 있는 것이 아니라 그냥 향하고 있을 뿐이다. 가슴이 발락발락하는 것으로 보아 아직도 숨은 붙어 있는 모양이다.
　필시 심한 마약 중독자의 말로일 것이다. 중독자치고는 청색 저고리나 바지가 비교적 성한 편이다. 팔다리를 땅바닥에 내던진 채 미동도 하지 않은 것으로 보아 목숨이 경각에 달려 있는 게 분명하다.
　그때 50이 다 되었을 꺼칠한 한 사내가 골목 어귀에 들어섰다. 주척주척 걸어오다가 길바닥에 누워 있는 남자를 발견하고 그는 걸음을 멈추었다. 물론 놀라는 기색이란 추호도 없다.
　꺼칠한 사내는 상반신을 굽혀 죽어가는 사람을 들여다보았다. 사람을 들여다보기보다는 그가 입고 있는 옷을 점검하고 있는 것인지 모른다.
　꺼칠한 사내는 뒤를 한번 돌아보고 나서, 빈사 상태에 있는 사람의 옷을 벗기려고 상의에부터 손을 댔다. 그러자 죽은 듯이 누워 있던 남자가 간신히 입술을 움직였다. 그 입술과 입술 사이에서 들릴락말락한 소리가 새어 나왔다.
　"만만디 만만디……."

기다리라는 뜻이다. 안 된다는 것이 아니라, 기다렸다가 완전히 숨이 끊어진 뒤에 벗겨 가라는 것이다.

옷을 벗기려던 꺼칠한 사내는 주춤하고 손을 멈추었다. 그리고는 죽어가는 사람을 지키고 서 있었다. 그는 지루한 듯이 하품을 했다. 주르르 흘러내리는 콧물을 한쪽 주먹으로 훔쳤다. 그 주먹을 어린 애처럼 자기 바지에 문대버렸다.

시간이 얼마나 흘렀을까. 아침 햇살이 눈이 부시기 시작했다. 누워 있는 남자는 여태 목숨이 붙어 있는지, 아주 끊어졌는지 그저 조용하기만 하다. 초점을 잃은 눈을 멀뚱히 뜬 채.

기다리던 사내는 허리를 굽혀 빈사 상태에 있는 사람의 코에 귀를 대고 숨소리를 들었다. 그리고는 더 기다릴 수 없다는 듯이 이윽고 누워 있는 남자의 옷을 벗기기 시작했다. 저고리부터 벗겼다. 내의는 입고 있지 않았다. 앙상한 갈비뼈가 셀 수 있을 만치 선명했다.

아무런 반응도 없는 것으로 보아, 누워 있는 사람은 완전히 죽었는지 모른다. 설사 실낱만한 목숨이 남아 있다 해도 반응을 보일 상태는 이미 아닐 것이다.

꺼칠한 사내는 마침내 죽어가는 사람의 바지까지 벗겼다. 팬츠도 입고 있지 않아서 남자는 그대로 아랫도리마저 완전히 노출되었다. 제법 무성한 거웃 속에 오그라든 성기는 초라하기 짝이 없었다.

꺼칠한 사내는 벗긴 옷을 둘둘 말아서 옆에 끼고 이내 그곳을 떠났다. 그러나 무슨 생각을 했는지 몇 걸음 걷다 말고 뒤를 돌아보았다.

시체는(혹은 사망 직전의 남자는) 완전한 나체로 길바닥에 보기 흉하게 누워 있었다. 꺼칠한 사내는 그대로 서서 잠시 주위를 두리번거렸다. 그러다가 깨어진 사기그릇이 담 모퉁이에 버려져 있는 것을 발견하고 그것을 집어다가 시체의 성기를 덮었다. 그리고는 쏜살같이 골목 밖으로 사라져버렸다. 시체는 사기그릇으로 치부만 가린 채 아침 햇빛을 뒤집어쓰고 조용히 누워 있었다.

___주

1) 기식엄엄氣息奄奄 : 금방 목숨이 끊어질 듯 숨기운이 약하고 위태함.

한국의 상인

　30쯤으로 보이는 가정부인이 한 손에는 4~5세짜리 소녀의 손목을 끌고 한 손에는 저자 바구니를 들고 양품점, 잡화상, 화장품 가게가 즐비한 시장 골목을 거닐고 있었다.
　꽤 교양이 있어 보이는 부인이지만 그리 부유층에 속하는 것 같지도 않고 중견 회사원이나, 중·고교의 교원이나, 상급 정도의 공무원 부인 같은 인상이다.
　부인은 양품점 앞을 지날 때마다 걸음을 멈추고 쇼윈도 안을 유심히 들여다본다.
　그럴 적마다 여점원이 내다보면서 혹은 따라 나와서,
　"사모님 뭘 찾으세요? 안에 들어와 보세요. 무슨 물건이든지 맘에 드실 만한 것이 다 준비돼 있습니다."
　친절하게 권한다.
　"나중에 들르겠어요."

부인은 약간 웃어 보이고 걸음을 옮기려 한다.

"딴 데 가셔두 마찬가지예요. 어서 들어와 골라보세요, 네."

여점원의 말씨는 친절과는 종이 한 장 차이의 강권조가 섞인다.

부인은 미안한 듯이 웃으며,

"다음에 오겠어요."

어른 아이의 손목을 끌고 돌아서버린다. 여점원은 별안간 쌀쌀한 말투로,

"맘대로 하세요."

입까지 샐룩거리며 들어가버렸다.

이런 일을 몇 번이고 당하며 여러 군데의 양품점을 거쳐온 부인은 한 가게 앞에서는 오래 걸음을 멈춘 채 눈을 빛내며 진열장 안을 들여다보았다.

그러자 가게의 여주인인 듯싶은 40여 세의 중년 부인이 따라 나와서,

"뭘 찾으시죠? 말씀해보세요. 안에도 물건이 많습니다."

애교를 지어 보인다. 손님은 진열장 속을 손가락으로 가리키며,

"저 핸드백 얼마예요?"

조심스레 물었다.

"저거 말씀입니까. 참말 눈이 높으십니다. 저건 최신형 특제품으로 뽑아다놓은 건데, 사모님께 꼭 어울리겠어요."

여주인은 가격은 말하지 않고, 허리를 그쪽으로 꼬고 발돋움을 해가며 손을 뻗쳐 그 핸드백을 내리려 한다.

그러자 손님은 당황하여,

"그냥 두세요. 내리지 마세요. 값이 얼마냐구요?"

이래도 주인 여자는 개의치 않고 상품을 내려서 억지로 손님의 손에 들려주며,

"이런 물건은 쉽지 않습니다. 사모님 가죽을 좀 만져보세요. 그리구 이 장식을 보세요. 보통 기성품이 아녜요."

수다스럽게 딴소리만 늘어놓는다. 손님은 물건을 조심히 만져보며,

"얼마예요, 가격이?"

약간 주저하는 태도로 묻는다.

"이기 사실은 3천500원 꼭 받아야 하는 건데 특별히 3천200원까지 해드리겠어요."

아주 싸게 해주겠다는 태도다. 손님은 상품을 들려주면서,

"미안해요. 나중에 와서 사겠어요."

정말 미안한 표정으로 이러고 돌아서려고 한다. 그러자 여주인은 그 앞을 막아서듯 하더니,

"그럼 얼마면 사시겠소?"

분명히 냉랭해진 어투로 따지듯이 물었다. 손님은 더욱 난처한 듯이,

"돈이 모자라서 그래요. 다음날 다시 나오겠어요."

사과하듯 하고 아이의 손목을 쥐고 바삐 돌아서 걷는다. 주인 여자는 그 등 뒤에 대고 뒤집어씌우듯이,

"천 원에 가져가요, 천 원에. 그래도 싫소."

외치듯 했다. 손님이 못 들은 체하고 걸으니까,

"뭐 저런 게 다 있어. 재수 없게 까시야. 돈도 없으면서 왜 값은 물어봐."

가게 주인은 눈썹을 곤두세워가지고 욕을 퍼부었다. 손님은 너무나 어이가 없고 억울하다는 듯이 걸음을 멈추고 뒤를 돌아보았다.

"돌아보면 어쩔 테야, 네년이. 돈이 없으면 아예 생심도 내지 말거지, 네깐년이 이런 걸 들 자격이나 있어!"

손님 쪽에서 선불리 한 마디라도 대꾸를 하면 대뜸 폭행이라도 가해올 기세다.

여자 손님은 잠자코 입술을 깨물며 아이의 손목을 잡은 채 돌아서 걸었다. 그 얼굴에는 핏기가 사라지고 입술이 바르르 떨렸다.

부록

아마추어 작가의 변

손창섭

1

 소설이란 개성적인 체험과 감동을 말로 표현한 것이라고 한다. 아무리 폭이 넓고 깊이가 있는 소설이라도 그것은 작가의 체험 한계를 벗어나지 못한다는 말도 있다. 소설은 말할 것도 없이 언어에 의한 인생의 표현이라고도 한다. 이러한 말들을 종합해서 압축해본다면 소설이란 결국 작가 자신의 이야기 외의 아무것도 아니라는 결론이 나온다. 물론 그 체험의 질과 표현의 능력 여하에 따라 작품의 가치가 좌우되는 차이는 있겠지만.
 아무튼 고쳐 말해서, 소설이란 이렇듯 작가의 인생 체험의 반영이요 표현임은 중언할 여지가 없을 것 같다. 그러므로 작가가 작품 속에 구현시키고 부조해보려는 인생의 어떤 의미(테마)는 곧 그 작가 자신의 인간 내용을 담보로 한 분신임에 틀림없을 것이다.
 한 작가가 즐겨 취급하는 테마를—그 정체를 알기 위해서는 먼저 그 작가의 성장 과정을 비롯해서 인생관, 개성, 기질, 사회의식 같은 것을 아는 것이 가장 빠르고 정확한 방법일 것이다.

따뜻한 가정과 사랑이란 것을 모르고 어려서부터 거칠고 냉혹한 현실의 가파름 속에 던져져야 했던 나는, 어떻게 해서든지 살아야 된다는 발악과 함께, 육체와 정신은 건전한 발육을 가져오지 못하고, 나날이 위축되고 야위어가고 일그러져만 갔다. 진부한 말이지만 이렇듯 기구한 운명과 역경 속에서 인간 형성의 가장 중요한 소년기와 청년기를 보내온 내가 비로소 자신을 자각했을 때, 나의 눈앞에 초라하게 떠오른 나의 인간상은, 부모도 형제도 고향도 집도 나라도 돈도 생일도 없는, 완전한 영양실조에 걸린 육신과 정신이 피폐한 고아였던 것이다.

이러한 나에게 당황한 나머지 내가 아무리 몸부림쳐보아도, 자신을 올바로 가누어나가기에는 나의 정신 내용이 너무나 유치하고 빈약하였다. 뒤늦게 독서의 필요성을 깨닫고 책에다 과도한 기대를 걸어보기 시작한 것은 겨우 그때(19세)부터였다. 그러나 사람은 하나님의 말씀만으로는 살 수 없는 동물이기도 했다.

나에게는 밥이, 인정이, 고향이, 집이, 휴식이, 그리고 따뜻한 위로와 격려와 지도가 아울러 필요했던 것이다.

하지만 그런 것들은 나와는 인연이 없었다. 그렇게도 절실히 내게 필요한 것들을 남들만이 모두 차지하고 있었다. 뿐만 아니라 그들은, 나도 가질 권리가 있는 그런 것들을 독점한 채, 분여分與하려 하지 않았다. 여기서 그것들을 뺏기 위한 나의 타인과의 투쟁은 더욱 격렬해질 수밖에 없었다. 이 격렬한 대인 투쟁에서 내가 비로소 타인을 자각했을 때, 나의 눈앞을 가로막고 선 타인의 정체는 이기와 위선에 찬 적이었다. 이것이 어이없게도 처음으로 내가 발견한 남이었던 것이다.

이와 같이 새로운 나와 남의 발견은 결과적으로 나에게 인간 및 사회에 대한 불신과 반발심을 길러주었고, 심지어는 신에 대한 원망마저 품게 하였던 것이다.

이리하여 나의 인간은 삐뚤어진 반항 의식으로 성장했고, 걷잡을 수 없는 피해 의식에 사로잡히는 결과가 되고 만 것이다. 만신창이로 적의만 남은 불구의 패잔병이었다. 이러한 패잔병이 현실 사회에 쉽사리 용납될 리가 없었다. 어딜 가나 멸시와 배척을 당할 뿐이었다. 이렇듯 나와의 공존과 공감을 허용하려 하지 않는 기성 사회, 기성 권위에 대한 억압된 나의 인간적 자기 발산이 문학 형태로 나타난 것이 말하자면 나의 소설이라 하겠다.

이렇듯 이루어진 작품들이고 보니, 그 속에 자연 냉소와 자조, 실의와 체념, 위장된 시니시즘, 허위와 불신, 질서의 상실, 애정 촉각觸覺의 마비, 생활의 분열, 이런 것들의 그림자가 진하게 채색된 테마를 더 많이 담게 된 것도 어쩔 수 없는 물리적 현상이었는지 모른다.

2

국내외 것을 막론하고 문학 작품을 읽는 데 나는 극히 편식성이어서, 구미에 맞는 작품만을 조금씩 골라 읽는 정도에 그칠 뿐 아니라, 잡지나 신문의 문화면마저도 제대로 들여다보는 일이 드물다. 하기는 비단 문학 작품에 한한 일이 아니요, 영화·미술·음악 등 딴 계통의 예술 감상에도 나는 극히 등한한 것이다.

이렇게 말하면, 제깐엔 공부깨나 한다는 소위 지성인이니 교양인이니 하는 친구들 가운데는, 대뜸 나를 비웃고 경멸하는 사람이 있을지 모른다. 그처럼 문학적 독서와 예술 감상을 등한히 하고서 어떻게 소설을 쓰느냐고 말이다.

그렇다면 내게도 할 말이 있다. 꼭 소설을 읽고, 영화를 보고, 음악이나 미술을 감상해야 현대인이 될 수 있고, 지식과 교양이 높아지고, 문화인의 자격을 가지게 되느냐 말이다. 그래야만 현대인이나 교양인이나 문화인이 될 수 있다면 나는 멀쩡한 자신을 애써 그런 카테고리 속에 두드려 맞추고 싶지 않다. 그렇다고 아무도 나를 고구려인이나 신라인이라고는 말하지 않을 것이요, 한편 교양인이나 문화인이 되기 위해서 구미에 당기지도 않는 소설과 평론을 억지로 읽을 수는 없다.

체호프의 단편들 같은, 헤밍웨이의 「바다와 노인」 같은, 스타인벡의 「분노의 포도」 같은, 이부세 마스지(井伏鱒二)의 단편들 같은 작품이 나오기만 한다면 읽지 말라고 해도 밤을 새워가며 읽어낼 것이다.

이러고 보면 요는 내가 소설을 읽지 않는다는 것은 한마디로 재미있는 작품이 없기 때문이라는 결론에 도달한다. 물론 문학 작품이나 그 밖의 예술 작품에서 받는 재미(감명)란 실로 복잡 다양한 것이어서 읽고 보는 사람의 안목에 따라 다를 것이다. 한창 인기 절정에 있는 베스트셀러나 문제작을 읽어보고 나서, 대개의 경우 내가 커다란 실망을 맛보게 되는 것도 그래서이다. 차라리 소박한 수기류나 전기물 같은 데서 더욱 순수한 감명을 받을 수가 있다.

직업 작가나 비평가의 글에서 풍기는 그 지나치게 전문적이요,

직업적인 냄새가 나는 질색이다. 안이한 타성, 참월僭濫한 자신, 과잉된 제스처, 치졸한 의욕, 계산 착오의 기교, 습성화된 독단과 억설이 이 나라 문학에는 전속물처럼 발호하고 있는데 거기서 풍기는 고약한 냄새 말이다.

3

나는 가끔 나라는 인간을 반성해보는 버릇이 있다. 성격에 대해서, 두뇌에 대해서, 지식과 교양에 대해서, 재능에 대해서, 찬찬히 따져보곤 하지만 언제나 만족스런 평가를 얻지 못한다. 결국 어느 한 가지도 시원치 못한 것이다. 고집이 세고 괴팍하고, 비사교적이고, 시기심이 강하고, 까다로운데다가, 두뇌는 명석하지 못한 편이요, 본시 아둔하니까 지식과 교양은 최하급에 속하고, 아무짝에도 쓸 만한 재능이라곤 별로 없으니, 평점은 숫제 말이 아니다. 구태여 볼 만한 점을 골라낸다면, 추호도 남에게 폐해를 입히지 말고 살자는 생활 신조를 지니고 있느니 만큼, 비교적 청렴결백하고 경우가 밝은 편이라고나 할까.

이렇듯 자신의 인간에 대해서는 자주 반성을 하면서도, 나의 작품에 대해서는 특별히 생각해보는 일이 없다. 내게 있어서 작품이란 일단 써서 발표해버리고 나면 그만이다. 나중에 잘되었느냐 못되었느냐 따져보기는 고사하고, 그 내용마저 쉬 잊어버린 채, 다시는 읽어볼 흥미조차 갖지 못하는 것이 보통이다. 따라서 문단이나 독자의 반향反響에 대해서도 거의 무관심하다. 그리고 자연 비평─그 중에서도 시평이나 월평 같은 것은 의식적으로 읽지 않고 보니, 도대체 남들이 내 작품에 대해서 어떻게들 말하고 있는지, 친근한 사람의 입을 통해서 더러 얻어듣는 외에는 전혀 알지 못하고, 또 알려고도 하지 않는다. 이와 함께 남의 작품에 대해서도 관심이 없다. 내 작품을 남이 다 나쁘다 해도 내게만 좋으면 그만이요, 남이 다 좋다고 해도 내게 나쁘면 그만이니까 남의 작품을 일일이 읽어보고 연구해보고 할 필요를 과히 느끼지 않는 것이다.

좀더 분명히 말하면 규격에 맞는 소설 같은 소설을 쓰고 싶지는 않은 것이다. 소설이 돼도 좋고 안 돼도 좋다. 반드시 독자를 향해서가 아니라 허공을 향해서라도 나 자신을 발산해버리면 그것으로 만족이니까 말이다. 여기에 본질적으로 그리고 숙명적으로 내가 프로 작가가 될 수 없는 까닭이 있는 것이다. 게다가 풍부한 문재마저 타고나지 못했으니 더욱 그렇다. 그러기에 나는 단순한 문학 애호가로서 기회 있는 대로 문학 작품을 골라 읽는 정도요, 과거나 지금이나 한 번도 작가가 되어보겠다든지, 작가를 부러워해본 일이라곤 없다. 그러니 본격적인 문학 공부나 수업을 했을 리는 더더구나 만무하다.

자, 그러면 여기에 문제가 있다. 도대체 이러한 내가 써낸 작품이란 무엇이겠느냐 하는 점이다. 어떤 가치가, 얼마 만한 가치가 있으며, 단 몇 사람이라도 독자가 있다면 그들은 무엇에 끌려 읽는 것일까 하는 점이다. 말하자면 나의 작품은 소설의 형식을 빌린 작가의 정신적 수기요, 도회韜晦 취미를 띤 자기 고백의 과장된 기록인 것이다. 기형적인 개성의 특이성을 바탕으로 불우한 역경에서 형성된, 굴곡된 정신 내용의 역설적 고백—이것이 내 작품의 정체인 것이다. 이러한 작품이 엄격한 문학 예술로서의 정당한 가치를 획득하기 위해서는, 작가의 굴곡되고 과장된 의식 세계가 주밀한 여과 과정을 거쳐서 작품 속에 완전히 소화될 수 있는, 예술적 기술 연마가 필요할 것이다. 즉, 작품의 표피를 둘러싸고 있는 거친 광택(과도의 이질감)이 피상적 의미를 초월한 담백한 색채로 은은히 가라앉을 수 있어야 하리라는 말이다. 다만 그렇게 되면 직업적인 냄새가 풍겨지긴 하겠지만.

이러한 예술 이전의 작품이란, 단순한 개성의 특이성만으로는 독자의 흥미를 다소 자극할 수 있을지 몰라도, 그 가슴속에 깊은 감동을 남겨줄 수는 없을 것이다.

이상으로 보아서, 일개 아마추어 작가요 위조 작가에 불과한 나로서는, 건전하고 정상적인 많은 독자에게 공감을 줄 수 있는 소설다운 작품을 쓰기란 지난한 일일 것이다.

어휘 풀이

가드라져 → 손발 따위가 꿋꿋하게 굳어져.
가라스 양말 → 가라스(ガラス)는 유리(glass)의 일본식 발음으로, 속살이 훤히 드러나 보이는 스타킹.
감때사나운 → 사람이 억세고 사납다.
감탕 → 진흙탕.
걸음씨 → '걸음걸이' 의 방언.
게정거렸다 → 불평을 품은 말과 행동을 자꾸 하다.
고대 → 이제 막.
고랑챙이 → '구렁텅이' 의 방언.
고모사촌姑母四寸 → 고종姑從, 즉 고모의 자녀.
고문高文 → '고등 문관 시험' 을 줄여 이르는 말.
고불통대 → 고불통은 흙을 구워서 만든 담배통으로, 그것에 맞춘 담배설대.
골 → 만들려고 하는 물건의 모양을 잡거나 만든 물건의 모양을 바로잡는 틀.
곰살갑던 → 상냥하고 부드러웠던.
과인한 → 보통 사람보다 훨씬 뛰어난.
구가衢街 → 대도시의 큰 길거리.
구안具眼 → 사물의 시비를 판단하는 식견과 안목을 갖추고 있음.
구치 → '못' 이라는 뜻의 일어.
구화舊貨 → 예전의 돈.
국척跼蹐 → 두려워서 몸을 움츠림.
기식엄엄氣息奄奄 → 금방 목숨이 끊어질 듯 숨기운이 약하고 위태함.
깍정이 → 포도청에서 심부름을 하며 도둑을 잡는 것을 거들던 어린아이.
깨끼저고리 → 안팎 솔기를 발이 얇고 성긴 깁을 써서 곱솔로 박아 지은 저고리.
꺼들며 → 함께 거들거나 들고 나오며.
날래 → '빨리' 의 방언.
노두路頭 → 길거리.

노유老幼 → 늙은이와 어린이.
다따가 → 난데없이 갑자기.
다랭이 → '다래끼'의 방언. 아가리가 좁고 바닥이 넓은 바구니. 대, 싸리, 칡덩굴 따위로 만든다.
다우쳐 → 다그쳐.
다쳤다 → 몸이나 물건을 건드리다.
대거리 → 일을 시간과 순서에 따라 교대로 바꾸어 함.
대다리 → 구두창에 갑피甲皮를 대고 맞꿰매는 가죽 테.
덦겼다 → '얼룩졌다'의 방언.
도리 → '독차지'라는 뜻의 일어.
도연陶然한 → 술이 취하여 거나한.
동자 → 밥 짓는 일.
땟손 → 끼니때 찾아온 손님.
떠다박지르기도 → 마구 떠다밀어 넘어뜨리기도.
떼꾼히 → 움푹 패여 들어간 모양.
마참한 → '마땅한'의 방언.
매대기질 → 반죽이나 진흙 따위의 질척한 것을 함부로 뒤바르는 일.
매련 → 터무니없는 고집을 부릴 정도로 어리석고 둔함.
명도령明渡令 → 건물, 토지 따위를 비워주라는 명령.
몸뻬 → 여자들이 일할 때 입는 바지의 하나. 일본에서 들어온 옷으로 통이 넓고 발목을 묶게 되어 있다.
무가내無可奈 → 막무가내莫無可奈. 도무지 융통성이 없고 고집이 세어 어찌할 수 없음.
무너날 → 이어서 맞춘 자리가 어긋날.
문창지門窓紙 → '창호지'의 방언.
미야게(土産) → '선물'이란 뜻의 일어.
바랑 → 중이 등에 지고 다니는 자루 모양의 큰 주머니.
버르장이 → '버릇'을 구어적으로 이르는 말.
별해서 → 무엇이라고 말할 수 없게 좀 어색해서.
보람 → 다른 것과 구별하거나 잊지 않기 위하여 표를 해 둠. 또는 그런 표적.
봉당 → '먼지' '티끌'의 방언.
봉창 → 손해 본 것을 벌충하는 것.
불돌 → 화로의 불이 쉬 사위지 아니하도록 눌러놓는 조그만 돌이나 기왓장 조각.
빼고 → 차림을 말끔히 하고.
뽀즈 → 큰 만두.
사자嗣子 → 대代를 이을 아들.
사정砂汀 → 모래밭.
살근히 → '살며시'의 방언.
상금尙今 → 지금까지. 아직.

색도쇄 → 컬러 인쇄.
서어齟齬 → ① 틀어져서 어긋나다. ② 익숙하지 아니하여 서름서름하다. ③ 뜻이 맞지 아니하여 조금 서먹하다.
서지serge → 무늬가 씨실에 대하여 45도로 된 모직물. 바탕이 올차고 내구성이 있어 군복이나 학생복 따위에 사용한다.
소래기 → '소리'를 속되게 이르는 말.
소성素性 → 본디 타고난 바탕.
소원所員 → 수용소나 보건소나 연구소와 같이 '所' 자가 붙은 기관이나 직장에 몸담고 있는 사람.
소프트 모자(soft hat) → 중절모.
솔러대러티solidarity → 연대 책임.
슛shot → '화대花代'라는 뜻인 듯.
수삭數朔 → 몇 달.
신금宸襟 → 임금의 마음.
쌔완한 → '시원한'의 방언.
쓰리 → '소매치기'란 뜻의 일어.
알끈한 → 알뜰하고 깔끔한.
야코 → '콧대'를 속되게 이르는 말.
어간於間 → 시간이나 공간의 일정한 사이.
어기채고 → 서로 방향이 어긋나게 걸치거나 지나치고.

어쩌리 → '어리보기'의 방언.
얼싸한 → 그럴싸한.
엄인閹人 → 고자鼓子.
여력膂力 → 완력腕力.
여택餘澤 → 끼치고 남은 혜택.
연추鉛錘 → 납으로 만든 추.
오구치 → '큰 못'이라는 뜻의 일어.
오륙五六 → 오장과 육부라는 뜻으로, '온몸'을 이르는 말.
오순五旬 → 쉰 살.
오유烏有 → 사물이 아무것도 없이 됨. 무無.
옴두꺼비 → '두꺼비'를 달리 이르는 말. 두꺼비의 몸이 옴딱지 붙은 것과 같아 보이는 데서 유래한다.
외켠 → '외편外便'의 방언. 외가쪽.
우뚤해서 → 우직스럽게 성을 내서.
우메보시(梅干) → 매실을 소금에 절여서 만든 일본의 전통 음식.
울바자 → 바자는 대, 갈대, 수수깡, 싸리 따위로 발처럼 엮거나 결어서 만든 물건으로, 울바자는 울타리에 쓰는 바자.
원실元室 → 원나라 왕실.
월여月餘 → 한 달이 조금 넘는 기간.

유일遺逸 → 학식과 재능, 덕행이 뛰어나면서도 가세家世 등이 미약하여 벼슬길에 나가지 못한 인물을 천거하여 특별히 등용하던 제도.

유축 → '외따로 떨어져 구석진 곳' 이라는 뜻의 방언.

음방일락淫放逸樂 → 주색에 빠져 행동이 거칠고, 쾌락을 즐겨 멋대로 놂.

음일연락淫佚宴樂 → 마음껏 음란하고 방탕하게 놀며 잔치를 벌여 즐김.

이틀 → 이가 박혀 있는 아래위의 턱뼈.

인진도因珍島 → 지금의 전라남도 진도珍島.

인치引致 → 사람을 강제로 끌어내거나 끌어들임.

일러주다 → '알아주다' 의 방언.

입체立替 → 뒤에 상환받을 목적으로 금품 등을 대신 지급함.

자개수염 → 양쪽으로 빳빳하게 갈라진 콧수염을 비유적으로 이르는 말.

자국 → 자리.

자궁自宮 → 자기 스스로 거세를 함.

자냥스럽던 → 재잘거리는 소리가 듣기에 똑똑한 데가 있는.

저자구럭 → 시장에 물건을 사러 다닐 때에 주로 부녀자들이 들고 다니는 장바구니.

적的 → 대상. 목표. 표적.

적구赤狗 → 공산당의 앞잡이를 낮잡아 이르는 말.

점직해하지도 → 부끄럽고 미안해하지도.

정채精彩 → 생기가 넘치는 활발한 기상.

제창 → ① 저절로 알맞게. ② '이내' 의 방언.

젠자이 → '단팥죽' 을 가리키는 일어.

조련 → 만만할 정도로 헐하거나 쉽다.

종처腫處 → 부스럼이 난 자리.

주문도리 → 고객에게 직접 찾아가서 주문을 받는 것을 말함.

죽신하니 → 정도나 수량이 일정한 한도에 차고 남을 만하다.

준급準急 → 준급행열차.

중낮 → 해가 중천에 떠 있는 때.

즈봉 → 양복바지.

지드럭거리며 → 남이 몹시 귀찮아 하도록 자꾸 성가시게 굴며.

지청구 → 까닭 없이 남을 탓하고 원망함.

진좌鎭座 → 자리를 잡고 앉음.

짜장 → 과연 정말로.

참 → '순간·때·계제' 등의 뜻을 나타냄.

추서기 → 병을 앓거나 몹시 지쳐서 허약하여진 몸이 차차 회복되는 것.

충충히 → 물이나 빛깔 따위가 맑거나 산뜻하지 못하고 흐리고 침침한.

취체取締 → 규칙, 법령, 명령 따위를 지키도록 통제함. 단속團束.

취체역取締役 → 주식회사의 이사理事를 가리키던 말.

코숭이 → 물체의 뾰족하게 내민 앞의 끝 부분.

탈구脫臼 → 뼈마디가 접질리어 어긋남.

탈집 → 탈거리.

퇴방 → '토방土房'의 방언. 방에 들어가는 문 앞에 좀 높이 편평하게 다진 흙바닥. 여기에 쪽마루를 놓기도 한다. 흙마루.

판장板牆 → 널빤지로 친 울타리.

펨프pimp → 뚜쟁이.

품 → 행동이나 말씨에서 드러나는 태도나 됨됨이.

피천 → 아주 적은 돈.

핍진성逼眞性 → 사정이나 표현이 진실하여 거짓이 없는 것.

하치 → 같은 부류의 사람이나 사물 가운데서 신분이나 품질이 가장 낮은 사람이나 물건.

하코방 → 하코(箱)는 일본말로 '상자'라는 뜻으로, 상자 같은 판잣집을 일컫는 말.

할세割勢 → 거세去勢, 즉 생식 기능을 잃게 하는 것을 말함.

해토解土 → 날씨가 따뜻해져서 땅이 풀리는 것.

허수로이 → 짜임새나 단정함이 없이 느슨하게.

허수한 → 마음이 허전하고 서운한.

허줄한 → 차림새가 보잘것없고 초라한.

허턱 → 이렇다 할 이유나 근거가 없이 함부로.

작품 연보

● 장편소설
「부부」, 동아일보, 1962
「인간교실」, 경향신문, 1963
「이성연구」, 서울신문, 1965
「길」, 동양출판사, 1969
「삼부녀」, 주간여성, 1970
「봉술랑」, 한국일보, 1978

● 중편소설
「낙서족」, 사상계, 1959. 3

● 단편소설
「얄궂은 비」, 연합신문, 1949. 3. 29
「공휴일」, 문예, 1952. 6
「사연기」, 문예, 1953. 6
「비 오는 날」, 문예, 1953. 11
「생활적」, 현대공론, 1953. 11
「피해자」, 신태양, 1955. 1
「혈서」, 현대문학, 1955. 1
「미해결의 장」, 현대문학, 1955. 6
「서어」, 사상계, 1955. 7
「인간동물원초」, 문학예술, 1955. 8
「유실몽」, 사상계, 1956. 3

「설중행」, 문학예술, 1956. 4
「미소」, 신태양, 1956. 8
「사제한」, 현대문학, 1956. 11
「광야」, 현대문학, 1956.
「층계의 위치」, 문학예술, 1956
「소년」, 현대문학, 1957. 7
「치몽」, 사상계, 1957. 7
「조건부」, 문학예술, 1957. 8
「침입자」, 사상계, 1958. 3
「죄 없는 형벌」, 여원, 1958. 4
「잡초의 의지」, 신태양, 1958. 8
「잉여인간」, 사상계, 1958. 9
「포말의 의지」, 현대문학, 1959. 11
「신의 희작」, 현대문학, 1961. 5
「육체추」, 사상계, 1961
「환관」, 신동아, 1968. 1
「청사에 빛나리」, 월간중앙, 1968. 2
「흑야」, 월간문학, 1969. 11

● 장편掌篇소설
「STICK 씨」, 현대문학, 1957. 7
「다리에서 만난 여인」, 신동아, 1966
「신 서방」, 신동아, 1966
「장례식」, 신동아, 1966
「전차 내에서」, 신동아, 1966
「탈의범」, 신동아, 1966
「한국의 상인」, 신동아, 1966

＊발표지 및 발표 연대가 명확하지 않은 작품, 그리고 동화는 본 연보에서 제외시켰으므로 이에 대해서는 작가 연보를 일부 참조하기 바람.

참고 서지

가와무라 마치코, 손창섭과 시이나 린조(椎名麟三)의 전후 소설 비교 연구—초기 작품을 중심으로, 경희대 대학원(석사 학위 논문), 2002.
강윤희, 한국 전후 소설의 그로테스크 연구—장용학·손창섭·최상규의 소설을 중심으로, 서강대 대학원(석사 학위 논문), 2002.
강정인, 손창섭 소설에 나타난 인물 연구, 조선대 교육대학원(석사 학위 논문), 1996.
강춘삼, 손창섭의 1950년대 단편 소설 연구—배경과 인물을 중심으로, 전남대 교육대학원(석사 학위 논문), 1990.
강흥원, 한국 전후 소설에 나타난 인간상 고찰—김성한·손창섭·이범선을 중심으로, 영남대 교육대학원(석사 학위 논문), 1991.
경규진, 손창섭 소설의 자의식 연구, 서울대 대학원(석사 학위 논문), 1982.
고 은, 실내작가론·9—손창섭, 『월간문학』, 1969. 12.
곽니라, 손창섭의 작가 의식 연구, 아주대 교육대학원(석사 학위 논문), 1999.
곽상인, 손창섭 소설 연구—인물의 욕망 발현 양상을 중심으로, 서울시립대 대학원(석사 학위 논문), 2003.
곽종원, 상반기 작단 총평, 『문예』, 1953. 9.
구 상, 종군작가단 2년, 『전선문학』, 제5호, 4286(1953). 5.
구인환, 전후한국문학의 지형도, 『한국전후문학연구』, 삼지원, 1996.
권창범, 손창섭 소설 연구, 동국대 대학원(석사 학위 논문), 2003.
김광수, 손창섭 소설의 인물 연구, 영남대 교육대학원(석사 학위 논문), 1991.
김기홍, 손창섭 소설 연구, 배재대 대학원(석사 학위 논문), 1996.

김미란, 손창섭 소설 연구, 동덕여대 대학원(석사 학위 논문), 1993.
김병익, 현실의 도형과 검증, 『현대한국문학의 이론』, 민음사, 1982.
김보희, 손창섭 소설의 서술자 양상 연구, 충남대 대학원(석사 학위 논문), 1992.
김상선, 손창섭의 병적 세계, 『신세대작가론』, 일신사, 1982.
김상일, 손창섭 또는 비정의 신화, 『현대문학』, 1961. 7.
김성수, 손창섭 소설의 작중 인물 연구, 고려대 대학원(석사 학위 논문), 1986.
김성아, 손창섭 초기 소설의 미적 구조 연구, 연세대 대학원(석사 학위 논문), 1997.
김숙영, 손창섭론, 고려대 대학원(석사 학위 논문), 1993.
김양호, 전후 실존주의 소설 연구-손창섭·장용학·오상원을 중심으로, 단국대 대학원(박사 학위 논문), 1992.
김영기, 문제 작가 문제 작품-이인직·이광수·손창섭·최인훈, 『현대문학』, 1967. 12.
김영화, 손창섭론-권태형 인간상과 그 소설사적 의미, 『월간문학』, 1978. 4.
김완신, 1950년대 한국 소설 연구-손창섭·장용학을 중심으로, 연세대 대학원(석사 학위 논문), 1986.
김우종, 동인상 수상 작품론, 『사상계』, 1960. 2.
김윤식, 6·25 전쟁 문학, 『1950년대문학연구』, 예하, 1991.
김은주, 손창섭 소설의 여성 인물 연구, 인하대 교육대학원(석사 학위 논문), 2002.
김장원, 1950년대 소설의 트로마 연구-장용학·손창섭·오상원 소설을 중심으로, 서강대 대학원(박사 학위 논문), 2004.
김재완, 손창섭 소설 연구-작중 인물의 성격과 작가 의식을 중심으로, 성균관대 교육대학원(석사 학위 논문), 1999.
김종회, 손창섭론-체험 소설의 발화법, 그 특성과 한계, 『문학사상』, 1989. 3.
김중하, 손창섭의 「유실몽」-의미 분산에 의한 무의미에의 가치 부여, 『문학과 비평』, 1991년 봄호.
김지영, 손창섭 소설에 나타난 주체 형성 연구, 서울대 대학원(석사 학위 논문), 1997.
──, 손창섭 소설의 아이러니 연구, 고려대 대학원(석사 학위 논문), 1996.
김진기, 손창섭 소설 연구-1950년대를 중심으로, 건국대 대학원(박사 학위 논문), 1999.
──, 『전후 현실의 극단적 자화상』, 건국대 출판부, 2003.
──, 『손창섭』, 건국대 출판부, 2004.
김진량, 손창섭의 초기 소설 연구, 한양대 대학원(석사 학위 논문), 1996.
김진용, 손창섭 소설 연구-작중 인물을 중심으로, 강원대 교육대학원(석사 학위 논문), 2003.
김춘기, 1950년대 소설 연구-손창섭·이범선·선우휘를 중심으로, 영남대 교육대학원(석사 학위 논문), 1995.
김충신, 손창섭 연구, 『고대국문학』, 1964.
김해옥, 손창섭 「공휴일」에 나타난 소외 의식과 문학적 언어의 표현론적 기능에 관한 연구, 『연세어문학』, 제19집, 1986.
김현근, 손창섭 소설 연구, 목포대 대학원(석사 학위 논문), 2001.
김형선, 손창섭 소설 연구, 성신여대 교육대학원(석사 학위 논문), 1996.
김혜수, 손창섭 소설의 인물 유형 연구, 명지대 대학원(석사 학위 논문), 2003.
김효진, 손창섭 소설에 나타난 실존주의 경향, 강원대 대학원(석사 학위 논문), 1998.
김희진, 손창섭의 「낙서족」 연구, 숙명여대 대학원(석사 학위 논문), 2004.
나은진, 1950년대 소설의 서사적 세 모형 연구-장용학·손창섭·김성한을 중심으로, 이화여대 대학원(박사 학위 논문), 1999.
남행숙, 손창섭 소설에 등장하는 인물의 유형 연구, 건양대 대학원(석사 학위 논문), 2001.
노종상, 사상의학을 통해 본 인물 유형 연구-손창섭 소설을 중심으로, 한성대 대학원(석사 학위 논문), 1998.
류동규, 손창섭 소설의 아이러니 연구, 경북대 대학원(석사 학위 논문), 1998.

문화라, 손창섭 소설에 나타난 인물의 욕망 구조 연구, 이화여대 대학원(석사 학위 논문), 1994.

박동규, 50년대 삶의 무력, 그것의 근거-손창섭론, 『전후한국소설의 연구』, 서울대 출판부, 1996.

박미영, 손창섭 소설 연구, 경희대 대학원(석사 학위 논문), 1992.

박상해, 손창섭 소설 연구-전후 인간상을 중심으로, 경성대 대학원(석사 학위 논문), 1996.

박수용, 손창섭 소설 연구, 단국대 교육대학원(석사 학위 논문), 1990.

박순영, 손창섭 소설의 여성형 연구-욕망의 변모 양상을 중심으로, 성균관대 교육대학원(석사 학위 논문), 2002.

박유희, 1950년대 소설의 반어적 기법 연구-손창섭·장용학·김성한의 소설을 중심으로, 고려대 대학원(박사 학위 논문), 2002.

박재석, 1950년대 손창섭 소설 연구-한국전쟁 직후 경험의 서사적 구성 방식을 중심으로, 연세대 대학원(석사 학위 논문), 2002.

박재선, 손창섭의 「신의 희작」 연구, 홍익대 교육대학원(석사 학위 논문), 1988.

박정은, 손창섭 소설의 정신분석학적 연구, 건양대 대학원(석사 학위 논문), 1997.

박현선, 손창섭 소설 연구-실존 의식을 중심으로, 경원대 대학원(석사 학위 논문), 1994.

방민호, 『한국전후문학과 세대』, 향연, 2003.

배개화, 손창섭 소설의 욕망 구조 연구, 서울대 대학원(석사 학위 논문), 1995.

배정은, 아웃사이더적 의식에 비추어 본 이상·손창섭·장용학의 작품고, 이화여대 대학원(석사 학위 논문), 1974.

백상창, 절망적인 밀러 외-손창섭의 「신의 희작」, 『한국문학』, 1976. 6.

변여주, 손창섭 소설의 아이러니 연구, 이화여대 대학원(석사 학위 논문), 2003.

서동훈, 손창섭 소설 연구, 계명대 대학원(석사 학위 논문), 2000.

서연주, 손창섭 소설 연구-실존 의식을 중심으로, 국민대 대학원(석사 학위 논문), 1998.
서정아, 손창섭 소설과 문학 교육, 홍익대 교육대학원(석사 학위 논문), 1999.
서준섭, 정지된 세계의 소설, 『잉여인간』, 동아출판사, 1995.
성병모, 손창섭 소설 연구, 연세대 교육대학원(석사 학위 논문), 1998.
손미경, 손창섭 소설의 작중인물 연구, 외국어대 대학원(석사 학위 논문), 1992.
손순분, 손창섭 소설의 공간 설정에 관한 연구, 경북대 교육대학원(석사 학위 논문), 1993.
손운한, 손창섭 소설 연구, 계명대 교육대학원(석사 학위 논문), 1998.
손창섭, 『비 오는 날』, 일신사, 1957.
―――, 『이성 연구』, 동방서원, 1967.
―――, 『손창섭대표작전집』 1~5권, 예문관, 1970.
손한부, 손창섭 소설 연구―초기 작품을 중심으로, 국민대 교육대학원(석사 학위 논문), 1997.
송경란, 손창섭의 50년대 단편소설 연구―작중 지식인을 중심으로, 숙명여대 대학원(석사 학위 논문), 1993.
송기숙, 창작 과정을 통해 본 손창섭, 『현대문학』, 1964. 9.
송춘섭, 손창섭 소설 연구, 성균관대 교육대학원(석사 학위 논문), 1989.
송하춘, 전쟁 직후의 네거티브 필름, 『잉여인간』, 민음사, 1996.
―――, 『손창섭』, 새미, 2003.
송현숙, 손창섭 소설 연구―1950년대 단편의 서사 담화 기법과 세계 인식을 중심으로, 서강대 대학원(석사 학위 논문), 1994.
신상성, 1950년대 중편소설―손창섭의 중편을 중심으로, 『한국소설사의 재인식』, 경원출판사, 1988.
심영덕, 손창섭 소설의 심리학적 연구, 영남대 대학원(박사 학위 논문), 1998.
안성희, '신세대 작가'의 문체론적 연구―김성한 · 손창섭 · 장용학을 중심으로, 이화여대 대학원(석사 학위 논문), 1991.
엄해영, 한국 전후 세대 소설 연구―장용학 · 손창섭 · 김성한 소설을 중심으로, 세종대 대학원(박사 학위 논문), 1992.
오승걸, 손창섭 소설의 인물 연구, 한양대 교육대학원(석사 학위 논문), 1996.
우선덕, 손창섭론, 경희대 대학원(석사 학위 논문), 1977.
우혜선, 손창섭 소설 연구, 숙명여대 대학원(석사 학위 논문), 1995.
유선희, 손창섭 소설의 문체론적 연구, 전북대 대학원(석사 학위 논문), 1985.
유은정, 손창섭 소설의 섹슈얼리티 연구, 성균관대 대학원(석사 학위 논문), 2002.
유종호, 버릇이라는 굴레, 『세대』, 1964. 9.
────, 모멸과 연민, 『현대한국문학전집』, 제3권, 신구문화사, 1966.
────, 소외와 허무, 『한국현대문학전집』, 제26권, 삼성出판사, 1978.
────, 괴팍하고 결벽증 있던 전후 한국 문단의 대표 작가, 『21세기 문학』, 2001년 여름호.
윤병로, 「혈서」의 내용, 『현대문학』, 1958. 12.
────, 「혈서」의 의미, 『광장』, 1983. 6.
윤숭희, 손창섭 소설의 성의식 연구, 숭실대 대학원(석사 학위 논문), 1999.
이강현, 손창섭 소설 연구 – 작가 의식을 중심으로, 세종대 대학원(박사 학위 논문), 1994.
이경원, 손창섭 소설 연구 – 실존 의식의 확립 과정을 중심으로, 덕성여대 대학원(석사 학위 논문), 2001.
이광훈, 패배한 지하실적 인간상, 『문학춘추』, 1964. 8.
이기인, 손창섭 소설의 구조, 정덕준·서종택 편, 『한국현대소설연구』, 새문사, 1990.
이기호, 손창섭 소설에 나타난 욕망 발현 양상 연구, 명지대 대학원(석사 학위 논문), 2000.
이대욱, 손창섭 소설에 나타난 풍자 연구, 서울대 대학원(석사 학위 논문), 1987.
이동하, 손창섭 소설의 세 단계, 전광용 외, 『한국현대소설연구』, 민음사, 1984.

이명란, 손창섭의 단편소설 연구, 숙명여대 대학원(석사 학위 논문), 1989.
이미영, 손창섭 소설의 여성 인물 연구, 동국대 문화예술대학원(석사 학위 논문), 2000.
이상민, 손창섭 소설에 나타난 욕망의 발현 양상 연구, 가톨릭대 대학원(석사 학위 논문), 2000.
이선영, 아웃사이더의 반항, 『현대문학』, 1966. 12.
이어령, 수인의 미학, 『현대한국문학전집』, 제3권, 신구문화사, 1966.
이영화, 손창섭 소설에 나타난 여성 인물 연구, 단국대 대학원(석사 학위 논문), 2000.
이용남, 손창섭론, 『한국현대작가론』, 민지사, 1984.
이정은, 손창섭 소설 연구―작가의 현실 인식을 중심으로, 중앙대 대학원(석사 학위 논문), 1999.
이종숙, 손창섭 소설의 작중 인물 연구, 군산대 교육대학원(석사 학위 논문), 2001.
이중수, 손창섭 소설론, 전북대 교육대학원(석사 학위 논문), 1989.
이지연, 전후 소설에서의 허무주의와 저항의 성격―손창섭과 장용학 소설의 주제를 중심으로, 성균관대 교육대학원(석사 학위 논문), 1990.
이지영, 손창섭 소설의 작가 의식 연구, 영남대 대학원(석사 학위 논문), 1996.
이현아, 손창섭 소설 연구―여성 인물의 의미 분석을 중심으로, 세종대 대학원(석사 학위 논문), 1999.
이화경, 손창섭 소설의 문체 연구, 전남대 대학원(석사 학위 논문), 1989.
임중빈, 실낙원의 카타르시스, 『문학춘추』, 1966. 7.
임채우, 손창섭 소설의 특질 연구, 건국대 교육대학원(석사 학위 논문), 1990.
장은수, 1950년대 손창섭 단편소설 연구―서사 담화 분석을 중심으로, 연세대 대학원(석사 학위 논문), 1996.
정계순, 손창섭 소설의 변모 양상 연구, 충남대 교육대학원(석사 학위 논문), 1991.
정은경, 손창섭 소설 연구, 고려대 대학원(석사 학위 논문), 1993.

정재영, 손창섭 단편소설의 서술 시점 연구, 한남대 교육대학원(석사 학위 논문), 1996.
정창범, 손창섭론-자기 모멸의 신화,『문학춘추』, 1965. 2.
정춘수, 1950년대 소설의 문체적 특징과 화자 양상-손창섭과 추식의 작품을 중심으로, 성균관대 대학원(석사 학위 논문), 1993.
조기원, 손창섭의 문체론적 고찰,『선청어문』, 제1집, 서울대 사범대, 1970.
조남현, 손창섭 소설의 의미매김,『문학정신』, 1989년 6~7월호.
──, 손창섭의 소설 세계,『한국현대소설의 해부』, 문예출판사, 1993.
조미숙, 손창섭 소설의 실존주의 수용 양태, 창원대 대학원(석사 학위 논문), 1999.
조연현, 병자의 노래-손창섭의 작품 세계,『현대문학』, 1955. 4.
조현일, 손창섭·장용학 소설의 허무주의적 미의식에 대한 연구, 서울대 대학원(박사 학위 논문), 2002.
지창욱, 손창섭 소설 연구-1950년대 작품을 중심으로, 상지대 대학원(석사 학위 논문), 1996.
천이두, 50년대 문학의 재조명,『현대문학』, 1985. 1.
최갑진, 손창섭 초기 작품 연구-특히 그의 단편을 중심으로, 동아대 대학원(석사 학위 논문), 1983.
최강민, 자의식 소설의 공간 대비 연구-이상·최명익·손창섭의 작품을 중심으로, 중앙대 대학원(석사 학위 논문), 1994.
최미진, 손창섭 소설의 욕망 구조 연구, 부산대 대학원(석사 학위 논문), 1995.
최병조, 손창섭 소설에 나타난 성격 변모 연구, 경희대 대학원(석사 학위 논문), 1985.
최성희, 1950년대 한국 전후 소설의 의미 구조 연구-장용학·손창섭·김성한을 중심으로, 경성대 교육대학원(석사 학위 논문), 1999.
최수정, 손창섭 단편소설 연구, 성균관대 대학원(석사 학위 논문), 1998.
최종민, 손창섭 소설에 나타난 인간형 연구, 서울대 대학원(석사 학위 논문), 1992.
최창수, 손창섭 소설의 신화비평적 연구, 중앙대 대학원(석사 학위 논문),

1985.

최창희, 독일과 한국 전후 소설에 나타난 '불구적 인물'의 의미 탐구—G. 그라스 「양철북」, 손창섭 소설을 중심으로, 고려대 대학원(석사 학위 논문), 2002.

최철호, 손창섭 문학에 나타난 인간관 고찰, 조선대 대학원(석사 학위 논문), 1984.

최희영, 손창섭 장편 「낙서족」·「부부」의 작중 인물 연구, 외국어대 교육대학원(석사 학위 논문), 1986.

하연경, 손창섭 소설 연구, 전남대 대학원(석사 학위 논문), 2001.

하혜숙, 손창섭 소설에 나타난 소외 양상 연구, 대구가톨릭대 교육대학원(석사 학위 논문), 2002.

한 명, 손창섭 소설의 인물 유형 연구, 인천대 교육대학원(석사 학위 논문), 1997.

한상규, 손창섭 초기 소설에 나타난 아이러니의 미적 기능, 『외국문학』, 1993년 가을호.

한수정, 손창섭 소설에 나타난 물의 상징성 연구, 경희대 대학원(석사 학위 논문), 2004.

허선회, 손창섭 소설 연구—작중 인물의 유형과 공간의 상징성을 중심으로, 중앙대 교육대학원(석사 학위 논문), 2002.

허형임, 손창섭 소설에 나타난 욕망의 반복 양상 연구, 숙명여대 대학원(석사 학위 논문), 2001.

홍기정, 손창섭 소설의 그로테스크 미학 연구, 고려대 대학원(석사 학위 논문), 2000.

홍상기, 손창섭 소설 연구—1950년대 작품을 중심으로, 연세대 교육대학원(석사 학위 논문), 1992.

홍순애, 손창섭 소설의 아이러니 연구, 서강대 대학원(석사 학위 논문), 2001.

홍지수, 손창섭 소설의 인물 유형 연구, 연세대 교육대학원(석사 학위 논문), 2001.

작가 연보

손창섭(孫昌涉, 1922~)

1922

평안남도 평양에서 가난한 집안의 2대 독자로 태어남. 아버지 없이 어린 시절을 보낸 그는 "소학교 시절에는 생일을 알고 있었으나 그후로는 기억할 필요가 없어 잊어버렸다"고 토로한 적이 있다.

1935(13세)

소학교를 졸업한 이후 10여 년간 만주를 거쳐 일본으로 건너가 고학으로 몇 군데의 중학교를 거쳐 니혼(日本) 대학에서 잠시 수학했다. 이 무렵(19세) 일본인 친구의 여동생인 지즈코와 동거 생활에 들어가는가 하면, 뒤늦게 독서에 몰두했다.

1946(24세)

해방을 맞아 부인과 아이를 일본에 남기고 홀몸으로 귀국했으나 오갈 데 없는 처지로 고통스러운 밑바닥 생활을 체험했다.

1947(25세)

만주와 일본 등지에서 귀국한 이른바 '해방 따라지'들과 공동으로 자활 건설대를 조직했으나 경관을 구타한 사건으로 3개월간의 도피 행각, 그후 상

30세 무렵의 손창섭.

경했으나 또다시 미군 부대 통역관을 폭행한 일로
서대문 형무소에서 1개월간 복역. 이때의 형무소
체험은 작품 「인간동물원초」의 중요한 소재가 되었
다. 출감 후 삼팔선을 넘어 고향인 평양을 찾아감.

1948(26세)

공산치하인 고향 평양에서 2년간 지내다가 반동
분자로 낙인찍혀 월남, 또다시 고달픈 부랑인의
생활이 시작되었다.

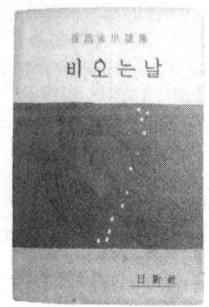

『연합신문』에 독자 투고로 발표
한 단편 「얄궂은 비」.

1949(27세)

교사, 잡지 편집 기자, 출판 사원 등으로 일하면서
단편 「얄궂은 비」를 『연합신문』에 독자 투고로 발
표, 겨우 생활의 기반을 마련하던 중에 6·25 전쟁
이 터짐.

1952(30세)

피난지 부산에서 남편을 찾아 한국에 건너와 있던
아내 지즈코와 기적적으로 상봉, 비로소 정상적인
가정 생활을 시작하다. 단편 「공휴일」을 김동리의
추천으로 『문예』에 발표.

일신사에서 출간된 창작
집 『비 오는 날』 표지.

1953(31세)

단편 「사연기」를 발표하고 『문예』 추천을 완료하
면서 작가 활동을 시작하다. 단편 「비 오는 날」
(『문예』), 단편 「생활적」(『현대공론』) 발표.

1955(33세)

단편 「혈서」를 『현대문학』에, 「미해결의 장」을

『현대문학』에, 「인간동물원초」를 『문학예술』에 발표. 「혈서」로 현대문학상 수상. 동화 「꼬마와 현주」 발표.

1956(34세)

단편 「유실몽」(『사상계』), 「광야」(『현대문학』), 「미소」(『신태양』), 「층계의 위치」(『문학예술』), 「설중행」(『문학예술』) 등 발표.

제4회 동인문학상을 수상하고.

1957(35세)

단편 「치몽」을 『사상계』에, 「소년」을 『현대문학』에, 「조건부」를 『문학예술』에 발표.

1958(36세)

단편 「잉여인간」을 『사상계』에 발표하고, 동화도 계속 발표.

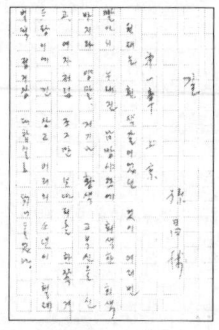

장편 「길」 자필 원고.

1959(37세)

「잉여인간」으로 제4회 동인문학상 수상. 중편 「낙서족」을 『사상계』에 발표. 창작집 『비 오는 날』 『낙서족』이 일신사에서 출간.

1961(39세)

자전적인 단편 「신의 희작」을 『현대문학』에, 「육체추」를 『사상계』에 발표.

1962(40세)

장편 「부부」를 『동아일보』에 연재하고 정음사에서 간행.

『신태양』에 발표한 단편 「잡초의 의지」.

1963(41세)

장편「인간교실」을 『경향신문』에 연재.

1965(43세)

단편「공포」(『문학춘추』), 「이성연구」(『서울신문』) 발표.

1966(44세)

「장편掌篇 소설집」을 『신동아』에 발표.

1968(46세)

단편「환관」(『신동아』), 「청사에 빛나리」(『월간중앙』) 발표.

1969(47세)

단편「흑야」를 『월간문학』에 발표.

1970(48세)

장편「삼부녀」를 『주간여성』에 연재.

1978(56세)

장편「봉술랑」을 『한국일보』에 연재.

1984(62세)

부인의 조국인 일본에 귀화, 이후 현재까지 고국 문단과는 소식을 끊고 지내고 있다.

『여원』에 발표한 단편 「죄 없는 형벌」.

창경원에서 가족들과.